법의 이름으로

The Colour of Law

법의 이름으로
The Colour of Law

Mark Gimenez 지음
김성돈 옮김

박영사

일러두기

1. 주석은 모두 옮긴이 주이다.
2. 본문 중 고딕체, 이탤릭체는 원서에서 이탤릭체 등으로 강조한 부분이다.
3. 본문 중 인명, 지명 등은 외래어표기법을 따르되 일부는 관습표현을 존중했다.
4. 외국 단위에는 한국 단위를 병기하였으나, 키/몸무게의 단위는 한국 단위로 번역하였다.
5. 18−20쪽, 577−580쪽의 일부 대화문은 한 인물의 말이지만 그 분량이 많다는 점에서, 원서 표기방식에 따라 단락을 나누었으며 문단 앞에 큰따옴표를 붙이되, 닫는 큰따옴표는 최종적으로 말을 마치는 문단에만 붙였다.

이 책은

나의 부모님, 프랭크 히메네즈(1926-1990)와 재니 히메네즈,

나의 장인, 잭 허치선(1931-1998),

초안을 처음부터 끝까지 읽어 준 나의 아내, 브리짓, 그리고

아이들이 얼마나 똑똑한지를 보여 준 나의 두 아들, 클레이와 코올

명예로움과 태도에서 아티커스 핀치와 가장 닮은 두 명의 변호사

빌 더글라스(1942-1994)와 셸던 애니스맨,

그리고 그의 위대한 소설이 나로 하여금 변호사가 되게 하였고,

나로 하여금 이 소설을 쓰게 만든 하퍼 리에게 바친다.

딸아, 변호사는 누구나 일생에 한 번은
자기 자신의 삶에 영향을 끼치는 사건을 만나게 되기 마련이야.
아빠에겐 이 사건이 바로 그런 사건이란다.

— 하퍼 리의 『앵무새 죽이기』에서 아티커스 핀치 —

프롤로그

서른 살의 클락 맥콜은 8억 달러 재산을 물려받을 유일한 상속자였다. 하지만 그는 엄청난 망나니이기도 했다. 그가 사고를 칠 때마다 그의 아버지는 상속권을 물려주지 않겠다고 위협하기가 일쑤였다. 그 모든 것이 그를 주체하기 힘들게 만든 술, 마약, 여자에 빠진 밤들 때문이었다.

사건이 터진 것은 토요일 밤이었다. 클락은 위스키와 코카인에 흠뻑 취한 채 아버지의 메르세데스 벤츠를 타고 성매매 상대방을 찾아다니고 있었다. 하지만 적절한 상대를 찾아내지 못한 채 해리 하인스* 남쪽에서 다운타운 근처로 이동했다. 여기

---

* 미국 텍사스 소재.

서도 이거다 싶은 여자는 찾지 못했다. 신호에 걸려 정차한 상태에서 위로 솟구쳐 있는 댈러스의 스카이라인을 올려다보았다. 40마일64킬로미터 정도의 가시거리에서 밤하늘을 흰색, 파란색, 녹색 불빛으로 물들인 희미한 건물들을 바라보고 있으니 가벼운 현기증이 났다. 차 키가 꽂혀 있는 곳을 더듬어 시동을 서투르게 건 후 차창 밖으로 머리를 내밀어 산들산들 불어오는 따뜻한 여름바람을 피부로 느꼈다. 숨을 들이켜 섹스의 달콤한 향기 같은 밤공기를 마셨다.

눈을 지그시 감자, 금세 잠이 몰려왔지만 차 뒤편 트럭에서 울려대는 뿔나팔 소리 같은 클랙슨에 깜짝 놀라 눈이 번쩍 뜨였다. 신호가 바뀌었던 것이다. 가속페달을 밟으면서 유턴을 하려고 핸들을 세게 꺾었다. 하지만 가속페달을 너무 세게 밟아 브레이크를 찾을 수 없었고 결국 세 개의 차선을 넘어 바퀴 하나가 인도 위에 걸치게 되어 버렸다. 하마터면 도로 표지판을 들이받을 뻔했다. *이 차가 도대체 왜 여기까지 와 버렸지?* 라고 생각하면서 차를 후진했지만, 차량은 인도에서 다시 도로로 내려오면서 더욱 세차게 튕겨져 나갔다.

클락이 그녀를 발견한 것은 그가 거의 한 차선을 따라 그 육중한 독일제 자동차를 운전하기 시작한 지 얼마 지나지 않았을 때였다. 그녀는 다운타운 남부에 위치한 흑인 동네로 친구와 함께 나들이를 다녀온 길이었다. 그녀는 딱 그의 이상형이었다―금발 가발을 쓴 날씬한 흑인 여성으로 그녀는 분홍색 미니스커트와 하얀색 탱크톱 차림에 하이힐을 신고 둥근 엉덩이를 좌우로 과장되게 움직이면서 작은 분홍색 손가방을 앞뒤로 흔들며 걸어가고 있었다. 그녀는 몸매가 굉장히 좋았고 다리는 쭉 뻗어 늘씬했다. 그녀에게서 풍기는 느낌이 매우 육감적이고 유혹적이었기에 그는 그녀가 댈러스 남부에서 오는 백인 남성들을 전문으로 상대하는 흑인 매춘부라고 직감했다.

토요일 밤의 데이트 상대로 삼기에 제격인 듯했다.

그는 마음만 먹으면 댈러스에서 남편감을 구하는 싱글의 멋진 백인 여성과 데이트를 즐길 수도 있었다. 잘생긴 데다 아버지는 갑부였다. 댈러스에서는 재력이 필수였고, 인물은 선택이었다. 그런데 클락 맥콜은 이 두 가지를 모두 갖추어 최근 도시에서 가장 선호도 높은 신랑감으로 손꼽혔다. 하지만 그는 파트너로서 성매매여성들을 더 선호했다. 매춘부들은 시키는 대로 다했고 그 후에 경찰에 고소하는 일도 없었기 때문이다. 그리고 이런 관계가 그의 아버지에게 큰 타격이 될 것임을 알았기 때문이다. 클락은 벤츠를 인도 쪽으로 몰아 첫 나들이 차 나온 두 명의 남부 댈러스 출신 곁으로 서행했다. 그러고선 조수석 창문을 내리고 외쳤다. "어이, 거기 금발!"

그들이 멈추자 클락도 함께 멈춰 섰다. 금발 가발을 쓰고 있던 흑인 여자가 건방진 태도로 느릿느릿 차가 있는 쪽으로 걸어왔다. 걸음걸이마저도 마음에 들었다. 그녀는 창문 안쪽으로 몸을 넣어 기대었다. 그녀의 피부는 매끄러웠다. 검정색이라고 하기보다는 커피색으로 살짝 탄 색깔이었다. 입술과 손톱은 윤기 나는 빨간색이었고 그녀의 둥근 가슴은 풍만했으며 인공 보조물이 들어 있어 보이지도 않았다. 그녀에게서 풍기는 향기는 그가 밤에 마신 어떤 술보다도 그를 취하게 만들었다. 그녀는 아름답고 섹시했다. 그녀를 원했다.

"얼마지?" 그가 물었다.

"원하는 건?"

"가진 거 모두, 이쁜이."

"이백."

"천이면 어때, 긴 밤."

그녀는 살짝 미소 지으며 말했다. "돈부터 보여 줘."

클락은 백 달러짜리 뭉치를 꺼내 들고 아이에게 사탕을 흔드는 것처럼 흔들었다. 그녀가 매끄러운 가죽의자에 미끄러져 타자 분홍색 가죽치마가 그녀의 꽉 끼는 검정색 팬티가 살짝 보일 만큼 올라갔다. 그는 후끈 달아오르기 시작했다. 가속페달을 밟아 집으로 차를 돌렸다.

이런 경우가 생길 때마다 늘 그랬듯이, 그는 아버지를 떠올렸다. 아버지에게 클락 맥콜은 여태껏 그래 왔듯이 정치적으로 부담이 되는 존재였다. 술, 마약, 여자에 빠져 있는 아들. 텍사스 출신 상원의원인 아버지가 이 모습을 봤다면 어땠을까. 술과 마약에 취해 흑인 매춘부를 자기 돈으로 사서 자신의 벤츠에 태워 하이랜드 파크에 있는 자신의 집에 데리고 가다니! 당연히 클락의 아버지가 맨 처음 떠올릴 생각은 아버지로서 아들을 향한 걱정이 아니라 지극히 정치적인 생각일 것이다. '아들이 최근에 저지른 무분별한 행동이 언론에 포착된다면 자신의 선거 캠페인에 어떤 치명적인 손상이 가해질까'라는 생각 말이다.

생각이 여기에 이르자 클락은 큰 소리로 웃었다. 조수석의 여자는 그를 미친 사람 보듯 물끄러미 쳐다보았다. 댈러스에 있는 집에서 철없는 짓거리를 하는 것이 그나마 다행 아닌가. 하긴, 그가 집에 돌아왔다는 사실을 알게 되더라도 아버지는 다시 상속권의 박탈을 운운하며 으름장만 더 늘어놓을 것이 뻔했다. 하지만 클락은 존경해 마지않는 상원의원 나리께서 자신이 온 걸 알기도 전에 먼저 워싱턴으로 돌아갈 생각이었다. 그는 다시 웃었지만 백악관을 아들보다 더 원하는 아버지를 떠올릴 때마다 그랬듯이, 분노가 치밀어 올랐다.

미합중국 상원의원 맥 맥콜은 두 번째 아내를 물끄러미 바라보며 그들이 얼마나 멋진 커플로 비춰질지를 그려보고 있었다.

그들은 조지타운에 있는 집에서 안락한 가죽의자에 앉아 한가로운 일요일 오후를 만끽하고 있었다. 그들 앞에는 그들을 백악관에 입성하게 만들어 줄 남자 두 명이 소파에 앉아 있었다. 그들의 정치적 자문가와 여론조사 전문가는 최근의 투표결과와 포커스 그룹에 대한 연구들에 관해 꼼꼼하게 챙기면서, 맥콜의 정치적인 입장 — 인종, 성, 종교, 지역, 나이, 사회 경제적 지위, 그리고 성 정체성과 관련하여 맥 맥콜의 진정한 생각과는 무관하게 그를 투표할 가능성이 있는 자들에게 지지를 받을 수 있도록 신중히 짜 맞춘 입장—에 대해 얘기를 나눴다. 텍사스 출신 상원의원 맥 맥콜은 예비 선거전에서 압도적 우위를 유지하고 있었다.

맥 맥콜이 평생 동안 원했던 야망이 마침내 손아귀에 들어오고 있었다. 맥콜은 오랫동안 석유 채굴 작업을 한 탓에 여전히 단단하고 튼실한 자신의 손을 내려다보았다. 그에겐 아직까지 투박스러운 손과 광산 투기꾼 같은 단호함이 남아 있었다. 그리고 누구도 그의 길을 막아설 수 없을 정도의 완강함이 있었다. 다가오는 월요일에는 대통령직 입후보 사실을 공식적으로 발표할 예정이었다.

1억 달러나 2억 달러, 아니 그의 전 재산이 들더라도 백악관을 차지할 수만 있다면 돈을 쓸 참이었다. 그는 오래전부터 원하는 것은 무엇이든, 그것이 사람일지라도 돈만 있으면 모두 살 수 있다는 것을 경험했다. 선거든, 젊은 여자든 말이다.

그는 다시 자신의 아내를 물끄러미 바라보면서 마치 그녀의 미모를 처음 보는 것처럼 감탄했다. 뭇 남자들이 기를 쓰며 얻으려 했던 것을 소유하게 되었다고 생각하면서 소유의식을 충만하게 느꼈다. 이는 마치 얼마 전 유전 광구에 나가 유전 광천을 보고 경탄을 금치 못했을 때 느낀 것과 같은 느낌이었다.

맥콜은 예순, 진은 마흔 살이었다. 그는 24년째 상원의원으로 지내고 있으며, 그녀는 15년 전 로스쿨을 졸업한 직후부터 줄곧 그의 옆에 있었다. 그녀는 재치가 있었고, 말을 조리 있게 했으며, 사진발도 잘 받아 그의 정치경력에 딱 들어맞는 값진 자산이었다. 그들은 10년 동안 부부로 살았다. 10년이란 세월은 그의 지저분한 이혼경력을 덮어 주어 이제는 더 이상 이혼 경력이 선거에 해가 되지 않을 만큼 긴 세월이었다.

그녀는 자식이 없었고 원하지도 않았다. 하지만 그에게는 첫 번째 결혼에서 얻은 아들, 클락이 있었다. 클락은 이해할 수 없을 정도로 아무것도 잘하는 것이 없는 아들이었고, 서른 살이나 먹은 사춘기 소년이었다. 6개월 전 그는 클락이 안정된 직업을 가지면 성숙해져 소년의 삶에서 벗어나게 될 거란 생각에 클락을 댈러스에서 나오게 한 후 몇몇 연줄을 통해 워싱턴의 연방 에너지 규제 위원회 위원장으로 내세웠다. 하지만 클락은 자꾸만 댈러스에 있는 맨션으로 도망가 누군지도 모르는 사람들과 누구도 알 수 없는 일들을 벌이곤 했다. 그의 아들은 정치적 행보에 전혀 도움이 되지 않았다.

"의원님?"

집사인 브래드 포드가 멍한 표정으로 핸드폰을 들고 아치 모양의 거실 입구로 들어섰다.

"클락입니다."

맥콜은 귀찮다는 듯이 손을 흔들며 집사를 보내려 했다. "바쁘다고 해."

"아닙니다, FBI입니다. 댈러스에서 전화를 했는데, 클락에 관한 일이라고 합니다."

"FBI라고? 맙소사, 이번엔 또 도대체 무슨 짓을 한 거야?"

"아무것도 하지 않았습니다, 의원님. 클락이 죽었답니다."

01

"방울뱀이 고속도로 위에 죽어 있는 것과 변호사가 고속도로 위에 죽어 있는 것에는 어떤 차이가 있죠?" 스콧은 잠시 뜸을 들이다가 스스로 대답했다. "방울뱀 앞에는 자동차가 멈춰선 바퀴자국이 있죠."

청중들은 예의상 억지웃음으로 응수했다.

"왜 뉴저지에는 온통 유독성 있는 쓰레기 천지이고 캘리포니아에는 변호사들로 넘쳐나는 것일까요?" 그는 다시 한번 뜸을 들였다. "뉴저지에게 선택권이 우선적으로 주어져 있었기 때문이죠."

웃음소리와 미소가 줄어드는 대신 초조한 기침소리만 늘어났다. 예의상 웃어 주는 자들도 더 이상 없었다.

"변호사와 정자의 공통점은 무엇일까요?" 이번엔 뜸들이지도 않고 곧바로 답을 말했다. "둘 다 모두 인간이 될 확률이 1억분의 1이죠."

외교상 웃으려는 노력은 한계점에 달했다. 청중들은 쥐죽은 듯 조용해졌고 돌 같이 굳은 얼굴들이 그를 응시했다. 상단에 있던 변호사들은 초청 연사가 무분별하게 웃길려고 시도한 농담에 당황스러워 점심 먹는 일에만 집중했다. 그는 청중으로 꽉 찬 방을 놀란 듯이 둘러보면서 손바닥을 쳐들어 청중들의 관심을 다시 끌었다.

"왜 안 웃죠? 이 농담들이 웃기지 않나요? 대중은 이게 웃기다고 생각해요. 완전 웃기다고. 칵테일 파티나 컨트리클럽에 가면 꼭 변호사에 관한 어이없는 농담을 해 보라곤 하죠. 여러분, 우리는 미국에서 인기 있는 농담거리 중에 최고예요!"

그는 마이크를 조절하다가 자신의 깊은 한숨소리가 들리게끔 만들어 버렸지만, 시선을 다시 청중들에게 맞추었다.

"저도 이 농담들이 웃기다고 생각하지 않아요. 이 잔인한 농담거리가 되려고 로스쿨에 간 건 아니에요. 제가 로스쿨에 들어간 것은 제2의 아티커스 핀치*가 되려고 갔죠. 『앵무새 죽이기』는 제 어머니가 제일 좋아하는 책이었어요. 매일 밤마다 읽어 주셨죠. 한 챕터씩 읽어 주셨는데, 한 챕터가 끝나면 그 챕터

*『앵무새 죽이기』의 주인공 변호사.

의 맨 앞으로 되돌아가 다시 읽어 주셨어요. 어머니는 항상 제게 말씀하셨죠. '스콧, 아티커스처럼 되거라, 변호사가 되어야 해. 훌륭한 일을 하는 변호사가 되어야 해'라고 말입니다.

"친애하는 동료 여러분, 이것은, 우리가 우리 스스로에게 물어야 할 정말 의미심장한 물음입니다. 우리가 정말 훌륭한 일을 하고 있나요, 아니면 우린 그저 잘 해내고 있을 뿐인가요? 우리는 이 땅에서 정의를 위해 싸우는 법치주의의 고귀한 후견인들인가요, 아니면 피를 빨아먹는 거머리 같이 죽어 가는 사람에게 법이라는 이름을 앞세워 주머니 속의 마지막 한 푼까지 뽑아 먹으려고 하는 탐욕스러운 기생충들인가요? 우리는 정말 세상을 살기 좋은 곳으로 만들고 있나요, 아니면 그저 추악하게 부만 쌓고 있을 뿐인가요?

"여러분, 우리는 이런 질문들을 해야 합니다. 왜냐하면 대중이 우리에게 같은 질문을 하고 있기 때문입니다. 우리에게 질문을 던지면서 손가락질하며 우리를 비난하고 있어요. 저도 제 자신에게 같은 질문을 한 적이 있습니다. 그리고 답을 내렸습니다. 저를 위한, 여러분을 위한, 그리고 대중을 위한 답이 여기에 있습니다. 예, 우리는 훌륭한 일을 하고 있습니다. 우리는 정의를 위해 싸우고 있고 더 좋은 세상을 만들고 있습니다.

"신사숙녀 여러분, 저를 텍사스 주 변호사협회 차기 회장으로 뽑아 주신다면 제가 대중에게 바로 그 점을 말하겠습니다. 우리가 미국 독립 선언서와 권리장전을 썼고 인권을 위해 투쟁

하였다는 사실을 그들에게 상기시켜 주겠습니다. 우리가 빈곤층을 보호하고, 무고한 자를 변호하고, 억눌린 자들을 자유롭게 하고, 그들의 양도할 수 없는 권리를 대변한다는 점을 일깨워 주겠습니다. 그리고 우리가 자유와 억압, 진실과 거짓, 결백과 유죄, 삶과 죽음의 경계지점에서 전자를 위해 후자를 막아 주는 존재라는 것을 되새겨 주겠습니다. 그리고 저는 사람들에게 말할 것입니다. 변호사는 훌륭한 일을 하는 존재이므로 변호사가된 것이 정말로, *정말로* 자랑스럽다고 말입니다!"

텍사스의 한여름 열기 탓이라고 할 이도 있겠지만, 청중들, 그곳에 있던 변호사들 — 한 번도 빈곤층을 보호하거나, 무고한 자들을 변호하거나, 억압받는 자들을 자유롭게 해 준 적이 없는 변호사들, 그리고 다국적 기업들의 이익을 대변했던 변호사들 — 이 그의 말을 *믿었다.* 마치 산타클로스가 없다는 걸 알 만큼 커버린 아이들이 여전히 그 신화에 필사적으로 매달리고 있는 것처럼 그들도 그의 말을 믿었다. 그들은 마치 하나가 된 듯이 댈러스 시내에 있는 벨로 맨션의 다이닝 룸에서 자리를 박차고 일어나 서른여섯 살의 키 큰 연사를 향해 열광적으로 박수갈채를 보냈다. 그 연사는 거북 껍질로 만든 안경을 벗고 금발머리를 뒤로 넘기며 영화배우 같은 미소를 지어 보였다. 그러고선 연단에 마련된 자기 자리로 돌아가 앉았다. 그의 자리에 놓인 명패에는 **스콧 페니, 포드 스티븐스 로펌**이라는 글자가 선명하게 적혀 있었다.

박수소리가 점점 커지자, 차기 변협회장 자리를 두고 경쟁을 벌이는 법인세 전문 변호사가 귓속말로 말했다. "이봐, 스콧. 너 정말 굉장한 뻥쟁이구나, 이제야 왜 SMU*의 여대생 절반이 널 위해 팬티를 내리는지 알겠군."

스콧은 그의 실크 넥타이를 조여매고 2,000달러짜리 양복의 옷매무새를 가다듬은 후 흰 치아를 드러내며 경쟁자에게 귓속말로 전했다. "헨리, 진실을 말해선 잠자리 파트너를 구할 수도 없고, 선거에서 이길 수도 없어."

그리고 그는 다시 연단으로 돌아와서 전원 기립 박수를 보내고 있는 협회 소속 변호사들을 향해 정중하게 감사의 인사를 했다.

유독 한 사람이 박수를 치지 않았다. 다이닝 룸 뒤편 단골 자리에 혼자 자리를 지키고 앉은, 지긋한 나이의 인물이었다. 그는 식사를 위해 쓴 검정색 돋보기 너머로 먼 곳을 향해 눈을 번뜩이며 날카롭게 응시했다. 키는 그리 크지 않았지만 꾸부정한 자세가 그의 키를 더 작아 보이게 했다. 심지어 그는 다른 변호사들이 직접 대면하기를 꺼려하거나 매우 조심스럽게 접근해야 할 자였다. 그는 마치 왕과 신하의 관계처럼 변호사들로 하여금 치킨 스테이크, 으깬 감자, 그리고 호두파이에서 눈을 들어 그네들을 쳐다볼 때까지 인내심을 가지고 기다리게 하다가

---

* Southern Methodist 대학교.

고개를 끄덕이며 알아보거나 마음이 내키면 악수를 청하기도 하였다. 하지만 그가 자리에서 일어나는 일은 절대로 없었다. 지옥이 그에게 다가와도 높은 물이 그에게 다가와도 아랑곳하지 않을 듯이, 미국 지방법원의 판사 사무엘 뷰퍼드는 식사를 마칠 때까지 그 자리에 그대로 앉아 있었다. 하지만 오늘은, 젊은 변호사의 연설에 귀 기울여 들으며 입가에 미소를 지었다.

스콧 페니, 그는 방금 사무엘 판사가 내려야 할 어려운 사법적 결정을 용이하게 내릴 수 있게 해 주었다.

02

포드 스티븐스 로펌은 댈러스 시내에 위치한 디브렐 타워의 55층부터 63층까지, 9개 층을 사용했다. 이 로펌이 재정상 큰 성공을 거둔 것은 200명의 사내 변호사들이 한 시간당 평균 250달러를 청구, 평균 한 달에 200시간씩 일하는 것을 전제로 일 년에 총 1억 2,000만 달러의 매출을 올리고, 파트너당 평균 150만 달러의 이익금을 배당받는 것에서부터 예견되었던 일이다. 이러한 성공은 댈러스의 회사를 월 스트리트 회사와 동급에 놓이게 했다. 스콧 페니는 이 로펌에서 파트너로 일한 지 4년이 되었고 일 년에 75만 달러나 받고 있었다. 그는 *그*가 마흔 살이 되는 해에는 임금이 두 배로 불어날 것이라 예상했다.

50명 중 한 명의 파트너로서 그가 누리는 것은 많았다. 개인 비서, 그의 밑에서 일하는 두 명의 법률보조원와 네 명의 변호사, 지하 차고의 개인 주차공간, 식사, 운동시설, 컨트리클럽 회원권, 그리고 62층 코너에 자리 잡아 북쪽을 향하고 있는 널찍한 개인 사무실 ─ 댈러스에서는 북향이 제일 전망 좋은 방향이었다. 그는 특히 개인 사무실을 마음에 들어 했다. 사무실의 벽면은 나무로 되어 있었고, 마호가니 재질의 책상과 가죽으로 된 가구들, 그리고 이란에서 수입한 진품 페르시안 양탄자가 있었으며, 5평방피트$^{0.5제곱미터}$ 크기의 액자에는 SMU 무스탕 팀에서 등번호 22번을 달고 텍사스 롱호른 팀을 상대로 193야드^{176미터}의 필드를 뛰어 그를 지역 미식축구의 전설로 만든 사진이 있었다. 이 모든 시기할 만한 혜택을 유지하기 위해서는 예수의 열두 제자들이 예수를 위해 헌신했던 것처럼 오직 로펌의 의뢰인들을 위해 봉사하기만 하면 그만이었다.

스콧은 변호사회에서 연설을 마치고 한 시간 후 로펌 사무실로 돌아왔다. 그는 페르시안 양탄자 위에 서서 예전에 댈러스에서 카우보이 복을 입고 치어리더로 활동했고 지금은 이 로펌에서 하절기 인턴십 프로그램을 운영하고 있는 스물일곱 살의 미시를 보고 감탄하고 있었다. 매년 가을, 포드 스티븐스의 변호사들은 전국을 돌아다니며 로스쿨 2년차 학생들 중에 최고를 선발해 그중 40명을 댈러스로 데려와 여름 동안 한 주에 2,500달러를 주며 숙박과 파티, 술을 제공했고 어떤 로펌들은 성매매를 알선해 주면서 인턴으로 일하도록 했다. 대형 로펌에 소속된 파트너 대부분은 대학시절 사교클럽에 뻔질나게 다닌 이들이었고 그래서 하절기에 이루어지는 인턴십 프로그램은 대체로 사교 모임적 성격이 짙었고, 포드 스티븐스의 프로그램도 다를 것이 없었다.

6월 첫째 주 월요일에는 40명의 인턴들이 들이닥쳤고, 이 사무실에 있는 봅처럼 대부분의 인턴들은 힘 있는 파트너의 눈길을 얻으려 노력했다. 또 파트너들 역시 신예의 법률 독수리들이 포드 스티븐스가 원하는 인재인지를 간파해 내려고 했다. 봅이 딱 포드 스티븐스가 원하는 타입이었다. 미시 옆에 서 있는 그의 얼굴 표정을 보면 그도 언젠가는 이런 사무실에서 일하게 될 것이라고 굳게 다짐하는 듯했다. 그 뜻은 그가 앞으로 8년 동안 아무런 불평불만 없이 한 달에 200시간씩 일할 것이고 그때는 포드 스티븐스가 그의 앞길을 열어 줄 것이라는 의미이다―새로 온 변호사가 포드 스티븐스에서 파트너가 될 승산은 20분의 1에 지나지 않는다. 하지만 야심찬 예비 법률가들은 여전히 계약서에 서명을 한다. 왜냐하면 스콧이 "확률을 믿으면 라스베이거스로 가고, 마흔 살이 되었을 때 엄청난 부자가 될 기회를 얻고 싶으면 포드 스티븐스와 계약해라"라는 말을 해 주었기 때문이다.

"페니 씨?"

스콧은 미시에게서 눈을 떼고 문 앞에 서 있는 칠칠치 못한 중년의 비서에게 눈을 돌렸다.

"네, 수우 씨."

"네 개 회선에서 전화가 대기 중이에요— 아내 분, 스탠 테일러, 조지 파커와 톰 디브렐 씨요."

스콧은 미시와 봅을 바라보며 어깨를 으쓱했다.

"모두 용무 전화네." 스콧은 얼굴이 창백하고 검소하게 보이는, 클래스에서 수석을 차지한 인턴과 악수하며 어깨를 두드렸다. "봅—"

"롭이에요."

"아, 미안. 롭, 7월 4일(미국 독립기념일: 역자 주)의 내 파티엔 필수로 참가해야 해."

"네, 그건 이미 들어서 알고 있습니다."

그는 미시에게 물었다. "금년에도 여자애들을 데리고 오나?"

"네, 열 명 옵니다."

"열 명?" 그는 휘파람을 불며 환호했다. "음, 열 명이라, 전직 댈러스 카우보이 치어리더 열 명."

로펌은 여자들에게 비키니를 입게 하고 로스쿨 학생들에게 관심 있는 척하면 명당 500달러를 지불한다. "봅—"

"롭입니다."

"아, 맞아. 롭, 한 명 정도 유혹하려면 선텐 좀 해야겠는데?"

롭은 그가 전직 댈러스 카우보이스 팀 치어리더였던 여자애들과 데이트를 할 수 있는 가능성이 다리가 한 쪽밖에 없는 노인네가 엉덩이 차기 시합에서 이길 수 있는 가능성만큼이나 희박하다는 걸 알고 있었지만 씨익 웃어 주었다.

"페니 씨." 롭이 말했다. "변호사회에서 연설하셨던 거, 굉장히 감동적이었어요."

스콧이 속으로 생각했다. 이제 겨우 첫째 날인데, 이 아이는 벌써부터 노련한 동료 같이 알랑방귀를 뀌고 있다니. 진심일까?

"고마워, 롭."

미시가 윙크했다. 스콧은 그것이 미시가 연설의 모든 것이 허풍이었다는 것을 알고 윙크한 것인지, 아니면 미시가 또 자기를 유혹하며 시시덕거리는 건지 몰랐다. 댈러스의 아름다운 싱글 여성들처럼, 미시는 그런 시시덕거리는 것을 예술처럼 만들었다. 길다란 다리를 꼬고 앉을 때마다 그와 눈을 마주치곤 하였고 엘리베이터에서 옷깃을 스쳐지나갈 때나 그냥 그를 쳐다볼 때에도 마치 바람피우는 것 같이 느끼게 만들었다. 당연히 로펌에 있는 모든 남성들이 미시를 보고 그렇게 느꼈다. 선발시합은 아니지만 로펌의 여성 사원들은 매년 스콧을 포드 스티븐스에서 제일 잘생긴 변호사로 꼽았다. 주로 체스 종목에 뛰어났던 다른 변호사들과 달리 스콧은 대학시절 미식축구 선수로 일약 스타덤에 올랐기 때문이다. 여기 있는 롭도 그랬다.

"롭."

"맞습니다."

미시와 봅이 떠나고 스콧은 책상 앞의 가죽의자에 앉았다. 그의 시선이 전화기에 머물렀다. 네 개의 신호가 깜박였다. 그는 고민 없이 곧바로 전화 받을 순서를 정했다. 톰, 스탠, 조지 그리고 아내. 톰은 작년에 로펌에 300만 달러를 냈고 스탠은 150달러, 조지는 5만 달러 그리고 그의 아내는 아무것도 내지 않았다.

스콧은 수화기를 들고 톰이 연결된 회선을 눌렀다.

"페니 씨!"

스콧은 서둘러 로비에 나와 69층에 있는 톰 디브렐을 만나러 가기 위해 엘리베이터를 잡았다. 조바심을 내는 것 치고는 그의 얼굴에 희색이 만연했다. 그는 다른 변호사들이 꿈꾸는 부자 의뢰인들의 세례를 받았다. 도박에 중독된 부동산 중개인, 상습적으로 빌리고, 사고, 짓고, 팔고, 계약하고, 고발당한 의뢰인, 그리고 가장 중요한 의뢰인은 스스로를 끊임없이 법적으로 위태로운 곤경에 몰아가는 불가사의한 솜씨가 있는 의뢰인이었다. 그런 곤경에서 구출하려면 언제나 높은 비용의 서비스가 필요했다. 그런 서비스는 스콧 페니 전문이었다.

뛰어와 얼굴이 빨갛게 상기된 수우가 그를 뒤쫓아 왔다.

"페니 씨, 두 시에 파트너 회의 있어요."

스콧은 시계를 확인했다. 1시 45분.

"나 못 가, 톰에게 가야 해. 오늘 회의에서 안건은 뭐지?"

수우가 그에게 안건을 건네주었다. 존 워커를 로펌에서 해고할 것인지를 결정하는 투표가 안건이었다. 스콧과 달리 존은 이제 더 이상 축복받는 변호사가 아니었다. 그의 부자 의뢰인은 뉴욕에 있는 회사로 가 버렸고 그것은 그의 의뢰인이 이제 더이상 포드 스티븐스에 돈을 내지 않는다는 것을 의미했다. 그리고 그것은 존 워커가 포드 스티븐스에 더 이상 고용되지 않을 것이란 뜻이기도 했다. 그의 80만 달러 연봉은 이제 로펌에서 쓸데없이 나가는 돈이 되어 버렸다. 존은 능력 있는 변호사였다. 그와 스콧은 일주일에 두 번씩 함께 농구를 했지만 이것은 비즈니스였다. 훌륭한 변호사라도 돈 많은 의뢰인이 없으면 대형 로펌에선 쓸모없는 존재였다.

스콧이 펜을 찾아 코트에 손을 넣는 순간 마침 엘리베이터 문이 열렸다. 그는 안으로 들어갔고 수우가 뒤따라 들어왔다. 서류에는 '존 워커의 해고'라고 쓰인 투표용지가 첨부되어 있었다. 이 로펌에서 존 워커가 해고되리란 사실을 모르는 변호사는 존 워커 한 사람뿐이었다. 댄 포드는 상대방이 생각지도 못할 기습을 하는 것이 변호사를 해고시킬 때 결정적인 요소라고 생각했다. 그렇지 않으면 그 변호사가 로펌을 나갈 때 의뢰인도 같이 데리고 나갈 것이기 때문이다. 15분 후면 존 워커는 이 로펌에서 일한 지 12년 만에 댄에게 해고 통지를 받고, 경비원들은 건물 밖으로 그를 에스코트해 줄 터였다. 이 로펌은 단 한 번도 해고된 변호사에게서 의뢰인을 잃은 적이 없었다.

수우는 뒤로 돌아서면서 등에 대고 쓰라고 했다. 스콧이 수우의 등에다 투표용지를 대고 스콧 페니라고 쓰다가 얼어붙은 듯 잠시 멈췄다. 양심에 찔렸다. 그의 투표는 단순한 형식적 절차에 불과했고, 포드 스티븐스 로펌은 동등한 변호사들의 협력 관계로 이루어져 있다는 환상에 동조하는 것에 지나지 않았지만 말이다. 사실 댄 포드가 로펌의 주인이었고, 그가 로펌에 있는 모든 변호사들, 사무실, 책상 그리고 책들을 소유하고 있었다. 댄은 이미 존 워커를 해고하기로 결정했다. 스콧은 댄의 결정을 확정지을 수도 있지만 거절할 수도 있었다. …… 하지만 그 다음엔 어떻게 하지? 존과 같이 실업자 대열에 서야 하는 것인가? 그는 한숨을 내쉬며 투표용지의 찬성 란에 체크하고 수우에게 다시 투표용지를 돌려주었다. "댄에게 갖다 줘."

그녀는 투표용지를 사형집행 명령장처럼 바라보았고 속삭이듯 조용한 소리로, "그의 아내가 유방암이래요."라고 말했다.

"댄의 아내가?"

"아니요, 존 워커 아내요. 존 워커 비서가 그러는데 암이 임파선에 퍼졌대요."

"장난 아니군. 아직 젊은데 말이야."

스콧의 어머니도 젊었었다. 똑같은 암이 그녀를 죽음으로 내몰았을 때 겨우 마흔세 살에 불과했다. 스콧은 어머니가 가슴과 머리카락을 잃고 마침내 생명을 잃어가는 걸 그저 지켜보는 것 외에는 할 수 있는 것이 없었다. 그는 존의 아내와 존을 생각했다. 스콧이 어머니를 화장실로 데려가기 위해 침대에서 들어 올릴 때면 암세포가 서서히 몸을 잡아먹어 마치 새털처럼 가벼워진 어머니의 몸무게를 실감했고 신을 저주했다. 존도 곧 이 건물을 나서면 코트와 캐리어를 손에 든 채 그를 내쳐버린 파트너들을 저주하고 그의 아내를 버린 신을 저주할 것이다.

"젠장."

그는 그의 어머니에게 아무것도 해주지 못했던 것처럼 존의 아내에게 아무것도 할 수 없었다. 그리고 댄 포드가 아무런 예고 없이 다른 변호사들을 해고시키는 것을 막지 못한 것처럼 존을 위해서도 아무것도 해 줄 수 없었다. …… 지금도 여전히 그럴 수밖에 없다. 스콧은 엘리베이터 문이 열릴 때까지 벽면 거울에 비친 자신의 모습을 바라보았다. 경기 도중 선수가 부상을 입어 타임을 외치는 심판관의 호루라기 소리처럼 엘리베이터의 신호음이 그를 상념에서 깨어 나오게 했다. 엘리베이터 문이 그의 뒤에서 소리 없이 닫혔다. 그는 이 로펌 건물의 소유주이자, 그가 매년 벌어들이는 수임료의 90퍼센트 이상을 만들어 주어 침대에서부터 시작해서 그가 신고 있는 신발에 이르기까지 자신이 가지고 있는 모든 것을 구입할 수 있게 해 주는 그의 가장 중요한 의뢰인 디브렐 부동산 사무실에 들어섰다.

스콧이 포드 스티븐스 로펌에 신입 변호사로 입사했던 11년 전 이맘때쯤, 그가 타고 있던 엘리베이터에 토머스 J. 디브렐이 탔다. 댈러스에 있던 모든 사람이 톰 디브렐을 알고 있었기 때문에 스콧도 금방 그를 알아보았다. 그는 SMU 졸업생이고 맹렬한 미식축구 선수였으며, 주지사와 금전이 개입된 경기를 했다는 스캔들에 연루된 적이 있었다. 1987년 NCAA*는 그 스캔들을 이유로 SMU에 사형선고를 내렸다. 톰은 부동산 투기 붐이 한창이었던 80년대에 뉴욕 펜션 펀드에서 대출받은 300억 달러로 호화스러운 디브렐 타워를 지었다. 90년도에 텍사스의 부동산 경기에 불어닥친 불경기로 다른 부동산 개발자들이 치명타를 입었을 때에도 그는 신기하게 파산하지 않았다. 다른 거대 개발자들이 유치권 행사로 빌딩을 빼앗겼을 때에도 톰 디브렐은 그의 빌딩을 지켜냈는데, 이 일은 *오즈월드의 단독 범행인가?***라는 댈러스의 제1 미스터리에 이어 여전히 제2의 미스터리로 남아 있다.

하지만 스콧이 그날 엘리베이터에서 그를 알아보자마자 디브렐도 스콧을 금방 알아보았다. 디브렐은 미식축구 영웅이었던 스콧을 가까이서 보고는 다 커 버린 어른이 마치 크리스마스 아침에 들뜬 어린아이와 같은 표정을 지었다. 그들은 서로 인사하며 자신을 소개했고, 스콧이 포드 스티븐스에서 변호사로 일한다고 말하자 디브렐은 위층에 있는 다운타운 클럽에서 점심을 먹자고 했다. 디브렐은 스테이크를 먹으면서 댈러스 부동산 경

---

 * national collegiate athletic association, 미국에서 대학 스포츠 팀들을 관리하는 조직.
 ** 존 F. 케네디 암살범으로 알려진 인물.

기가 요즘 너무 형편없고 자신의 회사도 겨우 명맥을 유지하고 있으며 회사의 고문 변호사들은 — 그의 호황기 때 몇 억 달러씩이나 보태 주었던 그 충성스럽지 못한 녀석들은 — 톰의 부도수표의 상당부분을 보유하고 있는 파산된 지방은행을 인수한 양키 은행을 위해 자신을 버렸다고 설명했다. 점심을 먹고 나서 디브렐은 큰 시가를 문 채 의자에 기대어 전설적인 미식축구 선수인 스콧 페니에게 자신의 변호사가 되어 줄 것을 요청했다.

스콧 페니의 최초의 의뢰인이었다.

이제 지나간 과거의 일이지만, 11년 후 댈러스 부동산은 다시 경기가 좋아졌고 디브렐 부동산은 다시 최고로 상승했으며 톰 디브렐은 다시 댈러스에서 최고의 의뢰인이 되었다. 스콧이 "저는 톰 디브렐 씨의 변호사, 스콧 페니입니다."라고 자신을 알릴 때마다 즉각적인 존경을 부여하고 사회적 지위를 높여 준 것은 톰 디브렐이라는 의뢰인이었다. 스콧은 연간 300만 달러를 안겨 주는 그의 충성스러운 변호사로서 계속 남아 있었다.

69층에 내리자 바닥이 마호가니와 대리석으로 되어 있어 걸을 때마다 또각또각 소리가 울려 퍼졌다. 접견실 입구 쪽에는 샹들리에가 있었고 바로 밑에는 둥근 목재 탁자가, 그 위에는 두 명의 카우보이에게 묶여 꼼짝달싹 못 하는 청동으로 만들어진 송아지 조각상이 놓여 있었다. 그 송아지는 세 번째 카우보이가 휘두르고 있는 거대한 양손잡이 발톱깎기를 연상시키는 무기 때문에 야성미를 상실하기 직전의 양태를 보여 주고 있었다.

조각상 아랫부분에 부착된 은쟁반에는 'spring roundup'이라고 적혀 있었다.

스콧은 디브렐 부동산의 고급스러운 접견실에 들어올 때마다 마치 서부지역의 박물관에 들어온 것 같은 느낌을 받았다. 프레더릭 레밍턴 조각상이 받침돌 위에 서 있고, 말 위에 탄 카우보이가 그려진 하비의 그림들이 벽면에 걸려 있었는데, '부츠를 신고 있는 은행가', '리오그란데강 건너기', '훌륭하신 윌링 영주와 범람하지 않는 계곡'이라는 제목이 붙어 있었다. 가구들은 영화 <자이언트>에서 방금 튀어나온 듯했다 — 다이아몬드로 술이 장식된 가죽 소파와 그에 맞춰 황동이 박혀 있는 의자들이 있었고 바닥에서부터 천장까지 어두운 목재로 되어 있었다. 접견실 책상 위 벽면에는 이곳의 걸작이라 할 수 있는 검정색의 큰 종마를 탄 톰 디브렐의 초상화가 걸려 있었다. 그는 동물원에서 부모에게 이끌려 억지로 조랑말에 타고 있는 어린아이 같았다. 사실, 그때가 톰이 유일하게 말에 탔을 때였다. 댈러스, 휴스턴 그리고 텍사스에 사는 사람 중 누구도 진짜로 카우보이인 사람은 없었지만 톰은 카우보이와 관련된 모든 것을 사랑했고 카우보이인 척하는 것을 좋아했다.

스콧의 시선은 로이 로저스 주니어에서 그가 여태 본 젊은 여성 중에 제일 아름다운 여성, 최소한 그가 이 자리에 서 있었을 때부터 그가 본 여성 중에 가장 아름다운 여성에게로 옮겨갔다. 금발머리에 파란색 눈을 가진 미모의 여성은 안내실 데스크에서 조간신문 위에 손을 올려놓고 매니큐어 칠을 하고 있었다. 톰 디브렐은 회계사를 고용할 때에는 하버드에서 경영학을 전공했는지를 보고 접견실의 안내원은 가슴을 보고 판단하는 것이 결정적이라고 항상 말했다. 문제는 접견실 안내원의 직업적 진로가 접견실 데스크에서 톰의 사무실 소파로 옮겨간 데 있었다. 이는 소송을 피하기 위한 대가로서의 실질적인 해결방법이었다.

"와우, 진짜 미남인걸." 그녀가 말했다.

톰을 말하는 것이 아니었다. 그녀의 파란 눈은 신문의 흑백 사진 속 젊은 남성에게 맞춰져 있었다. 신문의 헤드라인에는 "클락 맥콜 피살"……"성매매여성 기소"……"맥콜 상원의원 황망"……"대통령 선거 캠페인 연기"라는 표제들이 적혀 있었다.

"마약사건 때 찍혔던 사진이네요. 항상 문제아였어요." 스콧이 말했다.

그녀는 어깨를 움츠리며 말했다. "부자잖아요."

"아버지가 부자죠."

"저야 상관없어요."

"그렇담, 그가 그 토요일 밤 매춘부 대신 그쪽을 데려갔어야죠."

"전 저 여자보다 돈이 더 들걸요. 그치만 전 총을 들고 다니진 않아요."

"내가 보기에 그쪽은 확실히 뭔가 뜨거운 것을 숨기고 있는 것 같은데요."

그녀는 스콧에게 수줍게 미소 짓다가 다시 신문으로 눈길을 돌렸다. 그러고는 미스터리에 골몰하는 듯이 머리를 천천히 흔들었다.

"돈도 많고 부자이니까, 동네에서 아무 백인 여자를 데려갈 수 있었을 텐데 왜 하필 흑인 성매매여성을 원했을까요?"

"당신이 말했듯이 구두쇠였나 보죠."

스콧은 디브렐의 여자들과 시시덕거리는 걸 즐겼다. 하지만 그는 이 대화가 달갑지 않았다. 상원의원의 아들의 살해사건은 그와 전혀 무관한 일이었다. 그는 오늘 여기 돈벌이를 하러 온 것이므로 얼른 말을 돌렸다.

"스콧 페니예요, 톰을 만나러 왔어요."

그녀는 매니큐어를 내려놓고 손톱을 후후 불며, 수화기를 집어 들었다. 새로 바른 매니큐어가 망가지지 않도록 손가락 안쪽으로 수화기를 들고 연필 끝 지우개로 번호를 누르면서 말했다. "페니 씨 오셨어요." 그녀는 전화를 끊고 나서 다시 그녀의 인상적인 상반신을 뽐내려는 듯이 고쳐 앉으면서 물었다. "그쪽은 결혼했어요?"

스콧은 왼손을 들어 결혼반지를 들어 보였다.

"11년이나 되었어요."

"안 되겠네." 그녀는 다시 손톱을 불며 말했다. "그곳으로 돌아가세요, 페니 씨. 결혼이 끝나거든…… 아니, 그렇지 않아도 연락 주세요."

문법에 맞게 말하든 그렇지 않든 상관없이, 그녀는 텍사스 남자들이 가장 원하는 매력적인 텍사스 여자였다. 텍사스에는 많은 전설들이 있지만 세상에서 제일 예쁜 여자들이 텍사스에 있다는 사실은 신화가 아니었다. 그녀 같은 여자들은 나방이 불을 향해 날아가듯 고등학교나 전문대학을 졸업하고, 텍사스 전역의 작은 시골에서 댈러스로 찾아든다. 그들은 일자리를 찾거나 밤 문화를 위해 온다. 그리고 큰 집과 멋진 자동차, 값비싼 옷 그리고 반짝이는 액세서리를 사 줄 수 있는 수입 많은 독신 남자들을 찾는다. 이런 것들은 무조건 텍사스 여자들의 행복을 보장해 주었다. 제련소 노동자와 결혼해 작은 집에서 살고 싶은 여자들은 휴스턴으로 가고, 돈과 결혼해 맨션에서 살고 싶은 여자들은 댈러스로 갔다.

스콧은 접견실을 가로질러 카우보이와 관련된 것으로 즐비한 갤러리를 지나가면서 안경을 꺼내들었다. 그는 원시만 약간 있는 정도여서 불빛이 약한 곳에서 무언가를 읽을 때에만 안경이 필요했다. 하지만 의뢰인들은 지적인 변호사를 좋아하는 걸 알기에 의뢰인 앞에서는 안경을 끼는 버릇을 들였다. 어느덧 톰의 사무실에 도착한 스콧이 호화스러운 톰의 사무실을 둘러보았다. 그곳은 비서실, 개인 화장실과 가짜 벽난로가 있는 서재, 그리고 톰의 내실로 이루어져 있었다.

맥콜의 기사를 보고 있던 톰의 비서 말린이 눈을 들어 미소 지으며 들어가라고 눈짓했다. 스콧은 넓은 공간 안에서 손으로 얼굴을 감싸고 있는 톰을 바라보았다. 그는 큰 책상과 10피트^{3미터} 높이의 천장 사이에서 너무나도 작아보였다. 스콧은 가죽 소파, 스탠드 위에 있는 멋 부린 은세공의 멕시칸 안장 그리고 장관, 상원의원, 대통령과 같이 찍은 사진들을 지나 톰에게로 다가갔다. 톰은 일생동안 단 한 번도 건설과 관련된 직업을 가져본 적이 없지만 커피테이블 위에는 앞면에 디브렐이라고 인쇄된 안전모와 기공식에 소품으로 사용된 설계도가 놓여 있었다.

스콧이 선 채로 톰에게 말했다. "아래층에서 땅 계약 때문에 회의를 하고 있습니다. 빨리 계약을 완료했어야 했는데."

톰이 머리를 저었다.

"그 때문에 부른 것이 아닐세."

올해로 쉰다섯 살인 톰은 가발을 사러 간 적이 있을 정도로 머리털이 많이 빠져 횡했다. 키도 트레이드마크인 카우보이 부츠를 신어야 174센티미터 정도 되는 작은 키였지만 일 년에 300만 달러를 받기 때문에라도 스콧은 그를 탄탄한 사람이라고 평가했다. 그는 나이 어린 여성과 네 번의 결혼을 했다. 현재의 디브렐 부인은 스물아홉 살이었다. 톰이 고개를 들어 스콧을 보았고 스콧은 금방 여자 문제인 것을 눈치 챘다. 그의 최고의 의뢰인은 늘상 도움의 손길을 필요로 했다.

"톰, 이번엔 누군가요?"

"나딘일세."

스콧은 머리를 흔들었다. 나딘이란 이름을 기억하지 못했다.

"갈색머리에 키 크고, 체격 좋은 애 있지 않나, 스콧. 그녀의 엉덩이는 사내 아이 엉덩이 같았네!"

톰은 잠시 머뭇거리다가 다시 사건 당시의 순간을 떠올린 듯이 눈을 번쩍였다. 그러곤 다시 말했다. "성희롱으로 고소한다고 협박하고 있네." 톰이 편지를 내보였다. "젠장, 변호사까지 있다네!"

스콧은 편지를 건네받고 서두부터 읽어 내려갔다. 발신인은 프랭클린 터너, 고소를 전문으로 하는 유명 변호사였다. 스콧은 깊이 한숨을 내쉬었다. "제기랄." 댈러스에 있는 변호사 2만 명 중에 프랭크 터너를 찾다니.

프랭크 터너는 10일 이내에 합의금을 내지 않으면 자신의 의뢰인, 나딘 존슨을 대리하여 디브렐 부동산과 토머스 디브렐에 대해 소를 제기하겠다고 겁을 주고 있었다.

"터너가 사람들이 말하는 것만큼 무지막지한가?"

"네, 진짜 독한 놈이죠."

스콧은, 의사들이 환자에게 암을 통고할 때 하는 것 같이 엄숙한 톤으로 말했다. 의뢰인은 항상 어느 정도 안절부절못하게 만드는 것이 좋다. 걱정된 의뢰인은 짜증은 덜 내고 돈은 더 많이 낼 것이기 때문이다. 그래서 한껏 인상을 찌푸린 채 톰이 댈러스의 모든 시내를 한눈에 볼 수 있도록 특별 제작한 파노라마식 창문 쪽으로 걸음을 옮겼다. 그러고선 그곳에서 시내 전경을 바라보면서 '맙소사, 이 얼마나 침울한 광경인가' 라고 생각했다. 낡은 흑백 텔레비전 방송을 보는 것 같이 희미하고 따분한 모습이었다. 눈으로 볼 수 있는 것은 콘크리트와 강철뿐이었고 거기에 더해 끊임없이 다운타운을 맴도는 공해 때문에 생겨난 갈색의 안개가 자욱했다. 나무도 한 그루 없는 황무지의 땅을 보자니, 시내의 계획이 분명하게 드러나는 것 같았다 — 이 망할 놈의 도시 곳곳을 전부 포장하고 자연을 콘크리트로 덮어버리자는 계획 말이다. 이러한 계획은 댈러스가 미국에서 제일 흉측한 도시로 손꼽히는 이유를 이해할 수 있게 만든다. 여자 말고는 댈러스에서 자연적인 미를 찾아볼 수 없었다. 수십 년간 자연 하수로 쓰였다가 요즈음엔 배수구로 쓰이고 있는 시내 서쪽으로 흐르는 트리니티강 말고는 바다든 강이든 호수든 아무것도 없었다. 센트럴 파크, 로키 산맥 그리고 마이애미 해변 같은 것도 없었다. 날씨도 좋지 않았다. 다른 훌륭한 도시들이 가지고 있는 장점들은 전혀 찾아볼 수 없었다. 댈러스가 가지고 있는 것이라고는 엘름 가에 미국 대통령이 암살된 위치를 표시하는 하얀색의 엑스 자 표지뿐이었다. 하지만, 댈러스는 그런 것 때문에 사는 곳이 아니다. 빠른 시일 내 돈을 많이 벌기 위해 머무는 곳에 지나지 않았다.

"스콧?"

톰의 목소리는 아이가 고집스럽게 떼쓰는 소리 같이 들렸다. 스콧은 걱정에 사로잡힌 의뢰인에게 시선을 돌렸다.

"톰, 프랭크 터너를 상대로 싸우는 것이기 때문에 합의금액은 저번 건의 두 배만 쳐도 운이 좋은 편입니다."

톰이 고개를 가로저으며 말했다. "상관없네, 스콧. 필요하다면 200만 달러라도 주게, 그냥 처리하게나. 대신 조용히 처리하게, 이 일 때문에 뱁스를 놓치고 싶진 않아. 정말 좋아한단 말일세."

뱁스는 그의 네 번째 아내였다.

"잘 처리할게요, 톰. 다른 건도 제가 잘 처리했었잖아요."

톰은 금방이라도 울 것 같았다.

"절대로 잊지 않겠네, 스콧. 절대로."

스콧은 문 쪽으로 가면서 어깨너머로 말했다. "제가 청구서 보낼 때 잊지 않기만 하면 돼요."

스콧은 말린을 거쳐 카우보이 갤러리를 통과할 때까지 심각한 표정을 유지했다. 접견실 직원에게만은 윙크를 잠시 주고 다시 엘리베이터 로비에선 심각한 표정으로 돌아왔다. 하지만 이내 엘리베이터 문이 닫히고 안전하게 혼자 있게 되자 치아를 드러내며 크게 웃었고 거울에 비친 자기를 보며 말했다. "어떻게 한 사람이 그렇게 소송을 많이 당할 수 있지? 진짜 이상한 작자군."

다른 모든 변호사가 남의 눈이 없는 엘리베이터 안에서나 혼자 속으로나마 자신의 의뢰인들을 삶의 보조금을 대주는 돈 많은 의뢰인이라고 생각하듯이, 그의 부자 의뢰인에게도 그렇게

대했다. 그런 자들은 똑똑하지는 못해도 신의 은총으로 상속받
거나, 훔치거나, 사기 치거나, 방관하거나, 속이거나, 아니면 그
냥 행운으로 엄청난 부를 움켜쥔 자들일 뿐이었다. 그러므로 자
연 질서의 균형을 회복하기 위해서라도 변호사들은 변호사 비용
으로써 가능한 한 그들의 부를 많이 얻어내는 것이 그들의 의무
였다.

　　스콧 페니는 그의 의무를 항상 톰 디브렐과 관련하여 수행
했다.

03

스콧은 엘리베이터를 타고 62층의 포드 스티븐스 사무실로 내려갔다. 벌써 다음 변호사가 들어오길 기다리면서 존 워커의 개인 비서가 물건을 챙겨 짐을 싸고 있는 존 워커의 사무실을 지나 회의실로 들어갔다. 스콧은 사람들을 가장 취하게 만드는 성공이라는 술에 취해 손가락을 튕기며 호기롭게 걸어갔다.

스콧이 회의실 문을 열고 들어서자 열두 명의 변호사가 그를 맞았다. 그들은 40피트^{12미터} 길이의 체리나무로 만든 탁자를 사이에 두고 암갈색 가죽덮개를 씌운 의자에 앉아 논쟁을 펼치고 있었다. 마치 사자들이 생고기를 두고 서로 싸우는 것 같이, 남의 돈을 사이에 두고 서로를 물어뜯었다. 오늘 회의에서 이 굶주린 변호사들은 디브렐이 산업용 창고를 만들려 트리니티강 근처의 50에이커^{약 6만 평} 면적의 땅을 2,500만 달러에 매입한 것을 안건으로 삼았다. 포드 스티븐스의 변호사 세 명이 스콧의 시간당 850달러짜리 의뢰인을 위해 싸우고 있었다. 스콧이 회의실의 긴 테이블 앞에 다가섰다.

"여러분!"

방 안은 곧 조용해졌고 모든 눈과 넥타이들 그리고 멜빵들이 그에게로 시선을 돌렸다.

"이 거래, 아직도 종료되지 않았습니까? 빨리 끝내지 못하는 이유가 뭡니까?"

스콧이 디브렐의 문제에 관해 처리하라고 위임한 5년차 변호사 시드 그린버그가 말했다. "스콧, 우린 아직도 환경인증 보증금문제를 해결하지 못하고 있습니다."

"아직도 해결되지 않았단 말입니까? 벌써 2주일째입니다!"

시드가 말했다. "스콧…… 아무래도 해결하지 못할 것 같습니다."

"시드, 모든 법적인 문제에는 해결책이 있어. 문제가 뭔가?"

"사실 문제는요, 스콧. 우리는 — 정부는 모르고 있지만 — 그곳에 건전지 공장이 가동 중이었을 때 흘러나온 납 때문에 토양이 오염된 걸 알고 있어요. 비가 올 때마다 강으로 납이 침전되고 있어요. 침전되는 양도 상당해요. 그래서 디브렐이 그 땅을 포장하기 전에 납이 발견될 것을 대비해서 토지 구입가액의 일부를 보증금으로 예납해 두어야 해요. 문제는 보증금을 얼마나 예납해야 하는가에 있습니다."

"시드, 환경 컨설턴트를 고용해 봐. 그럼 그가 얼마큼 내야 하는지 알려 줄 것 같은데."

"이미 시도해 봤죠. 근데 이 거래를 중단하라고 우리에게 소송을 건 멍청한 환경 보호단체한테 법원이 환경에 관한 모든 보고서를 제출하라고 명령했어요."

"트리니티강 보호 연합?"

"네, 그들이요. 그 땅을 아이들이 강에 사는 생물체들도 볼 수 있도록 생태 자연 공원으로 쓰길 원해요. 죽은 물고기들이나 아니면 오수밖에 보이는 것이 없을 텐데. 젠장, 발톱만이라도 그 물에 닿으면 병에 걸릴 그런 물인데 말이죠. 하여튼, 어느 당사자도 아직 보고서를 가지고 있지 않다고 법원에 말했어요. 만약 보고서가 만들어진다면 우리가 트리니티강 보호 연합에게 보고서를 제출해야 하는데 그렇다면 그들은 납으로 오염됐다는 사실을 알게 될 것이고 당장 거래를 중단하라고 할 거란 말입니다. 그러면, 바로 그다음 날 환경보호 기관에서 그 땅을 차지할 거고요. 하지만 보고서가 없는 상태에서 보증금을 얼마나 예납해야 할지 알 수가 없어요. 우리는 매입가의 50퍼센트를 예납하고 싶은데, 매도인은 5퍼센트만 원하더라고요."

시드가 손을 들었다.

"디브렐에게 이 거래 그만두라고 해야 할 것 같아요."

스콧이 한숨을 쉬었다. 예전에도 톰에게 까다로운 법적 문제 때문에 거래를 중단하라고 실수한 적이 있었다. 당시 톰은 새로운 변호사인 스콧의 얘기를 참을성 있게 들은 다음 그에게 말했다. "스콧, 할 수 없다고 말한다면 당신에게 돈을 줄 이유가 없을 것 같네. 나는 당신에게 내가 원하는 대로 하게 해달라고 돈을 주는 것이네. 그것을 못 한다면 나는 내가 원하는 대로 해줄 수 있는 더 똑똑한 변호사를 찾을 것이고."

스콧은 그때 호되게 알아차렸다. 스콧은 톰 디브렐에게 포드 스티븐스에 50만 달러의 변호사 비용을 지불할 수 있는 2,500만 달러짜리 거래를 중단하라고 하지 않을 것이었다. 그리고 구정물 가득한 트리니티강에 납이 침전되는 것이 확실한 것도 아니지 않은가.

"알았어, 그렇다면 이렇게 하도록 하지. 포드 스티븐스가 환경 컨설턴트를 고용하기로 하고, 그가 작성한 보고서를 나에게만 가져오게 해 보겠네. 매도인의 변호사는 내 사무실에 와서 보고서를 읽으면 되고. 하지만 보고서 단 한 장도 내 사무실 밖으로 나가진 않을 거야. 그 보고서는 디브렐 씨의 것도 아니고, 매도인의 것도 아닌, 포드 스티븐스의 소유물이 될 거야. 이렇게 한다면 보고서는 변호사와 의뢰인의 특권에 의해 보호될 것이고, 환경 보호단체의 증거제출요구에 따라야 할 보고서는 어느 당사자도 없다고 법원에게 말할 수 있어. 그렇다면 아무도 납이 침전되고 있다는 사실을 모르게 되겠지."

"그게 가능할까요." 시드가 물었다.

"담배 회사들도 이 방법을 썼다네, 시드. 그들의 변호사가 니코틴 연구를 하고 있는 과학자들을 고용했기 때문에 40년 동안 니코틴의 중독성을 밝힐 증거를 비밀로 지켰어. 그래서 변호사와 의뢰인의 특권에 따라 그 증거들은 증거제출명령으로부터 보호되었지. 변호사들이 특권이라는 이름 아래 숨겼기 때문에 아무도 그 증거들이 존재한다는 사실을 알지 못했어. 우리도 그렇게 할 거야."

시드는 흥분했다. "그거 굉장하군요. 그렇다면 우리는 적절한 환경 보증금을 가지고 거래를 완료할 수 있어요."

"바로 그거야." 스콧이 말했다. "그리고 그 환경 보호론자들은 빌어먹을 나무랑 살라고나 하지 뭐."

"프랭크, 어이, 어떻게 지냈나?"

스콧이 고소 전문 변호사로 유명한 프랭클린 터너에게 전화를 걸자마자 한 번에 통화 연결이 되었다. 프랭크는 단 한 번의 전화통화가 그에게 상당한 금액의 돈을 안겨 줄 걸 알고는 비서에게 톰 디브렐의 변호사에게서 전화가 오면 곧바로 연결하라는 지시를 해 둔 것이 분명했다.

"스콧, 200만 달러짜리야."

스콧은 문을 닫고는 톰 디브렐이 고용주라는 지위를 이용하여 잠자리를 요구하는 압력을 행사하였다는 젊은 여성의 주장에 대한 합의금을 협상하면서 동시에 골프 스윙 연습을 하기 위해 스피커폰을 켰다. 스콧은 돈 많은 의뢰인의 성향을 잘 알기에 그 젊은 여성의 주장이 거짓되지 않았다는 것은 분명하게 알수 있었다. 그는 사무실에 비치해 둔 9번 아이언으로 스윙을 해보았다. 예전에는 6번 아이언으로 했었지만 당시 풀스윙을 하는바람에 천장에 구멍을 낸 후로 9번 아이언으로 바꿨다. 스콧이스피커폰을 향해 말했다. "프랭크, 우리 잠시라도 직업적인 예의를 벗어 던지고 솔직하게 털어놓는 게 어때?"

"스콧, 디브렐은 쉰다섯이나 먹은 데다 애들 다섯 명의 아버지—"

"여섯 명이지." 스콧은 거울에 비친 자신의 스윙 자세를 확인하며 대답했다.

"그래, 여섯 명의 애들이 있고 결혼은 무려—"

"네 번이나 했지." 스콧은 스윙 자세를 다시 확인했다.

"결혼까지 했고 댈러스에서 제일 큰 부동산 회사의 사장이고, 경영자 연합회 회원으로 상공 회의소에도 가입되어 있으며, 댈러스 시 산하 모든 주요 조직의 회원이기도 한데, 순진한 스물두 살의 젊은 여성에게 억지로 들이대는 건—"

"억지로 들이댔다고? 장난치지 마, 프랭크. 톰이 고용하는 여자애들을 내가 잘 알거든, 걔도 아마 모니카 르윈스키*보다

---

* 클린턴 전 미국 대통령의 섹스 스캔들의 상대방 여성.

더 빨리 내려갔을걸."

스콧이 웃으면서 중간 지점에서 백스윙하는 자세를 확인했다.

"이건 장난이 아니야, 스콧! 나딘은 돌이킬 수 없는 피해를 입었어!"

"근데 200만 달러가 그 아픔을 치유할 수 있을까?"

"그렇진 않지…… 하지만 그녀를 처리할 수는 있겠지."

그때 나지막이 문 두드리는 소리가 났다. 그는 창문에서 수우가 얼굴을 빼꼼 내미는 것을 보았다. 그녀는 낮은 목소리로 말했다. "페니 씨, 따님이 전화했어요. 아주 중요한 일이라고. 비상사태래요."

비상사태^{An emergency}? 핀볼이 알람을 울리는 것 같이 아버지로서의 걱정되는 마음이 스콧의 중추 신경계를 통해 스쳐지나갔다. 큰 보폭으로 금세 책상에 다다랐다. 그는 전화기에 대고 말했다. "프랭크, 끊지 말고 잠시만 기다려, 알았지?"

상대방의 대답을 기다리지도 않고 9번 아이언을 테이블에 기대어 놓고는 수화기를 든 채 프랭크 터너를 통화 대기에 놓고, 아홉 살짜리 딸과 통화하기 위해 깜빡이고 있는 신호 버튼을 눌렀다.

"여보세요? 우리 딸, 무슨 일이야?"

수화기 너머로 딸의 작은 목소리가 들렸다. "엄마는 어디에 갔고, 콘수엘라가 울고 있어요."

"왜?"

"에스테반을 잡아갔어요."

"누가? INS?"

"*이민국* immigration이라고 했어요."

"그 아저씨와 얘기했었니?"

"콘수엘라가 먼저 얘기했는데 울어 버려서 제가 얘기했어요. 에스테반이 집 짓고 있는 곳에 가서 잡아갔대요, 멕시코로 다시 데려간다고…… 도와줄 수 없어요?"

"아가, 내가 할 수 있는 건 없어. 에스테반은 강한 아이니까 괜찮을 거야. 마타모로스로 버스를 태워 보낼 거고 다음 날 다시 국경을 건너 몇 주 후에 다시 돌아올 거야. 저번에도 그랬잖니?"

"그 아저씨도 똑같이 얘기했어요."

"콘수엘라는 왜 그러는데?"

"자기도 멕시코로 돌려보내려고 그들이 잡으러 올까 봐 무섭대요. 멕시코에는 아무도 없대요, 여기가 집이라고는 처음 있어 본 곳이라고."

콘수엘라에게 집이 있긴 있었다. 지난번 집 주인이 파산하는 바람에 더 이상 맨션이나 멕시코인 도우미를 살 경제적 여유가 없어져 페니 가족이 콘수엘라를 재산의 종물처럼 받아 주었다.

"아빠, 콘수엘라한테 다시 우리랑 살 수 있도록 아빠가 해결 중이라고 말했어요. 해결하고 있는 거죠?"

"그럼, 노력하고 있지." 그는 콘수엘라에게 영주권을 주기 위해 이민 전문 변호사를 고용하려고 몇 번이나 생각하고는 있었지만 아직도 그러지 못했다. "콘수엘라에게 아무 걱정하지 말라고 해. 이민국은 하이랜드 파크에서 소동을 일으키면 시선이 집중될 걸 잘 알기 때문에 그러진 않을 거야."

"뭐라고요?"

"하이랜드 파크 도우미들을 데려가면 그들이 잘릴 거야."

"아, 그래요? ……그렇지만 콘수엘라가 많이 무서워해요. 현관 입구 커튼도 쳐 놓고 우리집 앞마당에도 나가기가 무섭대요. 기도까지 하고 있어요. 집엔 우리밖에 없고…… 저도 무서워지려고 해요. 우리집엔 아무도 못 오는 거죠? 텔레비전에서 나온 것처럼 집 안으로 막 들어오는 건 아니죠?"

"아니야, 우리집엔 아무도 못 와. 알겠지?"

"약속해요?"

"약속해. 콘수엘라 바꿔줘 봐, 내가 얘기해 볼게."

콘수엘라는 감정기복이 심한 아이였다. 진짜로 무서운 것이든 아니면 상상한 것이든지 갑자기 울기도 했다. 그때마다 그녀는 십자가 목걸이를 세 개나 걸고 매일하는 기도문을 여러 명의 성자에게 읊고는 주방 싱크대 위 창문틀에 편의점 하나를 다 채울 만큼의 양초를 켜 두었다. 그럼에도 멕시코로 다시 보내진다는 그 두려움은 절대로 사라지지 않았다. 에스테반은 그녀의 남자친구였다. 그들은 댈러스에서 멕시코인 집단 주거지역에 위치한 성당에서 만났는데 스콧은 매주 일요일 아침마다 차를 태워 주고 오후에는 데리러 갔고, 일주일에 한 번 만날 때마다도 그녀를 그에게 데려다주었다. 그건 그들의 일주일에 한 번 있는 데이트 같은 것이었다. 에스테반은 건설회사에서 일했는데 댈러스의 다른 지역에 살고 있어서 이민국^{INS} 직원들의 급습을 당할 위험에 노출되어 있었다. 하지만 콘수엘라는 댈러스의 막강한 재력들이 모인 곳이자 정치적으로 가장 영향력 있는 자들이 살고 있는 ─ 그리고 그들의 멕시코인 도우미들이 살고 있는 ─ 하이랜드 파크에는 이민국이 들어오지 않는다는 불문율 때문에 보호되었다. 스콧의 불법체류자 멕시코인 도우미는 간혹 정신이 혼란스러울 땐 다시 그녀의 본토 발음으로 돌아가기는 했지만 성격이 원만할 뿐 아니라 상냥했고 3년 동안 페니의 가족을 위해 봉사해 왔기에 가족과 다를 바 없었다. 콘수엘라의 울음소리가 수화기 너머 들려왔다.

"페니 씨, 이민국이 너무 무서워요."

"무서워하지 마요, 콘수엘라. 괜찮아요, 괜찮아요. 아무도 당신을 데려가지 않을 거예요. 우리와 항상 같이 살 거예요."

스콧은 멕시코인 도우미를 통해 스페인어를 조금 습득했다. 그녀는 코를 훌쩍이며 대답했다. "영원히요?"

"네, 영원히."

"페니 씨, 콘수엘라와…… 어…… 약속해 줄 수 있어요?"

"그럼요, 콘수엘라. 약속해요."

코를 훌쩍이는 소리가 들렸다. "아, 알았어요. 페니 씨 끊어요. 이만."

그의 딸이 다시 받았다. "이제 안 울어."

"다행이다."

"아빠, 그들이 콘수엘라를 데려가게 하지 않을 거죠? 그 쵸?"

"그럼, 그런 일은 일어나지 않을 거야."

"알았어요."

"공주님, 내가 지금 조금 바빠, 그러니까 이제…… 괜찮으면 다시 일해야 할 것 같은데."

"우리 이젠 괜찮아요. 그럼 이따가 봐요."

"잘 있어, 우리 공주님."

스콧은 전화를 끊고 몇 년 전에 만났어야 하는 이민 전문 변호사 루디 구티에레즈에게 전화해야 한다는 것을 머릿속으로 생각했다. 그러기를 6개월째, 아니 일 년 정도 되었나. 생각해 보니 2년 정도 된 것 같다. 하지만 항상 처리해야 할 어떤 일이 그때그때 생겼다. …… 그때 전화기의 깜박이는 신호가 스콧의 눈에 들어왔다. 통화 대기에 대한 비용을 지불해야 하는 원고의 변호사를 신경 쓴 것은 아니지만, 프랭크 터너가 통화 대기하고 있다는 사실이 기억났다. 딸아이가 멕시코인 도우미와 함께 하이랜드 파크에 있는 자신의 집 커튼 뒤에서 웅크리고 있는 모습이, 값비싼 사무실 의자에 등을 깊숙이 기댄 채 가여운 나딘을 팔아치우는 데 200만 달러로 후려쳐 게임에 이길 수 있다고 확신하는, 자부심 가득 찬 고소 전문 변호사 프랭크 터너의 모습으로 바뀌었다. 오늘은 안 되지 프랭크, 하면서 스콧은 9번 아이언을 손에 쥔 채로 대기 버튼을 다시 눌러 해제하고 스피커폰으로 연결한 다음 대화가 끊긴 곳부터 이야기를 다시 시작했다.

"200만? 프랭크, 그건 말도 안 되게 비싸지. 나딘이 처녀였나?"

"그녀의 성적 이력은 전혀 상관없는 얘기라네. 코베에 대해 그랬던 것처럼 말이지."

스콧은 들고 있던 9번 아이언으로 스피커폰을 가리켰다.

"프랭크, 나딘은 열네 살 때부터 망가졌을 수도 있어, 그러니까 네 의뢰인한테 꼭 말해. 당신이 법정에 가고 싶으면 우리는 그녀가 관계 맺었던 모든 사람을 추적해서 그녀의 항문에 이르기까지 나딘에 대한 모든 걸 세상에 알려 결국에는 해리 하인스의 매춘부들이 오히려 수녀들처럼 보이도록 만들 거야, 무슨 말인지 알겠어?"

"그래? 그럼 톰 디브렐에게 전해야겠네, 내가 그와 일을 마무리할 무렵에는 그가 차라리 첫 번째 마누라한테 충실했었어야 할걸, 하고 뼈저리게 후회하도록 만들 거니깐!"

스콧은 그가 여태껏 들은 것 중에 가장 우스웠던 얘기처럼 큰 소리로 웃어댔다.

"그녀를 봤었더라면 그런 말 못 할걸." 스콧은 다시 유리창을 보며 백스윙의 마무리 자세를 확인했다. "프랭크, SMU 출신인 우리가 마치 농과대 학생과 뽈소가 서로 싸우는 것 같이 서로 맞서고 있네. 잘 생각해 봐, 우리 의뢰인들이 둘 다 어떤 처지인지. 둘 다를 위해 좋게 하려면 이렇게 하면 돼. 톰이 나딘에게 50만 달러를 주게 해, 걔가 매춘부로 일할 때 비하면 하늘과 땅 차이지."

"그 제안 꽤 그럴 듯한데 스콧, 150만으로 하지."

"프랭크, 그건 안 돼. 100만."

"좋아."

그는 다운스윙 자세를 확인했다. "합의서는 내가 내일 아침 준비할 테니까, 네가 서명하고 가져다 줘. 수표 준비해 놓을 테니깐."

"나랑 나딘 존슨에게 공동으로 지불할 수 있는 걸로 준비해."

"프랭크, 꼭 나딘에게, 만약 톰과 있었던 일을 그 누구에게라도 — 정신과의사에게조차도 — 말하게 된다면 돈을 다시 모두 돌려줘야 한다는 것을 무슨 일이 있어도 이해시켜야 해. 그리고…… 만약 그녀가 어디선가 발설한다면 톰이 나딘의 목을 졸라 죽일지도 몰라."

프랭크가 웃었다. "말하면 내가 먼저 죽일 거야. 33만 달러가 들어오는데 그걸 망칠 수는 없지."

"뭐? 수임료가 3분의 1이란 말이야?"

"표준 성공 보수비용이지."

"33만 달러…… 하루 일당으로 나쁘진 않군, 프랭크."

"지저분한 일이지만 누군가는 해야 할 일이지 않나."

스콧은 고개를 저었다. 고소 전문 변호사들이란. 스콧은 자신이 이 일을 평생 하면 5,000만 달러 정도를 벌 것이라고 생각하고 있었다. 하지만 고소 전문 변호사들은 매년 그 정도를 번다. 그리고 의뢰인이 입은 손해비용의 33퍼센트, 40퍼센트 많으면 50퍼센트까지 받아낸다. 그것도 텍사스의 배심원과 주사위를 던질 능력이 없을 때에는 거의 대부분 이렇게 합의로 해결한다. 물론 펜조일 대 텍사코 사건에서는 배심평결까지 가서 111억 2,097만 6,110달러 83센트라는 세계 역사상 가장 거액의 배심평결이 났던 적이 있었다. 프랭클린 터너 변호사, 그 자식은 지금까지 평결과 합의에서 1억 달러 정도 모아 놓았다고 했다.

"스콧, 휴스턴에서 데려온 흑인 하프백 선수 어때? 그가 네 기록을 깰 수 있을 것 같아?"

프랭크는 SMU의 무스탕 팀의 악단에 있었다. 투바 주자였다.

"14년 동안 내게 도전을 해 왔는데, 아무도 내 기록을 깨지 못하고 있어."

"언젠가는 깨지겠지, 스콧. 언젠간."

"뭐, 그렇겠지. 그럼…… 어쨌든 좋은 거래해서 다행이야,

프랭크."

스콧은 9번 아이언을 죽 내밀어 전화기의 스피커폰을 끊었
다. 10분간의 협상은 아주 성공적이었다. 그렇기 때문에 그는
자신의 최고의 의뢰인에게 5만 달러를 요구할 의무가 있다고 느
꼈다. 톰 디브렐은, 스콧이 생각하기에 200만 달러를 주고서라
도 나딘과의 문제를 해결할 준비가 되어 있었을 것이었다. 그런
데 그의 변호사인 자신이 100만 달러로 해결해 버렸다. 그렇기
때문에 5만 달러를 비용으로 받더라도 톰 디브렐을 위해서 95만
달러를 절약시켜 준 셈이었다. 유리창에 비친 자신의 모습을 자
세히 들여다보면서 그는 스윙 자세를 천천히 잡아 본 후 마지막
엔 프로 선수와 같은 자세를 취해 보았다. 스콧 페니는 자신이
세 가지 게임에서만큼은 지지 않을 기술을 가지고 있다고 확신
했다. 그 세 가지 게임이란 미식축구, 골프 그리고 변호사 일이
었다.

04

다섯 시. 위기와 갈등과 대립으로 점철된 또 하루의 끝자락
이다. 이런 게 변호사의 삶이다. 하지만 모든 사람, 아니 모든
변호사가 이렇게 사는 것은 아니다. 변호사의 일은 뼛속 깊이
박혀 있는 일이 되든지 안 되든지 둘 중에 하나이다. 만약 당신
이 싸울 준비가 되어 몸이 근질근질한 것이 아니라면, 사람들과
대면하는 것을 피한다면, 승부욕이 없는 유형이라면, 유명한 고
소인 전문 변호사와 싸워서 이길 만한 용기를 가지고 있지 않다
면, 거친 스포츠와 같은 '변호사의 업무'는 당신에게는 맞지 않
다. 대신 사회복지 사업에 뛰어드는 것이 차라리 나을 것이다.

변호사 일은 미식축구와 매우 비슷하다. 실제로, 스콧은 미
식축구 선수의 경력이 학교가 제공한 프리−로$^{pre-law}$ 커리큘럼

중에서 최고였다고 생각했다. 그 경력이 그가 전공을 법으로 좀 더 쉽게 옮기는 데 도움이 되었다. 미식축구는 합법화된 폭력인 반면, 변호사 일은 합법적인 일이 폭력적으로 이루어지는 일이다. 변호사들은 의뢰인을 굴복시키기 위해 법을 이용하기 때문이다. 미식축구 감독들이 똑똑하고 훌륭하며 강인한 선수들을 원하는 것처럼, 돈 많은 의뢰인들도 똑똑하고 훌륭하고 강인한 변호사들을 원했다. 그리고 미식축구 감독이나 돈 많은 의뢰인 모두 수단 방법을 가리지 않고 승리를 원한다. 거짓말하고 뺏으며 속여서라도 그 사건에서 무조건 이기기를 원한다. 미식축구와 법에서는 승리가 유일한 가치이다. 승리한 자들은 상을 거두어들이고, 패자들은 그저 패배하는 것뿐이었다. 스콧 페니는 두 손을 깍지 끼고 머리 뒤로 받치면서 의자에 등을 기대고 앉아 포드 스티븐스 로펌에서의 그의 세상을 둘러보았다. 그는 승리자였고 그에 따른 상은 완벽한 삶이었다. 절대적으로 완벽한 삶.

그는 수우의 데스크에서 전화기가 울리는 소리를 들었다. 그리고 이내 수우가 핸드백을 들고 문 앞에 나타났다.

"연방법원에서 전화 왔어요, 페니 씨."

그는 고개를 저었다. "내일 다시 전화하겠다고 전해요."

"법률보조원이 아니라 판사님이에요. 뷰퍼드 판사님이요."

그는 깜짝 놀라 의자에서 일어났다.

"뷰퍼드 판사님?"

수우가 고개를 끄덕였다.

"무슨 일이래요?"

수우는 어깨를 으쓱였다. 스콧의 시선은 깜빡이는 전화기의 불빛으로 향했다. 그 반대편 수화기 너머에는 텍사스 북부 지역을 관할하는 연방법원의 법원장인 사무엘 뷰퍼드 판사가 기다리고 있었다. 카터 대통령이 지명한 사람으로 지난 삼십여 년간 댈러스에서 일어난 모든 시민권 관련 사건의 재판장으로 일했다. 그는 민주당원임에도 불구하고 댈러스 보수주의의 아이콘으로 여겨졌다. 연방법원 판사로서 그는 포드 스티븐스에서 2년차 변호사보다 보수가 적었지만 몇 억 달러를 버는 변호사들이 법정 밖에서조차도 그에게 깍듯이 대했다. 스콧은 숨을 크게 들이쉬며 수화기를 들고 깜빡이는 버튼을 눌렀다.

"뷰퍼드 판사님, 오랜만입니다."

"스콧, 자네는 어떻게 지내나?"

"예…… 잘 지냅니다, 판사님. 그럭저럭 지냅니다……. 판사님께서는 어떻게 지내시는지요."

"글쎄, 난 사실 잘 지내지 못하고 있다네. 스콧, 그래서 내가 자네에게 전화를 한 거라네. 큰 문제가 생겼어. 그래서 자네 같은 유명하고 잘나가는 변호사가 필요해. 자네는 톰 디브렐의 변호사라고 들어서 —"

"톰과 관련된 일입니까?"

"아니라네, 스콧. 자네가 그저 톰 디브렐의 변호사니까 그런 거라네. 자네는 이목을 끌 만한 사건들에 적응되어 있을 것이고, 법정에서도 항상 훌륭했지. 그리고 제일 중요한 점은 자네는 올바른 태도를 가지고 있지 않나. 오늘 점심 때 자네가 변호사회에서 했던 연설을 들으면서 자네가 이 사건에 적합한 변호사라고 느꼈지. 변호사라는 직업이 어떤 일을 해야 하는 것인지를 이해하고 있는 사람이 여전히 있다는 걸 알았을 때 내 기분은 이루 말할 수 없이 기뻤네. 요즘 젊은 변호사들은 많고 많지만, 모두가 돈벌이에만 급급해 있지."

"네, 그렇죠. 정말 안타까운 사실입니다."

"그나저나 박수갈채를 받으며 연단 위에 서 있는 자네 모습을 보니 텍사스와 상대했던 미식축구 시합이 생각나더군—정말이지, 자넨 내가 본 사람 중에 최고로 잘 달리더군. 자네, 그날 150야드^{140미터} 달렸었나?"

"193야드^{176미터}였습니다, 판사님. 세 번 터치다운 했었고요. 그래도 졌죠."

"정말 굉장한 시합이었지."

"미식축구 팬인 줄은 몰랐습니다."

"나는 텍사스인이라네. 이곳에서 태어나 자랐지. 내가 미식축구 팬인 건 당연한 걸세. 나도 SMU 출신인 걸 알고 있었나?"

스콧이 웃었다. "당연히 알죠. 로스쿨의 모든 학생이 사무엘 뷰퍼드를 알고 있답니다. 학교 역사상 최고 점수를 받은 학생이셨잖아요. 거기다 로리뷰 편집자이기도 했고, LBJ하의 법무차관이었던 연방대법원 더글러스 판사의 로클럭이었기도 했고 또 린든 존선 정부 때 법무차관이었고, 또……."

"오, 그렇게 말하니 내가 상당히 늙은이처럼 들리는데."

"죄송합니다."

"자네도 잘했잖아, 반에서 일등이었잖아."

"감사합니다, 판사님."

"그래서, 스콧. 이 늙은 판사를 도울 생각이 없나?"

"어떤 일이든 당연히 도와드려야죠."

그 순간 그는 수비수가 사각지대에서 공격해 오는 움직임을 포착하듯이 무슨 일이 일어날 것 같은 예감이 들었다.

"스콧, 힘든 일은 강인한 변호사를 필요로 하네. 포기하지 않고 압력을 견뎌낼 수 있고 어려움을 이겨 내는 변호사 말이네. 자네는 미식축구를 하면서 그런 사람이라는 것을 몸소 증명해 보였지. 자네는 내가 본 사람 중에…… 아마도 메러디스 이후 내가 본 가장 강한 선수일 거라고 항상 생각했었다네."

스콧이 댈러스 카우보이스 팀에서 쿼터백으로 뛰기 전에는 1957년에서 1959년까지 최고의 쿼터백으로 있었던 돈 메러디스 선수가 전설로 남아 있었다. 텍사스가 배출한 최고의 운동선수 가운데 한 명으로서 그는 마운트버넌 출신의 시골소년이었고, 쿼터백으로 뛰는 선수 중 가장 강한 선수로 평가되었다. 현재 메러디스는 산타페에서 살고 있지만 아직까지도 댈러스에서 살아있는 전설로 여겨지고 있다.

"스콧, 하지만 이 사건은 자네처럼 변호사란 모름지기 가난한 자들을 보호하고 죄 없는 이들을 변호하고 정의를 위해 싸워야 한다고 생각하는 변호사를 필요로 한다네."

"지당하신 말씀이죠, 판사님."

미식축구 현역시절, 경기의 승부처마다 스콧 페니 그는 등번호 22번을 달고 승리의 장애물들을 헤쳐 나갔다. 오늘 지금 그는 무슨 역할을 해야 하는지는 잘 모르겠지만 — 혹시라도 뷰퍼드가 이목을 집중시킬 만한 정치적인 스캔들의 특별검사로 그를 지명하려고 한다면, 그 일이 스콧을 유명한 변호사로 만들어줄 것이기 때문에 — 승리에 대한 자연적 욕구가 차올랐다. 그는 어떤 장애물이라도 제거할 태세가 되었다.

"가난한 자들을 보호하고 죄 없는 이들을 위해 변호해 주며 정의를 위해 싸우는 것, 그것은 그냥 직업적인 일이 아니라, 그것은 성스러운 명예입니다, 판사님." *와우, 이 말 그럴 듯한데? 이 말이 승리를 가져다줄 것 같은 확신이 드는걸!* 스콧은 이 말을 다음 선거 캠페인 때 꼭 써먹어야겠다고 생각했다.

"그렇게 생각하다니, 듣기가 좋군, 스콧. 맥콜 사건 들었지? 토요일 밤에 살해된 상원의원의 아들?"

"네, 매춘부가 범인이라고 하는 그 사건 말이죠?"

"그렇다네, 스물네 살짜리 흑인 여자네. 예전에 몇 번이나 성매매와 마약소지 혐의로 체포된 적이 있지…… 근데 그녀가 자신은 결백하다고 말한다는군."

스콧이 웃었다. "다 그렇게 말하지 않나요?"

"이번 사건은 언론에서 몰려들 거라네. 흑인 성매매여성이 상원의원 아들을 살해한 혐의로 체포되었으니…… 그냥 아무 상원의원도 아니고, 강력한 차기 대통령 후보의 아들이네…….

"그녀의 변호사가 되고 싶지는 않군요."

"그래, 스콧. 사실 그것 때문에 전화했다네."

판사가 수비수의 강력하고도 격렬한 힘으로 스콧에게 번개같이 공격해 왔다. *연방법원 판사에게 기습공격을 당하다니!*

그의 이마에는 땀방울이 송골송골 맺혔고 심장 박동수가 빨라졌다. 그는 실크 넥타이를 느슨하게 풀었다.

"그녀에게는 훌륭한 변호사가 필요하네. 스콧, 그녀에게는 자네가 필요해."

이것이 정녕 원했던 거란 말인가? 이것이 그가 그토록 원했던 승리란 말인가? 패닉상태로 가기 일보 직전에 스콧의 총명한 머릿속에서는 파도처럼 밀려오는 승리로부터 패배를 물리쳐 낼 방법들을 만들어 내기 시작했다.

"하지만 판사님, 국선변호인 사무실에서 변호사를 구하는 건 어떻습니까?"

"스콧, 로스쿨을 갓 졸업한 풋내기 변호사들에게 사형이 선고될 수도 있는 사건을 맡길 순 없네. 그녀에겐 진정한 변호사가 필요해."

"하지만 전 법인 소속 변호사입니다. 형사 변호를 할 변호사를 지명하지 않고 왜 저를?"

"자네의 연설을 듣기 전까지는…… 그렇게 하려고 했네. 형사변호인들은 그저 고용된 젊은이들일세. 죄 없는 이들을 보호하거나 정의를 위해 싸우려고 하기는커녕 돈 받는 일에만 관심이 있지. 자넨 다르네, 스콧. 그리고 그들은 주 법원 외에서는 일해 보지도 않았어. 자네는 연방법원에서도 변론 경험이 있지 않나."

"왜 연방법원에서 살인사건을 맡았죠?"

"클락 맥콜은 연방 에너지 규제위원회 의장이었고, 상원의원 대우를 받아. 연방공무원을 살해한 경우는 연방 범죄사건이네."

"하지만 판사님 — "

"스콧, 게다가 자네의 어머니께 자랑스러운 아들이 될 수 있잖나."

"네?"

"제2의 아티커스 핀치가 될 수 있어."

"하지만 — "

"그녀도 변호인의 조력을 받을 권리가 있네. 그리고 스콧, 자네가 바로 그 변호인으로 적격이네. 자네를 오늘부로 *미합중국 대 샤완다 존스 사건*의 피고인의 대리인으로 임명하겠네. 내일 아침에 자네 의뢰인을 만나게나. 구금을 위한 심문은 수요일 오전 9시네."

스콧은 빠르게 걸음을 옮겨 — *아니, 거의 뛰는 것과 다름 없이* — 마호가니 대리석 계단을 지나 카펫이 깔린 62층 복도로 향했다. 그는 공장에서 일하는 임금 노동자들이 공장의 생산라인에서 작업시간을 채우는 것처럼 똑똑하고 젊은 변호사들이 그달의 할당시간을 채우고 있는 작은 칸막이 사무실들을 빠르게 지나갔다. 오늘 밤도 여느 때와 같이 곱절의 일을 하고 있었으며, 이는 파트너에게 득이 되는 일이었다. 하지만 보통 때와는 다르게 그런 생각이 스콧을 기쁘게 하지는 않았다. 그가 그의 선임 파트너 사무실로 뛰어가는 동안 그는 두려움에 온통 사로잡혔다.

댄 포드는 60세였다. 그와 진 스티븐스는 35년 전 SMU를 졸업하자마자 이 로펌을 함께 세웠다. 11년 전 댄 포드는 SMU를 졸업한 스콧을 고용했고, 이익을 남기는 변호방법을 전수했으며, 그를 파트너로 뽑아 주었고, 집 살 때 대출을 마련해 주었고, 식당 멤버십, 헬스장과 컨트리클럽에 가입시켜 주고 자신의 페라리 자동차를 좋은 가격에 넘겨주었다. 그는 스콧에게 멘토이자 아버지 같은 존재였다. 월요일에서 금요일까지는 오전 7시에서 오후 7시까지, 토요일에는 오전 7시에서 오전 12시까지, 일 년에 50주씩 일했다. 일 년에 3,000시간씩 35년간 쉬지 않고 일했던 것이다. 그가 자신의 이 같은 이력을 디마지오의 쉰여섯 번의 게임과 비교하곤 했다. 이 로펌은 그의 삶이었다.

댄의 반짝이는 머리와 환한 미소가 스콧을 맞이했다.

"스콧!"

스콧은 소파에 쓰러지듯 털썩 앉았다.

"안 좋아 보이는데 무슨 일이야?"

댄 포드는 지난 11년 동안 스콧의 문제를 해결해 주었다. 스콧은 이번에도 그렇게 되기를 간절히 바랐다.

"뷰퍼드 판사님이 방금 저를 맥콜 상원의원의 아들을 살해한 매춘부의 변호인으로 임명했어요."

댄이 깜짝 놀라 의자에 다시 앉았다.

"농담이지?"

"그랬으면 좋겠는데."

"어째서 그렇게 되었지?"

스콧이 손을 위로 올리며 말했다. "제가 변호사회관에서 점심시간 때, 빌어먹을 아티커스 핀치를 연설했거든요. 그때 판사님이 거기에 계셨어요."

"그걸 믿었어?"

"그런 거 같아요……."

댄은 그의 매끄러운 민머리를 쓰다듬었다.

"이거 감이 안 좋은데…… 전혀…… 차기 대통령을 화나게 할 순 없지, 그렇다고 뷰퍼드를 화나게 해서도 안 되고! 살인사건을 왜 주법원에서 하지 않는 거지? 그렇다면 어떻게 좀 해 볼 텐데."

텍사스 주법원 판사들은 항상 대형 로펌의 변호사들이 하는 요청을 잘 들어 주었다. 왜냐하면 주법원 판사들은 선거에서 대형 로펌회사들이 내는 기부금의 도움으로 선출되기 때문이었다. 로펌의 후원을 다음 선거 때 그 판사의 경쟁자에게로 옮긴다고 협박하면 그 판사를 로펌의 편으로 만들 수 있었다. 주법원 판사를 선거로 선출하는 것은 1850년도부터 시작된 텍사스의 헌법적인 전통이었다. 그리고 그것은 법률 시스템에 나름의 질서를 잡아 주었고 현저하게 불공정하지만 않다면 누가 선출될지 예측이 가능했다. 그래서 대형 로펌의 변호사들은 자신들의 애완동물처럼 주법원 판사들을 무서워하지 않았다.

하지만 연방법원 판사는 달랐다. 그들은 선출되는 것이 아니라 대통령에 의해, 미국헌법 제3조에 따라 종신직으로 임명되는 것이었기 때문에 선거를 통해 쫓아낼 수 없었다. 대형 로펌의 기부금도 필요 없었으므로 대형 로펌의 변호사들을 두려워하지 않았다. 연방법원 판사를 불쾌하게 만든다면 변호사의 삶에 큰 지장이 생긴다. 절대로 그의 법정에서 이길 수 없을 것이었다. 그래서 포드 스티븐스 같이 연방법원에 관련된 대형 로펌들은 사무엘 뷰퍼드 판사를 불쾌하게 만들 수 없었다.

"뷰퍼드의 사건 일람표엔 벌써 큰돈이 될 만한 사건들이 많이 들어 있단 말이야. 그에게 밉보이면 그의 법정에서 환영받지 못할 거야. 그가 죽을 때까지 연방법원에서 아무것도 하지 못할 수도 있어."

"아니면 은퇴할 때까지."

"진이 그랬듯이 뷰퍼드는 아마 법정의 판사석에서 죽을 걸."

이 로펌의 공동 창립자인 진 스티븐스는 작년에 자신의 책상에서 펜 한 자루를 쥐고 죽었다. 그는 최후까지 그의 일과표에 청구 가능한 시간을 적으며 죽었다. 24시간 내에 그의 사무실은 치워졌고 그 자리에 스콧이 들어왔다.

"뷰퍼드 판사 말로는 언론들의 축제가 될 거라는데요." 스콧이 말했다.

"그래, 로펌이 불필요한 언론들의 관심을 받겠지."

댄의 창백한 얼굴이 갓 태어난 신생아의 얼굴처럼 붉어졌다. "젠장, 우린 그 매춘부 변호 못 해!"

댄은 눈을 감고 얼굴을 손에 묻고 관자놀이를 문질렀다. 그는 생각 중이었다. 그리고 그가 오랫동안 생각할 때면 언제나 딱 들어맞는 묘책을 떠올렸다. 스콧의 선배 파트너인 댄은 자신이 몰고 있는 벤츠와 같은 정신을 가지고 있었다. 그는 강력하고 효율적이고 믿을 만했지만 도덕적인 요소는 전혀 가지고 있지 않은 사람이었다. 그래서 스콧은 댄이 머리를 굴릴 동안 조용히 앉아 시선을 위쪽으로 돌려 댄이 최근에 잡은 동물들을 보았다. 댄은 시냥 매니아였다. 벽에는 그가 몇 년에 걸쳐 사냥한 동물들의 머리가 박제되어 있었다. 그것들이 스콧을 지켜보고 있었다. 좀 징그러웠다.

잠시 후 댄이 얼굴에서 손을 뗐다. 웃고 있었다.

"그녀가 유죄라고 자백하게 해."

"그녀는 무죄라고 말하고 있다는데요. 그래서 재판도 받기 원하고요."

"그래서? 이봐, 스콧. 그녀를 찾아가서 그녀에게 희망이 없다고 얘기하면서 자칫하면 사형을 당할 수도, 아니면 최소한 종신형을 살 거라고…… 하지만 지금 자백하면 쉰 살 정도에는 바깥 세상에서 새로운 삶을 살 수도 있다고……. 있잖아, 네가 잘하는 거, 걱정하는 척해 줘."

"자백 안 한다고 하면요?"

"네 말 믿고 당연히 자백할 거야! 이 로펌의 수익을 그 매춘부 때문에 잃을 순 없어!"

댄의 낯빛이 밝아졌다. 그리고 그는 스콧을 손가락으로 가리켰다. 나가 보라는 신호였다. 스콧이 일어나 문으로 향했다.

"그녀가 원하든 말든 유죄답변하라고 말해!"

스콧은 고개를 끄덕이며 방을 빠져나갔다. 열 발자국 정도 걸어 나왔을 때 댄의 목소리가 다시 들려왔다. "자백하게 해, 스콧!"

05

스콧은 빨간색 페라리를 주차장에서 몰고 나와 경비원인 오스발도에게 의례적인 인사를 건넨 뒤 북쪽으로 향했다. 시내에서 일하는 많은 직장인들은 그들이 거주하는 먼 교외 주택지역으로 가려면 절망적으로 꽉 막힌 북쪽 댈러스 유료도로나 북중앙고속도로상에서 몇 시간씩을 견뎌야 한다. 교통체증이 매년 많은 운전자들을 죽음으로 몰았지만 여전히 짜증을 억누르며 통근해야 하는 것이다. 하지만 스콧은 여가를 즐기듯 시더 스프링스 도로와 터틀크리크 가로수길, 레이크사이드 차도를 가로지르며 로버트 리 공원을 지나 집으로 향했다. 이 길은 백 년 동안 댈러스의 주요 인물들이 지나다녔던 길이다. 10분 후 그가 널찍한 2차선의 아스팔트길을 지나자 꼭 신데렐라의 요정이 마법지

팡이를 흔든 것 같이, 눈앞의 세상이 갑자기 변했다. 땅값이 다섯 배, 집값은 네 배, 일인당 소득 또한 세 배, 학생들의 성적도 두 배로 올랐고, 사람들도 모두 백인들로 변했다.

그는 하이랜드 파크 타운으로 진입했다.

1906년에 개발되기 시작한 댈러스 다운타운 위쪽에 있는 1,300에이커^{약 5제곱킬로미터}의 하이랜드에 위치한 하이랜드 파크는 우아한 집들과 조경이 잘된 정원, 우뚝 솟은 오크나무로 덮힌 넓은 가로수길이 가득한 성소 같은 곳이었다. 넓직한 보행자 도로에는 유럽인인 유모와 멕시코인 가정부들이 위대한 텍사스 상속자들을 유모차에 태우고 걸어가는 모습을 볼 수 있다. 백만장자와 억만장자, 그리고 그들에게 헌신적인 변호사 아버지는 시내 마천루에서 일하고, 그들의 어머니는 컨트리클럽에서 테니스를 치며 하이랜드 파크 백화점에서 앤 폰테인, 루카루카 그리고 보테가 베네타 등의 명품매장 쇼핑을 즐겼다. 스페인 지중해식 건축물과 적갈색의 지붕, 연철로 장식된 정교한 벽토의 건물들이 풍기는 부유함은, 졸부가 될 수 있는 '아무나'가 아닌, 특정 계급에게만 제격인 듯했다. 캘리포니아에서 온 방문객들은 마치 베벌리힐스에 온 것 같다고 말했다. 실제로 베벌리힐스를 디자인한 건축가가 하이랜드 파크를 설계했다. 하지만 이 두 부촌에는 다른 점이 있었다. 베벌리힐스의 창설자들은 주택의 소유권을 법적으로 백인에 제한하지는 않았지만, 하이랜드 파크 창설자들은 그러한 제한을 두었다는 점이다.

약 백 년 후 하이랜드 파크 타운은 384평방마일^{약 995제곱킬로미터} 면적의 댈러스 시내로 둘러싸인 2평방마일^{약 5제곱킬로미터}의 섬이 되었다. 이곳은 온갖 색깔로 가득 찬 바다 한가운데 하얀색의 섬이었다. 댈러스에 사는 1.4억 명의 거주자 중 39퍼센트만이 백인이었다. 그에 반해 하이랜드 파크에는 8,850명의 거주자 중 98퍼센트가 백인이었다. 흑인 소유의 주택은 단 한 집도 없었다. 부유함으로 대표되는 섬이었다. 이곳의 100채가 넘는 주택들이 시가 백만 달러가 넘는 가격으로 부동산 매매 리스트에 올랐다. 이곳은 댈러스를 괴롭히는 범죄와 사회적 질병과는 동떨어진 곳이었다. 하이랜드 파크의 아이들은 타운을 분리시키는 경계선으로 그들을 유혹하는 바깥세상과 격리된 것에 스스로 만족하며 자신들의 동네를 "비눗방울"이라고 불렀다. 바깥세상과 구분할 만한 강이나 계곡 또는 호수[※]조차도 없는 섬이지만, 텍사스에서 제일 비싼 주택들과 무장된 경찰관들이 그곳에 있었다. 그리고 만약 당신이 흑인이거나, 멕시코인으로서 이곳에 거주하고 있는 것이 아니라면 그냥 지나치는 편이 좋겠다고 생각할 정도로 위화감이 들게 만드는, 오랫동안 유지되고 있는 명성이 존재했다.

하이랜드 파크의 경찰관은 페라리를 정차시키지 않았다. 스콧 페니는 그곳에 살고 있었고 백인이었으며 자녀는 하이랜드 파크에 있는 학교에 보낸다. 그는 오른쪽으로 차를 돌려 베벌리 차도로 진입해 자신의 저택으로 들어섰다. 7,500평방피트^{약 700제곱미터}

규모의 2층으로 된 스콧의 집은 여섯 개의 방과 여섯 개의 화장실이 있는 350만 달러짜리 주택이었다. 3년 전, 전 주인이 파산을 당해 은행이 저당권을 행사하여 처분할 때 280만 달러를 주고 구입했다. 댄 포드가 개인적으로 부탁해 은행으로 하여금 그 집을 백퍼센트 프라임 플러스 파이브 융자 조건으로 스콧에게 팔도록 했다. 하이랜드 파크 심장부에 1에이커^{약 4,000제곱미터}를 차지하는 그 집을 그 가격에 산다는 것은 집을 훔치는 것이나 다름없는 조건이었다. 스콧은 채무가 목까지 차올랐지만 자신의 모든 것을 투자했다. 텍사스에서 거액의 빚을 지게 된다면 의심을 사겠지만, 댈러스에서는 부러움의 대상이 된다.

스콧은 벽돌로 포장된 차도로 차를 몰고 올라가 뒤편 차고로 들어섰다. 시동을 끈 후에도 차에서 곧바로 내리지 않았다. 그는 매일 저녁 집에 도착해 자신의 저택에 대해 다시 한번 경탄했다. 힘들게 공부하고 변호해 이제 완전한 삶을 영위하기 위한 완벽한 가정을 꾸렸다는 자부심으로 충만했다.

하지만 오늘 저녁은 달랐다.

그가 살아오면서 딱 두 번째로 겪는 느낌 때문인데, 그것은 앞날을 어둡게 만드는 운명이 임박해 온 것 같은 느낌이었다. 아버지가 다치셨다며 어머니가 급히 학교로 데리러 왔을 때에도 이런 느낌이 들었다. 당시 스콧은 이미 아버지가 돌아가셨을지도 모른다고 생각했다.

아버지 버치 페니는 건설 노동자였다. 케이블이 끊어지면서 목재 더미가 그의 머리 위로 떨어졌다. 스콧의 어머니는 최선의 노력을 다했다. 하지만 그들은 댈러스 서부의 조그마한 집도 처분해야 했다. 어머니는 하이랜드 파크에 사는 정형외과 의사의 보조 일을 했다. 마침 그 의사는 SMU 근처에 있는 60년 된 조그마한 집을 하나 가지고 있었다. 밀기만 해도 무너질 것 같은, 아무 가치도 없는 집이었지만 2만 5000달러가 나갔다. 그 의사는 은퇴할 때 집을 허물고 땅을 팔아 이윤을 남기기 위해 그 집을 계속 소유하고 있다가 단 두 식구인 페니의 가족에게 그 집을 세놓았다.

스콧 페니가 상원의원, 장관, 백만·억만장자의 자녀들 그리고 댈러스의 명망 높은 가문으로 알려진 헌트[Hunts], 페로[Perots], 크로우[Crows] 가문의 자손들과 같이 하이랜드 파크에 위치한 학교에 다닌 것도 이 때문이었다. 하지만 스콧은 유명 브랜드 청바지는 물론 백 달러짜리 나이키 운동화도 신을 수 없고, 방학 때 유럽으로 여행 갈 수도 없으며 열여섯 살 생일선물로 5만 달러짜리 BMW는 엄두도 못 내는 가난뱅이 집 아이였다. 하지만 스콧은 다른 거만한 부잣집 아이들이라도 제 아버지가 가진 돈으로 살 수 없는 굉장한 운동신경을 가지고 있었다. 신이 내린 엄청난 신체적 능력으로 그 도시가 잊을 수 없는 달리기 실력을 보여 주었다. 고교 미식축구 시합에서였다. 불타는 금요일, 합법적이고 조직화된 폭력이 가해지는, 모두가 열광하는 시합이었다. 미식축구는 텍사스에서 자신의 명성을 높일 수 있는 믿을 만한 수단이었다. 그는 하이랜드 파크 고등학교에서 도악 워커 이후 최고의 쿼터백으로 일약 스타가 되었다.

고등학교를 졸업한 후에는 SMU에 들어갔다. 하이랜드 파크 아이들 대부분은 '비눗방울'이 지켜 주는 보호와 안전에서 떠나는 것을 몹시 두려워했다. 그래서 그들에게 있어 대학교를 간다는 것은 하이랜드 파크에 있는 부모님 집에서 나와 BMW를 몰고 몇 블럭 나가면 있는 SMU 캠퍼스 내 동아리모임에 들어가는 것에 지나지 않았다. 스콧 페니가 SMU로 진학한 것은 학교에서 제공하는 미식축구선수 장학금 때문이었다. 그는 4년 동안 대표팀의 스타로 뛰었다. 텍사스 팀과의 게임에서 193야드[176미터]를 달린 기록은 그를 전설적인 인물로 만들었다. 그는 반장으로 뽑힐 만큼 인기가 많았고, 머리도 좋아 반에서 일등으로 졸업했다. 키 189센티미터에 몸무게 84킬로그램으로 건장한 체격을 지닌 백인 쿼터백의 전성기는 무릎 두 쪽에 흉터를 남긴 채 지나갔고, 이후 SMU 로스쿨에 진학했다.

뉴욕이나 워싱턴, LA 또는 최소한 휴스턴에서 법조 경력을 가지려는 자는 SMU 로스쿨에 가지 않는다. SMU가 남서부의 하버드급은 아니었다. 사실, SMU 로스쿨에 들어가는 것은 SMU의 동아리에 가입하는 것보다 쉬웠다. SMU 로스쿨에 들어가는 사람들은 텍사스 주의 댈러스 안에서만 법조활동을 하려는 사람이었다. 왜냐하면 SMU 로스쿨 출신 법조인들이 수십 년 동안 SMU 출신 법조인들을 양산해 왔기 때문에 댈러스의 법조계 커뮤니티는 50년대의 앨라배마 오지보다 더 배타적이었다.

스콧은 로스쿨을 수석으로 졸업했기 때문에 댈러스의 모든 로펌이 그를 데려가려고 했다. 그중 스콧은 다른 회사들보다 5,000달러를 더 주는 포드 스티븐스를 선택했다. 그로부터 1년 뒤 그는 더 이상 동네의 가난한 아이가 아니었다.

스콧은 머드방과 넓은 주방으로 통하는 뒷문으로 그의 집에 들어섰다. 주방에서는 콘수엘라가 멕시칸 게임쇼를 보며 요리를 하고 있었다.

"*부에노스 노체스 세뇨리타.** 저녁은 뭐예요?"

콘수엘라는 스테인리스 스토브에서 시선을 돌려 스콧을 보며 미소 지었다. "엔칠라다예요, 페니 씨. *특별히* 페니 씨를 위해 만들었어요."

스콧이 그녀에게 다가가 두 팔로 살포시 안아 주며 말했다. "콘수엘라, 걱정하지 마, 에스테반은 곧 돌아올 거야."

그녀는 울음을 참았다. "*네, 돌아올 거예요.*"

콘수엘라는 키가 작고 통통한 스물여덟 살의 멕시코인이었다. 그녀는 하이랜드 파크의 많은 불법 멕시코인 도우미들이 그런 것처럼 수영장에 있는 오두막집에서 살았다. 그곳은 그들에게 연방 이민국으로부터 정치적인 문제를 피할 수 있는 은신처

---

* 해석: 좋은 밤이에요, 콘수엘라.

로 그들을 효과적으로 보호했다. 그들의 존재는 비밀사항이 아니었다. 요즘 도우미들은 스페인어 회화 레슨을 조건으로 권한을 부여받아 하이랜드 파크 마트를 활보하며 쇼핑을 할 수 있었다. 스콧의 가정부에게 위험한 것은 연방 이민국이 아니라 에스테반의 호르몬이었다. 그녀의 남자친구가 그녀를 임신시킨다면 콘수엘라는 무언의 계약아래 하이랜드 파크에서 떠나야 했다. 마트에서는 스페인어가 허용되었지만 학교에서는 스페인어가 허용되지 않았다.

"아내는 집에 있어요?"

"아니요, 하루 종일 집에 없었어요. 골프 치러 갔어요."

"지금까지 골프레슨 한 것만 치면 프로선수가 되고도 남았겠어."

매일 한결같이 그랬듯 스콧은 계단을 두 개씩 올라가면서 2층으로 올라갔다. 걸어가 다시 몇 계단 위에 있는 꼭대기 층으로 올라갔다. 그곳은 아홉 살짜리 딸의 구역이었다. 그녀의 방은 어린아이의 방이 아니었다. 벽에 브리트니 스피어스나 올슨 자매의 포스터가 붙어 있기는커녕 책장과 책상 위, 침대 옆 테이블, 바닥에도 책이 가득했다. 아홉 살의 아이답지 않게 아주 진지하고 사려가 깊었으며 또래에 비해 훨씬 더 똑똑했다. 스콧은 책상에 앉아 있는 딸을 발견했다. 딸은 다른 하이랜드 파크에 사는 또래의 여자애들처럼 니만 마커스 같은 유명 브랜드 옷을 입지 않으면 인연을 끊겠다고 협박한 엄마의 외침도 무시한 채 맨발에 오버올* 팬츠와 초록색 댈러스 매버릭스 티셔츠 차림으로 있었다. 아이는 자기만의 정체성이 있다고 하면서 엄마의 부탁을 거부했다. 그럴 때마다 아이 엄마는 항상 "너의 그 정체성, 남자아이 아니니?"라며 되받아쳤다.

"안녕, 부우."

바바라 부우 페니. 아이는 스콧 어머니의 이름을 이어받았다. 하지만 그녀는 부우가 태어나기 전에 세상을 떠났다. 스콧의 어머니는 아들의 맨션이나 손녀를 보기도 전에 돌아가셨다. 부우는 어깨길이의 빨간 머리카락을 휘날리며 회전의자를 돌려 스콧을 바라보았다. 그리고 스콧이 가장 좋아하는 미소를 지어 보였다. 스콧은 그의 아내 역시 사랑했지만, 부우를 제일로 사랑했다. 부우가 그의 삶에 제일 많은 부분을 차지했다.

"안녕, 아빠."

그는 아이의 얼굴을 감싸며 이마에 뽀뽀해 주었다.

"오늘 하루는 어땠니? 좋은 하루 보냈니?"

"음, 책 읽고 컴퓨터 게임도 하고 텔레비전도 보고 콘수엘라랑 요리도 하고…… 그냥 보통이었어요. 에스테반이 전화하기 전까지요……. 콘수엘라를 진정시켜 줘서 고마워요. 그렇지 않았다면 지금까지 울고 있었을지도 몰라요."

스콧은 고개를 끄덕였다. "엄마는 하루 종일 나가 있었니?"

* 상의와 하의가 붙어 있는 옷.

아이가 당연하다는 듯이 그를 쳐다보았다. "당연하죠."

"여름인데, 너랑 시간을 보내야지."

"뭐, 난 캐틀 바론스 무도회 위원회에 가입 안 되어 있으니까요." 아이는 미소를 지었다. "아빠 하루는 어땠어요?"

"그냥 그랬어."

"중요한 변호사 일?"

"그럼."

"어떤 일요?"

스콧은 그의 하루를 돌이켜보았다. 9시간 동안 사무실에 있으면서 12시간 동안 있었다고 했고, 점심시간에는 아티커스 핀치 연설을 했으며, 로스쿨 학생을 속이면서 미시와 히히덕거렸고, 존 워커를 해고한다고 투표했으며, 디브렐의 응접비서에게 집적댔고, 변호사와 의뢰인의 특권 뒤에 숨어 납 오염을 숨겼으며, 자신에게 유리한 결정으로 일을 해결하기 위해 재판에서 젊은 여성의 성적인 과거를 들추겠다고 협박했다. 그는 항상 그랬듯이 딸의 물음에 대한 답을 재빨리 결정했다. 변호사의 하루 일과는 사무실에 남겨두는 것이 최고라고 여겼다. 그가 말했다. "그냥 변호사들이 매일하는 일이지 뭐."

"그래요? 진짜로?" 아이는 다시 한번 그를 바라보았다. "그냥 아빠는 내가 알았으면 하는 것만 말해 주죠?" 그는 아이에게 미소 지었다. "응."

아이는 인상을 찌푸렸다. "불공평해요."

"뭐가 불공평해?"

"엄마는 매일 친구들 만나서 점심 먹고 골프 치고 아빠는 매일 사무실에서 일하고, 저는 여기 갇혀 있고……. 엄마는 매일 집에 와서 엄마가 뭐했는지 알려 주고 싶어 하는데 저는 아빠의 하루를 듣고 싶어요. 근데 아빠는 안 가르쳐 주잖아요. 불공평해요."

스콧은 부우의 침대 끝에 앉아 딸아이를 바라보았다. 인상을 쓰느라 귀엽고 작은 얼굴을 한껏 찌푸렸다. 그는 아이가 진짜로 화가 난 게 아닌 걸 알았지만 그래도 신경은 쓰였다. 그가 보낸 하루를 다시 생각해 보면서 한 가지는 가르쳐 줘야겠다고 마음먹었다.

"알았어, 나의 하루에 대해 가르쳐 줄게. 오늘 범죄 피고인을 대리하라고 선정되었어. 맥콜 상원의원의 아들을 살해한 여자 말이야."

아이의 얼굴이 다시 환하게 펴졌다.

"아빠는 형사 변호인이 아니잖아요."

"어떤 사람들은 모든 변호사가 범죄자라고 하지."

부우는 미소 지었다. "무슨 뜻인지 알잖아요."

"글쎄, 난 재판끼지 가지 않고 그냥 유죄답변을 했으면 해."

"유죄답변이 뭐예요?"

"그녀가 죄를 저질렀다고 자백하는 거야."

"그랬어요?"

"아마도."

"물어볼 거예요?"

"아마도……. 아, 내 말은…… 당연하지."

"왜 유죄답변 했으면 좋겠어요? 재판까지 가면 돈을 더 받는 거 아니었어요?"

"이번 재판은 아니야. 이번에는 공짜로 하는 거야."

"왜요?"

"뷰퍼드 판사님이 그렇게 하라고 시켰거든."

"그럴 수 있어요?"

"그래, 난 연방법원에서 일하기 때문에 그렇게 할 수 있어. 규칙이거든."

"다음 선거 때 그의 상대편을 지지해요."

그는 아이에게 자세하게 가르쳐 주었다.

"뷰퍼드 판사는 연방법원 판사야, 종신직이지."

"젠장."

"부우, 욕하면 안 돼."

"엄마는 하잖아요."

"엄마도 하면 안 돼. 그리고 너도 하면 안 돼. 나쁜 아이 같아 보이잖아."

"영화에서는 욕하는데요? 어린이들이 볼 수 있는 영화에서도 그러는데요? 다른 아이들도 욕하고."

"그렇다고 해서 나쁜 것이 좋게 되는 건 아니야. 따라하는 사람이 되면 안 돼, 알겠지? 다른 사람들이 한다고 나쁜 짓을 하면 안 돼. 옳은 일을 해야 돼."

"다른 더 심한 말은 안 해요."

스콧이 미소 지었다. "다행이다."

"무슨 뜻인지도 몰라요."

"당연히 그래야지."

"아랫동네 샐리가 말했는데요. 샐리 아빠가 샐리가 없다고 생각하면 맨날 더 심한 욕을 한대요. 가끔씩 샐리가 있어도 하고요. 아빠는 제가 없을 때 그런 욕 안 하죠? 욕해요?"

"당연히 아니지."

작은 거짓말이었다.

"그래서 그 여자는 아빠한테 줄 돈이 없는 거예요?"

"누구, 피고인? 응, 없어."

"직업이 없어요?"

"음, 그녀는…… 그러니까……."

"성매매여성. 텔레비전에서 들었어요. 그리고 마약중독이래요. 성매매가 무슨 뜻이에요?"

부우가 이런 질문을 할 때마다 그는 어떻게 대답해야 할지 잘 몰랐다. 그가 진실을 다 말하지 않아도 아이는 모든 것을 알고 있는 듯했다. 하지만 부우가 아무리 성숙해도 모든 진실을 알려 주고 싶지는 않았다. 그래서 그는 변호사처럼 진실을 얼버

무리며 대답했다.

"개인 에스코트야."

"그게 뭐예요?"

"남자들을 즐겁게 해 주는 거지."

"아빠가 의뢰인을 즐겁게 해 주는 것처럼요?"

그녀가 알고 있는 것보다 더 가까운 비유였다. "뭐, 그런 거지."

"아빠도 그런 의뢰인이 있어요?"

"아니, 부우. 나는 성매매여성이나 마약중독자들을 대리하지 않아."

"내 말은, 흑인 의뢰인들이요."

"아, 아니. 흑인 의뢰인은 한 명도 없었어."

"왜요?"

"왜냐면 난 기업을 대리하지, 사람들을 대리하지 않거든."

"그럼 매일 아빠한테 전화하는 사람들은요? 누구예요?"

"내 의뢰인들은 회사들이지만 연락하는 사람들은 그 회사에서 일하는 사람들이거든."

부우가 입을 닫았다. 생각하고 있는 것이다.

"왜요?"

"뭐가 왜야?"

"왜 사람들이 아니라 기업을 대표해요?"

"왜냐하면 사람들은 날 고용할 만큼 돈이 없거든. 부우, 나도 날 고용할 만큼 돈이 없어. 한 시간당 3포인트 5달러에는 어림도 없지."

아이의 눈이 커졌다. "아빠, 한 시간에 3달러 50센트나 요구해요?"

스콧이 웃었다. "아니, 한 시간당 350달러지."

"진짜요? 그래서 아빠가 그렇게 느리게 일하는 거예요?"

아홉 살이었지만 그녀는 전국의 제일 큰 로펌회사를 관리하는 파트너로서 충분히 자격이 있었다.

아이가 말했다. "그래서 기업이 아빠한테 한 시간당 350달러를 내기 때문에 우리가 부자인 거예요?"

"그렇지……. 음, 아니야, 부우. 우리는 부자가 아니야."

"아빠는 큰 집에 살고 페라리를 몰잖아요."

"그렇지, 하지만 계속 아빠가 일해야지만 이걸 가질 수 있는 거야. 돈 많은 사람들은 안 그래도 돼."

"신디 아빠는 해고돼서 집을 팔아야 한대요."

"걱정 마, 우리한테는 절대 일어나지 않을 거니까."

자쿠지 욕실에서 그의 아내가 말했다. "부우한테 말 좀 해줘, 스콧. 당신 얘기는 들을 거야! 내 딸이 남자아이 같이 옷 입는다면 캐틀 바론스 무도회의 여성위원장으로 어떻게 뽑히겠어."

서른세 살인 레베카 페니는 여전히 하이랜드 파크에서 제일 아름답고 건강한 여성이었다. 완벽한 삶에 완벽한 아내였다. 캐틀 바론스 무도회는 매년 댈러스에서 열리는 제일 큰 사교계 파티였다. 그녀는 다음 캐틀 바론스 무도회의 여성위원장으로 뽑히기를 간절히 원했다. 무도회가 열리는 날에는 하이랜드 파크의 교양 있는 여자들과 남자들이 카우보이와 카우걸처럼 옷을 입고 최대한 텍사스인처럼 행동했다. 노랫소리는 커졌으며 담배 길이는 길어지고 치마는 짧아졌으며 다이아몬드는 커졌다. 그리고 모든 이가 더욱 텍사스인처럼 행동하며 다른 이들을 이길려고 했으며 리무진과 롤스로이스, 영국제 고급승용차를 타고 왔고 심지어 헬리콥터까지 타고 오는 사람들도 있었다. '댈러스'라는 쇼 프로그램에 나오는 J. R. 유잉의 집인 사우스 포크 농장이나 아니면 다른 어울리는 장소에서 다들 모였다. 샴페인과 위스키를 마시며 튀긴 악어와 파지타를 먹었고 황소 모양의 놀이기구를 타며 아르마딜로 경주에 도박을 하고 오크 리지 보이스와 드와이트 요아캄 그리고 윌리 넬슨의 노래에 맞춰 춤을 췄다.

남자들은 카지노와 다이아몬드, 포르쉐를 경매에 올리며 돈으로 경쟁했고 여자들은 옷으로 경쟁했다. 그들은 악어, 타조, 코끼리, 캥거루가죽 그리고 스웨이드로 만들어진 검정색, 파란색, 빨간색, 분홍색 그리고 하얀색 카우보이 부츠를 신고 깊게 파인 새틴 뷔스티에*, 양털가죽 홀터탑, 가죽조끼, 드레스를 입

---

* 어깨와 팔을 다 드러내는, 몸에 딱 붙는 여성용 상의.

었다. 그리고 그들의 의상에 맞는 카우보이 모자를 쓰기도 했다. 작년에 레베카는 술이 달린 푸른색 미니스커트를 입고 그에 어울리는 카우보이 부츠를 신었으며 술이 달리고 깊이 파인 분홍색 홀터탑을 입고 또 그에 어울리는 분홍색 카우보이모자를 썼다. 하지만 아무도 그녀를 알아봐 주지 않아 몹시 화를 냈다. 스콧에게는 이 모든 것이 우습고 즐거웠지만 여자들에게는 이 무도회의 제일 예쁜 여성이 되기 위해 경쟁하는 굉장히 중요한 비즈니스와 같은 것이었다. 회장으로 뽑힌 운이 좋은 여성은, 예전에 니만 마커스에서 물건을 훔치다 걸린 회장 빼고는 영원히 하이랜드 파크의 엘리트 멤버 중에서 떠받들어지는 대상이었다.

스콧과 레베카는 2층 안방에 있었다. 그녀는 방 안에 있는 자쿠지 욕조 안에서 목욕 중이었고, 스콧은 목욕가운을 입고 짜증이 나 있었다. 스콧은 그녀에게 그의 하루에 대해 얘기하려고 했지만 그녀는 아무런 흥미가 없어 보였다. 그를 짜증나게 한 건 맥콜 사건이지만 와이프가 짜증지수를 조금씩 높였다. 그녀가 얘기하기 원하는 것은 무도회 얘기나 최근 하이랜드 파크의 스캔들인 또 다른 불륜사건들에 관한 얘기뿐이었다. 스콧에겐 그것들은 그다지 놀라운 이야기가 아니었다.

레베카가 말했다. "머피, 기억하지? 작년 파티에서 봤잖아."

스콧은 머피를 기억하지 않았다. 그리고 그렇게 기억하고 싶지도 않았다. 고개를 저었다.

"금발로 탈색하고 가슴성형했잖아. 교만하게 행동하고⋯⋯."

"하이랜드 파크에 있는 여자들 98퍼센트가 그런 거 같은데."

"빌⋯⋯ 어쩌고 저쩌고인 자랑 결혼했잖아. 나이 많고 대머리에 뚱뚱하고."

"아, 맞다. 기억 나, 딱 들러붙는 투피스 옷 입고 있었잖아, 몸매 좋고. 빌보다 한 스무 살 어리지 않나? 그래서 바람폈어?"

"빌이 머피가 동네사람이랑 침대에 같이 있는 걸 봤대."

"다시 한번 말하지만 그렇게 놀라운 사실은 아닌데, 레베카."

그녀는 익살맞은 미소를 띠었다. 이 의미심장한 미소는 예전의 경험으로 보자면 중요한 말을 하기 직전의 신호였다.

"머피는 옆집 남자랑 같이 있던 게 아니었어. 옆집 여자랑 있었대."

"다른 여자랑 있었다고?"

"그래! 이거 말하려고 전화했는데 수우가 당신이 바쁘다고 말하더라고."

"레베카, 내가 일하고 있을 때 뜬소문 전하려고 전화하지 마."

"당신이 말했듯이 진실이면 뜬소문이 아니란 말이야."

"그건 명예훼손이지, 레베카. 진실은 비방과 모욕에 관한 완벽한 방어야. 뜬소문에는 지켜야 할 것이 없잖아."

"레즈비언 사건에도 없어?"

"부우랑 비슷한 나이의 딸아이가 있지 않았나?"

"그럼, 있었지. 근데 머피랑 머피 여자친구는 캘리포니아로 도망갔다고 하네."

"애를 놔두고? 왜?"

레베카가 어깨를 으쓱해 보였다. "다 알려져서. 이제 여기 얼굴도 못 내밀게 되었을걸. 거기다 레즈비언이잖아. 아이는 엄마 없는 게 나을 거고."

"레베카, 점심시간에 이런 얘기밖에 안 해?"

"아니…… 디저트 먹을 때만. 스캔들 수플레*라고 불러."

그녀는 그녀 자신에 대해 아주 만족해 보였다. 그런 점이 그들과 다를 게 없게 만들었다. 부우가 집에 혼자 있을 동안 점심시간에 나가 쓸데없는 이야기들을 하고 있을 그녀의 모습을 떠올리자니 짜증이 한층 더 치밀었다. 그는 분명히 그녀의 기분을 불쾌하게 할 만한 말을 하려고 했다. 그러나 그녀의 매끈한 몸, 얼굴에 붙은 빨간색의 젖은 머리칼, 따뜻한 물 때문에 붉어진 가슴, 운동으로 만든 탄탄한 복근과 11년 전 결혼했을 때와 비교해 단 1인치도 처지지 않은 엉덩이를 보고 있으니 맥콜 사건, 캐틀 바론스 무도회, 스캔들 수플레 그리고 남아 있는 화가

* 디저트의 종류.

욕망 때문에 사라졌다. 그는 목욕가운을 벗고 아래를 바라보았다. 그의 아랫도리는 완전히 부푼 상태였다. 그는 그녀의 뒤쪽에서 팔을 둘러 그녀를 안아 자신의 몸에 밀착하면서 그녀의 그곳을 손으로 감쌌다.

예전에만 해도 이런 행동은 작은 신음소리를 자아내며 대리석 위에서의 정사로 이어졌지만 오늘은 과장된 한숨소리뿐이었다.

"오늘 밤은 안 돼, 스콧. 나 피곤해."

지난 6개월 동안 그녀는 자주 피곤해했다. 그는 그녀를 놓아주었고 창가 쪽으로 걸어갔다. 창문 바깥 유리쪽에서 유월의 벌레들이 탁탁탁 하며 부딪치는 소리를 들었다. 그리고 텔레비전을 켜고 아래를 바라보았다. 부풀었던 그곳은 더운 여름날 녹아내린 아이스크림처럼 녹아 없어져 버렸다.

항상 그랬던 것은 아니다. 로스쿨 3학년 때 풋볼 게임을 마치고 참석한 사교클럽 파티에서 그녀를 처음 만났다. 그녀는 치어리더였고 SMU에서 제일 예쁜 학생으로 이름이 알려져 있었다. 스콧 페니 역시 캠퍼스에서 유명 인사이자 전설적인 미식축구 선수였다. SMU의 최고 미녀에게 다가가는 것은 어려운 일이 아니었다. 그들은 그날 2층 화장실에서 섹스를 했고 그 후에도 생각할 수 있는 모든 장소에서 계속했다. 그의 차에서, 그녀의 차에서, 여학생 기숙사에서, 로스쿨 계단에서, 그의 아파트에서, 대낮의 공원에서, 한밤중에 울타리를 넘고 들어간 골프장 컨트리클럽 정원에서조차 그들은 지칠 줄 모르고 섹스를 했다. 그는 아직까지도 골프장에서의 그날을 잊을 수가 없다. 그들은 열정적이었고 열렬히 사랑했다.

하지만 언제부터인지 그 열기가 식어 버렸다. 그들은 이제 비무장 지대 같은 넓은 킹사이즈 매트리스에서 등을 맞대고 분리된 공간에서처럼 잠들었다. 서로에게 화난 것도 아니었다. 하지만 서로 말도 드물게 했고 잠자리 또한 좀처럼 갖지 않았다. 그녀는 그냥 그에게서 점점 멀어질 뿐이었다.

맥 빠져 있는 상태에서 다시 떠오른 것은 맥콜 사건, 그의 하루에 대한 아내의 무관심, 또다시 성관계를 거부당한 일, 스캔들 수플레, 하루 종일 집에만 방치되어 있는 딸아이 등등 그를 화나게 하는 생각들이었다. 그는 화장실에 있는 레베카를 향해 소리쳤다. "왜 부우와 시간을 같이 보내지 않는 거야? 그러면 부우가 당신 말을 더 들을 수도 있잖아!"

레베카가 여전히 벌거벗은 몸으로 허리에 손을 얹고 화장실 문 앞에 나타났다.

"절대 내 말 안 들어. 부우 때문에 배에 흉한 자국까지 남았지만 부우는 당신 딸이에요. 내가 부우 나이 땐 벌써 미인 선발대회에서 두 번이나 1등을 먹었어요. 근데 부우는 오버올이나 입고 있잖아요. 거기다 여름엔 바빠요. 그럼 당신은 왜 부우랑 시간 안 보내?"

"난 일하잖아."

"아, 그래. 내가 하는 일은 중요하지 않나 봐?"

"그냥 남들 험담하는 걸로밖엔 보이지 않는데."

"디저트 먹을 때만 한다고. 점심 때는 무도회 준비하고."

"큰 상류사회 파티이지."

"자선단체를 위한 모금도 해."

"그건 상관도 안 하잖아. 그냥 하이랜드 파크의 상류사회로 가는 다리일 뿐이지. 당신이 상류사회로 가려고 기어오를 때 콘수엘라가 부우를 돌봐 준다고!"

레베카가 그를 노려보다 휙 돌아 화장실로 들어갔다. 스콧은 *당신은 그 상류사회에 찌든 천한 사람들과 험담할 시간에 부우와 시간을 보내야지!* 라고 생각했다. 그러면 그녀는 이렇게 말할 것이다. *그럼 당신은 의뢰인과 일하는 시간만큼 나와 시간을 좀 보내 봐.* 그러면 그는 이렇게 말할 것이다. *그 의뢰인들이 이 집과 차와 드레스를 살 수 있게 돈을 주잖아…….*

"맥콜……."

기자의 목소리가 생각에 빠져 있는 그를 다시 텔레비전으로 시선을 돌리게 했다.

"아들의 살인자로 인해," 그 기자가 말했다. "상원의원이 동정표를 끌어 모으면서 대통령 후보 중에서 선두를 달리고 있습니다."

06

1963년 11월 22일, *댈러스 모닝 뉴스*는 "케네디 대통령, 댈러스에 오신 걸 환영합니다"라는 문구를 전면 흑판 광고로 띄웠다. 환영의 취지가 아니었다. 자칭 '미국을 생각하는 시민들'이라고 말하는 댈러스 기름공장의 우익 보수주의자들이 케네디 대통령을 고발하는 기소장이었다. 쿠바 미사일 문제를 러시아와 성공적으로 처리했음에도 불구하고 그들은 케네디가 공산주의를 관대하게 대하는 것에 비난하며 문제를 제기했다. 댈러스로 향하는 대통령 전용비행기 에어포스원에서 보좌관이 대통령에게 그 문구를 보여 주었다. 케네디는 그것을 읽고는 말했다. "오늘 우리는 그 미친 주로 가고 있네." 그 광고는 댈러스 시장도 케네디 지지자의 한 사람으로 지목하고 있었다.

시장의 이름은 얼 카벨이었다. 그는 그날 아침 러브 필드에서 케네디 대통령을 만났고 대통령의 파란색 리무진 뒤를 따르는 세 대의 자동차 중 하나에 탑승했다. 그가 탄 자동차가 엠 스트리트로 진입할 무렵 카벨은 텍사스의 교과서 저장소 앞에서부터 세 번의 총성이 울려 퍼지는 것을 들었다. 대통령이 막 리무진에서 병원으로 이송되었을 때 그도 하이랜드 파크 병원 앞에서 내렸다. 카벨은 대통령의 시신이 어디론가 옮겨질 때까지 계속해서 병원에 남았다. 그는 대통령에게 댈러스가 이제 더 이상 '미국의 남동부를 증오하는 남부 주의 대표도시'가 아닌 것을 보여 주고 싶었다. 비록 그것을 보여 주는 것에는 실패했지만 사람들은 댈러스 시내의 연방건물을 대통령 이름이 아닌 카벨의 이름을 따서 지었다.

스콧 페니는 아침 아홉 시가 조금 지나 상업 도로에 위치한 얼 카벨 연방건물에 도착했다. 그는 얼 카벨이 누군지도, 쓰레기처럼 아무 쓸모없어 보이는 이 21층짜리 건물이 왜 그의 이름으로 지어졌는지도 몰랐다. 그가 유일하게 알고 있는 것은 이 건물에서 오래 머물고 싶지 않다는 것이었고, 자신의 의뢰인에게 유죄 답변을 받아내 거기서 재빨리 나가는 것 외에는 아무 일에도 관심이 없었다. 그는 엘리베이터를 타고 5층 연방구치소에서 내렸다. 금속탐지기를 지나 서류가방 수색절차를 마친 후 그는 흑인 경호원과 마주쳤다.

"샤완다 존스를 만나러 온 스콧 페니입니다."

"담당 변호사입니까?"

스콧은 *제기럴 내가 왜 그녀의 변호사야!* 라고 외치고 싶었다.

그 대신 그는 고개를 끄덕였다. 경호원은 좁은 복도를 지나 그를 작은 방으로 안내했다. 방 안은 금속 탁자와 두 개의 금속 의자가 놓인 것 말고는 텅 비어 있었다. 스콧은 방으로 들어가 그녀가 담배 연기처럼 짙은 악취를 방 안으로 몰고 들어올 때까지 아무것도 없는 벽을 응시하고 있었다. 그녀는 그를 훑어보면서 입을 가린 채 재채기를 거칠게 여러 번 했다. 그러고 나선 말했다. "당신이 변호사예요?"

"그래요."

샤완다 존스는 스물넷이지만, 훨씬 더 나이가 들어보였다.

그녀는 선 키가 스콧의 어깨 위까지밖에 오지 않는 자그마한 여성이었다. 머리칼은 곱슬도 아니었고, 윤기 나는 생머리도 아니었다. 갈색에다가 귀 뒤쪽까지밖에 오지 않는 짧은 머리였다. 머릿결은 부드러워 보였지만 수감 중이라 며칠 동안 빗지 않아서인지 다소 헝클어져 있었다. 갈색의 눈동자를 지닌 갸름한 눈매의 큰 눈이었지만, 움푹 들어가 있었고 초점은 흐려 보였으며 눈 밑은 거무스름했다. 체형은 말랐지만 헐렁한 하얀색 죄수복 겉으로도 균형 잡힌 몸으로 보였다. 얼굴은 말랐으며 광대뼈가 튀어나와 있었다. 그녀는 지금도 매력적이지만 한때는 굉장히 아름다웠을 것 같았다. 그녀는 힘들고 고된 하루를 겪은 할리 베리를 닮아 있었다.

스콧은 그날 아침 안경을 끼지 않았다. 그녀 앞에서는 똑똑해 보이든 그렇지 않든 상관이 없었기 때문이다. 그리고 그는 항상 새로운 의뢰인을 만날 때 악수를 했지만 그녀에게는 손조차 내밀지 않았다. 댄 포드는 스콧이 법조계에 종사한 지 얼마 되지 않았을 때 그에게 변호사가 새로운 의뢰인에게 좋은 인상을 남길 기회는 단 한 번뿐이라고 설명했다. 그래서 의뢰인을 처음 만날 때에는 항상 눈을 똑바로 바라보고 악수를 해야 한다고 했다. 그런 태도가 곧고 정직한 인상을 주어 의뢰인들이 변호사 비용에 대해 의심하지 않는다고 말했다. 하지만 스콧은 방금 전 그녀가 폐렴에 걸린 것처럼 기침을 한 걸 보고 입을 가린 손으로 병이 전염될까 두려워 악수를 청하지 않고 그녀에게 바로 자리에 앉을 것을 권했다. 하지만 그녀는 앉지 않고 발걸음을 옮겼다.

그녀는 맞은편으로 걸어갔다가 다시 돌아왔다. 이리저리 계속해서 걸어 다닐 동안 그녀는 방이 추운 것처럼 팔을 문질렀고 콘수엘라가 기도할 때처럼 손가락을 주물렀다. 그녀는 방안을 구석구석 살폈다. 그녀의 다리는 일정히 움직이지 않았고 제어하기 힘들 정도로 경련을 일으켰다. 걸어 다니던 그녀가 갑자기 배를 움켜쥐고 끙끙 앓는 소리를 냈다.

"괜찮아요?"

그녀는 툴툴거리며 대답했다. "복통이에요."

여자들이 생리에 대해 말할 때 많은 남자들이 그렇듯이 스콧은 어떻게 대답해야 할지 몰랐다. 그래서 그가 말했다. "제 아내도 매달 복통이 있어요."

신음소리 중간중간 그녀는 말했다. "그래도 이것 때문은 아닐 거예요."

잠시 후, 다시 걸어 다니기 시작한 걸 보면 그녀의 복통이 사라진 듯했다. 스콧은 앉았고 주머니에서 명함을 꺼내 그녀 쪽으로 내밀었다. 그녀도 의자를 꺼내 앉았고 팔을 탁자 위에 올렸다. 스콧은 그녀의 팔 안쪽에 찍힌 점들을 발견했다. 마치 누군가가 점들을 연결하는 게임을 하려다 연결하지 않은 채로 둔 것 같았다. 스콧은 떠올렸다. 그녀는 마약중독자였다. 그녀는 스콧의 명함을 엄지와 검지로 집어 올려 얼굴 앞으로 들었다.

"여기 이름에 A는 무슨 뜻이죠?" 그녀가 물었다.

"아무것도 아닙니다."

"당신 이름 이니셜인가요?"

스콧은 자기 이름에 대해 이야기하고 싶지 않았다. 그저 이 일을 빨리 처리하고 디브렐 타워 62층에 위치한 그의 사무실로 돌아가고 싶었다.

"존스 씨, 저는 스콧 페니예요. 당신을 대리하라고 법원에서 나를 지명했어요. 당신은 살인혐의로 기소되었고, 피해자가 연방공무원이었기 때문에 연방법 위반에 해당합니다. 당신이 유죄라고 결정 난다면 당신은 사형되거나 평생 동안 교도소에 갇혀 있어야 해요. 이것 때문에 당신과 유죄답변에 관해 이야기하고 싶었어요. 자백하면 형량이 경감될 수 있어요. 30년 안에 나올 수 있죠."

그녀가 갑자기 손을 뻗어 스콧의 손목을 잡았다. 그는 본능적으로 야만적인 눈을 가진 여성에게서 뒷걸음질 쳤다. 하지만 그녀는 몸집에 비해 강했고 세게 잡고 있었다. 그녀가 말했다. "제발 그것 좀 구해 줘요, 응? 이틀 동안 한잠도 못 잤어요!"

"뭘 구해 줘요?"

"H! 급해요!"

"H? 헤로인? 마약 말이에요? 안 되죠. 못 해요!"

"내 변호사 아닌가요?"

"당신 변호사들이 마약을 구해 줬단 말이에요?"

"같이 자주면요. 좀 부탁해요, 거기 빨아 줄게!"

"안 돼요!"

그녀는 일어나서 다시 이리저리 걸어 다녔다. 스콧은 생각을 정리하는 데 1분 정도 필요했다. 기업 의뢰인들로부터 유죄가 입증될 만한 서류들, 남을 매수한 위증죄, 숨겨진 사기행각들을 제거하거나, SEC로부터의 서류들을 왜곡시켜 달라며 법무 관련 수수료라는 이름으로 금전을 제공받은 적은 있었다. 하지만 그들은 항상 잘 차려 입은 교양 있는 백인 남자들이었다. 그리고 그들은 단 한 번도 오럴을 제공하겠다고 한 적이 없었다.

그가 생각을 다시 정리하고선 말했다. "내가 말했듯이, 유죄답변을 하면 돼요. 그리고 — ”

“내가 했다고 말하라고요?”

“네, 하지만 살해할 특별한 의도는 없었다고요.”

그녀는 허리에 손을 얹고 의심하는 듯한 표정으로 그를 빤히 응시했다.

“그를 죽였다고 말하라고요? 내가 진짜 그랬는지, 안 그랬는지는 궁금하지 않아요?”

“어…… 그럼요.” 그는 등을 기대고 앉았다. “무슨 일이 있었는지 말해 봐요.”

“뭐라고 기록은 하지 않나요?”

스콧은 서류가방에서 종이와 검정색 펜을 꺼냈다.

“말해 봐요.”

성매매여성 샤완다 존스는 다시 방 안을 걸어 다니며 자신의 변호사에게 그녀가 말하는 6월 5일 토요일 밤의 진실을 말하기 시작했다.

“우리는 해리 하인스에서 일하고 있었어요.”

해리 하인스 가로수길, 댈러스 오일 회사 운영자 이름을 따서 붙인 길이다. 시내의 북쪽에 위치해 교차로에서 본선으로 이어진 지선까지 계속해 이어진 길이었다. 그곳은 문화적으로 다양성을 위한, 남과 북을 잇는 회랑이라고 말했다. 이 도로상에는 네 개의 병원밖에 없었지만 최상의 진료를 받을 수 있으며, 텍사스 메디컬 스쿨에서 학위를 딸 수 있었고, 대형 쇼핑센터에서 최신 유행하는 옷과 값비싼 가구를 구매하거나 군인백화점에서 훨씬 저렴하게 물건을 구입할 수 있었다. 또 브룩 할로우 골프클럽에서 골프를 치고 다양한 나라의 음식을 먹으며, 싼 중고차를 구입하고 불법마약과 가짜 신분증, 가짜 유명브랜드 가방을 살 수 있고, 스트립쇼를 하는 클럽과 누드 살롱에서 유흥을 즐기며 구세군 노상 생활자 센터에서 하루를 보내고 낙태를 하며 성매매여성을 구할 수 있는 곳이었다.

"우리가 누군데요?"
"나랑 키키요."
"키키의 성이 뭐죠?"
"내가 어떻게 알아요? 이름도 진짜 이름이 아닌데."
"몇 시에?"
"열 시쯤?"
"저녁?"
"난 아침엔 일 안 해요."
"네?"
"얘기할까요, 말까요?"
스콧은 졌다는 듯이 손을 저었고 샤완다 존스는 굉장히 흥분하여 손을 휘저으며 생동감 있게 이야기를 계속했다.
"어쨌든, 우린 그날 예쁘게 하고 기분 좋게 걸어가고 있었어요. 난 금발 가발을 쓰고, 키키는 빨간색 가발. 우리가 걸어갈 때 남자들은 운전하며 지나가면서 휘파람을 불고 소리 질렀어요. '이거 한번 빨아 봐'라고 하면서 말이죠. 그들은 흑인과 멕시칸들로 그냥 아이쇼핑이나 하는 거죠. 우리 같은 애들은 살 수도 없는 작자들이기 때문이에요. 우린 좋은 차에 타고 있는 백인 남자들을 기다려요. 그들은 우릴 좋아해요. 왜냐면 우리는 검고 몸매가 좋거든요. 우린 그들에게 거의 연습용 테이프와 같아요. 그들은 우리에게 새로운 걸 취하죠. *The Firm?* 덤벨을 사용해요. 이거 함 만져 봐요."

그녀는 죄수복의 짧은 팔을 걷어올려 오른쪽 팔을 구부리고 힘을 주었다. 그러자 여자치고는 아주 놀라운 근육이 드러났다. 운동하는 헤로인 중독자. 놀라웠다.

"한 10시 30분쯤 되었을까, 까맣게 썬팅된 창문의 메르세데스를 모는 백인 남자가 우리 옆에 차를 세우고 창문을 내렸어요. 그리고 우리를 봤어요. 우리 중 한 명이 태워질 걸 알고 있었죠. 그가 '헤이 금발, 타 봐'라고 말했지만, 난 타라고 한다고 아무 차에나 타지 않아요. 가서 창문에 기댔어요. 차 안은 위스키 공장처럼 술에 찌든 냄새가 났고요. 그는 하룻밤에 1,000달러를 준댔어요. 그래서 난 영화에서 나온 대사처럼 '돈을 보여 줘'라고 했고 그가 돈뭉치를 꺼내 드는 걸 확인한 뒤에 차에 탔어요. 가죽시트 위에 내 가죽치마를 대고 미끄러지듯 앉았죠. 타자마자 가슴을 만지면서 '짝퉁 아냐?'라고 묻길래 '난 전부 진짜야'라고 말했어요."

그녀가 갑자기 신음소리를 내며 배를 움켜잡고 앞으로 쓰러졌다.

"젠장!"

그녀는 꽤 오랫동안 그 자세로 있었다. 스콧은 예전에 미식축구를 하던 도중 다리에 쥐가 난 적이 있었는데 엄청나게 고통스러울 수 있음을 그때 알았다. 그래서 스콧은 잠시나마 그녀에게 안타까운 감정이 들었다. 하지만 이내 시계를 보았고 청구가 가능한 다른 시간들이 없어지는 것을 생각하며 하던 이야기를 마저 했으면 좋겠다고 생각했다. 드디어 복통이 멈추었고 다시 일어나 얘기를 이어 갔다.

"하여튼, 운전해서 모텔로 가는 줄 알았는데 도로 이정표를 보니 하이랜드 파크로 가고 있었어요. 하이랜드 파크에는 한 번도 안 갔는데 말이에요. 하긴, 흑인 여자가 거기는 안 가는 게 좋지만 말이죠. 잠시 후 내가 본 집 중 제일 큰 집으로 들어갔어요. 대문 안으로 들어가서 큰 벽 뒤로 운전해서 들어갔죠. 차에서 내려서 그를 따라 집으로 들어갔어요. 집은 너무 좋았어요. 그가 뭘 마실 건지 묻길래 괜찮다고 말했어요. '돈도 많고 집도 이런 곳에서 살면서 잘생긴 이 남자가 왜 나 같은 사람을 불러세웠지?'라고 생각했어요. 2층으로 올라가서 침대로 갔어요. 그가 내 위로 올라타더니 거칠게 시작했어요. 그는 '좋아?'라고 물었고 당연히 나는 '진짜 크네, 좋아'라고 말했죠. 그들은 그런 소리를 듣기 좋아하거든요. 그러자 그가 말했어요. '다시 한번 말해 봐, 검둥아. 좋냐?' 나한테 검둥이라고 말하는 건 싫었지만 1,000달러나 받으니깐 아무 말도 안 했어요. 대신 '아, 좋아'라고 말했죠. 그러니깐 갑자기 내 뺨을 내리쳤어요. 여자들에게 거칠게 대하는 걸 좋아한다고 말하면서 말이에요. 아무도 내 뺨을 때린 적이 없어요. 그래서 그 백인 남자 입을 주먹으로 쳤고 그가 침대 아래로 나가떨어졌어요. 나는 일어나서 말했어요. '내게 거칠게 대할 생각하지 마, 이 흰둥이 놈아!' 그가 화를 내면서 다시 다가오길래 그의 얼굴을 할퀴고 다시 강하게 때렸어요. 쾅!"

그녀는 왼쪽 주먹을 휘둘렀다. "눈에다가 한 방 먹였죠. 우리는 침대 아래로 떨어졌고 그가 날 때리기 시작했어요. 이번엔 주먹으로 말이에요." 그녀가 멍이 선명하게 들어 있는 그녀의 왼쪽 얼굴을 가리켰다. "하지만 그가 날 때릴 때 나는 무릎으로 그의 불알을 쳤어요. 그가 자지러지면서 욕하기 시작했어요. '야, 이 검둥아!' 그 틈에 옷가지랑 1,000달러랑 그의 차 키를 가지고 나와 차를 몰고 키키한테 갔다가 차를 버렸어요."

"그때 클락 맥콜을 마지막으로 봤나요?"

"그게 그의 이름인가요?"

"그래요. 상원의원 맥 맥콜의 아들이에요."

그녀는 멍한 표정으로 스콧을 바라보았다. 맥 맥콜을 모르는 눈치였다.

"마지막으로 나올 때 보니 그가 바닥을 구르면서 그의 비밀스러운 곳을 감싸쥐고 나한테 욕을 퍼붓고 있었어요."

"그는 그날 밤에 살해됐어요. 일요일 날 그의 방에서 벌거 벗은 채로 머리에 정확히 겨냥한 총 한 발을 맞고 쓰러진 걸 경찰이 발견했어요. 그리고 당신 지문이 묻은 권총이 그의 옆에 놓여 있었어요."

"내 가방에서 떨어졌나 봐요."

"그래서 당신 총이었나요?"

"댈러스에서 일하려면 꼭 들고 다녀야 해요."

"그래서 그를 쏘지 않았다고요?"

"페니 씨, 그래요. 쏘지 않았어요."

"그래서 당신은 결백하다고요?"

"네, 페니 씨. 그리고 나는 유죄라고 말할 생각 없어요."

"하지만 존스 씨 ─ "

"존스 씨는 우리 엄마예요. 샤완다라고 불러요. 그리고 유죄답변할 생각 없어요. 여기서 언제 풀려나죠? 난 지금 그게 필요해 ─ "

"마약?"

"페니 씨, 지금 당신은 나를 쓰레기보다 더 못한 존재처럼 보고 있거든요. 하지만 당신은 나 같을 때가 한 번도 없었잖아요."

스콧은 한숨을 쉬었다. 예상과는 전혀 다른 방향으로 흘러가고 있었다.

"언제 풀려날지는 내가 알아볼게요. 하지만 살해혐의에서 벗어날 거라고 생각하진 말아요. 그리고 법원에서 보석을 허락한다면 보석금이 높을 거예요. 재산은 좀 있어요?"

그녀는 그녀의 엉덩이를 치면서 말했다. "이게 나한테 있는 유일한 재산인데요."

"엉덩이가 당신을 감옥에서 풀려나게 하진 않을 텐데요."

"어떤 곳에선 될 걸요." 그는 그녀가 농담하는 줄 알았지만 그녀는 웃지도 않았다. "그래서 재판하는 날까지 여기 갇혀 있는다고요? 페니 씨! 우리 애를 봐야 해요!"

"아이가 있어요?"

"이름이 파슈매. 아홉 살이에요."

스콧은 펜을 들어 종이에 적었다. "어떻게 쓰죠?"

"파-자-매, 파슈매. 프랑스어예요."

"어디 있죠?"

"우리가 사는 곳에요. 이런 적이 한 번 있었는데 그때는 며칠 안 걸렸어요. '문도 열지 마, 아가'라고 말했는데."

"키키라는 사람이 돌봐 주나요?"

"아니요, 페니 씨. 키키는 남자랑 살아요. 우리 파슈매를 다치게 할 만한 남자는 우리집에 데려오지 않아요. 루이스, 그가 파슈매를 돌봐 주고, 음식도 사다 주고 괜찮은지 알아봐 줘요. 삼촌은 아니지만 삼촌처럼 돌봐 주죠."

스콧은 종이와 펜을 그녀에게 건넸다.

"주소와…… 루이스의 전화번호 좀 적어 줘요."

샤완다는 걸어 다니던 것을 멈추고 펜을 왼손에 쥐고 쓰기 시작했지만 겁먹은 노인 같이 손을 떨었다. 스콧은 이 상황이 얼마나 어색한지 알아차렸다.

"제 딸도 왼손잡인데."

그녀는 쓰던 것을 멈추더니 자기 손을 응시했다. 잠시 후 펜을 내려놓고 스콧을 젖은 눈으로 바라보았다.

"페니 씨, 헤로인이 날 집어 삼키려고 해요."

그리고 그녀는 앞으로 고꾸라지며 토하기 시작했다.

스콧이 댄 포드의 사무실에 들어서서 시멘트처럼 무거운 몸을 소파에 던지듯이 털썩 앉았을 때 댄 포드는 한창 통화 중이었다.

댄이 수화기에 대고 말했다. "당연히 재선되셔야죠. 주지사님의 좋은 리더십으로 주 의회에서 우리가 부탁했던 모든 것을 회사에게 제공해 주었어요. 새로운 세금도 없고, 불법행위도 바뀌고…… 네…… 네…… 알겠습니다. 내일 뵙죠."

댄은 수화기를 내려놓고 놀랍다는 듯이 고개를 저었다.

"엑손 스테이션에서 오일을 발견하지 못했어." 긴 한숨 뒤에 그가 말했다. "하지만 그가 주지사니 뭐라 할 수도 없고." 드디어 그가 스콧에게 시선을 돌렸다.

"그녀가 동의하던가?"

"아니요, 안 한대요."

알고 있었다는 듯이 그가 고개를 끄덕였다. "그럴 것 같았네."

스콧은 상관인 댄 포드의 모욕적인 비난을 기다렸지만 그의 대표 변호사는 정작 그렇게 화가 나 있는 걸로 보이지 않았다.

"어떻게 해야 할까요?"

"다른 사람에게 넘겨." 댄이 말했다.

"넘기라고요?"

"그래, 형사 전문 변호사를 자네 자리에 고용해. 스콧, 이 일에는 그냥 간단한 계산이 필요할 뿐이야."

"댄, 지금 무슨 소릴 하시는 거예요?"

댄이 일어나 마카를 꺼내 들고 사슴머리를 매달아 놓은 벽에 걸린 화이트보드에 쓰면서 말했다. "이 사건이 최악의 경우에 1,000시간이 걸린다고 해 보게. 우리는 형사 변호사에게…… 근데 그냥 수석 졸업한 학생이 아니고 라이센스가 있는 변호사를 말하는 거네. 그러면 그 변호사에게 시급 50달러를—"

"50달러요? 여름 동안 일하는 직원한테도 시간당 100달러를 줘요."

"그 사람들은 최고잖아. 내가 말하는 변호사는 시간당 50달러도 못 받는 하찮은 변호사들이란 말일세. 아무튼 1,000시간 동안 시급 50달러면, 로펌에서는 5만 달러를 쓰는 셈이지."

스콧은 그의 상관이 5만 달러는커녕 50센트조차 함부로 쓰는 위인이 아니기에 이러한 결정이 그가 심사숙고해 내린 결정이라는 것을 알아차렸다. 그는 — 페이지당 40센트 하는 — 각 복사기를 기반으로 회사가 발생시키는 이익을 계산하고, 그 복사기들이 종이를 잘 배출하여 회사의 연간 결산액에 거의 100만 달러씩을 스케줄에 맞춰 추가시키고 있는지를 확인하는 변호사였다. 포드 스티븐스는 모든 직원, 비서, 법률가 보조원, 안내인, 복사기, 팩스 그리고 전화 한 통화 한 통화가 이익으로 전환되기를 바라면서 회사에 있는 것이라면 그것이 살아 있는 것이든 아니든지 간에 모든 것에 가격을 매겼다. 사람과 사물을 막론하고 모든 것에는 가격표가 붙어 있었다.

댄이 말했다. "하지만 그렇게 하면 자네가 시간당 350달러를 받고 의뢰인들을 상대할 수 있는 1,000시간을 가지게 되지 않는가. 회사에 35만 달러나 수입이 들어오는 셈이지. 형사 변호사에게 주는 5만 달러를 빼도 회사는 30만 달러나 벌게 되지. 자네가 이 사건을 맡게 된다면 35만 달러 다 잃게 되는 거야. 그걸 생각하면 이것은 아주 좋은 조건이지 않겠나."

스콧의 마음이 다시 들뜨기 시작했다. "뷰퍼드가 허락할까요?"

"그럼, 연방법원 산하에 국선변호인 사무실을 두기 전에는 늘상 우리가 지명되었잖아. 그들을 대여하는 일이 대형 로펌들로서는 기본적인 절차였다네." 댄이 어깨를 으쓱해 보였다. "게다가, 이건 모두에게 다 좋은 경우 아닌가? 그녀는 형법에 대해 더 잘 아는 변호사를 알게 되고 자네는 그녀를 처리할 수 있잖은가?"

댄은 화이트보드의 문을 닫고는 말했다. "자네 혹시 싸구려 변호사 누구 알고 있나?"

"RO ERT HERR N, ATT NEY－AT－L W" 구두쇠인 건물 주인이 떨어진 자음들을 바꾸지 않아서 건물 앞쪽의 간판에는 이렇게 쓰여 있었다. 하지만 그것은 크게 상관없었다. 왜냐하면 이 간판은 이 주변 동네에 영어로 쓰인 유일한 간판이었고 여기 사는 사람들 대부분이 영어를 쓰지 않았기 때문이다. 이 변호사의 사무실은 시에서 좋은 동네에 위치하지 않았다. 댈러스 서부 지역에 있는 후진 동네였다. 그는 거리의 변호사였기 때문에 그의 사무실은 1층에 있었다. 그가 도착했을 때에는 현관계단에 누군가 자고 있었다. 그는 그곳의 회사원들이 가끔 그랬듯이 그들을 발로 차서 깨우지 않았다. 이 사람이 그의 다음 의뢰인이 될 수도 있었기 때문이다. 통화료를 허비하지 않기 위해 경찰에게 전화하는 일도 좀처럼 없었다. 경찰은 도시의 중요한 곳의 평화만 지켰다. 그는 그저 그들을 넘어서 로버트 헤린 사무실로 들어갔다.

그의 사무실은 작은 화장실이 하나 딸린 세로 30피트^{약 9미터} 가로 40피트^{약 12미터} 규모의 원룸이었고, 멕시칸 바와 한국식 도넛집 사이에 끼여 있었다. 그는 아침에는 도넛을 먹었고 저녁으로 맥주를 마셨다. 지붕은 물이 샜고 천장 타일들은 변색이 된

지 오래였다. 곰팡이 냄새가 진동했다. 바닥의 리놀륨은 깨졌으며 모퉁이는 요정의 신발처럼 말려 올라가 있었다. 철 책상과 철 의자가 비치되어 있었지만, 의자만은 회전의자였으며 좋은 방석이 그 위에 깔려 있었다. 그는 비서를 고용할 만한 여유가 없었기 때문에 그나마 타자를 꽤 잘 치는 것은 다행스러운 일이었다. 로버트 헤린 변호사는 지난 11년 동안 대부분의 로펌에서 경비원에 막혀 로비도 제대로 들어서지 못하는 사람들을 대리하며 자신의 법조생활을 늘려 갔다.

도넛 가게나 술집이 그곳에 고정되어 자리 잡고 있듯이, 그는 댈러스 서부 동네에서 "그 *변호사*the lawyer"로 붙박이가 되어 있었다. 사무실의 얇은 벽 덕분에 그는 외국어를 몇 개 배울 수 있었다. 그는 모국어보다는 스페인어를 훨씬 더 잘했다. 그가 사무실에 없을 때에는 주로 그 옆에 있는 술집에서 포켓볼을 쳤기 때문이다. 일반적으로 백인들은 멕시칸 술집에서는 환영받지 못했다. 하지만 *세뇨어 헤린, 엘 알보가도**는 술집 주인, 바텐더, 웨이트리스 그리고 술집 손님들이 찾는 변호사였기 때문에 항상 환영받는 존재였다. 그리고 그것은 그의 얇은 통유리 창문에 총알구멍이 나지 않는 이익을 보태 주었다. 그는 그들을 존중하였을 뿐 아니라 언제나 편리하게 지불할 기회를 제공해 주었기 때문에 배우자나 자녀들 또는 형제자매들이 사고를 치고

*해석: 변호사 헤린.

걸리게 된다면 꼭 찾아가는 변호사였다. 종종 그는 (아까 언급했던 술 취해 잠들어 있는 사람을 타넘어) 문을 열고 사무실로 들어서면, 메모지가 붙어 있는 5달러나 10달러 그리고 이따금씩 20달러짜리 지폐가 바닥에 널브러져 있는 것을 확인하고, 자신의 의뢰인들에게서 받을 금액에서 그 액수만큼씩 정확하게 공제하곤 한다.

그가 로스쿨에서 꿈꿔 왔던 삶은 이런 삶이 결코 아니었다.

전화기가 울렸다. 수많은 경험에 따른다면, 바비 혜린은 그의 단골 중 하나를 보석으로 빼내오기 위해 카운티 구치소로 곧바로 운전해 갈 것이었다. 그는 전화기를 향해 손을 뻗었다.

07

바비 헤린은 마치 다른 도시의 법정 안에 있는 변호사가 된 느낌이 들었다.

그는 디브렐 타워의 꼭대기에 위치한, 시내에서 단연 최고급 식당인 다운타운 클럽의 로비에서 지나가는 사람들을 보고 있었다. 래퍼의 수행원들과 같이 변호사들을 대동하고 점심을 먹기 위해 속속들이 도착하는 이들은 댈러스 최고 부유층 사람들이었다. 대형 로펌을 소유하고 있으면서 ─ 바비는 잘해야 일주일에 500달러를 벌지만 ─ 시간당 적게는 300달러, 많게는 500달러를 버는 변호사들. 이들은 모직 양복과 풀을 먹여 빳빳하게 세운 셔츠, 실크 넥타이에다가 아래층의 흑인이 광나게 닦아 준 구두를 신고 있었다. 바비가 입고 있는 모든 것은 할인매장에서 몇 년 전에 구입한 것이었고 구두를 제외하고는 전부 다 폴리에스테르 재질로 된 것이었다. 구두는 닦은 지 몇 달도 넘었다. 그는 오른쪽 구두를 바지 뒷부분에 문질렀고 다른 한쪽도 광을 낸 것처럼 만들려고 문질러 댔다.

"바비!"

돌아서 보니 여전히 잘생긴 얼굴에 그가 본 것 중 가장 밝은 미소를 띤 사내가 자신을 반기고 있었다. 한때 열광하고 경탄하고 시기하면서 록 스타의 광팬처럼 따라다니고 형제처럼 사랑했던 친구의 얼굴이었다. 스콧 페니, 바비는 스콧을 11년 동안 보지 못했다. 그리고 지금 그는 한때의 절친을 끌어안고 싶은 충동을 가까스로 억눌렀다. 그들은 악수를 했다.

"올 수 있어서 다행이다." 스콧이 말했다. "오래 기다렸지?"

바비는 고개를 저었다. 하지만 사실 그는 꽤 오래 기다렸다. 15분 전에 도착해 지하차고에 차를 세우고 꼭대기 층까지 올라왔다. 스콧의 말에 생각났다는 듯이 주차티켓을 셔츠 주머니에서 꺼냈다.

"주차확인은 해 주는 거지?"

아니라면 10달러의 주차비는 바비를 파산 직전으로 몰고 갈 수도 있다. 하지만 스콧은 대답하지 않았다. 그는 바비를 위아래로 훑으며 그가 입고 있는 옷에 대해 칭찬거리를 찾고 있었다. 결국 포기하고 바비의 어깨를 쳤다.

"식사하러 가자."

스콧이 짧은 복도를 따라 지배인이 있는 곳으로 바비를 이끌었다. 한쪽 벽면에는 댈러스에서 유명인으로 이름이 거론되는 사람들과 클럽의 창설자, 신구 이사회 임원들의 사진이 걸려 있었다.

"아, 페니 씨. 반가워요." 중년의 스페인계 남자가 페니를 본 것이 그의 하루 중 최고라는 듯 연습된 웃음을 지으며 말했다. 그는 말쑥한 사람이었다. 머리는 정갈히 가르마를 타 뒤로 깔끔하게 넘겼고, 옷차림은 흰 셔츠에 짙은 색 넥타이를 매고 어두운 양복을 입었다. 면도 후 바르는 로션냄새가 그 주위를 맴돌았다. 마치 라틴계 주민이 사는 지역의 장의사와 같은 인상을 풍겼다. 가죽으로 된 메뉴판 두 개를 팔 밑에 껴 놓고 물었다. "두 분이죠?"

"네, 로베르토."

바비는 로베르토와 스콧을 따라 입구의 통로를 지나 비싼 샹들리에와 바닥에서부터 천장까지 이어진 창문으로 장식되어 있고 어두운 색의 나무 패널과 나무기둥 그리고 하얀색 테이블 덮개로 덮인 짙은 목재 테이블로 채워진 식당으로 들어섰다. 하얀색 조끼와 검정색 나비넥타이를 맨 젊은 멕시코계 미국인들이 나이든 백인 남자들에게 주문을 받고 식사를 가져다주고 있었다. 로베르토는 부하직원들에게 손가락을 튕겨 빈 잔과 치워야 할 접시들을 가리키며 지시했다. 알맞게 구운 스테이크와 갓 튀겨 낸 새우, 숯불에 구운 생선 냄새가 곳곳에 가득했다. 은색 포크와 나이프가 크리스탈과 도자기 그릇에 부딪치는 소리는 조화로웠다. 바비는 자신도 인생에서 몇 가지 다른 선택을 했더라면 이런 삶을 살 수도 있었겠다는 생각을 했다. 그는 주로 길거리의 바비큐 음식점에서 테이크아웃해 가까운 벤치에 앉아서 플라스틱 포크와 나이프로 점심을 먹고는 했다.

바비가 자신을 상공회의소의 랠프 네이더와 같다고 느끼고 있는 동안, 스콧은 마치 미식축구 경기장 내 유명한 수비수처럼 식당에 들어서자마자 마주치는 모든 사람과 인사하고 악수했다. 바비가 예전에 헤아릴 수도 없이 목격했던 스콧 페니식 입장이었다. 그때도 바비는 지금처럼 스콧의 뒤에서 쉴 새 없이 인사하는 그를 바라보았다. 바비는 스콧이 인사하는 사람들의 얼굴을 첫눈에 알아볼 수 있었다. 그들은 신문의 경제부문에 자주 나오는 사람들이었다. 그들은 댈러스를 소유하고 있었다. 땅, 빌딩, 그리고 회사 등 댈러스에서 소유할 가치가 있는 모든 것이 그들의 소유였다. 스콧의 시선이 갑자기 거실 어딘가에 집중됐다. 스콧이 바비에게 말했다. "곧 따라갈게." 그리고 남자 네 명이 앉아 있는 테이블 쪽으로 향했다.

바비는 로베르토를 따라 도시가 한눈에 보이는 창가쪽 테이블에 앉았다. 이 도시는 바비가 평생 동안 살았던 곳이다. 그는 댈러스 서부지역에서 가난하게 태어나, 중학교 2학년 여름에 SMU 근처 월세 연립주택으로 부모님을 따라 이사했다. 그들은 아들이 더 좋은 삶을 살 수 있길 바랐다. 하지만 트럭을 운전하는 아버지의 월급으로는 사립학교에 보낼 만큼의 경제적 여유가 없었다. 대신 댈러스 최고 부자들의 아들들처럼 자기 아들이 하이랜드 파크 공립학교 시스템에서 교육을 받도록 했다.

바비는 입학 첫해에 스콧 페니를 만났다. 둘은 동병상련을 앓는 친구를 찾다가 서로를 만났다. 그들의 사회적 신분은 하이랜드 파크에서 멕시코인 도우미보다 한 계단 더 높은 신분에 속했다. 바비는 배트맨을 따르는 로빈처럼 스콧의 충실한 친구였다. 스콧의 신분이 미식축구 경기 때마다 올라가자 바비도 친구의 흔적과 함께 딸려 올라갔고 하이랜드 파크에서 스콧 페니와 함께라면 어디서든지 환영받았다.

고등학교 졸업 후 바비는 스콧을 따라 SMU에 입학했다. 스콧은 미식축구 장학금을 받았고 바비는 학생대출을 받았다. 4년 후 바비는 스콧을 따라 로스쿨로 진학했다. 하지만 JD* 학위를 받는다고 그의 삶이 나아지지는 않았다. 대형 로펌에 가야지만 돈을 벌었고 대형 로펌들은 최고 중 최고, 상위 10퍼센트의 사람들만 선발해 갔다. 그들은 바비 헤린이 아닌 스콧 페니를 뽑았다. 로스쿨을 다니는 동안 줄곧 함께 공부했지만, 대형 로펌은 스콧만을 데려갔다. 텍사스의 여름 폭풍우가 비를 쏟고 갑자기 사라지는 것처럼 스콧도 사라졌다. 열네 살 이후로 그는 처

* Juris Doctor, 로스쿨 졸업 학위로서 법학박사를 말하는 것이 아님.

음으로 스콧 페니를 따라갈 수 없었다.

11년 동안 바비는 스콧 없이 살아가는 삶을 살려고 노력하며 시나이 사막의 모세처럼 떠돌아다녔다. 스콧과 그의 아내가 상류사회의 무도회에 간 소식이라든지, 스콧이 승소한 사건, 또는 그가 기획한 중요 거래들을 접할 때면 예전 친구에 대한 기억이 떠올라 심한 외로움에 몸서리쳤다.

진정 의도한 것은 아니었지만 바비는 자기만의 삶을 꾸려가고 있었다. 제대로 된 삶이라고는 할 수 없었다 — 그날 아침 사무실 앞에 도착해 문 앞에 잠든 술주정뱅이를 타넘어 가면서 생각한 것이 정확했다. 마약중독자들을 보석으로 석방시키고 중재법정에서 퇴거명령을 다투며, 한국식 도넛을 먹고 멕시칸 맥주를 마시며, 옆 건물의 바에서 포켓볼을 치는 하루가 또 시작되었다고 생각했다. 하지만 마침 그때 전화기가 울렸고 전화한 사람은 스콧 페니의 비서라고 말했다. 스콧과 다운타운 클럽에서의 런치를 초대받던 그 순간에는 당장 911에 전화해 심장박동기라도 달아 달라고 해야 할 것 같았다. 바로 승낙했지만 통화를 마치고 옷차림새를 보는 순간 자신의 결정을 후회했다. 한 시간 동안 사무실을 배회하면서 몇 번이나 다시 전화해 취소한다고 말할까 하다가 다시 또 그냥 가는 것으로 결정 내리는 것을 반복했다. 드디어 약속 당일날 오래된 임팔라를 끌고 디브렐 타워로 향했다. 디브렐 타워에 도착해 주차장에 들어서자 주차관리인이 차를 내려다보며 키득거렸다. 그때 그는 자신이 능력

밖의 일을 하고 있다는 걸 깨달았다.

바비 헤린은 다운타운 클럽에 어울리지 않았다.

그는 자신의 손가락이 위급한 상황에 모스 신호를 보내는 것처럼 테이블을 빠르게 두드리고 있다는 것을 깨달았다. 담배를 피우고 싶었지만 댈러스 시의회는 모든 공공장소를 금연으로 지정했다. 그는 자신에게 어울리는 댈러스의 서부지역으로 돌아가고 싶었다. 젠장, 왜 이 점심약속을 잡은 거지? 스콧의 비서가 갑자기 전화해서 그런 거라고 스스로에게 말했지만, 내심에는 스콧을 다시 보고 싶은 마음이 있었다는 사실을 알고 있었다.

그는 자신의 두 명의 전처보다 스콧을 더 그리워했다. 바비는 스콧을 찾다가 몇 테이블 건너편에 있는 그를 발견했다. 그는 신문에서 본 적이 있는 남자의 귀에 대고 귓속말을 하고 있었다. 스콧이 뭐라고 말했는지는 모르지만 그것이 그 남자를 굉장히 기쁘게 만들었다. 그가 벌떡 일어나서 스콧과 악수했고 등을 치며 거의 얼싸안다시피 했다. 스콧은 환한 미소를 지으며 그 자리에서 나와 바비가 있는 자리로 왔다.

"톰 디브렐을 알아?" 바비가 물었다.

"내가 그의 변호사야. 어제 위기에서 탈출시켰어, 진짜로." 스콧이 상체를 일으켜 귓속말로 말했다. "그는 여종업원한테서 자기 성기를 멀리하지 못해 탈이야."

"스콧, SMU 선수들에게 돈을 준 사람이잖아! 미식축구팀에게 사형선고를 내린 사람이나 다름없지! 예전에는 그런 자식들 싫어했으면서 이젠 그를 위해 일한다고? *왜지?*"

스콧이 씩 웃었다. "바비, 일 년에 300만 달러씩 받기 때문이지."

바비는 숨이 멎는 것 같았다. *300만 달러.* 자신이 여태껏 제일 많이 번 액수는 겨우 2만 7,500달러였다. 11년 동안 헤어져 있다 다시 만난 지 채 몇 분도 되지 않아 스콧을 잠시 보았을 뿐인데도, 바비는 이미 스콧의 삶이 몹시도 부러웠다. 바비에게도 또한 충실한 의뢰인들이 있었다. 한 명은 매주 집에서 만든 타말레를 가져다주었고 또 다른 사람은 그녀의 사생아의 이름을 그의 이름으로 지어 주었다. 도넛 가게나 술집에서는 돈이 들지 않았다. 공짜 도넛과 맥주는 그의 직업에게 주어지는 유일한 특전이었다. 최고의 의뢰인이 작년에 500달러를 주었지만, 스콧의 최고 의뢰인은 스콧에게 300만 달러를 준다. 댈러스의 영어를 쓰는 동네에서 변호사의 출세는 곧 돈을 의미했다. 그런 까닭에 로버트 헤린 변호사가 완전한 패배자로 생각되지 않는 곳은 스페인어를 쓰는 댈러스 서부지역밖에 없었다.

옆 건물 바에서 맥주를 마실 때처럼 바비의 생각이 어느덧 우울증의 문을 파고들고 있었다. 로베르토가 아이스티 두 잔을 가져와 내려놓고 그들의 무릎에 냅킨을 깔아 주었을 때에는 적잖이 놀랐다. 바비가 주로 먹는 곳에서는 지갑을 훔치려 들 때에나 가까이 다가왔기 때문이다. 로베르토가 떠나고 나서 티에 설탕 두 개를 넣어 반 정도를 마신 후 말했다. "오늘 아침에 네 전화 받고 놀랐어. 아, 너의 비서 전화 말이야. 하지만 알다시피 공짜 점심이라는데 그냥 넘어갈 수 없었지."

"그래, 어떻게 지냈어, 바비?" 바비는 빳빳한 셔츠에 브랜드 넥타이를 매고 비싼 양복을 걸친 채 댈러스의 왕자처럼 앉아 있는 스콧을 바라보며 자신의 예전 친구가 과연 진심으로 바비 헤린이 어떻게 지냈는지 궁금해하고 있을는지 생각했다. 예전에도 자신보다 나았던 같은 반의 친구들 — 사실 로스쿨의 모든 학생 — 을 길거리에서 만날 때면 그런 생각을 했다. 그들은 모두 그 만남의 어색함을 느끼곤 재빨리 헤어졌다. 하지만 여기서는 도망칠 곳이 없었다. 바비가 말했다.

"스콧, 아침에 일어나면, 그날 스스로에게 좋은 일이 일어날 거라고 생각해?" 스콧이 잠시 인상을 찌푸리다가 어깨를 으쓱해 보이고는 말했다.

"그런 것 같은데."

"왜?"

스콧이 다시 어깨를 으쓱했다. "나한테 좋은 일은 항상 생기니깐."

"최고의 미식축구 선수, 제일 잘생긴 최고의 학생, 엄청난 미인 치어리더와 결혼하고, 돈 많은 변호사가 되어 오랫동안 행복하게 사는 거?"

스콧이 크게 웃음을 터트렸다. "뭐, 그런 거 비슷하지."

"바로 그런 거야."

"그래."

"뭐, 스콧. 모든 사람이 그렇게 사는 건 아니야. 난 그날 일어나서 좋은 일이 일어날 거라고 생각하지 않아. 그날 어떤 나쁜 일이 일어날까 하고 생각하지."

말을 듣고 있던 스콧은 물컵을 바라보며 바비가 길에서 만난 다른 모든 친구에게서 보았던 그런 표정을 지었다. 그 표정은 몹시 난처한 표정이었다. 하지만 이제 와서 말을 멈추기에는 너무 멀리와 버렸다.

"스콧, 넌 수석 졸업했고 난 그냥 졸업했지. 로스쿨에서 했던 농담 기억해? 의대를 꼴찌로 졸업한 의사를 뭐라고 부르는지? 의사. 로스쿨에서 꼴찌로 졸업한 변호사를 뭐라고 부르지? 어쩌다 변호사." 바비는 시선을 아래로 내려 만지작거리던 은색 포크를 바라보았다. "뭐, 이건 농담이 아니야."

스콧은 곧장 응대하지 않았다. 그러자 바비는 건방진 비웃음이 오기를 기대하며 시선을 다시 위로 올렸다. 하지만 그 대신 옛 친구에게서 진정 걱정스러운 표정을 약간 볼 수 있었다. 스콧과 바비는 대학과 로스쿨에서 떨어질 수 없는 사이였다. 그들은 함께 살았으며 공부도 같이 했고 술도 취하도록 마시며 여자들을 같이 따라다녔고(바비는 스콧이 찬 애들과 주로 만났다), 농구와 골프도 함께했다. 그들은 스콧이 포드 스티븐스에서 10만 달러를 받고 고용되었을 때까지만 해도 꼭 형제 같았다. 그날 이후로 그들은 한 번도 서로 말을 나눈 적이 없다.

"잘 못살고 있나 보네?" 스콧이 말했다.

"텔레비전 안내 책자 광고에 있는 의뢰인들은 돈을 잘 안 주나 보네."

바비가 어깨를 으쓱해 보이며 웃으려고 노력했다. "인생이 잘 안 풀렸어."

스콧이 자세를 고쳐 앉았다. "바비, 점심 먹으면서 얘기해 보자."

스콧이 손가락을 들어보이자 웨이터가 바로 나타났다. 바비가 자신의 양복값보다 비싼 메뉴들을 살피고 있을 때 라틴 아메리카계의 강한 억양이 들려왔다.

"헤린 씨?" 그가 웨이터를 바라보았다. 말끔한 차림에 자세가 곧은 젊은 스페인계 남성이었다. 그의 얼굴은 막연하게 어디서 많이 본 듯했다. "헤린 씨, 카르로스예요. 카르로스 에르난데스요. 작년에 저 기억하세요? 제 변호사였잖아요. 유포목적 마약소지죄였던가요?"

바비의 의뢰인들 대부분은 젊은 멕시코계 아니면 흑인 남자로 모두 비슷비슷하게 생겼다. 기소된 죄도 마약소지죄, 판매목적소지죄, 마약판매공모죄 등 모두 같았다. 그들은 마약과의 전쟁 중에 붙잡힌 하찮은 마약사용자들이었다. 바비는 가끔씩 그들의 문신으로 그들을 분별하곤 했다. 그중에 마약판매공모죄 혐의를 받은 헥토르라는 의뢰인은 생생히 기억났다. 상반신 전체가 성모마리아에게 경의를 표하는 벽화 문신으로 뒤덮여 있었기 때문이다. 하지만 카르로스는 그가 조지인지, 리카르도인지 또는 루페인지 분간해 낼 수 없었다. 그래도 아랑곳하지 않고 아는 체했다.

"아, 카르로스. 요즘 어때? 이제 끊고 살고 있지?"

카르로스가 크게 씩 웃으며 바비보다 더 큰 거짓말을 했다. "그럼요, 헤린 씨."

그들은 절대로 끊지 않는다. "잘했네."

스콧은 연어를, 바비는 티본스테이크를 주문했다. 카르로스가 자리를 뜨자 바비가 카르로스를 가리키며 말했다. "내 최고 의뢰인."

"형사변호 많이 하나 봐?"

바비가 고개를 끄덕였다. "그냥 시시한 범죄자들을 상대해. 카르로스 같은 애들. 토지관할도 필요 없어."

"연방법원?"

"응, 마약범죄는 전부 연방으로 가니깐."

얼마 있지 않아 카르로스가 주문한 음식을 들고 왔다. 그들은 먹으면서 얘기를 나눴다. 지나간 날들, 옛날 친구들, 좋았던 날들 그리고 그들의 가족에 대해 얘기하며 웃었다. 스콧은 바비가 결혼하고 이혼을 두 번이나 했다는 것을 몰랐다. 바비는 스콧의 어머니가 돌아가셨는지도, 딸이 있다는 것도 몰랐다. 잠시 동안이나마 그들이 절친이었던 11년 전의 시절로 돌아간 듯했다. 하지만 바비는 그가 그저 댈러스의 왕자와 함께 무도회에 참석한 신데렐라에 지나지 않는 존재인 걸 알고 있었고, 이 멋진 곳에서의 화려한 점심은 곧 끝날 것이며 이제 곧 보잘것없는 사무실로 돌아가 댈러스 서부지역에서 카르로스 같은 의뢰인들을 대리하며 하찮은 삶을 살아가리라는 것을 잊지 않았다. 바비는 스테이크를 다 먹어 치운 후 접시를 옆으로 밀치며 말했다.

"스콧, 점심 고맙네. 얘기는 재밌긴 한데, 그냥 어떻게 살았나 얘기하려고 부른 건 아니잖아. 무슨 일이야?"

스콧이 주위를 슬쩍 둘러보더니 바비 쪽을 향해 몸을 약간 기울이며 목소리를 낮춰 말했다.

"뷰퍼드가 클락 맥콜을 살해한 성매매여성을 변호하라고 시켰어."

바비는 하마터면 마시던 아이스티를 뱉을 뻔했다. "설마."

"진짜야."

바비 헤린이 명석한 편은 아니었어도, 스콧 페니가 다시 한 번 그가 버린 걸 자신에게 주려 한다는 것쯤은 금방 눈치 챘다.

"나에게 떠넘기고 싶은 거야?"

스콧이 고개를 끄덕였다. "오늘 피고인이랑 만났어. 샤완다 존스, 흑인 성매매여성이고, 헤로인 중독자. 젠장, 내 양복에 토할 뻔하기도 했어. 자기는 죽이지 않았다는데 말도 안 되는 거짓말이지. 그녀의 총이 살인도구야. 해리 하인스에서 하룻밤 지내는 데 1,000달러를 준 대서 맥콜의 집으로 갔대. 근데 때리고 욕하면서……." ─ 스콧은 거의 속삭이는 말로 ─ "검둥이라고 하면서 말이야." 그리고 다시 보통의 목소리로 말을 이었다. "어쨌든, 서로 싸우다가 그의 낭심을 발로 찬 다음에 그가 약속했던 돈을 가지고 나와서 맥콜의 차를 몰고 해리 하인스로 도망쳤나 봐. 차는 거기다가 버렸대. 경찰이 총에서 그녀의 지문을 발견했고. 예전에도 성매매로 체포된 적이 있대. 다음 날 그녀를 체포했는데 유죄답변을 거부했어. 재판으로 가길 원해. 바비, 포드 스티븐스는 성매매여성을 변호할 수 없어!"

바비가 고개를 끄덕였다. "알았어."

"뭘 알았어?"

"할게, 얼마야?"

"시간당 50달러?"

"플러스 추가 비용."

"어떤 비용?"

"조사요원, 포렌직 전문가, DNA 테스트 비용."

"알았어, 근데 너무 심각하게 받아들이진 마."

"그래, 그냥 검둥이일 뿐이지?"

"그런 말은 안 했어, 바비."

"미안, 그건 비열한 말이지. 구속을 위한 심문기일은 잡혔어?"

"내일 아침 9시."

"그럼 거기로 갈게."

자리에서 일어나 바비가 주차 티켓을 꺼냈다.

"여기 주차확인 해 줘?"

디브렐 타워 옆 건물 꼭대기에 위치한 헬스장은 에어컨 시설이 되어 있는 공중다리로 연결되어 있기 때문에 스콧 페니는 운동을 마친 후 땀을 흘리며 돌아가지 않아도 되었다. 댈러스 시내의 건물들은 대부분 에어컨이 있는 공중다리 아니면 지하 터널로 연결되어 있어서 변호사, 은행가, 그리고 회사원들이 굳이 뜨거운 햇볕과 거리를 집으로 삼는 노숙자, 거지들 틈으로 들어가지 않아도 되었다. 몇 년 전 대로변에서 한 노숙자가 경찰에게 달려들어 총을 빼앗아 경찰의 얼굴에 총을 직사한 사건이 발생한 이후, 사람들은 이동을 할 때도 신중을 기해 연결 통로를 이용했다.

방금 전 스콧 역시 공중다리를 건너 헬스장에 들어왔다. 현재 시각 5시 30분, 댈러스를 내려다보며 7.5마일^{12킬로미터} 속도와 경사 10도로 조정한 러닝머신을 달렸다. 그는 자신이 특별하다고 느꼈다. 그런 느낌은 새로운 느낌이 아니었다. 스콧 페니의 삶 전체가 특별했다. 여덟 살 무렵 처음으로 어린이 미식축구단에 들어가 보호대를 찼을 때 그의 재능을 발견한 아버지, 버치가 말해 주었다. "스콧, 너에겐 특별한 재능이 있어." 나중에 그의 어머니도 똑같이 말했다. "너에겐 재능이 있어. 하지만 내가 말하는 재능은 미식축구의 그 재능이 아니란다." 그는 당시 그게 무슨 뜻인지 이해하지 못했다. 얼마 뒤 어머니가 돌아가셨다.

하지만 자신이 특별하다는 생각은 마음속에서 더욱더 커져만 갔고 8년간 미식축구 영웅으로 지낸 고등학교와 대학시절은 그런 생각에 자양분이 되었다. 그의 팬들, 학우들, 치어리더, 후원자, 코치와 스포츠 매체 기자들 등 모두가 매일같이 스콧 페니는 정말로 특별하다는 점을 확인시켜 주었다. 이러한 상황은 스콧의 푸른색 눈동자처럼 그의 일부분이 되었다. 자신이 특별하다는 생각은 머릿속에서 떠난 적이 없었다. 3년간 SMU 로스쿨 생활을 하고 11년간 포드 스티븐스에 다니면서 이런 사고가 더욱 두터워졌다. 하지만 지금의 그를 더욱 특별하게 만든 것은 운동 능력이 아니라 돈이었다. 대저택과 페라리, 완벽한 삶, 이젠 옛 친구까지도 살 수 있을 정도의 충분한 돈이 그를 특별한 존재로 만들었다.

뷰퍼드 판사의 전화를 받은 후 24시간 만에 처음으로 머릿속이 맑아졌다. 더욱더 고양되어 앞에서 뛰고 있는 여자에게로 시선을 고정했다. 그녀의 감탄스러울 정도로 놀라운 엉덩이는 피스톤처럼 위아래로 움직일 때 조금도 흔들리지 않았다. 스콧은 그녀의 단단한 엉덩이에서 눈을 떼고 이번에는 오른쪽에 있는 거울을 슬쩍 보았다. 그리고 마찬가지로 뒤의 여자가 자신의 엉덩이를 보고 있는 것을 눈치 챘다. 그들은 서로 눈이 마주쳤고 그녀가 윙크했다. 그 순간 정력이 왕성해져 순식간에 그의 온몸이 흥분감에 휩싸였다. 저절로 근육에 힘이 들어갔다. 속도를 시속 10마일[16킬로미터]로 높였다. 자신의 특별한 존재감이 좋았다.

스콧이 그날 밤 부우의 방에 들어갔을 때, 부우는 벌써 잠옷을 입고 등에 베개를 댄 채 앉아 있었다. 아이는 두 손을 무릎 위에 가지런히 포개고 있었다. 머리카락은 빗질을 해 차분했으며 얼굴은 세수를 마친 상태였다. 신선한 딸기향이 풍겼다. 부우는 매일 밤 잠들기 전에 항상 그랬듯이 침대 옆에 의자를 가져다 놓았고 스콧이 읽어 주는 책을 그 위에다가 놓아두었다. 스콧은 책을 집어 들고는 그 자리에 앉아 눈을 비빈 후 안경을 다시 썼다.

"어디까지 읽었지?" 그가 물었다.

"제6조." 부우가 말했다.

스콧이 수정헌법 제6조란 부분을 폈다. 부우의 학교 선생님이 어느 날 수업시간에 권리장전에 대해 언급한 적이 있어서 부우는 자연스럽게 자신이 몰랐던 특별한 권리에 대한 모든 것을 알고 싶어 했다.

"모든 형사소추에서 피고인은 신속하고 공개된 재판을 받을 권리가 있다." 스콧이 한 문장을 읽고 나서 부우를 바라보았다. "무슨 뜻이라고 생각해?"

"경찰들이 사람을 가둬 놓고 열쇠를 버려 버릴 수 없다는 뜻 아닌가요?"

"그렇지, 그리고 재판은 비밀리에 할 수도 없어."

"그래서 아빠가 맡은 사건의 성매매여성이 유죄답변을 안

한다면 누구라도 재판에 갈 수 있다는 거죠?"

"그럼, 그녀는 안 할 거야."

"뭘 안 해요?"

"유죄답변."

부우가 앞으로 몸을 일으키며 눈을 크게 떴다. "얘기 나눠 봤어요?"

"오늘 아침에 구치소에서."

"어떤 사람이에요?"

스콧이 어깨를 으쓱했다. "젊었지만 교육은 잘 받지 못했고, 마약중독에다가 자신이 무죄래."

"무죄인 거 같아요?"

스콧이 고개를 저었다. "아니, 그녀의 총이 살해도구로 사용되었고 그녀의 지문이 총에 묻어 있었어."

"총이 있었어요?"

"응."

"제장…… 아, 내 말은 '우와'."

부우는 등을 기대고 앉아 생각에 잠겼다. 스콧이 다시 읽어 내려 갔다. "'불편부당한 배심원에 의해', '불편부당한'이 무슨 뜻인지 아니?"

부우가 고개를 저었다. "아뇨."

"그건 배심원이 공정하고 피고인에게 편견을 가지고 있지 않아야 한다는 뜻이야. '편견'이라는 건 어떤 사람들이 자신과 다르다고 해서 싫어한다는 의미고."

부우가 고개를 끄덕였다. "작년에 학교에서 콴자* 기간 동안 이야기했었어요. 그래서 누군가가 흑인을 증오한다면 아빠의 성매매여성의 배심원이 될 수 없는 거네요."

"그렇지."

"그걸 어떻게 확신하죠?"

"배심원이 선정되기 전에 예비 배심원들에게 물어보면 알지."

"어떤 방식으로?"

"음, 이 사건에서는 흑인이나 성매매자 또는 마약중독자에 대해 편견을 가지고 있는지 질문하는 식으로."

"그러면 그냥 아니라고 하면 그만이죠."

"글쎄, 그렇게 직설적으로 물어보지는 않을 거야. 굉장히 교묘한 질문을 하지. 예를 들자면, 음, '흑인 집에 가 본 적이 있습니까?'라는 질문을 하거나 그들의 몸짓, 태도 등을 볼 거야. 이를테면, 백인이 흑인 옆에 앉아 있을 때 몸을 멀리하는지 아닌지 그런 걸 보지."

"아빠는 어때요?"

"뭘?"

---

* 미국에서 일부 아프리카계 미국인들이 12월 26일에서 1월 1일 사이에 여는 문화축제.

"흑인 집에 가 본 적 있어요?"

"아니."

"하지만 아빠는 편견을 가지고 있지 않죠? 그쵸?"

"당연하지, 부우. SMU에서 농구 같이 하던 흑인 친구들도 있었는걸."

"누구?"

"어…… 래쉬드하고…… 리로이…… 그리고 빅 찰리."

부우가 미소 지었다. "빅 찰리는 누구예요?"

이제야 스콧도 미소를 지었다. "찰스 잭슨. 내 오른쪽 공격 가드였지. 날 위해서 수비해 줬어. 경기장에서 날 몇 번이나 구해 줬고…… 경기장 밖에서도 몇 번이나 구해 줬지……."

"친했어요?"

스콧이 고개를 끄덕였다. "그럼, 좋은 사람이었지."

"근데 그 사람 죽었어요?"

"아니…… 아닐걸."

"근데 왜 이제 친구가 아니에요?"

스콧이 어깨를 으쓱했다. "프로 선수가 되려고 떠났어. 나는 로스쿨로 갔고. 그래서 연락이 끊겼어."

부우가 고개를 끄덕였다. "아빠가 흑인 의뢰인들을 받지 않는 건 아빠가 사람 대신에 기업을 대리하기 때문이죠."

"그렇지."

부우가 책을 가리키며 말했다. "다음 내용은 뭐예요?"

스콧이 다시 읽었다. "'기소의 성격과 원인에 대해 고지를 받아야 한다.' 이는 기소된 범죄에 대해 알려 줘야 한다는 것을 의미한단다."

"살인, 그게 그녀가 기소된 이유죠."

"맞았어." 그가 다시 읽어내려 갔다. "'증인과 직접 대면할 기회가 부여되어야 한다.' 이 말은 '검찰 측에서 피고인에게 불리한 증언을 하도록 하기 위해서는 증인을 반드시 법정에 세워야 한다'는 뜻이지. '자신에게 유리한 증인을 얻기 위한 필수적인 절차를 가질 수 있다.' 이것은 도움을 줄 증인을 소환할 수 있다는 거야."

"아빠가 대리하는 그녀가 자신이 살해하지 않았다는 말을 해 줄 사람들을 부를 수 있다는 거죠."

"맞아, 도와줄 수 있는 누군가를 찾을 수 있다면. 그리고 '자신을 방어할 카운셀러의 조력을 받을 수 있다.'"

"카운셀러가 뭐죠?"

"변호사야."

"그녀가 변호사를 가질 권리가 있다는 말이에요?"

"그래."

"그녀가 아빠한테 돈을 못 줘도요?"

"그래."

"왜요?"

"뭐가 왜야?"

"다른 사람들은 아빠한테 한 시간당 350달러를 내야 되는데 그녀는 왜 아빠를 공짜로 이용해요?"

"글쎄, 조지 워싱턴과 건국의 아버지들…… 그들이 누군지 알아?" 그녀가 고개를 끄덕였다. "건국의 아버지들은 정부가 누군가에게 죄를 범했다고 혐의를 씌우면서도 그에게 변호사의 도움을 받을 기회를 주지 않는 건 공정하지 않다고 생각해서야."

"왜냐하면 그가 무죄일 수도 있는데 그가 무죄라는 것을 증명할 변호사가 없다면 그냥 교도소에 가야 되니까 그런 거죠?"

"그렇지……. 근데 변호사는 그가 꼭 무죄라고 증명할 필요는 없어. 정부가 유죄라고 증명해 내야 해. 그리고 부우, 변호사의 일은 정부로 하여금 피고인의 유죄를 합리적인 의심의 여지가 없을 정도로 증명하게끔 만드는 거야."

"그래서 정부는 아빠의 성매매여성이 유죄라고 증명했어요?"

"아직, 그리고 그녀는 '나의' 성매매여성이 아니야 부우. 그녀는 내 의뢰인이지."

"근데 아빠는 그녀가 유죄답변하길, 유죄라고 말하길 원하잖아요."

"그래, 그녀가 죽였음을 자백하라고."

"그래서 정부가 그녀의 유죄를 증명하지 않아도 되게 하려고요?"

"그렇지."

"그러면 그녀에게 아빠가 왜 필요한 거죠?"

스콧이 웃었다. "글쎄다. 나는…… 뭘 말인고 하면…… 법원이 변호사를 지명하면, 그녀는…… 음…… 그게 말이야. 권리장전에 의하면, 그녀가 유죄이고 자백할 결단을 한 경우조차도 그녀는 변호사를 가질 권리가 있어. 규칙대로 하는지를 확인하기 위해서."

"그래서 판사님이 그녀를 위해 규칙이 잘 지켜지고 있는지를 확인하라고 아빠를 지명한 건가요?"

"그래, 하지만 그녀는 자백을 원하지 않아. 그녀는 재판을 받길 원해. 그래서 아빠가 그녀를 다른 사람에게 넘겼어."

부우가 인상을 찌푸렸다. "무슨 뜻이에요?"

"아빠의 옛날 로스쿨 친구를 고용해서 그녀의 사건을 처리해 달라고 했어."

"왜요?"

"아빠가 너무 바빠서."

"정부가 그녀가 유죄라는 것을 증명하도록 만드는 것을 아빠가 너무 바빠서 못한다고요?"

"그래, 그래서 내 친구한테 비용을 주고 대신 해 달라고 하는 거야."

"내가 내 친구한테 숙제 좀 해 달라고 고용하는 것처럼?"

"그렇지…… 아니, 아니야. 부우, 숙제는 스스로 해야지."

"왜요?"

"왜냐면 그건 속이는 거잖아."

"변호사가 하면 그건 속이는 게 아니에요?"

"그래⋯⋯ 아, 아니지⋯⋯. 내 말은⋯⋯ 부우, 이건 복잡해."

부우가 책을 가리켰다. "수정 6조에도 그런 게 있어요? ⋯⋯ 그걸 뭐라고 하지? 단⋯⋯ 뭐더라 단⋯⋯."

"단서조항?"

"네, 단서."

"무슨 의미니?"

"만약 변호사가 너무 바쁘면 변호사가 없어도 된다는 단서 말이에요?"

"그게 아니라, 특정 변호사를 가질 권리는 없지만 그냥 다른 아무 변호사는 가질 수는 있어."

"아무 변호사를요?"

"그래."

"별로인 변호사조차도요?"

스콧이 어깨를 으쓱했다. "그래."

"아빠 친구는 좋은 변호사예요, 별로인 변호사예요?"

"어⋯⋯ 글쎄, 잘 모르겠네."

"아빠만큼 잘해요?"

스콧이 미소 지었다. "아니."

"판사님이 아빠를 그녀의 변호사로 지명했고, 아빠는 아주 좋은 변호사인데 그녀는 이제 그렇게 좋은 변호사가 아닌 아빠 친구랑 있어야 해요?"

"뭐, 그렇지. 아무나 나를 변호사로 가질 수 있는 건 아니 거든."

"한 시간에 350달러를 낼 수 있는 기업만이 아빠를 고용할 수 있죠?"

"그렇지."

부우가 한숨을 쉬었다. "아주 훌륭한 거래는 아닌 것 같은 데요."

"뭐가?"

"형편없는 변호사를 가질 수 있는 권리 말이에요."

08

다음 날 아침, 스콧은 8시 45분에 연방법원에 도착했다. 샤완다 존스를 바비 헤린에게 넘기고 다시 그의 완벽한 삶으로 돌아가는 것을 갈망하면서. 법정 밖에서 그는 카메라와 마이크를 얼굴에 들이미는 기자들에 둘러싸여 거의 외치다시피 하는 질문을 받았다. 그는 몇 번이나 "드릴 말씀 없습니다"라고 말하며 그들을 뚫고 지나갔다. 15층에서 내린 그는 뷰퍼드 판사의 법정 밖에서 어제 입었던 흉측한 양복을 입고 담배냄새를 풍기며 서 있는 바비를 발견했다. 그들은 높이가 높은 이중문을 열고 들어가 자기네들의 의뢰인들 심문, 기일조정, 형 선고 등을 기다리는 다른 변호사들과 함께 교회 의자처럼 옆으로 긴 의자에 나란히 앉았다.

지난 30년 동안 사무엘 뷰퍼드 판사는 이 법정에서 소송지휘를 해 왔다. 기다리고 있는 피의자들이 스콧의 눈에 들어왔다. 연방기소를 앞두고 있는 마약 밀매자들은 대부분 흑인과 멕시코계로 떨고 있었고, 화이트 컬러 범죄자들은 잘 빼입은 백인들로 자기네들이 사회보장 경비나 조세 포탈로 기소된다면 세금이 낭비될 것이라고 분개하고 있었다. 그들은 모두 보호관찰을 받고 집으로 돌아갈 수 있을 것인가 아니면 5년 내지 10년간 연방교도소에서 지내게 될 것인가를 걱정하고 있었다. 스콧은 이 사람들의 모든 삶이 이 한 법정에서, 한 판사에 의해 뒤바뀐다는 것을 생각하지 않을 수 없었다. 벌거벗은 힘으로 법을 이기는 것은 어려운 일이었다.

　　법정 정리^{廷吏}가 일정표에 있는 첫 번째 사건을 호명했다. "*미합중국 대 샤완다 존스.*"

　　스콧은 안경을 끼고 있었다. 법정에선 항상 안경을 착용해왔다. 바비와 함께 일어나 칸막이를 지나 피고인 테이블로 자리를 옮겼다. 부잣집 아들처럼 생긴, 30대 중반으로 보이는 한 법률가가 그들에게 다가왔다.

　　"바비, 이제 큰물에 온 거야?" 그가 말했다. 말끝의 비웃음에는 자신을 치켜세우려는 의도가 다분했다. "이 사건을 맡은지는 몰랐는데."

　　"레이, 그저 과도한 열정을 가진 검사 때문에 유죄로 내몰린 무고한 시민을 도우려고 하는 것뿐이라네." 바비가 무표정한 얼굴로 말했다.

레이가 웃으며 말했다. "그렇겠지." 그러고는 스콧에게 손을 내밀었다. "레이 번스, 미합중국 검사보입니다."

스콧이 번스와 악수하며 말했다. "스콧 페니, 포드 스티븐스에서 일합니다."

"뷰퍼드가 이 사건을 위해 사선 변호인을 구했다고 들었는데." 번스가 말했다. 그는 한껏 의구심을 나타내 보이듯 양팔로 제스처를 취하며 스콧과 바비를 번갈아 보면서 말했다. "그래서, 피고인을 떠넘기려고 하는 겁니까?"

"아니요, 떠넘기려는 게 아닙니다. 그저 옳은 일을 하려는 것뿐입니다. 그녀에게 진짜 형사 변호사를 고용해 준 것입니다."

"옳은 일?" 번스가 좀 전과 같은 비웃음을 지으며 말했다. 그 표정은 레이 번스 특유의 표정인 것이 확실했다. "내가 보기엔 확실한 것 같은데."

미합중국 검사보인 레이 번스가 검사석으로 돌아갔다. 그는 오른쪽 어깨 밑에 킹사이즈 무게가 안 되는 칩을 달고 있었다. 정부의 변호사들은 항상 스콧 같은 대형 로펌 변호사들을 대할 때 어깨에 그런 칩들을 달곤 했다. 왜냐하면 대형 로펌들은 그들을 로스쿨에서 선발해 가지 않았기 때문이다. 대형 로펌 행이 1순위이고, 2순위는 학교에 남는 것이며, 3순위는 정부에서 일하는 것이었다.

바비가 몸을 기울여 귓속말로 말했다. "번스는 왕재수야. 유죄평결을 많이 받아 워싱턴으로 올라가려고 안간힘을 쓰고 있지. 저 개자식이 내 의뢰인 몇 명을 마약소지죄로 평생 감옥에 가뒀어. '판매목적'이 명백하다고 하면서."

측면의 문이 열리며 낯선 흑인 여성이 흰 죄수복을 입고 나타났다. 스콧은 그 여성을 몇 초 동안 바라보고 난 후에야 비로소 샤완다인 것을 알아챘다. 어제는 그냥 끔찍한 정도였지만, 오늘은 거의 죽기 일보 직전의 지경인 것 같았다. 같은 흑인 요원이 그녀를 옆에서 억지로 부축해 법정 안으로 안내하면서 스콧에게 데리고 왔다. 가까이서 본 그녀의 얼굴은 마리화나 같은 얼굴이었다.

"잘 잤어요, 샤완다?"

그녀의 몸 전체가 떨리고 있었다. 주체할 수 없이 흔들리며 경련이 일어나고 있었다. 스콧은 부우가 수영장에서 나와 추워할 때면 그랬듯 샤완다를 따뜻하게 해 주려 일어나 껴안을 뻔했지만, 의뢰인이 값비싼 양복에 토할지도 모른다는 생각에 바로 멈췄다. 그는 그녀에게서 한 발짝 뒷걸음질쳤다.

"페니 씨, 저 사람은 누구예요?" 그녀가 힘없는 목소리로 바비를 가리키며 말했다.

"바비 헤린이에요. 당신 변호사죠."

"내 변호사는 당신 아닌가요?"

"샤완다, 난 기업을 대리해요. 범죄자, 아니 범죄혐의가 있는 사람들을 대리하지 않아요. 그래서 당신에게 맞는 형사 전문 변호사를 고용했어요."

"일동 기립!"

정리廷吏의 목소리가 크게 울려 퍼지고 사무엘 뷰퍼드 판사가 판사석 후방에 나 있는 문에서 들어오자 법정에 있던 모든 사람이 그 자리에서 일어났다. 그는 연방판사를 떠올리게 하는 이미지 그대로였다. 흰 머리카락, 귀족 같은 얼굴과 검정색 돋보기안경, 검정색의 가운까지, 마치 법의 최상위의 힘을 강조라도 하듯이 상단에 있는 판사석에 앉았다. 스콧이 그와 시선을 맞추려면 20도 정도 머리를 들어야 했다.

"자리에 앉으세요." 판사가 말했다. 그가 판사석에 놓여 있는 서류들을 훑어보고선 안경 너머로 레이 번스, 스콧과 샤완다 그리고 바비에게로 차례로 시선을 돌렸다. 이윽고 입을 열었다. "미합중국 대 샤완다 존스, 구속 심리 시작하겠습니다."

스콧이 샤완다를 다시 바라보았다.

"존스 씨, 괜찮아요?"

그는 마치 자전거를 타다 넘어진 어린 딸의 상태를 물어보는 아버지 같았다. 샤완다가 고개를 끄덕이자 다시 변호사들에게로 시선을 돌렸다.

"자기소개를 하세요."

번스가 말했다. "레이 번스, 정부 대리 미합중국 검사보입니다."

그리고 스콧이 말했다. "스콧 페니, 포드 스티븐스에서 일하는 변호사입니다. 판사님, 저희 로펌에서 로버트 헤린 변호사를 피고인을 대리하기 위해 고용했습니다. 헤린 씨는 댈러스의 훌륭한 형사 변호사로서 형사사건에 있어선 저보다 더욱더 경험이 많고 피고인에게 더 좋은 변호를 해 줄 수 있습니다. 괜찮다면 법정의 허가 아래 피의자 대리직을 사임하고 헤린 씨가 제자리를 대신할 수 있도록 해 줄 것을 부탁드립니다."

판사는 돋보기 너머로 스콧을 바라보았다. 뒤틀린 미소가 그의 얼굴에 가득했다.

"제2의 아티커스 핀치가 되고 싶은 게 아니었나 봅니다, 페니 씨?"

스콧은 대답하지 않는 편이 차라리 나으리라는 것을 알고 있었다. 판사의 미소는 실망한 표정으로 바뀌었고, 무슨 이유인지는 모르겠지만 그것이 스콧을 불편하게 만들었다. 판사는 한숨을 내쉬며 시선을 돌렸다. 그리고 사건 일람표에 공식적으로 '피고인의 변호인으로 스콧 페니를 로버트 헤린으로 교체한다.'라고 적었다.

판사가 말했다. "존스 씨가 괜찮다면……."

샤완다 존스가 자기 얼굴을 비비적댔지만 아무런 감각이 없었다. 그녀는 48시간 동안 잠을 자지 못했다. 마약을 하고 싶다는 생각이 하루 종일, 그리고 밤새 그녀를 각성 상태로 만들었다. 그녀는 마약을 처음 시작한 이래 지금까지 이만큼 장시간 마약을 복용하지 않았던 적이 없었다. 이것이 그녀를 거의 미치게 만들었다. 그녀의 정신은 혼미했고 제대로 된 생각을 할 수가 없었다. 사라질 것 같지 않은 두통에 시달렸고 온몸이 쑤시듯 아팠다. 모든 근육과 뼈마디가 고통으로 욱신거렸고 피부는 지속적으로 느껴지는 소름 때문에 닭살이 돋아 있었다.

오른편에 서 있는 백인 남자를 보려고 눈을 들었을 때 두 눈은 건조했고 깔끄러웠다. 로버트 헤린이 보였다. 그는 키가 작았고 똥배가 나왔으며, 피부에는 마마 자국이 있어 소년기에 여드름이 났을 거라고 짐작했다. 그의 갈색 머리카락은 아침에 감지도 않았을 것이 분명했다. 그는 그녀가 본 백인 변호사 중 가장 값싼 양복을 걸치고 있었다. 형광등 불빛에 반사되어 번질번질하기까지 했다! 흰색 셔츠는 누렇게 변색되어 있었고 단추도 몇 개 없었다. 넥타이는 *JCPenney의* 세일품목이라고 외치고 있었다. 그녀가 성매매로 버는 것이 로버트 헤린이 변호사로 버는 것보다 더 많이 벌 것이라는 확신이 들었다.

왼쪽에 서 있는 백인 남자에게로 시선을 돌렸다. 스콧 페니가 있었다. 그는 키가 컸으며 금발에 얼굴도 잘생겨 호감형이었다. 그는 프렌치 커프스가 달린 빳빳한 셔츠 위에 적갈색의 실크 넥타이를 매고 세로 줄무늬가 있는 짙은 색의 양복을 입었는데 그의 몸에 딱 맞아 맵시가 났다. 언뜻 보면 악랄하기 그지없는 백인 성매매 알선업자 같았지만, 자세히 보면 금수저 집안의 사람처럼 보였다.

금수저일까, 흙수저일까?

샤완다는 스물네 살이었다. 그녀는 열다섯 살에 임신 때문에 자퇴했다. 정규교육이라고는 9년밖에 받지 못했지만, 얼간이는 아니었다. 한때 겪어 본 미국의 사법시스템에 대한 경험은 절대 잊어서는 안 될 중요한 가르침을 한 가지 남겨 주었다. 돈이 많은 변호사가 좋은 변호사이고 가난한 변호사는 시원찮은 변호사다. 그녀는 판사를 바라보며 말했다. "안 괜찮아요!"

샤완다의 말이 스콧의 뇌리에 꽂혔다. 스콧은 자기 옆에 서 있는 흑인 여성의 외침에 심장이 멎는 듯했다. 판사도 예상치 못한 답변에 놀라 고개를 번쩍 들고 샤완다를 응시했다. 스콧은 조용히 사라지길 거부하는 이 의뢰인의 목을 당장이라도 조르고 싶은 충동을 억누르며 그녀를 바라보았다.

"뭐라고요?" 판사가 물었다.

"괜찮지 않다고요." 샤완다가 말했다. 그녀가 떨리는 검은 손가락으로 스콧을 가리켰다. "판사님, 저는 결백하고, 페니 씨가 제 변호사이길 원해요."

판사가 쓰고 있던 돋보기안경을 확 벗어젖히고 스콧을 향해 고개를 비스듬히 기울이면서 물었다.

"페니 씨, 법정에서 변호인 교체 건을 요청하기 전에 의뢰인과 상의하지 않았나요?"

스콧이 헛기침으로 목을 가다듬으며 말했다. "아니요."

"상의를 했었어야죠." 판사가 샤완다에게 다시 물었다. "왜
죠?"

"뭐가요?"

"왜 페니 씨가 당신의 변호사이길 원하죠?"

"판사님, 저는 그를 믿어요. 페니 씨에게서 자신감이 느껴
져요. 그가 내 결백함을 증명할 수 있다고 믿어요."

판사가 다시 스콧에게 물었다.

"페니 씨, 피고인이 변호인을 선택할 수 있는 권리가 있습
니다. 그래서 이 사안은 그녀의 결정을 따라야 합니다."

"판사님, 존스 씨와 잠시 얘기할 수 있을까요?"

판사가 그렇게 하란 듯이 손짓했다.

스콧이 샤완다와 판사 사이에 서서 이를 꽉 깨문 채로 그녀
에게만 들리게끔 말했다. "내 로펌이 당신을 위해 변호사를 고
용했어요. 나는 당신을 법정에 데려가는 것보다 더 중요한 일을
해야 해요. 알겠어요? 난 당신의 변호사가 되지 않을 거예요. 그
러니까 판사한테 바비가 당신을 변호해도 된다고 말해요."

스콧이 자세를 바로 하고 판사를 바라보았다. 판사가 양손
을 위로 올렸다.

"존스 씨?"

샤완다가 다시 로버트 헤린을 바라보았다 — 완벽한 흙수저!

—그리고 스콧 페니를 보았다—금수저!—그녀가 스콧을 가리키며 말했다. "전 이 사람을 원해요."

"말도 안 돼!" 댄 포드는 뚜껑이 열리기 일보 직전이었다. 스콧이 방금 전 나쁜 소식을 듣고 법정에서 돌아왔기 때문이다. "망할 놈의 매춘부가 이 로펌을 인질로 잡고 있어!"

"변호인 지명에 대해 항고는 안 되나요?" 스콧이 말했다.

"안 돼! 할 수 있어도 하면 안 되지. 그러면 뷰퍼드 재판장이 크게 노할걸. 그의 법정에 다시는 발도 못 붙일 거야."

"그럼 어떻게 해야 되나요?"

댄은 스콧을 응시했다. 지난 35년간 알고 지내왔지만 스콧만큼 유능한 변호사는 보지 못했다. 변호일에 타고난 놈이었다. 똑똑하고 영리했으며 사리가 분명했다. 의뢰인이 두 손 들 때까지 의뢰인에게 청구서를 요구할 만큼의 배짱도 있었다. 그는 스콧을 아들처럼 여겼다.

"헤린이 이 사건을 끌고 가게 해. 무거운 짐은 모두 그에게 맡기고. 모든 변론요지서와 이의신청서를 쓰게 하고, 공판 전 출석도 모두 시켜—로펌의 이름이 신문과 텔레비전에 나오지 않게. 그리고 인터뷰는 절대로 안 돼! 헤린에게 확인시켜. 그리고 자네, 스콧." 그가 스콧을 손가락으로 가리켰다. "자네는 계속해서 우리 의뢰인들을 위해 일하고."

댄이 시계를 보더니 코트를 걸어 둔 쪽으로 걸어갔다. "계속해서 무슨 일이 있었는지 알려 줘. 놀래킬 일 하면 안 돼, 스콧."

스콧이 방을 나가고 댄은 검정색 양복 위에 코트를 걸쳤다. 장례식에 가기로 되어 있었기 때문이다.

09

　클락 맥콜을 알던 하이랜드 파크 주민들은 모두 그가 요절할 거라고 예상했다. 그는 난폭하고 무모했으며 부모가 엄청난 재산가이지 않고서는 상상할 수 없는 수준의 사고를 저지르고 다녔다. 중산층의 자녀라면 최상위 수준의 대학에 입학한 후 로스쿨이나 메디컬 스쿨에 진학할 기회를 감히 헛되이 할 수는 없었다. 하지만 클락 맥콜에게 그런 걱정은 꺼리조차 되지 않았다. 그의 아버지에게는 8억 달러라는 재산이 있었다. 댄 포드는 클락 맥콜의 장례식이 시작하기를 기다리며 SMU 캠퍼스의 남쪽 끝에 있는 하이랜드 파크 유나이티드 감리교회의 성소에 앉아 있었다. 그는 클락의 아버지를 42년간 알고 지냈기 때문에 클락의 어린 시절부터 모두 알고 있었다. 댄이 맥을 만난 것은

SMU에서의 신입생 시절 의형제 동아리에서 충성맹세를 했을 때였다.

베트남 전쟁이 일어나 미국이 더 많은 젊은이들을 군대로 보낼 때 댄 포드는 한 사립대학교와 사립 로스쿨에 진학해 버렸다. 법을 특별히 좋아해서 법조계 직업을 가지려던 게 아니었다. 단지 몇 천 마일 멀리 떨어진 논밭에서 죽는 게 두려웠을 뿐이다. 그러한 두려움은 그 혼자 가지고 있는 것이 아니었다. 전쟁 기간 동안 미국의 로스쿨 입학률은 두 배로 증가했다.

하지만 일단 직업이 정해지자, 댄 포드는 성공가도를 달렸다. 그는 변호사가 돈을 많이 벌려면 돈이 많은 의뢰인을 변호해야 한다는 걸 일찌감치 깨달았다. 그래서 대부분의 신입생들이 인생에서 처음으로 부모로부터 벗어나 술 마시며 사고 치고 다닐 때에도 댄 포드는 장래의 의뢰인들과 만나며 인맥을 쌓고 다녔다.

맥 맥콜은 그의 의뢰인 리스트의 맨 위에 있었다. 그를 만난 첫날부터 그는 맥이 성공할 것을 알고 있었다. 맥은 성공할 사람의 인상을 가지고 있었다. 오데사에서 태어나 난폭한 성격의 아버지를 빼닮았던 맥 맥콜은 고등학교 때 만난 여자친구와 약혼했다. 그녀는 정유회사 부회장의 무남독녀였다. 장래의 장인어른은 맥이 SMU를 다닐 동안 학비를 대주었다.

여름방학 동안 댄은 댈러스의 로펌에서 변호사 인턴십을 거쳤고, 맥은 텍사스 서부 석유 굴착지에서 일했다. 당시 석유는 한 배럴당 2달러였다. 맥은 한 배럴당 10달러가 될 거라고 예상했지만 배럴당 50달러가 될 거라곤 상상조차 하지 못했다.

졸업할 무렵 맥은 굴착하는 방법을 알게 되었고, 더욱 중요하게는 어디에 굴착해야 하는지를 알게 되었다. 대학시절 4년간 그는 퍼미안 분지에서 석유가 나는 곳과 나지 않는 곳을 모두 표시해 두었다. 졸업한 해 여름에 대박을 터뜨렸다. 댄이 로스쿨을 졸업할 때쯤 맥 맥콜은 이미 2,000만 달러의 부를 움켜쥐고 있었다. 맥 맥콜은 닥치는 대로 채굴하는 H. L. 헌트나 자기 이전의 다른 텍사스 출신 사람들처럼 석유가 나는 타운에서 석유를 구매하는 것이 지루해 댈러스로 주 사무실을 옮겼다. 댄 포드 변호사에게 처음으로 부자 의뢰인이 생겼다.

댄은 텍사스에서 온 상원의원이 아들의 장례식에서 슬픈 표정을 지으며 동시에 마치 또 다른 선거 운동인 양 조문객들을 대하는 모습을 지켜보았다. 맥은 잘생긴 얼굴에 머리는 백발이었고 항상 그랬듯 옷을 깔끔하게 입고 다녔다. 십 대들에게는 질색할 부류에 속하지만, AARP*의 여성들에게는 거부할 수 없는 매력의 소유자로 여겨졌다.

오르간이 조용히 울려 퍼지면서 사람들의 목소리가 줄어들었다. 댄은 교회의 중앙에 위치한 좌석에 앉아 있었다. 누가 왔

---

* 미국퇴직자협회.

고 누가 오지 않았는지를 한눈에 볼 수 있는 위치였다. 맥의 첫 번째 부인이며 클락의 어머니인 마사 맥콜이 일찍 도착해 다른 가족들과 함께 앉아 있었다. 그녀의 옆에 앉은 진 맥콜에 비하면 너무나도 나이가 들어보였지만 누군들 그렇지 않겠는가? 마사는 잘빠진 스포츠카 옆에 세워진 가족용 스테이션왜건*에 지나지 않았다.

댄의 스테이션왜건도 댄 옆에 앉아 있었다. 댄과 나이가 비슷했고 그 나이대의 여성 그대로 나이 들어 보였다. 그들은 로스쿨을 졸업하자마자 결혼했고 곧바로 아이를 가졌다. 댄 포드가 인도차이나 반도로 가지 않아도 되는 보증을 하나 더 추가시킨 셈이다. 그동안 댄 포드는 총 세 번의 외도를 했다. 모두 사내 크리스마스 파티가 끝난 후 사무실에서 술에 취한 비서와 관계를 가진 일이다. 하지만 그는 다른 여자 때문에 자신의 부인과 이혼하려는 생각은 한 번도 한 적이 없다. 그의 두 번째 부인이 되고 싶어 하는 사람이 한 명도 없기도 했지만 무엇보다 그가 진정으로 사랑하는 건 앞으로도 로펌밖에 없을 것이기 때문이었다.

모든 부류의 정치적 동물들이 클락 맥콜의 장례식장에 얼굴을 보였다. 망자에 대한 조의를 표하기 위해서가 아니라 비즈니스를 위해서였다. CEO들은 특별 세금우대를 더 늘리거나 아

* 뒷좌석에 짐을 실을 수 있는 가족용 승용차.

니면 부담스러운 환경 규제조치에서 벗어나기 위해 맥콜의 표가 필요했고, 의회의원들은 맥콜이 상원에서 가장 영향력이 강했기 때문에 눈 밖에 나지 않도록 눈치껏 참석했다. 부통령이 참석한 것은 방송국 카메라를 의식해서였고, 국무위원들은 맥콜 행정부에 들어가고 싶어 눈에 들기 위해 찾아왔다. 지방법원 판사들은 항소법원 판사가 되고 싶어서, 항소법원 판사들은 대법관이 되고 싶어서 왔다. 승진에는 상원의원의 동의가 필요했기 때문이다. 클락 맥콜의 장례식은 댈러스에서는 거의 볼 수 없던 정치인들과 경영자들을 불러 모았다. (명심하라, 당신이 차기 대통령의 유력 후보라면 당신의 경조사마다 사람들이 몰려올 것이다.)

하이랜드 파크의 나이 많은 부인들은 클락이 소년일 때 얼마나 미남이었는지를 회상하며 장례식의 충실한 봉사자로 참석했다. 장례식장에 참석한 사람들 대부분은 클락과 친분이 있는 사람들이 아니라 그의 가족과 친분이 있는 사람들이었다. 클락 또래의 몇몇 남자들도 참석했는데 그들 또한 부유한 집안에서 자라 부모님의 짐이 될 그런 아들들이었다. 하지만 젊은 여자들은 없었다. 클락은 아마 살아생전에 그의 죽음에 애도를 표해 줄 여자친구를 만들지 못했던 것 같다.

댄의 아들 또한 그의 장례식장에 여자친구는 없을 것이다. 그는 최근에 자신이 동성애자라고 커밍아웃했기 때문이다. 클락의 이성애는 단 한 번도 의심된 적이 없다. 맥이 한밤중에 댄에게 연락해 클락을 하이랜드 파크 유치장에서 빼내 달라고 부탁한 일만 해도 몇 번인가? 클락이 SMU에 다닐 때에는 한 달에 한 번꼴로, 그리고 그 이후로도 몇 번이나 연락했다. 음주, 코카인, 섹스 — 클락 맥콜은 자신의 인생을 너무나도 즐겼다. 운 좋게도 그는 돈으로 무엇이든 해결할 수 있는 하이랜드 파크에서만 체포될 수 있도록 일을 저지르는 센스도 있었다.

목사가 성서대로 올라왔고 사람들은 자리에 앉았다. 배경음악 또한 천천히 사라졌다. 목사는 하나님과 천국 그리고 평화에 대해 말했고 클락은 이제 더 좋은 곳으로 갔노라고 이야기했다. 훌륭한 설교자가 영생을 팔고 있었지만 댄 포드는 영생을 사지 않았다. 지금 여기, 지금 당장, 우리가 가지고 있는 모든 것은 이뿐이라고 생각했다. 다음번을 기다릴 순 없었다. 원하는 것을 지금 이 자리에서 취해야 한다.

십여 분간의 설교가 끝나고 상원의원 맥 맥콜이 자리에서 일어나 아들의 관이 놓인 단으로 올라갔다. 그는 아들의 얼굴에 손을 얹어 마치 기도하는 듯이 눈을 감았다. 하지만 댄은 그가 기도한다고도 믿지 않았다. 그는 맥을 너무 잘 알았다.

맥은 성서대로 올라가 우울한 표정을 한 채로 참석자들을 바라보았다. 그는 천천히 그리고 매우 감동스럽게 그의 유일한 아들에 대해, 자식이 애비보다 먼저 가는 것이 얼마나 자연의 이치에 반하는 것인지에 대해 읊어 내려가면서 60여 년 동안 힘든 일을 낳이 겪었지만 지금보다 더 한 적은 없었노라고 말했다. 클락은 사고를 치는 아이였지만 그건 부모인 자신의 잘못이라고도 말했다. 하지만 댄 포드는 새빨간 거짓말이라는 걸 알고 있었다. 맥은 클락이 열 살이었을 때 군사 기숙학교에 보내도록 그를 종용하지 않은 것에 대해 마사를 질책하곤 했다. 하지만 맥 맥콜은 이런 종류의 일에 너무나 능숙했다. 그의 추도연설이 끝날 무렵 장례식장에 온 사람들 대부분이 울거나 울기 일보 직전이었다.

그의 유일한 아들이 죽었고 땅에 묻혔다.

맥 맥콜과 그의 아들은 단 한 번도 친밀한 관계를 가진 적이 없었다. 클락은 어머니와 친했고, 맥은 돈과 친했다. 맥은 코트 안쪽 주머니에 손을 넣어 지갑을 꺼냈다. 그 안에는 아들이나 아내의 사진은 단 한 장도 없고, 오직 벤저민 프랭클린*과 율리시스 S. 그랜트**의 얼굴만 가득했다. 맥 맥콜이 한 평생 함께한 것은 아들과 아내가 아니라 돈과 권력이었다. 이제 그는 돈으로 미국 대통령 자리를 사려고 하고 있었다.

그는 상원의원의 자리를 사기 위해 2,500만 달러를 썼다. 그가 배운 유일한 것이라곤, 상원의원이 멋대로 휘두를 수 있는 유일한 힘은 우편배달부가 사회보장수표를 배달해 주듯 자신의 출신 주에 지역개발사업을 물어다 주는 것이 전부라는 것이었다. 그것도 재임 중에만 사용할 수 있는 힘이었다.

* 100달러짜리 지폐.
** 50달러짜리 지폐.

하지만 맥 맥콜은 지구상에 그의 발자취를 남기고 싶어 했다. 그는 자신이 존재했다는 것을 알리고 싶어 했다. 이혼하기 전에 마사는 개인 재단을 설립하여 그가 가지고 있는 돈으로 다른 나라의 가난한 사람들, 아프리카에서 에이즈로 고통받고 있는 사람들과 멕시코의 교육받지 못하는 아이들, 그리고 미국의 노숙자들을 돕자고 제안했다. 하지만 800만 달러조차도 세상에 널린 사회 문제를 해결하는 데에는 언 발에 오줌 누기였다. 그리고 그는 가난한 사람들의 곤경에 무신경했다. 그런 일은 자신과 상관없는 일이었다. 이런 이유로 마사와 이혼하고 진과 결혼했으며 이제 그는 그토록 갈망하는 권력을 위해서라면 필요한 만큼 돈을 마음대로 쓸 수 있게 되었다. 미합중국 군대를 파견해서 중동 독재자들을 쓸어버릴 권력자라면, 역사는 그의 흔적을 확실하게 알게 될 것이다.

맥은 아들이 살해당한 하이랜드 파크 저택의 침실에서 수사 기록에 적힌 클락의 마지막 순간을 떠올려보았다. 술, 코카인, 욕망, 분노, 두려움, 흑인 창녀가 떠올랐다. 젠장 하는 소리가 저절로 나왔다. 그의 아들은 그녀와 다투고 싸우다가 카펫 바닥에서 죽었다. 맥콜은 죽어서 나뒹굴고 있는 클락을 상상 속에서 바라보며, 속에서 끓어오르는 감정을 가라앉히려고 노력했다. 맥은 클락을 떠올리며 여느 때처럼 생각했다.

아들이 얼마나 멍청한 인간이었던가.

다른 사람의 아들이었다면 맥은 그렇게 되어 마땅하다고

여겼을 것이다. 무모한 삶을 살았고 하이랜드 파크에 살면서 성매매여성을 집으로 데려왔으니 말이다. 하지만 그의 아들이었다는 점이 문제였다. 하이랜드 파크에서 대통령 선거에 나가는 사람은 맥콜말고는 없었다. 그는 지난 20년 동안 모든 행동, 연설, 공개석상에서의 출현, 상원의원으로서의 투표, 그리고 *숨 쉬는 매 순간들*을 단 한 가지 기준에 맞춰 결정하고 행동했다. 대통령을 향한 자신의 야망에 영향을 미칠 것인가 말 것인가 하는 것이었다. 이제 맥은 아들의 살해사건을 판단하는 데 들였던 의식적인 노력을 거뒀다. 지금 가장 걱정되는 건 창녀의 재판을 둘러싸고 언론에 공개되는 사안들이었다.

맥은 그가 떠올린 결론이 마음에 들지 않았다.

그는 몇 번이나 클락에게 유산을 상속받지 못하게 하겠다고 협박했다. 미래를 협박함으로써 아들의 무모한 삶을 억제하려는 시도였다. 하지만 이제 그의 아들이 아버지의 미래를 협박하고 있었다. 클락의 죽음과 그가 저지른 무분별한 행동들은 맥의 꿈인 백악관 입성에 피할 수 없는 협박이 되고 있었다.

두 시간 남짓 지난 후, 맥은 입구에 서서 돌아가는 조문객들에게 인사를 했다. 댄 포드가 마지막이었다. 맥은 발레파킹 요원이 문을 열고 기다리고 있는 승용차로 걸어가는 댄을 지켜보며 생각했다. 댄 포드는 협조할 것이다. 변호사의 충성심은 언제나 합리적인 비용만 대면 살 수 있을 터였다.

"이 페니라는 아이 말이야." 맥이 말했다. "SMU에서 미식축구를 했었지, 기억하기론 꽤 괜찮았던 것 같은데."

맥은 프런트 문을 닫고 집사인 델로이 룬드를 향해 돌아보았다. 그는 키가 컸고 대머리에 목이 없어 보일 정도로 짧았다. 델로이는 전직 DEA 요원이다. 섬세함은 델로이의 강점이 아니었기에 가장 명석하다고 할 수는 없지만 충직한 집사이자 경호원이었고 사설탐정의 역할을 할 능력이 충분했다. 다양한 지역 개발 사업비용과 관련하여 맥에게 반대했던 상원의원들과, 이혼 절차를 밟고 있었던 맥의 전 처에 관한 추악한 작은 비밀들을 캐낼 수 있었다.

"페니에 관한 모든 걸 알아와 줘. 모든 것 말이야. 그의 성적표, 은행기록, 빚, 소득신고서, 그의 의뢰인, 친구들, 적들, 바람 피우고 있는지 아니면 그의 아내가 바람을 피우고 있는지 모든 걸 알아오라고." 맥은 믿음직한 집사를 향해 손가락을 가리켰다. "델로이, 아침에 용변을 얼마큼 보는지도 알아야 한다고, 알아들어?"

델로이가 고개를 끄덕였다.

"이번엔 실수하면 안 돼, 델로이. 난 그를 통제하고 싶을 뿐이야."

델로이가 어깨를 으쓱하면서 말했다. "분부대로 하겠습니다."

"맥콜 살해사건에 관련된 모든 기사를 가져다줘." 스콧이 수우에게 말했다. 그는 소파에 앉아 있는 바비를 가리키며 말했다. "수우, 바비 헤린이야. 이 사건에서 같이 일하게 됐어. 바비, 수우가 연락할 수 있게 명함 드려."

바비가 주머니를 뒤져 구겨진 카드를 꺼내 수우에게 건네 주는 사이 수우는 분홍색 메모지를 스콧에게 넘겨주었다.

"기자들과 PD들이 인터뷰를 따기 위해 연락해 왔어요. 모닝 뉴스쇼인 *데이트라인*, *20/20* 그리고 —"

"모두 거절해. 그리고 안전요원을 불러 기자들을 건물 밖으로 내보내라고 해."

"프랭크 터너 씨가 아직 기다리고 있어요."

스콧은 "들여보내"라고 말하곤 바비를 향해 말했다. "난 항상 고소 대리 변호사들을 기다리게 하지."

스콧은 마호가니 책상 뒤의 의자에 풀썩 앉았다. 이런 기분은 대학 신입생 시절 미식축구 시즌 때 무릎 부상을 당한 이후로 처음이었다.

"세상을 조종할 수 있을 거라 생각할 때 —" 스콧이 말했다. "세상에게 조종당하고 있다는 걸 알게 되지."

"나의 세계에 온 걸 환영해." 바비가 말했다.

수우가 프랭크 터너를 스콧의 사무실로 안내했다. 전용 비행기로 칸쿤에 짧은 여행을 다녀왔다던 프랭크는 선탠을 한 듯 피부가 구릿빛으로 그을려 있었다. 값비싼 옷을 입고 머리 스타

일은 한껏 힘을 준, 전형적인 돈 많은 고소 대리 변호사 같았다. 프랭크는 10년 전쯤 주요 유독성 물질 관련 불법행위 사건을 수임한 이후 다시는 배심재판을 수임하지 않아도 되었다. 그의 명성은 모든 기업 피고인들로 하여금 충분한 배상금으로 화해조정을 하지 않으면 안 되게 만들었고, 그 배상금액의 3분의 1은 프랭크에게로 돌아갔다. 그래서 스콧이 페라리를 몰 때, 프랭크 터너에게는 개인용 비행기가 있었다.

스콧은 일어나지 않았다. "프랭크, 몸소 올 줄은 몰랐는데."

프랭크가 미소 지으며 말했다. "나는 항상 수금을 하러 나타나지."

"아, 직접 챙기신다, 이건가." 스콧이 소파에 앉아 있는 바비를 가리켰다. "프랭크, 바비 헤린이야. 바비, 유명한 고소 대리인 프랭크 터너야."

그들은 서로 악수를 나눴다. 프랭크가 벽에 걸린 스콧 페니의 사진을 가리켰다.

"이 날이 텍사스와의 게임 때 대 기록을 세웠던 날인가?"

"그래, 그날이지."

프랭크는 그 사진을 조금 더 오래 바라보았다. 스콧은 프랭크가 자신을 질투한다는 걸 알 수 있었다. 하지만 프랭크 터너는 이제 이 자리에 돈을 받으러 온 고소인 변호사였다. 스콧을 향해 서며 말했다. "수표 써 놨어?"

"서류는 가지고 왔어?" 스콧이 물었다.

프랭크가 서류를 내밀자 스콧이 그 서류를 받아 이 얼간이가 바꾼 것이 아무것도 없는지 다시 한번 확인했다. 문서 내용에 만족하고 서명하는 페이지로 넘겨 프랑크와 나딘이 세 장의 서류에 모두 서명해 놓은 것을 확인했다. 그러고는 프랭크 터너에게 수표를 건넸다.

"100만 달러, 프랭크."

프랭크는 잠시 그 수표를 바라보고선 생일을 맞은 소년처럼 미소를 지었다.

스콧이 말했다. "아, 이게 자네 일상사인가? 사무실마다 찾아다니면서 수금하는 일 말이야?"

프랭크는 생각하는 듯하다가 이내 다시 한번 미소 지었다. "그래, 그렇게 말하니깐 맞는 거 같네."

손에 100만 달러 수표를 쥐고 문을 향해 걸어가던 프랭크가 갑자기 멈춰 서서 스콧을 향해 다시 돌아보았다. 그리고 스콧에게 수표를 들어 보였다.

"아, 그리고 스콧, 그냥 알고 있으라고 얘기해 주는 건데, 나딘은 50만 달러도 괜찮다고 했을 거야."

말을 마치고 다시 돌아서는 프랭크의 뒤에 대고 스콧이 말했다. "그래, 네가 고백하니깐 말해 주는 건데, 프랭크, 그냥 알고 있으라고 말해 줄게. 톰은 200만 달러도 낼 의향이 있었어."

프랭크의 웃음이 마치 도로 위의 빗방울처럼 증발했다. 그의 어깨가 일순간 축 쳐졌다. 고소인 변호사를 잠 못 들게 하는 유일한 방법은 그가 돈을 잃었다고 생각하도록 하는 것이다. 그는 돌아서서 스르르 흘러나가듯 그 자리를 빠져나갔다. 분명 33만 3,333달러 33센트를 *벌었다*고 생각하는 것이 아니라 그만큼을 *잃었다*고 생각했을 것이었다. 이는 스콧에게 승리감을 안겨 주었다.

"개자식." 스콧이 말했다.

"누구, 저요?"

시드 그린버그가 문틈으로 얼굴을 내밀었다. 스콧이 안으로 들어오라고 손짓했다.

"시드, 바비 헤린이야."

시드가 들어와서 바비와 악수했다. "오늘 아침엔 어떻게 됐어요? 매춘부 사건 넘겨주는 거예요?"

"아니." 스콧이 말했다.

"재판장님이 허락 안 했어요?"

"안 했어, 계속해서 요청해야 할 것 같아. 바비가 중요한 일을 맡아. 변론요지서와 이의신청서를 쓰고 공판전 출석을 담당하고……."

시드가 바비에게 미소 지었다. "디브렐 사건에서 당신을 위해 제가 하는 것처럼 모든 걸 다 해야 한단 말이죠."

시드가 스콧을 향해 돌아섰을 때 스콧의 얼굴에 웃음기가 없다는 걸 발견하자 시드도 웃음을 거뒀다.

"그래요, 시드. 다른 점은 난 바비가 필요하고 시드는 교체될 수 있지만."

시드는 움찔했다. 억지로 미소를 지어 보였다. 스콧은 사무직원과 그런 말을 할 때마다 자신의 말이 순전히 농담이지만은 않다는 것을 알려 주지 않았다. 이 방식은 그들이 빈틈없이 계산하도록 압박을 가해 왔다.

"왜 아직도 내 페르시안 카펫에 서 있는 거지, 시드?"

"아, 디브렐의 땅 거래를 위해 환경 컨설턴트와 계약을 했어요. 이제 그는 포드 스티븐스를 위해 일해요. 스콧, 그건 정말 멋진 생각이었어요."

시드는 이제 거의 수습한 듯했다.

"다른 건?"

"한 가지 더 있어요, 스콧." 그는 바비를 바라보곤 다시 스콧을 바라보았다.

"기밀이에요."

스콧이 말했다. "바비, 귀 막아."

그는 시드에게 계속하라고 고개를 끄덕였다.

"그 디브렐 소송에서 증거개시 서류 제출 기일이 임박했어요. 아파트 주민들이 아파트 단지에서 발견된 곰팡이 때문에 자신들이 피해 봤다고 말했지만 디브렐이 아무런 행동이나 조치를 취하지 않은 사건 말이에요."

"그래서?"

"디브렐에 관한 자료들을 보던 중에 문제점이 입증될 만한 편지를 발견했어요. 곰팡이로 인한 독성의 증상 중 몇 가지가 언급되어 있어요. 그런데 우리는 디브렐이 곰팡이의 위험성에 관해 전혀 몰랐다고 말했거든요."

스콧이 바비에게 말했다. "곰팡이에 관한 소송은 무슨 개뿔. 오스틴에서 열린 배심재판에서 32억 달러 평결을 받더니, 이제 또 갑자기 모든 사람이 곰팡이 때문에 죽어 간다고 말하네."

그는 시드에게 다시 말했다. "고소인 변호사에게 서류 몇 페이지 제출한다고 말했어?"

"2만 7천 장이요."

"알았어, 그럼 이렇게 하지. 모든 면을 복사해서 총 5만 4천 장을 준비해. 그리고 그 순서를 흩트려 놓는 거야, 완전 엉망으로. 그리고 그 편지의 복사본도 역시 엉터리로 만드는 거야. 왜 있잖나, 비서들이 가끔 그러려고 한 게 아닌데 읽을 수도 없게 엉망으로 돼 버리는 거. 그리고 5만 4천 장 중에 끼워 넣어. 그럼 이걸 그들이 찾을 수 있는지 보자고."

시드가 활짝 웃었다. "멋진데요?"

"공격적이고 창의적인 변호 기법이라고 하지."

변호사들 사이에서 증거개시 해야 할 5만 4천 장의 서류 속에 불리한 서류를 — 찢어 없애 버리는 것은 말할 것도 없고 — 하나 숨겨 놓는 것과 같은 영리한 소송전략을 사용하는 전략을

"공격적이고 창의적인 변호"라고 한다. 그것은 변호사협회 구성원들 사이에서 평판이 좋은 기법으로 여겨졌다. 공격적이고 창의적인 변호 기법을 사용해서 걸리지 않는 것이 변호사들이 성공하는 방법이었던 것이다. 스콧은 성공방식 중에 가장 큰 비중을 차지하는 부분이 바로 '걸리지 않는 것'이라는 사실을 배웠다.

시드가 종종걸음으로 나갔고 스콧이 그를 가리키며 말했다.

"하버드에서 수석이래. 변호사로만 머물러 있지는 않을걸."

바비는 그를 물끄러미 쳐다보았다.

스콧은 양손을 위로 추켜세우며 말했다. "뭐 어때?"

"이게 돈벌이 잘하는 변호사들이 하는 거야? 패를 숨기는 게임?"

"미식축구 같은 거야, 바비. 공을 들고 있는 걸 들키지 않으면 공을 들고 있지 않은 거야. 프랭크 터너 같은 추잡한 고소인 변호사를 상대하기 위해서 그들이 게임하는 법칙 그대로 따르는 것뿐이야. 이길 수 있는 방법은 뭐든지 동원해야 해. 왜냐하면 돈이 많은 의뢰인들은 패소하는 윤리적인 변호사를 원하지 않거든. 그들은 이길 수 있는 변호사를 원해."

바비가 설득이 안 된 것 같아 보여서 스콧은 열린 문을 손가락으로 가리키며 말했다.

"바비! 프랭크 그 자식은 전용기도 있어!"

스콧은 마치 매일같이 찾아오는 악몽을 떠올리는 것처럼

164

샤완다 존스를 떠올렸다. "아, 참, 그리고 인터뷰는 안 돼, 바비. 언론에 우리 로펌 이름이 나가면 곤란해져."

바비가 고개를 끄덕였다. "번스가 어떤 증거를 가지고 있는지 경찰 수사보고서 찾아보고 사설탐정을 고용할게. 그가 증인들과 인터뷰하고 기사도 찾아내면서 클락과 관련된 사람이나 클락의 과거를 알아볼 거야. 카알이라고 전직 형사야."

"사설탐정한테 비용 들어간다고 댄이 뭐라고 또 한소리 하겠다."

"스콧, 이건 사형 사건이야. 사설탐정이 있어야 해." 스콧이 가볍게 한숨을 쉬었다.

"알았어, 근데 회사에는 너한테 나가는 돈이라고 해야 해. 댄이 알 수 없게."

"알았어, 스콧. 어, 근데 말이야…… 이 사건, 내 시간 엄청 잡아먹을 것 같아. 비용도 많이 들 것 같고……. 그래서 하는 말인데…… 어…… 미리 선불 받을 수 없을까?"

"그럼." 스콧은 비서를 불렀다. "수우!" 몇 초도 안 걸려 그녀가 나타났다. "수우, 바비에게 회사 수표로 2,500달러 써 줘요."

그녀가 돌아가자 바비가 말했다. "고마워."

스콧은 손을 내저었다. 포드 스티븐스에서 2,500달러는 껌값이나 다름없었다.

"근데 재밌지 않아, 스콧?"

"뭐가?"

"예전에 학교 다닐 때 같이 일하자고 얘기하곤 했잖아. 그렇게 많은 시간이 지난 후에 결국 이렇게 됐네." 그는 어깨를 으쓱했다. "좀 웃긴 거 같아."

그는 예전의 절친을 물끄러미 바라보았다.

"그래, 바비. 진짜 웃기네."

부우는 들떠서 소리 질렀다. "아빠! 아빠가 텔레비전에 나왔어요!"

스콧과 레베카가 부엌 쪽으로 걸어와 부우가 보고 있는 텔레비전을 보았다. 저녁뉴스에 스콧은 마치 마지못해 나온 영화배우처럼 텔레비전 카메라와 마이크, 큰 소리로 질문을 해 대는 기자들 사이를 밀고 지나가고 있었다.

"당신의 의뢰인이 정말 클락 맥콜을 살해했나요?"

"유죄답변은 어떻게 되나요?"

"방어 전략은 뭔가요?"

"오늘 아침이네." 스콧이 말했다. "폭도들이 법원에 나타난 게."

"아빠가 결국 이 사건 맡아야 해요?" 부우가 말했다.

"그래."

"재판까지 가는 거예요?"

"응."

"언제요?"

"8월에."

"여행은 물 건너 간 거네." 레베카가 땅이 꺼질 듯이 한숨을 쉬며 말했다. "하이랜드 파크에선 우리 가족만 여기서 8월을 고통스럽게 보내야겠네. 황당하게 됐네, 정말."

"나도 가도 돼요?" 부우가 물었다.

"그래, 너랑 엄마는 여행 가도 돼." 스콧이 말했다.

"아니, 재판 말이에요."

"재판 보고 싶어?"

"그때도 여전히 방학일 건데요?"

"안 돼요, 아가씨." 레베카가 말했다. "살인사건 재판은 아홉 살짜리 여자애가 볼 게 못 돼."

"하지만, 역사적인 사건이잖아요."

레베카는 다시 한번 땅이 꺼지도록 한숨을 내쉬었다. "살인사건 재판은 매일 한단다."

"그게 아니라, 아빠가 사람을 변호하는 게 역사적이란 말이에요."

스콧과 부우는 서로 쳐다보며 웃었다.

레베카는 웃지 않았다.

"로펌에서의 입지에 영향이 가는 건 아니지?"

안방으로 돌아오면서 레베카가 물었다. "*당신 수입에 지장*

*없지?"*라고 묻지 않은, 처음이자 유일한 질문이었다.

"당근 아니지. 난 아직 톰 디브렐의 변호사야."

그녀의 얼굴은 여전히 못 믿겠다는 표정이었다.

"여보, 바비에게 사건을 맡겨 놓았어. 그가 처리할 거고, 그녀는 유죄평결 받을 거야. 모두가 예전으로 돌아올 거라고. 걱정 마."

하지만 걱정하고 있는 건 스콧이었다. 불행이 임박해 오고 있다는 기분은 더욱 강해졌다. 그는 안방 의자에 쓰러지듯 앉아 리모컨으로 텔레비전 전원을 켰다. 뉴스에는 오후에 있었던 클락 맥콜의 장례식이 보도되고 있었다. 검정색 양복과 드레스를 입은 사람들이 하이랜드 파크 감리교회에 들어가고 있었고 그들은 모두 부자이자 백인들이고, 중요한 인물들이었다. 부대통령과 의회의원들, 주지사와 시장, 그리고 그곳에는 스콧의 로펌 대표 변호사 댄 포드가 있었다.

10

남은 6월은 조용히 지나갔다. 여름이 다가오면서 기온이 서서히 올라가기 시작했고, 말경에는 수은주의 온도가 화씨 100 도를 치솟고 있었다. 비는 보기 드문 현상이 되었고 태양은 복수하듯 대지를 뜨겁게 내리쬐었다. 오크나무들은 바싹 마른 텍사스 흙의 마지막 습기를 빨아들이기 위해 땅 속 더 깊이 뿌리를 내렸고 모든 생명들은 또 한 번의 무자비한 여름을 지내기 위해 웅크렸다. 물론 시원한 콜로라도나 캘리포니아로 갈 수 있는 경제적 여유가 있는 댈러스의 부유층 행운아들은 예외였다. 덜 축복받은 사람들은 텍사스에 남아 에어컨 바람을 쐬거나 야외 수영장에서 더위를 피했다.

레베카 페니는 여전히 지치지 않고 계속해서 하이랜드 파크의 사교계단을 밟았다. 부우 페니는 집에서 컴퓨터와 책에 둘러싸여 있었고, 콘수엘라는 최근 국경에서 돌아온 에스테반 가르시아와 다시 만났다. 스콧 페니는 포드 스티븐스의 의뢰인들을 위해 시간당 350달러를 받고 200시간 동안 일을 했다. 바비 헤린은 그 회사에 비용을 지불하지 않는 유일한 의뢰인을 위해 시간당 50달러를 받고 100시간을 일했다. 그리고 연방 대배심원들은 샤완다 존스를 클락 맥콜을 살해한 자로 정식 기소했다. 연방 치안판사들은 보석금으로 100만 달러를 책정했는데, 이는 평결이 날 때까지 구속 상태에 있어야 한다는 것을 의미하는 액수였다. 평결이 나면 무죄로 석방되거나 사형집행을 기다리며 형을 살아야 할 연방교도소로 이송될 터였다. 샤완다 존스는 날마다, 경우에 따라 하루에도 몇 번씩 변호인인 바비에게 전화를 걸어 딸아이를 보지 못함과 헤로인 결핍에 따른 복합적 부작용을 호소했다. 바비는 헤로인을 구입할 방법을 몰랐기 때문에 그녀를 진정시킬 수 있는 유일한 방법으로 그녀의 딸을 구치소에 면회 오게 하거나 직접 데려올 것을 약속했다.

하지만 바비는 무서움을 실토했다. "스콧, 댈러스 동부는 너무 무서워." 그가 말했다. "나처럼 뚱뚱한 백인 떨거지들은 댈러스 남부에선 5분도 못 견뎌 할걸. 미안, 근데 시급 50달러 때문에 내 인생을 걸 수는 없는 거 아냐!"

7월 2일, 여름에 들어선 지 처음으로 화씨 100도를 찍은 그날, 연봉 750만 달러를 받는 포드 스티븐스의 파트너 변호사인 스콧 페니는 반짝이는 빨간색 페라리를 몰고 댈러스 남부의 끔찍한 공공 주택가에 들어섰다. 시끄러운 리듬의 랩이 쿵쾅대며 울리는 곳을 지나쳐, 강인해 보이는 젊은 흑인 남자들의 따가운 시선을 받으며 그는 마치 '차를 부셔 주세요'라는 형광색 번쩍이는 팻말을 들고 지나가는 듯한 느낌을 받았다. 14년 전 SMU에서 흑인 선수들과 함께 미식축구를 한 적이 있지만 그들은 함께 뛰었던 흑인 선수들과는 다른 느낌이었다. 무의식적으로 그는 핸들이 간신히 보일 정도로 운전석을 낮게 조절했다.

36년 동안 스콧 페니는 댈러스에서 살았지만 단 한 번도 이쪽 동네로 와 본 적이 없었다. 백인들은 기껏해야 이곳에 일 년에 세 번 정도 올까말까 했다. 페어 파크 안에서 개최되는 이벤트—주 박람회와 오클라호마와 텍사스 간의 미식축구 경기, 그리고 코튼 볼 게임*—가 있을 때에만 내려왔다. 그들은 주 경계지역 안에만 머물기 위해, 페어 파크 출구를 이용하기 위해, 그리고 우회하거나 지체 없이 곧바로 공원 출입구를 통과해 가기 위해 주의를 기울였다. 백인들은 댈러스 남부의 내부 속으로, 그 동네와 비천한 거리 속으로, 범죄와 마약, 성매매, 가난, 조폭들의 총격이 난무한 다른 댈러스, 즉 검은 댈러스 안으로 결코 운전해 들어오지 않았다. 바로 그곳으로 하이랜드 파크에서 온 백인 남자가 20만 달러짜리 이탈리아 스포츠카를 몰고 들어

* 댈러스에서 매년 1월 1일에 열리는 대학대항 미식축구 경기.

171

온다는 건 환영받는 일도, 현명한 선택도 아니었다.

스콧은 그곳에 도착해 정원은커녕 풀 한 포기도 보이지 않지만 '정원 아파트'라고 이름 새겨진 콘크리트 블록으로 된 한 빌딩 앞에 주차했다. 그가 시동을 끄고 용기를 내어 바깥으로 나가려고 하는 찰나 — 빨간색 페라리를 보고 몰려든 군중들과 — 미식축구 경기장 안팎을 모두 통틀어 그가 본 흑인 중 가장 키가 큰 한 남자가 댈러스 카우보이스 팀 자켓을 입고 태양을 등지며 나타났다. 검정색 주먹이 짙게 선팅이 된 차창을 두드렸다. 스콧은 창문을 2센티미터 정도 내렸다.

자켓을 입은 그 남자가 스콧이 그의 넓은 어깨와 두꺼운 목 그리고 마침내 큰 얼굴을 볼 수 있을 정도로까지 몸을 낮추었다.

"변호사십니까?"

"네?"

"당신이 샤완다 변호사?"

"그래요."

"파슈매 때문에 온 건가요?"

"네, 어떻게……?"

"샤완다가 전화했어요. 샤완다가 당신이, 어…… 도우미가 필요할 거 같다며…… 무슨 뜻인지나 알는지 모르겠네요."

스콧은 그가 뭘 말하려는지 알았다. 그는 차 안을 들여다보고 있는 군중들을 보았다. 애기를 업고 있거나 두꺼운 다리를 꼭 붙들고 있는 갓 걸음마를 뗀 아이들을 데리고 있는 — 아직 소녀나 다를 바 없는 — 젊은 흑인 여성들과 근육질의 흑인 남성들이었다. 스콧은 마지막으로 이렇게 강한 젊은 흑인 남성들과 가까이 대면했던 그 격투의 밤을 생각했다. 격투의 밤 행사는 텍사스의 부동산 파산이 심각했던 시기에 처음 시작되었다. 그러나 댈러스의 부동산 커뮤니티가 필사적으로 세간의 관심을 분산시키려 하면서 격투의 밤 행사는 연례 턱시도 전통이 되었다. 결투의 밤이 되면 화려한 아나톨 호텔에 복싱 링이 설치되었다. 링 주변에서 돈 많은 백인 남자들이 커다란 시가를 피며 스테이크를 먹고, 도수 높은 알콜을 마시며 그날 밤을 위해 동원된 아름다운 젊은 모델들과 유흥을 즐기는 동안, 링 위에서는 그들을 즐겁게 해 주기 위해 흑인 복서들이 서로 미친 듯이 치고 박고 싸우는 날이었다. 스콧은 그 흑인 복서들이 웬만큼 랭킹 있는 프로선수였을 것이며 마음만 먹으면 그곳에 있는 모든 백인들을 펀치 한 방에 녹초로 만들 수 있을 것이라고 — 아마도 그렇게 원했을 것이라고 — 생각했던 것을 떠올렸다.

스콧은 똑똑해 보이기 위해서가 아니라 안경을 쓰고 있으면 때리지는 않을 것이라는 희망 때문에 안경을 썼다. 크게 숨을 들이마신 후 차문을 열고 나와 페라리에 바짝 붙어 섰다. 뜨거운 한여름 열기에 금세 얼굴이 달아오르는 것을 느끼는 찰나 키 큰 남자가 목청 높여 외쳤다.

"다들 물러서, 이분이 지나갈 수 있게! 이분이 바로 그 변호사야!"

몰려든 사람들이 몇 발자국 뒤로 물러섰다. 스콧이 안도의 한숨을 내쉰 후 다시 한번 숨을 크게 들이켰지만 무더운 날씨 탓에 숨이 탁탁 막혀 왔다. 바람 한 점 불지 않았고 그늘을 만들어 줄 나무 한 그루도 여기서는 눈에 띄지 않았다. 강렬한 태양빛이 그에게 직사광선으로 내리쬐고 있었다. 땀방울이 송글송글 팝콘처럼 그의 이마에 맺혔고 땀에 젖은 셔츠가 몸에 달라붙었다. 벙커 같은 건물들과 회색의 진흙 앞마당, 회색 콘크리트 전경, 그리고 흑인 주민들을 둘러보았다. 다운타운의 마천루 그늘 아래 있는 이상한 나라였다. 스콧의 사무실이 남향이었다면 이런 풍경을 보았을지도 모른다. 하지만 그의 사무실은 그가 선호하는 북향으로 하이랜드 파크를 향해 있었다. 하이랜드 파크와 이곳을 갈라놓고 있는 것은 5마일⁸킬로미터의 도로뿐이지만, 호화로운 차의 내부를 보기 위해 페라리 차창에 얼굴을 바짝 붙이고 있는 흑인 아이들은 마치 중국에 살다 온 아이들 같았다.

"이 차 완전 멋져요, 아저씨." 한 흑인 소년이 밝은 미소를 띠며 말했다. 그 키 큰 남자가 말했다. "저는 루이스라고 합니다." 그는 군중을 가리키며 말했다. "이 사람들은 상관 말아요. 여기에는 변호사들이 많지 않아 보기 힘들어요."

키 큰 남자의 이름은 루이스였다. 루이스는 198센티미터 정도 되어 보였고 130킬로그램은 족히 넘어 보였다. 그의 커다란 손은 스콧의 손을 난쟁이처럼 보이게 만들었다. 그래서 스콧은 악수를 청하지 않고 인사로 대신했다. "저는 스콧 페니입니다." 루이스에게 명함을 내밀자 루이스는 그것을 유심히 관찰했다.

"이 A는 무슨 약자예요?"

"별 의미 없어요." 스콧이 페라리를 가리키면서 말했다. "전 차에서 기다리는 게 나을 거 같아요."

루이스가 소년들에게 엄하게 말했다. "차를 건드리기만 해봐." 그러곤 스콧에게 웃어 보이며 말했다. "페니 씨 차는 괜찮을 거예요." 루이스가 돌아서자 몰려든 사람들이 비켜섰다. 스콧이 루이스를 몇 발자국 뒤따라가던 중에 루이스가 갑자기 멈추고는 뒤돌아섰다. "그래도 차 문은 잠그시는 게 좋을 거예요."

"아, 그렇죠."

스콧이 주머니에서 열쇠를 꺼내 페라리의 문을 삑 잠그자 한 소년이 탄성을 질렀다. "와우!" 스콧이 돌아서서 루이스를 따라가니 웃통을 벗은 젊은 흑인들이 콘크리트 바닥에 농구공을 얼마나 세게 튕기는지 그 소리가 마치 고성능 무기들이 '쾅쾅쾅' 하며 발포되는 소리처럼 들렸다. 근육질로 우락부락한 그들의 상체는 땀으로 번들거렸다. 굵은 팔뚝에는 가시철사의 문신이 새겨져 있었다. 건장한 그들이었지만 얼굴에는 대체로 그늘이 져 있었다. 그들은 나이키 반바지를 엉덩이에 걸쳐 입고서 스콧은 어릴 때 사지 못했던 100달러짜리 나이키 신발을 신고 스콧을 먹잇감처럼 쳐다보고 있었다. 루이스가 없었다면 당연히 그는 잡아먹혔을 것이었다. 스콧은 야생동물과 직접적으로 눈을 마주치면 그들을 자극하게 되므로 주의하라고 들어왔던 것처럼 마치 야생동물을 대하듯 그들의 눈을 피했다. 그는 차가 있는 쪽을 향해 전속력으로 뛰어 이곳을 빠져나가고 싶었다. 하지만 그렇게 도망친다면 그는 페라리 근처에도 다다르지 못하고 잡힐 것이다. 머릿속으로 늑대 무리들이 살 오른 작은 토끼에게 달려드는 장면이 스쳐지나갔다. 그는 루이스와의 간격을 좁혀 바짝 다가서서 뒤따라갔다. 그는 그 어떤 미식축구 경기장에서도 느껴보지 못했던 두려움을 이곳에서 느끼고 있다고 스스로 인정했다. 스콧 페니는 공포심을 느꼈다. 아파트 110동에 도착했을 때 스콧의 심장은 압축 공기식 드릴처럼 뛰고 있었고 온몸이 식은 땀으로 젖었다. 루이스가 문을 두드렸다.

"파슈매, 루이스 아저씨란다."

대답이 없었다. 루이스가 다시 한번 두드렸지만 여전히 대답이 없었다. 입구의 창문은 두꺼운 커튼으로 가려져 있었고 창문 바깥쪽은 쇠살창으로 되어 있었다. 아파트에서는 빛 한 점 새어 나오지도 않았다.

"집 안에 없는 건 아닐까요?" 스콧이 말했다.

루이스가 몸을 흔들며 웃었다. "집에 있어요. 밖에 나오는 걸 무서워하거든요. 집에 에어컨이 없는데도 창문도 안 열어요. 샤완다가 잡혀간 이후 한 번도 나온 적이 없어요." 그가 몸을 낮춰 작은 소리로 말했다. "좋은 일 하시는 거예요, 페니 씨. 파슈매를 엄마에게 데려다주는 건."

스콧은 그 흑인 무리들까지 살아서 돌아갈 수 있을까 하는 생각에 빠져 자기도 모르게 "왜 당신은 데려가지 못하죠?"라는 말이 입 밖으로 튀어나와 버렸다. 하지만 루이스는 화를 내지 않았고 대신 그의 둥그런 얼굴에 금니를 내보이며 웃었다. "어, 페니 씨. 저와 연방은…… 음…… 아직 해결하지 못한 문제가 있어요. 무슨 말인지 아시겠지만."

스콧은 그가 무슨 말을 하는지 이해했다. 그는 문에 달린 작은 구멍이 어두워지는 것을 발견했다. 그리고 쪼그마한 목소리를 들었다. "그 사람이 변호사예요?"

"그래." 루이스가 대답했다.

작은 구멍이 다시 밝아졌고 문 너머로 묵직한 물건이 움직이는 소리가 났다. 연이어 스콧은 자물쇠 다섯 개가 풀리는 소리를 들었다. 문이 살짝 열리더니 문틈 사이로 작은 갈색 얼굴이 빼꼼히 나왔다. 갈색 눈이 스콧을 올려다보며 물었다.

"아저씨가 우리 엄마 구해 줄 거예요?"

"파슈매……. 어…… 특이한 이름이네."

페라리의 에어컨이 나오는 통풍구에 얼굴을 대고 있던 작은 흑인 여자애가 말했다. "엄마가 그러는데 프랑스 말이래요. 근데 그냥 흑인 이름이죠, 뭐. 우린 수지라든지 패티나 맨디 같은 이름은 안 써요. 우리는 샨테이라든지 비욘세, 그리고 파슈

177

매 같은 이름을 쓰죠."

"내 딸 아이 이름은 부우라고 해."

그녀가 웃었다. "그건 좀 다르네요."

스콧도 웃어 주었다. "걔도 좀 특이해. 네가 좋아할 거야."

빈민가를 떠나 댈러스 남부로 통하는 중심 도로인 마틴 루터 가로수길에 들어서자 스콧은 빠르게 안정을 취했다. 심박수가 정상으로 돌아왔고 스프링클러처럼 뿜어 나오던 땀도 더 이상 나지 않았다. 거기다 더 이상 비스듬히 앉아 있지 않아도 되었고 똑바로 앉아서 로데오를 구경하는 일본인 관광객들처럼 진기한 풍경을 바라보았다. 길 한쪽에는 페어 파크를 보호하는 높고 검은 철 담장이 있었고 안쪽으로는 카우보이스 팀이 교외로 독립해 나가기 전에 경기했던 코튼 볼 경기장과 1936년으로 거슬러 올라가 텍사스 100주년 기념일 전람회 때 쓰였던 역사적 예술 데코 빌딩들이 낡은 영화 세트장처럼 방치되어 썩어 가고 있었다. 건너편에 있는 잡초가 무성히 자란 빈집은 그 동네의 비공식적인 쓰레기 소각장으로 쓰이는 듯했고, 유리창이 여기저기 깨진 채 판자가 덧대어진 건물들 바깥에는 흑인 남자들이 자리를 차지하고 앉아 있었다. "마약 파는 집이에요." 파슈매가 말했다.

영업정지 된 스트립 센터들은 전당포와 술집으로 이용되고 있었고, 덜컹거리는 목조 집들은 20도 정도 기울어져 있었으며 페인트 칠 부분은 햇볕에 심하게 그을린 피부처럼 벗겨지고 있었다. 소파는 현관 쪽에 널브러져 있었고 시멘트 앞마당에는 오래된 차가 부서져 있었다. 그리고 집집마다 모든 창문과 문에, 또 가게 입구에는 마치 각각의 건물들이 개인 감옥이라도 되는 듯 검은 쇠창살이 달려 있었다. 벽과 울타리를 장식하고 있는 낙서와, 화려한 치마와 반바지에 하이힐을 신고 돌아다니는 여자들 빼고는 전경이 대체로 단조롭고 아무런 색깔이 없었다.

"일하는 여자들이네요." 파슈매가 말했다.

"엄마가 이 여자들은 해리 하인스에서 백인들 상대로 일하기엔 너무 뚱뚱해서 여기서만 일한대요."

스콧은 곁눈으로 도로 가장자리에 일어나고 있는 소동을 보고 살짝 속도를 줄이면서, 자신이 만약 이 동네에 살아서 부우와 함께 이 길을 걷거나, 더 극단적으로 부우 혼자 여기를 지나가게 된다면 어땠을까 하고 생각해 보았다.

"무슨 일이지?"

황폐한 아파트 밖의 거리에는 물건 더미가 높이 쌓여 있었다. 전자레인지부터 시작해서 옷가지들, 농구공과 인형들까지…… 마치 누군가 트럭에 물건들을 실어 여기에 버린 것 같았다. 인도에는 무릎에 팔꿈치를 대고 턱을 괸 채로 세상이 끝난 것처럼 앉아 있는 흑인 남녀가 있었다. 빨간색 반바지와 하얀색 티셔츠를 입은 비만의 흑인 여성이 짧은 소매 티셔츠와 넥타이를 맨 마른 흑인 남자를 향해 미친 듯이 손가락질하며 소리를 질렀다. 파슈매가 고개를 쭉 내밀어 보고선 다시 자리에 철퍼덕 앉았다.

"강제퇴거 됐네요." 파슈매가 별거 아니라는 듯 말했다.

"아파트에서 쫓겨났다고?"

"네, 매월 첫째 날에 일어나는 일이에요."

젊은 변호사로서 스콧은 집주인을 위해 신용불량의 거주자를 내쫓으려 몇 번이나 간이법정에 나간 적이 있었다. 하지만 정작 법이 집행되는 실제현장은 한 번도 직접 본 적이 없다. 가족들이 최근까지도 썼을 개인 물건이 길가에 버려진다니! 퇴거 법률에 규정된 그대로가 정확하게 일어나고 있었다. 그는 그 광경을 힐끗 보고선 황급히 차를 몰아 자리를 떴다. 페라리의 값비싼 레이싱 타이어가 시내로 향하는 댈러스 북부 초입에 도달했을 무렵에야 비로소 그는 안도의 한숨을 내쉬었다.

"우리 아빠는 백인이었어요." 파슈매가 말했다.

그는 조수석에 앉아 있는 여자애를 흘끔 쳐다보았다. 흑인의 이목구비보다는 백인의 이목구비에 더 가까운 귀여운 아이였다. 아이의 머리는 깔끔히 땋아져 있었다. 길게 땋은 머리는 좁은 어깨까지 내려와 있었다. 분홍색 티셔츠와 청 반바지 차림에 분홍색 양말은 밑으로 접었고 하얀색 나이키 운동화를 신고 있었다. 연갈색을 띤 피부와 땋아 늘어뜨린 머리 빼고는 하이랜드 파크에서 스콧이 본 여느 어린 여자애와 다를 것이 없었다.

"지금은 어디에 있니?"

"돌아가셨어요."

"어, 미안해."

"전 괜찮아요. 엄마를 아프게 했거든요."

"아빠는 어떻게 돌아가셨는데?"

"경찰이 총으로 쐈어요. 마약 거래 중이었거든요."

그녀는 먼지가 있는지 보려는 듯 손가락으로 대시보드를 살짝 만져 보았다. 그러곤 스콧을 향했다.

"페니 아저씨, 저희 엄마가 그 백인 남자를 죽였나요?"

"그렇지 않아, 애야. 난 아무도 죽이지 않았어." 샤완다가 유리 창문 사이로 오른손 바닥을 유리창에 꼭 대고 반대편에 있는 파슈매의 왼쪽 손바닥에 맞추며 말했다. 엄마와 딸 둘 다 울며 서로 안고 싶어 하는 눈치였다. 샤완다가 아이가 있다고 말했을 때, 스콧은 그녀가 무능한 엄마라고 자연스럽게 넘겨짚었다 — 그녀는 매춘부이지 않는가! — 하지만 둘이 함께 있는 모습을 보니 그녀가 자신이 부우를 사랑하는 만큼이나 딸을 사랑한다는 걸 알 수 있었다. 그는 흑인 경비원에게 물었다.

"같이 있으면 안 되나요?"

그 경비원이 턱을 긁으며 시선을 바닥으로 돌렸다. 그러다 다시 스콧을 바라보며 말했다.

"그녀를 변호하기 위해 얘기하러 왔소?"

스콧은 이 기회를 빨리 낚아챘다. "네."

경비원이 파슈매를 가리키며 물었다. "재판에 나올 증인인가요?"

"네."

"알았소."

경비원은 스콧과 샤완다가 항상 만나는 작은 방으로 그들을 안내했다. 그는 스콧의 몸을 수색했지만 파슈매에겐 머리를 쓰다듬어 주었다. 그가 샤완다를 데리고 들어오자, 그녀는 무릎을 꿇은 채로 긴 시간 동안 파슈매를 껴안아 주었다. 경비원은 밖에서 기다리겠다고 했다. 샤완다가 드디어 파슈매를 놓아주고 딸의 얼굴을 감싸쥐며 매끈한 얼굴을 구석구석 살펴보았다. 그러고선 파슈매를 앞에 세우고 다시 위아래로 훑어보았다.

"옷 진짜로 예쁘게 잘 입었네." 샤완다가 말했다. "루이스가 시장 봐 주고 잘 돌봐주고 있지?"

파슈매가 고개를 끄덕였다. "응, 엄마."

샤완다는 스콧이 저번에 봤을 때보다 훨씬 나아보였다. 정신이 조금 돌아온 것 같아 스콧은 그녀가 자신의 양복에 토를 하지 않을까 하는 걱정은 덜 수 있었다.

"이제 잠은 잘 오나요?"

"네, 페니 씨. 최악의 상태는 벗어났어요. 머리 아픈 것 빼고는요."

"엄마, 약 가지고 왔어." 파슈매가 말했다.

"우리 착한 딸."

"난 머리 아플 땐 항상 타이레놀을 먹어요." 스콧이 말했다.

182

"전 더 센 게 필요해요."

"이부프로펜이요?"

"네, 이부…… 그거요."

"엄마, 언제 나와?"

"재판이 끝날 때까지 못 나간단다. 그것도 페니 씨가 날 무죄로 증명해 주지 않으면 못 나가."

스콧이 말했다. "아니에요, 샤완다. 내가 당신을 무죄로 증명해야 하는 것이 아니라 정부에서 당신이 유죄라는 것을 밝혀야 해요."

샤완다가 그를 마치 천진난만한 어린아이가 어른을 보는 듯이 쳐다보았다.

"페니 씨, 배워야 할 게 많군요."

"재판은 언제예요?" 파슈매가 물었다.

"8월 말." 스콧이 말했다.

파슈매가 얼굴을 찌푸렸다. "하지만 아직 두 달이나 남았잖아요. 그렇게 오랫동안 집에 혼자 있기 너무 무서워요."

스콧은 평온해진 지 한 시간도 채 지나지 않아 다시 두려움에 사로잡혔다. 이마에 땀이 맺히기 시작했고 심박수도 점차 빨라졌다. 머릿속에는 통통하게 살이 오른 토끼가 늑대 무리에 쫓기는 장면이 다시 떠올랐고 회박한 생존가능성을 직감했다. 그는 오늘뿐만 아니라 다시는 댈러스 남부로 되돌아가고 싶지 않았다. 이 작은 흑인 여자아이를 그 빈민가에 있는 아파트로 데려다주기 위해 페라리에서 내려 자신을 먹잇감으로 보고 있는 젊은 흑인 청년들 사이를 지나 입구까지 되돌아가기 싫었다. 루이스가 도우미로 오지 못한다면 어떡할까. 하지만 이 작은 소녀를 버스나 택시에 혼자 태워 보낼 수는 없었다. 이 아이를 어떻게 해야 할꼬! 모녀가 부둥켜안고 눈물을 흘리고 있을 때 스콧의 머릿속은 한시바삐 해결책을 찾아내느라 분주했다. 그러다가 마침내 답을 찾아냈다. 콘수엘라가 있었다. 콘수엘라는 이미 아이 한 명을 돌봐주고 있으니 두 명으로 늘어난다고 해도 상관없지 않을까 하고 그가 생각했다. 완벽한 해결책이었다. 부우는 같이 놀 아이가 있으니 좋고, 이 작은 아이는 빈민가로 혼자 돌아가 무서워하지 않아도 되고, 자신도 댈러스 남부 지역으로 다시 돌아가지 않아도 되는 것이었다. 그 순간 스콧은 그의 아내가 거절할 말을 내뱉어 버렸다.

"파슈매, 재판이 끝날 때까지 만이라도 우리집에 있는 건 어떠니?"

"애를 어떻게 하란 말이야?"

레베카의 얼굴이 그녀의 머리칼만큼이나 붉어졌다. 주먹 쥔 손을 얇은 허리에 얹고 씩씩댔다. 마치 사이즈를 잘못 가져다준 니만 마커스 점원에게 하듯이 스콧을 째려보았다. 스콧이 법원에서부터 곧장 차를 몰고 왔지만 운이 나쁘게도 그의 아내가 집 안에 있었다. 하필이면 아내가 밖에서 남들과 사교계의

184

계단을 밟아 올라가는 날이 아닌 날에 그는 이 작은 흑인 소녀를 하이랜드 파크로 데려온 것이다. 부우는 "머리 예쁘네." 하고는 파슈매를 2층으로 데려갔다. 콘수엘라는 주방으로 돌아갔고 스콧은 레베카의 격노에 혼자 맞서고 있다는 것을 깨달았다. 당연히 스콧은 이 작은 흑인 여자아이를 집으로 데려온 이유가 그애를 제 집으로 다시 데려다주기가 너무 무서워서 그랬다는 사실은 결코 말하지 않을 것이었다. 그래서 그는 변호사처럼 그의 입장에 유리한 진실의 일부분만 말해 주었다.

"빈민가에 혼자 살고 있어. 아홉 살짜리 여자애가, 아무도 없이. 집엔 에어컨조차 없어! 레베카, 당신은 주니어 리그에서 하이랜드 파크의 다른 아줌마들과 앉아 가련한 사람을 어떻게 도울까를 궁리하잖아. 이렇게 하면 대상을 받고도 남지 않을까!"

"스콧, 우린 그 사람들을 도와줄 뿐, 집으로 데려오진 않아. 당신 말로는 애 엄마가 유죄라면서? 그 다음에는 어떻게 할 거냐고? 입양이라도 할 거야? 딸로 키우고 싶어? 하이랜드 파크 학교에 보내고? 스콧, 부우의 학교에 흑인아이는 단 한 명도 없어!"

가끔 아내가 지금처럼 무척 화를 낼 때가 있는데, 이런 분노는 대학시절 망쳐 버린 경기 때문에 코치가 안면보호대를 잡아당겨 얼굴 가까이 대고서 되새김해 주었던 것처럼 스콧을 무기력하게 만들었다. 그때 코치 앞에서 스콧 페니가 입을 다문 채로 서 있었듯이, 지금 그는 이 성난 아름다운 여성 앞에서 입을 다문 채 서 있었다. 다른 점이 있다면 그녀가 분노의 단어를 내뱉을 때마다 담뱃조각이 튀어나와 스콧의 얼굴에 들러붙는 일은 없었다는 것이다. 설령 그녀 입에서 젖은 담뱃조각이 튀어나오더라도 여전히 화난 모습마저 심장이 두근거려 기꺼이 참을 수 있을 것만 같았다.

"그리고 파슈매라는 이름을 가진 여자아이는 눈을 씻고 봐도 단 한 명도 없을걸!"

11

"스콧, 이 증거가 있으면 그녀의 목숨 정도는 살릴 수 있을지 몰라."

스콧은 아내의 분노에서 도망쳐 나와 디브렐 타워로 향했다. 디브렐 타워의 친숙한 사무실을 피난처로 삼았다. 그는 바비와 늦은 점심을 다운타운 클럽에서 먹으며 바비에게 빈민가에 다녀온 것과 페니 가족에게 생긴 새로운 손님, 그로 인한 레베카의 반응을 알려 주었고, 바비는 스콧에게 샤완다 사건에 대한 최근 소식을 알려 주었다.

"내 친구인 사설탐정 카알에 띠르면 키키라는 이 여자에게서 샤완다에게 유리한 이야기를 확보했대. 그건 당연하겠지. 근데 이걸 그의 친구들인 하이랜드 파크 경찰들한테 얘기해 봤대." 바비가 그의 입에서 나오는 담배냄새를 맡을 수 있을 정도로 스콧에게 가까이 몸을 기울였다. 거의 귓속말에 가깝게 목소리를 낮춰 속삭이듯 말했다. "들어 봐, 클락 맥콜이 1년 전에 강간죄와 폭행죄로 구속되었대. SMU 기숙사에 사는 여학생이었어. 고소장을 써서 냈는데 그 아버지 ─ 상원의원 맥 맥콜이 그녀에게 돈을 쥐어 주고 나서 그 고소장이 사라져 버렸다나? 카알이 그날 밤 경찰서에서 고소장을 접수받은 직무 내근 경사에게 물어봤더니, 좀 심하게 맞았다고 하더라고."

"고소장도 없이 그녀를 어떻게 찾지?"

"내근 경사가 머리 나쁜 놈은 아니었던 거지. 상원의원도 그가 고소장에 대해 알고 있는 걸 알아차렸을 거라고 생각했나 봐. 언젠가 필요할지도 모를 것 같아 복사본을 하나 남겨 두었대."

"카알에게 그걸 준 거야?"

"당연히 아니지. 금고에 잘 보관해 놨대. 카알에게 준다면 자신이 준 게 들통날 테니 해고당할 게 뻔할 거라고 말하더군. 그리고 2년만 더 있으면 연금을 받게 되는데 말이지. 증언해 달라고 요청하면 서류가 없다고 잡아뗄 거라네. 하지만 카알에게 여자 이름은 알려 줬어. 한나 스텔레. 현재 갤버스턴에 살고 있대."

"그녀가 증언할까?"

"오늘 카알이 거기로 알아보러 갔어."

스콧이 손바닥을 뒤집으며 양손을 치켜들었다. "그래서……?"

"그래서 우리의 변론은 두 가지 중 하나야. 먼저 '그녀가 총을 쏘지 않았다'로 가는 건데 이건 좀 어렵다고 봐. 총에 지문까지 남아 있는 데다가 그의 뇌에 총알까지 박혔는데. 거기다가 그녀가 쏘지 않았다면 누가 쏜 거야? 클락 자신이? 클락이 갑자기 자신의 사악함을 깨닫고 세상을 더 좋은 곳으로 만들기 위해 사라졌다? 말도 안 되지. 다른 한 가지 변호는 정당방위를 주장하는 거야. 클락이 그녀에게 인종차별적인 말로 욕하고, 공격해서 정당방위하기 위해 총으로 쏜 거지. 근데 샤완다는 흑인에다가 마약중독에 매춘부야. 누가 그녈 믿겠어, 그치? 그때 한나 스텔레가 필요한 거지. 백인 여성이 1년 전 클락이 자신을 때리고 강간했다고 증언하면 배심원이 샤완다가 진실을 말하고 있는 것일 수도 있다고 생각할지도 모르지. 배심원에 흑인도 포함되어 있어야 하고. 우리가 클락이 강간범에 인종차별주의자인 걸 보여 준다면 그녀의 목숨은 살릴 수 있을 거야."

"무죄석방?"

바비가 그를 쳐다보았다. "아니, 무죄방면은 아니야 스콧. 종신형이지. 잘하면 30년 후에 가석방할 수도. 총이 살해도구인데다 지문까지 총에 남아 있고. 그리고 총이 피해자가 바닥에 누워 있을 때 그의 머리에 직접 발사되었으면 석방되지 않아. 이런 증거들이 있는데 종신형이라면 이긴 거나 다름없지."

"젠장! 댄! 그에게 이 사건 그만두라고 말해. 아니 지금 당장 그만두라고 해!"

상원의원의 목소리가 얼마나 컸던지 댄 포드는 수화기를 귀에서 멀찌감치 떨어뜨렸다. 댄은 스콧에게서 샤완다 존스 사건에 관한 현황 보고를 받았다. 그리고 상원의원과 약속한 대로 그는 곧장 워싱턴에 전화를 걸었다. 텍사스 상원의원인 맥 맥콜은 댄이 전해 준 내용이 마음에 들지 않았다.

"댄, 어떤 매춘부가 법정에서 클락이 자기를 폭행했고 검둥이라고 말했다는 것을 퍼뜨리는 것만도 충분히 상황이 나빠. 근데 자네 밑에 있는 변호사가 백인 여자애를 법정에 세워 클락이 자신을 강간하고 때렸다는 것까지 말한다면 난 완전 끝장이야! 그 여자애는 다 처리된 줄 알았는데! 거기다 걔네들이 대학교 때 클락과 남학생 사교클럽에 관한 것들도 캐내면 어떡해?"

클락 맥콜은 '소수자의 밤'이라는 이름의 사교클럽 파티를 열곤 했다. 이 날은 제각기 좋아하는 소수자로 변장하고 가는 날이었다. 클락은 흑인 뚜쟁이로 갔다. 맥은 돈을 들여 신문에 보도가 나지 않게끔 조치를 취해 주었다. 댄 포드는 배달꾼 역할을 했다.

"시민들은 내가 집에서 그런 걸 가르쳤다고 생각할 거 아냐! 언론이 이 사실을 알게 된다면 난 젠장 제2의 스트롬 서먼드*로 불릴 거야! 백악관 근처에도 못 갈 게 뻔해!" 그리고 잠

---

* 미국 캐롤라이나 주 상원의원으로 자신은 인종차별주의자가 아니라고 했지만 사실은 인종차별주의자인 게 밝혀졌다.

시 동안의 정적이 흐른 후 그가 말을 이었다. "그리고 댄, 너는 대통령의 변호사가 되지 못할 거야."

"조지 W. 부시 말씀인가요?"

"그래." 스콧이 말했다.

시드 그린버그는 한 대 얻어맞은 표정이었다. "미국 대통령이 토지수용권을 사용해 사람들 땅을 마구 뺏어 야구 경기장을 만들었다고요?"

"그땐 대통령도 아니었지, 시드. 정치인도 아니었고. 시드, 자네가 하버드에서 좌파 교수들에게 배우고 있을 때 조지 부시는 텍사스 레인저스를 관리하고 있었어. 너무 오래된 야구 경기장에서 경기 중이라 새 경기장을 짓기 위해 시가 토지수용을 명하도록 했지."

"땅이 어떻게 공공의 이용이 되는 거죠?"

"그건 아니지."

"그럼 어떻게 시가 토지의 수용을 명할 수 있죠?"

"왜냐하면 법이 그걸 허용하지. 아니면 최소한 법정에서 하지 못하게 막지 않았던 거지. 레인저스 경기장 때도 그랬고 나스카 자동차 경기장 때도, 이제 새 카우보이스 경기장도 그렇게 할 거야……. 젠장, 시드. 전국적으로 이 짓을 하고 있단 말이야. 도로나 공원만이 아니라 경기장이나 쇼핑몰, 그리고 점포들도 지으려고 이 짓을 한단 말이지."

"그리고 지금은 디브렐의 호텔을 지으려고 우리가 똑같이 하고 있고요."

스콧이 어깨를 으쓱해 보였다. "그게 톰이 시와 거래를 한 거지."

"가난한 사람의 땅을 가져다가 돈 많은 사람들이 5성급 호텔에서 묵을 수 있게 한다고요?" 시드는 분개한 듯 보였다. "부자들의 땅은 왜 취하지 않죠?"

"그건 돈 많은 사람들은 변호사를 고용해 법정에서 싸울 수 있지만 가난한 사람들은 그렇게 못하기 때문이지."

"그래서 시는 가난한 사람들에게서 헐값에 산다는 거죠? 디브렐의 돈으로 그들의 집을 밀어 버리고 디브렐 씨에게 호텔을 지으라고 땅을 준다는 거죠? 이걸 통해 시에게 이익이 되는 건 뭐죠?"

"재산세가 몇 백만 달러 더 많이 들어오지. 호텔은 최소 몇억 달러 값어치가 될 테지만 그 작은 집들은 최대 100만 달러에 불과하거든."

"디브렐 씨는 호텔을 가지게 되고, 시는 세금을 더 많이 받고, 돈 없는 사람들은 집을 잃고……. 이게 모두 완벽하게 합법적이라는 거예요?"

"시드, 우리는 법이 허용하는 일만 해……. 물론 가끔은 그렇지 않을 때도 있지만."

"스콧, 정부와 고소 변호사를 놀리는 건 재밌죠. 게임일 뿐이니까. 하지만 가난한 사람들은요? 저희 부모님도 가난했어요. 그런 집에서 저도 자랐고요."

"시드, 나도 이런 게 좋아서 하는 건 아냐. 하지만 이건 우리 직업이잖아. 우리는 기껏 30채를 수용하는 거야. 허스트에 있는 백화점 하나 짓는 데에는 120채를 수용하고, 카우보이스 경기장은 90채나 수용하기로 되어 있어."

"글쎄요, 그 말 들으니 안심이 되네요." 시드가 고개를 가로저었다. "고작 이런 일이나 하자고 제가 하버드에 간 걸까요?"

스콧이 손바닥을 위로 뒤집으며 말했다. "시드, 나 보고 어떻게 하란 말이야? 디브렐 씨에게 못 한다고 하라고? 내가 디브렐에게 안 한다고 해도 그는 다른 변호사를 찾아낼 거야. 거래는 성사될 거고, 그 사람들은 내몰리고, 호텔은 지어질 거야. 문제는 어떤 변호사가 이 일을 해서 50만 달러를 받을 거냐는 거야. 디브렐이 이 계약을 다른 로펌에 문의한다면, 시드, 그 뜻은 내가 내 어소시에이트 변호사 한 명을 해고해야 한다는 뜻이야. 시드, 네 직업과 20만 달러 연봉을 포기하면 그 사람들은 내보내지 않게 될까? 그러면 네 손 더럽히지 않게 될까?"

시드는 눈을 아래로 내리고 구두를 응시하고 있었다. 드디어 그는 천천히 고개를 젓고선 말했다. "아니요."

"시드, 내가 신입 변호사였을 때 댄 포드가 말했어. '스콧, 매일 아침 문 앞에서 내 양심을 확인해야 해. 그렇지 않으면 넌 이 바닥에서 오래 버티지 못할 거야'라고."

시드가 고개를 들었다. "법이란 게 아주 형편없는 거네요."

"비즈니스일 뿐이야, 시드."

"이런 걸 로스쿨에선 알려 주지 않죠? 그렇죠? 법은 비즈니스일 뿐이라고, 다른 사람의 생명과 돈을 가지고 노는 게임일 뿐이라고. 그래요, 로스쿨은 그저 학비를 낼 누군가가 필요할 뿐인 거죠. 변호사가 되는 게 어떤 건지 전혀 모르는 누군가를……."

스콧은 환자들이 화풀이를 할 동안 고개를 끄덕이는 심리치료사처럼 조용히 앉아 있었다. 모든 변호사는 시드가 겪고 있듯 애벌레에서 나비로 탈바꿈하는 것과 같은 변신기를 거친다. 하지만 그 방향은 정반대이다. 아름다운 인간에서 추악한 변호사로 되어 가는 것이다. 스콧은 스콧 페니라는 젊은 환자가 화풀이를 할 동안 댄 포드가 고개를 끄덕이던 날을 떠올렸다.

시드가 말했다. "지난번 부모님 집에 갔을 때 저희 부모님께서 오랜 동네 친구들을 다 불러 모으셨어요. 성공한 변호사가 된 절 자랑하려고요. 이젠 우리가 진짜 뭘 하는지 어떻게 말해 주면 좋죠?"

"말하지 않아야지. 하면 안 되고말고. 매일 밤 저 문을 나서는 순간 시드는 변호사로서의 삶을 여기에 버려두고 가는 거야. 집에 가지고 가는 게 아니란 말이야. 이제 갓 5년 됐잖아. 우리가 하는 일에 대해서는 다른 변호사에게만 이야기해야 한다는 걸 배우려면 아직 시간이 조금 더 걸릴 거야. 보통 사람들은 우리가 하는 일에 대해 이해하지 못해."

"스콧, 전 사람들이 이해하고 있는 걸로 생각해요. 그게 문제죠."

"시드, 결혼하고 아이가 생길 때까지 기다려. 그때는 알게 될 거야. 집에 가면 아내와 아이들이 '아빠 오늘 뭐했어요?' 하고 물을 텐데 그때 진실을 얘기할 수 있겠어? 죽어도 못 하지. 자네도 그럴 거야. 우린 모두 거짓말하며 사는 거지."

시드는 잠시 스콧이 말한 것에 대해 생각하더니 문 쪽으로 천천히 걸어갔다. 그러다 다시 돌아섰다.

"아, 스콧, 디브렐 땅 거래 종결했어요. 환경평가 보고서도 받았고. 거래 금액 1억 달러는 에스크로*를 해 두었고요. 납을 덮으면서 포장을 시작할 거예요. TRAIL에선 납에 대한 건 모를 거예요."

"공격적이고 창의적인 변호 기법이야, 시드."

시드가 고개를 끄덕이고는 돌아서 나갔지만, 스콧은 그가 "난 의대에 갔었어야 해"라고 중얼거리는 소리를 들었다.

시드가 나간 후 스콧은 컴퓨터를 켰다. 디브렐의 계좌로 들

---

* 부동산 거래에서 계약파기 때문에 생길 위험에 대처하기 위해 드는 보험의 일종.

어가 방금 전 30분 동안 시드와 대화한 시간에 대해 '사무적 회의비' 명목의 청구서를 작성하던 터였다. 인기척을 느껴 돌아보니 일요일 아침 미사에 가서 교황이 제단에 서 있는 것을 보고 있는 듯이 댄 포드가 문 앞에 서 있었다.

"댄, 들어와요."

그는 수심에 가득 찬 얼굴로 들어왔다. 고개를 저으며 세상의 모든 무거운 짐을 어깨에 다 짊어진 듯 한숨을 쉬었다.

"이 사건이 문제가 될 줄 진작 알았어."

"무슨 소리예요?"

"방금 맥콜이랑 통화했어."

"그 상원의원 맥콜과요? 저번에 얘기한 건 들었지만 그와 개인적인 친분이 있는 것까진 몰랐어요."

댄이 고개를 끄덕였다. "맥과 나는 SMU에서 의형제 같은 사이였어. 그의 유언집행자이기도 하고……. 가끔씩 그의 개인적인 문제를 처리해 주기도 하지. 근데 그가 20년 전 회사를 팔고 워싱턴으로 간 이후부턴 그에 관련된 일은 잘 안 했어. 하지만 그가 선출되고, 포드 스티븐스가 대통령이 개인적으로 이용하는 로펌회사로 알려진다면…… 스콧, 이건 대박이야!"

"잘됐네요."

"그래, 스콧. 잘됐지. 50명? 아니 더 많은 변호사를 고용할 수 있고 그 변호사들이 새로운 기업 의뢰인들을 모아 오겠지. 그 의뢰인들은 내 문 앞까지 달려올 거야. 그리고 내가 부르는 값을 다 지불할 거지. 왜냐하면 나는 대통령의 전화를 받을 수 있으니까. 이게 변호사에게 얼마나 값나가는 일인지 알아? 나는 여기 댈러스라는 작은 연못의 큰 물고기야. 스콧, 하지만 대통령의 변호사라는 존재는, 큰 연못의 큰 물고기나 다름없다는 거지. 국가라는 무대에서 논다는 거야……. 워싱턴에도 사무실을 열 수 있을 거야. 그게 날 위해, 그리고 이 로펌을 위해, 스콧, 그리고 널 위해 무엇을 의미하는지 생각해 봐. 그의 재임기간 첫 해 동안 100만 달러씩 벌 수 있고 그 다음해에는 200만, 자네가 마흔이 될 때에는 300만. 자네가 여름에 고용하는 인턴들에게 말하듯이 자넨 떼부자가 될 거야."

댄이 잠시 말을 멈추고 숨을 골랐다. "하지만 맥은 분명히 말했어. 이 재판에서 자칫 흙탕물이 튀겨 클락 맥콜의 이름이 더럽혀지게 될 경우, 포드 스티븐스는 자신의 개인 로펌이 되지 않을 거라고."

스콧은 의자에 등을 기대었다. "클락의 과거를 숨겨 달라는 말이군요."

"그래, 맞아."

"하지만 댄, 클락 맥콜은 강간범에 인종차별주의자예요. 그리고 한나 스텔레의 증언까지 있으면 샤완다의 생명은 살릴 수 있어요."

"그래, 그건 맞아. 하지만 네가 그렇게 하면 맥이 대통령이 될 수 있는 기회를 무너뜨릴 수도 있어. 스콧, 언론이 '강간범'

과 '인종차별주의자' 그리고 '맥콜'이라는 단어를 같은 문장에 넣는다면 — 비록 그의 아들에 관한 것일지라도 — 그가 선거에서 이길 확률은 내가 미스 아메리카와 잠자리를 같이 할 수 있는 확률과 같아져."

"댄, 맥콜을 위해 일한다는 말을 왜 안 했어요? 뷰퍼드에게 이 사건은 이익충돌이라고 말하고 이 사건을 맡지 않았을 수도 있었는데."

댄이 고개를 끄덕였다. "맥에게 그 말도 해 봤지. 근데 그는 말이지, 그 매춘부의 변호사에 대해 영향을 미칠 수 있는 연결점을 가지는 게 더 좋겠다고 말하더군."

"그녀의 변호사가 클락의 과거에 대해 알아버릴까 봐 그런 거죠?"

댄이 어깨를 으쓱해 보였다. "맥 맥콜이 80억 달러의 부를 소유하게 된 것은 모든 방면에서 생각해 본 탓일 거야."

"클락 맥콜은 완전 쓸모없는 녀석이었어요. 댄, 여자애들 때리기 좋아하던 부잣집 도령이 잘못된 여자애를 때리다가 죽음으로 끝난 거예요. 우리가 왜 빌어먹을 그런 애 명예까지 생각해 줘야 하죠?"

"생각 안 해 줘도 돼. 하지만 이건 클락 맥콜에 관한 일이 아냐 스콧, 맥 맥콜에 관한 일이지. 맥의 명예는 걱정해 줘야 해. 왜냐하면 우리 회사는 그가 차기 대통령이 되길 바라니깐. 스콧, 그가 대통령 자리를 차지하느냐 마느냐는 우리 손에 달려 있어! 생각해 봐, 나에게 크게 빚지게 될 거란 말이야!"

그의 눈은 저 멀리 허공을 응시하면서도 내면에서는 재주넘기라도 하듯이 입은 반쯤 웃고 있었다. 잠시 후 그는 현실로 돌아와 말했다. "그래, 자넨 어떻게 생각해, 스콧?"

스콧은 아무 말도 하지 않았다. 25피트^{7미터} 정도의 마룻바닥을 사이에 두고, 거리만큼이나 서로 경력도 차이가 나는 두 변호사가 마치 누가 먼저 눈을 깜빡이는지 대결하는 어린 아이들처럼 서로를 응시했다. 스콧은 그의 대표 변호사가 원하는 대답을 알고 있었다. 당연히 맥 맥콜의 지시를 따르는 것이었다. 맥콜에게 좋은 것은 포드 스티븐스에게도 좋은 것이니까. 하지만 스콧은 ─ 무엇 때문인지는 알 수 없었지만 ─ 그런 말을 입 밖으로 낼 수가 없었다. 아버지 버치에게서부터 물려받은 노새 같은 고집스러움 때문인지 아니면 오래전부터 그래왔듯 클락 같은 부잣집 자식에 대한 일반적 경멸 때문인지, 아니면 더 깊은 마음속에 무언가가 그러한 대답을 허용하지 않는 것인지 알 수가 없었다. 마침내 댄이 스콧의 눈을 피하고는 크게 한숨을 내쉬며 문으로 향했다. 나가면서 말했다. "스콧, 맥콜 사건에 대한 자네의 대답을 빨리 말해 줘."

부우는 뒷마당에 있는 수영장 옆의 안락의자에서 일어섰다. 부우는 하얀색 수영복에 선글라스를 끼고 있었고 콘수엘라가 만들어 준 분홍색 펀치를 마시고 있었다. 그 옆에 있는 의자에는 부우의 수영복을 빌려 입은 파슈매가 엎드려 누워 있었다. 그들은 번갈아가며 등에 선크림을 발라 주었다. 부우의 차례였다. 부우는 파슈매의 길게 땋은 머리를 들어 선크림을 얇게 펴 발랐다. 평소 같은 여름날의 오후였더라면 부우는 집 안에서 홀로 책을 읽고 있었을 것이다. 아빠는 시내에, 엄마는 골프장에, 그리고 또래 나이의 아이들은 여름별장이나 캠프 또는 유럽에 가 있었을 것이다. 바바라 부우 페니는 이곳에서 그렇게 많은 친구를 사귀진 못했다. 또래 나이의 아이들은 그들이 가진 것들을 과시하며 자랑하고 싶어 했지만 부우는 아니었다. 부우는 달랐다. 생각하는 것도 달랐고 입는 옷도 달랐으며 원하는 것도 달랐다. 다른 여자아이들은 부우를 이상하다고 놀렸고 여자아이처럼 옷을 입지 않는다며 레즈비언이라고 말하기도 했다. 그래서 부우는 혼자서 놀거나 콘수엘라의 주의 깊은 보호하에 수영을 하곤 했다. 하지만 오늘은 새로운 친구가 있었다. 그 새로운 친구도 특이한 아이였다. "머리 너무 예쁘다." 부우가 말했다. 부우는 하얀 선크림을 파슈매의 갈색 피부에 발랐다. "흑인들도 선크림 발라야 해?"

잠시 후 파슈매가 말했다. "몰라, 근데 엄마는 항상 바르라고는 해."

"언제 풀려나셔?"

"페니 아저씨께서 구해 주면, 여름 끝날 쯤에 나온대."

"네 엄마가 그런 게 아니라면, 무사히 나올 거야."

"우리한테는 그런 식으로 잘 되진 않아."

"우리? 우리가 누군데?"

"흑인들."

"아빠는 훌륭한 변호사니깐 너희 엄마 풀려나시게 도와줄 거야."

"그랬으면 좋겠어. 왜냐하면 엄마는 감옥에서 잘 지내지 못해."

부우는 로션이 파슈매의 피부로 다 스며들어 없어질 때까지 발랐다. 그러고는 말했다. "근데 넌 왜 우리처럼 말해?"

"무슨 뜻이야?"

"음, 넌 흑인인 반면에……."

"뭐? 어디?"

"흑인이면서도……."

"엉덩이*?"

"아니, 무엇무엇인 '반면'. 아빠가 항상 그러시거든, 이러한 반면, 저러한 반면. 변호사들이 자주 쓰는 말이야. 변호사들은 그런 단어들을 많이 써."

파슈매는 웃었다. "무엇무엇에 반해. 마음에 드는데? 무엇무엇에 반해!"

---

* 파슈매는 부우가 'whereas'라고 하는 말을 'where'과 'ass'로 분리하여 듣고 있음.

"너는 TV에 나오는 흑인들처럼 말하지 않아⋯⋯. 그러니까⋯⋯."

"엄마가 말하기를 흑인 영어래. 나는 빈민가에 있는 사람들처럼 그렇게 말하면 안 되고, 바른 영어를 써야 한댔어."

부우가 파슈매의 땋은 머리 중 한 가닥을 들어올려 손가락을 올 사이에 넣어 보았다. 그러다가 갑자기 일어났다.

"이쪽으로 와 봐! 좋은 생각이 떠올랐어!"

귀갓길 운전 도중에 스콧은, 왜 자신이 의뢰인을 대리하는 변호사인 자신에게 간단하게 지시하고 영향을 미칠 수 있다는 맥 맥콜의 오만한 가정을 수치스럽게 느끼지 않았는지 생각했다. 모든 변호사가 선서를 하는 법조윤리 강령은 변호사가 그의 의뢰인을 열정적으로 대리함에 있어서 어떤 외부의 이해관계에 의해서도 영향을 받아서는 안 된다고 (이론상) 명백하게 규정하고 있다. 그러나 실제로 대부분의 변호사들은 그 윤리강령을 전과가 있는 범죄자들이 형법을 보는 것과 매한가지로 본다. 전문적인 직업적 행위를 규율하는 현실성 있는 규칙이라기보다는 일종의 참고용 제안으로 볼 뿐이라는 것이 더 정확하다.

다른 한편으로 스콧은 자신이 대표 변호사에게 요청을 받았을 때 무엇 때문에 맥콜의 요구에 기꺼이 동의하지 않았는지가 의아했다. 스콧은 댄 포드의 부탁을 거절한 적이 없다. 그건 마치 아버지의 말에 반항하는 것과 같았기 때문이다. 그는 로펌을 위해 파트너를 해고시킨다거나 의뢰인을 비난하거나 아니면 재선에 출마한 판사를 돕는 선거 캠페인에 동참하는 것과 같은 댄 포드의 결정에 확실한 도움을 주었다. 왜냐하면 댄은 항상 회사의 이익에 모든 초점을 두었고 바로 그것은 스콧의 이익에 가장 부합하는 것이기도 했기 때문이다. 그런데 이번에는 무엇 때문에 주저했던 것인가? 그것도 처음이 아닌가?

스콧은 먼저 했던 생각으로 되돌아갔다. 살인혐의로 기소된 자신의 의뢰인을 보호할 최선의 방어수단을, 맥 맥콜 그가 단지 본인이 지시했다는 이유만으로 스콧 자신이 포기할 거라 가정했다고 생각하니 피가 거꾸로 솟는 느낌이었다. *자기가 뭔데 나한테 이래라 저래라야?* 대학시절 누군가가 감히 최고의 하프백인 자신을 상대로 스콧이 경기에 져 줄 거라 가정한다면 그는 화가 나서 그 자식의 엉덩이를 발로 차고 얼굴을 주먹으로 휘갈겼을 것이다. 게임에 져 줄 거라는 생각을 심지어 재미로 했다고 하더라도 스콧은 진실하지 못한 상대의 모습에 화가 나 공격했을 것이다. 그런데 지금은 재판에서 패소할 것을 요구받고도 왜 그렇게 하지 않는가? 왜 이걸 재미로 받아들이고 있는 것일까! 공격적이고 창의적인 변호 기법에 너무 빠져 거래를 하는 것과 진실성을 양보하는 것 사이의 차이도 알아차리지 못하고 있는 것일까? 자신이 너무 훌륭한 변호사가 되어 있어 양보할 진실성도 남아 있지 않은 것일까?

그는 터틀 크리크로 돌아가는 프레스턴 거리에 위치한 울타리로 둘러싸인 별장들을 지나면서 이런 생각들과 씨름했다. 그곳엔 부동산 거물 트래멀 크로우의 대저택(시가 1억 3,300만 달러), 댈러스 카우보이스 팀의 소유자인 제리 존스의 저택(1억 4,100만 달러), 톰 디브렐의 저택(1,800만 달러) 그리고 맥 맥콜의 저택(2,500만 달러)이 차례로 있었다. 그는 맥콜과 그의 최고 의뢰인이 바로 이웃해 살고 있다는 것을 자신이 전달받지 못했음을 알게 되었다.

맥콜의 저택을 지나며 그는 속도를 낮추어 살인사건이 있었던 날 밤을 그려 보았다. 클락과 샤완다는 저 문을 통과했을 것이고 그때쯤이면 클락 맥콜의 여생은 단 몇 분밖에 남지 않았을 것이었다. 그때 스콧의 핸드폰이 울렸다.

"스콧 페니입니다."

"페니 씨, 루이스예요."

"루이스……."

"댈러스 남부에서 만났죠?"

"아, 예. 그렇죠, 루이스."

"그런데 말이죠, 페니 씨. 파슈매가 아직 안 돌아와서 걱정되네요. 아직 같이 있나요?"

"아, 루이스 미안해요. 제 비서에게 연락해 놓으라고 말했어야 하는데. 재판이 끝날 때까지 우리와 있을 거예요."

"우리라니요? 누구요?"

"저요. 저희 가족이요."

"파슈매를 집에 데려간다고요?"

"그래요, 그래, 이 재판이 끝날 때까지만요. 오늘 아침에 샤완다를 보러 법원에 갔었어요. 그리고 저는 다시 거기로 가고 싶지 않아……." 말을 하다가 스콧은 말끝을 흐렸다. 루이스가 살고 있는 타운에 다시는 가기 싫었다는 이야기는 언급하지 않기로 결심했다. "그런데…… 저도 파슈매 또래의 딸애가 하나 있어요. 그리고 빈 방이 네 개나 있어서 그냥 그렇게 하는 게 더 나을 것 같더라고요. 샤완다도 동의했고요."

"파슈매 옷이랑 물건은요?"

"아, 제 딸애 것 쓰면 돼요. 몸집도 비슷하고, 그리고 제 아내가 사 주는 옷 반도 안 입는 걸요, 뭐."

"원하신다면 파슈매 물건 가져다드릴 수 있어요."

"*하이랜드 파크로요?*"

스콧이 되묻자 전화기 반대편에서 아무 말도 하지 않았다. 스콧은 루이스를 화나게 했을지도 모른다는 생각이 들었다. 하지만 그의 생각은 틀렸다.

"루이스?"

"페니 씨, 이곳은 조그만 여자애가 혼자 살 곳이 못 돼요. 안부 전해 주세요. 그리고 필요한 거 있으면 연락하시고요."

"네, 고마워요, 루이스."

"아, 그리고 페니 씨……."

"네?"

"백인에게서 이런 걸 전혀 기대하지 않았는데요. 좋은 사람 같아요, 페니 씨는요."

스콧은 전화를 끊고는 과연 루이스 말이 맞는지 의구심이 들었다.

부우가 계단을 뛰어 내려와 식탁에 앉자, 파슈매가 뒤따라 주방에 들어왔다. 레베카가 부우를 보더니 허리에 손을 얹고 말했다.

"아가씨, 머리에 무슨 짓을 한 거야?"

"콘로우*! 파슈매가 해 줬어. 멋지지?"

레베카는 스콧을 쳐다보고는 말했다. "여보, 뭐라고 해 봐."

그는 어깨를 으쓱하며 말했다. *"보 데렉 같은데?"*

"응, 그 영화에 나오는?"

레베카는 두 손을 위로 들었다. "바바라 부우 페니, 하이랜드 파크 사교계에 데뷔하는 여자들은 콘로우 안 해."

"그럼 아무 문제가 없네, 엄마. 왜냐면 난 사교계에 데뷔하지 않을 거니까요."

레베카는 화를 억누르며 긴 한숨을 내쉬고는 말했다. "파슈매, 문신은 없길 바라."

---

* 머리 두피 가까이 촘촘히 땋은, 흑인들이 즐겨하는 헤어스타일.

파슈매는 웃었지만 레베카가 농담하는 게 아니란 건 미처 몰랐다.

콘수엘라가 소금과 후추 통을 들고 가스레인지 쪽에서 말했다. "이것들처럼, 쌍둥이 같아." 그녀는 부우를 가리켰다. "소금이고요." 그러고는 파슈매를 가리키며, "얘는 후추." 콘수엘라가 키득키득 웃자 몸이 젤리처럼 흔들렸다. "소금과 후추."

레베카가 고개를 저었다. 그녀의 입술은 굳게 다물어져 있었다. 좋은 징조는 아니었다.

"엔칠라다스나 마무리해 줘요, 콘수엘라."

"다들 누구 손님 기다려요?" 파슈매가 말했다.

부우가 식탁 옆에 서 있는 파슈매를 향해 돌아섰다. "뭐라고?"

"이 많은 음식들 좀 봐요. 파티해요?"

식탁에는 타코와 엔칠라다와 과카몰리, 튀긴 콩, 플라워 또띠아와 핫소스가 있었다. 멕시코 음식의 밤이었다.

"아니."

"그럼 이게 다 우리 거라고?"

부우가 어깨를 으쓱했다. "응."

파슈매가 웃으며 말했다. "그런 반면에!"

스콧의 부모였던 버치와 바바라 페니는 항상 식사를 하며 그들의 어린 아들 앞에서 가족관의 문제에 대해 이야기했다. 좋은 얘기든지 나쁜 얘기든지, 성공과 패배, 기회와 문제들에 대해 이야기하곤 했다. 그들은 그가 듣는 것으로 배울 수 있다고 생각했다. 스콧은 아버지가 돌아가시기 전에 두 분이 나눴던 대화를 기억했다. 버치는 도급자로부터 비용절감을 위해 몇몇 작업들을 생략하여 이익을 남길 수 있게 해 달라는 요구를 받았다. 건물 소유주는 절대로 모를 것이라고 했다. 버치는 도급자의 요구를 따르느냐 아니면 직장을 잃느냐 하는 딜레마에 빠져 있었다. 그는 그의 아내에게 조언을 구했고 스콧의 어머니는 바로 그에게 거절하라고 대답했다.

안방으로 돌아와 레베카가 욕실 거울 앞에 옷을 벗고 서서 조기노화의 조짐을 확인할 동안 스콧은 댄이 자신에게 말했던 맥 맥콜의 요구에 대해 이야기해 주었고 아내의 조언을 구했다. 그녀 또한 생각조차 하지 않고 바로 답변했다. "그렇게 해요! 댄이 그만두라고 하면 그만두어야 할 거예요. 당신, 우리가 가지고 있는 모든 것을 그 빌어먹을—"

"뭐, 레베카? 빌어먹을 뭐?"

그녀는 아름답게 벌거벗은 몸을 돌리며 말했다. "젠장할, 흑인 창녀라고요!"

A. 스콧 페니 변호사는 돈이 많은 의뢰인이라면 비즈니스 경쟁자, 정부, 유명한 고소 변호사, 성추행을 주장하는 젊은 여성 등 그 누구의 공격으로부터도 자신의 의뢰인들을 열정적으로

변호했다. 하지만 아내의 공격으로부터 의뢰인을 변호한 적은 없었다. 당연히 흑인 창녀인 의뢰인을 받은 적이 없었지만 말이다. 그러나 이번엔 달랐다. 맥콜의 요구가 아직도 그의 머릿속을 짓누르고 있어서인지, 아니면 그의 게임을 한 번도 버린 적이 없어서인지, 아니면 클락 맥콜 같은 돈 많은 아이들이 항상 그를 한 대 칠 큰 돌을 가지고 있어서인지, 아니면 루이스가 자신에 대해 다르게 생각하고 있다는 걸 알아서인지, 아니면 그날 아침 샤완다가 파슈매에게 보여 준 사랑 때문인지, 아니면 2층에서 콘로우로 머리를 땋은 여자아이 두 명을 봐서인지, 아니면 그저 그의 앞에 벌거벗고 서 있는 아름다운 여성이 지난 7개월 동안 성관계를 거부한 것 때문인지…… 어쨌든 의뢰인을 변호하는 그의 직업적 본능이 자연스럽게 분출되었다. 이제 그녀를 원하던 열기는 그녀를 향한 분노로 바뀌었다. 스콧 페니는 아내에게 폭발해 돈이 많은 의뢰인에게만 쏟던 열정으로 샤완다 존스를 변호했다. "뭐, 그저 흑인이고 매춘부라는 이유만으로 죽어야 마땅한 거야? 만약 당신이 흑인으로 태어났다면 어떨 것 같아, 레베카? 아직도 미스 SMU가 될 수 있었을까? 캐틀 바론스 무도회의 여성위원장이 될 수 있었을까? 아니면 해리 하인스에서 샤완다 같은 매춘부가 되었을지도 모르지!" 그는 2층을 가리켰다. "레베카, 부우가 저 작은 흑인 소녀가 될 수도 있었단 말이야!"

벌거벗은 그의 아내는 미소 짓지 않고 웃어댔다.

209

"스콧 페니 씨, 고고한 척하지 마세요. 당신 또한 돈을 원했고 그리고 당신도 나 못지않게 돈으로 살 수 있는 것들을 원했어. 이 집과 저 페라리까지…… 그 양복 얼마 주고 샀지? 난 당신이 야망이 있었기 때문에, 돈 많은 변호사가 되고 싶어 했기 때문에 당신과 결혼했어. 당신도 댈러스 남부의 가난한 흑인들을 돕고 싶었으면 법률 구조 단체로 갔겠지. 하지만 하이랜드 파크에 살고 있는 돈 많은 의뢰인들을 상대하면서 돈을 많이 벌기 위해 대형 로펌회사로 갔잖아. 근데 지금 와서 양심이 생겼다고? 거짓말하지 마!"

그녀는 스콧을 손가락으로 가리켰다. "당신이 만약 이 사건 맡는다면 당신은 날 버리고 창녀를 택한 거예요. 그리고 당신은 그녀가 유죄인 걸 알고 있잖아! 하늘에 맹세코 그날로 우리는 끝일 거예요!" 그리고 이제 그녀는 위층을 가리켰다. "그리고 저 작은 소녀는 엄마가 없는 게 더 나을지도 몰라."

3층에서 부우와 파슈매는 잠을 청하기 위해 잠자리에 누웠다. A. 스콧이 그들에게 책을 읽어 주었고 파슈매는 그것을 굉장히 좋아했다. 친구가 있다는 것은 매우 즐거운 일이었다. 부우는 그들이 이야기할 수 있도록 방을 같이 써야 한다고 주장했고 파슈매 또한 동의했다. 부우는 침대에 앉아 파슈매가 바닥에 베개와 이불을 깔고 뭘 하는지 쳐다보았다.

"도대체 뭐 하는 거야?"

"뭐? 무슨 언덕*에서?"

"그냥 표현이야."

"아, 잠자리 만들고 있어."

"바닥에서?"

파슈매는 바닥에서 부우의 침대를 바라보았고 높은 침대 위에 있는 부우를 올려다보았다. "넌 침대에서 자?"

부우가 웃었다. "당연히 침대에서 자지, 넌 어디서 자?"

"바닥에서."

"아, 침대가 없는 거야?"

"아니, 있어."

"허리가 안 좋은 거야? 아빠도 예전에 미식축구할 때 다친 거 때문에 허리가 안 좋아서 바닥에서 자거든."

"아니, 내 허리는 괜찮아."

"그럼 왜 바닥에서 자는 거야?"

"더 안전하거든."

"뭐가?"

"총격이 있을 땐 바닥이 더 안전해."

부우는 파슈매에게 하이랜드 파크에서는 침대에서 자도 안전하다는 걸 알려 주었다. 스콧이 매일 밤 잠자리에 들기 전 딸

---

* Sam's hill(샘의 언덕), 무엇을 하고 있는지 물을 때의 표현인데 파슈매는 언덕 이름을 말한 것으로 이해함.

이 괜찮은지 확인하고 이마에 **뽀뽀**를 하기 위해 올라오면 그들은 이미 잠들어 있었다. 서로 가까이 붙어 자고 있어서 스콧이 부우에게 **뽀뽀**를 하려고 몸을 낮출 때 조금만 더 옆으로 옮기면 파슈매에게도 할 수 있었다. 그가 파슈매에게 **뽀뽀**를 해 줄 때 파슈매는 몸을 뒤척이며 잠결에 말했다. "아빠?"

12

유능한 로스쿨 졸업생들을 데려오기 위한 댈러스 로펌들의 경쟁은 치열했다. 포드 스티븐스는 다른 로펌들과 같은 초봉, 동일한 근무시간을 요구했고, 그리고 파트너와 어소시에이트 간의 관계를 케미 있게 유지할 것을 약속했다. 돈과 시간 주는 일은 어렵지 않았으나 인적 관계에서의 케미를 유지하는 일은 쉬운 일이 아니었다. 파트너들은 실제로는 자신들에 대해 더 걱정하면서도 학생들의 삶에 관심 있는 척 연기를 하면서, 변호 기법의 전부를 쏟아부어야 했다. 하지만, 로스쿨 학생들에게 거짓말하는 건 게임의 일부분에 불과한 것이었다.

그리고 그 게임은 베벌리 가 4000번지에서 진지하게 치러지고 있었다. 스콧 페니는 여름 동안 일할 인턴들을 위해 그의 하이랜드 파크 집에서 독립기념일 파티를 주최했다. 그는 테라스 천막 밑에서 고개를 가로저으며 서 있었다. 몸매가 엉망인 40명의 로스쿨 학생들이 수영복 차림으로 희고 창백한 몸들을 드러내 놓고 그의 완벽한 수영장에서 장난치며 돌아다니는 꼴을 가만히 보고만 있을 수가 없었다. 삼각 수영복을 입지 않을 만큼의 센스가 있다는 것만 해도 정말 다행이었다. 미시와 비키니를 입은 다른 치어리더들이 아니었다면 테라스에서 보이는 풍경은 정말 우울했을 것이다.

"좋은 소식이 있어, 스콧."

그는 바비가 거기 있는지 몰랐다. "뭔데?"

"한나 스텔레에게 얘기해 봤어. 증인으로 서겠대. 클락에 대해 다 이야기해 줬어. 클락이 술을 마시기 전까지는 정말 세상에서 제일 좋은 사람이었대. 술 취하고 나서 짐승으로 변한 거지. 그에게 있어서 전희란 그녀의 뺨을 치는 거였어." 바비가 맥주를 들이켰다. "샤완다는 세상 사람들의 부탁을 들어준 거야, 그의 머리에 총을 쏴 주었잖아."

"그래서, 우리의 방어 수단으로 그녀가 전부야?"

"그래, 근데 재판까지 그녀의 이름이 밝혀지지 않았으면 해. 맥콜이라면 무서워 죽으려고 하더라고."

"증인목록에 넣어야 하지 않아?"

바비가 어깨를 으쓱했다. "그래야 되는데, 뷰퍼드가 좀 봐 줄 것 같아. 그는 사형제도를 엄청 싫어하거든. 번스는 사형을 시키려 하고 있고. 법률에 따르면 이 사건에 사형이 적용될 수 없다고 주장하는 내 변론요지서 읽어 봤어?"

스콧이 고개를 저었다.

"내가 쓴 변론요지서나 이의신청서 중 읽어 본 거 하나라도 있어?"

"시간이 없었어."

바비는 툴툴거리며 바비큐를 찾으러 가 버렸다. 스콧은 그 덕분에 댄 포드에 관한 생각을 할 수 있었다. *스콧, 맥콜 사건에 대한 자네의 대답을 빨리 말해 줘.*

"그게 조니 코크런*이 아니라면."

버니 코헨이 손에 맥주를 들고 다가왔다.

"스콧, 자네 매춘부의 변호 작전은 뭔가?" 이어서 그는 랩을 하듯 말했다. "콘돔이 맞지 않으면 무조건 석방하라?"

버니는 그게 엄청나게 웃기다고 생각했다. 그는 포드 스티븐스의 보증 파트에서 일하는 파트너였는데 스콧보다 한 살밖에 많지 않았지만 한 쉰 살은 족히 되어 보였다. 그의 몸에 근육이라고는 찾아볼 수 없었고 중학교 때 아이들이 "뚱뚱보"라고 부를 그런 외모를 가지고 있었다. 그는 맥주병을 들어 건너편 수영장 끝에 앉아 있는 부우와 파슈매를 향하여 가리켰다.

"그녀의 딸인가 보지?"

---

* 미국 로스앤젤레스 형사 전문 변호사로서 O. J. 심슨의 무죄석방을 이끌었음.

215

"응."

"자네랑 같이 살고 있어?"

"그래."

"신문에서 자네 의뢰인 사진을 봤어. 예쁘게 생긴 흑인이더
군." 버니는 스콧의 팔을 치며 웃었다. "비용은 현물로 지불하고
있나?"

"닥쳐, 버니."

버니는 주춤하더니 코웃음을 치며 사라졌다. 스콧은 한때
저 땅딸막한 자식을 왜 좋아했었는지 알 수가 없었다. 그리고
작년에는 감수성이 풍부한 학생들을 초대해 저택을 보여 주는
일에 꽤 자부심이 높았는데 왜 올해는 그때만큼 파티를 즐기지
못하고 있는지 생각했다. 그의 집은 하이랜드 파크의 심장부에
위치한 1에이커^{약 4,000제곱미터}짜리 건물에다가 페라리와 레베카의
벤츠, 그리고 가족끼리 여행 갈 때 쓰는 레인지로버가 주차되어
있는 차고와, 수영장을 향해 있는 테라스, 간이 탈의실, 그 너머
에는 스프링클러가 작동하여 푸르고 신선하게 유지되는 넓은 풀
밭이 펼쳐져 있었다. 스콧은 풀밭에 배구장을 설치했는데 학생
들 몇 명이 배구를 했다. 그는 고개를 저었다. 이 많은 사람 중
에 운동 신경이 있는 학생은 단 한 명도 없었다.

올해에는 오늘 같은 날 그냥 집중할 수가 없었다. 학생들은
행복했고 치어리더들은 친절했으며 맥주는 충분했고 바비큐는
구워지고 있었다. 하지만 스콧은 샤완다와 건너편에 앉아 있는

작은 흑인 소녀와 아내의 협박과 댄 포드의 명령에 온통 신경이 집중되어 있었다. *스콧, 맥콜 사건에 대한 자네의 대답을 빨리 말해 줘.* 재판까지는 7주밖에 시간이 남지 않았다. 스콧은 중대한 결정을 내려야 했지만 될 수 있다면 그 결정을 내리고 싶지 않았다. 그리고 그 결정은 그의 생각을 흐리게 했다. 임박해 있는 암울한 기운이 그의 곁에서 떨어지지 않는 친구가 되어 있었다.

수영장 끄트머리에 앉아 있는 파슈매가 말했다. "작년에 엄마가 바자회에 데려갔을 때 말고는 백인들을 이렇게 많이 본 적이 없어. 그때만 백인들을 볼 수 있거든."

"별로 다른 건 없어." 부우가 말했다.

파슈매가 손을 둥글게 그리며 말했다. "저 사람들은 누구야?"

"변호사 지망생들."

"지망생들?"

"아빠 로펌회사가 고용하려는 학생들."

"남자들은 흔한 백인들인데, 여자들은 굉장히 예쁘구나. 저 남자들의 여자친구들이야?"

"치어리더들이?"

"저들이 치어리더야?"

"예전에는. 아빠가 치어리더들에게 비용을 지불하고선 파티에 와서 학생들한테 관심 있는 척 해 달라고 했거든. 그래야 학생들이 아빠 회사에 취직하려고 하니까. 아빠는 이걸 미끼상술이라고 해."

"미끼…… 뭐라고?"

"미끼상술. 음…… 예를 들어서 신문광고에 어떤 롤러블레이드가 세일 중이라고 해서 매장에 가 보면 다 팔리고 없다면서 그것보다 더 비싼 제품을 사도록 만드는 상술 같은 거 말이야."

"아, 엄마가 차에 타면 가격을 깎으려고 하는 그런 트릭 같은 거구나."

"너희 엄마를 차에 타게 속인 사람이 있어*?"

"아니, 그 속임수가 그 손님이라는 거야."

"화장실**?"

"아니, 엄마를 사려는 남자 말이야."

"너희 엄마를 살 수 있어?"

파슈매가 고개를 끄덕였다. "시간당."

"아빠도 시급 받고 자기를 팔아. 그걸 '청구 받을 수 있는 시간'이라고 부르더라. 시간당 350달러를 받는대."

"우리 엄마는 학교도 안 다녔는데, 그 정도는 받아."

"와, 대단하다. 아무튼, 이 학생들은 아빠 회사랑 계약을 맺으면 이 예쁜 아가씨들과 데이트할 수 있을 거라고 생각하지만

* trick: '속임수'라는 뜻과 '성매매여성의 손님'이라는 뜻이 있음.
** john: '화장실'이라는 속어와 '성매매여성의 손님'이라는 뜻이 같음.

사실은 거짓말이야.”

“돈만 내면 할 수 있을걸, 엄마는 가격의 문제일 뿐이라고
했어.”

원래대로라면 바비는 오늘같이 날씨가 무더운 날이면 댈러
스 동부에 있는 자신의 집 뒷마당에서 공기를 불어넣어 만든 6
인치^{약 15센티미터} 깊이의 작은 풀장에 맥주를 들고 앉아 있을 터였
다. 자신만의 풀장 파티였다. 하지만 바비는 지금 이 파티가 훨
씬 더 좋았다. 한 가지만 꼽으라면 수영장이 훨씬 더 컸다. 그리
고 한 가지 더 있다. 눈을 감고 뒷마당에 비키니를 입은 아름다
운 여자들이 있는 꿈을 꾸지 않아도 되었다. 그는 두 눈을 크게
뜨고 있었고, 여자들도 진짜였다. 그는 스콧이 자신을 초대한
사실에 굉장히 행복했다.

바비는 한 손엔 맥주병과 다른 한 손엔 아랫배에 바비큐 소
스가 뚝뚝 떨어지는 갈비를 들고 수영장 한 구석에 혼자 서서
여자들에게 추파를 던지고 있는 걸 들키지 않으려 부단히 노력
했다. 그는 트렁크형 수영복 하나만 걸치고 있었다. 그의 창백
한 몸은 스콧처럼 날씬하지도 그을리지도 탄탄하지도 않았다.
하지만 하얀색 비키니를 입은 아름다운 여자가 다가오자 여전히
로스쿨 학생들을 의식하면서 자신이 마치 미소년인 양 있었다.
무의식적으로 배를 조금 집어넣었다.

“결혼반지를 안 끼고 있네요.” 그녀가 말했다.

"결혼하지 않았기 때문이죠."

"엄청난 우연이네요." 그녀가 큰 두 눈으로 그를 올려다보면서 말했다.

"저도 그렇거든요."

바비는 맥주를 꽤나 마신 상태여서 용기가 최고치에 달해 있었다.

"그래서, 그쪽 같은 아름다운 아가씨가 이런 파티에서 뭐하고 있어요?"

"그쪽 같은 돈 많은 변호사를 찾고 있죠."

그녀가 가까이 다가오면서 바비는 비키니에서 터져 나올 것 같이 모아진 그녀의 가슴을 보자마자 정직하게 반응하는 것에 대해 뭐라고 할 수 없다고 생각했다. 단순히 그녀의 피부가 그의 피부에 맞닿은 것뿐이었지만 수영복 바지 안에서 어떤 느낌이 일어났다.

"음, 그런데 저는 이런 집도 없고, 돈 많은 변호사가 아닐 뿐더러 부자가 될 가능성도 없어요. 그렇지만 물속으로 들어가서 조용한 곳을 찾아 함께 철없이 놀아 보지 않을래요?"

그녀는 갑자기 그의 몸에 독이라도 묻은 듯이 그에게서 황급히 떨어졌다. 그녀는 옅은 미소를 띠고선 말했다. "아니, 별로 그렇게 하고 싶지 않네요."

그리고 그녀는 사라졌다. 바비는 눈을 감고 그녀의 향기를 마지막으로 맡았다. 하지만 그것조차도 곧 사라졌고 수영복 바지 안에서 솟구쳤던 느낌도 사라졌다. 그는 그날에 돈 많은 변호사들을 찾고 있지 않는 유일한 두 명의 여자애들에게로 걸어갔다. 부우와 파슈매는 수영장 끝쪽에 앉아서 물속에 발을 집어넣고 놀고 있었다.

"바비 아저씨, 안녕하세요." 부우가 말했다.

"꼬마숙녀 여러분."

파슈매가 말했다. "헤린 아저씨, 안녕하세요."

전에 스콧이 바비를 소녀들에게 소개시켜 준 적이 있다. 바비는 아이들과 함께 차가운 물에 발을 담궜다.

"엄마는 어디 있니?" 그는 부우에게 물었다. "오고 나서부터 한 번도 못 본 것 같네."

"집 안에요." 부우가 말했다. "이런 파티를 별로 안 좋아하셔요."

"너는 어때?"

"아, 전 엄청 좋아해요. 이 사람들이 직장 때문에 아빠한테 아부떨기 전에 어떤 삶을 살고 있을지 추측해 보거든요."

바비가 웃었다. "네 아빠가 스물아홉 살 같은 아홉 살이라고 하긴 했다만." 그는 들고 있던 바비큐 갈빗대로 남학생 한 명을 가리켰다. "알았어, 저 학생에 대해 말해 줘. 검정색 안경을 쓴 마른 학생 말이야."

부우는 학생을 잠시 동안 살펴보더니 말했다. "음, 엄청나게 똑똑해요. 그의 아빠가 변호사인 이유만으로 로스쿨을 갔는데 진짜 속마음은 컴퓨터에 관련된 걸 하고 싶어 하죠. 일등으로 졸업할 거고 아빠 회사랑 계약할 거예요. 그리고 일 년 후에 그만둘 거고요. 데이트를 한 번도 안 해 봤을 거예요, 수줍음이 엄청 많거든요. 그리고 지금은 집에서 컴퓨터 게임이나 했으면 좋겠다고 생각하고 있을 거예요. 평생 혼자 살 걸요."

바비는 놀라면서 부우를 다시 쳐다보았다. "꽤 괜찮은데. 알았어. 파슈매, 네 차례야. 저 여자는 어때? 금발머리의…… 어……."

"가게에서 산 것 같은 가슴을 가진 여자요?"

"어, 그래. 저 여자의 이야기는 어때?"

"완전 멍청이 같아요. 근데 정작 그녀는 모르죠. 돈 많은 변호사랑 결혼해서 행복하게 살 거예요."

바비는 자기도 모르게 동의한다는 의미로 같이 고개를 끄덕였다.

"와, 잘하는데? 알았어. 부우, 이 남자는 어때?"

부우는 눈을 굴리며 수영장에 있는 사람들을 둘러보았다.

"어떤 남자요?"

바비는 이제 갈빗대로 자신을 가리켰다.

"나 말이야."

부우는 잠시 그를 살펴보더니 시선을 물 쪽으로 떨어뜨리고는 고개를 저었다.

"왜, 얘기해 줘."

부우는 다시 고개를 들었다. 그녀의 눈은 슬퍼 보였다.

"안 돼요, 바비 아저씨."

바비는 웃으며 말했다. "무슨 소리야, 난 이제 다 큰 어른 이야. 괜찮아." 그는 부우가 자신을 가리켜 불쌍한 루저이고 영 원히 그럴 거라고 말할 것을 예상하고 있었다. 뭐, 놀랄 것도 없 었다. 매일 아침 거울을 보며 자신에게 똑같은 말을 하고 있었 기 때문이다.

하지만 부우는 조용했다. 그리고 그를 보지 않고 말했다. "남몰래 우리 엄마를 사랑했지만 엄마는 저희 아빠랑 결혼했죠. 그리고 그걸 극복한 적이 없죠. 아저씨는 만약 우리 엄마가 아 저씨랑 결혼했다면 아저씨의 삶이 어떨지를 항상 생각하고 있어 요."

바비는 그런 말이 나올지는 생각지도 못했다. 그는 숨을 깊 게 들이마셨다. 그러고 나서 몸을 일으켜 부우를 내려다보았다.

"어째서 그렇게 생각하니?"

"아저씨가 여기 왔을 때 엄마를 보고 있는 걸 봤어요. 이리 저리 흥분해서 사람들을 쳐다보다가도 엄마를 봤을 때는 마냥 엄마만 오랫동안 쳐다보았어요. 마치 영원히 바라볼 것처럼."

바비는 맥주 캔이 담긴 아이스박스로 곧장 걸어갔다.

레베카 페니는 2층에 있는 안방의 창문으로 자신을 사랑했 던 세 명 중 두 명의 남자들이 있는 뒷마당의 광경을 보고 있었다. 스콧은 로스쿨 학생들과 치어리더들에 둘러싸여 있었다. 가슴이 풍만하고 검정색 비키니를 입은 금발머리의 여성이 그를 유혹하고 있었다. 그리고 바비는 아이스박스 옆에 혼자 서 있었다. 불쌍한 바비. 스콧과 함께 로스쿨에 다니던 그가 그녀를 사랑하고 있다는 것을 알고 있었다. 하지만 그는 스콧의 것은 무엇이든 절대로 건드려서는 안 된다는 생각에 혼자만의 사랑을 간직하고 있었다. 물론 바비가 그녀를 가질 수 있다는 건 아니었다. 모든 사람들은 스콧 페니가 성공할 것을 알고 있었듯이 바비 헤린이 성공의 길로 걷고 있지 않다는 것도 알고 있었다. 그래서 레베카 개릿은 스콧 페니라는 차에 올라탔다. 그 여행은 꽤 괜찮았다. 11년 전 그녀는 기숙사에 살고 있었으며 낡은 도요타를 타고 다녔고 SMU 무스탕 미식축구팀 응원단에 속해 있었다. 지금 그녀는 맨션에 살고 벤츠를 몰며 캐틀 바론스 무도회 여성위원장의 자리를 다투고 있다. 하지만 지금의 그녀는 무척이나 걱정되고 두려웠다. *이제 이 여행이 끝이 나고 있는 게 아닐까?*

레베카 개릿은 댈러스의 노동자 계급이 사는 교외주택 지역에서 자랐다. 그녀는 적게 가지고 있는 것을 몹시도 싫어했다. 더 가지고 싶었다. 그래서 그녀는 SMU 이상을 기대하지도 않았다. 댈러스의 가난한 학생들에게는 SMU가 더 좋은 삶에 들어서는 입구였기 때문이다. 그 뜻은 하이랜드 파크로 들어올 수 있다는 뜻이었다.

레베카는 학교 밖에서나 안에서나 똑똑한 학생이었다. 그녀는 이따금 자신의 낡은 차를 몰고 하이랜드 파크 도로를 달리면서 자신이 멋있는 맨션에 살고 있는 여성이라고 상상했다. 그녀는 인생의 진실을 알 만큼 현명했다. 자신의 두뇌를 사용하고 자신의 직업을 추구해서는 하이랜드 파크에서의 가정을 절대로 가질 수 없다는 것을 알고 있었다. 어떤 여성도 그렇게 할 수 없다는 것을 알고 있었다.

항상 그랬듯이 그녀의 미래는 그녀의 미모에 달려 있었다. 열 살 때부터 다른 아이들의 엄마들은 레베카를 보면 멈춰 서서 "어머머, 엄청 예쁘게 생겼네"라고 말하곤 했다. 그리고 그녀가 열여섯의 나이로 성숙한 몸이 되었을 때, 친구들의 아빠들이 자신을 쳐다보았다. 스물한 살이 되어 SMU에서 가장 예쁜 학생으로 뽑힐 적에 직장을 구하러 다니면 남자들이 그녀의 미모를 보고 눈을 반짝이곤 했다. 그들은 그녀의 미모를 원했고 또한 그것을 살 수 있다면 돈을 낼 의향도 있었다.

하지만 그녀는 자신의 미모를 시간당으로나 밤을 보내는 것으로나 직업적으로는 팔 생각이 없었다. 레베카 개릿은 자신의 미모를 아내의 신분이 되어 공동재산의 대가로서 받고 팔기를 원했다. 그것은 결혼을 통해 남편 소유의 절반이 자신의 것으로 인정되는 방법이었다. 텍사스에 사는 모든 여자아이들이 고등학교를 졸업할 때쯤 알 수 있듯이, 텍사스의 아내들은 생활비를 구걸하지 않아도 되었다. 법률에 따르면 텍사스에서는 아내에게 한 가정의 소유 절반에 대한 권리가 부여되기 때문이다.

그래서 그녀는 남편이 필요했다. 그녀가 생각했을 때 자신이 원하는 결혼을 하기 위해서는 세 가지 옵션 중 적합한 기준의 사람을 골라야 했다. 첫째는 돈을 이미 많이 벌어 놓은 나이 많은 남자들(하지만 그런 사람은 주로 과거의 부인들 또는 아이들이라는 짐을 수반하고 있다)이고, 둘째는 그런 남자들의 아들(하지만 상속받은 것은 부부의 공동재산이 될 수 없다)이며, 셋째는 자기 자신의 힘으로 부를 축적하는 남자들, 즉 결혼생활 중에 공동재산의 부를 축적할 수 있는 열정이 있는 남자들이다. 하이랜드 파크와 SMU 미식축구팀의 전설적인 스콧 페니는 그녀가 찾던 바로 그런 종류의 남자였다. 댈러스보다 미식축구의 전설적인 인물이 되기에 더 좋은 곳은 어디에도 없었다. 그것은 이의를 제기할 수 없을 정도로 확실한 성공의 보증수표 같은 것이었다.

레베카 개릿은 그녀의 미모를 스콧 페니에게 걸었다.

그때는 그를 사랑했었다. 그가 만약 고등학교 미식축구나 가르치며 교외 지역의 작은 집에서 살기 원했다면 그와 결혼하지 않았을 것이다. 그녀는 그녀의 사랑과 그의 야망을 따로 생각할 수 없었다. 그는 그녀가 원하는 것을 같이 원했고, 그 또한 그녀가 원하는 그 소망을 가지고 있었기 때문에 그를 사랑했다. 그들은 천생연분이었다. 결혼해서 하이랜드 파크의 작은 50만 달러짜리 집을 얻어 살기 시작했다. 스콧은 톰 디브렐의 변호사가 되고 그녀는 하이랜드 파크에서 제일 아름다운 여성이 되었다.

스콧 페니라는 차를 타고 가는 여행길의 초창기 시절은 정확히 그녀가 원하는 삶 그대로였다. 그들은 무엇이든 구매를 하여 소유했고, 외부로 진출하여 발전을 거듭했다. 스콧은 포드 스티븐스에서 가족의 부를 위해 노력했고, 그녀는 상류사회 모임에 가입하여 사회적 비용을 지불했다. 성공은 성공을 낳았다. 그것이 그의 성공이든 그녀의 성공이든 말이다. 그들은 곧 하이랜드 파크의 꼭대기 자리에 함께했다. 전도유망한 커플이었다. 젊고 아름다우며, 똑똑하고 성공한 SMU의 전설이자 SMU에서 가장 아름다운 여자였다. 그들은 모든 이의 부러움을 샀으며 남자들은 그녀를 원했고 여자들은 그를 원했다. 하지만 그들은 성적인 에너지를 서로에게만 사용했다. 성공은 그녀를 흥분시켰고 그녀는 그를 흥분시켰다. 그녀의 남편은 식을 줄 모르는 뜨거운 열정으로 그녀를 원했고 삶 자체보다도 그녀를 원했다. 그것은 절대로 없어지지도 않고, 잃어버리지도 않을 필요였다. 성공과 섹스로 이루어진 레베카 페니의 삶은 완벽했고 나날이 더 나아지고 있었다.

그녀가 임신하기 전까지는 그랬다.

임신 사실은 엄청난 충격으로 다가왔다. 엄마가 된다는 것은 그녀의 예정에 있던 일이 아니었다. 점차 배가 불러오면서 탈색된 고래처럼 몸이 부풀어 오를 때까지 그녀는 아무것도 하지 못하고 충격에 휩싸여 속수무책으로 자신의 몸을 바라보고 있을 수밖에 없었다. 예전에 그녀는 거울을 지나칠 때마다 자신의 몸을 즐겨 보았다. 하지만 임신한 후에는 자신의 몸을 마주하길 꺼려했다. 레베카 페니는 미니밴을 몰고 아이들을 축구경기에 데려다주는 엄마가 아니었다. 그녀는 검정색 메르세데스 쿠페를 탄 잘빠진 백인 여성이었다! 사실 그 차를 타고 몇 번이나 해리 하인스의 병원에 가서 낙태를 하려고 한 적이 있었다. 아이를 잃은 것을 유산된 탓으로 돌려 버리려고 했다. 정치적으로 보수적인 하이랜드 파크에서는 낙태라는 것은 있을 수 없는 일이었기 때문이다.

하지만 스콧이 아이를 원했다.

그는 페니의 아이가 태어날 것이라며 온 동네를 떠들고 다녔다. 남자들은 스콧 주니어가 15년 후 하이랜드 파크 고등학교에서 미식축구 첫 데뷔를 하는 상상을 했고, 여자들은 레베카에게 유아용 선물을 주면서 그녀가 걷게 될 '엄마 노릇'이라는 내리막길에 위안을 주려고 했다. 임신 소식에 이 정도의 관심이라면 유산이라는 것은 레베카 페니에게 실패나 다름없었다. 그리고 실패라는 것은 하이랜드 파크에서 사회적으로 용납할 수 없는 것이었다. 그래서 그녀는 피할 수 없는 사실에 체념을 하고 완벽한 예비 엄마가 되었다. 유기농 음식만을 먹으며 카페인이나 술을 금하였고 매일 수영장에서 운동하며 몸이 불어나는 것을 보고 행복한 척 연기해야만 했다.

하지만 스콧 주니어는 부우라는 이름의 여자아이였다. 스콧을 제외한 하이랜드 파크의 모든 주민이 실망을 금치 못했다. 스콧은 상관하지 않았다. 신생아실 창문을 사이에 두고 딸을 바라보는 그는 마치 첫눈에 반한 사람 같았다. 레베카는 자신의 자리가 빼앗겼다고 생각했다.

섹스도 예전과 판이하게 달라져 버렸다.

레베카 페니는 삶 자체보다 그녀를 더 필요로 하는 남자가 필요했다. 스콧 페니는 더 이상 그런 남자가 아니었다. 하지만 그녀에게는 필요한 삶을 제공할 수 있는 남자도 필요했고 스콧 페니는 아직 그런 남자였다. 그는 소녀시절부터 꿈꿔 왔던 하이랜드 파크의 맨션을 주었고 이런 집은 레베카 페니가 하이랜드 파크에 소속되어 있다는 사실을 더욱 견고하게 해 주었다. 그녀의 삶은 완벽했고 이보다 더 좋을 수는 없었다.

이제 나빠질 일만 남았다.

이런 생각에 지난 몇 주 동안 그녀는 계속해서 걱정했다. 자신의 삶은 이제 더 나빠지는 길에 들어선 것인가? 이 운행의 속도가 점점 줄어드는 것인가, 아니면 이제 종착점에 다다른 것인가. 그녀는 스콧 페니라는 차의 운행이 평생 지속되기를 바라고 소망하며 기도했다. 하지만 남자들이란 알다가도 모를 존재였다. 좋은 것을 망쳐 버리는 방법을 잘도 찾아내곤 하기 때문이다.

스콧 페니도 그럴 것인가?

다른 하이랜드 파크의 남자들은 확실히 그랬다. 그들은 더 어린 여자를 갖기 위해 레베카가 알고 있던 나이 많은 여성들, 그들의 아내를 버렸다. 하지만 버려진 아내들은 50대, 60대 여성들이었고 가족의 부가 만들어져 공동재산의 절반은 안전했다. 레베카는 서른세 살이었고 가족의 부는 아직 만들어지는 단계에 있었다. 은행에 빚이 있었고 그것이 집과 그녀의 삶을 저당잡고 있었다. 스콧이 지금 그녀를 버린다면, 마치 그녀의 아버지가 그녀의 어머니를 버렸을 때 어머니에게 남겨진 것이 아무것도 없었던 것처럼, 그녀가 잡을 것이 아무것도 없을 터였다. 남은 융자를 모두 갚기 전까지는 스콧 페니 호를 계속 타고 있어야 했다.

그녀는 자신의 미모를 스콧 페니에게 걸었다. 만약 이 도박이 실패한다면 어떻게 되는 걸까?

그녀가 스콧 페니의 아내가 되어 처음으로 다른 나이 많은 변호사 부인들의 집에 갔을 때, 그녀는 그들이 소유한 물건들을 보며 감탄했다. 자신도 그들이 가지고 있던 것들, 돈으로 살 수 있는 모든 것을 소유하고 싶었다. 요즘 들어서야 자신이 그들의 소유물을 갈망할 때 그들은 자신의 젊음과 아름다움을 갈망하고 있었다는 사실을 깨달았다. 그들은 그들의 남편을 지키기 위해 젊음과 아름다움을 필요로 했다. 하지만 돈으로는 젊음과 아름다움을 살 수 없었다. 지방흡입과 가슴 수술, 안면 성형수술을 하며 노력은 했었다. 실력 있는 의사들이 도움은 되기는 했지만, 50세의 여성을 25세로 보이게 할 수는 없었다. 결국 그들은 남편을 더 어린 여자에게 뺏기고 말았다.

　이제 하이랜드 파크에서는 나이가 꽤 있는 편인 33세의 레베카가 수영장에 있는 금발 여성들을 지켜보면서 그들의 두려움을 이해했다 — *저들은 도대체 몇 살일까? 스물둘? 스물셋?* — 자신의 남편에게 유혹의 눈짓을 보내는 저 금발의 여자는 그녀의 변호사를 얻으려고 경쟁하며 레베카가 소유한 것을 가지기 위해 그녀의 미모를 이용할 준비가 기꺼이 되어 있었다. 맨션 안에는 언제든 레베카의 자리를 빼앗아 갈 준비가 되어 있는, 더 예쁘고 어리며 날씬한 여자들이 있었다. 레베카 페니는 여전히 무척이나 아름다웠고 하이랜드 파크에서 자타공인 제일 아름다운 여자였다. 그녀는 남편을 지키기 위해 스물두세 살의 여성과 경쟁할 수도 있었다. 하지만 이런 그녀에게도 그날이 오리라는 것은 그녀도 이미 알고 있었다. 레베카 페니는 하루하루 갈수록 더 늙어 갔고, 또 하루가 지날수록 아름다움이 사라져 갔다.

　만약 그녀가 수영장에 있는 저 여자에게 스콧을 빼앗긴다면 — 그리고 매년 독립기념일 수영장에는 여자가 있을 것인데 — 아직 가족의 부가 완성되기 전이고 그녀의 공동재산인 절반이 안전하게 확보되기 전이라면, 그녀가 새 남편을 고를 수 있는 선택권은 하나밖에 없게 될 것이다. 쉰 살이나 쉰다섯, 아니면 예순 살의 남자를 새 남편으로 고를 수밖에 없을 것이다. 예순 살의 남자가 그녀 위에 올라타 있는 상상은 그녀를 몸서리치게 했다. 재력만 충분하다면 남자는 언제나 20년, 30년이나 더 젊은 여자를 새 아내로 맞이할 수 있을 것이다. 하지만 여자들은? 그녀는 그녀 또래의 남자는 생각도 할 수 없을 것이다. 30대, 40대 남자들은 저 금발의 여자처럼 20대의 여자를 찾았다.

그렇다. 모든 여자의 인생에는 언제나 다른 여자가 있다. 하지만 레베카 페니의 경우는 조금 달랐다. 그녀의 인생에 다른 여자, 남편을 빼앗아 가려는 그 다른 여자는, 그래서 집과 지위, 소유 등 그녀가 가진 모든 것을 빼앗아 갈 것 같은 두려움을 안기는 그 다른 여자는, 가슴이 크고 빵빵한 엉덩이를 가진 저 스물두 살짜리 금발머리의 여자가 아니라, 상원의원의 아들을 살해한 혐의로 기소되어 있는 흑인 성매매여성이었다.

"난 어른이 되면 창녀가 될 거예요."

콘수엘라가 부엌에서 비명을 질렀고 스콧은 파티에서 남은 훈제 가슴살을 입에 가득 넣고 있다가 사레 걸릴 뻔했고 레베카는 식탁 너머에서 그를 쏘아보았다. 그는 방금 저녁 식탁에서 미래에 가지게 될 직업을 선포한 부우를 향해 돌아보았다.

"뭐라고?"

"맞아요." 그녀가 훈제 갈비를 뜯으며 말했다. "남자들이 파슈매 엄마랑 같이 있으려고 한 시간에 200달러나 낸대. 그 손님이 밤새 같이 있고 싶으면 1,000달러래."

스콧은 무미건조한 표정으로 고개를 끄덕이고 있는 파슈매를 쳐다보았다.

"저것 봐, 스콧." 레베카가 말했다. "당신의 그 작은 사회적 실험이 벌써 우리 딸을 세속적으로 만들고 있어."

"레베카, 쟤는 자기가 무슨 말을 하는지조차 알지 못해." 그러곤 그가 부우에게 말했다. "그 손님들과 파수매 엄마는 뭘 한대?"

부우는 입에 감자 샐러드를 잔뜩 넣고는 말했다. "음…… 주로 텔레비전도 보고 팝콘도 먹고. 근데 손님이 가끔 간음하고 싶어 한대."

레베카는 포크와 나이프를 떨어뜨렸다. "오, 정말 믿을 수 없네!"

스콧은 차분히 물었다. "그래서 그건 어떤 건데?"

부우가 말했다. "음, 고무장화만 신으면 괜찮대. 근데 만약에 비가 오지 않는다면 도대체 왜 장화를 신어야 되는지 모르겠네*."

부우는 대답을 듣기 위해 파수매를 보았지만, 파수매는 어깨를 으쓱하며 고개를 가로젓고는 갈비를 뜯을 뿐이었다.

"그래? 너희 엄마가 그렇게 말해 줬어, 파수매?"

파수매는 음식을 먹느라 정신이 없었지만 대답했다. "네, 엄마가 그렇게 말했어요. 엄마는 또 만약 대통령이 백악관에서

* rubbers: '장화'라는 뜻도 있고 '콘돔'의 속어이기도 함.

구강섹스에 관한 책을 써서 1,000만 달러를 벌 수 있다면 엄마는 해리 하인스에서 똑같이 해서 100달러를 벌 수 있다고 말했어요." 파슈매는 접시에서 눈을 떼고서 말했다. "엄마가 아파서 약 먹을 때마다 얘기를 많이 해요······. 잠들 때까지요."

부우가 파슈매를 바라보았다. "구강섹스가 뭐야?"

샤완다는 뼈까지 핥아먹고는 입술을 닦았다. 그녀는 큰 다갈색 눈으로 바비를 바라보고는 미소 지으며 말했다. "맛있네요."

바비는 스콧의 파티에서 남은 훈제 갈비를 또 건넸다. 그는 갈비 12개와 코울슬로와 삶은 콩 그리고 맥주 두 캔을 들고 왔다. 다만 맥주는 연방구치소에 가지고 들어가지 못하는 걸 알고 있어 오는 길에 마셔 버렸다. 샤완다가 음식을 먹기 전에 그는 파티에 대해서 그리고 파슈매가 얼마나 예뻤는지에 대해 이야기해 주었다.

그녀가 말했다. "헤린 씨, 지난 달 동안 나에게 음식을 몇 번이나 가져다주었죠? 대여섯 번이었나요?"

"일곱 번이었어요. 하지만 셀 필요는 없어요. 그리고 스콧에게는 비밀이에요."

"왜 제게 잘해 주는 거죠? 왜 여기로 오는 거예요?"

바비는 어깨를 으쓱해 보였다. "뭐, 제 의뢰인이나······ 다름없으니까요."

그녀는 마치 그의 얼굴에서 미래를 읽으려는 점쟁이처럼 그를 바라보더니 말했다. "같이 먹을 사람이 없는 거죠?"

바비는 앞에 놓인 일회용 접시를 내려다보았다. "네."

"그래요, 당신은 엄청 착해요. 제게 좋은 음식도 가져다주고…… 근데 그 조그만 물고기들 있는 피자는 빼고……."

"멸치예요."

"네, 그거요." 그녀는 코울슬로를 삼키고는 말했다. "헤린 씨, 정말 죄송해요."

"뭐가요?"

"당신이 흙수저인…… 변호사에 불과하다고 생각해서요."

바비는 어깨를 으쓱해 보였다. "괜찮아요, 저도 제 자신이 그렇다고 생각하니까요."

"당신이 돈이 없는 이유는 모두 보살펴 주니까 그런 거예요. 속에는 저 같은 사람들을 위한 따뜻한 마음씨가 있잖아요. 돈을 받지 않고도 일을 하고……. 당신이 가난한 변호사인 이유가 그거예요. 모든 사람에게 공짜로 선물을 준다면 돈을 벌 수 없죠. 저는 어떨까요, 저도 그랬을까요? 아닐 거예요, 헤린 씨. 그건 그냥 나쁜 비즈니스일 뿐이에요. 페니 씨는 부자들만 상대로 일을 하기 때문에 돈이 많은 거예요."

"예전에는 따뜻한 마음씨가 있었는데."

"그래서 제가 재판관님에게 페니 씨가 제 변호사가 됐으면 좋겠다고 말한 거에 대해서 화나신 거 아니죠?"

"아니요, 화 안 났어요. 샤완다, 당신에게는 스콧이 필요해
요. 저보다 훨씬 더 좋은 변호사예요."

"어쩌면 당신이 그의 따뜻한 마음씨를 돌아오게 할 수도
있겠네요. 저를 좀 더 걱정해 줄 수도…… 어쩌면…….."

"네, 어쩌면."

하이랜드 파크의 컨트리클럽 클럽하우스는 댈러스에서나
하이랜드 파크 안에서조차 제일 비싼 건물이 아니었음에도 불구
하고 들어가기는 가장 힘들었다. 이 클럽이 고급 상류층 사람들
의 모임이라고 말하는 건 마이클 조던이 꽤 괜찮은 농구선수였
다고 말하는 것과 같은 의미였다. 이 모임의 가입조건은 돈을
내는 것이 아니었다. 이 모임의 멤버가 되기 위해선 타고나거나
결혼으로 조건을 이뤄야만 했다. 아니면 미국의 의사협회가 항
문학 의사로 증명할 수 있을 만큼 도시의 중요한 엉덩이들에게
키스를 하는 방법이 있었다. 스콧 페니는 후자의 방법을 택했다.
그가 그 지역의 전설적인 미식축구 선수였으며 톰 디브렐의 변
호사였기 때문에 있을 수 있는 혜택이었다.

스콧은 출입구에 레인지로버를 세웠다. 시동을 끄기 전에
주차요원이 문을 열어 주었다. 스콧은 주차요원에게 20달러를
쥐어 준 후 클럽하우스로 가족과 함께 들어섰다. 부우와 파슈매
는 폴짝폴짝 뛰면서 어린 소녀답게 깔깔거리며 웃었다. 스콧은
그 모습을 보며 미소 지었지만 레베카는 웃지 않았다.

지금과 같이 최상의 기분이 아닌 경우에도 레베카 페니는 여전히 하이랜드 파크에서 제일 아름다운 여성이었다. 스콧의 감정은 매우 고양되었다. 훤칠한 키의 전 SMU 미식축구 전설이자 이제 변호사로 성공한 자신이, 아름다운 여성을 에스코트하며 이 자리에 들어선 것이다. 몸매가 돋보이는 원피스를 입은, 전 SMU 치어리더 출신의 레베카 페니. 그녀를 비밀스럽게 훑어보며 쭈글쭈글한 공룡 같은 아내가 아닌, 그녀와 함께 집으로 돌아가고 싶어 하는 뭇 남성들의 눈빛을 보면서, 스콧은 자신의 배우자와 함께 클럽하우스 안으로 들어가는 것에 엄청난 자부심을 느꼈다. 그날 밤 엄청나게 화가 나 있었기는 했지만 레베카 페니는 아직 스콧 페니의 완벽한 삶의 일부분이었다.

"크게 실수하는 거야." 그녀는 이를 앙다문 채 말했다.

"당신은 걱정이 너무 많아. 불꽃놀이를 보러 온 거뿐이야. 아무도 이 어린 흑인 소녀에게 관심 가지지 않을 거야."

"그래? 여기 여자들은 다른 여자들의 가슴이 1인치 더 큰지, 엉덩이가 1인치 더 작은지 알아차리는 사람들이에요. 그들에게 이 아이에 대해 어떻게 설명하란 말이에요? 딱 봐도 여기 멤버의 아이는 아니잖아요!"

컨트리클럽은 일 년에 두 번, 멤버들의 자녀를 들여보냈다. 산타클로스와 함께하는 크리스마스 파티와 독립기념일에 있는 불꽃놀이 행사 때였다. 이 두 번 외에는 아이들은 출입금지였다. 그렇다고 이곳에 아이들이 들어오고 싶어 하는 건 아니었다. 회원들의 평균 나이는 74세였다. 스콧과 레베카는 회원들 중 어린 축에 속했다. 어리다고 하면 60세 이하였다. 클럽하우스 내부의 장식품들도 마찬가지였다. 1952년에 만들어진 제품인데도 굉장히 세련되었다. 지난 50년 동안 유일하게 새로 들인 물건이라고는 남자들이 고기를 굽는 공간에 둔 대형 텔레비전뿐이었다. 회원들은 클럽을 좀 더 세련되게 할 필요를 느끼지 못했다. 74세 회원들에게 변화는 좋은 것이라고 설득하는 것은 말이 되지 않는 것이었다. 그 나이대 사람들에게 변화는 나쁜 것일 뿐이었다. 변화로서 그들이 다시 젊어질 수 있는 길은 없었다.

그래서 이 두 번의 연중행사 말고는 아이들이 컨트리클럽에 있을 일은 없었다. 도우미들과 캐디를 제외하고는 흑인들도 없었다. 멕시코계도, 불평등폐지법에 따라 자격을 부여받을 수 있는 어느 누구도 없었다. 유대인도 없었다. 예수쟁이인 침례교 회원들이 젤 립쉬 병원에서 치료받을 수 있고, 그들의 부인들이 니만 마커스에서 쇼핑할 수는 있어도 컨트리클럽에 출입할 수는 없었다. 문자화되어 있는 효력 있는 정책은 없었지만—그런 걸 적는 사람도 없었지만—경찰관에게 욕을 하면 안 된다는 것을 알듯이 그냥 아는 것이었다, 그것이 법으로 되어 있지 않아도 무모하게 운전하면 딱지를 끊기는 일과 마찬가지였다.

페니 가족은 클럽하우스로 들어가서 복도를 따라 쭈욱 걸어갔다. 캐틀 바론스 무도회의 차기 여성위원장으로 유력한 레베카를 축하하는 쭈글쭈글한 공룡들 때문에 잠시 지체는 있었다. 그 여자들이 파슈매를 바라보자 레베카는 "걔는 주니어 리그 프로젝트의 일부분이에요!"하고 소리쳤다. 그러고 나서 그들은 후문을 나서서 18번 홀 뒤쪽에 클럽 회원들이 불꽃놀이를 즐길 수 있도록 의자가 비치된 언덕으로 향했다.

그들은 10억 달러를 번다고 으스대는 노인들 옆에 있는 빈자리 네 개를 발견했다. 그들은 파슈매의 존재에 눈 하나 깜짝하지 않았다. 어쩌면 주변이 어두워 그녀가 보이지 않았을 수도 있다. 아이들이 앞쪽에 앉았고 스콧과 레베카는 그 바로 뒤에 앉았다. 스콧은 레베카 쪽으로 기대었다.

"봤지, 아무도 상관하지 않잖아."

그들은 가만히 앉아 댈러스 시내의 화려한 야경을 보며 여름밤을 즐겼다. 소녀들은 서로 가까이 웅크리고 앉아 귓속말로 소곤댔다. 그러다 첫 번째 불꽃이 *쿵!* 하며 터지자 갑자기 파슈매가 의자에서 반사적으로 튕겨지듯 일어나 공격을 피하는 군인처럼 바닥에 엎드려 누웠다. 스콧은 그녀에게로 뛰어갔다.

"파슈매! 왜 그러니?"

"페니 아저씨, 엎드려요! 총격이에요!"

파슈매의 말에 근처에 있던 아이들이 웃었다. 아이들의 웃음소리에 스콧 페니는 불현듯 어릴 적 안 좋은 기억들이 떠올랐다. 동네에 못사는 아이로 있었던 그 시절 ─"스콧, 엄마랑 옷 어디서 사는 거야? *시어스?*" 그 비아냥거림은 경기 전에 올라가는 혈압수준만큼 그의 피를 끓게 했다. 하이랜드 파크의 아이들은 친구들 중 제일 가난한 아이들을 비웃음거리로 삼는 것을 즐겨했다. 가장 최근에 있었던 일은 작년 텍사스 경기장에서 노동자들로 꾸려진 팀과 치렀던 플레이오프 경기 때였다. 하이랜드 파크의 아이들은 "차가운 현금 대 백인 쓰레기!"라고 외치며 그들 아빠의 고급 관람석에서 달러 지폐를 상대편 선수들에게 던졌다. 스콧은 이 건방진 자식들을 째려보며 그들을 아홉 번째 페어웨이로 날려 버리고 싶은 생각을 억눌렀다. 댈러스 최고 부자들의 상속자를 때리는 건 그의 법조 비즈니스에 도움이 될 만한 일이 아니었기 때문이었다. 그는 대신에 파슈매를 일으켜 세웠다.

"애야, 괜찮아. 하이랜드 파크에서는 거리에서 총격이 일어나지 않아. 불꽃놀이일 뿐이야."

파슈매가 일어나서 주위를 살펴보고는 말했다. "아……."
스콧은 파슈매가 자리로 돌아가는 걸 도운 후 그 뒤편에 앉았다. 노인들이 이제야 파슈매를 유심히 바라보고 있었다.

레베카는 한숨을 쉬고는 말했다. "클럽 신문에 대문짝만하게 실리겠네."

13

바비가 좋아하는 다운타운 클럽의 웨이터 카르로스 에르난데스는 독립기념일에 체포되었다. 그는 댈러스 동부의 한 파티에서 폭죽 몇 개로 불꽃놀이를 했다. 댈러스 시내에서는 폭죽을 소지하는 것조차도 불법이었다. 하지만 카르로스는 코카인과 마리화나까지 소지하고 있었다. 시내에서의 폭죽에 관한 법규는 물론이고 그 밖에 다른 문제되는 것에 대해서도 아무런 생각이 없던 것이다. 그는 그랜드 애비뉴 한복판에서 술과 마약에 취한 채 지나가는 차들을 향해 폭죽을 날렸다. 댈러스 경찰 순찰차가 지나갈 때 카르로스는 한 경찰관의 무릎 위로 폭죽을 명중시켰다. 카르로스는 폭죽 17개와 로마 양초 50개, 코카인 10그램 그리고 대마초 두 봉지를 소지하여 체포되었다. 연방법 위반 전과

가 있었던 카르로스는 바로 연방으로 넘겨졌다. 그는 배포할 의
도의 소지 — 폭죽이 아닌 마약 — 혐의로 기소되었다. 카르로스
는 5년의 전과사실 때문에 이번엔 최소 10년에서 종신까지 연방
교도소 수감이 예상되었다.

　이 일 때문에 바비는 4일 후 시내로 나가야 했다. 카르로스
의 어머니가 착수금으로 100달러, 그리고 한 달에 100달러씩 총
500달러의 비용으로 카르로스를 변호해 달라고 바비에게 의뢰
했다. 바비는 연방건물에서 여섯 블록 떨어진 곳에 차를 세웠다.
주차비도 아끼고 담배도 한 대 더 피울 겸 해서였다. 3층에 위
치한 미합중국 검사의 사무실에 도착했을 때는 땀과 담배연기
냄새를 풍겼다. 접수대에 이름과 방문 목적을 대고 나서 대기실
에 앉았다. 그는 카르로스의 기소를 담당할 검사보에게 유죄답
변 협상을 하려고 왔다. 그는 레이 번스가 나오자 놀란 표정을
감추려고 노력했다.

　"바비!" 번스는 그날 아침에 바비를 보며 지구상에 있는 사
람들 중에 어느 누구보다 행복한 듯 함박웃음을 지어 보였다.

　"반갑네, 친구."

　"레이."

　레이는 냄새를 맡고 바비를 이상하게 쳐다보았다.

　"오다가 스컹크라도 치어 죽였나?"

　"카르로스 사건 담당이 자네인가?"

　"그래. 이상한 우연이지, 안 그래?" 그는 새로운 절친의 어

깨를 때렸다. "바비, 뒤쪽으로 와 보게. 자네 친구 카르로스에 대해 이야기해 보자고."

레이의 상냥한 기질이 되려 바비의 속을 뒤틀리게 했다. 레이 번스가 이 사건도 맡았다는 사실이 엄청난 우연이라 여겨졌다. 그는 레이를 따라 그의 사무실로 들어갔다. 평범한 사무실이었지만 바비의 사무실에 비하면 사치스러운 편이었다. 가죽 의자와 목재 데스크, 손님용 의자 두 개가 놓여 있었고, 벽은 한국 도넛을 망친 이유로 진진이 주우 찬에게 욕하는 걸 듣지 않아도 될 만큼 두꺼워 보였다. 벽에는 레이의 각종 졸업장과 학위증명서, 자격증 그리고 주요 정치인들의 사진이 걸려 있었다. 레이는 바비에게 의자에 앉으라고 손짓했고 자신은 자기 자리에 앉아 의자에 등을 기댔다. 그러곤 말했다. "카르로스는 2년 정도 어때?"

"2년? 배포할 의도의 소지죄가 아닌 간단한 소지죄로 줄인다고?"

레이는 친근하게 어깨를 으쓱했다. "그래, 왜 안 될 거 없잖나?"

"왜지?"

두 변호사가 넓은 목재 데스크 너머로 서로를 쳐다보았다. 옅은 미소가 레이의 얼굴에 지나갔고 바비는 레이의 본능이 발동되었다는 것을 알아차렸다.

"레이, 뭘 원하는 거야?"

더 이상의 겉치레는 없었다. "그년의 유죄인정을 원해. 샤완다를 2급 모살로 자백하게 해. 그럼 우리는 40년 형으로 조치를 취해 보지."

"40년? 그때 나올 때쯤이면 고령자 의료보험을 들어도 될 정도일 거야."

"그럼 30년. 더 이상 밑으론 못 가."

바비는 레이 번스를 연구했다. "레이, 왜 갑자기 마음이 변했지? 자네는 사형시키려고 안달나지 않았었나?"

"아직도 그렇긴 하다네. 사형된다면 내 이력서를 보기 좋게 마무리할 수 있겠지. 하지만 우린 정치적으로 임명된 사람이네. 적어도 연방변호사는 그렇지. 그리고 남은 경력을 110세까지 이 젠장할 어두운 지옥에서 허비하고 싶어 하지 않지. 아마도 캘리포니아를 생각할지도 몰라. 이 사건은 서부행 티켓일지도 몰라."

바비 헤린은 정치적 힘을 쟁취하고자 의뢰인을 돈벌이로 생각하는 변호사가 아니었다. 그래서 레이의 너그러움 뒤에 숨어 있는 동기가 그에게 전해지기까지 잠시 시간이 걸렸다.

"클락의 과거에 대해 알고 있나?" 그가 말했다.

"당연하지."

"그리고 맥콜 상원의원은 그걸 비밀로 하고 싶어 하고."

"빙고. 또다시 정답이네."

"그래서 미합중국 연방 검찰총장에게 전화해서 부탁을 한 건가? 그래서 검찰총장은 댈러스의 연방검사를 불러 작은 부탁을 하고, 그 검사는 다시 상대방에게 자신의 부탁을 들어줄 것을 약속받고 그의 부탁을 들어줄 것이고. 바로 이렇게 어떤 이의 인생이 순식간에 변하는 건가?"

레이는 미소를 지었고 손바닥을 뒤집으며 말했다.

"뭐야, 자네 지금 불평하는 건가? 맥콜의 권위로 당신의 의뢰인들은 이미 좋은 거래의 당사자가 되어 있는 거 아니었나?"

"10년으로 해, 레이. 샤완다 건은 10년으로 하자. 그렇지 않으면 자네 상원의원은 백악관이 날아갈 것이고 자네 보스는 캘리포니아가 날아갈 줄 알라고 말해야 할 거야. 그리고 카르로스의 기소는 없었던 것으로 했으면 하네."

레이는 씨익 웃기만 했다. 그는 정말로 게임을 좋아하는 재수없는 놈이었다. 두 명의 법률가가 누군가의 인생을 좌지우지하고 있던 것이었다. 게임을 좋아하는 것은 변호사에게 있어서 성가신 특성이고 권력을 좋아하는 것은 위험한 특성이었다.

"20년. 20년이면 아주 좋은 거래야, 바비. 자네도 이미 알지 않은가. 하지만 그녀가 이 거래를 거부한다면 난 사형을 밀고 갈 거라네. 알아들었어? 그리고 클락에 관한 정보가 대중에 알려진다면 이 제안은 끝이야. 그러니까 그년이 빨리 동의하게 해."

바비가 일어나 문 쪽으로 걸어가다 다시 돌아왔다.

"레이, 한 가지 더. 내 의뢰인에게 한 번만 더 이년저년 했다가는 맹세코 아구통 날릴 거야."

스콧, 맥콜 사건에 대한 자네의 대답을 빨리 말해 줘.
"스콧, 불렀어요?"
케런 더글러스가 데스크 앞에 서 있었다.
"뭐? 아, 그렇지. 앉아, 케런."
스콧은 머릿속을 떠나지 않는 댄의 목소리를 억지로 뿌리쳤다. 케런은 데스크 건너편에 있는 의자에 앉았고 허벅지를 가리려는 듯 다리를 탁자 밑으로 포개어 넣었다. 그녀는 스물여섯 살이었고 길거리에서 눈에 띌 만큼 아름다웠다. 스콧 아래에서 일하는 어소시에이트 네 명 중에도 제일 어렸다. 라이스대에서 문학과를 수석으로 졸업했고 텍사스 로스쿨을 수석으로 졸업했다. 지식은 많았지만 그 지식을 실무에 적용하는 일에는 힘들어하고 있었다. 스콧은 감독하는 파트너로서 그의 새로운 어소시에이트들에게 로스쿨에서 가르쳐 주지 않는 실무 기술을 가르쳐 줘야 할 것 같은 의무감을 느꼈다. 댄 포드가 스콧에게 그런 실무 기술을 가르쳐 주지 않았다면 그는 오늘날 같은 변호사가 되어 있지 못했을 것이다.
"케런, 아직 같이 일한 지 몇 달 밖에 되진 않았지만 문제가 좀 있는 것 같은데, 내가 틀렸어?"
그녀는 고개를 끄덕였고 스콧은 그녀가 자칫 울음을 터뜨릴까 봐 걱정이 되었다.

"알았어, 문제를 해결할 수 있게 도와줄게. 무엇보다도, 당신의 일하는 시간 말이야. 매달 채워야 하는 할당시간을 단 한 번도 채운 적이 없어. 케런, 다른 어소시에이트들은 그들의 할당량을 *초과*하고 있어."

"하지만 스콧, 한 달에 200시간이요? 하루에 열 시간이요? 솔직히 불가능해요."

"케런, 여긴 신학교가 아니라 로펌이야."

그는 미소 지었지만 그녀는 웃지 않았다.

"업무시간을 채울 수 있는 방법을 가르쳐 줄게. 첫째로 항상 반올림을 해. 20분은 30분으로, 40분은 한 시간, 한 시간 반은 두 시간. 두 번째로 모든 전화통화와 메일 확인은 한 통당 최소 15분이야. 만약 메일 열 개를 읽었다면 하나당 15분으로 쳐서 두 시간 반이야. 난 매일 아침 메일을 읽는 것만으로도 네다섯 시간을 채운다고. 그리고 출장 — 지난 달 샌프란시스코로 시드와 같이 가지 않았나?"

그녀는 고개를 끄덕였다.

"비행시간 넣었어?"

"두 시간이요. 그땐 다른 용무를 보았어요."

"걸린 총 시간이 어떻게 되지?"

"네 시간이요."

"그럼 여덟 시간으로 하지. 샌프란시스코로 의뢰인 보러 가는 데 걸린 네 시간, 그리고 비행기 안에서 용무를 보았던, 의뢰인에게 걸린 시간 네 시간. 봤지? 저번 달 채워 넣지 않은 여섯 시간이야. 모든 변호사가 매달 여섯 시간이나 채우지 못한다면, 케런, 그건 1,200시간이야. 그리고 그건 우리가 30만 달러를 받을 수 없다는 얘기야. 매달. 12개월로 하면 360만 달러. 이게 어떻게 더해지는지 알겠지? 왜 매 시간 시간이 중요한지 알겠지? 그 시간들은 마치 로펌의 재산이나 다름없어, 케런. 그래서 당신의 할당량을 채워 넣지 않으면 맥도날드에서 일하면서 햄버거를 공짜로 나누어 주는 거나 다름없어."

케런은 마치 기숙사파티에서 처음으로 포르노를 보는 듯한 대학생 새내기 같은 표정을 하곤 스콧을 쳐다보았다.

"스콧, 제 시간을 지금 부풀리라는 소리 아닌가요? 이건 반칙 아니에요?"

"로펌 아닌 다른 모든 곳에서는 그렇겠지."

바비가 포드 스티븐스 로비에 들어서자 늘상 웃는 비서가 손을 흔들며 들여보내 주었다. 포드 스티븐스 사무실에 들어갈 때마다 특이한 냄새를 맡을 수 있었다. 마치 장례식장처럼, 시내에 위치한 법률사무실에는 특유의 냄새가 있었다. 하지만 여기서는 포름알데히드 냄새가 아니라 돈 냄새가 풍겼다.

바비는 카펫이 깔린 복도를 지나 스콧의 사무실에 도착했다. 스콧은 자리에 앉아 젊은 여성과 이야기를 나누고 있었다. 그는 바비를 발견하고 들어오라고 손짓했다.

바비가 사무실에 들어서자 젊은 여성도 일어섰다. 그녀가 바비를 향해 얼굴을 돌렸을 때 바비는 그녀의 모습에 넋을 잃었다. 그녀는 무척 매력적이었고 깔끔한 정장 차림을 보아 하니 변호사인 게 분명했다.

"바비, 이쪽은 케런 더글러스. 케런, 바비 헤린이야."

그녀의 눈이 커졌다. "스콧과 함께 샤완다 존스 사건을 맡고 있는 거예요? 굉장히 재밌을 것 같아요. 전 학교 다닐 때 나중에 국선변호인 사무실에서 일할 거라고 생각했거든요."

"하지만 돈은 우리가 더 되지." 스콧이 말했다. 그는 소파를 향해 손짓했다. "바비, 앉아 있어. 곧장 갈게." 그는 두꺼운 서류를 집어 들고 케런을 향해 섰다. "자, 케런, 이제 이해하겠지?"

케런은 한숨을 깊게 쉬고는 고개를 끄덕였다. "아마도요."

"알았어. 또 한 가지 이야기하고 싶었던 건 메모에 관한 거야. 읽어 봤는데 최고였어. 법률을 완벽하게 연구해서 사실에 적용했어. 모든 게 정확했어. 한 가지만 빼고……."

"뭘 빼고요, 스콧?"

"내 질문에 대해서는 답하지 않았어."

"하지만 이 작은 타운이 호텔을 지으려는 디브렐의 요청을 거부한 것에 대해 소를 제기할 수 있을지 물으셨잖아요. 답변은 불가능하다는 거였어요."

스콧은 고개를 저었다. "케런, 나는 디브렐이 타운을 상대로 소를 제기할 수 있을지의 *여부*를 물은 게 아니라 디브렐이 *어떻게* 소를 제기할 수 있을지를 물었어. 우리는 이미 소를 제기하기로 결정을 내린 상태야. 타운이 우리가 원하는 구역개편을 해 주도록 하는 것이 우리 전략의 일부야. 그리고 그들이 이겨 봤자 이 소송에 드는 비용이 얼마인지 변호사에게 듣고 나면 분명 이 도시는 구역재편이 될 거야. 확실해. 내가 원한 것은 우리 소송을 정당화할 수 있는 법적인 지위를 물은 거였어. 할 수 있는지 없는지가 아니라 어떻게 할 수 있는지를 물은 거지."

케런은 신참 변호사가 변호 방법을 배울 때 짓는 특유의 우울한 표정을 지었다.

"전…… 전…… 제대로 이해하지 못했어요, 스콧. 다시 해 볼게요."

"좋아, 케런."

케런이 나가자 스콧이 말했다. "몸매는 좋지만 변호사로서는 성공하지 못할 거야. 근데 무슨 일이야?"

10분 후에 그들은 연방법원으로 출발했다.

"스콧." 바비가 말했다. "20년이면 좋은 거래야. 마약거래자들이 종신형을 받는 것도 봤다고."

하지만 스콧은 의뢰인에게 어떤 것이 이익이 되는지는 생각하지 않았다. 자신에게 이익이 되는 게 무엇인지를 생각했다. 샤완다의 유죄답변 결과가 20년이 될지 30년, 40년이 될지에 대해서는 조금도 관심이 없었다. 그녀가 유죄답변을 한다면 자신은 중대한 결정을 하지 않아도 되었기 때문이다. *스콧, 맥콜 사건에 대한 자네의 대답을 빨리 말해 줘.*

"*20년이요?* 페니 씨, 그때는 파슈매가 스물아홉 살이 될 거예요. 개에 대해 아는 게 아무것도 없어지게 될 거예요. 그 아인 제가 유일하게 가진 것이에요."

샤완다는 그 작은 방 안에서 안절부절못하며 뱅뱅 돌았다.

"이해해요, 샤완다. 하지만 만약 1급 살인으로 유죄평결을 받는다면 당신은 필경 사형일 거예요."

"20년 동안 감옥이에요. 어차피 죽을 거잖아요, 페니 씨. 왜 제 말을 믿지 않죠? 난 하지 않았어요. 난 아무도 죽이지 않았다고요!"

민사소송에서는 판사들이 통상적으로 재판에 들어가기 전에 당사자들의 다툼을 조정하길 명한다. 그 조정은 변호사가 의뢰인에게 이야기하여 의뢰인이 그간 거부하던 결정을 받아들이도록, 지불하기 싫어하던 금액을 내도록, 그리고 끝내지 않으려던 소송을 종결하도록 하는 것이다. 하지만 형사사건을 다루는 법정에서는 법원이 조정을 명령하는 일은 없다. 그 때문에 스콧이 의뢰인을 설득하여 유죄답변 제안을 받아들이도록 하는 유일한 방법은 "샤완다, 제발 잘 생각해 봐요!" 하고 일어서서 소리치는 것밖에 없었다.

그녀는 잠시 멈추었다.

"생각할 것도 없어요, 페니 씨. 전에도 말했듯이 전 유죄답
변 같은 건 하지 않아요!"

레이 번스는 샤완다가 유죄답변 협상을 거부했다는 사실을
전달받고는 기분이 몹시 상했다.

"그 미 —" 레이가 치솟는 감정에 심한 말을 하려다 바비
와 눈이 마주치고는 말을 다시 이어나갔다. "그 여자는 지금 엄
청난 실수를 하고 있는 거야. 그리고 그녀의 변호인들이 만약
클락의 과거를 공개한다면 그녀의 실수보다 더 큰 실수를 하고
있는 것이고."

"10년은 어때?" 스콧이 물었다.

"절대로 안 돼. 우린 머리에 총을 겨누고 뇌를 부셔 버리는
자들에게 10년짜리 거래 따윈 하지 않는다고!"

스콧은 사무실에 돌아와 책상에 앉아서 팔꿈치를 괴고 손
으로 머리를 감싸쥐며 눈을 감았다. 머릿속에 여러 생각과 장면
이 뒤섞였다. 22번 등번호를 달고 경기장을 가로질러 터치다운
을 하는 캠퍼스의 영웅, 스콧 페니…… 큰 침대 위에 함께 잠든
백인 소녀와 흑인 소녀, 같이 머리를 땋고 있는 매끄러운 얼굴
의 소녀들, 벌거벗은 채 화가 잔뜩 나 있지만 아름다운 레베
카…… 구치소에서 딸과 헤로인을 찾으며 홀로 울부짖는 샤완

다…… 스콧이 아직 소년이었을 때 아버지의 역할을 해 주었던 댄 포드. 어떤 아들이 그의 아버지가 부탁한 것을 거절할까? *스콧, 맥콜사건에 대한 자네의 대답을 빨리 말해 줘.* 하지만 스콧에게는 어머니도 있었다. 불현듯 어머니가 자신에게 책을 읽어 주던 장면이 스쳐지나갔다. 눈을 뜨자 댄 포드가 자기 앞에 서 있었다. 대표 변호사가 왜 이곳에 왔는지 알고 있었다.

"그 거래를 거절했다고?"

스콧은 의자에 기대어 앉았다. "소식 참 빨리 퍼지네요."

"연방검사가 맥에게 전화했어. 그리고 맥이 나에게 전화했고."

"그래서 절 보러 오신 거예요? 뭘 얘기하고 싶은 거죠? 더 무거운 똥은 언덕 밑으로 굴러 내려가기 마련이니 던져 버리라는 말씀?"

"뭐, 비슷한 거라고 할 수 있지."

댄은 사무실을 한 바퀴 돌다 벽에 걸린 스콧 페니의 커다란 사진 앞에 멈춰 섰다. SMU 무스탕 팀에서 22번을 달고 텍사스 팀과 경기하던 때의 사진이었다. "193야드[176미터]…… 정말 믿을 수 없군." 그가 말했다. 잠시 동안의 정적이 흐른 후 그는 사진에서 발을 돌려 소파에 앉았다. 잠시 후 그는 스콧을 향해 돌아앉았다.

"스콧, 맥콜 사건에 대한 대답을 원해. 지금 당장."

"댄, 잘 모르겠어요."

"알 필요가 뭐 있어? 맥이 원하는 게 뭔지 알잖아."

"그리고 제 의뢰인이 뭘 원하는 건지도 알고 있어요."

댄이 웃었다. *"자네 의뢰인?* 스콧, 의뢰인들은 우리에게 비용을 지불하지. 존스 부인은 아무것도 지불하지 않아. 반대로 우리가 돈을 쓰게 만들지. 이 회사의 지출이 그녀 때문에 만들어지고 있어. 그리고 그녀는 소모품이기도 하고."

"댄, 전 그녀의 변호인이에요!"

댄이 일어났다. "스콧, 정말로 그녀가 결백하다고 생각하나? 그녀가 클락을 죽이지 않았다고 생각한단 말이야?"

스콧은 고개를 저었다. "아니요."

"그럼 문제가 뭐야?"

"댄, 문제는요, 클락의 과거에 관한 이 증거를 제시하지 않으면 그녀는 죽을 거예요!"

댄은 완전 당황스럽다는 표정을 지었다. 그가 말했다. "그게 어떻게 네 삶에 영향을 준다는 거야?"

그것은 스콧 페니가 포드 스티븐스에 온 날부터 그를 법률 전문가로서의 삶으로 인도하였던 원칙이다. 그것이 그의 삶에 어떤 영향을 줄 것인가? 아니면 좀 더 단도직입적으로 말해 그의 수입에 무슨 영향을 미칠 것인가. 해고당한 변호사, 위기에 처한 의뢰인, 이기고 지는 사건, 제정되거나 폐지되는 법률, 자연재해, 주식시장 폭락, 전쟁, 대통령 선거 등등 어떤 일이라도 그의 삶과 수입에 영향을 미치는 일은 결단코 중요한 일이었다. 그리고 댈러스 남부에서 일어난 또 하나의 조폭 살인사건 같은, 그의 삶과 수입에 영향을 미치지 않는 일은 중요하지 않고 무관한 일이었다. 20만 달러짜리 자동차를 몰아 350만 달러짜리 맨션을 향해 가는 지금, 스콧은 생각했다. 샤완다 존스가 사형에 처해지는 것이 자신의 삶과 수입에 어떤 영향을 미칠 것인가?

답은 분명했다. 전혀 영향을 미칠 수 없는 일이었다. 그녀의 유죄평결이 있는 그다음 날이면 그는 다시 자리로 돌아와 돈 많은 의뢰인들이 돈을 더 줄 수 있도록 일하고, 75만 달러의 연봉을 집으로 가져갈 것이다. 그리고 사형이 집행되는 날도, 그다음 날도 아무런 변함이 없을 것이다. 그녀는 금세 과거의 일부분이 되어 버릴 것이다. 1년 후에는 그녀의 이름조차 기억하지 못하게 될 것이다.

스콧은 늘 댄 포드의 조언을 따랐다. 그리고 지금 그는 댄의 조언을 따라야 한다는 것을 알고 있었다. 헤로인에 중독된 샤완다의 무기력한 삶은 그의 삶에 중요하지 않고 무관하며, 하찮은 것이라고 결단 내려야 한다. 그가 패소했던 다른 재판들에서 그의 의뢰인에게 한 것처럼 그녀의 재판에서 지고 그다음의 일로 옮겨 가야 한다. 스콧 페니도 모든 재판에서 이길 수는 없다. 가끔씩 패소하게 되는 경우 그는 며칠 동안 우울해하며 재판장과 배심원들을 저주했다. 하지만 일단 그의 의뢰인이 마지막으로 비용을 완불하고 수표가 지불처리 되기만 하면, 그는 그

일을 잊어버리고 다른 일로 넘어갔다.

하지만 이번엔 뭔가 달랐다.

스콧 페니는 단 하나의 사건도 미리 포기해 버린 적이 없었
다. 대회도, 게임도 그랬다. 그는 항상 이기기 위해 게임했다.
그가 했던 모든 게임 — 미식축구, 골프, 변호 — 을 그의 남성성
에 대한 테스트로 여겼다. 그래서 그는 모든 게임을 이기기 위
해 경주했다. 모든 것을 쏟아붓고, 모든 수단을 동원하며 어떤
대가를 치르더라도 승리하라. 그것이 그를 승자로 만들었다. 몸
속의 모든 세포들이 이기고 싶어 하는 그의 욕구에 스며들어 갔
다. 그 욕구가 그를 동네의 가난한 아이에서부터 하이랜드 파크
중심의 베벌리 가에 있는 맨션의 주인으로 만들어 준 것이었다.
하지만 댄 포드는 지금 지기 위한 게임을 하라고 하고 있었다.
스콧 페니는 지기 위한 게임을 하고도 승리자가 될 수 있을까?

이런 생각이 집에 도착할 때까지 그를 괴롭혔다. 하지만 맨
션 뒤쪽에 있는 차고에 차를 주차하고 난 후 더 괴로운 생각이
그의 머릿속에 침투했다. 샤완다의 죽음이 파슈매의 삶에 어떤
영향을 미칠 것인가?

스콧은 아이들과 함께 침대에서 자기 전에 기도를 하고 편
안하게 이불을 덮어 주고는 나가려고 일어섰다. 하지만 파슈매
에게 물어볼 것이 있었다.

"파슈매, 네 엄마가 누군가를 다치게 할 수 있을 거라고 생

각하니?"

"아뇨, 페니 아저씨. 엄마는 따뜻한 마음씨를 가지고 있어요. 하지만 문제는 엄마가 자기 자신에게는 그런 마음씨를 충분히 사용하지 않는다는 거예요. 엄마는 제게 자신을 사랑하라고 항상 말하지만 엄마는 엄마를 사랑하지 않아요. 저희 아빠가 엄마를 그렇게 만들었어요. 때리고 아프게 했어요. 그러니까 엄마를 나무라지 마세요, 페니 아저씨. 엄마의 잘못이 아니에요."

그러고는 큰 다갈색 눈을 스콧을 향해 돌리곤 물었다.

"페니 아저씨, 경찰 아저씨들이 저희 엄마도 죽일 건가요?"

14

피고인의 사형집행은 미국 수정헌법 제8조의 시민권을
침해하는 것이므로……

피고인은 파슈매의 어머니. 사형집행. 젠장.

파슈매는 수영장에서 부우와 함께 놀고 있었다. 그들은 수
심이 얕은 반대편 가장자리에 서서 수심이 깊은 중앙부분을 사
이에 두고 서로 원반을 주고받으며 놀았다. 스콧은 테라스에 앉
아 클라 맥콜을 살해한 혐의로 유죄평결이 나더라도 사형이 선
고되어서는 안 된다는 바비의 변론요지서를 읽어 내려갔다.

일요일 오후, 하이랜드 파크는 태양의 열기로 타는 듯이 뜨
거웠다. 아이들은 수영장 안에서 시원하게 물놀이를 즐겼고 스
콧은 테라스의 어닝 아래에서 땀을 뻘뻘 흘리고 있었다. 레베카

258

는 에어컨이 있는 지하 헬스장에서 편안하게 러닝머신 위를 달리고 있었다. 콘수엘라는 리틀 멕시코에서 에스테반 가르시아에게 구애를 받고 있었다. 스콧은 그날 아침 댈러스 시내의 북쪽 경계선에 위치한 샌투아리오 데 과달루페 성당에 콘수엘라를 데려다주었다. 그곳은 리틀 멕시코의 남쪽 경계선이기도 했다. 에스테반은 빳빳한 긴팔 흰색 셔츠와 검정색 바지, 그리고 검정색 부츠 차림으로 길가에서 콘수엘라를 기다리고 있었다. 면도도 깔끔히 하고 머리도 단정하게 빗어 넘겨 얼굴도 말끔했다. 그는 마치 멕시코계 투우사 같았다. 콘수엘라가 페라리에서 내리자 손을 잡아 도와주며 마치 공주님처럼 반겼다. 그녀는 돌아서서 스콧에게 작별 인사를 하고 마치 사랑에 빠진 십 대들처럼 성당으로 걸어 들어갔다. 그녀의 갈색 피부가 빛이 났다.

백인 스콧의 얼굴엔 근심이 가득했다.

스콧, 맥콜 사건에 대한 대답을 원해. 지금 당장.

맥콜에게 싫다고 말한다면 어떻게 될까? *톰 디브렐의 변호사인 스콧 페니*에게 맥 맥콜이 과연 뭘 어떻게 할 수 있을까? 맥콜이 텍사스의 상원의원이고 과거 댄 포드와 의형제였을지는 몰라도 포드 스티븐스 로펌에 비용을 지불하는 사람은 아니었다. 그렇게 보자면 맥콜에게 싫다고 말하는 것이 회사에 해가 되는 일은 아니었다. 물론 회사에게 도움이 되는 일도 아니지만 여전히 해를 가하는 일도, 몹쓸 행동도 아닌 것에는 변함이 없다. 먼 훗날 맥콜이 스콧 페니가 연방법원 판사가 되는 것을 막을 수는 있을 것이다. 하지만 그것은 스콧에게 문제되지 않았다. 자신의 연봉을 10만 6,200달러짜리로 만들고 싶은 마음이 전혀 없었기 때문이다. 맥콜에게 거부의사를 나타내는 일이 그저 미국 상원의원에게 노여움을 사는 일에 지나지 않는다면 스콧은 괜찮았다.

하지만 화가 난 대표 변호사와 잘 지낼 수 있을지는 의문이었다.

댄 포드는 스콧의 거부의사를 어떻게 생각할까? 댄에게 싫다고 말하는 것은 스콧에게는 새로운 세계를 여는 것이었다. 그는 댄에게 단 한 번도 싫다고 한 적이 없었고 싫다고 말하려는 생각조차 한 적이 없었다. 댄은 대통령의 변호사가 되고 싶어 했다. 그러기 위해서는 맥 맥콜이 대통령으로 뽑혀야 하고 이를 위해서는 스콧 페니가 클락 맥콜의 과거를 숨겨 주어야 한다. 스콧의 '알겠다'는 한마디가 필요했다.

스콧이 싫다고 말한다면 댄이 매우 언짢아 할 게 분명했다.

하지만 스콧은 회사에 매년 300만 달러 넘게 벌어다 주어 댄을 기쁘게 했다. 만약 스콧이 올해에는 회사로부터 400만 달러를 올려 받겠다고 알린다면 — *이는 어느 정도 창조적인 계산을 필요로 할 것이지만* — 댄은 당연히 아들과 같은 스콧의 반항적인 행동을 용서할 것이다.

하지만 스콧 페니는 그의 코치, 의뢰인, 또는 대표 변호사에게 단 한 번도 싫다고 한 적이 없다. 그의 코치가 말끔히 끝내라고 요구하면 그는 그렇게 경기에 임했다. 의뢰인이 여자의 성적인 과거를 들추겠다고 협박해서라도 성희롱 문제를 해결하도록 부탁하면 그는 거기에 따랐다. 대표 변호사가 동료 변호사를 해고하는 결정을 알리라고 한다면 그는 그 임무를 수행했다. 이제 상원의원과 그의 대표 변호사가 결정적인 증거를 은닉하고서 의뢰인이 사형당하는 것을 지켜볼 것을 원하고 있다. 스콧은 이번에도 그들의 요구에 따라 지켜보기만 할 수 있을까?

그가 만약 한다면? 스콧 페니가 맥 맥콜과 댄 포드에게 그렇게 하겠다고 대답한다면 어떻게 될까? 그 두 남자는 굉장히 만족해할 것이다. 맥콜은 대통령 선거에서 이길 것이고 포드 스티븐스는 대통령의 로펌이 될 것이며 댄 포드는 대통령의 개인 변호사가 될 것이다. 회사는 워싱턴에 사무실을 열 것이고 새로운 기업 의뢰인들이 회사에 수백만 달러의 보수를 지불할 것이며 파트너들의 수입은 두 배로 불어날 것이다. 스콧 페니도 엄청난 부자가 될 것이다. 이 모든 상상은 "잡아, 부우!" 하는 파슈매의 작은 목소리를 듣기 전까지 퍽 좋아 보였다.

페니 아저씨, 경찰 아저씨들이 저희 엄마도 죽일 건가요?
뒤편의 프랑스식 문이 열리는 소리와 함께 차가운 바람이 들어와 따뜻한 스콧의 목을 식혔다. 레베카가 그의 뒤로 다가왔고 스콧은 그녀의 땀 냄새를 맡았다. 그녀는 몸에 딱 달라붙는 튜브톱과 반바지를 입고 있었다. 스콧은 당장이라도 아내를 무릎 위에 앉혀 끌어안고 싶었지만 먹이를 좇다가 백 번이나 얻어

맞은 개처럼 섣불리 행동하지 않고 참았다. 그들은 아이들이 놀고 있는 것을 바라보았다.

"부우에게 친구가 있어서 다행이야." 그가 말했다.

"다른 친구들이 있어." 레베카가 말했다. "하이랜드 파크의 최고 명문가 자녀들이지. 그저 부우가 그들과 놀기 싫어하는 것뿐이야."

"레베카, 그럼 걔들은 부우의 친구가 아니야."

그들은 다시 침묵한 채 아이들을 지켜보았다. 잠시 후 레베카가 말했다. "부우의 절친이 흑인 여자아이라니, 사교계에 데뷔하는 신청서에 아주 긍정적으로 작용하겠군."

갑자기 그녀는 몸을 돌려 안으로 들어갔다. 스콧은 고개를 저었다. *사교계 데뷔 신청서라니.* 바바라 부우 페니는 절대로 하이랜드 파크의 사교계에 들어가지 않을 것이다. 부우는 그저 그럴 애가 아니었다. 파슈매 존스 또한 절대로 사교계에 들어가지 않을 것이다. 그 아이는 그저 '색깔'이 맞지 않았다. 스콧이 그랬던 것처럼, 그저 다른 세계에서 태어난 것뿐이다. 하지만 그 아이는 스콧처럼 미식축구라도 해서 '이 세계'로 넘어올 수도 없었다. 아마도 스콧이 저 작은 흑인 여자아이에게서 *끈끈한 유대감*을 느끼는 것도 바로 그 때문일지 모른다. 둘 다 가난한 집안에서 태어났거나 스콧이 바비처럼 항상 약한 아이들 편을 들어주었기 때문일는지도 모른다. 고교시절 바비는 스콧의 보호 아래 있지 않았더라면 매일같이 얻어맞았을 것이다.

지금 파슈매는 스콧 페니의 보호 아래 있었다.

파슈매가 원반을 부우의 머리 위로 던졌다. 부우가 원반을 잡아채 파슈매 쪽으로 다시 날렸지만 원반은 얼마 못 가 수심이 깊은 수영장 한가운데에 떨어졌다. 파슈매는 얕은 가장자리에서 벗어나 원반을 주우려 좀 더 안쪽으로 걸어갔다. 어느 정도 거리에서 무릎을 꿇고 앉아 손을 뻗었지만 손이 닿지 않던 파슈매가 원반에 더 가까이 손을 뻗다가 수영장 안으로 미끄러져 빠지고 말았다. 물에 가라앉기 시작하자마자 스콧은 읽고 있던 서류를 떨구고 수영장 쪽으로 달려갔다.

부우가 소리쳤다. "걘 수영 못 하는데!"

"거기 있어, 부우!"

스콧은 자신이 운동화와 반바지 차림인 것도 잊은 채 수영장 안으로 뛰어들자마자 곧바로 바닥으로 내려가 파슈매의 허리를 잡고 들어올린 후 다리를 박차고 밖으로 나왔다. 물 밖으로 나온 파슈매가 물을 토해냈다. 스콧은 파슈매를 수영장 밖의 데크 위에 눕힌 후 옆에 앉았다. 파슈매는 돌아누우면서 더 많은 물을 토해냈다. 그러곤 천천히 일어나 앉았다.

"아가, 괜찮니?"

파슈매는 스콧을 바라보았다. "죽는 줄 알았어요, 페니 아저씨."

"내 눈 앞에서는 그럴 일 없을 거야."

파슈매는 코를 닦으면서 스콧에게 다가왔다. 그의 젖은 셔

츠에 얼굴을 묻고 팔을 둘러 그를 안았다. 그는 등을 토닥여 주
었다.

"아가씨, 수영레슨 꼭 받아야겠는걸."

15

스콧은 이중적인 삶을 살고 있었다. 로펌에서 그는 마치 미식축구를 하듯이 법 실무를 함에 있어서 성공적인 변호사였다 — 시스템을 가지고 놀고 규칙들을 구부리며, 한계를 넘나들고 공격적이고 창의적인 변호 기법으로 어떻게든 이겨 내 돈을 쓸어 모았다. 가정에서는 아주 좋은 남자였고, 레베카에게는 헌신적인 남편이었으며 부우에게는 사랑을 듬뿍 주는 아빠였다. 매일 밤 그는 부우에게 잠들기 전 선하고 품격 있는 삶의 미덕을 주입하려고 했다. 레베카는 그가 사무실에서 매일 무슨 일을 하는지 별로 알고 싶어 하지 않았고 부우는 알 필요도 없었다. 그가 변호사로서의 삶에서 집으로 가져오는 것은 돈밖에 없었다.

모든 변호사가 그런 지킬과 하이드 같은 삶을 살고 있었다.

자신들의 이중적인 삶을 엄격하게 분리하고 이를 유지하는 데에 성실했다. 아내와 아이들에게 거짓말하면서, 마치 마약중독자들이 그들의 불법적인 습관을 숨기려고 하듯이 자신들도 변호사로서의 삶을 숨기고 있었다. 스콧은 다른 사람에게 말할 때 자신이 변호사라는 점은 밝혔지만 자신이 변호사로서 무슨 일을 하는지는 말하지 않았다. 변호사의 일은 로펌에 남겨 두는 게 최선이라는 것을 배운다. 매일 아침 사무실에 들어오면서 성공적인 변호사로 변하고 매일 밤 사무실을 떠나면서 착한 남자로 돌아왔다. 하지만 밤을 거듭할수록 하이드에서 지킬로의 변신이 점점 더 힘들어졌다. 변호사로서의 본능이 그를 놓아주지 않았다. 하지만 두 가지 삶 사이의 경계선이 무너지도록 할 수는 없었기에 그는 그것을 물리쳤다. 스콧 페니는 변호사로서의 삶을— *절대로!*—가정으로 가져오지 않았다. 아홉 살짜리 흑인 여자아이를 집으로 데려오기 전까지는 말이다.

파슈매 존스는 이제 그의 삶의 일부분이 되었다—그의 이중의 삶 모두에서 그랬다. 파슈매는 가정에서의 삶에 일부분이 되었고 파슈매의 엄마는 변호사로서의 삶의 일부분이 되었다. 파슈매는 엄마를 사랑한다. 스콧은 파슈매가 사랑하는 엄마의 변호사이다. 스콧이 그 아이 엄마의 변호사로서 내리는 결정은 그 아이의 곁에 엄마가 있을 것이냐 없을 것이냐의 문제를 결정지었다. 댄 포드에게 '알겠다'고 대답하는 것은 파슈매의 엄마를 사형대로 데려가는 것이었다. 이중의 삶 사이에 놓인 벽이 허물어졌다. 마치 시즌을 마무리하면서 챔피언 결정전에 서 있는 최후의 두 팀처럼, 팽팽하게 대립하는 인생 — 댄 포드 대 파슈매 존스 — 이 스콧 페니의 영혼을 차지하기 위해 삶과 죽음의 투쟁 안에 갇혔다.

맥콜 사건에 대한 대답을 원해. 지금 당장.

경찰 아저씨들이 저희 엄마도 죽일 건가요?

댄 포드가 원하던 변호사가 될 것인가? 아니면 파슈매가 원하는 사람이 될 것인가? 그는 이제 더 이상 둘 다가 될 수는 없었다. 하나를 선택해야만 했다. 수비 대열이 무너지고 22번 등번호의 스콧 페니가 미식축구 경기장에 홀로 서서 다섯 명의 수비수들과 대면하던 그때처럼 그는 정면 승부를 걸어야 했다. 그때도 지금처럼 선택의 기로였다. 태클당하기 전에 밖으로 나가느냐 아니면 태클을 당하더라도 앞으로 튀어나가 좀 더 전진하느냐. 미식축구 코치들은 이런 순간을 "검증의 시간"이라고 불렀다. 왜냐하면 그런 순간에야말로 그가 어떤 사람인지 알아낼 수 있었기 때문이다.

스콧 페니는 검증의 시간을 맞고 있었다.

재판 날짜를 일주일 앞두고 스콧은 바비와 함께 샤완다가 있는 연방구치소에 찾아갔다. 마주한 샤완다는 행복해 보였고 다소 들떠 있었으며 에너지가 가득했다. 바비는 카알이 조사한 사진들을 보여 주었다.

"클락이 좀 더 정상적이었을 때의 사진이에요. 그날 이전에도 본 적 있어요?"

"아뇨, 토요일 밤 술에 취한 백인 남자들은 다 똑같이 생겼어요."

바비는 또 다른 사진을 들어 보였다. "명예로운 상원의원님이에요."

샤완다는 맥 맥콜의 사진을 바라보곤 말했다. "소름끼치네요."

"네, 맞아요."

바비는 사진에서 뒤쪽에 찍힌 대머리남자를 가리켰다.

"이 사람은 본 적 있어요?"

"아니요……. 그리고 그 얼굴은 잊을 만한 얼굴도 아니네요."

스콧이 말했다. "누구야?"

"델로이 룬드. 맥콜의 경호원이야. 카알에 따르면 그 건달이 전직 마약단속반이었다는데, 카알은 그가 몇 미터 멀리서도 부패한 경찰의 냄새를 맡을 수 있다고 그러더라고."

"그래서 그가 이번 사건이랑 무슨 상관이야?"

"아무 상관없대." 바비가 고개를 저었다.

"그래서 카알은 아무것도 얻은 게 없단 말이야?"

"응, 하지만 절대로 포기하진 않을 거야."

상황을 여기까지 전해 들은 스콧은 이젠 의뢰인에게 유죄답변하는 것에 동의하도록 설득하는 것밖에는 수가 없다고 결정했다. "샤완다, 우리가 가지고 있는 건 하나 스텔레란 여자밖에 없어요. 일 년 전 클락에게 강간당한 피해자예요."

스콧이 바비를 바라보았다.

"카알이 한나의 사진도 가져왔어?"

"아니, 엄청 낯을 가리나 봐. 안 된다고 그랬대. 카알의 말에 따르면 무슨 도자기처럼, 부서지기 쉬운 여자래. 게다가 레이 번스도 강하게 나갈 거고. 그녀가 마치……." 바비의 눈이 샤완다를 향했다. "그가 그녀의 과거 성적 이력을 깡그리 들춰 낼 거야."

"그래." 스콧은 의뢰인을 바라보았다. "샤완다, 이 거래를 하면 사형은 당하지 않을지도 몰라요."

"페니 씨." 그녀가 말했다. "파수매와 같이 있는 게 아니라면 금방 죽는 편이 나을지도 몰라요."

스콧이 한숨을 쉬며 바비에게 고개를 끄덕였다.

"알았어요, 샤완다." 바비가 말했다. "재판까지 가도록 하죠. 하지만 상대방에게는 당신을 사형시키고도 남을 만한 증거들이 엄청나게 많다는 것을 알아야 해요. 우리에게 있는 유일한 것은 한나 스텔레뿐이에요. 당신을 먼저 증인석에 세우고 나서 그다음으로 그녀를 세우도록 하죠. 그녀가 확증…… 당신의 증언을 뒷받침해 줄 거예요. 그게 배심원들이 당신을 더 믿게 만들 거고요."

"왜 그 거짓말 탐지기 같은 걸로 내가 거짓말하고 있지 않다는 것을 증명할 수 없죠? 그런 거 TV에서 많이 봤어요…….

결혼하려는 남자에게 거짓말 탐지기로 바람피우고 있는지 물어보더라고요." 그녀가 웃었다. "대상이 된 백인 남자들은 항상 거짓말하더라고요."

바비는 고개를 저었다. "그건 좋은 생각이 아니에요, 샤완다."

그가 스콧을 바라보았다. "스콧, 너한테 샤완다와 인터뷰하고 싶다던 기자들 있지? 인터뷰하면 좋을 것 같아. 어떻게 된 건지 말할 수 있도록 그녀를 내보내는 거지. 그게 예비 배심원 풀을 형성하기 위한 유리한 조건을 제공할 수도 있고. 그녀의 이야기를 한 다음 클락 맥콜이 강간했거나 폭행한 여자들이 자백할 수 있는지 물어보는 거야. 샤완다가 저지르지도 않은 범죄 때문에 감옥에 가지 않도록 말이야."

"페니 씨, 좋은 생각 같은데요?" 샤완다가 말했다.

스콧은 시선을 피하고는 말했다. "모르겠어요, 샤완다. 그 방법은 좋은 생각 같지만은 않군요." 스콧은 바비가 "샤완다, 스콧과 밖에서 얘기 좀 할게요"라고 말할 때도 여전히 시선을 피하고 있었다. 바비는 일어서서 문을 두드렸다. 경호원이 문을 열었고 스콧은 자리에서 일어나 바비를 따라 복도로 나섰다. 그들은 바비가 멈추어 서서 벽에 기대기 전까지 열 발자국 정도 걸었다.

"좀 더 좋아진 것 같긴 해, 샤완다 말이야." 스콧이 말했다.

"마약했잖아."

"뭐?"

"마약성분이 점점 올라오는 걸 느끼고 있을 거야."

"헤로인 말하는 거야?"

바비가 고개를 끄덕였다.

"어떻게 알아?"

"스콧, 내 의뢰인들은 마약하는 사람들이야. 눈만 보면 다 알아. 그들은 마치 세상을 다 가진 듯한 눈을 하고 있지."

"어떻게 가지고 들어온 거지?" 바비가 어깨를 으쓱했다. "경비원, 청소부, 누가 알겠어."

"마지막으로 봤을 때 엄청 좋아보였는데. 그래서 이제 안 하는 줄 알았지."

바비가 고개를 저었다. "마약에 찌든 사람들은 절대로 헤로인을 끊을 수 없어. 그 갈망은 항상 있어. 난 치료받는다는 조건 하에 그들을 보호관찰로 빼낼 수 있는데, 메타돈*을 받아 복용하긴 하지만 몇 주 또는 몇 개월 동안 안 하다가도 치료기간이 끝나면 바로 도로묵이야."

"그녀가 살아남을 가능성이 위태위태한데도 멈출 수 없다고? 내 아내나 댄이 모두 나한테 화가 잔뜩 나 있는데, 이 모든 고민을 샤완다가 마약할 수 있도록 하기 위해 끌어안고 있어야 한다는 거야? 이 모든 걸 빌어먹을 마약중독자 때문에?"

---

* 헤로인 치료제/진통제.

"스콧, 네가 만약 그녀처럼 살았다면 필경 마약을 하지 않을 수 없었을 거야. 넌 최고의 삶을 살고 있지만 그녀는 최악의 삶을 살고 있다고. 하지만 마약을 할 때만큼은 행복할 수 있어. 그리고 밖에 나가면 그런 건 엄청 싸다고. 그리고 죽을 때까지 그녀는 살아 있는 모든 순간 일분일초를 마약에 취한 채 살 수 있어." 바비가 한숨을 쉬었다. "그리고 그것 때문에 언젠간 죽을 거야."

"그녀가 사형을 피해서 결국 헤로인으로 죽을 수 있도록 하기 위해, 우리가 이런 짓을 하고 있는 거라고?"

"그렇지, 바로 그거야. 스콧, 난 그걸 그녀의 눈에서 알 수 있어. 그녀는 평생 마약중독자로 남을 거야. 그리고 꽤 짧은 인생이 될 거고." 그는 오랫동안 구두를 내려다보더니 똑바로 서면서 말했다. "하지만 레이 번스가 원하는 만큼 짧진 않을 거야. 그래서, 이 사건, 흥분되지 않아?"

스콧이 고개를 끄덕였다. "당연하지. 거짓말 탐지기는 어때?"

"마약에 중독된 나의 의뢰인들은 항상 기계를 속일 수 있다고 생각하지. 마약에 취해 있을 땐 자기네들이 아인슈타인쯤 된다고 생각하지만, 항상 실패하고 말아. 그녀가 테스트받고 실패하면 꼴이 우습게 되지."

"거짓말 탐지기는 증거능력이 없어. 번스가 그녀의 의사에 반해서 강제로 테스트를 시킬 순 없어."

"법정에서는 인정되지 않지. 하지만 레이가 언론에 흘릴 거고, 테스트 결과는 신문의 첫 장을 장식할 거야. 모든 배심원들이 그녀가 실패했다는 걸 알 거야."

"만약 실패한다면 유죄답변을 하겠다고 결정할지도 모르지."

"이것 봐, 스콧. 힘든 결정이란 거 알아. 그리고 결정하고 싶어 하지 않는다는 것도 잘 알아. 하지만 야, 임마. 그게 바로 네가 고수익자인 이유 아니겠어? 어떻게 하고 싶은데?"

"맥콜이 댄 포드에게 이 변호, 하지 말라고 압박하고 있어. 죽은 아들의 얼굴에 먹칠하지 말라고."

"클락은 진흙탕 속에서 살았던 사람이야. 스콧, 그는 나쁜 사람이었다고."

바비는 또다시 아래를 내려다보았다. "그래서 댄이 너보고 관두래?"

"그렇게 조언했어. 그는 대통령의 변호사가 되고 싶어 해. 회사를 위한 좋은 일이래."

"하지만 샤완다에겐 나쁘지. 네 직업이 달린 거야?"

"*내 직업?* 아니야! 댄은 절대 날 해고하지 않을 거야. 난 그의 아들과도 같은 존재인데."

바비는 고개를 끄덕였다. "3, 4년 전에 난 미식축구 경기 때문에 아들을 죽인 아버지를 변호한 적이 있어." 그는 혼자 나지막이 웃었다. "스콧, 난 너처럼 잘나가는 변호사도 아니고, 중요한 사람들을 변호하는 것도 아냐. 돈을 많이 버는 것도 아니고…… 하지만 나는 내 의뢰인을 포기한 적은 없어. 항상 내 모든 의뢰인을 위했고, 내 최선이 도움이 되지 않는다고 하더라도 최선을 다했어. 클락의 폭행…… 한나 스텔레를 강간하고, 아마도 더 많은 여자들에게도 그랬을 거야—스콧, 이 증거가 그녀의 운명을 결정지을 수도 있어."

바비는 숱이 얼마 남지 않은 머리칼을 넘겼다. "내가 맡는 의뢰인들은 모두 그녀와 비슷해. 가난하고, 흑인이거나 멕시코계 사람들이지. 아빠는 마약거래하고 엄마는 성매매하는, 그런 다른 세계에서 살아가지. 다른 점이 있다면 내 의뢰인들은 모두 실제로 다 유죄라는 거야. 의심할 필요도 없어. 하지만 샤완다는 정말로 무죄일 수도 있어. 아니면 최소한 정당방위였거나. 우리가 클락의 과거를 숨긴다면 우리가 치명적인 주사로 그녀에게 사형을 선고하는 거야. 너랑 내가, 스콧. 배심원들이 아니라. 우리에게 책임이 있다고 말하는 거야. 우리가 마치 그녀의 팔에 그 주삿바늘을 찔러 넣는 것처럼 말이야." 그는 고개를 저었다. "스콧, 난 이 사건을 맡음으로써 네가 주는 돈이 필요해. 하지만 그것만으로 살아갈 수는 없어."

"무슨 소리야?"

"이 증거 없애버린다면 난 그만할 거야."

"바비!"

"스콧, 난 네가 가는 모든 길을 따라다녔어. 고등학교, 대학교, 로스쿨까지. 전에는 널 따라선 어디라도 갈 수 있었어. 난

약했지만 넌 강해서 날 지켜 주었지. 하지만 넌 이제 배트맨이 아냐. 나도 로빈이 아니고. 난 이것만큼은 따라갈 수가 없어. 그냥 옳은 길이 아니야. 그녀가 사교성이 많은 백인 여성이 아니어도…… 그녀가 마약중독자에 성매매여성이어도…… 빈민가에 살고 있어도…… 그녀의 인생은 여전히 중요해. 너한테는 아닐지라도. 물론 그녀가 자신의 인생을 중요하게 여기지 않을지 몰라도, 적어도 나에겐 중요해. 그리고 그녀의 딸아이한테도. 그녀를 지켜 줄 강한 사람이 필요해…… 예전의 너처럼 말이야." 그가 잠시 멈추었다. "네가 나랑 점심 먹고 싶어 한다고 네 비서에게서 연락받은 날, 하마터면 울 뻔했어. 몇 십 년 동안 네가 보고 싶었거든." 그의 눈에 서서히 눈물이 맺혔다. "그리고 이렇게 너랑 다시 함께하고 있으니깐, 정말 벅차…… 너와 함께 같은 공기를 마시니깐 말이야." 그가 숨을 크게 내쉬었다. "하지만 스콧, 네가 이 짓을 샤완다에게 한다면 난 네가 다시는 보고 싶지 않을 거야."

"무슨 소리야, 바비."

"스콧, 법원이 너를 지명했어. 넌 변호인을 가질 그녀의 권리야. 넌 네가 옳다고 생각하는 걸 해야 해."

스콧은 왕성한 테스토스테론 작용에 힘입어 입에 거품을 물고 버비고 선 다섯 명의 라인백들을 향해 질주하는 것만으로 이 훌륭한 검증을 통과할 수 있기를 바라면서 몸을 돌렸다.

———

자신의 차로 돌아왔지만 스콧은 사무실로 돌아갈 수 없었다. 마치 폐쇄공포증처럼, 시내의 광경이 자신을 조여 오는 것만 같아 숨이 턱 막혔다. 그는 댈러스 북부 쪽의 고속도로로 향했고 액셀을 세게 밟았다. 기어를 넣고 엔진이 가열되면서 차체 하부에서부터 전해 오는 기계의 힘을 느꼈다. 360 모데나는 한 시간에 180마일²⁹⁰킬로미터을 달렸지만 스콧은 댈러스 고속도로의 평균 제한 속도인 80마일¹²⁹킬로미터로 줄였다. 텍사스에서는 아무도 속도제한을 지키지 않았다. 화장을 하고 있는 여성들조차도 지키지 않았다. 아침시간의 북부지역 고속도로는 한산했다. 그는 1차선에서 속도를 내지 않고 운전해 갔다. 이따금씩 그는 생각이 필요할 때 댈러스의 4,000마일⁶·⁴³⁷킬로미터 도로를 목적 없이 달리곤 했다. 어떤 이유에선지 그는 페라리 안에서 생각을 더 잘할 수 있었다.

그렇게 얼마쯤 달렸을까, 스콧은 갑자기 차선 세 개를 넘어 모킹버드 거리로 빠져나왔다. 힐크레스트를 가로질러 북쪽으로 향하다 좌회전을 하여 오른쪽에 있는 집 세 채를 지나고서 멈춰 섰다. 아치형의 정문과 지붕이 위화감을 조성하는, 언뜻 보면 괴물 같기도 한 2층짜리 새 집을 바라보았다. 여기서 그는 예전에 이곳에 있었던 1층짜리 작은 오두막집을 회상했다. 그곳은 그와 그의 어머니가 마음씨 좋은 의사에게 집세를 내며 살았던 곳이었다. 거실, 부엌, 방 두 개, 화장실 두 개, 그리고 이따금 저녁 산책을 다니는 사람들을 보며 저녁식사를 했던 마당까지 합해서 1,000스퀘어피트^{93제곱미터} 크기도 채 안 되는 집이었다. 그는 침대로 기어 올라가 얌전히 누워 어머니가 들어와 책을 읽어 주시기까지 기다렸던 것을 회상했다. 책을 다 읽은 어머니가 책을 덮고 말했다. "스콧, 아티커스처럼 되거라. 변호사가 되어야 해. 훌륭한 일을 하는 변호사가 되어야 해."

의뢰인이 나쁘면 좋은 일을 할 수가 없다. 변호사들은 그들의 의뢰인이 거짓말하는 것 때문에 의뢰인들을 좀처럼 믿지 않는다. 그들은 IRS^{국세청}, SEC^{증권감독위원회} 그리고 FBI를 속인다. 그들의 세금에 대해 거짓말하고 재무제표를 속이고 거짓말을 하면서도 하지 않았다고 속인다. 그들의 거짓말은 대부분 발각되지 않는다. FBI에 대해 허위 사실을 유포하고도 이를 속일 경우 — 사법방해죄는 중죄에 해당한다 — 변호사가 법정 바깥에서 의뢰인의 무죄를 주장하여도 의뢰인은 유죄답변 협상을 하여 벌금을 내고 다시 거짓말하며 살아간다.

변호사는 항상 자신의 의뢰인이 거짓말하고 있다고 가정한다. 스콧 역시 자연스레 헤로인에 중독된 성매매여성인 자신의 의뢰인이 거짓말을 하고 있다고 추측했다. 하지만 나이스한 백인 여성이라면 또 모를 일이다. 그는 바비에게서 갤버스턴에 있는 한니 스델레의 전화번호를 받고 차에 타자마자 전화를 걸었다. 전화 연결음 뒤에 부드러운 목소리가 들려왔다.

"여보세요."

"한나 스텔레 씨?"

"누구세요?"

"스콧 페니입니다, 샤완다 존스의 변호사. 제 동료 변호사인 바비 헤린과 통화하셨죠?"

"네, 페니 씨."

"한나, 우리는 당신이 입을 열어 주길 학수고대합니다. 우린 클락 맥콜이 당신에게 뭘 했는지, 당신 입으로 이야기하는 걸 들어야 해요."

긴 한숨소리가 들려왔다. "카알과 바비에게 이미 말했어요. 더 이상……."

"쉽지 않다는 거 잘 알아요, 한나. 하지만 맥콜 상원의원이 재판에서 클락의 과거를 들추지 말라고 압박하고 있어요, 당신을 증인으로 세우지 말라고도요. 결정을 내리기 위해서 제가 직접 무슨 일이 있었는지 들어야 해요."

"알았어요."

한나 스텔레는 스콧에게 클락 맥콜과 만났던 날에 대해 이야기했다. 그녀는 SMU 캠퍼스에서 열린 미식축구 경기 이후에 클락을 만났다. 그는 그다음 날 데이트 신청을 했고 기숙사로 그녀를 데리러 왔다. 그들은 댈러스 외곽에 있는 멕시코 음식점에서 저녁을 먹었다. 그곳은 시내와 하이랜드 파크 중간에 위치하고 밤의 환락이 넘치는 곳이었다. 그들은 술을 마신 후 맥콜의 맨션으로 갔고 그곳에서 클락은 그녀를 공격하고, 폭행하며 강간했다. 그러고 나서도 그는 마치 아무 일도 없었다는 듯이 아무렇지도 않게 행동했다. 그는 그녀를 다시 기숙사로 데려다 주었고 차에서 내리는 그녀에게 미소까지 지었다. 기숙사에 내린 그녀는 자신의 차를 몰고 곧장 경찰서로 가 고소장을 썼다. 그 뒤 파크랜드 병원에서 성폭행 검사를 마치고 기숙사로 돌아왔다. 그 다음 날 아침 맥콜 상원의원의 변호사라는 자가 그녀를 불렀고 서류와 펜을 내밀며 비밀합의라고 하면서 클락의 고소사건을 해결하고 이사에 드는 비용으로 50만 달러짜리 수표를 내밀었다.

"이사비용이요?"

"그는 제가 이 도시를 떠나야 한다고 했어요. 그게 제게 좋을 거라고 말하면서요. 그는 제게 선택권은 없다고 했어요. 만약 클락에게 소송을 건다면 그의 아버지가 절 부셔 버리겠다고 했어요. 재판에서 저의 과거 성적인 이력을 폭로해서 제가 창녀처럼 보이도록 할 거라고 그랬어요."

"그 변호사의 이름이 뭐였나요?"

"말하지 않았던 것 같아요."

"어떻게 생겼어요?"

"그냥 변호사처럼 생겼어요. 나이 많고, 대머리에, 징그럽게 생겼어요. 절 보는 눈빛이며 이야기하는 말투하며…… 정말이지! 전 강간당했다고요! 근데 그 일을 그냥 비즈니스처럼 처리하더라고요."

스콧은 전화를 끊고 나서 직감했다. 그가 아는 변호사 대부분이 나이가 많고 대머리에 섬뜩한 인상을 지녔다. 하지만 강간당한 피해자에게 돈으로 입막음하며 사건을 종결하는 것을 비즈니스로 여기는 변호사는 단 한 명밖에 없었다.

"한나 스텔레에 대해 알고 있다고요?"

"물론이지."

스콧은 곧바로 사무실로 돌아가 지하 차고에 차를 세우고 댄 포드의 사무실이 있는 63층으로 향했다. 사무실에 들어서서 그는 대표 변호사를 응시했다. 이제 다시는 그를 믿을 수 없다는, 원망과 실망이 스콧의 표정에 담겨 있었다. 대표 변호사는 되려 영문을 모르겠다는 듯이 스콧을 바라보았다.

"스콧, 이런 일이 한 번뿐이라고 생각해? 여대생이 주장하기를 한 돈 많은 남자가 자신을 강간했다고? 했을 수도 있고 안 했을 수도 있지. 하지만 그녀는 돈을 원했고 돈 받았고 다들 만족해했다고."

"저랑 얘기했을 때는 그리 행복해 보이진 않았는데요."

댄이 어깨를 으쓱했다. "지나간 것에 대해서는 누구나 후회하는 법이지, 뭐."

"고소를 취하하라고 매수했어요? 재판에서 그녀의 성적인 과거를 들추겠다고 협박하고요?"

"*매수했다고? 협박?*" 댄이 웃었다.

"톰 디브렐을 위해 넌 얼마나 많은 여자아이에게 돈을 줬니? 그들이 동의하지 않으면 그들의 성적 과거를 들추겠다고 몇 번이나 협박했어? 자네, 아직도 내 수법을 써먹고 있나?"

댄이 처음 그에게 그 전략을 가르쳐 주었을 때 그건 정말 영리한 전략인 것처럼 보였다. 정말이지, 변호사답게 영리했다. 스콧이 그 유명한 고소 전문 변호사인 프랭크 터너와 톰의 최근 여자—그 이름이 나단이었던 걸로 기억되는—와의 합의를 진행하면서 그 전술을 사용했을 때처럼 말이다. 그러나 한나 스텔레와 대화를 나누고 난 지금에 와서 그 전략은 그다지 영리해 보이지 않았다.

스콧은 소파에 앉아 나약하게 말했다. "톰의 여자들은 강간 당했다고 고소하지 않았어요. 성희롱을 주장했죠."

댄은 손사래를 치면서 스콧의 말을 무시했다.

"해석하기 나름이야. 성희롱과 강간…… 결국엔 누군가가 피해를 봤다는 거 아니야. 스콧, 자넨 변호사가 해야 할 일을 정확히 한 것뿐이야. 내가 가르쳐 준 대로 정확하게 했고, 자네 의뢰인의 법적 분쟁을 해결한 거야. 내가 한 그대로 말일세."

스콧은 더 무기력하게 말했다. "공정하지 않잖아요."

댄이 다시 웃었다. "*공정함?* 공정함은 법과 아무 상관없어. 공정함*은 농장의 동물들이나 보고 놀이기구나 타는 데에 불과해."

---

* 공정함을 의미하는 'fair'에는 '축제마당'이라는 뜻도 있음.

"한나에 대해서는 왜 제게 얘기하지 않았어요?"

"스콧, 자넨 알 필요가 없었어. 왜 자넨 클락의 과거를 캐기 위해 사설탐정을 고용한 걸 얘기하지 않았나?"

"댄, 전 클락이 한나를 폭행하고 강간했다고 정말로 믿어요."

"뭐, 그게 자네 마음을 편안하게 한다면, 나도 믿어. 물론 난 자네 말고 다른 모든 사람들도 믿었지."

"*다른 사람들이요? 더 있어요?*"

"일곱 명, 한나까지 합해서 일곱이지." 댄이 고개를 저었다. "그 쪼그만 자식이 지 애비에게 거의 300만 달러나 들게 했어. 여자들에게 돈을 줘서 무마시키는 일에만 말이야. 물론 거기다 내게 주는 돈 2만 5,000달러도 추가로 들었지."

"강간피해자를 매수하는 데 2만 5,000달러라고요?"

스콧의 대표 변호사는 다시 한 번 어이없다는 표정을 지어 보였다.

"기억하기론 자넨 디브렐의 최근 여자를 처리하는 데 그에게 5만 달러를 청구했더군."

스콧은 얼굴이 달아오르는 것을 느꼈다. "그건 그냥 비즈니스라고 생각했어요."

"스콧, 맞아. 그냥 비즈니스일 뿐이야. 클락의 여자들은 그저 그냥 비즈니스일 뿐이야. 디브렐의 여자들도 마찬가지고. 이건 그냥 다 비즈니스야."

"샤완다에겐 아니에요. 그녀의 인생이 걸린 문제라고요."
스콧이 댄의 눈을 맞추며 말했다. "댄, 난 그만둘 수 없어요."

"아니야, 자넨 확실히 그만둘 수 있어……. 내가 부탁하고
있잖나. 스콧, 그 망할 헤로인 중독자 때문에, 맥 맥콜에게 그리
고 나에게 'NO'라고 할 건가? 그 매춘부 때문에?"

"아뇨…… 그녀의 딸 때문이에요."

"그녀의 딸?"

"네, 그녀에게는 엄마가 필요하고 그리고 그녀의 엄마는 절
필요로 해요. 그리고 제가 그녀를 살릴 수 있을지도 몰라요."

"네가 한 헛소리를 믿으려고 하지 마, 스콧."

"무슨 소리예요?"

"자네 변호사협회 회장 선거 캠페인 연설 말일세. 자네는
아티커스 핀치가 아니야. 누구도 그가 아니야. 젠장, 대체 누가
그처럼 되고 싶어 하겠나? 그는 중산층 가정에서 살았고 중산층
이 모는 자동차…… 그 뭐였지? 뷰익이었나? 그걸 몰았다고."

"쉐보레였어요."

"자네는 페라리를 몰지." 그건 댄의 기분을 좋게 만들었다.
"스콧, 그 영화는 워터게이트 사건보다 법률 전문직에게 더 큰
피해를 입혔어. 내 세대의 변호사들은 징병을 피하려고 로스쿨
을 갔어. 하지만 내 다음 세대의 사람들에게는 걱정해야 할 전
쟁 같은 건 없었어. 그래서 망할 놈의 영웅이 되려고 로스쿨로
갔지. 하지만 변호사라는 건 영웅이나 되는 게 전부가 아니야.

그리고 그들은 나만큼이나 아니면 자네만큼이나 제2의 아티커스 핀치가 되고 싶어 하지 않아. 그는 가진 게 아무것도 없었어. 하지만 그들, 나, 그리고 자네, 우리 모두는 이걸 원하지. 돈, 집, 차, 그리고 오늘날 성공한 변호사가 가질 수 있는 모든 걸 말이지. 그런데 변호사가 성공하려면 어떤 게 필요한가? 돈 많은 사람들이 더 부자가 되도록 만들어 주는, 그런 일을 해야 해. 그리고 그런 일을 함으로써 정말 많은 돈을 받을 수 있지. 아티커스처럼 닭이나 땅콩을 받는 게 고작이 아니야. 우리 의뢰인들은 우리에게 현금을 지불해 주지. 스콧, 그건 정말 잘된 거야. 닭이나 땅콩으로는 페라리를 살 수 없거든."

댄은 창가로 걸어가 밖을 응시했다.

"스콧, 내가 로스쿨을 졸업했을 때, 나이 지긋한 변호사 한 분이 내게 현명한 조언을 해 줬어. 그가 말하길 '댄, 모든 변호사는 이 변호란 업무를 시작하기 전에 근본적인 선택을 해야만 한다네. 그 근본적 선택이란 단순하네. 내가 잘되고 싶은가, 아니면 좋은 일을 하고 싶은가? 나는 캐딜락을 몰고 싶은가, 아니면 쉐보레를 몰고 싶은가? 내 아이들을 사립학교에 보내고 싶은가, 아니면 공립학교에 보내고 싶은가? 나는 돈 많은 변호사가 되고 싶은가, 아니면 가난한 변호사가 되고 싶은가 하는 것이라네.' 그는 다른 말도 해 주었지. '댄, 자네가 좋은 일을 하고 싶다면 법률구조단체 같은 데 가서 임대인, 공기업체 그리고 경찰 등과 싸우는 소시민들을 돕는 일에 만족하면 된다네. 다만 20년 뒤에 자네 동문이 비싼 집에 살고 비싼 차를 몰며 유럽으로 여행을 다니는 것을 보더라도 후회하지는 마. 그리고 자네 아이들이 아이비리그에 갈 수 없었던 이유로 자네가 훌륭한 일을 해왔기 때문이라고 말해 줘야 한다네'라고 일러주더군."

댄이 창가에서 돌아섰다.

"내 아들은 프린스턴에 갔고 딸은 스미스에 갔다네."

댄은 책상 끄트머리에 앉아 팔짱을 꼈다.

"이것이 바로 모든 변호사가 하는 선택이야, 스콧. 그리고 자네가 11년 전 우리 회사와 계약을 맺었을 때 자넨 자네의 선택을 한 거야. 자네는 잘되기로 선택을 한 거지. 자네는 바로 그곳에 서서 내게 말했어. 없는 동네에서 가난한 아이로 사는 게 지긋지긋하다고. 돈 많은 변호사가 되고 싶다고. 그런데 이제 와서 좋은 사람이 되고 싶다고? 말도 안 돼. 스콧, 우리 로펌은 오직 단 하나의 이유만으로 존재한다네. 인간이 할 수 있는 모든 방법을 동원해서 많은 돈을 버는 거야. 우리 로펌이 어떻게 그렇게 할 수 있을까? 우리의 서비스를 받으려고 시간당 3, 4백 달러를 낼 수 있는 의뢰인들을 대리하면 된다네. 우리의 의뢰인들이 원하는 때 원하는 걸 하면 되는 거야. 의뢰인들에게 절대로 '하지 않겠다'는 말을 하지 않으면 된다네. 우리는 알고 있지. 의뢰인들은 항상 길 건너편, 다른 주 혹은 다른 나라의 로펌에게 그들의 법률 비용을 지불할 준비가 되어 있다는 걸. 그리고 그 다른 로펌은 언제든지 우리 자리를 차지할 준비가 되어 있다는걸."

"댄, 그 여자에게는 어린 여자아이도 있어요. 전 그녀 곁에
서 옳은 일을 해야 해요."

"자네에게도 어린 딸이 있지 않은가. 그 애 옆에서 옳은 일
을 하고 싶지 않은가?"

그는 스콧 옆에 다가가 나란히 앉고는 어깨 위에 손을 얹었
다. 그의 목소리는 이제 아버지 같이 부드러웠다.

"스콧, 자네는 항상 내 조언을 따랐고 내 조언을 따라 잘했
지 않나, 그렇지?"

스콧이 고개를 끄덕였다. "그럼요, 하지만……."

"그렇다면 이번에도 내 조언을 따라. 아들아, 이렇게 하지
마. 자네 자신한테도, 이 회사한테도, 나에게도 이러지 마…….
스콧, 지금 당장 대답해 줘."

스콧은 계속되는 내적 갈등에 뜨거워진 얼굴을 양손으로
감쌌다. 댄 포드 대 파슈매 존스가 그의 영혼을 차지하려 매섭
게 싸웠다.

맥콜 사건에 대한 대답을 원해. 지금 당장.

경찰 아저씨들이 저희 엄마도 죽일 건가요?

그리고 끝으로 바비의 말이 뇌리를 스쳐지나갔다. *그녀를
지켜 줄 강한 사람이 필요해…… 예전의 너처럼 말이야.* 스콧
페니에게 검증의 시간이 온 것이다.

"아니, 아가. 그들이 네 엄마를 죽이지 않을 거야. 난 그들

이 그렇게 하도록 내버려두지 않아."

"뭐라고?"

스콧은 얼굴에서 손을 떼고선 자신을 이상하다는 듯이 쳐다보는 댄을 향해 섰다. 자기도 모르게 내면의 선善에 반응하여 입 밖으로 대답한 것을 알아차렸다. 스콧이 말했다. "맥콜에게 싫다고 얘기해 주세요."

댄이 스콧의 어깨에서 손을 뗐다. "맞는 답이 아니잖아! 스콧, 다시 한번 말해 봐."

"제 대답은 '싫다'예요."

댄이 박차고 일어나 방을 가로질러 자기 자리에 앉았다.

"스콧, 맥 맥콜은 미국 상원의원이야. 말쑥한 정장 차림으로 일요일 아침마다 정치 토크 프로그램에 나와서 멋진 말을 하지. 하지만 그 외관 뒤에는 여전히 거친, 텍사스 출신의 남자가 있어. 그는 텍사스 서부의 유전 지대에서 가난하게 자랐고 열다섯 살 때부터 정유공장에서 일하기 시작했어. 힘든 삶이지. 그런 삶은 사람을 강인하게 만들고 상스럽게도 만들어. 맥도 그런 사람들 중 하나야."

댄은 펜을 하나 집어 들고 잠시 관찰하더니 말을 이어갔다. "대학교 때, 마사의 기숙사 파티에 한 번 간 적이 있었지. 그녀는 맥의 약혼자였어. 예쁘고 돈 많은 그런 여자였지. 맥의 '티켓'이었달까. 어떤 사람도 그녀를 뺏어 가는 걸 허락하지 않았어. 그런데, 어떤 미식축구 선수가 그날 술에 취해서 마사에게 치근댄 거야. 맥이 그를 밖으로 불러내더니 쇳조각을 손에 끼고 그에게 주먹을 날렸어. 아마 내가 맥을 말리지 않았다면 맥은 그를 죽였을지도 몰라. 그가 맥보다 20킬로그램은 더 나가 보였는데 말이야. 내가 '맥, 미쳤어? 왜 이래?'라고 하니까 맥은 '누구라도 내가 가진 걸 건드려서는 안 돼'라는 말밖에 하지 않았어."

댄이 그때의 기억을 떠올리며 믿을 수 없다는 듯이 고개를 가로저었다.

"스콧, 난 그날 밤 맥 맥콜에 대해 세 가지를 배웠어. 그는 '싫다'는 대답을 듣지 않는 자이고, 공정한 싸움을 싸우는 자가 아니며, 내가 만난 사람들 중 가장 나쁜 자식이야."

스콧은 불안함을 애써 감추며 태연한 듯 물었다. "그래서 그가 어떻게 할 것 같아요? 절 때리기라도 할 건가요?"

댄은 한숨을 내쉬었다. "그가 뭘 할지는 모르겠어, 스콧. 42년 동안 단 한 번도 그에게 '싫다'고 한 적이 없거든." 말을 하다가 잠시 멈추던 댄은 다시 말을 이었다. "하지만 스콧, 한 가지는 확실히 알아. 맥 맥콜은 백악관이 자기 거라고 생각하고 있어."

16

"우스테드 미 로 프로메티오 세뇨르 페니! 우스테드 미 로 프로메티오!"

'*페니 씨, 약속했잖아요! 약속했잖아요!*'라며 외치는 콘수엘라의 갈색 얼굴은 눈물로 젖어 있었고 두려움으로 일그러져 있었다. 그녀의 눈은 간절히 도움을 구하고 있었고 둥근 몸은 걷잡을 수 없이 흔들리고 있었다. 그녀의 팔은 화려한 멕시코 농민 원피스 뒤에 수갑으로 채워져 묶여 있었다. 요원은 이민국 정책 때문이라고 말했다.

월요일 아침, 정확히 아침 6시 30분에 이민국에서 온 요원 두 명이 페니의 집을 찾아왔다. 그들이 신분증을 내밀자 콘수엘라는 스콧의 품에 쓰러졌다. 그녀를 항상 따라다니던 그 두려움이 마침내 그녀를 사로잡았다. 그녀를 보호하려던 모든 수단들이 실패로 끝났다. 십자가, 기도, 촛불, 하이랜드 파크, 그리고 페니도 소용이 없었다.

10분 후 요원들은 콘수엘라를 연방구치소로 데려가기 위해 출발했다. 스콧은 요원들이 그녀를 대기 중이던 차량으로 데리고 가는 것을 보면서도 아무것도 하지 못한 채 서 있을 수밖에 없었다. 그가 소리쳤다. "하이랜드 파크엔 이민국이 들어오지 않아요. 그게 거래였잖아요! 당신들 모가지 내놔야 할 거요!"

한 요원이 웃으면서 말했다. "아닐걸요."

"하이랜드 파크에 멕시코인 도우미를 쓰는 집이 절반도 넘는데, 왜 우리집에 들이닥친 거요?"

"익명의 제보예요." 같은 요원이 어깨너머로 이야기했다.

스콧은 반바지 차림인 채로 자신이 할 수 있는 범위 내에서 가장 강력하게 그 요원을 째려보았다.

"익명의 제보, 웃기고 있네!"

그때 부우가 잠옷 바람에 맨발로 뛰쳐나와 스콧을 밀치고 도로로 뛰어가며 소리쳤다. "콘수엘라! 콘수엘라!"

부우가 콘수엘라의 굵직한 허리를 두 팔로 꽉 껴안자 콘수엘라가 뒤를 돌아보았다. 그녀는 몸을 숙여 말했다. "오, 아가!"

부우는 몸을 일으켜 세워 콘수엘라의 얼굴에서 눈물을 닦아 주었다. 그러나 그것도 잠시, 요원이 콘수엘라의 팔을 잡아 당겼고 그녀는 부우에게 입맞춤을 하고는 집으로 돌아가라고 눈짓했다. 부우는 두려움으로 가득 찬 얼굴을 하고는 곧장 스콧의 품으로 달려갔다.

"그들이 우리집에는 오지 않을 거라고 약속했잖아요! 약속 했잖아요! 아줌마를 어디로 데려가는 거예요? 아줌마는 어떻게 되는 거예요?"

뒤이어 파슈매가 그들 옆에 다가와 말했다. "이게 그들의 방식이에요. 그들은 그냥 와서 데려가 버려요."

그 뒤로 느지막이 걸어나오던 레베카가 허리에 손을 얹고 한숨을 쉬며 말했다. "최악이네. 이제 누가 요리하지? *내가?*"

마침 아침에 조깅을 하며 그곳을 지나던 어느 두 사람이 콘수엘라가 강제로 이송되는 현장을 목격하고는 멈추어 서서 넋나간 듯 바라보았다. 저 도로 아래에서는 어린 멕시코계 남자들부터 시작해서 중년, 그리고 노년의 남자들까지 출근용 대형 트럭에서 내리고 있었다. 그 모습은 오늘 같은 따뜻한 여름 아침에 불어오는 부드러운 바람보다 더 눈에 띄지 않았다. 하이랜드 파크의 한적한 도로 위로 줄 지어 늘어선 호화로운 저택마다 멕시코계 남자들이 정원 일을 하기 위해 하나둘 들어섰다. 멕시코계 남자들은 대부분 마타모로스나 누에보 라레도나 후아레스 등지에서 왔다. 그들은 삶이 더 나아질 수 있다면 잔인한 여름날의 태양볕 아래에서도 고역을 할 마음의 준비가 되어 있었다.

다른 한 요원이 스콧의 집 앞에 서 있다가 스콧이 "불법체류자들을 잡고 싶어요?"라고 외치자 돌아서 가 버렸다.

스콧은 내리막길에 있는 멕시코계 정원사들을 가리키며 말했다. "저들이나 잡아요! 지금 당신들이 하이랜드 파크를 샅샅이 뒤지면 100명 이상은 잡을 수 있을걸요? 하지만 그들은 댈러스에서도 내로라하는 부유층 집에 속해 있으니까 그들 집까지는 쳐들어가지 않는 거죠? 난 당신들이 왜 우리집에 온지 알아요! 당신들에게 지시를 내리는 그 자식을 내가 안다고요!"

"그건 맥콜이야."

한 시간 뒤, 스콧은 여전히 흥분이 가라앉지 않은 상태에서 댄 포드와 마주했다.

댄은 한숨을 쉬며 말했다. "아마도. 자네 결정을 다시 한번 생각해 보는 게 좋을 것 같네."

"뭐라고요? 그게 맥콜이 보낸 경고장이라는 건가요? 그가 절 다치게 할 수 있다는 건가요? 그가 다치게 한 건 제가 아니라 불쌍한 멕시코인 여자였어요. 그녀는 그에게 아무것도 한 게 없잖아요!"

스콧은 자리를 박차고 나가다 멈추어 서서 뒤돌아섰다. "아, 맞아. 댄, 상원의원한테 전화할 때 제가 꺼지라고 하더라고 전해 주세요."

스콧은 수우를 빠르게 지나 바비의 사무실로 들어갔다. 바비는 소파에 누워 있었다.

"페니 씨?" 수우가 분홍색 메모지를 들어보였다.

"기자들이에요. 전화가 끊이지 않아요."

"무시해 버려요." 스콧이 딱 잘라 말하자 수우는 그녀의 자리로 돌아갔다. 스콧은 이마에 흐르는 땀을 닦은 후 바비를 쳐다보며 말했다. "그들이 콘수엘라를 데려갔어."

바비가 일어났다. "누가?"

"이민국에서. 오늘 아침에 익명의 제보자가 있어서 찾아왔대."

"맥콜이 보낸 거군."

스콧이 털썩 앉으며 말했다. "젠장, 바비, 그녀의 표정을 잊을 수 없어. 정말 두려움에 가득 찬 얼굴이었어."

아까 전의 일을 떠올리자 화가 다시 치밀어 오른 스콧이 쓰레기통을 발로 찼다.

"그놈의 자식은 지금 자기가 누구랑 상대하고 있는지 모르고 있어!" 그는 벽에 걸려 있는 자신의 사진을 가리켰다. "난 텍사스랑 붙었을 때 193야드[176미터]나 뛴 사람이야!"

"미식축구에는 따라야 하는 룰이 있어, 스콧. 하지만 맥콜이 하는 게임에는 룰 같은 건 있지 않아."

"두고 보라지."

바비가 소파에서 일어나며 말했다. "도서관에 가 있을게. 샤완다에 대한 변론요지서를 끝내야 돼. 이따가 점심 먹을래?"

스콧이 고개를 끄덕였다. 바비가 나가려고 일어서는 순간 케런 더글러스가 들어왔다. 바비는 죽은 듯이 그 자리에 얼어붙었다.

케런과 바비는 마치 청소년들처럼 서로를 바라보았다. 케런이 먼저 눈을 피하고는 사무실로 들어왔다. 바비가 나가고 난 뒤 케런이 스콧에게 말했다. "귀엽네요."

"맞아, 내가 항상 그에게 그렇게 말하곤 하지."

스콧은 의자에 앉아 숨을 고르려고 노력했다.

"괜찮으세요?" 케런이 물었다.

"아니, 안 괜찮아." 스콧은 심호흡을 몇 번 크게 한 뒤 물었다. "무슨 일이야?"

"디브렐 소송 건, 제기할 준비됐어요." 케런이 계속해서 말을 이어가고 있을 때 시드가 들어왔다.

"하지만 리처드가 그러기를 댈러스 주 법원은 이런 종류의 소송에 그다지 좋은 관할지가 아니라고 했어요. 재판장들은 모두 다 공화주의자에다 시의 구역지정 결정을 뒤집을 마음이 없다고 하더라고요."

시드는 스콧에게 슬쩍 윙크하고는 말했다. "케런, 변호사가 법정에 들어가기 전 가장 중요하게 알아야 할 사실이 뭐죠? 당신이 이길지 질지를 판가름하게 될 단 한 가지 사실이요."

케런은 잠시 헷갈려하는 듯했으나 마침내 어깨를 으쓱하고는 말했다. "어느 당사자가 옳고, 어느 당사자가 그른지를 아는 거요?"

시드가 웃었다. "정확하지는 않아요, 케런. 이건 시험에 나오진 않지만 가장 중요하게 알아야 할 단 한 가지 사실인데……. 어느 변호사가 판사의 선거 캠페인에 기부금을 더 많이 냈느냐를 아는 거예요. 맞죠, 스콧?"

스콧이 시드에게 고개를 끄덕여 주었지만 그의 머릿속에는 온통 콘수엘라와 그녀의 표정으로 가득 차 있었다. 그 표정은 마치 스콧이 그녀를 배신했다는 표정이었다.

시드가 말했다. "스콧, 문제가 있다면, 그건 사건들이 무작위로 재판부에 배당되는 거잖아요. 우리 편인 판사에게 걸리도록 할 수 있는 방법이 뭐죠?"

콘수엘라로 가득 찬 스콧의 머릿속이었지만, 여전히 공격적이고 창의적인 생각은 남아 있었다.

"케런, 리처드 씨에게 소제기를 여섯 번 연속으로 하라고 해요. 그럼 이 여섯 개의 소송 건은 여섯 명의 판사에게 각각 배정될 거예요. 우리가 제일 많이 기부한 판사에게 배당된 소송을 계속하고 다른 소송 건은 취하하면 돼요."

시드는 예상대로 감동을 받았다. 케런은 지난번처럼 처음으로 포르노 영화를 본 대학생 같은 표정을 지었다. 스콧은 여전히 그의 가사도우미에 대해 생각했다……. 자기가 그녀를 배신한 것인가. 그는 비서를 소리쳐 불렀다.

"수우! 루디 구티에레즈의 전화번호 좀 알아봐 줘요! 이민 전문 변호사예요!"

케런이 물었다. "스콧, 연속으로 여섯 번이나 소를 제기하는 게 윤리적인 일이에요?"

"케런, 이건 법조 윤리에 관한 규정이지, 성경책의 내용이 아니야."

"커피는 대체 어디 있지?"

하이랜드 파크 베벌리 가 4000번지의 상업 스타일 키친에서 레베카 페니는 3년 만에 처음으로 직접 커피를 내려 마시기 위해 커피 원두와 핸드 밀을 찾아 찬장 문을 열었다 닫기를 반복했다. 순식간에 걱정과 두려움에 사로잡혀 매우 화가 나고 짜증나 있었다. 남편이 좋은 것들을 하나씩 망쳐 놓는 것인가? 콘수엘라를 잃은 게 시작에 불과한 것인가? 페니 집안의 가사도우미가 체포된 일은 곧 점심시간이 되면 하이랜드 파크의 모든 부인들 입에 오르내릴 것이다. 이제 그들은 레베카 페니를 어떻게 생각할까? 이 일이 과연 캐틀 바론스 무도회의 여성위원장이 될 수 있는 기회에 영향을 미칠 것인가?

"엄마, 콘수엘라는 어떻게 되는 거예요?"

부우와 파슈매가 식탁에 앉아 레베카를 바라보았다.

"부우, 나도 모른단다. 아침 먹으렴."

파슈매가 일어섰다. "페니 아줌마, 저 요리 잘해요. 저희 엄마 위해서 제가 항상 음식을 만들어 줘요. 계란프라이, 베이컨, 비스킷, 빻은 옥수수……."

"옥수수는 말고." 레베카는 다른 찬장을 열어 보았다. "커피는 어디 있지?"

파슈매는 프라이팬과 식기구를 내놓고는 가스레인지 앞에 의자를 끌어와 그 위에 올라섰다.

"우와, 멋진 스토브네요."

레베카는 커피 마시기를 포기했다. "나는 지하에서 운동하고 있을게. 불조심해야 돼. 빨리 다른 가정부를 구해야겠어."

"하이랜드 파크로 이민국이 들어왔다고, 스콧? 와, 누굴 화나게 한 거야?"

스콧은 이민 변호사인 루디 구티에레즈를 불렀다.

"그녀의 이름은 콘수엘라. 오늘 빼내 줘."

"스콧, 말도 안 돼. 이민국이 그렇게 해 주지 않을걸."

"왜 안 돼? 그저 가정부일 뿐인데."

"스콧, 9.11 이후로 불법체류 중인 모든 멕시코인은 국제 테러범으로 간주해. 이민국이 생각하기엔 그저 국제 테러범에 지나지 않아. 얄짤없지. 예전엔 그들이 그냥 재수 없는 놈들이었다면, 지금은 완전 개자식들이야."

"루디, 얼마가 되었든지 간에 돈은 지불할게. 그냥 빼내 줘."

"스콧, 추방당한 사건은 다투지 않는 편이 오히려 더 싸게 먹힐 거야. 이민국이 국경 밖으로 내보내게 한 다음 다시 국경을 넘어오도록 해서 여기로 돌아오게 하는 수밖에 없어."

"콘수엘라가 그걸 감당하지 못할걸."

"알았어, 하지만 가격이 만만치 않을 거야."

"얼마면 돼?"

"2만 5천……."

"오늘 수표 보낼게. 루디, 오늘 그녀를 찾아내서 모든 게 다 괜찮을 거라고 말해 줘. 우리는 그녀의 가족이고 우리와 함께할 거라고……. 그리고 루디, 그녀에게 미안하다고 전해 줘."

정오가 되기 전에 바비가 도서관에서 돌아왔고, 스콧과 바비는 함께 다운타운 클럽으로 향했다. 스콧은 여전히 무언가, 혹은 누군가를 강렬하게 치고 싶었다. 클럽으로 들어가는 엘리베이터 안에서 거울을 보던 스콧은 넥타이를 고치며 말했다. "바비, 온 세상에 클락 맥콜이 어떤 사람인지 반드시 알려 줄 거야."

"샤완다를 위한 거야, 아니면 맥콜이 네 가정부를 건드려서야?"

"모르겠어."

"알게 되면 말해 줘."

엘리베이터 문이 열리자 스콧이 앞장서서 클럽의 웨이트 주임이 있는 곳으로 갔다. 로베르토 앞에 선 스콧이 여느 때처럼 주문했다.

"로베르토, 두 명이요."

스콧과 마주한 로베르토가 웬일인지 스콧의 말을 듣고도 가만히 서 있었다. 마치 성모 마리아를 마주한 듯 두 눈을 크게 뜬 채로 얼어붙어 있었다.

"로베르토?"

"어…… 페니 씨…… 저는…… 어, 저는, 어…….."

"뭐죠, 로베르토? 우린 점심 먹으러 왔어요."

"페니 씨, 전 할 수 없어요."

눈앞에 있는 로베르토는 더 이상 그가 알고 지낸 다운타운 클럽의 웨이트 주임이 아니었다. 마치 방금 국경을 넘어온, 영어 못 하는 이민자처럼 굴었다.

"뭘 못 한다는 거죠?"

"자리를 내주는 거요."

"왜죠?"

로베르토의 이마가 땀으로 반짝였다.

"멤버가 아니어서요."

"멤버가 아니라는 게 무슨 소리예요?"

"페니 씨, 이제 더 이상은……."

"제가 더 이상 멤버가 아니라는 소리예요?"

로베르토가 고개를 끄덕였다. "네."

"스튜어트 불러 줘요."

스콧이 말을 마치자마자 로베르토가 점장을 찾으러 뛰어갔다. 스콧은 뒤에서 대기하던 세 명의 남자들에게 먼저 지나가도 된다고 고개를 끄덕였다. 일 분도 채 안 되어 스튜어트가 클럽의 경호원들과 함께 나타났다.

"스튜어트, 무슨 일이에요?"

스튜어트는 스콧을 마치 호화로운 다운타운 클럽에 나타난 부랑자를 보듯 업신여기는 눈빛으로 쳐다보았다.

"페니 씨, 당신의 회원권은 이사회에 의해서 취소되었습니다. 이곳에서 나가 주셔야겠습니다." 말을 마친 스튜어트가 스콧 뒤에 서 있는 다른 회원들을 향하여 손짓했다.

"로베르토, 저분들 자리 안내해 드려."

세 명의 남자들은 로베르토를 뒤따라가면서 스콧을 향해 호기심에 가득 찬 눈으로 힐끗 바라보고는 자기네들끼리 속삭였다. "스콧 페니잖아, 톰 디브렐의 변호사."

"농담하는 거죠?"

"아닙니다, 페니 씨."

스튜어트는 편지 봉투 하나를 내밀었다. 스콧은 얼른 낚아채 개봉한 뒤 다운타운 클럽의 이사회 측 편지를 빼내 들었다. 스콧 페니 변호사의 회원권이 취소되었음을 고지하는 편지였다. 화가 치밀어 올라 순간 스콧의 이마에 핏대가 섰다. 혈압이 급격히 올라갔다.

"페니 씨, 부탁드립니다. 나가 주세요. 아니면 대럴이 안내해 드릴 겁니다."

경호원인 대럴이 스콧을 향해 한 발자국 가까이 다가왔다. 대럴은 20대 초반의 건장한 청년으로 90킬로그램은 족히 나가 보였다. 상고머리를 한 그는 클립온 타이를 매고 있었고 굵은 팔에 꽉 끼는 폴리에스테르 스포츠 코트를 입고 있었다. 사각턱의 그는 스테로이드를 사용하는 역도 선수처럼 눈썹이 돌출되어 있었다. 스콧은 신이 내린 실력으로 미식축구를 했지, 약국에서 손쉽게 구입한 것으로 하지 않았다. 그는 그런 이상한 작자들과 시합을 많이 해 보았다. 약국에서 산 근육은 진짜가 아니다. 그 근육은 강하지 않을 뿐더러 힘이 있는 것도 아니었다. 그저 보기에 좋은 것에 불과했다. 스콧의 이론에 따르면 그랬다. 스콧 페니 역시 여전히 자연산의 근육질 몸을 자랑하는 83킬로그램의 건장한 남성이었다. 마음만 먹으면 대럴을 발로 차서 이 70층의 건물 아래로 떨어뜨릴 수 있을 것 같았다. 그는 대럴이 풍기는 고약한 입냄새를 맡을 수 있을 정도로 그에게 가까이 다가가 이를 꽉 깨문 채로 말했다. "하지 않는 게 좋을 거요."

스콧은 편지를 구겨서 스튜어트의 얼굴에 던지고는 돌아서 걸어갔다. 복도를 열 발자국 정도 걸어갔을 무렵 바비가 스콧을 멈춰 세웠다. "스콧."

스콧이 뒤돌아보았다. 바비는 벽에 걸린 클럽의 설립자 중한 명의 초상화를 가리켰다. 맥 맥콜의 초상화였다.

그때 맥 맥콜이 그의 앞에 있기라도 했다면 스콧 페니는 샤완다 존스처럼 그날 밤 철창 안에서 지내야 했을 수도 있다. 누군가를 향해 이토록 화가 난 적이 없었다. 미식축구 경기를 치를 때에도 이런 적은 없었다. 도저히 이런 상태로는 사무실로 돌아갈 수 없어 스카이워커를 가로질러 헬스장으로 향했다.

"주스 마실 수 있는 곳이 있어." 스콧이 프런트 데스크로 바비를 데리고 갔다.

그러나 그들이 프런트 데스크에서 마주한 건 스콧이 평상시 보았던 작고 마른 금발의 여성이 아니라 아까 보았던 대럴조차도 왜소하게 보이게 만드는 거대한 체구의 보디빌더 한이라는 자였다.

"여기서 기다리세요, 페니 씨."

"아, 젠장." 바비가 말했다. "다시금 데자뷔로구만."

한이 헬스장 고객들에게 나누어 주는 조그만 싸구려 운동 가방을 들고 나타났다. 그는 그 가방을 스콧에게 내밀었다.

"이게 뭐죠?"

"당신 로커룸에 들어 있던 것들이에요."

"왜죠?"

"회원권이 만료되었어요."

"언제부터요?"

"오늘 아침부터요."

"왜죠?"

"지시예요."

"누구 지시요?"

"클럽 매니저요."

"매니저에게는 누가 지시 내린 거죠?"

"전 몰라요."

한은 가슴 근육 때문에 제대로 되지도 않는 팔짱을 꼈다. 여기저기 튀어나온 이두, 삼두박근과 팔뚝 그리고 가슴 근육을 내보였다. 스콧은 스테로이드로 만들어진 근육에 관한 자신의 이론을 굳이 한에게 테스트하고 싶지 않았다. 대학시절 바에서 싸운 적이 있긴 하지만 음료를 파는 곳이나 술이 취하지 않은 채로, 그리고 한과 같은 덩치와는 싸운 적이 없다. 미식축구 경기에서는 늘 한두 명의 공격적인 라인맨의 백업을 받아왔다. 그들은 맨손으로도 곰과 싸울 수 있는 미친 사람들이었다. 바비가 팔을 잡고 "여기서 나가자"라고 말했을 때 스콧은 아무런 저항을 하지 않았다.

포드 스티븐스에 입사한 이래 처음으로 스콧 페니는 거리의 행상인이 파는 핫도그로 점심을 먹었다. 행상인들이 버는 수입 전액을 합쳐도 그가 지금 입고 있는 양복값보다 적었다.

두 개를 먹고 나자 후회가 밀려오기 시작했다. 두 사람은 중심부 도로를 걸었다. 이렇게 걷는 것도 수년 동안 하지 않던 일이다. 이런 신세로 전락하지 않았다면 평생 하지 않았을 일이다. 7월의 열기가 머리부터 발끝까지 덮쳐 5분 만에 땀에 흠뻑 젖었다. 머리카락과 얼굴이 금세 땀으로 번들거렸고 빳빳하게 풀을 먹인 셔츠가 이제는 젖은 휴지처럼 축 늘어졌다. 가슴과 등에서 흘러내린 땀이 속옷까지 적셨고 다리에서 흘러내린 땀은 양말을 적셨다. 2000달러짜리 양복 상의만이라도 보전하기 위해 그는 코트를 벗어 어깨에 둘렀다. 바비가 무언가 말하고 있었지만 스콧에겐 그저 주위에서 웅성대는 소리로만 들렸다. 스콧의 생각은 다시 맥 맥콜에 머물렀다.

바비가 말했다. "저 시민 지지자들을 봐, 어이가 없네. 진짜로 댈러스에서 하계 올림픽을 개최하려는 생각을 하다니. 운동선수들 절반은 이 용광로를 살아서 빠져나오지 못할 거야."

조금 더 걸어간 후 바비가 말했다. "예전엔 중심 도로에 룸 살롱하고 홍등가들이 가득했어. 닥 홀리데이가 치과를 운영한 이래 바로 여기서 최초의 살인을 저질렀지."

그리고 조금 후에 그가 다시 말했다. "보니와 클라이드*가 여기서 자란 거 알고 있어? 둘 다 여기에 묻히기도 했지. 클라이드의 무덤은 댈러스 서부에 있어. 보니의 무덤은 어디 있는지 몰라."

그들은 그렇게 걸었다. 바비는 스콧에게 댈러스에 관한 짧은 역사를 알려 주고, 스콧은 레베카가 자신에게 하루 일과를

* 1930년대 미국대공황 당시 연쇄 강도살인을 범한 범죄자커플로 희망 없는 세상에 맞서는 영웅처럼 인식되어 대중의 사랑을 받음.

말해 줄 때처럼 그저 이따금 고개를 끄덕이고 툴툴거리기만 했다. 그들은 시내의 서쪽 끝에 있는 딜레이 플라자에 도착했다. 그곳은 휴스턴과 코머스, 그리고 엘름 도로를 사이에 두고 있는 작은 삼각형 모양의 잔디밭이었다. 세 갈래의 지하도는 서쪽으로 향하고, 학교 책 보관소와 잔디 둔덕은 북쪽으로 향하고 있었다. 그곳은 1963년 11월 22일*의 모습을 여전히 그대로 간직하고 있었다.

바비가 말했다. "6층에 올라가서 창밖을 쳐다본 적 있어?"

스콧이 고개를 저었다.

"오즈월드 혼자 한 게 아닌 게 분명해." 바비가 말했다. "둔덕에 저격수가 있었던 게 분명해. 가 볼래?"

스콧이 다시 한번 고개를 저었다.

바비가 도로를 가리켰다. "저기야, 저기에서 루비가 오즈월드를 쐈지. 예전 감옥의 지하에서 말이야."

스콧이 툴툴거렸다. 오즈월드는 케네디를 쐈고, 루비는 오즈월드를, 샤완다는 클락을, 스콧은 맥을 쐈다. 마지막에는 역시 맥 맥콜에 대한 생각이었다.

바비가 말했다. "바로 여기야. 여기서 댈러스가 시작되었지. 160년 전에, 케네디 대통령이 저격당했던 바로 이 장소에서

---

* 무개차를 타고 댈러스의 환호하던 군중 사이를 지나가던 존 F. 케네디가 오즈월드의 총탄에 저격당한 날.

말이야. 좀 무섭지 않아? 어쨌든, 존 닐리 브라이언이라는 남자가 트리니티 강둑에 교역소를 지었어 — 바로 여기에 물길이 있었다는 거 알아? 매년 봄에 그 물이 시내에 범람해서 80년 전에 그 당시 지도자가 망할 놈의 강을 통째로 서부로 옮기고 홍수 나지 않게 하려고 큰 부두를 지었어. 댈러스 남부의 흑인들 가옥이 떠내려갔을 때는 당연히 그런 생각도 안 했지."

그들은 디브렐 타워로 돌아왔다.

바비가 말했다. "댈러스를 시작한 사람들 말이야, 그들은 동부에서부터 채권자들을 피해 온 자들이었어. 그냥 '텍사스로 갔다'라고들 말하지만 요새로 말하자면 '파산자'들과 같지. 그들은 채권자들이 인디안 보호구역까지는 쫓아올 용기가 있어도 이 지옥으로까지 쫓아올 정도로 바보가 아니라는 걸 확실히 알고 있었어."

6층짜리 니만 마커스 상점가에 다다랐을 때 스콧은 멈춰서서 늙은 여성 부랑자를 쳐다보았다. 그녀는 쇼핑카트에 쓰레기를 가득 채워 끌면서 쇼윈도 너머 브랜드 옷을 입은 하얀색 마네킹을 보고 연신 감탄했다. 가게 안에서는 하이랜드 파크의 부인들이 에스티로더 특별전을 둘러보고 있었다. 그 늙은 여자가 스콧과 눈이 마주치자 빠진 앞니를 드러내며 크게 웃어 보였다.

얼마쯤 더 걸어가던 그들은 시내 곳곳에 이상한 사람들이 즐비하게 늘어선 것을 알아차렸다. 열기와 소음 그리고 버스와 차에서 나오는 메스꺼운 매연을 헤집고 걸어가는 사람들, 부랑자와 걸인들, 이가 빠진 늙은 여성들, 수염을 기른 남자들, 어린 아이들을 유모차에 태운 멕시코계 소녀들과 터프하게 보이는 흑인 남자들 그리고 거리를 통제하며 다니고 있는 경찰관들까지. 이 거리에는 또 다른 세계가 펼쳐지고 있었다. 페라리를 타고 지나갈 때는 몰랐던 세계다. 거리에 늘어선 이들은 그저 가로등이나 시설물 그리고 쓰레기통과 같은 무생명체에 지나지 않았다. 스콧의 삶은 지면으로부터 620피트 떨어진 상공에 위치한, 에어컨이 나오는 편안한 곳에서 이루어졌다. 바비가 사람들에게 명함을 건넸다.

"바비, 뭐하는 거야?"

"의뢰인들을 호객하는 거지. 스콧, 나는 거리의 변호사고 여긴 거리야. 너에게는 부랑자나 걸인들로만 보이겠지만 나에겐 의뢰인으로 보여! 여기가 바로 나의 다운타운 클럽이란 말이야."

바비는 금세 실수를 알아챘다.

"젠장, 그 생각 안 나게 하려고 지난 한 시간 동안 최선을 다해 노력했는데 이제 와서 또 말해 버렸네, 미안."

하지만 스콧의 머릿속은 이미 자신의 완벽한 삶이 갖추어진 62층으로 가득 차 있었다. 이제 맥 맥콜은 손가락 사이에 쇳조각을 끼우고 미친 듯이 주먹질하는 짓이란 하지 않을 것이다. 그보다 훨씬 더 심한 일을 벌이고 있기 때문이다. 그는 스콧의 완벽한 삶을 송두리째 빼앗아 가고 있었다.

가까이 다가온 암울한 기운이 스콧 페니를 둘러싸고 있었다.

만약 이번 퍼팅에 성공한다면 레베카 페니는 스코어를 74
타로 끝내 최저타를 기록하게 된다. 연습 스윙을 두 번 하고는
천천히 걸어가 거리를 계산한 뒤 퍼터를 공 뒤에 놓고 안정적으
로 균형을 맞출 때까지 무게 중심을 잡았다. 그녀는 오늘 레슨
을 위해 500달러를 지불한 젊은 프로골프 선수 트레이가 자신을
눈여겨보고 있는 걸 알고 있었다. 하지만 그는 그녀의 자세를
관찰한 게 아니라 그녀의 엉덩이를 쳐다보고 있던 중이었다. 그
는 그녀가 퍼팅할 때마다 그녀 바로 뒤에 바짝 다가섰다.

트레이는 벌써 62타로 마쳤다. 스물여섯 살인 그는 미남형
으로, 과거 전미 골프선수였다. PGA로부터 올해 남은 토너먼트
경기의 출전 자격 통지서를 받아 놓은 상태였다. 이번 주가 이
클럽에서의 마지막 주였다.

레베카가 부드럽게 스윙을 했고 직선으로 날아가던 공이
홀 안으로 들어갔다.

"바로 그거야!"

트레이가 그녀 곁으로 걸어갔다. 그들은 클럽의 18번 홀에
서 하이파이브를 했다. 여느 때처럼 레베카를 바라보았고, 그녀
는 트레이의 눈에서 그가 필요로 하는 것을 보았다. 그는 삶 그
자체보다 그녀를 더 필요로 했다. 그들은 지난 7개월 동안 섹스

를 해 왔다.

그들은 다시 카트를 몰고 클럽하우스로 돌아갔다. 트레이가 카트를 주차하자 한 흑인 소년이 나타났다.

"검정색 메르세데스 쿠페 차주이세요, 페니 부인?"

"네?"

"당신 차가, 검정색 쿠페?"

"네, 무슨 일이죠?"

"당신 클럽들을 차에 가져다 놓을게요."

"제 차로 가져다 놓지 마세요. 그냥 클럽하우스 안에다 두세요, 항상 그랬던 것처럼."

"포터 씨가 당신 차로 가져다 놓으라고 했어요."

"왜요?"

그는 어깨를 으쓱했다. "모르겠는데요, 부인."

레베카가 트레이 쪽을 돌아보았다. 그 역시 어깨를 으쓱했다. 그녀는 클럽하우스 안의 골프숍에 들어가 점장인 어니 포터가 있는 사무실로 들어갔다. 프로선수에 발탁되지 못한 어니는 지난 20년 동안 골프레슨을 하고 토너먼트 경기를 주최하며 골프숍을 관리해 클럽, 골프공 그리고 골프용 슈즈를 판매한 대금의 일정 퍼센트를 챙기며 살아왔다.

"어니?"

그가 고개를 들었다. "네, 페니 부인."

"점원 애가 당신이 제 클럽을 제 차로 가져다 놓으라고 했다더군요?"

"네, 부인."

"왜요?"

"그게 불편하시다면 댁으로 직접 보내드릴게요."

"제 클럽을 집으로 가져가고 싶지도 않아요. 전 여기서 매일 골프 친다고요."

레베카의 말을 듣던 어니는 갑자기 불편한 기색을 보였다.

"페니 부인, 모르고 계셨어요?"

"뭘 몰라요?"

어니가 종이를 뒤적이더니 의자에서 몸을 비틀며 말했다.

"남편이신, 페니 씨…… 어…… 그는…… 어…… 더 이상 여기 회원이 아니에요."

"네? 우린 4년 동안 여기 회원이었는데요?"

"음, 페니 부인, 좀 더 정확히 얘기하면 당신 남편이 회원이고 부인은 그의 배우자로서 골프를 칠 수 있는 권한을 가진 거예요. 그런데 이제 남편분이 회원이 아니기 때문에 부인에겐 더 이상 권한이 없어요. 내규에 그렇게 되어 있어요."

"언제부터 회원이 아니죠?"

"오늘부터요."

그녀는 부엌 탁자에 앉아 스콧을 바라보았다. 부우가 스콧의 무릎 위에 앉아 어깨에 기대어 훌쩍였고, 스콧은 부우의 땋

310

은 머리를 쓰다듬어 주고 있었다. 파슈매는 레베카 건너편에 앉아 턱을 괴고 시무룩한 표정을 지었다.

"엄마, 콘수엘라는 이제 절대 돌아오지 않는대요!"

레베카는 손을 허리에 얹고 소리치지 않으려 노력했다.

"수우가 이달 클럽 회비 지불 안 했어?"

스콧이 눈을 들어 그녀를 보면서 벙찐 얼굴로 고개를 끄덕였다.

"어니가 이제 당신은 회원이 아니라는데."

스콧이 다가와 탁자 위에 놓인 종이를 손으로 가리켰다. 그녀는 클럽에서 보낸 편지인 것을 알아차렸다. 스콧이 레베카에게 편지를 건넸고 이를 받아든 레베카가 편지 내용을 따라 쭉 읽어 내려갔다.

친애하는 페니 씨,

저희 회원권 위원회는 클럽에 귀하가 계속 소속되어 있을 경우 저희 회원권의 사회적 품격이 떨어질 것이라고 보았습니다. 그러므로 귀하의 회원권은 오늘 날짜부로 취소되었음을 말씀드립니다. 이 구역에 출입을 삼가 주실 것을 부탁드립니다. 귀하의 개인 용품은 마지막 청구서와 함께 주소지로 배송하도록 하겠습니다.

"맥콜이야." 그가 말했다. "다운타운 클럽하고 피트니스 클럽에서도 쫓아냈어. 내가 변호하는 걸 그만두라고 압박하는 거야."

311

"젠장, 스콧 내가 말했잖아!" 레베카가 편지를 바닥으로 떨궜다. '스콧 페니'라는 차를 타고 가는 여행은 끝이 나고 있었다. 다만 이 끝에서 부드럽게 착지하느냐, 아니면 불타는 채로 곤두박질치게 되느냐가 의문이었다.

스콧이 책을 집어 들고 침대 옆 의자에 앉았다. 아이들은 부우의 침대에 앉아 있었다. 스콧의 몸에서 모든 힘이 빠져나갔다. 하루 만에 그는 가정부를 잃었고 음식점에서, 헬스장에서 그리고 컨트리클럽에서 회원권을 빼앗겼다. 맥 맥콜이 워싱턴에 앉아서 댈러스를 조종하며 그저 전화 몇 번으로 스콧의 완벽했던 삶에 영향을 끼칠 수 있는 그런 힘을 가지고 있다는 생각만으로 스콧은 자신이 이 세상에서 어떤 존재인지 여실히 깨달을 수 있었다. 스콧 페니를 그렇게 특별한 존재로 만들었던 건 텍사스와의 게임에서 193야드[176미터]를 뛴 사실이 아니었을지도 모른다.

"약속을 지키지 않았어요." 부우가 단호한 목소리로 말했다. "이제 콘수엘라가 가고 없잖아요."

스콧은 모든 방법으로 육체적인 고통을 받았지만 무엇보다도 지금 자신의 딸을 실망시킨 것에 대한 죄책감보다 더 힘든 것은 없었다.

스콧은 안경을 벗었다. "미안해, 부우."

"다시 데려와요."

"노력하고 있어." 스콧은 안경을 다시 쓰고 책을 펼쳤다.

"어디까지 읽었지? 수정헌법 제13조까지 읽었었나?"

부우가 말했다. "이거 말고 다른 것에 대해 얘기하고 싶어요."

스콧이 책을 덮었다. "알았어, 어떤 건데?"

"유언이 뭐예요?"

"유언이란 한 사람의 죽음에 있어 그의 재산을 처분할 의사를 입증하는 법적인 선언서야."

부우는 멍한 표정을 지었다. "쉽게 얘기해 줘요." 부우가 말했다. 파슈매도 고개를 끄덕였다.

"네가 죽으면 누가 네 것들을 가지는지 얘기해 주는 걸 유언이라고 해."

아이들은 서로를 바라보곤 고개를 끄덕였다. 부우가 말했다. "그래서 내가 죽으면 내 물건은 누가 가져요?"

"네 엄마가 가지지."

"그럼 엄마가 죽으면요?"

"내가 가져."

"그럼 아빠랑 엄마 둘 다 죽으면 엄마 아빠 물건은요?"

"네가 가지지."

"그럼 저는 누가 가져요?"

"아."

"할아버지 할머니는 돌아가셨고, 삼촌이나 이모, 오빠나 언

313

니도 없고…… 이젠 콘수엘라도 없잖아요."

"글쎄, 첫 번째로 부우, 네 엄마와 나는 금방 죽을 예정도 없고, 그래서 이건 다 가정적인 거야."

"다 뭐라고요?"

"가정, '만약 이렇다면 어떻게 될까' 하는 거 있잖아. 하지만 걱정 마, 네 엄마와 나랑은 널 잘 돌봐 줄 테니."

파슈매가 말했다. "엄마가 말했는데 내 가족들은 다 죽었거나 감옥에 있대요."

"그럼 만약 그런다면 어떻게 해?" 부우가 말했다.

"만약 뭘 그래?"

"너랑 네 엄마가 죽으면 어떻게 돼?"

"몰라, 부우. 그런 생각 많이 안 해 봤는데."

부우가 1달러짜리 지폐와 동전들을 꺼냈다.

"아빠를 우리 변호사로 고용하고 싶은데 우리는 13달러밖에 없어요. 그래서 엄청 빨리 일하셔야 될 거예요."

"내가 뭘 하면 되지?"

"파슈매의 엄마가 돌아가시면 우리가 파슈매와 함께 살고 아빠랑 엄마가 죽으면 파슈매의 엄마와 제가 같이 산다는 유언을 적어 주세요."

"빈민가에서?" 스콧이 반사적으로 되물었다.

"아니요, 제가 이 집을 가질 테니깐 여기서 살 거예요."

아이들 두 명 다 고개를 끄덕였다. 그리고 스콧은 그날 처음으로 미소를 지었다. 샤완다 존스가 하이랜드 파크 중심의 베벌리 가 4000번지 집에서 사는 여인이 된 것을 상상하며 말이다.

17

"맥콜은 개자식이에요."

"내가 뭘 모르고 있는지 말해 주게."

그다음 날 아침 9시, 스콧은 댄 포드의 소파에 기대어 앉아 있었다. 그의 대표 변호사는 자신의 자리에 앉아 있었고 마치 고해성사를 듣는 신부처럼 손을 포개고 있었다.

"하지만 그는 돈도 많고 힘도 강해, 스콧. 바로 그게 그를 엄청나게 위험한 개자식으로 만들지."

"그와 친구잖아요."

"내 친구라고 말한 적은 없다네. 사실 그 자식을 배신할 생각은 없어. 하지만 그는 다음 대통령이 될 거고, 우리는 그가 이 로펌과 친구가 되는 걸 원하지."

"댄, 다운타운 클럽이나 헬스장 그리고 컨트리클럽 없이도 살 수 있다고 말해 줘요. 제 회원권을 강탈해 가는 거…… 좋아요, 괜찮아요. 하지만 콘수엘라를 데려가는 건, 살면서 여태껏 단 한 명도 다치게 한 일이 없는 불쌍한 멕시코계 소녀를 다치게 하는 건…… 이건 세계 나온 게 아니에요, 댄. 이건 그냥 비열한 짓거리죠. 맥 맥콜 보고 '당신은 나쁜 새끼'라고 전해 줘요." 스콧은 이날 아침 싸우고 싶어 몸이 근질근질할 정도로 각성 상태가 되어 있었다. "아니, 그럴 필요도 없겠네요. 맥콜 전화번호 좀 알려 주세요. 제가 직접 할게요."

댄이 웃었다. "스콧, 그러는 게 아니네."

"아시다시피 댄, 전 한 번도 필드를 버린 적이 없어요. 모든 팀이 자기네가 줄 수 있는 최고의 한 방을 제게 먹였어요. 그래도 전 언제나 일어났고요."

댄이 고개를 끄덕였다. "자넨 굳세었었지."

"전 여전히 그래요." 스콧이 검지로 자신의 머리를 툭툭 치며 말했다. "바로 여기, 당신이 기억하는 그 굳셈이 여기에 있어요. 모두가 신체적으로 고통을 당해도 정신적으로 강인한 사내는 바닥을 치고 일어나 끝까지 싸우죠. 맥콜은 제게 그가 할 수 있는 최고의 한 방을 날렸지만 전 일어났어요. 그 작자에게 말해 주세요. 난 여전히 건재하다고 — 그리고 이제부터 더 세게 싸울 건데, 각오하라고도 전해 주세요."

말을 마치고 자리에서 일어나 문 쪽으로 가는 스콧을 댄이 불러 세웠다.

"스콧."

"예?"

"그게 그의 최고의 한 방인 건 어떻게 확신해?"

스콧이 나가고 몇 분 지나지 않아 댄은 맥 맥콜과 통화했다. "그놈이 아직 무너지지 않았다고?"

"그렇다네, 그는 여전해."

"그렇다면, 이제 곧 그는…… 아니 댈러스의 모든 사람이 그의 마누라가 클럽의 보조 프로골퍼와 바람피우고 있다는 걸 알게 될 거야."

"트레이, 맙소사. 그놈이 그곳에서 남의 와이프들을 상대로 잘난 체하고 있군. 그가 우리에게 대가를 치러야 하겠네. 근데 그건 어떻게 알았지?"

"델로이가 그동안 염탐을 해 왔지."

"이런, 맥, 아직 발설해선 안 돼. 스콧이 그걸 알게 될 경우를 생각해 봐. 자신의 와이프가 바람을 피웠다……. 그게 그를 더 힘들게 할 거야."

"페니를 걱정하는 듯 말하는군."

"그는 내가 만난 젊은 변호사 중에서 단연 최고의 변호사야……. 내겐 아들이나 다름없어."

"댄, 아들은 위험한 존재일 수 있어."

스콧은 여느 때처럼 사무실에 도착해 메일부터 확인했다. 다만 달라진 것이 있다면 오늘 아침에는 메일을 읽고서 1,000달러를 청구하는 대신, 그 금액의 몇 배는 더 되는 납부비용을 눈으로 확인해야 했다. 메일 한 통은 국세청에서 온 것으로 사회보장 분담금 7만 5,000달러 환급을 요구하는 것이었다. 콘수엘라 일과 관련된 일종의 벌금이었다. 스콧은 댄의 말을 떠올렸다. 맥 맥콜이 자신에게 할 수 있는 일은 아직 남아 있다는 댄의 말이 경고였다는 것을 알았다.

스콧은 재정 상태를 확인했다. 10만 달러를 가지고 있었지만 예금 잔고에는 가감이 있을 터였다 — 실제로 2만 5,000달러의 감소분이 있었다. 어제 루디 구티에레즈에게 수표를 보냈기 때문이다. 예금 잔고에서는 이자 소득이 거의 발생되지 않았다. 401K 계좌에는 20만 달러가 더 있었는데, 모두 첨단 장비 관련 주식이었고, 반 토막이 나 있었다.

주택 자금 대출이 280만 달러, 페라리 구입 대출 17만 5천 달러, 벤츠와 레인지로버 대출 15만 달러 그리고 신용카드비 2만 5,000달러가 있는 상태였다. 채무가 총 315만 달러였다. 자동차들은 팔면 남는 게 없고, 주택은 최근 댈러스의 고가 주택시세의 가격상승이 눈화되긴 했지만 아마도 대출을 제해도 100만 달러는 남을 것이다.

유일한 수입은 회사에서 받는 월급 6만 2,500달러가 전부였지만 세금을 공제하고 나면 4만 2,000달러밖에 되지 않았다. 그리고 그것은 한여름 도로 위로 떨어진 빗방울보다 더 빨리 사라져 버릴 것이다. 매달 페라리에 갚는 4,000달러, 레베카의 메르세데스와 레인지 로버에 갚는 3,000달러, 주택 담보 대출금 이자로 내는 매달 1만 6,000달러, 재산세와 보험 프리미엄 에스크로에 지출되는 1만 달러 그리고 수도, 전기 가스비와 유지비로 나가는 4,000달러를 빼면 음식비, 옷값, 외식비, 오락비 그리고 클럽 회비로 써야 하는 돈은 5,000달러밖에 남지 않았다. 적어도 이제부터 클럽 회비는 내지 않아도 되었다. 여태까지 돈을 아껴야 한다는 걱정은 해 본 적이 없었다. 집은 곧 은행 계좌였고, 퇴직금 적립 계좌였으며, 불황 준비 기금이었다. 당연히 집을 팔거나 대출금을 대환 받아야만 이 계좌들에 손을 댈 수 있었으나, 처음부터 댄 포드가 은행장에게 개인적으로 부탁하여 280만 달러 대출 특혜를 마련해 주었기 때문에 그럴 필요가 없었다.

스콧은 은행 계좌에서 7만 5,000달러를 빼내어 수표 뒷면에 '망할 놈의 국세청'이라고 적고는 의자에 기대앉아 맥콜이 다음번엔 자신에게서 무엇을 뺏어 갈지를 생각해 보았다.

스콧의 사무실 소파에 앉아 바비가 말했다. "7만 5,000달러? 젠장, 난 지금 가진 걸 모두 팔아서 빚을 갚아도 여전히 7만 4,000달러의 빚이 있는데, 넌 수표를 썼다고?"

"그래, 하지만 그건 내가 가진 현금 전부였어."

"그거 알아, 스콧? 맥콜은 내가 상상했던 거보다 더 많이 뺏어 가고 있어. 내 말은, 화난 건 당연하다고 쳐도 네 인생을 무너뜨리려는 것은 별개의 문제잖아. 그건 스티븐 킹의 세계* 로 들어가는 건데."

"바비, 그가 내 인생을 무너뜨릴 순 없어. 내 가정부, 회원 권 그리고 돈을 빼앗아 갈 순 있겠지만 나를 무너뜨릴 수는 없 어. 내겐 아직 연간 30만 달러를 지불하는 의뢰인들이 있거든."

"페니 씨?"

수우가 문 앞에 서 있었다.

"네?"

"디브렐 씨가 전화했었어요. 지금 즉시 보고 싶다고 얘기했 어요."

아름다운 금발의 여직원이 오늘은 스콧에게 결혼했는지를 묻지 않았고, 말린은 스콧에게 미소 짓지도 않았다. 스콧이 옆 을 지나쳐 톰 디브렐의 서재로 들어갈 때 시선을 딴 데로 돌릴 뿐이었다. 들어서자마자 짜증 가득한 톰의 표정을 보며 스콧은 이번엔 비서 두 명에게 저지른 성희롱 문제를 해결한 일로 협상

* 스티븐 킹의 소설이 공포물/미스터리/드라마로 분류되어 이를 빗대어 말 한 것.

321

해야겠다고 생각했다. 물론 그가 협상을 할 것인지에 대해서는 확신할 수 없었다.

"무슨 일이에요, 톰?"

톰이 소파로 손짓했다. "스콧, 앉게."

스콧은 판자 모양으로 바닥에 납작하게 깔려 용접된 커피 테이블을 지나 부드러운 가죽 소파에 철퍼덕 앉았다.

변호사와 의뢰인은 20피트^{약 6미터} 높이의 값비싼 가구들 너머로 서로를 바라보았다.

"스콧, 우리가 함께한 지가 오래 됐지."

"11년이에요, 톰. 제가 변호사가 된 이후로 계속이죠."

"자넨 내가 본 변호사 중 최고였어, 스콧. 난 조금 더 많은 변호사를 거쳐 왔지."

"감사합니다." 스콧은 웃었고 미소 지었다. "그거 알아요, 톰? 대학시절 여자친구와 헤어질 때 처음에는 그녀에게 아름다웠다고 말하곤 했죠."

톰은 고개를 끄덕이고 숨을 내쉬었다. 하지만 그는 미소 짓지 않았다.

"스콧, 우린 이제 결별이야."

"네?"

"자넨 이제 나의 변호사가 아니야."

순간 두려움을 느낀 스콧은 소파에서 벌떡 일어나 톰 앞으로 다가갔다. 자기 앞의 '부자 의뢰인', '법률 자문비 30만 달러'

를 내려다봤다. 의뢰인 톰 디브렐을 잃었을 때의 참혹한 결과가 머릿속을 빠르게 지나가며 눈앞이 아득해지고 심박수가 빠르게 증가했다.

"톰…… 왜죠?"

"스콧, 거기까지 가지 않는 게 좋아. 끝난 거야."

"하지만…….

"그러지 말아, 스콧."

스콧은 마치 머리에 총이라도 맞은 듯이 몸을 제대로 지탱하지 못했다. 이해할 수 없었다. 톰에게서 돌아서서 문 쪽으로 몇 발자국 걸어갔다. 그리고 그는 거기서 여태껏 본 적이 없는, 아니 한 번도 제대로 보려고 하지 않았던 것을 보았다. 눈을 질끈 감았다 떴다. 벽에는 톰 디브렐과 상원의원 맥 맥콜이 골프 대회에서 찍은 사진이 걸려 있었다. 스콧은 톰을 향해 돌아보며 사진을 가리켰다.

"그가 시킨 거죠, 그렇죠? 맥콜이죠?"

그들은 서로 눈을 마주한 채로 오랫동안 있었다. 톰은 머리가 아프다는 듯 한껏 찌푸린 표정을 하며 고개를 끄덕였다.

"스콧, 미스터리에 대한 정답을 알려 줄까?"

"어떤 미스터리요?"

"내가 지금 존 F. 케네디 암살사건을 말하는 거겠어? 도대체 어떤 빌어먹을 미스터리에 대해 말하고 있다고 생각해? 모든 사람이 실패하고 재산을 잃었을 때 나, 톰 디브렐만은 부동산

파동에서 어떻게 생존했는지를 말하는 거야."

스콧이 고개를 끄덕였다.

"맥콜이야. 그가 날 살렸어. 이 건물의 대출금을 잡고 있던 뉴욕의 펜션 펀드회사가 담보권을 행사하려고 했어. 그들은 의회에 그들 투자에 세금 우대 조치를 가능하게 하는 법률을 제정하기 원했지. 그때 맥이 그들에게 내 건물의 담보권을 행사한다면 그런 법률은 없을 거라고 압박해서 담보권 행사를 중단했다네. 그리고 새로운 우체국 건물과 법원 센터와의 계약을 잡아줘서 현금 유동성을 확보해 주었어. 스콧, 그렇게 그가 날 구해준거야. 우리가 이웃이라는 점과 내 정원사를 그의 집에 보내 잔디를 깎아 주었다는 이유만으로 그렇게 해 준 거라네. 그리고 지금까지 단 한 번도 내게 뭔가를 부탁한 적도 없어. 그는 내게 대부 같은 존재야, 스콧. 이제야 마침내 내게 뭔가를 부탁했어. 난 그걸 거절할 수가 없어. 그에게 빚진 게 있기 때문이지."

"저는 어떻게 했는데요? 다른 변호사들이 당신을 똥처럼 취급하며 거부했을 때 전 당신을 위해서 일했어요. 11년 동안 정말 충성스럽게 일해 왔잖아요. 저한텐 빚진 게 없어요?"

스콧의 말에 잠시 움찔하던 톰은 이내 어리둥절해했다.

"스콧, 내가 자네에게 빚진 건 다 돈으로 갚았어. 매달. 사실 더 많이 쳐주었지. 지난 몇 년 동안 자네가 원래 비용보다 훨씬 부풀려 청구한 걸 내가 모르고 있는 줄 알았나? 자네의 로스쿨생들을 위해 비용을 청구하는 것은 물론, 신규 채용 변호사들

324

을 내 사건으로 연수시키고, 복사와 팩스 그리고 전화통화에 든 비용을 체크하고 우리가 함께 점심 먹은 시간까지 비용 청구하며 시간을 더 늘렸지. 하버드 나온 그 MBA들을 내가 왜 고용했겠어? 내 건강 때문에? 난 이 회사에서 나가는 단돈 1달러까지 어디로 흘러가는지 훤히 알고 있다네! 2, 3백만 달러 정도 더 청구했겠지. 하지만 그게 당신이 나에게 원하는 거잖아. 친분이 아니라 돈이었지. 그래서 난 그것으로 자네에게 진 빚을 갚았어. 스콧, 돈으로 말이야. 충성심이 아니라네. 난 내 친구들에겐 충성스러워. 하지만 당신은 내 친구가 아니잖아. 당신은 내 변호사지."

"그래요, 톰. 당신의 변호사로서 몇 가지 규칙을 어긴 적은 있어요…… 당신을 위해서 윤리적, 법적 한계를 모두 뛰어넘은 적도 있었고요. 당신의 거래가 성사되게 하기 위해서!"

톰은 마치 항복한다는 듯이 손을 들었다. "스콧, 그것에 대해선 아무것도 몰라. 난 그저 멍청하고 더러운 개발업자일 뿐이라네. 난 복잡한 법률문제는 엄청나게 똑똑한 변호사에게 맡기지."

그는 미소 지었다.

"한 달 전쯤 톰, 바로 여기에서 홈에 낀 당신을 구해 달라고 했죠…… 이름이 뭐였죠, 나딘? 그때도 제가 해결해 주었잖아요. 당신은 절대로 잊지 않을 거라고 말했죠."

"잊지 않을 거야. 스콧, 그건 절대로 잊지 않을 거야. 하지만 그건 비즈니스일 뿐이라네."

그는 로스 페로의 변호사이다.
그는 제리 존스의 변호사이다.
그는 마크 큐번의 변호사이다.
그는 톰 디브렐의 변호사였다.

변호사라면 자신의 의뢰인이 다른 변호사에게 가는 것보다 차라리 자신의 아내가 다른 남자와 도망치는 것이 더 낫다고 생각할 것이다. 아내의 배신은 그녀를 의심하게 만들지만 의뢰인의 배신은 자기 자신을 의심하게 만든다. 사실, 의뢰인의 배신은 변호사인 자신이 누구인지, 그가 어떠한 존재인지를 묻게 만드는 *유일한* 것이었다. 왜냐하면 아내 없는 변호사는 여전히 변호사가 될 수 있지만 의뢰인 없는 변호사는 그냥 사람, 그뿐이었기 때문이다.

변호사의 정체성은 그가 대리하는 의뢰인들에게서 형성된다. 변호사의 힘, 위신, 영향력, 부, 명예, 그리고 사회에서의 지위, 그가 어떠한 존재인지 그리고 그가 누구인지는 바로 그가 대리하는 의뢰인에 의해서 결정되는 것이다. 그의 의뢰인이 부자여야 그가 좋은 변호사가 되는 것이다.

스콧은 이제까지 댈러스에서 중요한 변호사로서 이 디브렐 타워의 엘리베이터를 타고 올라갔다. 돈 많은 의뢰인을 가진 변호사로서 말이다. 그가 스콧 *페니, 톰 디브렐의 변호사*였다. 하지만 지금 그는 도대체 누구로서 엘리베이터를 타고 내려오고 있는 것인가? 그는 엘리베이터 거울에 비친 남자를 알아보지 못했다.

그의 첫 번째 정체성은 버치의 아들이었다. 그리고 미식축구의 재능이 알려지면서부터는 미식축구 선수였다. 이후 지난 11년 동안은 톰 디브렐의 변호사로 알려져 왔다. 그에게는 항상 정체성이 있었다. 하지만 지금의 스콧 페니는 누구인가? 그저 부자 의뢰인이 한 명도 없는 그저 그렇고 그런 변호사일 뿐이었다. 라틴계의 웨이터를 최고의 의뢰인으로 가지고 있는 바비보다 나을 것이 없었다.

인생에서 처음으로 그는 자신이 누구인지 모르게 되었다.

사무실로 돌아와 소파에 앉아 있는 바비를 발견하고 책상 위에 우편물이 놓여 있는 것을 보았지만 스콧은 별로 개의치 않았다. 여전히 충격에서 헤어나오지 못한 채로 멍하니 바라볼 뿐이었다. 우편물 겉면에는 댈러스 제일은행이라고 적혀 있었다. 이곳이 자신과 어떤 연관이 있는지도 희미했다. 스팸메일인 양 무심히 봉투 윗부분을 뜯고 내용물을 꺼내 집어 들었다. 그리고 그는 천천히 읽어 내려가면서 알아차릴 수 있었다. 손에 든 건 자신의 사망선고를 알리는 기사였다.

은행은 자신이 소유한 주택과 차에 대한 돈을 요구하고 있었다. 열흘 안에 차 세 대에 대한 채무로 32만 5,000달러를 지불해야 했고 한 달 안에 주택 대출금 280만 달러를 갚아야 했다. 돈을 제때 내지 못할 경우 차는 즉시 압류되고 주택에 대해서는 담보권이 행사될 것이었다. 한순간에 집과 페라리를 잃게 될 처지에 놓였다.

그의 완벽한 삶은 곧 사라지게 될 터였다.

스콧은 패배감에 사로잡히려는 것을 간신히 억눌렀다. 실제로 졌을 때조차도 그는 단 한 번도 패배한 적이 없었다. 패배를 인정하지 않았기 때문이다. 대신 지금처럼 몹시 분노했다. 숨이 가빠왔다. 분노에 차서 몸에 힘이 실렸다. 이를 꽉 깨물고 전화기를 들어 은행장인 테드 시드웰의 핸드폰 번호를 눌렀다. 테드가 첫 번째 신호에 전화를 받았다.

"테드, 스콧 페니예요. 도대체 뭐가 어떻게 된 거예요?"

"스콧, 독촉장이에요. 우리는 그저 독촉한 것뿐이에요."

"왜죠?"

"그 대출은 스콧, 당신이 부탁해서 대출해 준 거였어요. 우리도 훗날 뭔가 요구하려면 부탁을 들어줘야죠. 그게 이 바닥의 게임 방식이잖아요."

"아, 알겠어요. 맥콜이군요. 그냥 다른 은행과 거래하겠어요."

테드가 웃었다. "요즘 같은 불황에서요? 그리고 톰 디브렐을 잃은 채로요? 그건 어려울걸요."

"소식 하나는 빠르군요."

"전 당신이 알기 전에 알았어요."

"팔아 버리겠어요. 대출금보다는 100만 달러가 더 나가요."

"30일 안에 팔겠다고요? 당신 대출금액만큼의 가격에 팔기만 해도 운이 엄청나게 좋은 거예요."

"파산으로 돌리죠. 6개월, 아니 일 년 정도는 버틸 수 있을 거예요."

"그것도 안 될 거예요. 은행이 슈나이더 재판장 주택의 지불각서를 가지고 있어요. 슈나이더는 파산법원의 판사예요. 호의가 뭔지를 잘 이해하죠."

스콧은 변호사식 논박이 더 이상 생각나지 않아 미식축구식으로 반박했다. "꺼져 버려, 테드."

그는 수화기를 거칠게 내려놓았다.

바비가 몸을 일으켜 세웠다. "무슨 소리야?"

바비는 땀으로 젖어 있는 스콧의 얼굴을 바라보았다. "은행에서 내 차와 집에 독촉장을 보냈어."

"담보 대출금을 어떻게 독촉할 수 있어?"

"네가 생각하는 그런 대출금이 아니야. 통상 280만 달러를 30년 동안 5퍼센트 이자로 대출받긴 어렵지, 바비. 단, 대출금 상환을 요구하면 30일 안에 갚아야만 하는 방식이야."

"세상에, 대환 대출은 가능해?"

"아니, 이런 조건은 댄이 그 은행장이라는 자식에게 부탁했기 때문에 가능했던 거야."

"지금 은행장에게 영향을 미치고 있는 사람이 누군지 알겠네?"

스콧이 고개를 끄덕였다.

"집을 팔면 되지 않을까?"

"레베카가 죽으려 할 거야. 그녀에게 이 집은 모든 거나 다름없어."

"젠장, 스콧, 300만 달러 받지 않아? 뭐 어떻게 할 수 없어?"

바비의 말에 스콧의 얼굴에 그늘이 졌다. 잠시 주저하던 스콧이 어렵사리 말을 꺼냈다. "나 방금 디브렐에게 해고당했어."

레베카가 말했다. "당신이 톰 디브렐의 변호사가 아니라면 난 대체 누구야?"

집에 오는 내내 스콧은 레베카와 대면할 이 순간을 위해 준비했다. 그는 자신의 연극이 아내에게 더 설득력 있기를 기도했다.

"필요 없는 사람이야."

"필요 없겠죠. 하지만 그의 300만 달러는 필요하잖아. 봐봐, 스콧, 변호사들 아내 대부분이 그들 남편이 사무실에서 뭘 하는지 몰라. 하지만 난 알아. 11년 동안 당신이 날 얼마나 교육시켰는지 상상하기 어려울 거야. 로펌에서 어떻게 일이 돌아가는지 안다고. 게다가 300만 달러짜리 의뢰인을 잃은 파트너 변호사는 곧 잘릴 거라는 것도 알고 있어. 그렇게 되면 우린 어떻게 되지? 스콧, 이 집을 어떻게 감당할 거냐고."

스콧이 창문 쪽으로 자리를 옮겼다. 말을 이어 나갔지만, 레베카를 쳐다보지는 않았다.

"그게 말이야, 문제는 집에 있어. 레베카, 은행이 독촉장을 보냈어. 280만 달러를 30일 안에 갚아야 해. 먼저 팔면 몰라도."

스콧이 말을 마치고 돌아섰다. 레베카가 창백한 얼굴로 다리에 힘이 풀린 듯 주저앉았다. 멍하니 벽만 쳐다보던 레베카가 혼잣말을 하듯이 중얼거렸다.

"이 집 없이는 난 절대 캐틀 바론스 무도회 여성위원장이 되지 못할 거야." 공허하고 텅 빈 눈동자가 스콧을 향했다. "이제 이 동네에서 어떻게 얼굴을 들고 다니지?"

스콧 페니는 아내가 실망한 것에 대해 강한 통증을 느꼈다. 그녀를 실망시켰고, 실패시켰으며, 배신했다. 그녀에게 이런 저택에서 값비싼 차를 몰며 고가의 물건을 향유하는 삶을 약속했었다. 그는 생애 처음으로 실패의 아픔을 맛보았다. 그리고 그 아픔 너머 깊은 곳에서부터 치밀어 오르는 분노를 느꼈다. 의뢰인이 비용을 지불하지 않거나 판사가 내 뜻과 다르게 재판을 지휘할 때 느끼는 분노와는 명백히 달랐다. 이것은 예전의 미식축구 경기장에서만 느꼈던, '그런 류'의 분노였다. 아담 이래 사람 안에 내재한 근본적인 분노, 마음을 흐리게 하고 몸에는 혈기를 불어넣어 말하지 않아야 할 것을 말하게 하고, 하지 않아야 할 것을 하게 만드는 그런 분노였다. 스콧 페니는 주로 스포츠맨답지 못한 행위를 이유로 심판에게 경고 카드를 받았을 때 이런 감정을 느꼈다. 그런 그가 또다시 그 분노를 느꼈다. 이것은 복수의 대상으로 삼아야 할 어떤 개자식이 생겼음을 의미했다.

18

디비전 I-A 대학 미식축구 네 번의 시즌 동안 텍사스, 텍사스 A&M, 네브래스카, 오클라호마와 같이 SMU 선수들에 비해 포지션별로 족히 20킬로그램은 더 나가는 선수들이 즐비한 팀들과 경기를 치르면서 승리를 하기란 등번호 22번을 단 스콧 페니에게 여간 어려운 일이 아니었다. 스콧은 84킬로그램으로 빠르고 강했다. 하지만 110킬로그램은 되어 보이는 라인백이 태클을 걸어 딱딱한 잔디밭으로 몰아붙였을 때 부상을 피해 갈 수 없었다. 그렇게 시즌 동안 어깨 탈골과 손가락 골절은 기본이고 무릎수술을 두 차례 했으며 코뼈 두 개, 갈비뼈 다섯 개가 부러지고 가벼운 뇌진탕에 타박상, 피부 찰과상을 입기 다수였다. 찢어져 꿰맨 것만 총 117바늘이었다. 하지만 그는 단 한 번도 경기를 놓친 적이 없었다.

자신을 넘어뜨릴 때마다 그는 다시 일어났고, 일어나서는 롱런의 기록을 깨면서나 상대방의 킥오프를 리턴하면서, 그리고 터치다운으로 점수를 내면서 언제나 상대방에게 되갚아 주었다. 복수는 고통조차도 잊게 해 주었다.

상원의원 맥 맥콜은 스콧에게 진정한 고통이란 무엇인지 여실히 보여 주었다. 어떤 라인백보다 더 심하게 가격해 왔다. 이제 되갚아 줄 차례가 되었다. 스콧이 시간을 확인하고 일어났다. 저녁 아홉시 무렵, 거리의 가로등을 힐끗 쳐다보았다.

"스콧." 바비가 말했다. "나도 동감이지만, 아마 썩 좋은 생각은 아닌 것 같은데."

"함께 가는 거야, 마는 거야?"

바비가 일어났다. "그래, 당연히 가는 거지. 그런데 무슨 꼭 타이타닉호에 승선하는 것 같네."

맥 맥콜은 벌거벗은 진 맥콜의 몸을 이리저리 훑어보았다. 그리고 그들의 첫 섹스를 생각했다. 15년 전, 그녀가 로스쿨을 졸업한 지 한 달도 채 되지 않아 상의의원 소속 직원이 막 되었을 무렵이었다. 그녀는 젊고 늘씬했으며 섹시했다. 반면 맥 맥콜의 아내는 그렇지 않았다. 섹시하지도, 늘씬하지도, 젊지도 않았다. 그녀는 나이가 많았으며 당시 그와 동갑인 마흔다섯 살이었다. 하지만 그는 자신이 그녀만큼 나이가 들어 보이지는 않는다고 여겼다. 마사는 그녀의 어머니뻘 정도는 되어 보였다. 이제는 딱히 섹스를 하고 싶은 마음이 들지 않을 여자였다.

마흔다섯 살의 맥 맥콜은 여전히 젊고 성적 매력을 풍기고 있었다. 그는 진처럼 성적 자극을 주는 여성을 원했다. 그들은 매일같이 언제 어디서나 — 개인 욕실, 리무진 뒷좌석, 상원의원 탈의실 등에서 — 섹스를 했다. 그녀는 감탄이 절로 나오는 몸매를 지녔고 그 몸매는 맥으로 하여금 테스토스테론이 왕성한 스물다섯의 청년이 된 것처럼 느끼게 해 주었다. 실로 그녀는 맥 연령대의 남자들도 손쉽게 평생 불구로 만들 수 있을 것만 같은 성적 매력을 가지고 있었다.

그러나 그녀는 성적 매력에만 그치지 않고 아름다웠고 총명했으며 현명하기도 했다. 맥은 백악관을 꿈꾸기 시작했을 때 결정해야 했다. 퍼스트레이디로 할머니 같은 여자를 곁에 둘 것인지, 아니면 패션모델 같은 여자를 둘 것인지를. 결정을 내리는 데는 일 분도 걸리지 않았다. 맥은 마사와 이혼했다.

마사는 질 나쁜 변호사를 고용했다. 가십거리를 전문으로 다루는 황색 언론이 곧잘 하는 방식으로 상원의원 맥 맥콜이 직원과 부적절한 관계를 가지고 있는 것을 알리겠다고 협박했다. 워싱턴에서 의회 의원이 외도한다는 사실은 그다지 큰 사건이 아니었지만 특정 의원이 보수층에 지지 기반을 두고 있고, 게다가 백악관을 노리고 있다면 그것은 예민한 사안이 되었다. 물론 맥 맥콜은 필요가 생기면 언제든 비즈니스적 거래를 해결할 수 있었다. 마사는 1억 달러를 받고 조용히 텍사스로 돌아갔다.

진을 얻기 위해 들인 비용은 1센트도 아깝지 않았다.

하지만 맥 맥콜도 세월은 피해 갈 수 없었다. 이제 그의 나이 예순, 스물다섯은 고사하고 마흔다섯의 체력도 바라볼 수 없었다. 심지어 5년 전과도 확연히 달랐다. 이제 스스로가 더 이상 젊게 느껴지지도 않았고 정력이 넘치지도, 테스토스테론이 넘쳐나지도 않았다. 돈 많고 자기애가 강하며 스무 살이나 어린 아내를 둔 중년 남성이라면 누구나 그렇듯이 맥도 의사를 찾아갔다. 매일 아침 면도를 한 뒤 에프터셰이브 크림을 바르고 테스토스테론 밴드를 붙였으며 밤에는 자신의 성적 환상과 진의 성적욕구를 충족시켜 줄 비아그라를 삼켰다.

그날 밤 진은 벌거벗은 채로 침대에 누워 있었다. 몸매는 여전히 좋았고 매혹적이었다. 검은 머리칼이 탄탄한 가슴 위에서 흘러내렸고 아랫배는 납작했으며 임신선도 없었다. 늘씬한 다리는 곧게 쭉 뻗어 있었다. 그녀는 클라크 켄트 안경을 쓰고 노트북으로 일하고 있었다. TV는 켜져 있었지만 음소거된 상태였다. 맥은 이 밤을 그냥 넘기지 않을 거였다. 비아그라를 삼키면서 아침에 붙였던 테스토스테론 밴드를 새 것으로 갈았다. 밴드는 젊음의 묘약을 혈관 속에 공급해 주었고 파란색의 작은 알약은 페니스로 연결되는 동맥을 확장시켜 심리학적 작용을 통해 엄청난 발기로 이어졌다(비록 화학적이며 일시적인 것에 불과했지만). 맥은 젊음과 정력이 넘쳐나는 걸 느꼈다. 곧장 진에게 다가가 그녀가 자기를 바라볼 때까지 침대 옆에 서 있었다. 이내 그를 바라본 그녀의 눈썹이 올라갔다. 진이 미소 지으며 말했다.

"오늘밤 *데이트 라인*은 보지 않는 건가요?"

진은 안경을 벗고 노트북을 협탁 위에 놓아두고는 침대에 제대로 누웠다. 맥은 그녀가 다리를 벌릴 때에 머릿속에 어떤 생각을 하는지를 알 수 없었다. *적어도 뉴스가 시작된 후 최소 5분 정도까지는 그랬다.* 맥 맥콜은 그녀에게서 애액이 나오는 것을 확인할 때까지 충분히 애무하고 그녀 안으로 들어갔다. 그녀는 대단했다. 그녀가 다리를 끌어당겨 그의 허리를 감쌌고 엉덩이를 움켜쥐었다. 그녀의 큰 가슴이 그를 쾌감으로 숨 막히게 했다. 그는 그녀의 오일 샘을 펌프질하는 안정된 리듬으로 그녀의 안으로 밀고 들어가기를 반복했다. 그때였다.

"맥! 맥, 그만해요!"

갑자기 진이 맥을 멈춰 세우더니 다급히 안경을 쓰면서 한 손으로는 리모컨을 들어 소리를 키웠다. 맥이 깊게 숨을 들이쉬며 진에게서 나왔다.

"뭐야?"

진이 텔레비전을 가리켰다. "봐, 봐요!"

맥은 화면을 가득 채운 죽은 아들의 얼굴을 보았다.

"지금 이 시간 댈러스 시내 연방법원에서, 유력한 차기 대통령 후보자인 상원의원 맥 맥콜의 아들 클락 맥콜을 살해한 혐의로 기소된 샤완다 존스와의 라이브 인터뷰를 시작하겠습니다."

화면은 성매매여성이자 마약중독자 그리고 살인범인 샤완다 존스의 검은 얼굴을 비췄다. 그녀 옆에는 스콧 페니 변호사가 앉아 있었다.

"섹시한데요." 진이 말했다. 이것이 맥 안에 이미 지펴지고 있던 분노를 불타오르게 했다.

기자의 진행이 이어졌다. "존스 씨와 오늘 함께할 분은 법원이 지명한 국선변호인 스콧 페니입니다. 페니 씨, 전국의 기자들이 샤완다가 체포된 날부터 인터뷰하길 원했는데 왜 하필 오늘 하기로 결정한 거죠?"

"대중의 관심이 필요한 어떤 정보가 우리의 주의를 끌었기 때문이죠. 그리고 맥콜 상원의원께서 사법방해에 해당할 어떤 행동들을 했기 때문이기도 하고요."

"페니 씨 주장이 사실이라면 그건 상당히 심각한 죄목에 해당하는 것 아닌가요? 먼저 첫 번째로 토요일 밤 6월 5일, 그날로 돌아가 보죠. 무슨 일이 있었던 건가요?"

기자의 질문에 흑인 여자가 당시 상황을 설명하기 시작했다. 흑인 여자가 이야기하는 것을 보면서 맥 맥콜의 혈압이 점차 상승했다. 그날 밤, 클락은 그녀를 차에 태워 하룻밤 섹스의 대가로 1,000달러를 주기로 약속한 다음 하이랜드 파크의 맥콜 맨션으로 데리고 갔다. 그녀와 섹스를 한 후에는 그녀를 폭행하고 '검둥이'라고 불렀다. 이 과정에서 몸싸움이 일어났고, 그녀는 그의 급소를 무릎으로 치고는 그가 약속했던 돈과 차 키를 가지고 떠났다. 그녀가 클락을 마지막으로 봤을 땐 그는 여전히 살아 있었고, 바닥에 누워 그녀에게 욕설을 퍼붓고 있었다. 이것이 그녀가 말한 당시 상황이다. 살해도구는 그녀의 총이 맞지만 그녀는 클락의 머리에 총을 대지도, 방아쇠를 당기지도, 그의 뇌 속에 총알을 박지도 않았다고 했다. 그녀가 말을 마치자 방송은 바로 광고로 넘어갔다.

광고 방송이 나가는 동안에도 맥은 벌거벗은 채로 화를 주체 못 하고 방안을 이리저리 돌아다녔다. 맥 맥콜이 화가 나면 누군가가 다친다. 그 누군가는 스콧 페니일 것이다. 문제는 맥이 이번에는 어떻게 스콧을 칠 것인지에 달려 있었다. 맥이 결단을 내리려는 찰나 방송이 재개되면서 기자와 페니가 화면에 모습을 비췄다. 기자가 페니를 향했다.

"페니 씨, 당신의 의뢰인은 클락 맥콜이 인종차별주의자에 잔인한 강간범이라는 혐의를 제기하고 있는데요, 하지만 그는 지금 자신을 변호할 수 있는 이 자리에 없습니다. 마약중독자에다 성매매여성인 그녀의 말을 배심원들이 믿을 것이라고 어떻게 확신하죠?"

"왜냐하면 클락 맥콜이 폭행하고 강간한 여자가, 샤완다가 처음이 아니기 때문이죠."

맥 맥콜이 60년 동안 살아오면서 경험했던 분노 — 기업 내

경쟁자나 정치적 라이벌, 그리고 전처에게 느꼈던 어떤 분노도 지금 그 안에 솟구쳐 오르는 분노와 비교할 수 없었다. 스콧 페니를 죽이고 싶은 마음이 간절했다.

"1년 전 클락 맥콜은 여자 한 명을 폭행하고 강간했어요. 그녀는 그에 대해 형사고소장을 작성했지만 맥콜 상원의원의 압박과 그에게서 받은 50만 달러 때문에 고소를 포기하기로 했죠. 그녀는 샤완다의 재판에서 증인으로 서기로 약속했습니다."

"클락 맥콜이 강간범인 것을 입증하기 위해서인가요?"

"네, 그렇죠. 그 외에도 피해 여성 6명이 있습니다. 클락 맥콜에게 폭행과 강간을 당한 여성들이죠. 저는 그 여성분들이 앞에 나와 증언해 주시기를 부탁드리고 있습니다. 무고한 피고인이 그녀가 저지르지도 않은 범행 때문에 사형을 당하지 않도록 말입니다."

두 번째 광고가 나갈 때 맥은 진의 노트북을 가리키며 댄 포드의 집 전화번호가 있는지 물었다. 그녀는 그의 전화번호를 가지고 있었다.

방송이 다시 시작되고 기자가 페니에게 질문했다. "자, 페니 씨, 이제 상원의원 맥콜의 사법방해 혐의제기로 돌아가 보죠."

페니가 말했다. "클락 맥콜을 살해한 것으로 기소된 피고인의 재판은 당연히 언론들의 관심을 끌 것입니다. 이런 상황에서 연방법원은 샤완다가 국선변호인 사무소에서 변호를 제대로 지원받지 못할 것이라고 판단하여 저를 그녀의 대리인으로 지명했습니다."

"엄청난 충격을 받았겠군요."

"네, 처음에는 당연히 그랬죠. 저는 댈러스의 대형 로펌회사 소속 변호사이고 우리에게 비용을 지불하는 의뢰인들을 위해 일하느라 여념이 없답니다. 하지만 저는 평소 변호사에게는 비용 지불능력이 없는 사람들을 대리해야 하는 의무가 있다고 믿었기 때문에, 판사가 불렀을 때 저는 기꺼이 그 지명에 동의했습니다."

"흔히 선한 행동에는 대가가 따르는 것을 각오해야 한다고들 말하죠."

"저도 그걸 이번에 여실히 느꼈습니다. 몇몇 언론이 부정적으로 바라보고, 몇몇 의뢰인이 제가 하는 행동을 탐탁지 않게 여길 것이라고는 예상했지만, 맥콜 상원의원이 저를 무너뜨리려 한다는 건 정말 예상하지 못했어요."

"그래서 맥콜 상원의원이 무슨 일을 한 거죠?"

"처음에는 그가 제 로펌 대표에게 연락해 클락이 저지른 예전 범죄행각들에 대한 증거들을 재판에서 배제해 달라고 요구했습니다. 아들을 진흙탕 속에 빠뜨리는 것이 싫다고 했죠. 하지만 클락 맥콜은 실제로 그 진흙탕 속에서 살았었어요."

"그 증거를 제외시키는 걸 거부했군요."

"당연하죠. 그 짓을 한다는 건 법조윤리에도 반하는 것일 뿐 아니라 샤완다에게 공정하지 못한 일입니다. 저는 그녀에게 제가 할 수 있는 최선의 변호를 해야 해요. 그리고 그녀는 정확히 그런 변호를 받을 겁니다."

"상원의원이 그 다음에는 무엇을 했죠?"

"댈러스의 연방검사를 이용해 유죄답변 협상을 제안했어요. 우리가 클락의 과거를 숨기고 샤완다가 자백하면 그녀에게 징역 20년을 보장해 준다고 했죠. 당연히 저희는 이 제안을 거절했고요. 제 의뢰인은 결백합니다."

"그 다음엔 무슨 일이 일어났죠?"

"연방 이민국 직원이 저희 집에 들이닥쳐서 멕시코인인 제 가정부를 체포해 갔습니다. 콘수엘라, 그녀의 이름이에요. 저희와 3년 동안 함께했어요. 우리 가족이죠."

페니의 눈이 다소 젖어 있는 것 같았다.

"그린카드가 없었나요?"

"네, 없었습니다."

"미국에 불법체류하고 있었던 건가요?"

"네."

"당신은 그걸 알고 있었고요?"

"잘 생각해 보세요. 이민법의 장점에는 논란의 여지가 있습니다. 그러나 문제는 거기에 있는 게 아니라, 맥콜 상원의원이 워싱턴의 힘을 이용해 댈러스의 제 가정부를 체포했다는 점에 핵심이 있는 거죠."

"당신을 압박하기 위해서요?"

"그렇죠."

"성공했나요?"

"아니요, 전 제 의뢰인에게 약점이 되는 일에는 압박을 받아도 행동하지 않을 겁니다. 맥콜 상원의원은 그저 불쌍한 멕시코 여자아이를 다치게 한 것뿐입니다."

"미국 내 멕시코계 지지자들의 비율을 생각하면 정치적인 면에서는 그다지 똑똑한 행동은 아니었던 것 같네요. 그 다음에는 무슨 일이 있었죠?"

"제가 가는 레스토랑의 회원권과 헬스장 회원권, 그리고 컨트리클럽의 회원권을 박탈시켰어요."

기자가 깜짝 놀란 듯 눈이 휘둥그레졌다.

"대통령이 되고 싶다는 사람이 그런 행동을 했다는 말인가요?"

"네, 그렇습니다."

"그게 끝인가요?"

"아니요, 여전히 그의 요구에 불응하자 그가 가진 힘을 이용해서 은행에까지 손을 대더군요. 제 주택과 차에 걸린 대출금을 모두 상환하라는 독촉장이 날아왔습니다. 전 이제 10일 안에 차를 처분하고 주택도 30일 안으로 처분해야 해요. 아니면 전 모든 걸 잃을 거예요."

"세상에, 진심이 아니죠?"

"안타깝게도 전 진심입니다."

"묻기가 두렵지만, 더 있나요?"

"네, 온갖 수단에도 제가 요구에 응하지 않자 맥콜은 댈러스의 부동산 개발자이며 제 의뢰인인 톰 디브렐에게 부탁을 하나 합니다. 그리고…….'"

"어떤 부탁이요?"

"먼저 10여 년 전으로 거슬러 가야 해요. 당시 톰에게는 사무실 건물에 잡혀 있는 대출금이 있었어요. 이때 맥콜이 톰의 채권자에게, 톰에게 담보권을 행사할 시 그가 필요로 하는 법률을 통과시켜 주지 않겠다고 협박했어요. 그뿐만 아니라 맥콜이 영향력을 이용해 톰에게 연방 건설프로젝트도 몇 번 따게 해 줬죠."

"그래서 그 구실로 지금 디브렐 씨에게 부탁 하나를 한 거군요?"

"네."

"그래서 그 부탁이 뭐였죠?"

"저를 해고하라는 부탁이었어요."

"그래서 해고했나요?"

"네."

"그게 어떻게 당신에게 불이익적인 것이죠?"

"톰은 제게 제일의 의뢰인이었어요. 그는 저희 로펌에 연간 300만 달러를 변호비용으로 지불했어요."

"엄청난 액수군요. 그래서 디브렐 씨가 당신을 해고했을 때 당신의 직업에 엄청난 타격을 받았겠군요."

"네, 그랬죠. 하지만 달라지는 건 없습니다. 전 전국적으로 방영되는 이 프로그램을 통해 맥콜 상원의원에게 이 말을 전하려고 나왔습니다. 저를 무너뜨리는 데 필사적이겠지만 그럼에도 불구하고 저는 최선을 다해 존스 씨를 변호할 것입니다. 그의 아들이 생전에 저질렀던 인종차별주의적 태도와 강간 범행은 재판에서 알려질 겁니다. 샤완다 존스는 충분한 변호를 지원받을 거예요. 제가 그렇게 할 겁니다."

다시 광고가 시작되고 전화벨이 울렸다. 맥이 받았다. 댈러스에서 델로이가 전화한 것이었다. "보고 계세요?" 델로이가 물었다.

"그래."

"여전히 그를 컨트롤하고 싶으세요?"

"아니, 이젠 그를 다치게 할 거야. 그의 와이프와 골프선수의 관계를 까밝혀."

"알았어요, 하지만 그것보다 더 심하게 다치게 할 방법이…… 그리고 컨트롤할 수도 있어요."

"혹시 그거……." 맥이 말을 하다 말고 말끝을 흐렸다. 옆에 있는 진을 의식해 일단 결정 내리는 것을 보류했다. 하지만 어차피 델로이에겐 다 말할 필요도 없었다.

"네, 그거 맞아요. 멕시코인 마약상한테도 먹혔는데요. 변호사에게는 당연히 먹힐 거예요."

"델로이, 글쎄 잘 모르겠어. 그런 종류의 일이란 게……."

맥은 다시 텔레비전으로 고개를 돌렸다. 기자가 카메라를 정면으로 쳐다보며 말했다. "한 변호사가 자신의 직업적 소임을 다하려다 삶이 송두리째 무너질 위기에 놓였습니다. 백인 남자를 살해한 혐의로 구속된 흑인 여자를 변호한다는 것 때문입니다. 자신의 임무를 성실히 이행하는 사람을 파괴하려는 자는 어떤 종류의 사람일까요? 그가 바로 맥 맥콜 상원의원입니다."

맥의 혈압과 분노가 다시 치솟았다. 그는 수화기 너머 델로이에게 말했다. "그렇게 하도록 해."

전화를 마치는 끝에 맥은 왜 그런지 모르게 델로이가 웃고 있는 것 같은 느낌을 받았다.

기자가 페니에게로 다시 시선을 돌렸다. "페니 씨, 오늘 방송에 나와 국민들이 상원의원 맥콜을 대통령으로 선출하기 전에 그가 어떤 사람인지 알 수 있게 도와주셔서 감사드립니다. 당신은 용감한 사람이에요. 하지만 맥콜 상원의원은 돈도 많고 힘도 센 사람이에요. 어쩌면 그가 다시 압력을 가할 수 있는데, 두렵지 않으신가요?"

페니가 말했다. "맥콜은 더 이상 저를 다치게 할 수 없어요."

맥 맥콜은 장롱 선반에 두었던 스미스&웨슨 357구경 매그넘 권총을 가지고 나와 화면이 비추고 있는 스콧 페니를 향하여 방아쇠를 당겼다.

"내가 할 수 없을 것 같아? 천만에."

연방건물을 나와 스콧은 차를 몰고 어둡고 텅 빈 시내를 빠져나왔다. 그곳은 이상하리만치 조용했다. 그 고요는 마치 졸업 시즌의 마지막 경기를 마치고 난 뒤 느꼈던 것과 비슷했다. 그는 어둡고 황량한 필드로 걸어나가 50야드^{45미터} 라인에 서서 이제 끝이 났다는 것을 실감하며 주위를 둘러보았다.

집으로 돌아왔을 때 레베카는 텔레비전을 보고 있었다. 뉴스가 켜져 있었고 기자가 말했다. "샤완다 존스의 인터뷰 이후 즉시 긴급 여론조사가 실시되었습니다. 상원의원의 표가 바닥을 치고 있습니다. 그를 지지하는 예상 유권자는 한 자리 수로, 한순간에 선두에서 꼴찌로 떨어졌습니다. 백악관을 향한 그의 야망은 이제 끝난 것으로 보입니다."

스콧이 말했다. "개자식에게 한 방 먹였어."

레베카가 텔레비전에서 눈을 떼며 스콧을 바라보았다. 그녀는 모든 것을 완전히 포기한 듯한 표정을 짓고 있었다.

"당신은 방금 한 창녀를 위해 우리 인생을 버렸어."

19

　다음 날 아침, 스콧 페니는 또 한 번 그때의 기분을 만끽했다. 193야드[176미터]를 질주했던 텍사스와의 경기 다음 날 아침에도 이런 기분이 들었다. 상대편이 더 많이 다쳤기 때문에 내가 다친 것이 더 적다는 이 쾌감이 스콧을 기분 좋게 만들었다. 물론 스콧 역시 돈, 부자 의뢰인, 헬스장과 컨트리클럽을 포함한 갖가지 회원권 그리고 멕시코인 가정부를 잃었고, 곧 페라리와 맨션도 잃게 될 것이었지만 맥 맥콜은 백악관을 잃었다.

　스콧 페니가 텍사스의 망나니에게 멋지게 한 방 먹인 것이었다.

　맥콜, 당신의 강철주먹은 어떻게 된 거지?

　세게 나오다가 꼴좋게 됐네, 이 개자식아?

오전 아홉시가 조금 넘었을 무렵 스콧은 디브렐 타워에 도착했다. 지하 차고에 페라리를 주차하는 동안에도 새어 나오는 웃음은 참을 수 없었다. 웃지 않을 이유가 또 어디 있겠는가? 그는 아직 포드 스티븐스의 파트너 변호사로서, 댈러스에서 제일 돈을 많이 버는 로펌회사에 소속되어 있었다.

그는 여전히 일 년에 75만 달러를 버는 변호사이자(톰 디브렐에게서 받던 비용을 벌충하려면 새로운 의뢰인들을 구해야 했지만 말이다.) 지역의 미식축구 전설이며 SMU 졸업생에게는 선망의 대상으로 여전히 유명세를 떨치면서 영화배우 같이 여유로운 미소를 지을 수 있었다.

스콧 페니는 여전히 승자였다.

입구에 있는 기계에 카드를 넣고 차단기가 올라가기를 기다렸다. 한참을 더 기다리다가 카드를 다시 넣어 보았다. 여전히 아무 반응이 없었다. 그는 20피트[6미터] 떨어진 출구 쪽으로 다가가 직원을 부르는 호출버튼을 눌렀다. 오스발도가 이쪽으로 걸어왔다. 스콧은 카드를 들어올려 보였다.

"카드가 안 되네요." 스콧이 말했다. "문 좀 열어 줘요."

오스발도가 한 걸음 뒤로 물러서며 말했다. "카드가 없네요."

"여기 카드가 있어요, 작동이 안 돼요, 문 열라고요!"

오스발도는 이제 고개를 가로저었다. "문 못 열어요."

"빌어먹을! 문 열어요."

오스발도는 어쩔 수 없다는 듯 두 손을 위로 쳐들었다. "카드 없으면 문 못 열어요."

"젠장."

스콧은 후진해서 페라리를 길가에 주차하고선 25센트짜리 몇 개를 주차장에 있는 기계에 집어넣었다. 이 페라리가 9일 후에는 내 것이 아니라는 것만 생각하면 화가 치솟아 올랐지만 스콧은 가까스로 화를 가라앉혔다. 젠장, 20만 달러짜리 차가 긁히면 이젠 은행만 손해지 뭐. 두 블록을 걸어 디브렐 타워에 도착한 스콧은 휘파람을 불며 정문으로 들어섰다.

레베카 페니는 계속 울었다. 여전히 침대에 누워 하이랜드 파크의 눈들을 피하고 있었다. 그녀는 스콧 페니에게 그녀의 미모를 걸었지만 실패했다. 집, 자동차, 명예, 그녀의 삶. 지난 11년 동안 얻었던 모든 것들이 곧 사라질 것이었다. 그리고 이 일은 수영장에 왔었던 스물두 살의 몸매 좋은 금발머리 여자 때문도 아니었고 다름 아닌 헤로인에 중독된 매춘부 때문이었다. 그리고 그…… 하이랜드 파크에서조차 어디 구석에서나 입에 올릴 수 있는 단어였으므로 차마 평상시에는 입에 담지 않았던 그 '단어'가 지금 레베카의 머리에 가득했다. 그…… *검둥이* 때문이었다.

남편은 그 검둥이의 삶 때문에 자기 삶을 희생시켰다.

평소에는 가렸던 단어지만, 지금의 레베카에게 그런 건 안

중에도 없었다. 모두 쉬쉬했지만, 하이랜드 파크의 다른 모든 사람들도 그 소식을 접했을 때 속으로는 그 단어를 떠올렸을 것이다. 이 동네는 몹시 좁고 배타적이었기 때문에 무슨 일이든 모르는 채로 지나갈 수 없었다. 그런데 하물며 전국에 방영되는 텔레비전 출연이라니, 미국 전역의 어떤 사람도 모르고 지나갈 리 없는 일이다. 오늘 점심시간에 그녀의 (과거) 친구들은 캐리비안 샐러드와 토르티야 수프, 물을 주문했을 것이고 디저트로는 레베카 페니를 올렸을 것이다. 그녀가 오늘의 스캔들 수플레가 되었을 것이다.

아! 얼마나 수군댈 것인가. 얼마나 비웃을 것인가!

그 여자들이 좋아하는 것 중에 날카로운 이를 마음껏 박기에는 흥미진진한 스캔들만한 것이 없다. 레즈비언 이야기, 하이랜드 파크의 참한 여성이 흑인 SMU 운동선수에 의해 임신된 이야기, 실패한 성형수술, 고등학생들의 음주, 마약, 성병 그리고 하이랜드 파크의 오래된 집안의 자손들이 연루된 사기죄, 하이랜드 파크의 민주주의자, 하이랜드 파크의 실패자들. 그들은 반려견이 남은 음식을 핥아먹듯이 그러한 이야기들을 핥아먹었다.

레베카 역시 다른 여자들의 소문에 대해 수군댄 적이 한두 번이 아니었다. 이제 하이랜드 파크의 모든 이들이 그녀에 대해 수군댈 것이다 ─ 동네에서, 클럽에서, 헬스장에서, 레스토랑과 탈의실에서 그럴 것이다. 그들은 다들 수군대며 웃어 댈 것이다 ─ 그녀를 희생 재물로 삼아서 말이다!

이 동네에서 어떻게 다시 얼굴을 들 수 있을까?

앞일을 생각하니 캄캄해 다시 이불 속으로 기어들어 가고 있을 때 전화기가 울렸다.

그사이 부우가 조용히 안방 문을 열어 얼굴을 들이밀었다. 그러고는 엄마의 통화 소리를 엿들었는데 어딘가 엄마의 목소리가 평소 같지 않게 이상하게 들렸다.

"뭐라고? 트레이와 자는 사이라고…… 어디서 들었어? …… 소문이 퍼졌다고? …… 모두들 알고 있다고? 맙소사!"

레베카는 전화를 끊고 손으로 얼굴을 감쌌다.

"엄마?"

"오, 맙소사."

"엄마?"

"오, 맙소사……." 엄마의 행동을 이상히 여긴 부우가 레베카를 여러 번 불렀다. 얼굴을 감싼 채로 넋을 놓고 있던 레베카가 부우를 보고 한 번 더 화들짝 놀랐다. 부우는 엄마가 놀란 아기 고양이 같다고 생각했다. "뭐야, 부우?"

"괜찮아?"

"안 괜찮아."

"도와줘?"

"아니, 필요한 게 뭐니?"

"파슈매랑 빌리지에 갔다 와도 돼? 길 건널 때 조심할게."

그녀가 손을 내저었다. "그래, 괜찮아. 갔다 와."

"네, 좀 이따 봐요."

부우가 문을 닫고 나서려는 찰나 레베카가 불러 세웠다. "부우, 기다려 봐. 들어와 보렴. 얘기할 게 있어."

디브렐 타워의 로비에 들어서자마자 스콧은 휘파람 불던 것을 멈췄다. 기자와 촬영기자들이 자신을 향해 파도처럼 밀려 왔다. 그들은 제각기 다른 질문들을 던졌다.

"페니 씨, 클락이 강간한 여성의 이름이 뭐죠?"

"그가 강간했던 다른 여성들의 이름은요?"

"맥콜 상원의원을 무너뜨렸는데, 만족하시나요?"

"톰 디브렐은 어떻게 되는 건가요? 기소되는 건가요?"

스콧은 밝은 카메라 불빛에 눈을 찡그린 채 몸을 숙이고 엘리베이터로 향했다. 하지만 엄청나게 많은 이 기자들을 뚫고 가기에는 몇 시간이 걸려도 엘리베이터 근처에조차 다다르지 못할 것 같았다. 들어가기를 포기하고 다시 나가려는 찰나 파란색 자켓을 입은 키 큰 남자 두 명이 스콧의 앞을 가로막아 섰다. 두 명은 흑인 남자들이었다. 디브렐 타워의 경비원인 그들은 스콧 페니를 보호하기 시작했다. 덩치 큰 경비원들에게 밀린 기자들은 하나둘씩 인더뷰를 포기하고 돌아섰다.

경비원 두 명은 엘리베이터에 도착할 때까지 거침없이 밀고 들어갔다. 엘리베이터 앞에 다다르자 그곳에는 세 번째 경비원이 빈 엘리베이터 문 앞을 지키고 서 있었다. 그는 스콧을 무사히 엘리베이터에 태우고는 스콧이 타자마자 다시 문을 막아섰다. 로비에 들어서서 엘리베이터를 타기까지, 파란색 재킷을 입은 커다란 몸집의 경비원들이 스콧 페니를 카메라와 기자들에게서 보호했다. 스콧이 여태 한 번도 보지 못했던 흑인 경비원들이었다. 그들은 그저 로비의 큰 청동 레밍턴 조각상처럼 생기 없는 얼굴을 하고 있었다. 스콧은 가까스로 엘리베이터에 무사히 탑승해 62층을 눌렀다. 문이 닫히기 직전 경비원 중 한 명이 스콧에게 외쳤다. "페니 씨! 고마워요."

"뭐가요?"

"그녀를 위해 맞서 준 거요."

파슈매는 인도로 걸어가는 부우를 따라갔다. 부우가 말했다. "있지, 우리 엄마 오늘 아침에 이상하더라. 말도 이상하게 하고."

"어디 아파?"

"아닌 것 같은데, 왜?"

"울 엄마는 약 먹을 때 이상한 말 많이 하거든."

코너가 나오자 그들은 왼쪽으로 돌았다. 부우는 계속해서 좋알거렸지만 파슈매는 주위를 살피기 바빴다. 엄마가 바깥에 나갈 땐 항상 이상한 사람들을 조심하고 눈을 똑바로 하고 다니라고 가르쳤기 때문이다. 파슈매가 사는 동네에서는 어른들이 코너마다 있는 술집 앞에서 서성거렸고 갈색 파우치에 든 몰트 위스키를 마시면서 거리를 배회했으며 소변이 마려우면 도로를 가리지 않고 오줌을 갈겼다. 부우의 동네에서는 모든 것이 달랐기 때문에 정말 이상하다고 생각했다. 그런데도 파슈매는 여전히 뭔가 이상한 낌새를 느꼈다.

어떤 남자가 차 안에서 그들을 지켜보고 있었다.

그는 부우의 집에서 한 집 아래 건너편 도로에 있었다. 부우와 파슈매가 집에서 나올 때부터 유심히 지켜보고 있었다. 그는 대머리에 몸집이 컸다. 검정색 차에 타고 있었다. 예전에 엄마와 함께 외출했을 때 그 같이 생긴 백인 남자가 파슈매의 동네로 온 적이 있었다. 차를 몰고 들어오자 모든 사람이 하던 일을 멈추고 소리쳤다. "그가 온다!" 경찰이었던 것이다. 검정색 차에 타고 있던 대머리의 남자는 꼭 그때의 경찰 같이 보였다.

이내 차 앞좌석의 문이 열렸다. 대머리 남자가 내리려 발을 내딛는 순간 파슈매는 이를 눈치채고 부우의 꽁지머리를 잡아당겨 집 쪽으로 몸을 틀었다. 그때 한 동네 주민이 파슈매와 부우 쪽으로 다가와 파슈매와 부우 근처에 있던 신문을 집어 들었다.

부우는 그를 잘 아는 듯 반갑게 인사했다. "좋은 아침이에요, 베일리 아저씨."

나이 많은 남자 역시 미소 지으며 반갑게 인사했다. "좋은 아침, 부우 페니 아가씨."

그들이 인사를 나누는 동안 파슈매는 다시 검정색 차 쪽을 살폈다. 대머리 남자는 도로 차에 들어갔지만 여전히 자신들을 쳐다보고 있었다. 파슈매와 부우가 다시 가던 길을 향해 걸었고, 번화가 프레스턴에 다다라 오른쪽으로 꺾었다. 파슈매가 다시 한번 뒤를 돌아봤을 땐 검정색 차는 사라지고 없었다. 파슈매는 자신이 잠시나마 바보 같은 생각을 하고 있었다는 것에 고개를 절래절래 흔들었다. *지금 넌 빈민가에 있는 게 아니잖아, 이 바보야!*

그들은 계속해서 동네를 걸었다. 부우는 파슈매에게 자기는 동네를 '공기 방울'이라고 부른다고 말했다. 파슈매는 그런 부우의 동네에서 산책하는 게 즐거웠다. 파슈매는 루이스가 없으면 동네 마트에 가는 것조차 무섭고 두려웠다. 엄마와 함께 가도, 한낮이어도 무서웠다. 그때마다 엄마는 파슈매에게 말했다. "내가 '뛰어'라고 하면 뛰어야 한다, 아가." 하지만 부우의 동네에서는 전혀 두렵거나 무섭지 않았다. 도로는 정말 깨끗해서 맥주캔이나 술병, 주사기, 또 엄마가 절대로 만지지 말라고 했던 웃기게 생긴 풍선도 찾아볼 수 없었다. 술집 앞에 어슬렁거리는 남자들도 없었다. 사실 이곳에는 술집이 아예 없었다. 자신을 데려가려고 하거나 아니면 팔아넘기려는 뚜쟁이들도 없었고 운전하면서 욕설을 퍼붓는 아저씨들도 없었다. 도로 한복판이 울릴 정도로 랩 음악을 크게 틀고 가는 운전자도, 그리고 집에서 내쫓고, 내쫓겨져 서로 엉겨붙어 싸우는 사람들도 없었다. 정말 조용했다!

부우의 공기 방울은 아주 좋았다.

그들은 사거리에서 멈춰 서서 신호가 바뀌기를 기다렸다. 녹색불로 바뀌는 걸 확인하고 좌우를 살핀 뒤 도로를 건넜다. 4차선 도로를 건너 작은 주차장을 지나 —

"하이랜드 파크 광장이야." 부우가 말한 그곳에 도착했다.

하이랜드 파크 광장은 마치 동화 속에 나오는 장소 같았다. 이런 공간이 존재하리라고 상상하지도 못했다. 멋진 차들이 줄지워 세워져 있었고 멋진 백인 여성들과 조그마하고 예쁜 백인 꼬마아이들이 공주처럼 차려입고선 차에서 내렸다. 파슈매와 마주친 그들은 흑인을 난생처음 보는 듯이 몇 번이고 파슈매를 쳐다보았다. 그들이 지나간 자리에는 달콤한 냄새가 남아 있어 파슈매는 몇 번이고 그 냄새를 들이켰다. 언젠가 일요일 아침 교회에 갔을 때 뚱뚱한 아주머니들에게서도 이 냄새를 맡았던 것 같다. 다른 점이 있다면 이들은 뚱뚱하지도 않았고 마구 지껄여대며 자신의 볼을 꼬집지도 않았다는 것이다. 그들이 매장 안으로 들어가면서 문틈 새로 시원한 바람이 흘러나왔다. 예전 집에서는 냉동고 안에 얼굴을 자주 집어넣고는 했는데, 마치 그때처럼 시원했다.

부우가 말했다. "너네도 쇼핑할 수 있는 이런 곳이 있어?"

"우리는 이런 곳 없어."

쇼핑을 간다고 해도 주로 야드 세일*, 굿윌 스토어 같이

* 주민들이 그들 집 앞에서 여는 바자회.

특정한 때에 열리는 장터 개념의 곳이었지, 이곳처럼 번듯하게 차려진 건물이어서 '어디 가자'라고 말할 수 있는 곳은 없었다. 가끔씩 이웃 주민이 자기가 가진 운동화나 스테레오, 텔레비전 등을 차 트렁크에 진열해 놓고 좋은 가격에 팔기도 했다. 엄마는 그 물건들이 약간 따뜻한 물건*이라고 했는데, 그래서 그런지 가격이 정말 저렴했다. 파슈매는 그게 정확히 무슨 뜻인지 잘 몰랐다. 매년 새 학기가 다가오면 엄마는 추가적으로 일을 하기 때문에 루이스가 엄마 대신 자기를 데리고 JCPenney에 가서 학교에 입고 갈 옷을 사기도 했지만, 거기도 이런 곳은 아니었다.

"그와는 달리." 파슈매가 말했다.

처마 밑 그늘을 따라 걸으면서, 파슈매와 부우는 가게에 진열된 물건과 늘씬한 마네킹이 입고 있는 멋진 옷들을 구경했다. 파슈매에게는 마치 지금이 크리스마스인 것 같았다. 아동복을 파는 매장도 있었다.

"여긴 자카디 파리야." 부우가 말했다. "내 옷들은 거의 다 여기 꺼야."

"여기 옷은 비싸?"

"엄마가 샀으니까 비쌀걸."

캘빈 클라인이라고 써진 매장 앞에 도착했을 때 부우가 말

---

* 장물을 의미함.

했다.

"브리트니가 몇 달 전에 여기 왔었대."

"브리트니 누구?"

"브리트니 스피어스. 가수. 모든 사람이 열광했지."

"백인 여자애?"

"응."

"아, 우린 백인들 노래는 안 들어."

부우가 어깨를 으쓱했다. "난 여기서도 안 들어."

이후로도 매장들을 지날 때마다 부우는 매장과 관련된 이야기를 생각나는 대로 파슈매에게 들려주었다. 루카루카와 에스카다 그리고 릴리 도드슨이라는 가게를 지나면서도 말했다. "조지 부시가 당선됐을 때 부시 여사가 입었던 빨간색 파티 드레스도 여기 꺼래." 먹는 바나나가 아니라 옷을 파는 바나나 리퍼블릭 매장을 끝으로 마침내 주차장이 나왔다. 주차장을 지나 후스후 버거에서 아이스크림을 사 먹었다.

부우와 파슈매는 다시 밖으로 나왔다. 다른 곳으로 이동하려는 찰나 밖으로 나오자마자 파슈매가 갑자기 걸음을 멈췄다. 크리스마스 기분도 잠시, 좋지 않은 느낌이 작은 몸을 휘감았다. 파슈매가 돌아보았을 땐 검정색 차가 천천히 운전하며 부우와 파슈매를 뒤따르고 있었다. 대머리 남자가 이쪽을 기분 나쁘게 쳐다보는 것이 느껴졌다. 무서웠다. 하지만 파슈매 존스는 이런 것에 쉽사리 겁먹지 않았다. 파슈매는 침착하게 부우에게 말했다.

"부우, 저 남자가 우릴 따라다니고 있어."

"무슨 남자?"

"방금 지나간 남자, 저 검정색 차에. 보여? 대머리 남자?"

부우가 웃었다. "여긴 하이랜드 파크야. 나쁜 일은 일어나
지 않아."

부우가 아랑곳하지 않고 파슈매의 팔을 잡아당겼다. 파슈
매는 마지못해 따라갔다. 그 길로 가게 몇 군데를 더 지나 헤롤
드라는 이름의 가게에 다다랐다. 헤럴드라면, 파슈매 동네에 있
던 이 빠진 늙은 술주정뱅이 이름도 헤럴드였다. 불현듯 그가
생각이 났다.

"여기는 우리 엄마가 제일 좋아하는 가게였어." 부우가 말
했다. 부우와 파슈매가 몇 발자국 걷기도 전에 점원이 그들 곁
으로 다가왔다. 파슈매는 점원이 자신들을 쫓아내기라도 할까
봐 마음을 졸였지만, 점원은 걱정과 달리 미소 지으며 반갑게
인사했다. 그녀는 백인 치고 굉장히 예뻤다. 한눈에 봐도 탄력
있어 보이는 머릿결에 피부는 부드러워 보였고, 입술에는 빨간
색 립스틱을 바르고 있었다. 그녀가 파슈매를 쳐다보았고, 이내
몸을 낮추고 앉아 무릎을 맞대고선 말했다. "어머, 너 참 귀엽게
생겼구나!"

파슈매는 땋은 머리를 하고는 하얀색 티셔츠에 부우의 청
멜빵바지를 입고, 하얀색 양말과 하얀색 운동화를 신었으며, 한

360

손에 아이스크림을 든 채 전형적인 아이의 모습을 하고 있었다.

파슈매가 말했다. "감사합니다."

"어때 하이랜드 파크에서 사니까 좋아?"

점원의 질문에 파슈매가 부우를 바라보았다. 부우는 어깨를 으쓱했다. 파슈매는 점원이 어떻게 자신이 페니 아저씨와 살고 있는 걸 알고 있는지 적잖이 놀란 눈치였다.

"네, 좋아요. 감사합니다."

"엄마한테 가게로 놀러 오시라고 하렴. 내 이름은 시시야. 하이랜드 파크의 어떤 여성보다 더 멋져 보이도록 코디해 드릴게."

"우리 엄마는 감옥에 있어요."

점원은 꽤나 놀란 듯 자리에서 벌떡 일어났다.

"감옥? 넌 새로 온 흑인 가족의 작은 아이가 아니니?"

"전 가족이 없어요. 엄마밖에 없는걸요. 그리고 루이스 아저씨가 있긴 해요. 삼촌 같은데 삼촌은 아니에요."

부우가 물었다. "새로 온 흑인 가족이라뇨?"

"최근에 새로 이사 온 흑인 가족 말이야. 하이랜드 파크 역사상 첫 번째 흑인주민이지." 점원이 말을 마치고 부우를 다시 바라보았다. 그러다 부우를 바라보는 눈이 조금 더 커졌다. 이제야 누군지 알겠다는 표정이었다.

"넌 페니 씨 댁 아이구나, 그렇지?"

"네."

"머리를 그렇게 하고 있어서 못 알아볼 뻔 했네. 요즘 엄마는 뭐하시니?" 그녀의 얇은 눈썹이 올라갔다. "그리고 잘생긴 네 아빠는?"

"엄마는 이상하고 아빠는 엄청 바빠요."

"우리 엄마 도와주느라고요." 파슈매가 말했다. 점원이 파슈매 쪽으로 고개를 돌렸다. "엄마가 맥콜을 죽였다고 하는데, 그러지 않았거든요."

점원이 손으로 입을 가렸다. "그 사람이 너네 엄마니?"

파슈매가 아이스크림을 먹으면서 말했다. "네, 페니 아저씨가 엄마의 변호사고요. 그래서 모든 사람이 아저씨한테 화가 나 있어요."

점원의 얼굴이 순식간에 하얗게 질렸다. 파슈매는 하얗게 변한 점원의 얼굴을 보며 어디서 이와 비슷한 얼굴을 본 적이 있다고 생각했다. 예전에 동네에서 한 소년이 샤완다에게 추근 댄 적이 있었다. '공짜'로 어딘가 데려가려고 했다. 샤완다가 거부하자 "백인들의 창녀!"라고 외치던 그 소년은 그 길로 도망치려고 했지만 때마침 루이스와 맞닥뜨렸다. 그때 그 소년의 얼굴 역시 백짓장처럼 순식간에 하얘졌다. 지금 점원의 얼굴은 그소년보다 더 새하얗게 변해 있었다. 뭐라고 말해야 할지 몰랐던 게 분명했다. 점원은 "이제 집에 가야 하지 않겠니?"라고만 말했다.

"포드 씨가 보자고 하네요." 수우가 말했다.

스콧은 노트를 집어 들고 사무실로 향했다. 가는 길에 동료 파트너들을 만났지만 그들은 대체로 이상한 눈초리로 보거나 눈길을 피하거나 고개를 저을 뿐이었다. 어젯밤 스콧의 인터뷰에 동의하지 않는 게 분명했다. 어쩔 수 없지. 사무실 문을 열자 댄이 보였다. 댄은 창가를 바라보고 있었다.

"댄, 무슨 일이에요?"

스콧이 묻자 댄이 돌아서 스콧을 바라봤다. 잠을 설친 듯 보였다.

"들어와, 스콧. 문 닫고."

스콧은 시킨 대로 문을 닫으며 말했다. "댄, 은행의 테드에게 말해 줄 수 없어요? 지금 말도 안 되는 행동을 하고 있어요. 제 집과 페라리에 독촉장을 보냈다고요."

"미안하지만 그렇게 할 수 없다네."

"왜요?"

"왜냐하면 스콧, 지금부터 자네는 우리 로펌의 파트너 변호사가 아니기 때문이지."

"지금 저를 강등하는 거예요?"

"널 해고하는 거야."

스콧은 순간 명치를 세게 얻어맞은 듯했다. 넋을 잃은 채로 비틀거리다 뒤로 밀려나 소파에 털썩 주저앉았다. 댄은 뒤돌아서서 뒤로 손을 포개고는 밖을 응시했다. 스콧은 할 말을 잃었다.

"제가 아들 같다면서요."

"그랬지, 하지만 내 아들이 동성애자라는 말도 안 되는 말로 나를 부끄럽게 했을 때 난 내 아들과 인연을 끊었어. 이젠 너와 인연을 끊을 거야."

"왜요?"

스콧이 되묻자 댄이 다시 스콧 쪽으로 고개를 돌렸다. 그는 이제 화난 아버지의 모습 같았다.

"어젯밤 네가 벌인 구경거리! 세상에, 대체 무슨 생각으로 그런 거야?"

"맥콜이 절 부셔 버리려고 했어요! 그게 제가 생각하고 있었던 거예요!"

"그래서 넌 텔레비전에 나가서 텍사스 상원의원에 대해 사법방해, 강요, 매수 혐의를 제기한 거고?"

"전 그냥 옳은 일을 하려고 했던 것뿐이에요!"

"옳은 일 웃기고 있네! 난 널 잘 알아. 넌 맥콜에게 작게나마 스콧 페니식 복수를 하고 있었던 거야. 그 매춘부를 위한 것도 아니었고 바로 너 자신을 위해서 했던 거라고. 그리고 네가 만약 옳은 일을 하고 있었다고 해도 그게 더 좋은 것도 아니야. 말했지, 스콧. 이 회사는 옳은 일을 하기 위해 존재하는 게 아니야. 어떤 로펌도 옳은 일을 하지 않아. 우리는 옳은 일을 하는 게 아니라 우리 '의뢰인'들에게 옳은 일을 하는 거야. 대통령이 되려는 맥 맥콜의 야망을 망치는 것은 우리 의뢰인에게 옳은 일이 아니야. 하지만 넌 그걸 처리해야 했던 거고, 그렇지?"

"그럼 제가 뭘 할 수 있었겠어요. 제가 가진 모든 걸 그가 빼앗아 가게 내버려두라고요? 제 집, 차, 클럽 회원권, 그리고 제 의뢰인들을 맥콜이 전부 빼앗아 갔어요!"

댄 포드는 5년 전의 그 표정으로 스콧을 바라보았다. 5년 전, 선거 캠페인에 막대한 후원금을 건넨 혐의로 포드 스티븐스와 댄 포드가 한 법정에 섰을 때 스콧은 댄 포드의 변호사로 옆자리에 있었다. 판사의 판결문을 들을 때 댄 포드는 지금과 같은 표정을 하고 있었다. 배신당했지만 아무런 조치도 취할 수 없어 무기력한 그런 표정으로.

"아니야, 스콧. 그가 한 건 아무것도 없어, 내가 그랬어."

"당신이요?"

"그래, 내가. 내 부탁을 거절했을 때, 어디 한 번 번듯하게 이루어 놓은 것들이 없어지면 네 인생이 어떻게 되는지 보여 주고 싶었어. 스콧 페니 주연의 멋진 인생 말이야. 하지만 스콧, 넌 고집이 너무 세. 좋은 것을 갖기에는 고집이 너무 세다고. 맥콜은 날 대통령의 변호사로 만들어 준다면서, 내게 작은 부탁 하나를 했어. 자기 아들의 과거를 건들지 말아 달라고. 내가 너한테 해 준 게 얼만데 내게 돌아온 게 뭐야? 넌 나를 배신했어."

"작은 부탁이요? 댄, 그 증거가 없으면 샤완다는 사형될 거예요!"

"그래서?"

"뭐예요, 그녀는 그저 검둥이라고요?"

댄이 웃었다. "그래, 난 인종차별주의자야. 내 아들은 크면서 마이클 조던이 되고 싶어 했고 내 딸은 타이거 우즈를 좋아했지……. 아니, 반대로군. 내 딸은 조던이 되고 싶어 했고 내 아들이 타이거 우즈를 좋아했지. 여하튼, 나는 그 둘 다를 내 의뢰인으로 삼고 싶어. 왜냐하면 그들은 돈이 많거든. 그들은 자기 변호사에게 막대한 비용을 지불하기 때문이지. 스콧, 법의 색깔은 흑백이 아니라 녹색이야! 법을 지배하는 건 결국 돈이야. 돈이 모든 걸 결정하지! 돈이 법을 만들고 법이 돈을 보호해. 그리고 변호사들은 돈 있는 사람을 보호하는 거야!"

댄의 얼굴이 붉어졌고 핏대가 섰다. 그는 멈춰서 호흡을 가다듬었다.

"스콧, 이 로펌은 내 삶이야. 난 이 로펌을 무無에서 이 도시 최고의 회사로 만들었어. 누구도 우리만큼 벌지 못해. 누구도! 어떤 사람도 이 회사에 해를 입히지 못하게 할 거야. 네 매춘부도, 너도, 어느 누구도. 내가 가는 길을 막는 사람은 다 치우고 갈 거야."

"나는요, 댄? 나도 밟고 지나갈 건가요?"

댄은 의자에 앉아 비서를 불렀다. 그러고는 스콧을 다시 바라보고 말했다. "이미 밟은 것 같은데."

댄의 사무실은 벽마다 트로피 두상들로 빼곡했다. 스콧은 주위를 둘러보았다. 그 두상들의 슬픈 눈동자들이 마치 자기를 내려다보며 마치 이렇게 말하는 것 같았다. *우리가 네 자리를 여기에 남겨 놓았어.* 이제 스콧은 이 자리에서 똑같이, 사전에 아무런 예고도 받지 못한 채 해고당했을 존 워커와 다른 이들의 심정을 이해했다. 언젠가 다른 변호사가 텔레비전 편성 책자에 실린 존의 광고를 보여 주었을 때 스콧은 그 꼴이 우스워 키득거렸다. 대형 로펌의 성공가도를 달리던 변호사가 하루아침에 그저 생계를 위해 사기꾼 같은 모습으로 자기를 홍보했다. 어느덧 스콧의 머릿속에는 영매광고와 보디가드광고 사이 어디쯤엔가 위치할 자신의 변호사 광고가 그려졌다. "교통사고? 이혼? 파산? 스콧 페니 변호사에게 전화 주세요. 저희가 깨끗하게 해결해 드리겠습니다. 스페인어도 가능합니다."

이건 나에게 있을 수 없는 일이야!

아찔한 생각에 머릿속이 아득해질 그때, 1층에 있던 흑인 경비원 세 명이 사무실로 들어왔다. 모두 어리둥절한 얼굴을 하고 있었다.

그에게 정말로 일어나고 있었다.

"개인 물건들은 집으로 배송될 거야, 스콧." 댄이 말했다. "회사 정책이야."

게임은 끝났고 스콧 페니는 패배했다. 경기장에서 나가는 것 말고는 더 이상 할 수 있는 일이 없었다. 경비원들은 스콧이 그곳에서 나올 수 있도록 옆으로 비켜섰다. 며칠 전만 해도 승리감에 젖어 있던 A. 스콧 페니는 톰 디브렐의 변호사로서 거들

먹거리며 걸었던 그 복도를 넋을 잃은 채로 유유히 걸었다. 스콧만 보면 마치 연예인을 반기듯 화색을 띠던 변호사들이 오늘은 마치 AIDS로 죽어 가는 환자를 대하듯 눈길을 피했다. '죽은' 변호사가 걸어가고 있었다. 그가 누리던 법조계 삶은 이미 그 자신도 직감한 것처럼 끝이 났다.

스콧과 경비원이 62층으로 내려가다 밑에서 올라오던 미시와 마주쳤다. 몸에 딱 달라붙는 섹시한 니트 드레스를 입은 그녀였지만 오늘은 스콧 페니에게 어떤 눈짓도 주지 않았다. 마치 누가 보면 외도라고 여길 만한 아슬아슬한 행동도 오늘은 일절 하지 않았으며, 도리어 스콧을 전염병에 걸린 사람처럼 대했다. 스콧과 경비원은 이내 수우가 있는 곳에 도착했다. 수우는 서류가방과 9번 골프채를 들고 있었다. 스콧이 수우에게 가까이 다가가기 전에 시드 그린버그가 수우에게 서류더미를 들고 다가갔다.

"수우, 이 서류들 책상에 올려놓을게요, 복사해서 디브렐에게 최대한 빨리 올려다 주세요. 원본은 스콧의…… 아니 제 사무실에 놓아 주세요."

"네, 그린버그 씨."

"시드?"

시드는 스콧을 발견하고 말했다. "아, 안녕하세요, 스콧. 소식 들었어요. 행운을 빌게요."

"네가 내 의뢰인, 내 비서, 내 사무실을 받는 거야? 난 네가 알고 있는 모든 걸 가르쳐 줬어!"

"네, 맞아요, 스콧. 당신은 법 실무가 그저 비즈니스에 불과하다고 가르쳐 줬죠. 인격적인 것이 아니라."

"난 나에 대해 말했던 게 아니었어!"

시드는 별일 아니라는 듯이 어깨를 으쓱했고 이내 사라졌다. 스콧이 수우를 바라보았고 그녀는 그를 향해 손을 내밀었다. 스콧은 수우가 들고 있던 서류가방과 골프채를 받아들었다.

"페니 씨, 안녕히 가세요."

"그게 다야? 안녕히 가세요? 11년 동안 당신은 내 비서였어. 조금도 신경 쓰이지 않아?"

스콧이 수우에게 호소했지만 수우는 여태껏 한 번도 보지 못한 표정을 지을 뿐이었다. 눈앞에 선 그녀가 한 15센티미터 정도는 더 커 보였다.

"11년 동안 전 매일 커피 심부름을 하고 세탁소에서 당신 옷을 찾아왔어요. 그리고 당신의 개인 용무들, 개인적인 청구서를 처리하고 당신 의뢰인은 물론 아내와 딸을 위해 선물도 샀죠. 필요하다면 의뢰인들에게 거짓말도 하고요……. 당신은 제게 신경 쓴 적이 한 번이라도 있어요? 제 삶에 대해서 신경 쓴 적 있냐고요. 당신은 단 한 번도 제 삶에 대해 물어본 적이 없었어요. 제게 장애아이가 있다는 거 아세요? 그게 제가 11년 동안 당신 밑에서 참고 일해야 했던 이유였던 걸 아세요? 돈이 필요했기 때문에요. 몰랐죠? 알고 싶어 하지도 않았겠죠. 워커 씨가 해고당했을 때 신경 쓰셨어요? 아니죠. 이곳의 다른 변호사들처럼 당신은 당신 일에만 신경 썼어요."

스콧은 자기 앞의 낯선 이에게서 돌아섰다. 사람들이 하나둘 모이기 시작해 스콧은 경비원 두 명과 함께 자리를 빠져나와 엘리베이터로 향했다. 엘리베이터에 타자마자 경비원 한 명이 물었다. "무슨 일이에요, 페니 씨?"

"해고당했어요."

"당신이 그 여자를 위해 맞서 준 거 때문에요?"

"네."

"포드 씨의 메르세데스를 어디에 주차했는지 알고 있어요. 타이어에 펑크라도 내버릴까요?"

"네." 무의식중에 말을 내뱉은 스콧이 머리를 흔들었다. "아니요."

그때 엘리베이터 문이 닫히기 직전 누군가의 손이 밀고 들어와 문이 다시 열렸다. 수우였다. 그녀가 말했다. "존 워커의 아내가 지난주에 죽었어요."

파슈매는 대머리 남자를 발견하곤 얼어붙었다.

"부우, 저기 그 사람 또 왔어."

"누구?"

"검정색 차에 타고 있던 대머리 남자."

"어디?"

파슈매는 남자 쪽을 채 바라보지는 못하고 주차장 쪽으로 머리를 흔들어 보였다. 부우가 그쪽으로 고개를 돌리자 파슈매가 다급하게 말했다. "보지 마!"

부우와 파슈매는 남자 쪽을 돌아보는 대신 가게 창문으로 유리에 비친 남자 쪽 현장을 살폈다. 인도 바로 옆 경사진 부분에 주차 공간이 있었고 센터를 중심으로 차가 빠져나갈 수 있는 일방통행의 작은 길이 나 있었으며 주차장 한가운데에도 주차 공간이 두 줄이나 더 있었지만 대머리 남자가 탄 검정색 차는 구태여 그곳에서 10미터 정도 떨어져 있는 곳에 세워져 있었다. 부우는 아무렇지 않게 몇 군데 돌아보는 척 하면서 마침내 검정색 차에 탄 대머리 남자를 발견했다. 대머리 남자는 정확히 부우와 파슈매를 응시하고 있었다. 부우는 반대편으로 시선을 돌렸다.

파슈매가 흥분하여 말했다. "뛰어, 부우!"

그러나 부우는 파슈매의 팔을 단단히 잡았다. "아니야, 평상시처럼 행동해. 여기서는 우리 둘을 잡을 수 없어. 그냥 겁주려는 거야."

"겁주는 게 효과가 있어!"

부우가 주머니를 뒤적였다.

"뭐하는 거야?" 파슈매가 물었다.

"뭘 찾는 척 하는 거야." 그러고는 손으로 가게를 가리키며 말했다. "지금은 저 가게에 뭔가를 두고 온 척하고 있는 거야.

이쪽으로 와 봐. 가게로 다시 들어가서 아빠한테 전화할게. 여기로 올 거야."

"빨리 와야 할 텐데."

"아빠는 페라리를 몰아."

부우와 파슈매는 다시 가게로 들어갔다. 부우는 곧장 점원에게 다가가 다급히 말했다. "저기 전화 좀 써도 될까요? 긴급상황이에요. 제 잘생긴 아빠에게 전화해야 해요."

스콧은 퇴근시간을 좋아했다. 20만 달러짜리 차에 올라타 주차장을 나설 때면 마치 대통령이 전용기에서 내릴 때 승무원에게 하듯이 오스발도에게 거수경례를 하고는 곧장 북쪽 하이랜드 파크로 향했다. 싱글들이 뒤섞이는 다운타운의 북쪽 지역을 기분 좋게 통과해 갔다. 그곳을 지나칠 때면 모든 젊은 남성과 멋진 여성들이 자신의 페라리를 부러운 눈길로 쳐다봤다. 마치 페라리에 타고 있는 자신의 완벽한 삶을 동경하기라도 하는 것 같았다. 그들의 시선을 즐기고 나면 어느새 하이랜드 파크에 도착해 있었다. 아이들은 똑똑했고 그들의 부모들은 성공적이었으며 모든 이들이 하이랜드 파크 안에서 안전했다.

하지만 오늘은 달랐다.

집으로 향하는 게 즐겁지 않았다. 집에 도착하면 아내와 딸에게 해고됐다는 말을, 자신이 더 이상 포드 스티븐스의 파트너 변호사가 아니라는 말을, 이제 매일 밤 집에 돈을 가져다줄 수 없게 되었다는 말을, 집과 전 재산을 잃었다는 말을, "이제 스콧 페니는 패배자"라는 말을 해야 했기 때문이었다.

패배자로서 아내를 어떻게 쳐다봐야 할까? 또 딸은? 하이랜드 파크의 이웃들은? 베벌리 도로로 들어서기 위해 깜박이를 켜고 멈추어 섰다. 잠시 멈춘 그 찰나에도 숱한 생각이 스콧을 괴롭혔다. 신호가 바뀌어 들어서기 직전 스콧은 생각을 바꾸어 하이랜드 파크 광장을 지나쳤다. 이대로 집에 갈 수는 없었다. 계속해 직진하던 스콧은 왼쪽으로 돌아 하이랜드 파크 고등학교의 미식축구 경기장 앞에 차를 세웠다. 이곳은 신입생 때 미식축구부에 들어간 지 얼마 되지 않아 첫 연습을 했던 곳이다.

여느 대학의 경기장보다 훨씬 좋은 시설을 갖춘 그 경기장 안에서는 미식축구부 선수들이 인조 잔디밭에서 연습을 하고 있었다. 스콧이 시동을 끄고 차에서 내려 울타리 쪽으로 향했다. 그리고 울타리 너머로 운동하는 학생들과 옆에서 연습하는 치어리더들을 바라보았다. 백인 남자아이들은 도악 워커나 바비 레인 그리고 스콧 페니 같은 하이랜드 파크의 전설적인 미식축구 선수가 되는 것을 꿈꾸고 백인 여자아이들은 제인 맨스필드나 앤지 하몬 같이 하이랜드 파크 출신의 할리우드 스타가 되는 것을 꿈꿨다. 하지만 그들은 꿈이 이루어지지 않는다고 해도 부모의 재산이 있으므로 저 높고 청명한 하늘처럼 밝고 확실한 미래를 보장받을 수 있다는 것을 알고 있었다. 그에 반해 스콧은 자신이 이곳에 속해 있었기에 그나마 미식축구 영웅들이 자신을 같은 부류로 여길 수 있었으리라고 생각하면서 오랫동안 자기 자신을 속여 왔던 것은 아닌지 돌아보았다. 공사장에서 일하는 노동자의 아들은 영원히 공사장 노동자의 아들인 것인가. 세 들어 사는 사람은 변함없이 세입자로 전전해야 하는 것인가. 가난한 집 아이는 앞으로도 빈민촌의 아이로 살아가야 하는 것인가. 아마도 그 사람의 정체성은 평생 바뀌지 않는 것인지도 모른다.

21년 전 스콧의 꿈이 바로 여기서 시작되었다. 그가 열다섯 살 때였다. 그리고 그 꿈은 오늘 끝이 났다. 열다섯 이후 처음으로 자신의 남은 삶을 어떻게 살아가야 하는지 생각했다.

얼마간 있었을까 스콧은 다시 페라리로 돌아왔다. 그러고는 집으로 차를 몰았다. 아내와 딸에게 모든 걸 잃었다는 사실을 알려야 했다. 이제 자신에게 남은 유일한 위안거리란 맥 맥콜과 댄 포드가 더 이상 빼앗아 갈 것이 없고, 자신도 더 이상 잃을 것이 없다는 점도 말할 것이다.

차문을 여는 순간 핸드폰이 울렸다.

스콧이 1분 내로 그곳으로 가겠다고 말하며 황급히 전화를 끊었다. 부우와 파슈매는 전화를 마치고 가게 밖의 도로에서 스콧을 기다렸다. 그리고 정말로 채 1분이 지났을까, 머지않아 페라리의 엔진 소리가 들려왔다. 소리가 나는 쪽으로 돌아보니 빨간색 페라리가 빌리지 쪽으로 방향을 틀어 주차장 안으로 들어오고 있었다. 부우가 머리 위로 손을 들어 미친 듯이 흔들면서

폴짝폴짝 뛰었다. 그리고 대머리 남자가 타고 있는 검정색 차를 가리켰다. 그 남자는 부우가 자신을 가리키는 것을 보고선 재빨리 좌석에 깊숙이 앉아 몸을 숨겼다. 이내 페라리가 자기에게로 다가오는 것을 보고선 시동을 켜 정차했던 곳에서 황급히 벗어나 좌회전했지만 후진을 해 오는 다른 차와 맞닥뜨렸다.

검정색 차는 어디로도 갈 수 없었다.

빨간색 페라리가 끼익 하는 브레이크 마찰음을 내며 대머리가 타고 있는 검정색 차 뒤편에 멈추어 섰고 스콧이 뛰쳐나왔다. 그는 문을 닫지도 않은 채 골프클럽을 손에 들고 검정색 차를 향해 뛰어갔다.

페라리 안에 어떻게 골프채가 있는 거지?

부우의 눈이 휘둥그레졌다. 변호사 아빠는 빳빳한 흰색셔츠 차림에 실크 넥타이를 어깨에 두른 채로 골프채를 들고 창문을 향해 있는 힘껏 내리쳤다.

쾅!

엄청난 파열음과 함께 유리가 쩍 갈라졌다. 마치 폭탄이라도 터지는 듯했다. 주변에 있던 사람들은 모두 얼어붙었다. 몇몇 사람들은 반사적으로 몸을 낮게 숙였다. 가게 안에 있던 점원들은 밖으로 뛰쳐나왔다. 스콧이 차문을 열었지만 잠겨 있었다. 거기에 그치지 않고 스콧은 차 앞쪽으로 자리를 옮겨 마찬가지로 전면 유리창에 골프채를 내리쳤다. 몇 번이고 내리치면서 부우 앞에서는 여태 한 번도 사용하지 않은 말들도 내뱉었다.

"내 아이들을 따라다녔지, 이 개자식아!"

쾅!

"맥콜이 보냈지! 그렇지!"

쾅!

"다시 내 아이들 근처에 오면 맹세코 내가 널 죽여 버릴 거야!"

쾅!

그때 대머리 남자의 차를 가로막던 앞 차가 떠나갔고 대머리 남자는 황급히 시동을 걸어 그 자리에서 재빠르게 도망쳤다. 주차장 한가운데에서 스콧은 얼굴이 시뻘게진 채로 땀을 뻘뻘 흘리며 숨을 크게 몰아쉬었다. 들고 있던 골프채는 도끼처럼 어깨 위에 걸치고 있었다. 지금 이 순간, 스콧은 마치 액션 영화의 주인공 같았다. 하이랜드 파크에서는 좀처럼 볼 수 없는 소란이었으므로 쇼핑하던 사람들은 생소한 광경에 저마다 경악을 금치 못했다. 부우가 밝게 웃었다. 아빠는 정말 대단했다! 부우 옆에서 이를 지켜보던 점원이 말했다.

"세상에, 정말 미남이시네."

부우 페니는 아빠가 몹시 자랑스러웠다. 한걸음에 아빠에게로 뛰어가 꼭 끌어안았다. 파슈매가 그들과 함께했다.

"괜찮니?"

"이제 괜찮아요. 누구예요?"

"델로이 룬드."

파슈매가 말했다. "페니 아저씨! 정말 대단해요!"

부우가 말했다. "아빠, 나쁜 욕 했어요."

"그래." 부우와 파슈매를 보자 스콧의 가쁜 숨이 점차 진정되었다. "미안해."

스콧이 아이들을 차에 태우고 그곳에서 벗어났다. 베벌리가 4000번지에 들어서 집 차고로 들어왔을 때에야 비로소 흥분이 완전히 가라앉았다. 파슈매가 말했다. "루이스가 저와 엄마랑 매일같이 다니는 이유가 바로 이런 일 때문이에요. 누구도 그와 상대하려 하지 않아요. 빈민가에서조차도 말이죠."

파슈매의 말을 잠자코 듣고 있던 스콧은 시동을 끄고 핸드폰을 집어 들었다. 그리고 최근 단축번호에 저장해 두었던 번호를 길게 눌렀다. 연결음 끝에 상대방이 전화를 받았다. 스콧이 말했다. "루이스, 저 스콧 페니예요. 도움이 필요해요."

스콧은 루이스에게 본론부터 말했다. 용건을 모두 전한 스콧은 통화를 마치고 아이들과 함께 차에서 내렸다. 이제 남은 사람은 바로 자신의 아내, 레베카였다. 레베카에게 나쁜 소식을 전해야 했다. 그들은 뒷문을 통해 집으로 들어왔다. 집 안은 조용했다.

"레베카?"

부우가 말했다. "아, 맞다. 깜빡했어요. 엄마 나갔어요."

"나가? 무슨 뜻이야?"

"여행이요."

"어디로?"

"몰라요, 그냥 떠나야 한다고 말했어요."

부우가 말을 마치자마자 스콧은 두 계단씩 뛰어 내려가 침실로 향했다. 침대 위에는 레베카가 남긴 것으로 보이는 편지가 있었다. 손으로 쓴 작별인사였다. 편지에는 그녀가 잃은 것들이 적혀 있었다. 집, 자동차, 그리고 캐틀 바론스 무도회 여성위원장직. 짧게 얘기하면 그는 그녀의 인생을 망쳤다. 둘의 관계는 이제 그녀가 약속한 대로 완전히 끝났다고도 적혀 있었다. 이제 하이랜드 파크에서는 얼굴을 들고 다니지 못하므로 컨트리클럽의 골프선수와 떠난다고 했다. 골프선수는 PGA투어를 위해 떠났다. 그녀는 골프선수의 팬이 될 것이었다.

"언제 돌아온대요?"

스콧은 문 앞에 서 있는 부우를 발견했다.

"돌아오지 않아."

부우는 베개에 얼굴을 묻고 울었다. 또래 여자아이들에게는 모두 엄마가 있었다. 파슈매조차 엄마가 있었다. 이루 말할 수 없는 상실감에 하염없이 울고만 있을 때 누군가 뒤에서 세게 안아 주었다. 파슈매였다.

"부우, 난 아빠가 없고 넌 이제 엄마가 없어. 너희 아빠랑 우리 엄마가 결혼하면 어떨까? 그럼 우린 자매가 되는 거야."

"파슈매, 아빠는 너희 엄마랑 결혼 못 해. 너희 엄만……."

파슈매는 부우에게 이 슬픔에서 벗어날 방법을 제시했다. 파슈매로서는 나름의 해결책이었다. 하지만 부우는 샤완다 이야기가 나오자 파슈매의 제안을 거절했다. 이유를 이야기하려는 찰나 부우를 안고 있던 파슈매의 팔이 풀어졌다. 파슈매가 자기에게서 떨어지는 것을 느꼈다. 부우는 눈물로 범벅된 얼굴을 닦고 일어났다. 파슈매 쪽을 돌아보자 예전에 엄마가 화났을 때처럼 파슈매 역시 허리에 손을 얹고 있었다.

"우리 엄마가 뭐?"

다소 퉁명스러운 듯이 묻는 파슈매에게 부우가 으쓱하며 대답했다. "스물네 살이잖아. 우리 아빠에 비해 너무 어리서. 우리 아빠는 많이 늙었거든."

루이스는 스콧과 통화를 마친 후 한 시간 만에 스콧의 집에 도착했다. 낡은 차를 차고에 세워 두었고, 마중 나온 스콧과 루이스가 차고에서 만났다. 그들은 서로 악수했다.

"와 줘서 고마워요, 루이스."

"뭘요, 페니 씨. 전 파슈매가 태어났을 때부터 줄곧 돌봐 왔어요. 애가 많이 보고 싶더라고요." 그는 말하면서 주위를 살폈다. "뭐, 당연히 이곳에서는 충격은 없겠지만요."

"이쪽으로 와요, 루이스. 방을 준비해 놓았어요."

"아, 아니에요. 페니 씨, 정말 그건 아니라고 생각해요."

스콧은 루이스가 불편해한다는 것을 알아채고 더 이상 재촉하지 않았다.

"그럼 저 오두막집에서 지내시면 돼요. 저희 가정부인 콘수엘라가 지내던 곳인데 지금은 없어요, 이민국에서 데려갔어요."

"아니에요. 그렇다면 저긴 그녀의 자리예요. 전 제 차에서 자면 돼요. 거기서 망보는 게 더 도움이 되기도 할 거예요."

"에어컨도 있고 목욕탕도 있어요. 침대도 꺼내다 줄게요……
텔레비전과 안락의자도요."

"텔레비전과 의자는 좋을 것 같은데 침대는 놔두세요. 차 뒷좌석이면 충분해요." 루이스가 미소 지었다. "그리고 페니 씨, 아무것도 걱정하지 마세요. 그 누구도 아이들을 다치게 하지 않을 거예요."

62층에 있는 멋진 사무실에서 변호사 업무를 보며 호화로운 다운타운 클럽에서 식사를 하고 헬스장에서 아름다운 여자들과 함께 운동하는 일이란 이제 없다. D데크에 앉아 마당에 갖춰진 수영장 시설과 조경을 바라보고 있지만 더 이상 특별한 존재처럼 느껴지지 않는다. 이제 스콧에게는 직업도, 아내도 없었다. 그리고 집과 차들도 곧 없어질 것이었다. 맥 맥콜이 이겼다. 그리고 그는 전리품으로 스콧 페니의 완벽한 삶을 가져갈 것이다.

스콧은 태어나 처음으로 패배감을 맛보았다. 이번에도 다시 일어날 수 있을까 불안했다.

그동안 부우가 두 번이나 내려와 스콧의 무릎에 앉아 울었다. 세 번째에는 파슈매도 함께 왔다. 두 아이들은 큰 가죽의자 팔걸이에 앉아 스콧의 넓은 어깨에 얼굴을 묻고 셔츠가 젖을 때까지 울었다. 그들은 단 한마디도 하지 않았다.

데크의 한쪽을 비추던 햇볕이 다른 쪽으로 옮겨 갈 때까지 스콧은 그곳에 쭉 앉아 있었다. 한동안 부엌에서 아이들 소리가 들렸고 곧이어 파슈매가 스크램블 에그 샌드위치를 가져다주었지만 그는 입에 대지 않았다. 이윽고 하늘이 깜깜해졌을 때에야 자리에서 일어나 아이들 방으로 향했다. 아이들에게는 강한 표정을 지어 보였다. 부우와 파슈매는 침대 옆에 스콧이 앉을 의자를 놓아두고 침대에 누워 서로 꼭 껴안았다. 스콧은 그곳에 앉아 기도를 했다.

부우가 말했다. "오늘은 책 읽기 싫어요. 이야길 하고 싶어요."

파슈매가 말했다. "이야기하고 싶어요."

책을 읽어 주려고 안경을 썼던 스콧이 다시 안경을 벗었다. "알았어, 뭔데 그러니?"

"어젯밤에 아빠를 텔레비전에서 봤어요." 부우가 말했다.

"파슈매의 엄마랑. 밤에 텔레비전 보면 안 되는 건 알지만 1층에 내려갔을 때 엄마가 텔레비전에서 아빠를 보고 있는 걸 봤어요. 그래서 보지 않을 수 없었어요, 알죠?"

스콧이 고개를 끄덕였다. "그래, 그리고?"

"아빠, 설명해 줄 게 있어요."

"물어 봐."

평소 부우에게는 어떠한 것을 설명해 줘야 할 때에도 되도록 먼저 이야기하지 않았다. 대신 부우가 먼저 물어볼 때까지 기다려 주었다. 부우가 물어본다면 그것은 이해할 준비가 되었다는 뜻이기도 했다.

"섹스가 뭐야?"

하지만 이런 질문은 전혀 예상하지 못했다. 보통 여자아이였다면 엄마에게 물어봤을 질문이지만 레베카가 골프선수와 도망갔으므로 질문이 자연스레 스콧에게 넘어왔다. 스콧은 자기 앞에 앉아 무릎에 손을 얹고 걱정 가득한 얼굴로 자기를 쳐다보는 두 여자아이를 바라봤다.

"남자에 관한 거죠?"

"남자에 관한 거?"

"있잖아요…… 그…… 남자의 비밀스러운 곳. 밖에 나가면 항상 어떤 남자아이들이 '아가, 이쪽으로 와 보렴. 내가 내 섹스를 보여 줄게'라고 말해요."

"음…… 그러니까 섹스는 남자아이와 여자아이가…… 아니 남자와 여자가…… 어…….''

"나쁜 짓을 하는 거예요?" 파슈매가 불쑥 말했다. "큰 언니들이 그렇게 말했어요. 엄마한테 언니들이 뭐라고 말했는지 말해 줬더니 그 언니들과 놀면 안 된다고 했어요."

"섹스가 어떤 건지 조금이라도 알고 있니?"

아이들은 고개를 저었다.

"그럼 왜 알고 싶어 하니?"

"왜냐하면 엄마가 말하기를 죽은 남자가 엄마에게 섹스를 위해 돈을 주었다고 했거든요."

"아."

"그러곤 그 남자가 엄마를 때렸다고도 했어요. 그건 그 남자의 첫 번째 실수예요. 엄마는 아빠 이후로는 아무도 엄마를 때리게 하지 않았거든요. 그럴 때마다 엄마가 발로 잘 차 줬어요." 파슈매가 웃었다. "아저씨가 그 남자의 차를 때린 것처럼요, 페니 아저씨."

부우가 말했다. "그건 진짜 멋있었어! 정말 대단했지! 아빠 골프채 망가졌어?"

아까 전의 일이 언급되자 아이들의 관심사가 그쪽으로 돌아갔다. 더 이상 아홉 살짜리 여자아이들에게 섹스가 무엇인지 알려 주지 않아도 되었다. 광장에서 벌어진 일에 대해 안심시켰을 때 부우가 물어왔다. "클락은 정말 나쁜 사람이었죠, 그죠?"

"그래."

"경찰들이 엄마를 죽이도록 내버려두고 말이죠?"

"그래."

"ㄱ 아저씨가 다시 우리를 잡으러 올 것 같아요?"

"아니, 아가. 안 올 거야." ·

파슈매가 웃었다. "루이스부터 먼저 상대해야 할걸요."

부우가 말했다. "이제 우리집 팔아야 해?"

"그래, 부우. 그렇게 해야 해."

"왜요?"

"왜냐하면 오늘 내가 해고당했거든."

"이제 변호사가 아니에요?"

"아니야, 변호사인 건 맞아. 다만 그 회사에서는 아니라는 말이지."

"그건 무슨 뜻이야?"

"지금부터 아빠는 돈을 못 벌 거란 말이지."

"돈이 없다고?"

"돈은 조금 남아 있어, 하지만 이 집에서 살 만큼 많은 돈은 없어."

부우가 고개를 끄덕였다. "신디 아빠가 해고당했을 때 그들 집도 팔아야 했어요. 우리한테는 그런 일이 없을 거라고 그랬잖아요."

"내가 틀렸어."

"차도 팔아야 해요?"

"그건 그냥 은행이 가지고 갈 거야."

"우리 이제 거지예요?"

"아니야, 부우. 거지는 아니야. 거지들은……."

"우리 엄마랑 나 같은 사람들이죠." 파수매가 말했다.

"그래서 이 나쁜 일들, 콘수엘라, 차, 우리집, 아빠 직업,

엄마가 떠난 것도 맥콜이 아빠에게 화나서 그런 거예요?"

"그래……. 엄마 일은 그것 때문만이 아닐지도 몰라."

"엄마는 항상 자기가 운이 나쁘다고 했어요."

"파슈매, 너희 엄마 때문이 아니야. 난 결정을 했을 뿐이고 결정에는 항상 결과가 따라. 가끔은 나쁜 결과가 따르기도 해."

스콧이 말을 마치고 난 후 그들은 한동안 입을 열지 않았다. 그러다 잠시 동안의 침묵을 깨고 부우가 나지막이 말했다.

"엄마는 울고 있었어요. 그리고 제가 엄마 없이 있는 게 더 나을 거라고 말했어요."

20

팔월에 접어들자 '멕시칸 플럼'이라고 불리는 뜨거운 공기 층이 버섯구름처럼 댈러스 전역에 드리워지기 시작했다. 멕시칸 플럼은 북쪽에서 불어오는 시원한 공기와 남쪽 지역의 비구름을 차단하면서 지상의 주민들을 화씨 110도와 80퍼센트 습도 속으로 무자비하게 몰아넣었다. 한여름의 무더위가 예고되면서 숨막히는 하루하루가 계속되었다. 공기가 아예 정체된 듯 바람 한 점 불지 않아 아주 약한 미풍조차도 시원한 북풍처럼 반갑게 느껴졌다. 오염지수는 보라색 레벨에 달했는데, 이는 숨을 들이키기만 해도 사망에 이를 수 있는 수준이었다. 인도는 보행자가 없어 텅 빈 상태였고, 개들은 진종일 그늘에 누워 있었다. 뒷다리와 엉덩이 주위에서 윙윙대는 파리를 쫓아내기는커녕 꼬리를 늘어트리고 축 처져 있기만 했다. 기자들은 저녁 뉴스거리로 인도 위에 계란을 깨뜨려 계란프라이가 만들어지는지 시범을 보였다. 시간은 기어가는 듯 느리게 흘러갔다. 아름다운 정원은 시들어 갔고, (그건 여성의 헤어스타일도 마찬가지였으며) 자동차의 라디에이터는 물론 운전자의 성질도 끓어 넘쳤다. 도로상에서 싸움이 벌어져 접수된 사건사고가 가정폭력 신고 건수와 비례할 만큼 극적으로 증가했다. 댈러스의 식수를 공급하는 저장고가 가파르게 줄어들었고 스프링클러의 물 공급량이 제한되어 잔디 곳곳이 갈색을 띠고 푸석해져 갔다. 최근 해충 관리업체에서는 물을 찾아 가정집 수영장에 출몰하는 쥐를 잡는 일이 많아졌다. 에어컨 없는 가난한 사람들은 죽어 갔다.

8월의 댈러스에서 유리한 점이 한 가지 있다면 휴스턴이 더 나쁘다는 사실을 아는 것이다. 누군가가 이만한 열기와 습도에도 죽지 않고 살아남는다면, 머지않아 휴스턴의 빌어먹을 습지에서 자란 대형 모기가 그에게 죽일 듯이 덤빌 것이다.

"정말 덥네." 덥다는 말이 스콧의 입에서 외마디 비명처럼 무의식적으로 터져 나왔다.

댈러스의 8월을 무사히 보내려면 실내와 수영장에서만 지내야 한다. 스콧 페니는 선글라스를 끼고 솜브레오 스타일의 밀짚모자를 쓴 채 물을 가득 채운 풀장 옆에 자리를 잡고 앉았다. 치명적인 자외선으로부터 피부를 보호하기 위해 강도 50짜리 선크림을 바르는 것도 잊지 않았다. 바비가 담배를 피우는 동안

387

스콧은 커다란 머그잔에 아이스티를 따라 빨대로 쭉쭉 들이켰다. 부우와 피슈매는 수심이 얕은 곳에서 플라스틱 원반던지기를 하며 놀았고 루이스는 테라스의 어닝 그늘에서 햇볕을 피했다. 평화로운 듯 보이는 이 집 앞에 놓인 '건물주 직접 매매'라고 적힌 표지가 베벌리 가를 지나는 운전자들의 눈길을 사로잡았다.

스콧은 부동산 업체의 도움을 받지 않고 자신이 직접 집을 팔기로 결정했다. 직거래는 하이랜드 파크에서는 쉽사리 접할 수 없는 거래 방식이었다. 집을 직접 판다는 것은 자존심과 종교적 가정교육으로 똘똘 뭉친 하이랜드 파크의 주민들에게는 마치 직접 세차하는 것이나 잔디를 직접 깎는 것과 같아 좀처럼 하려 들지 않는 일이었다. 그런 일을 직접 해야 하기라도 한다면 신성무오류 개념에 의문을 가져, 열에 아홉은 '하나님이 우리가 잔디를 직접 깎고, 직접 세차하기를 원하셨다면 멕시코인들을 왜 만드셨는가?'라고 생각했다. 간단히 말해서 부동산에 중개수수료를 내기 싫을 만큼의 구두쇠라면 하이랜드 파크에서 살기엔 무리가 있다는 뜻이었다. 하지만 연봉이 한순간 눈앞에서 사라지는 것을 목격한 스콧으로서는 구두쇠가 되어야만 했다.

그는 시세에 해당하는 350만 달러에 집을 내놓았다. 매도인이 급전이 필요한 상황이고, 게다가 주민 모두가 그 사실을 안다면 대체로 이런 경우 시장 가격을 제시하지는 않는다. 스콧의 경우 300만 달러가 가장 적절했지만 그렇게 하면 채무를 다

갚고 20만 달러밖에 남지 않게 된다. 이마저도 중개인을 끼면 6퍼센트 수수료로 18만 달러를 떼 주어야 했으므로 손에 쥐는 건 고작 2만 달러밖에 되지 않는다. 매매수수료를 제하고도 남는 게 있다면 그나마 다행일 노릇이었다. 스콧이 계산해 보더니 곧장 가까운 철물점으로 향했다. 빨간색과 하얀색의 대비가 돋보이는 '매매함' 입간판을 구입해 집 앞마당 잔디밭에 박아 넣었다.

"부우는 어떻게 하고 있어?" 바비가 물었다.

스콧은 무심코 벌레를 물 밖으로 튕겨 내다 주로 6월경에 나타나는 벌레가 8월인 지금까지도 남아 있는 것을 의아하게 생각했다. 레베카가 떠난 지 오늘로서 보름 째 되는 날이었다.

"괜찮은 거 같아. 젠장, 부우는 콘수엘라를 더 보고 싶어 하는 것 같아. 레베카보다 콘수엘라가 부우에게 더 엄마 같은 존재였으니깐."

"루디가 콘수엘라 데려온대?"

루디 구티에레즈가 최선을 다했지만 이민국은 콘수엘라를 멕시코로 추방시켰다. 콘수엘라는 스콧이 신용카드로 지불한 누에보 라레도의 4성급 카미노 리얼 호텔에서 머물고 있었다. 그리고 루디는 콘수엘라가 스콧 가족에게 돌아갈 수 있도록 '그린카드'를 빌급받을 때까지 기다리는 중이었다. 일주일 전 스콧은 그녀가 외롭지 않도록 에스테반 가르시아를 남쪽으로 가는 버스에 태워 보냈다.

"콘수엘라가 신원조회를 통과할 수 있도록 뒷정리를 말끔하게 했어. 콘수엘라가 시민권을 받을 수 있도록 뭐든 도울 거야. 그렇게 하면 계속해서 그녀를 고용할 수 있겠지……. 하지만 이민국이 그린카드를 내주지 않아." 스콧이 머리를 저었다. "하지만 콘수엘라를 반드시 다시 데려올 거야. 약속했으니까. 그리고 지 엄마가 빌어먹을 골프선수와 도망친 마당에 부우에겐 어느 때보다도 콘수엘라가 필요할 거야."

"레베카가 너를 떠나는 건 이해할 수 있겠는데……." 바비는 스콧을 향해 미소 지었다. "그런데 부우를 두고 어떻게 그럴 수 있지?"

스콧은 어깨를 으쓱했다. "창피한 거 때문이겠지. 이 동네는 인생이 완벽하지 않으면 살기 힘들 정도로 완고한 곳이야. 하이랜드 파크에서 실패란 있을 수 없지." 스콧은 잠시 멈추고 아이들을 바라보았다. "부우를 데려가지 않은 게 정말 다행이야."

"그냥 변심한 걸 수도 있잖아."

"그럴 수도, 어쩌면 난 레베카를 한 번도 제대로 안 적이 없었을지도 몰라. 예전에 우린 서로 정말 닮았었는데……. 그래서 우리가 결혼한 거고. 우린 젊었고 야망이 있었어. 댈러스에서 성공하고 싶어 하는 불쌍한 동네 아이들이었지. 결혼식 때 '더 좋은 일이 있을 때나 더 나쁜 일이 있을 때나'라고 혼인서약을 할 때에도 우린 거기서 더 나빠지리라고는 생각하지도 않았

390

어. 진짜로 좋은 일만 있었고 더 빠르게 좋아졌지. 나쁜 일이 일어날 거라고는 상상조차 못했어."

스콧이 고개를 저었다.

"미식축구와 같은 거야. 지기 전까진 제대로 알지 못하는 것처럼 말이야."

"스콧, 한 가지 문제는 있어."

"그게 뭔데?"

"네가 아직 '이기고' 있을 때 레베카는 그 남자랑 시작했다는 거지. 집도, 차도, 옷도, 이 모든 게 레베카를 행복하게 만들지 못했다는 거잖아."

스콧이 고개를 끄덕이다 바비를 바라보았다. "도대체 여자들이 원하는 게 뭐야?"

바비가 웃었다. "나한테 물어보면 어떻게 해? 젠장, 스콧, *날 떠난 여자들은 두 명이야.*"

"레베카는 지난 7개월 동안 섹스도 거부했어."

바비는 부우가 잘못 던진 원반을 잡고선 말했다. "내 아내들은 첫날밤에도 안 하려 했어."

"난 다시는 못 할 거야." 스콧이 말했다.

바비가 부우에게 원반을 다시 날려 주고 나서 말했다. "*네가?* 이 봐, 스콧. 하이랜드 파크의 유부남들 중 절반 이상이 자기 와이프가 너에게 갈까 봐 걱정하고 있어. 다시는 못 할 사람은 나야. 난 거의 3년이나 됐어."

바비는 담배를 깊게 빨아들였다. "당연히 내 오른손으로는 아르마딜로*도 부서뜨릴 수 있지만."

"바비, 그게 언젠간 널 죽일 거야."

"말도 안 돼, 널 장님으로 만들면 몰라도."

"그거 말고, 담배 말이야."

"아, 희망만은 가질 수 있어야지."

"바비, 말도 안 되는 우울한 말로 시작하지 마. 모든 걸 잃은 사람은 나야."

바비는 연기를 내뿜으며 말했다. "그래, 하지만 넌 적어도 모든 걸 가져본 적이 있기라도 하잖아. 최소한 그게 어떤 기분이라는 건 알잖아."

스콧이 아이스티를 들이켜고는 말했다. "예전에 레베카 좋아했지?"

"그래, 거의 네 삶을 좋아했던 거나 다름없지만."

"나도야. 2개월 전만 해도 그랬지. 뷰퍼드가 나 말고 다른 사람을 국선변호인으로 선택했으면 내 삶은 아직 완벽할지도 몰라."

"스콧, 완벽하지 않았어. 그걸 몰랐던 것뿐이야."

스콧은 지난날을 떠올리자 감정이 북받쳤다. 매일 밤 샤워

---

* 아메리카 대륙에 서식하며 공격을 받으면 몸을 공 모양으로 오그리는 가죽이 딱딱한 동물.

를 하며 그랬던 것처럼 곧이라도 울음이 터져 나올 것만 같았다. 하지만 바비가 이내 다시 말을 걸어왔고 그의 말에 북받치던 감정이 순식간에 사그라들었다. "넌 그가 해낼 것 같아?" 그 질문은 마치 어떤 환자가 과연 수술실에서 살아나올 수 있을 것인가를 묻는 것처럼 들렸다.

"누가 뭘 성공해?"

"레베카의 골프선수 말이야. 투어에서 이길까? 거긴 거친 곳일 텐데."

바비가 말을 마치자마자 스콧이 그에게 덤벼들었다. 그리고 있는 힘껏 물에 담궜다. 스콧이 덤벼들 때까지도 바비의 표정에는 한 점 놀라는 기색이 없었다. 다만 담배가 물에 젖지 않도록 담배를 쥔 손만은 물 밖에 내놓았다. 부우가 "어휴, 뭣들 하세요! 손님 왔어요."라고 소리 지를 때에야 스콧이 그를 놔주었다.

차고로 들어오는 입구에 한 남자가 서 있었다. 선글라스를 끼고 야구 모자를 거꾸로 쓴 남자는 풍채가 매우 건장했는데, 배가 마치 절벽 너머로 용암이 흘러넘치듯 했다. 더웠던지 티셔츠가 땀에 젖어 있었다. 그는 스콧의 집을 어린아이가 디즈니랜드에 온 것처럼 돌아보고 있었다.

할부금 미납 자동차 회수원이었다.

스콧의 사랑스러운 20만 달러짜리 페라리를 곧 회수해 갈 터였다. 이런 날이 올 것을 대비해 스콧은 401K 카드로 2만 달러짜리 폭스바겐 제타를 대체 차량으로 구입했다.

견인트럭 두 대가 레인지로버와 레베카의 메르세데스를 끌고 가려 도로에 대기하고 있었다. 자동차 회수원이 클립보드를 내밀며 말했다. "모자 멋있네요." 스콧은 오늘 날짜로 회수되는 것을 확인한다는 서류에 서명을 하고는 트레일러 쪽을 지켜보았다. 2인용 페라리 360 모데나와, 최고 속도 시속 180마일^{290킬로미터}을 자랑하는 코놀리 가죽의 빨간색 페라리가 트레일러에 실려 고정되었다. 비록 대출받은 것들이었지만 완벽했던 삶이 깨져 한 조각 한 조각 사라지는 것을 바라보는 일은 너무나 고통스러웠다.

회수원이 떠나가고 한 시간이 지났지만 괴로운 마음은 좀처럼 사그라들지 않았다. 수영장 의자에 누워 있는 스콧에게 루이스가 다가왔다.

"페니 씨."

루이스가 스콧을 부르더니 차고 쪽을 향해 고갯짓을 했다. 가리킨 곳에는 젊은 남녀가 서 있었다. 남자는 30대 초반쯤 되어 보였는데 체형이 말랐고 피부톤이 창백해 보일 정도로 희었다. 안경을 쓴 얼굴이 어딘가 모르게 꽤 낯익었다.

"3시에 집 둘러보기로 예약했는데요. 초인종을 눌러도 대답이 없길래요."

그제야 스콧은 시간을 확인하고 의자에서 황급히 일어났다.

"죄송해요, 시간이 이렇게 된 줄 몰랐네요."

스콧이 맨발로 남자에게 다가가 손을 내밀었다. 상의는 벗고 수영복 바지만 입고 있었다.

"스콧 페니입니다."

"제프리 번바움이에요. 여기는 제 아내, 페니입니다."

제프리 번바움이라고 하는 사내 옆에는 하이랜드 파크 주니어 리그 격인 젊고 아름다운 그의 아내가 서 있었다. 검은 머리칼의 그녀는 마른 몸매에 구릿빛 피부를 지녔는데 빨간색 원피스에 빨간색 샌들을 맞춰 신은 모습이 인상적이었다. 그녀의 입술도 드레스와 어울리는 빨간색이었다. 제프리와 결혼하기에는 몹시도 아까운 얼굴이었다.

스콧이 말했다. "유명하신 분이던데요."

"악명 높은 거겠죠."

스콧의 말에 그녀가 미소 지었다. 그런, 누군가를 유혹하는 듯한 미소는 스콧 페니에게 꽤나 익숙했다. 페니를 알 것도 같았다. 스콧 역시 고등학교와 대학교 때 페니 같은 여자들과 많이 사귀어 봤기 때문이다. 그녀와 같은 여자들은 한때는 좀 거칠게 살다가도 이내 정신을 차리고 하이랜드 파크에서 살 수 있는 착실한 남자를 만나 언제든 자리 잡을 준비가 되어 있었다. 스콧은 차고와 뒷마당을 향해 손짓하며 안내했다.

"넉 대가 들어갈 수 있는 차고입니다. 냉난방이 다 잘 되고요. 수영장과 스파, 그리고 샤워실이 딸린 탈의실이 있습니다.

하이랜드 파크 중심부에 위치한 이 1에이커^{4,000제곱미터} 안에서 모든 걸 해결할 수 있죠. 이쪽으로 와 보세요, 안쪽도 보여드리죠."

스콧은 번바움 부부에게 집 구석구석을 보여 주었다. 먼저 주방을 소개했다. 바닥에는 이탈리아제 타일을 깔고 한쪽 벽에는 프랑스 빵집의 한 장면을 그린 큰 그림을 걸어 두었으며 핸드 페인트칠 된 몇 백 장의 타일로 포인트를 준 감각적인 주방이었다. 소 반 마리는 넉넉히 들어갈 만한 냉동고도 보여 주었다. 계속해서 식기실과 거실, 다이닝 룸, 휴식을 취하기 위해 따로 마련해 둔 공간, 와인 셀러가 있는 지하, 홈시어터, 오로지 게임에만 집중할 수 있도록 만든 게임룸도 소개했다. 그들의 걸음은 헬스룸에 걸린 대형사진 앞에서 멈춰 섰다. 11년 동안 스콧의 사무실에 걸려 있던 스콧의 미식축구 경기 장면이었다.

"완전 전설이에요." 페니가 말했다.

"정말로 텍사스와의 게임에서 193야드^{176미터}를 뛰셨어요? 신문에 난 것처럼요?"

"그럼요, 미식축구 팬이세요?"

"그럼요, 미식축구 완전 좋아하죠."

제프리는 운동기계들을 무심하게 훑어보고는 밖으로 나갔다. 페니는 잠시 더 둘러보는 듯하더니 문 쪽에 서 있던 스콧에게 다가갔다. 귓속말로 속삭였다. "하지만 미식축구 선수들을 더 좋아해요."

먼저 나간 제프리는 게임룸으로 넘어갔다. 당구대에 흥미가 갔던 제프리는 금세 당구치기에 몰두했다. 그 사이 페니는 스콧과 함께 2층으로 올라갔다. 2층은 침실이 여섯 개였고, 침실마다 화장실이 딸려 있었다. 화장실 안에는 어른 세 명이 거뜬히 들어갈 만한 스팀 샤워와 자쿠지 욕조가 있었고, 욕조 옆에 창문이 나 있어 욕조에 앉은 채로 풀장을 내려다볼 수 있었다. 제프리는 집을 둘러보는 내내 까칠하게 굴었다. 방마다 자그마한 단점 하나도 놓치지 않고 따져 가며 '안 사면 그만'이라는 식의 태도를 보였다. 하지만 스콧은 속일 수 없었다. 스콧은 제프리의 눈을 보고 알아차렸다. 짐작컨대 이 집은 제프리가 그토록 꿈꿔 왔던 그런 집이었을 것이다. 스콧 자신도 3년 전 이 안방 거울에서 제프리와 같은 표정을 짓고 있는 자신을 보았기 때문이다. 제프리는 이제 영화관 시설이 갖춰진 지하로 눈길을 돌렸다. 돌비 서라운드 사운드인지 물었다. 스콧이 그렇다고 했지만 제프리는 제 눈으로 직접 확인하기 위해 지하로 내려갔다.

제프리가 자리를 뜨자 페니가 다가왔다. "전 액션 영화 보는 걸 좋아해요." 말을 마친 그녀는 안방으로 들어가더니 잠시 후 스콧을 불렀다. "스콧, 스팀 샤워에 이게 뭐죠?"

스콧이 화장실로 갔을 땐 화장실 안쪽에 빌트인 된 의자에 페니가 앉아 있었다.

"뭐죠?"

"이거요."

가리키는 곳으로 스콧이 다가가자 페니가 돌연 스콧을 끌어당기더니 수영복바지를 아래로 잡아 내렸다. 그러고는 그의 것을 입안에 넣었다. 순식간에 벌어진 일이었다. 그녀는 자신이 지금 무슨 짓을 하고 있는지 아주 잘 알고 있는 듯 보였다. 스콧이 페니에 대해 잘못 알고 있었다. 페니가 한껏 흥분해 스콧을 거칠게 다뤘다. 반면 스콧은 7개월 이상 섹스를 하지 못했을 뿐더러 레베카가 떠난 이후 의기소침해 있어 자위를 해도 오래 버티지 못했다.

"세상에!"

그런 스콧이 거친 페니에게 휘둘려 이제는 벽에 얼굴까지 맞대고 서 있으니 자신이 마치 보풀처럼 하찮게 느껴지던 찰나였다.

"페니!"

제프리가 돌아왔다. 스콧이 재빨리 바지를 올렸고 페니는 손수건으로 입술을 훔쳤다. 가까이 다가온 제프리가 상기된 채로 말했다. "와, 정말 돌비 사운드네요!"

스콧이 화장실에서 나왔다. 뒤이어 따라 나오던 페니가 스콧 뒤로 바짝 붙어서더니 스콧의 엉덩이를 움켜잡았다. 몇 분 후 세 명이 모두 한자리에 모였다.

먼저 제프리가 입을 열었다. "저 기억 못 하시죠, 스콧?"

"네, 기억이 없는데요. 기억해야 하나요?"

"부동산 계약을 같이 했었어요. 댈러스 북부 가든 사무실

프로젝트 건으로요. 당신은 디브렐을 변호하고 있었죠."

"아, 맞아요. 당신은 듀이 채텀과 하우와 같이 일하고 있었 죠."

"듀이 채텀과 하우예요."

"아, 맞다."

"그때 우리한테 꽤나 강하게 밀어붙였죠. 그래도 당신이 하 는 걸 보고 협상하는 법을 많이 배웠어요. 수업료라도 드릴까 봐요."

말을 마친 제프리가 미소 지었다. 한층 여유로워 보였다.

"비즈니스일 뿐이에요. 개인적인 감정은 없었어요."

"그러면 제 제안에 개인적인 감정이 상하지 않으셨으면 하 네요."

"얼마를 원하시는데요?"

"310만 달러요."

"개인적인 감정은 안 상할 것 같네요, 그 가격엔 안 팔면 되니까요."

스콧의 답변에 제프리가 코웃음을 쳤다. "이봐요, 스콧. 당 신에 관한 소문이 쫙 퍼졌어요. 당신이 이 집을 꼭 팔아야만 한 다는 건 모든 사람이 알고 있어요. 비싸게 못 판다는 건 아시잖 아요."

제프리가 말을 마치자 스콧이 현관 테이블 쪽으로 다가갔 다. 테이블에는 지난달 레베카를 충격에 빠트린 컨트리클럽의 미납금 고지서가 그대로 놓여 있었다. 고지서가 든 갈색 서류봉투를 집어 제프리를 향해 들어보였다.

"벌써 330만 달러 제안이 들어왔는걸요."

순간 제프리의 얼굴에 웃음기가 사라졌다. "거짓말이죠?"

"아니에요." 스콧은 할 수 있는 가장 진지한 얼굴을 하고 말했다.

페니는 뾰로통한 표정을 지어 보였다. 하이랜드 파크 여자라면 누구나 중학생 때 저 표정을 마스터했다. 짜증내는 것 같으면서도 왠지 모르게 섹시해 보이는 미묘한 표정이어서 남편들을 안달나게 만들기 충분했다. 스콧이 보기에도 페니의 표정은 수준급이었다. 그런 그녀의 표정을 보아 확신하건대 제프리는 페니를 위해서라면 얼마든지 비용을 더 마련할 것 같았다.

"331만 달러."

예상대로였다. 스콧이 미소 지었다. "제프리, 이 집을 살만한 재력이 없는 것은 부끄러운 게 아니에요."

스콧은 하이랜드 파크 남자들에게 가장 모욕적인 게 무엇인지 알고 있었다. 그것은 어머니나 누이 또는 여자친구의 유무나 운동신경, 성기의 크기가 아니라 커뮤니티 내에서의 경제적인 수준을 건드렸을 때이다. 그리고 그것은 제프리를 흥분시키는 데 충분했다. 제프리의 얼굴이 벌겋게 달아올랐다. 하지만 스콧한테 모욕을 당해서만은 아니다. 페니가 제프리의 팔을 꼬집고 있었다.

"살 수 없다고요? 난 살 수 있어요! 340만 달러!"

제프리는 과거의 협상에서 스콧에게 더 관심을 가졌어야 한다. 협상의 제1법칙은 협상 테이블에 자아를 가져오지 않는 것이고 제2법칙은 아내를 데려오지 않는 것인데 제프리는 두 법칙을 모두 어겼다. 이제 두 법칙을 어긴 죗값을 치르는 순간이 다가왔다. 스콧이 손을 내밀었다.

"방금 당신은 이 집을 사셨어요."

제프리가 말했다. "저 가전제품도 가졌으면 하고요, 창문도 손 좀 봤으면 좋겠고 저 흑인도 주세요."

"네?"

"가전제품."

"가전제품은 가져도 돼요, 제프리. 흑인을 원한다면서요, 무슨 뜻이에요?"

"집 사면 같이 오는 거 아니에요? 도우미 아닌가요?"

"아니에요, 제 친구예요. 그리고 집을 사면 같이 딸려 오는 사람이 아니에요. 오래전에 노예제도는 끝난 걸로 알고 있는데요. 읽어 보지 않았나요?"

스콧의 말에 제프리가 불쾌한 듯 인상을 찌푸렸다. 그런 그와는 달리 페니는 웃으면서 말했다. "가구 들어갈 치수를 재야 할 텐데. 월요일 아침 시간 될까요, 스콧? 꼭 왔으면 좋겠는데."

"클락의 피해자들이 아무도 나타나지 않았다니 믿을 수 없어!"

스콧이 말했다.

그날 저녁, 스콧과 바비는 저녁식사를 마친 후 주방바닥에 앉아 맥주를 마셨다. 재판 전까지 2주가 남았다.

"두려운 거겠지." 바비가 말했다. "맥콜이 너한테 무슨 짓을 했는지 봤을 거 아니야."

"우리한테는 이제 한나밖에 없어."

"그리고 내 변론 요지서들." 바비가 말했다. "읽어 봤어?"

"그래, 바비. 잘 썼던데."

"법과 관련해서 내가 진짜로 잘하는 건 그것뿐이거든."

"그럼 왜 아직도 이 일을 하고 있는 거야?"

바비가 으쓱해 보였다. "다른 거 하기엔 너무 늦었잖아. 그리고 내 빚들…… 그만 두기엔 돈이 없어. 그리고 멍청한 소리 같지만 내 의뢰인들이 걱정돼. 아무도 걱정해 줄 사람이 없어서 그런지는 모르겠지만."

"항상 길 잃은 강아지들을 데려왔었지."

"그랬었지."

"그 회갈색 강아지 기억난다. 넌 개 보고 똥색이라 그랬잖아. 그 강아지 어떻게 됐어?"

"배달 트럭에 치였어."

"저런."

"나 그 강아지 좋아했는데." 오래전 바비가 데려왔던 강아지 얘기로 잠시 어린 시절로 돌아간 듯 얘기하던 그들은 강아지의 죽음 소식에 다시금 말을 거두었다. 잠시 후 바비가 말했다.

"이거 끝나면 댈러스를 떠나는 건 어때?"

"맥콜이 날 이 도시에서 내쫓을 순 없어. 난 여기 있을 거야."

"좋은 생각이다." 바비가 맥주를 다 비우고는 말했다. "댄 포드를 증인으로 세우자. 그가 맥콜을 위해 매수한 여자들 이름을 발설해 버릴 수도 있잖아."

스콧이 머리를 저었다. "알려 줄 리가 없어. 그리고 판사는 변호인과 의뢰인의 특권을 무시하지 않을 거야. 나도 그런 특권 뒤에 숨어서 내 의뢰인에게 해가 되는 증거를 많이 은닉했거든."

"그럼 샤완다말고는 한나가 우리의 유일한 증인이라는 거야?"

"카알에게 델로이 룬드에 대해 알아보라고 말해 봤어?"

"당연하지. 델로이 구석구석까지."

"검찰 측 증인들은?"

"레이의 증인목록을 받아 왔어. 재판이 어떻게 진행될지 적혀 있어."

"어떻게 되는데?"

"보통처럼 간접증거가 가득한 재판이야. 레이는 클락의 차를 처음으로 발견한 댈러스 경찰들을 먼저 세운 다음 맥콜 맨션에 가서 클락을 발견한 하이랜드 파크 경찰들, 그 다음은 범행 현장을 체크하고 사진을 찍은 FBI 요원들을 올려 보내서 그 사진들을 프로젝터로 크게 띄울 거야. 그리고 사망원인과 사망시간을 증언할 댈러스 카운티 의학 검시관을 부르겠지. 그리고 마지막으로는 총과 차에서 샤완다의 지문을 채취한 증거와 함께 과학수사요원들과 포렌식 전문가들의 소견서를 제출할 거야. 스콧, 레이의 발언이 끝나고 나면 배심원들은 정말로 샤완다가 그랬다고 믿게 될 거야."

"그리고 바로 그 다음에 우리는 샤완다를 앞에 내세우는 거지. 헤로인 중독자에다가 매춘부인 그녀를 말이야."

"그녀를 증언대에 세워야 해. 수정헌법 제5조*도 좋지만 배심원들은 무고한 자가 선서를 하고 자신들과 눈을 맞춰 스스로 무죄라고 맹세하길 기대해."

"지금 꼴이 말이 아니던데."

"스콧, 하루에 세 번씩 멕시칸 블랙 타르 헤로인을 주사한다면 너도 그럴 거야."

그 시각 4마일^{약 6.5킬로미터} 떨어진 남부에서 샤완다 존스는 이제 막 팔에 꽂았던 주사바늘을 빼내었다. 그러고는 벽에 기대어 혈관으로 주입된 헤로인이 뇌 곳곳에 스며들어 주길 기다렸

---

* 자기에게 불리한 진술을 강요당하지 않을 권리.

404

다. 뇌세포의 오피오이드 수용체에 도달한 헤로인은 금세 그녀의 마른 몸 전체를 휘감다가 서서히 옅어졌다. 오르가즘에 도달한 것처럼 한껏 달아올랐던 샤완다는 이내 평화로운 몽환의 세계로 서서히 빠져들어 갔다.

샤완다는 자신의 짧은 삶을 되돌아보았다. 여섯 살 때 자신을 건드리고 눈꽃 아이스크림을 사 먹으라고 50센트를 준 삼촌을 제외하면 첫 손님을 맞은 건 열두 살 때였다. 열네 살 때부터는 정기적으로 코카인을 했고, 열다섯 살 때는 임신을 했다. 헤로인에 중독된 건 열여섯 살 때부터. 12년 동안 성매매여성으로 지냈고, 그중 8년 동안은 마약중독 상태에 있었다.

이렇게 취해 있을 때만 샤완다는 자기 자신이 좋았다. 마약 복용 상태에서는 다시 어린 시절로 돌아가 깨끗해지는 느낌이었다. 행복했다. 그 순간에는 가난한 인생도, 백인을 상대로 하는 매춘부도 아니었다. 다시 어려져서 마약이나 해리 하인스에서의 성매매나 흑인 여자들을 원하는 백인 남자들에 관해 아무것도 모르는 상태가 되었다. 그저 파슈매처럼 그 자체로 행복한 어린 소녀였다.

어린 시절의 자기를 떠올리다 파슈매로 이어진 생각 끝에 샤완다는 결국 눈물을 터트렸다. 자신의 딸 파슈매가 자기처럼 마약을 팔에 주입하고 돈을 위해 누워 다른 어떤 것으로도 사랑받지 못하게 될 것을 떠올리니 몸서리가 났다. 파슈매만큼은 자신이 살았던 삶보다 더 좋은 삶을 살길 원했다. 좋은 남자와 결혼해서 좋은 집에 살았으면 했다. 자신이 파슈매를 사랑하는 만큼 파슈매를 사랑해 주는 다른 사람이 있기를 간절히 원했다. 샤완다 존스가 이 세상에서 헤로인보다 더 사랑하는 것은 그녀의 딸 파슈매였다.

21

다음 날 정오가 되어 스콧, 루이스 그리고 아이들은 연방건물에 도착했다. 루이스는 연방과 문제가 있어 차에 남기로 했다. 스콧이 커다란 피크닉 바구니를 들고 들어가자 경비원은 늘 그랬던 것처럼 금속 탐지기로 꼼꼼히 확인했다. 다운타운 클럽에서 점심을 먹지 않게 된 때부터 스콧은 연방교도소에 자주 들러 샤완다와 함께 식사를 하곤 했다.

"또 피크닉인가요, 페니 씨?"

"네, 후라이드 치킨 맛 좀 볼래요, 제리?"

50대쯤 된 뚱뚱한 백인 남자인 제리가 슬며시 웃으며 닭다리 하나를 집어 들었다. 제리에게 닭다리 하나를 건네주고 5층으로 올라온 그들은 다시 흑인 경비원과 마주쳤다.

"론." 스콧이 말했다. "피크닉 시간이에요."

여느 때처럼 론은 그들을 회의실로 안내했다. 하지만 왜인지 론의 분위기가 오늘따라 무겁게 느껴졌다. 론이 샤완다를 데리러 나간 사이 부우와 파슈매는 준비해 온 담요를 바닥에 깔고 점심 먹을 준비를 했다. 잠시 후 론이 샤완다와 함께 돌아왔다. 샤완다는 가장 먼저 파슈매를 껴안았고 뒤이어 부우도 껴안았다. 한참을 끌어안던 그녀는 아이들을 놓아주고 스콧을 바라보았다.

"페니 씨, 당신 아내 떠났다면서요?"

"네."

"저 때문이에요?"

"아니에요, 샤완다. 저 때문에 떠났어요."

"엄마, 콜로넬에서 후라이드 치킨 사왔어요! 엄마가 좋아하는 감자 샐러드랑 콩이랑 빵도 사왔어요!"

스콧과 샤완다가 몇 마디 채 나누기도 전에 한껏 들뜬 파슈매가 끼어들어 샤완다에게 이것저것 말을 걸었다. 그 사이 아까부터 분위기가 심상치 않던 론은 난처한 듯 서성이다 스콧에게 조심스레 말을 건넸다. "페니 씨, 저어……."

"론, 몇 번이나 말해야 돼요? 스콧이라고 불러요. 저를 '페니 씨'라고 부르시면 후라이드 치킨 함께 못 먹을 줄 알아요."

"스콧, 어…… 저…… 여기 있는 모든 사람을 수색해야 해요."

여느 때와 사뭇 분위기가 달랐던 론은 그제야 스콧에게 본론을 말했다. 스콧은 생각지도 못한 일에 적잖이 당황스러웠다.

"네? 왜요?"

"샤완다의 감방을 수색해 본 결과, 어……." 주저하던 론이 파슈매를 바라보았다. "불법 마약이 발견되어서요."

"제가 가져다주는 거라고 생각하세요?"

론은 고개를 저었다. "아니요, 당신은 아니에요."

가만히 듣고 있던 스콧은 곧 론의 대답을 이해했다. 파슈매 쪽으로 천천히 고개를 돌리며 "파슈매, 너희 집에 들렀을 때 엄마를 위해서 뭘 가지고 나왔니?"

총과 루이스가 있었기 때문에 스콧은 빈민가로 돌아가는 것이 이제 두렵지 않았다. 하지만 단단히 준비해 간 것에 비해 스콧이 몰고 간 폭스바겐 제타는 페라리만큼 사람들의 시선을 끌지 못했다. 그들을 알아본 몇몇 주민이 그들을 반갑게 맞았다. 한 소년이 상기된 채로 다가왔다. "텍사스와의 게임에서 193야드[176미터]를 뛰었다면서요? 루이스가 말해 줬어요. 정말이에요? 백인인데?" 스콧이 '그렇다'고 말하자 소년은 감탄사를 연발했다. "대단해요!" 그들이 다시 차를 몰고 떠나올 때 소년은 뒤에서 계속 손을 흔들어 주었다.

파슈매가 어깨를 으쓱했다. "그냥 엄마 약밖에 안 가져왔어요."

"그건 어디 있었니?"

"부엌 싱크대 밑에 약 찬장에서요."

"이리 줘 보렴."

스콧이 손을 내밀었다. 파슈매가 주머니를 뒤적이더니 스콧에게 건네주었다. 파슈매가 건넨 봉지에는 검정색 물체가 가득 들어 있었다. 스콧이 다시 론에게 건넸다.

"멕시칸 블랙 타르예요." 물건을 살피던 론이 어렵게 입을 뗐다. 얼굴에 당황한 기색이 역력했다. 이내 샤완다 쪽을 바라보며 흥분에 찬 목소리로 말했다. "이건 순도 80퍼센트예요. 자칫 죽을 수도 있어요!"

꽤나 심각한 론이었지만 멕시칸 블랙 타르를 발견해 버린 샤완다는 론이 외치건 말건 그저 봉지를 빼앗기 위해 론에게 달려들었다.

"이리 줘요!"

스콧이 이를 저지하려 샤완다를 붙잡았다. 힘이 빠져 축 늘어질 때까지 샤완다를 붙들었다.

"죄송해요, 페니 씨. 이제 갈게요." 스콧이 저지하는 사이 론은 서둘러 문 쪽으로 향했다. 문을 열고 나가려던 찰나 론은 잠시 걸음을 멈추고 샤완다에게 말했다. "샤완다, 왜 포트워스 교도소 병동에 넣어 달라고 안 해요? 거기선 메타돈을 줄 텐데."

샤완다는 아무 말도 하지 않았다. 그런 샤완다를 보며 론은 고개를 저었다. 론이 나가고 난 뒤 스콧이 샤완다를 놓아주었고,

샤완다는 다리가 풀려 바닥에 주저앉았다. 스콧도 힘이 풀린 듯 의자에 앉았다. 그리고 이 젊은 흑인 여자를 바라보았다.

"왜 시작했어요?"

샤완다가 고개를 들었다. "절 특별하게 만들어 주니까요."

"그런 거 필요 없어요. 이미 특별해요."

그녀가 웃었다. "루이스와 같은 말을 하는군요. 그는 항상 '샤완다, 넌 하나님의 특별한 아이야'라고 말했죠."

"맞는 말이에요."

"아니에요, 페니 씨. 아무도 '샤완다'에 대해 상관하지 않아요. 아빠도, 엄마도, 아무도 절 걱정하지 않는다고요."

"파슈매는 샤완다를 걱정해요." 스콧이 파슈매를 바라보았다. "파슈매, 엄마 사랑하지? 그렇지?"

"그럼요, 페니 아저씨. 엄마를 엄청 사랑해요."

"그렇다면 저와 루이스, 파슈매, 부우, 바비…… 그리고 론. 샤완다를 특별하게 여기는 사람이 6명이나 있어요."

"정말 좋게 들리네요, 페니 씨. 하지만 제가 여기서 나가면 우리는 서로 만날 일이 없을 것 같은데요."

"당연히 만나죠. 우리 딸들이 얼마나 친한데요. 마치 자매 같은 걸요."

스콧의 말에 샤완다가 다소 놀란 듯, 파슈매를 바라보며 되물었다. "맞니? 부우와 자매 같다고?"

"네, 엄마."

샤완다가 다시 부우를 바라보았다. "파슈매와 자매 같니?"

"네, 아주머니."

샤완다는 스콧이 여태 그녀를 본 것 중에 가장 환하게 웃어 보였다. "잘 됐네." 그녀는 스콧을 바라보았다. "페니 씨, 만약 제가 여기서 나가지 못하거나 아니면 그들이…… 아시죠…… 저와 약속 하나만 해 주시겠어요?"

"그럼요, 뭐예요?"

"파슈매를 돌봐주세요."

스콧은 문득 레베카가 자신에게 했던 얘기를 떠올렸다. 그녀는 파슈매의 엄마가 유죄판결이 날 경우 아이를 어떻게 할 건지 물었다. 입양이라도 해서 딸로 키울 건지, 그래서 하이랜드 파크 학교엘 보낼 건지를 말이다. 그날 스콧은 그저 가난했던 과거로 다시는 돌아가고 싶지 않다는 막연한 두려움에 사로잡혀 파슈매는 안중에도 없었을 뿐더러 레베카의 질문에 대답을 하지도 않았다. 오늘 스콧은 그로부터 내내 마음에 남아 있던 오래된 질문에 마침내 대답했다.

"네, 샤완다. 약속해요."

"완벽해요!"

집을 둘러보고 난 부우가 꽤나 마음에 든 듯 스콧에게 말했다. 화장실 딸린 방이 두 개가 있고 뒷마당에는 그네와 함께 예전 집의 안방 목욕탕만한 수영장이 있는 SMU 근처의 425평 정도 되는 이 작은 집을 발견하기까지, 스콧과 부우, 그리고 파슈매는 총 여섯 집을 둘러봤다. 집을 알아볼 때마다 가격이 점점 내려갔다. 이 집은 45만 달러로 스콧이 생각해 둔 예산 안에 있었고 하이랜드 파크 학교 구역 내에 위치했기 때문에 부우가 전학을 하지 않아도 되었다.

"우리가 방 한 개 쓰고," 부우가 말했다. "아빠는 더 큰 방을 쓰면 되겠네요."

옆에 있던 파슈매가 뒷마당으로 달려갔다. 스콧이 부우에게 말했다. "부우, 파슈매 엄마가 감옥에서 나오면 파슈매는 다시 파슈매 엄마랑 살게 되는 거 알고 있지?"

스콧의 말에 부우의 눈이 반짝였다. 눈을 말똥말똥하게 뜨고는 스콧에게 말했다. "글쎄요, 우리가 생각해 봤는데요."

"당연히 그랬겠지."

"파슈매는 아빠가 없고, 이제 나는 엄마가 없으니까 아빠랑 파슈매 엄마랑 결혼하면 어떨까 생각해 봤는데."

"결혼? 하지만 파슈매 엄마는……."

"스물네 살밖에 안 된 거 알아요. 하지만 파슈매가 남자는 더 어린 여자랑 결혼해도 괜찮다고 했어요. 할리우드에선 항상 그런다고 했어요."

"하지만 부우 ─ 난 아직 너희 엄마와 결혼해 있는 상태야."

여느 때처럼 러닝머신 속도를 시속 7.5마일[12킬로미터]로 맞춰

413

놓고 달렸다. 다만 변한 게 있다면 이곳은 댈러스 중심부의 헬스장이 아니었다. 머릿속도 그다지 맑지 않았고 사기도 오르지 않았다. 예전 같았으면 앞 여성의 뒷모습에 시선을 고정하거나, 자기 엉덩이를 보는 뒷 여성의 시선을 즐겼을 그였지만 지금은 그저 달렸다. 젊다거나 활력이 넘친다거나 삶에 만족스럽다는 생각은 전혀 들지 않았고 자신이 그다지 특별해 보이지도 않았다. 지금은 집 안에 마련된 헬스룸에서 운동을 하고 있지만, 그마저도 이제 2주 뒤 이사를 가고 나면 더 이상 할 수 없을 터였다.

그날 아침 샤완다 면회 이후 스콧은 스스로에게 끝없이 질문을 던졌다. 자신이 한 일이 잘한 일이었는가? 샤완다의 목숨을 구하는 것이 자신의 완벽한 삶을 희생할 만한 일이었는가? 헤로인 중독자의 삶을 위해 애쓰는 것이 변호사의 삶에 가치가 있는 일이었는가? 몇 번이고 곱씹어 보건대 도저히 샤완다의 목숨을 구할 수 없어 보였다. 레이 번스가 가진 증거만으로는 승소를 할 수 없을 터였다. 결국 샤완다는 유죄판결을 받을 것이고 사형당하거나 장기복역을 살 것이다. 그런데도 스콧은 희생하는 길을 택했다. 삶은 이미 무너졌다. 희생한다고 해서 보상받는 것도 없었다. 이 거래에 뒤따라오는 무언가도 없었다. 눈앞이 캄캄했다. 우울할 때면 스콧은 운동을 했다. 매일 하루에 두 번씩, 마치 미식축구 시즌 전에 체력관리를 하는 선수처럼 운동에 몰입했다. 머릿속을 정리하기 위해 몸을 혹사시켰다.

하지만 운동을 하면 미식축구 선수 시절이 떠올랐다. 경기를 떠올리자 치어리더가 생각났다. 치어리더를 생각하자 레베카가 생각났다. 그 끝에는 레베카와 함께했던 지난 시간이 주마등처럼 스쳐지나갔다. 완벽한 성생활, 하와이와 샌프란시스코 그리고 런던을 오갔던 여행, 둘 사이에 태어난 부우. 그렇게 그들은 11년을 함께했다. 이제 그녀는 가고 없다. 처음부터 이 결혼은 실수였을까, 그녀가 자신을 진짜 사랑하긴 했을까. 머릿속이 어지러웠다. 자신을 진심으로 사랑하지 않으리라는 생각은 한 번도 생각해 본 적이 없다. 팬들과 코치와 치어리더들은 항상 자기에게 사랑한다고 말했기 때문이다.

　수많은 질문이 머리를 어지럽혔다. 하지만 물어도 답을 해 줄 사람이 아무도 없었다. 어머니가 살아계셨다면 이렇게 얘기했을 것이다. "하나님의 계획이란다, 스콧. 우리로서는 다 이해하지 못해도 그분께는 이유가 있으시단다." 버치였다면 "완전 나쁜 년이네, 그렇게 도망가 버리고."라고 말했을 것이다. 진실은 아마도 그 둘 사이에 있을지도 모른다. 하지만 스콧이 분명하게 알고 있는 한 가지 진실은 있었다. 레베카와 결혼하지 않았더라면 부우는 이 세상에 없었을 거라는 사실이다. 그리고 부우가 없었다면 스콧 페니를 위한 삶도 없었을 것이다.

　"내가 대체 뭘 어떻게 했었어야 하죠, 죽여요?"
　"젠장, 델로이, 하이랜드 파크 빌리지에서 말이야?"
　델로이 룬드의 목소리는 한껏 격앙되어 있었다. 맥콜의 서

재로 찾아온 델로이가 오늘 있었던 일을 맥콜 상원의원에게 보고했다. 창가에 선 맥콜 상원의원은 밖을 응시했다. 그는 쇼핑센터에서 있었던 델로이와 페니의 일로 기분이 매우 언짢았다.

"전 그저 경고를 주려고 한 것뿐인데 페니가 갑자기 뚜껑이 열려 버려서요…… 아, 그런데 페니가 렌터카를 구입했어요."

맥콜은 델로이의 보고가 시답지 않은 듯 손을 내저으면서 무시했다. 하지만 그런 것쯤 델로이는 대수로워 하지 않았다. 800만 달러의 가치가 있는 보스 밑에서 일하는 것 자체를 늘 다행으로 여겼다. 맥콜은 예상치 않았던 3만 5,000달러 지출에 대해서는 눈 깜짝하지 않았다. 결과만 가지고 온다면 지출은 아무래도 괜찮았다. 델로이 룬드는 결과를 가져왔다.

"이제 페니한테는 보디가드 노릇하는 거대한 흑인이 생겼어요. 원하신다면 다시 시도해 볼게요."

"아니야, 그냥 둬. 너랑 그 흑인이 붙으면 둘 중 하나는 죽을지도 몰라. 난 살인사건에 연루되고 싶진 않거든. 그래서 페니의 아내가 떠났다고?"

"네, 골프선수랑 도망갔어요."

맥콜은 그날 처음으로 미소 지었다. "좋아."

"상원의원님, 페니가 방송에서 뭔가 있을 것처럼 얘기했지만 증거가 될 만한 건 아무것도 없어요. 다른 여자들은 증언하지 않을 거예요. 한나 스텔레밖에 없다고요."

"한나 스텔레만으로도 충분해! 젠장."

줄곧 가만히 서서 밖을 응시하던 맥콜은 이내 초조해졌는지 방 안을 돌아다니기 시작했다. 상념에 잠겨 혼잣말로 중얼거렸다.

"선거 15개월 전, 그 매춘부가 유죄평결을 받는다면 페니가 방송에서 말한 건 그저 한 변호사의 거짓말로 치부될 거야. 그리고 15개월 후면 이 일은 모두 잊히겠지…… 대중의 관심은 2년밖에 되지 않아. 유죄평결이 나기만 하면 백악관에 들어갈 희망이 있다는 말이지. 하지만 한나 스텔레가 법정에 제발로 걸어 들어가서 클락이 자신을 강간했다고 증언한다면……."

맥콜은 생각 끝에 다다르자 머리를 격하게 저었다.

"하지만 상원의원님, 만약 한나가 증언하지 않으면 그저 한 매춘부의 말만 남게 될 뿐이에요."

맥콜이 델로이를 쳐다보았다.

"델로이, 갤버스턴에서 미끼를 물었는지 확인해 봐."

스콧 페니는 어머니가 돌아가신 이후 운 적이 없다. 그전에도 눈물을 흘렸을 때라곤 아버지가 돌아가셨을 때뿐이었다. 몸이 바닥에 내팽겨졌을 때도, 손가락과 갈비뼈가 부러졌을 때도 울지 않았다. 무릎 인대가 찢어졌을 때도 울지 않았다. 미식축구 경기장은 눈물을 보이는 장소가 아니었다.

그 스콧 페니가 지금 침대에 누워 눈물을 훔친다.

아내가 자신을 떠나 골프선수에게로 가 버렸다. 지역신문에 실린 망신스러운 기사들 중에 단연 대미를 장식하는 망신거리였다. 댈러스의 모든 사람이 우아함의 정점에 있었던 스콧 페니의 추락을 지켜봤다. 아름다운 아내와 총명한 딸, 불법체류 멕시코인 가정부와 페라리를 둔, 가히 완벽한 집안으로 손꼽힌 스콧의 가정은 하이랜드 파크 내에서 상징적이었다. 하지만 이제 그에게 그런 가족은 없다. 머리를 땋은 백인 여자아이와 총명한 흑인 여자아이, 감옥에 갇혀 있는 성매매여성, 텔레비전 채널 안내 책자 광고란에 등장하는 변호사와 차고에서 살고 있는 200여 센티미터의 거구인 흑인 보디가드만 있을 뿐이다.

"아빠 괜찮아요?"

어둠 속에서 부우의 목소리가 들려왔다. 스콧이 이불로 황급히 얼굴을 닦고 대답했다. "그래."

부우가 침대에 올라왔다. "괜찮아요, 저도 우는 걸요."

스콧이 일어나 부우를 안았다. 딸의 작은 몸이 자신의 품 안에서 진정되는 것을 느꼈다. 잠이 든 줄 알았던 부우가 조용히 말했다.

"전 항상 달랐어요. 하지만 이젠 정말 달라요."

"어떻게?"

"전 제가 아는 애들 사이에서 유일하게 핸드폰도 없고 엄마도 없어요. 파슈매가 아는 애들 중에는 아빠가 없는 애들은 많아도 엄마는 모두 있대요. 레이첼하고 케리. 걔들은 아빠가 없는데…… 뭐 아빠가 있긴 하지만 같이 살지는 않는대요. 이혼 했대요. 그치만 주말에는 아빠를 볼 수 있다던데." 부우는 다시 조용해졌다. "그치만 우리는 주말에도 엄마를 볼 수 없을 것 같아요."

스콧이 부우를 꽉 껴안았다.

"이제 우리 둘밖에 없어, 아가."

그리고 그들은 함께 울었다.

22

월요일 아침이 되자 바비가 찾아왔다. 만나자마자 스콧을 훑어보던 바비가 자신의 옷매무새를 살피더니 말했다. "재판장님 만나는 데 청바지에 폴로 티셔츠를 입어도 괜찮을까?"

"뷰퍼드가 어떻게 할 것 같아? 해고라도 하려나?"

"맞는 말이네."

그들이 이야기를 나누며 뒷문 쪽으로 나갈 때 루이스가 집 안으로 들어왔다. 차고에서 지내는 것을 보다 못한 스콧이 끊임없이 부탁한 끝에 루이스가 식사하러 집에 들어온 것이다. 파슈매가 아침을 준비하고 있었다.

잠시 후 스콧과 바비는 스콧의 폭스바겐 제타를 타고 법원으로 향했다. 터틀 크리크 가로수길을 지날 무렵 바비가 물었다.

"제타는 어때?"

"뭐, 페라리가 4.5초 만에 시속 60마일^{약 96킬로미터}로 달릴 수 있다면, 제타는 반나절이 걸리지만 그래도…… 이 작은 놈이 기름은 덜 먹어." 바비가 스콧의 말에 웃음을 터트리기도 잠시, 스콧이 바비에게 되물었다. "나한테 왜 화 안 내?" 바비가 금세 웃음을 멈췄다.

"화 낼 이유라도 있어?"

"예전에 너랑 연락 끊었던 거 말이야."

"아." 바비가 어깨를 으쓱했다. "화를 내면 좋은 게 뭐가 있어. 넌 사라졌고, 난 얼떨결에 나와 결혼하겠다는 첫 여자와 그대로 결혼했지. 일 년도 채 못 가서 이혼하고. 그녀는 루저와 결혼했다는 걸 그때서야 안 거야. 이혼하고 4년 후에 재혼했어. 사무실 옆에 있던 바^{bar} 사장의 여동생하고. 멕시코 애였는데 내가 본 옷 벗은 여자애들 중엔 제일 예뻤어. 문제는 그녀의 벗은 몸을 본 남자가 나 말고도 많다는 거였지만. 바에 출입한 모든 남자하고 바람을 피웠어. 그들 중 몇 명은 내 의뢰인이었는데 지금도 내게 사건을 맡기고 있어."

말을 마친 바비가 인상을 찌푸렸다.

"그거 이해충돌 아닌가?"

"양복까지 압류당했나?"

공판 준비절차가 이루어질 뷰퍼드 재판장 사무실 앞에서
스콧과 바비는 레이 번스와 마주쳤다. 레이 번스는 여전히 그
특유의 잘난 표정을 짓고 있었다.

"젠장, 스콧. 네 여자가 클락에게 한 것처럼 머리에 총이나
쏘지 그래? 훨씬 덜 고통스러울 텐데."

"레이, 무슨 소리를 하는 거야?"

"그녀를 위해서 모든 경력을 내던지다니. 젠장, 진짜 일 년
에 750만 달러를 벌던 사람 맞아? 페라리 몰고? 죽고 싶어서 그
런 거야?"

레이 번스가 말을 마치고 스콧을 지나쳐 먼저 방으로 들어
섰다. 스콧은 그런 그를 노려보다 이내 방 안으로 들어섰다. 뒤
에 서 있던 바비가 번스를 향해 말했다. "레이, 몸이 감당할 수
없는 말을 내뱉고 있네."

"19일에 배심원 선정, 23일 월요일에 모두冒頭진술이군." 뷰
퍼드 재판장이 말했다. "또 다른 건 없나?"

"있습니다, 존경하는 재판장님." 스콧이 말했다. "번스 씨
는 피의사실이 사형이 될 수 있는 범죄라고 했지만 이 사건은
그런 사건이 아닙니다."

레이 번스가 어깨를 으쓱했다. "공소사실의 요지는 피고인
이 연방공무원이었던 피해자에게 강도 살인을 범했다는 것입니
다."

"잠시만요, 클락 맥콜은 성매매여성과 있었습니다. 법은 공무원이 공무에 종사하고 있어야 한다고 말하고 있어요. 그리고 그녀가 강도를 저질렀다고 하는데 그건 강도가 아니라 클락이 약속한 1,000달러를 가져간 것뿐입니다. 그러고도 그는 1,600달러나 더 가지고 있었고 집에서 사라진 건 아무것도 없습니다."

"클락의 차를 가져갔어요."

"그녀의 동네로 돌아가기 위해서겠죠."

"그녀의 손톱 밑에서 클락의 살점이 발견되었습니다."

"그건 클락이 그녀를 공격해서 할퀸 흔적이에요. 하지만 샤완다가 이 사실은 인정했습니다. 그녀는 자신이 했던 행위까지 부정하진 않습니다."

"하지만 그녀가 정당방위였더라도 방아쇠를 당겼다는 것은 부정하고 있지 않습니까. 봐요, 스콧. 그녀가 그것을 인정만 한다면 아마 사형은 면할 여지가 있을 겁니다."

"자백을 강요하기 위해 사형으로 겁주는 건 소추권의 남용이에요, 레이."

레이는 어깨를 으쓱했다. "검사의 재량행위라고 해 두죠, 스콧."

"레이, 당신은 거짓말을 하고 있어요." 스콧이 말했다.

"그러는 당신은 백수인가?"

"여러분," 스콧이 레이를 한 대 치고 싶은 충동을 간신히 억누르고 있을 때 뷰퍼드 재판장이 입을 열었다. "사형에 관해서는 정부 측 번스 씨와 헤린 씨가 의견서에 잘 써 주셨습니다."

— 뷰퍼드 재판장이 돋보기안경 너머로 스콧을 바라보았다 —

"변호인을 위해 이 문제는 필요하다면, 그리고 필요할 때 다시 정리하도록 하겠습니다. 다른 건 없습니까?"

"네, 없습니다." 레이 번스가 말했다.

"저도 없습니다, 존경하는 재판장님." 스콧이 대답했다.

"좋습니다, 19일에 다시 봅시다."

자리가 파하고 모두 일제히 일어서 나가려는 순간 뷰퍼드가 스콧을 불러 세웠다. "스콧, 잠시 개인적으로 이야기 좀 할 수 있겠나?" 뷰퍼드가 레이를 바라보았다. "번스 씨, 이의 있습니까?"

"아니요, 없습니다."

레이와 바비가 방을 나가고 문이 닫히자 뷰퍼드가 입을 열었다.

"앉게, 스콧."

스콧이 앉자 뷰퍼드는 마치 정신병원 의사가 환자를 살피듯 스콧의 안색을 살폈다. "괜찮은가, 스콧?"

스콧은 거짓말했다. "네."

"어떻게 된 일인지 신문에서 읽었네. 댈러스의 모든 사람이 읽었겠지. 정말로 그들이 자네 가정부를 추방시켰는가?"

"네, 지금 누에보 라레도에서 취업허가증이 나오기를 기다리고 있습니다. 할 수 있는 건 다 해 봤지만 이민국은 일이 밀려 있다고 거들떠보지도 않더라고요."

"스콧, 이런 일이 일어날 줄 알았더라면…… 자네가 해고될 줄 알았더라면 난 자네를 지명하지도 않았을 거야. 맥콜이 그렇게 나올 것은 어느 정도 예상했지만 댄 포드까지 이럴 줄은……." 뷰퍼드가 머리를 저었다. "법조계가 앞으로 어떻게 될지는 모르겠네. 내가 변호사였을 때 만약 이런 사건을 취급했더라면 의미 있는 일이었을 것이네. 하지만 지금은 회사에 누가될까 봐 피해야 하는 사건이 되어 버렸지."

그는 진정으로 의아하다는 표정을 지으며 스콧을 바라보았다.

"정말 요즘 변호사들은 돈 말고는 신경 쓰는 것이 없는 겐가?"

스콧은 진실을 말했다. "네, 제 경험상 그런 것 같습니다."

뷰퍼드가 한숨을 길게 내쉬었다. "스콧, 개인적인 질문 하나 해도 되겠나?"

"그럼요, 재판장님."

"그때 변호사협회에서 오찬 시간에 자네가 했던 연설 말일세. 무고한 사람들을 변호하고 가난한 사람을 보호하고 정의를위해 싸운다던 말, 진심이었나?"

거짓말을 할 것인가 아니면 진실을 말할 것인가. 잠시 망설였다. 스콧은 뷰퍼드의 눈을 읽었다. 뷰퍼드는 스콧이 진심이었길 간절히 원하고 있었다. 그의 눈을 마주하고서 어느 정도 연

차가 쌓인 여느 변호사들처럼 능수능란한 거짓말을 해야겠다고 생각했지만 이내 그런 마음을 접었다. 오늘 뷰퍼드는 진실을 알아야 한다. 마침내 변호사 스콧 페니는 14년간 로펌에서 훈련받은 바를 어겼다. 정확한 사실 그리고 진실만을 말했다.

"아니요, 단 한마디도 진심이 아니었습니다. 변호사들이 듣고 싶어 하는 것들을 말했을 뿐입니다."

뷰퍼드는 고개를 끄덕였다. "스콧, 자네의 솔직한 답변 고맙네. 이 사건에서 자네를 빼겠네." 사건 일람표를 가져간 뷰퍼드는 뭔가를 기록하기 시작했다. "헤린 씨로 대체하도록 하지. 충분히 할 수 있을 것이네. 좋은 변론 요지서를 써 낸 건 사실이야."

뷰퍼드의 말에 순간 스콧은 얼어붙었다. 2개월 전이었다면 판사가 자신을 내쳤다는 사실이, 이 사건에서 빠졌다는 사실이 무척이나 기뻤을 테지만 지금은 그저 자신의 마지막 의뢰인을 잃게 될까 봐 두려웠다. 돈을 받을 수 없는 의뢰인인 건 이제 더이상 스콧에게 중요하지 않았다. 의뢰인이 없는 변호사는 변호사가 아니라 그저 사람일 뿐이기 때문이다.

"판사님, 저는 판사님과 같은 법률가도 못되고 저희 어머니가 바랐던 변호사도 되지 못했습니다…… 심지어 제가 되고 싶었던 그런 변호사도 아니에요. 하지만 그렇다고 중도포기자는 아닙니다. 저는 경기에서 절대로 그만두지 않았어요. 제 인생에서 도중에 그만두는 것은 단 하나도 없었습니다. 전 끝까지 경기를 할 겁니다."

말을 듣고 있던 뷰퍼드가 스콧을 노려보았다.

"스콧, 이건 미식축구 게임이 아닐세!"

뷰퍼드의 반응을 예상하지 못한 스콧의 눈이 휘둥그레졌다.

"이 사건은 자네에 관한 것도, 자네 인생에 관한 것도, 자네에게, 댄 포드에게, 맥 맥콜에게 뭔가를 가져다주는 게임도 아니라네! 이 사건은 샤완다 존스에 관한 것이고 그녀의 삶에 관한 걸세! 샤완다 존스가 피고인이고! 그녀의 변호받을 권리가 관건이 되는 것이란 말일세!"

뷰퍼드가 자리에서 벌떡 일어나 창가로 향했다. 한참을 창밖만 바라보던 뷰퍼드가 잠시 후 입을 열었다.

"나는 이제 은퇴해서 정원을 가꿔야 하는 늙은 법률가라네. 하지만 이런 사건이 들어오면 아직은 내가 정의에 기여할 수 있다는 것을 알고 있네. 하나의 사건과 한 인간에 집중하는 것, 이게 정의에 기여하는 방법이야, 스콧. 한 번에 한 사람이야. 오늘 우리는 샤완다 존스를 보호하기 위해 여기 있어. 이 여성이 구금되어 있는 동안에는 내 책임아래 있어. 연방정부는 샤완다를 체포해서 집과 아이에게서 격리시키고 목숨이 달린 재판에 몰아넣었지. 정말 그녀가 저지른 일인지 아닐지는 아직 모른다네. 하지만 배심원들이 말하기 전까지는 법의 시선에서 볼 때 그녀는 무죄야. 물론 내 생각에도 그녀는 무죄일세. 그래서 난 그녀를 보호해야만 해. 그게 내 임무일세. 그리고 그녀의 변호인은 그녀를 옹호해서 정부가 그녀의 범죄를 모든 합리적 의심의 여지가 없을 정도로 입증하지 못하게 만드는 것이라네. 변호인이 시민의 편에 서서 정부에 맞서는 일, 그게 헌법이 변호인에게 요구하는 바이네. 스콧, 이것이 변호인이 된다는 게 무엇을 의미하는지를 말해 주는 걸세."

뷰퍼드가 자리로 돌아와 앉았다.

"난 이런 류의 사건을 여섯 개 정도 경험했다네. 모두 피고인의 유죄가 확실해 보이는 경우였지. 물론 그들은 사실 무죄였고. 그래서 매번 재판 때마다 나는 정부가 이 사건을 증명해 보이도록 했고 정부는 증명하지 못했다네. 그들 모두 무죄 방면되었어, 여섯 명. 스콧, 내가 여섯 명의 목숨을 구한 게 되는 거라네. 난 그들을 돌봤고, 지금도 마찬가지로 샤완다 존스 씨를 걱정하고 있어. 난 부자로 죽지는 않을 거야, 스콧. 이 몇 개 안 되는 사건들이 내가 정의에 기여할 수 있도록 해 준 사건들일세. 그게 내 삶을 가치 있게 만들어 주었다네. 존스 씨에게는 그녀를 걱정해 줄 변호인이 필요하고 그녀를 위해 싸워 줄 수 있는 사람, 사형선고에 직면해 있는 시민을 변호하는 일의 영예로움을 이해하는 사람이 필요해. 그녀는 지금 영웅을 필요로 하고 있다네. 자네는 예전에 그런 미식축구 선수였으니까 이번에도 그런 변호인이 될 수 있을 거라고 기대했네만 내가 잘못 생각했었네."

말을 마치자마자 뷰퍼드는 펜을 집어 들었다. "이 사건에서 자네를 빼겠네, 헤린을 임명하고 재판을 연기하겠어."

스콧이 일어나 뷰퍼드에게로 달려갔다.

"판사님, 재판을 연기하면 안 됩니다. 샤완다가 못 기다릴 거예요. 곧 끝날 거라고 계속 말해 주고 있었는데…… 재판을 연기한다면 샤완다는 구치소에서 죽을 겁니다."

뷰퍼드는 자기에게 달려와 황급히 말리는 스콧을 이상하게 쳐다보았다.

"뭐하는 거지? 자네, 의뢰인을 걱정해 주는 건가?"

"맞습니다, 재판장님. 전 그동안 그녀를 염두에 두지 않았습니다. 하지만 전 좋은 변호사이기 때문에 그녀가 절 필요로 하고 있어요."

뷰퍼드 판사가 돋보기안경을 벗어 손수건으로 닦고는 안경을 다시 쓰고 스콧을 바라보았다.

"헤로인 중독인 건 알고 있나?"

"네."

"그러면 왜 마약 치료를 받을 수 있는 교도소 병동으로 이관시켜 달라는 신청을 하지 않았나?"

"그건…… 생각하지 못했습니다."

"내가 시도해 봤네. 근데 거절하더군. 딸과 가까이 있고 싶어 했어. 헤로인 중독자가 금단현상을 이겨 내는 걸 본 적 있나?"

"아니요."

"가서 보게나, 딸과 면회하기 위해 감옥에서 홀로 지옥을 경험하고 있어. 그게 뭘 말해 주고 있나? 나는 지금 이 여성의 내면에 선한 그 무엇이 있다는 것을 말해 주고 있는 거라네. 과거 성매매와 마약중독의 이력만을 보고 그저 유죄라고 추정할 것이 아니라 의심의 혜택을 주어야 맞는 게 아닐까 하는 거야, 스콧. 의심의 여지가 없을 정도로 모든 합리적 의심을 품어 주는 혜택 말일세." 뷰퍼드가 한숨을 길게 내쉬었다. "번스는 법률적 지위를 이용해서 터무니없이 그녀를 사형수로 만들려고 하고 있어. 아마 항소법원에서도 그 입장을 유지하려고 하겠지. 하지만 나에겐 자네가 있네. 번스에겐 희망이 없어. 정말 최악의 변호사일세. 정치적인 동물이지. 법을 이용해서 권력을 가지려고 하지 않는가. 그리고 자네, A. 스콧 페니. 그런데 그 A는 무엇의 약어인가?"

"아무것도 아닙니다."

"자네는 권력은 원치 않고 그저 돈이 최고지. 그래서 내가 궁금한 것은 자네에게 희망이 있는가 하는 것일세. 난 자네가 그녀의 딸과 함께 면회 가는 걸 알고 있다네. 경비원들이 말하길 일주일에 서너 번은 간다고 하더군. 그건 좋은 일이야. 그리고 함께 살기 위해 하이랜드 파크에 있는 자네 집에 데려갔다니, 아주 좋아."

뷰퍼드의 얼굴에 살며시 미소가 번졌다.

"하이랜드 파크의 올해의 시민상을 노리는 건 아니겠지?

하지만 그건 자네 안에 뭔가 선한 것이 있다는 것을 말해 준다네. 자네에겐 아직 희망이 있다는 걸 말이야. 자넨 제2의 댄 포드가 되지 않을 걸세. 언젠가 자네 어머니를 뿌듯하게 해 줄 수 있을 거야."

뷰퍼드가 말을 마치고 스콧을 바라봤다. 그 눈은 마치 스콧의 대학시절 코치들이 스콧을 스카우트하기 위해 세 들어 살던 집에 찾아와 요모조모 관찰하며 괜찮은지 살피던 눈과 닮아 있었다. 얼마간 지긋이 바라보던 뷰퍼드는 눈길을 거두고 손을 흔들었다. "이제 나가보게."

"네…… 네?"

"가서 생각해 보게나. 난 12시까지 심리가 있다네. 자네가 존스 씨의 변호인이 될 준비가 됐다면 그때 다시 돌아오게. 만약 자네가 돌아오지 않는다면 헤린을 자네 자리에 넣고 재판을 연기하겠네."

밖에서는 바비와 레이가 기다리고 있었다.

"무슨 일이야?"

바비의 질문에 스콧이 고개를 저었다. "개인적인 일이야." 그러고는 레이 번스를 향해 말했다. "레이, 아까 정말 재수 없었어."

"나도 알아, 스콧. 내가 왕재수로 보이는 건 직업상 어쩔 수 없어. 이번 사건에 따라 워싱턴으로 발령 날 수도 있거든."

"넌 그런 너 자신하고 어떻게 같이 자냐?"

레이가 웃었다. "이런, 진정한 변호사로 거듭났군. 그래서 넌 11년 동안 매분, 매시간을 업무비용으로 청구해서 돈을 있는 대로 긁어모아 맨션에 살고 페라리를 몰고…… 네 의뢰인들에 게서는 얼마큼 뜯어먹은 거냐? 그래 놓고 갑자기 해고되니깐 죽음을 앞둔 사람처럼 빛이 보이디? 하나님, 좋은 일을 하겠습니다! 뭐, 이런 거? 말도 안 돼, 스콧. 넌 그 여자의 삶에 눈곱만큼도 관심 없었잖아. 그냥 검둥이일 뿐이라고, 그치? 2개월 전만해도 넌 침 뱉는 것보다 더 빨리 그 여자에게서 벗어나고 싶어했어. 그런데 이제 그 여자의 영웅이 되겠다고? 오프라한테 얘기해 봐. 그리고 말인데, 난 홀로 자지 않아. 회계 파트의 몸매죽이는 빨간 머리 여자애와 자고 있다고. 넌 누구랑 자냐? 네 아내랑은 아닐 테고…… 네 아내는 골프선수랑 자고 있으니깐 말이야."

레이의 도발에 스콧이 달려들었고, 바비가 그들 사이를 막아섰다.

"젠장, 스콧." 레이는 작게 웃으며 말했다. "걱정 마, 그년은 금단현상 때문에 얼마 못 살 테니까."

레이가 말을 마치자마자 바비가 스콧을 놓고 레이의 입을 주먹으로 내리쳤다. 레이가 바닥에 나뒹굴었다.

바비가 말했다. "레이, 내가 아까 말했지."

———————

"페니 씨, 저 샤완다가 정말 걱정돼요." 경비원 론이 말했다. "헤로인을 뺏은 게 실수였나 봐요."

스콧과 바비, 그리고 론이 샤완다를 지켜보았다. 독립된 공간에 격리된 샤완다는 침대에 누워 몸을 동그랗게 말고 있었다. 그녀의 몸이 걷잡을 수 없이 떨렸다. 마치 곧이라도 죽을 것처럼 신음소리를 냈고 피부는 땀으로 번들거렸다. 다리에는 경련이 쉴 새 없었다.

"왜 상습에서 벗어나야 하는지 말해 주는 거지." 바비가 말했다. "지금 샤완다는 헤로인 한 번만 할 수 있다면 모든 걸 줄 걸."

바비가 오른쪽 주먹을 문질렀다. "누군가를 때린다는 게 아픈 거로구나."

"바비, 정말 네가 자랑스럽다." 운전을 하던 스콧이 말했다. "내가 정말로 화나는 게 뭔지 알아?"

"페라리?"

"아니, 번스 말이야."

"뭐가?"

"그 자식이 나에 대해 말한 게 모두 맞다는 거야."

바비가 손을 문지르며 말했다. "뷰퍼드가 원하던 게 뭐야?"

"사건에서 **빼겠대**, 널 대신 지명하겠다면서."

"여전히 그만두고 싶은 마음이야?"

"아니, 뷰퍼드한테 하겠다고 말하니까 더 생각해 보래. 정말 샤완다의 변호인이 될 준비가 되면 12시까지 돌아오라더라고."

시내를 벗어나기 전까지 그들은 서로 말을 하지 않았다. 긴 침묵 끝에 바비가 나직이 말했다. "난 이 사건 맡을 수 없어, 스콧. 너무 부족해. 샤완다에게는 네가 필요해."

1시간 후 집에 도착한 스콧은 곧바로 다시 나와 베벌리 가를 따라 달렸다. 정확히 오전 11시 정각이었고 60분 안에 인생에서 가장 중요한 결정을 내려야 했다.

조금 더 지나 레이크사이드가 나오자 도로 주변으로 하이랜드 파크가 처음 만들어질 때부터 있었던 오래된 맨션들이 나왔다. 높은 지반에 위치한 그 집들은 스콧이 부우와 물수제비 놀이를 하려 종종 갔던 조그만 파크와 터틀 계곡을 내려다보고 있었다.

조금 더 지나자 암스트롱 공원 거리가 나왔다. 공원을 지나 프레스턴로에서 북쪽으로 향하는 도로를 따라 올라갔다. 도로의 좌우에는 거대한 벽이 있었는데 그 벽은 트래멀 크로우와 제리 존스, 맥 맥콜 그리고 톰 디브렐의 호화로운 저택들을 보호하고 있었다.

톰의 저택에 다다랐을 무렵 스콧은 인도를 가로막고 멈추어 선 은색 메르세데스와 부딪힐 뻔했다. 운전자가 차도를 확인하려 차창 밖으로 고개를 내밀었다. 다름 아닌 톰이었다. 그들은 작은 간격을 사이에 두고 서로를 바라보았다. 차창 밖으로도 에어컨의 찬기가 느껴질 만큼, 시원한 독일 고급 세단 안에서 양복 차림으로 있는 톰과 달리 스콧은 반바지와 운동화 차림으로 더운 날씨에 땀을 뻘뻘 흘리고 있었다. 그들은 11년 동안 매일같이 대화하고 여행도 다녔으며 수많은 계약 건에 대해 협상하여 성사시켜 왔다. 식사도 같이 하고 술도 함께 마시며 승리를 축하하고 패배를 아쉬워했다. 이토록 많은 순간을 함께한 그들이었지만 그들은 단 한 번도 서로에게 친구였던 적이 없었다. 성공한 변호사에게는 돈이 많은 의뢰인이 있을 뿐 충성스러운 친구는 없다는 걸 스콧은 이제야 알게 되었다.

그에게 변호사로서의 정체성을 주었다가 다시 가져가 버린 이 남자가 이제 스콧에게는 안타까운 남자로만 보였다. 결혼을 네 번이나 했지만 어느 한 사람과도 행복하지 못했던 그였다. 그중 세 명의 아내에게서 여섯 명의 아이를 두었지만, 그마저도 자녀보다 빌딩을 더 사랑한 그였기에 자식들은 자신들의 아버지와 함께 살지 않기로 결정했다. 톰에게는 수많은 변호사가 있었지만 친구는 한 명도 없었다. 돈이 많았고 돈으로 살 수 있는 모든 것은 가졌으나 행복하지 않았다. 3주 전만 되었어도 톰의 얼굴을 보고 주저 없이 가운데 손가락을 들어올렸을 스콧이었지만, 오늘은 가벼운 목례로 인사를 마치고 난 뒤 메르세데스에 타고 있는 슬픈 한 남자를 향해 미소를 지어 보였다.

톰이 무언가를 말하려는 듯 입을 여는 듯하다가 갑자기 스콧의 시선을 피하고선 액셀을 밟더니 프레스턴로 쪽으로 황급히 차를 몰았다. 스콧은 매연가스를 뒤로 하고 떠나가는 차를 보며 다시 뛰기 시작했다. 그렇게 광장을 지나 모킹버드 거리를 지나서도 1마일¹·⁶킬로미터 정도를 더 뛰던 스콧은 러버스 거리에서 동쪽으로 빠졌다. 이 길이 어디에서 끝이 나는지 알고 있었다.

이윽고 스콧은 컨트리클럽에 도착했다. 사람들로 하여금 넋 놓고 바라보다 포기하게 만드는 하이랜드 파크 컨트리클럽의 커다란 장벽 앞에 서 있던 스콧은 철로 된 기둥 사이에 몇 센티미터 되는 틈새 너머로 클럽 내부를 들여다보았다. 중년의 백인 남성 네 명이 7번 홀에서 퍼트를 하고 있었다. 여름의 열기에도 무릅쓰고 골프를 치고 있었다.

하이랜드 파크에서 자란 스콧은 자주 이 틈새 사이로 중년 백인 남성들이 골프 치는 것을 바라보곤 했다. 그건 마치 어머니와 함께 간 하이랜드 파크 광장에서 구매할 수 없는 것들을 물끄러미 바라보는 것과 같았다. 스콧은 항상 언젠가 돈을 많이 벌어 하이랜드 파크에 맨션을 사고 컨트리클럽에서 골프를 치며 하이랜드 파크 광장에서 어머니가 원하는 모든 것을 사 드리겠다고 입버릇처럼 말하곤 했다. 마침내 4년 전 컨트리클럽의 회원이 되었을 때 스콧은 어머니가 아들을 얼마나 자랑스러워하실지 생각하며 기대에 부풀었다. 그렇게 지난 4년 동안 스콧은 밖에서 넋 놓고 들여다보는 사람들을 내부에서 바라보며 한껏 자부심에 차 있었다.

오늘은 그 광경이 다르게 보였다.

클럽 안에서 보았던 그들은 단지 부자라는 이유 하나만으로 어딘가 대단히 특별해 보였더랬다. 하지만 밖에서 보자니 그들은 그저 나이 많은 남자에 불과했다. 그리고 동시에 스콧은 클럽의 중년 남성들이 마찬가지로 자기를 보고 있다는 것을 알아챘다. 그들의 눈에는 질투가 서려 있었다. 머리숱이 풍성해지고, 낡은 몸 대신에 근육질의 탄탄한 몸을 가질 수 있다면, 골프 카트로 이동하는 것도 힘겨운 그들이 도로 위를 뛰어다닐 수만 있다면, 하루에도 몇 번씩 헷갈리는 일이 없도록 머리가 총명해져 기억력이 되살아날 수만 있다면, 날카롭고 반짝이는 눈빛을 지닐 수 있다면, 발기불능과 요실금으로 고생하는 전립선이 다시 건강해질 수 있다면, 다시 섹스의 쾌락을 느낄 수 있다면, 다시 젊어질 수만 있다면 그들은 그들이 가지고 있는 전 재산을 기꺼이 내어 줄 것이었다. 스콧은 삶의 끝자락말고는 아무것도 가진 것이 없는, 그 나이 든 남자들을 바라보았다.

중년 남성들 옆에는 캐디가 붙어 다니면서 챙겨 주었다. 캐디들은 하얀색 캔버스 멜빵바지 차림을 한 중년의 흑인 남성들로 매일 새벽 버스를 타고 댈러스 남부에서 하이랜드 파크가 있는 북부로 일하러 왔다. 그들은 흑인으로 태어났기 때문에 절대 클럽 회원이 될 수 없었다. 그들 모두 루이스처럼 좋은 사람들이었지만 클럽 기준에는 자격미달이었다. 이 흑인 캐디들은 중년 백인 남자들의 디보트*를 고쳐 주고 잃어버린 공을 찾아오고 골프채를 들어 주며 때론 <바람과 함께 사라지다>에 나오는 영화배우처럼 연기하기도 했다. "네, 스미스 씨. 방금 전 스윙은 꼭 아널드 파머 같았어요."라는 말은 빼놓지 않았다. 백인 남자들로 하여금 남부의 농장주가 된 것 같은 기분을 느끼게 해 줘야 팁을 많이 주었기 때문이다. 스콧은 항상 흑인 캐디가 불편했지만 클럽의 정책 때문에 어쩔 수 없이 캐디를 고용해야 했다.

매번 게임을 마친 뒤에는 바비큐 장소로 가서 그들과 함께 술을 마시고 카드게임을 즐겼다. 그때는 그들 그룹에 소속된다는 것이 너무나 자랑스러웠다. 이 특별한 공간에서 그들과 함께 있다는 것이, 선택된 일부만 마실 수 있는 이 공기를 같이 마신다는 것이 감격스러웠다. 스콧은 그들의 농담 하나하나를 열심히 들었다. 주로 '검둥이'나 '멕시코인', '유대인 놈들'에 관한 농담과 언급이었는데, 옆에서 흑인 웨이터가 시중들고 있어도 아랑곳하지 않았다. 웨이터와 눈이 마주치기라도 한다면 스콧은 속에서부터 뜨거운 것이 치밀어 오르는 것을 느꼈다. 미식축구 선수 시절 흑인들과 함께 뛰고 샤워도 같이 하고 방을 함께 쓰며 파티를 즐겼던 스콧이지만 차마 이 나이 든 백인 남자들에게 이제 더 이상 반바지를 입은 인종차별주의자와 반유대주의 자식들과는 골프를 같이 치지 못하겠다고 말하지는 못했다. 스콧은

---

* 골프채에 튕겨 나간 잔디 조각.

변호사로서 그들의 농담에 공손히 미소 지었고 그들이 기분 나쁘지 않게 그들의 말에 동의하며 고개를 끄덕였다. 이 중년 백인 남자들의 기분을 상하게 하는 것은 비즈니스상 좋지 않았기 때문이다.

어느 날엔가 스콧은 댄 포드에게 이 백인 남자들이 흑인, 멕시코인, 유대인을 아무 이유 없이 혐오하고 있는 것은 아닌지 물었다. 그때 댄은 그저 웃으며 말했다. "아니야, 흑인, 멕시코인, 유대인만이 아니지. 그들이 싫어하는 대상은 더 많아. 민주주의자, 양키, 캘리포니아인, 아시안, 남녀평등주의자, 무슬림…… 자기네들과 다르다고 여기면 모두 싫어하지. 잘 봐, 스콧. 이 늙은이들에게 영광의 시대는 50년대였어. 그때 그들은 젊었고, 백인들이 댈러스를 지배했지. 그들 세계에서 유일한 검은색은 석유였고 텍사스 철도위원회가 전 세계의 석유가격을 조종하고 있었지. 이제 세계 최고의 골프 선수는 흑인이고 댈러스의 시장은 남성이 아니고 여성이야. 그리고 석유가격은 아랍계 왕족들이 조종하지. 그들 세계에서 백인이 조종하는 건 저 클럽밖에 없어. 저 문을 통과해 들어가면 다시 1950년대로 돌아가는 거야. 그리고 그들은 죽을 때까지 저럴 거야. 좋든 싫든 그들은 댈러스의 많은 부분을 차지하고 있어. 그러니까 이 도시에서 돈 잘 버는 변호사가 되고 싶다면 그 클럽의 회원이 되어야 해. 스콧, 아들, 그냥 비즈니스일 뿐이야."

댄 포드는 틀렸다. 비즈니스일 뿐일 리가 없다. 그건 그저 심한 편견일 뿐이다. 그리고 A. 스콧 페니도 틀렸다. 어머니가 그런 아들을 자랑스러워할 리가 없었다.

스콧이 눈길을 거두려 할 즈음 한 캐디와 눈이 마주쳤다. 스콧과 눈이 마주친 캐디의 얼굴에 화색이 돌았다. 스콧을 알아본 것이다. 캐디가 웃으며 스콧에게 엄지손가락을 치켜들었다. 스콧 역시 캐디의 얼굴이 낯익었지만 이름은 기억해 내지 못했다. 사실 캐디들에게 이름을 물어본 적이 없었다. 하지만 아무래도 상관없었다. 스콧이 그 캐디를 향해 똑같이 엄지손가락을 올려 보이고는 다시 뛰기 시작했다.

"스콧! 스콧!" 몇 미터 채 달리지도 않았을 때 누군가 뒤에서 스콧을 다급하게 불러 세웠다. 여전히 클럽과 캐디, 그리고 어머니 생각에 잠겨 있던 스콧은 들려오는 하이톤의 목소리에 속도를 줄이고 뒤를 돌아보았다. 뒤를 돌아봤을 땐 어떤 운전자가 창문을 열고 자기를 향해 팔을 흔들고 있었다. *젠장, 페니 번바움이었다!*

"스콧! 기다려요!"

다행히 페니가 반대편 차도에 있는 걸 확인한 스콧은 그대로 커티스 파크를 가로질러 힐크레스트 가에 다다랐다. 좀 더 남쪽으로 달리던 스콧은 이윽고 SMU 캠퍼스에 도착했다. 로스쿨 건물로 이어지는 가로수길을 따라 걷던 스콧은 로스쿨 건물 앞에서 걸음을 멈추었다.

3년 동안 스콧은 저 건물에서 시간을 보냈다. 불법행위, 조세, 계약, 분쟁, 절차, 재산권에 관한 법률을 3년간 공부했다. 그리고 실전에서는 쓸모가 없었던 윤리학도 여기서 공부했다.

법률실무는 윤리에 관한 것이 아니었다. 돈에 관한 것이었다.

스콧은 다시 달렸다. 이번에는 한 줄로 줄지어 선 기숙사가 눈에 들어왔다. 스콧은 기숙사가 좋았다. 여학생들과 가까이 살았기 때문이다. 여학생들 숙소에서 즐거웠던 일들을 떠올렸다. 예전에는 그런 생각을 하지 않았지만, 지금은 문득 그들이 잘 살고 있는지 궁금해졌다.

줄곧 달리던 스콧은 이내 가로수길에 끝에 조경이 깔끔하게 정리된 캠퍼스 중심부에 도착했다. 힐톱 도로를 따라 남쪽으로 걷자 새롭게 단장된 제럴드 포드 스타디움 진입로가 나왔다. 스타디움의 이름은 전 대통령의 이름이 아닌 댈러스의 억만장자로 유명한 한 은행원 이름을 딴 것이었다. 스콧은 문이 열려 있는 스타디움 안으로 들어가 익숙하게 또는 낯설게 한 걸음씩 내딛어 녹색 잔디밭에 발을 디뎠다.

필드에는 스콧 홀로 서 있었다.

생애 최고의 시간은 이 경기장에서 보낸 모든 시간이었다. 예전엔 최악의 시간도 여기서 보냈다고 생각했다. 승리의 영광과 패배의 쓰라림, 말로 다 표현할 수 없는 기쁨과 슬픔, 눈을 감으니 여전히 관중들이 보였다. 관중들의 응원소리가 들렸고 새롭게 단장된 잔디 냄새가 코끝을 스쳤다. 이곳에서 여전히 자신의 피맛을 느낄 수 있었고 미식축구를 느낄 수 있었다.

이내 잔디밭을 지나 관중석으로 올라간 스콧은 예전에 많이 했던 계단 뛰어오르기를 시작했다. 갑작스러운 움직임에 팔과 다리에 힘이 바짝 들어갔지만 스콧은 단숨에 맨 윗단까지 올라갔다. 맨 윗단에 올라 뒤를 돌자 저 멀리 다운타운 스카이라인과 파란 하늘을 마주한 마천루가 보였다. 그리고 빌딩 숲 사이에서 제일 높은 층을 자랑하는 디브렐 타워가 단연 우뚝 서 있었다. 저 빌딩의 66층에는 이제 스콧 대신 시드 그린버그가 있을 터였다. 4마일^{약 6.5킬로미터}이나 떨어진 거리에서 스콧은 그를 향해 가운데 손가락을 들어올렸다.

대학시절 그는 밤마다 이 계단을 올라 스타디움 맨 윗층에 앉아서 끝없이 펼쳐진 텍사스의 들판 위로 형형색색 빛나는 다운타운의 불빛을 바라보았다. 리유니언 아레나*의 불빛은 마치 크리스마스 나무의 장식품 같았고 매그놀리아 빌딩 위에 장식되어 있는 빨간색 날개 달린 말은 마치 페가수스 같았다. 디브렐 타워는 푸른색 네온사인을 뿜어냈다. 여느 젊은 백인 남자들처럼 스콧 페니는 이 불빛에 사로잡혀 언젠가 이곳 '빅 D'에서 부자가 되리라는 꿈을 곱씹었다. 그들은 댈러스를 '빅 D'라고 불렀다. 큰 꿈을 가진 사람이라면 한 번씩은 발을 내딛는, 야망 있는 사람들의 메카였기 때문이다. 야망을 가진 사람들은 마치 예수를 찾아오는 죄 지은 사람들처럼 댈러스에 왔다. "구원받고

---

* 댈러스에 있던 실내종합경기장.

싶으면 예수에게로 오라"는 말처럼, "부자가 되고 싶으면 댈러스에 오라"는 말이 있었다. 이곳에 앉아서 스콧 페니는 큰 꿈을 꾸었다.

"나이 든 사람치고는 나쁘지 않네!"

스콧이 사색에 잠긴 사이 스타디움에 누군가의 목소리가 울려 퍼졌다. 스타디움을 이리저리 둘러보던 스콧은 아래쪽에 서 있는 몸집 큰 흑인 남자를 발견했다. 얼굴이 낯익었다. 계단을 내려가 남자에게 가까이 다가간 스콧은 마침내 그가 누군지 알아보았다.

"빅 찰리, 너 맞아?"

"스콧 페니, 자식, 잘 지내?"

스콧이 가까이 다가가 손을 내밀자 빅 찰리라 불린 사내는 마치 게임에서 터치다운으로 승리라도 한 것처럼 커다란 팔을 스콧에게 두르고 그를 꽉 껴안았다.

그는 열여덟 살 때 이미 키가 195센티미터였고 몸무게는 130킬로그램이나 나갔다. 대학 졸업반이 되었을 무렵에는 무려 147킬로그램에 달했다. 그런 그가 오른쪽 가드를 맡으면서 스콧 페니를 가로막는 어떤 장애물도 제거해 주었기 때문에 스콧 페니는 경기장 양끝 쪽을 종횡무진 달릴 수 있게 되었다. 터치다운은 스콧이 했지만 그 길을 안내한 것은 빅 찰리였다.

빅 찰리는 텍사스 동부에 있는 타일러 출신이었는데 그곳

443

은 빨간 장미와 흑인 미식축구 선수들로 익히 유명한 지역이었다. 그중에서도 얼 캠벨이 가장 출중한 선수였다면 빅 찰리는 가장 큰 선수로 꼽혔다. 그는 어머니와 동생들과 멀리 떨어지는 걸 원치 않아 텍사스 대학교 대신에 SMU를 다녔다. 매주 일요일 아침이면 교회를 가기 위해 두 시간씩 운전해 갔고 매주 일요일 밤 소등시간 전에 돌아왔다.

스콧이 그에 대해 마지막으로 들었던 소식은 램스에 드래프트되어 갔다는 소식이었다. 찰리는 거기서 두 시즌을 뛰고 무릎을 다쳐 꿈을 채 이루지 못했다고 스콧에게 말했다. 대신 SMU로 돌아와서 지난 10년 동안 코치로 공격수들을 지도했다고 했다. 스콧은 찰리가 말하는 경기 대부분을 다 관람했지만 빅 찰리는 알아보지 못했다. 포드 스티븐스용 귀빈석은 사이드라인에서 멀리 떨어져 있었기 때문이었다.

"좋은 러닝백* 코치가 있으면 좋을 텐데." 빅 찰리가 말했다. 스콧의 상황을 아는 듯 보였다.

"고마워, 근데 아직 변호사직에 남아 해야 할 일이 좀 있어."

"이길 수 있어?"

"모르겠어."

"무죄인 것 같아?"

* 라인 후방에 있다가 공을 받아 달리는 공격팀의 선수.

"살해는 하지 않았지만 클락을 살해한 혐의에서 벗어날 수는 없을 거야."

"무슨 뜻이야?"

"최악의 경우 사형을 받을 수도 있어. 최선의 경우 2급 살인죄로 징역 20년을 선고받을 거야. 하지만 그마저도 헤로인이나 딸이 없이는 그만큼도 살지 못할 거야."

"그녀의 딸을 데리고 산다는 거 신문 기사에서 봤어."

스콧이 웃었다. "그래, 파슈매라고 해. 아주 착한 아이지. 넌 아이들 있어?"

빅 찰리가 고개를 끄덕였다. "딸 둘이야. 일곱 살짜리 한 명, 열 살짜리 한 명."

"넌 분명 좋은 아빠일 거야."

"난 미식축구보다 내 아이들을 더 사랑해."

"걔들은 행운아지. 여하튼, 빈민가에 파슈매 혼자 있어서 거기 가서 데려왔는데……."

"네가 빈민가에 갔었단 말이야? 혼자서?"

"그래, 페라리 타고."

빅 찰리가 머리를 뒤로 젖히며 크게 웃었다.

"빈민가의 페라리를 탄 백인 남자라니! 볼만했겠구먼! 살아나온 게 대단하다!"

"루이스라는 친구가 있었어, 네가 예전에 그랬던 것처럼 날보호해 주었지. 루이스도 우리랑 같이 살아. 여하튼 첫째 날 파슈매가 내 딸아이 머리를 콘로우로 땋았는데 레베카가 기절할 뻔했지."

빅 찰리가 미소 지었다. "레베카가 떠난 후에 넌 어떻게 지내?"

스콧이 고개를 저었다. "밤에만 울어."

"그건 네가 가슴이 따뜻한 사람이어서 그래, 스콧. 우리가 이겼을 때도 우리가 졌을 때도 넌 울곤 했지. 넌 이기는 것에 대해, 우리의 팀에 대해, 나에 대해 늘 걱정하고 관심이 많았기 때문에 울었던 거야. 그거 알아, 스콧? 한 번도 너한테 말한 적은 없었지만, 넌 나의 영웅이었어."

빅 찰리의 말에 적잖이 놀란 스콧이 아무 대답도 못한 채로 멍하니 서 있었다. 찰리가 뒤이어 말했다. "야, 진짜야. 진심이야. 텍사스한테 193야드[176미터]라니, 누구도 그렇게 못 해! 넌 포기하지 않았고 내가 포기하게 두지 않았어. 스물세 번이나 왔다 갔다 하면서 내 커다란 엉덩이를 오른쪽 끝에서 왼쪽 끝으로, 또 오른쪽으로 끌고 다녔지. 난 그날 경기장에서 죽는 줄 알았어. 경기 때마다 몸이 남아나지 않았을 텐데도 넌 항상 다시 일어났지. 진짜 터프했어."

스콧은 잠시 멋쩍었지만 이내 한숨을 쉬었다. "하지만 삶이 더 터프하더라."

"아니야, 넌 네 심장을 잠시 잊어버린 거야. 네 속을 들여다 봐, 스콧. 네 심장은 아직 거기 있을 거야. 신은 네게 운동신경이라는 선물을 주었지만 우리가 이곳에서 했던 건 그저 경기일 뿐이었어. 이 여자의 목숨은 그런 게임이 아니야." 말을 마친 그가 스콧의 어깨에 손을 얹었다. "스콧, 모르겠어? 신은 너에게 스타 미식축구 선수가 되는 것보다 더 좋은 선물을 주었어. 넌 그 여성의 목숨을 구할 수 있는 능력을 가지고 있다고."

스콧은 이 경기장에서 자기에게 모든 걸 주었던 빅 찰리를 바라보았다. 그는 다시 한번 이곳에서 그때보다 더 많은 것을 스콧에게 주었다. 그 순간 스콧은 샤완다 존스가 자기를 필요로 하듯 자신 역시 샤완다가 필요하다는 것을 깨달았다. 그는 그녀의 영웅이 되어야만 했다. 그것이 그의 정체성이었고 언젠가 꼭 되고 싶은 변호사의 모습이었다. 바로 이것이 그의 인생에서 놓치고 있었던 한 가지였다. 생각에 깊이 잠겨 있던 스콧이 캠퍼스 교회에서 울리는 종소리에 정신을 차렸다.

"젠장, 몇 시야?" 스콧이 물었다.

"딱 12시." 빅 찰리가 말했다.

"젠장, 늦었어!" 스콧이 헤어지기 전 악수하려 손을 내 밀었지만 빅 찰리는 다시 한번 스콧을 꽉 껴안았다. 스콧이 말했다. "고마워, 친구."

그리고 그는 형형색색의 빛의 도시를 향해 다시 달려갔다.

미합중국 지방법원 판사 사무엘 뷰퍼드는 사무실에서 가만히 시계를 쳐다보고 있었다. 12시 30분, 스콧 페니는 오지 않았다. 앞으로도 오지 않을 것이었다.

샘 뷰퍼드가 한숨을 내쉬었다. 젊고 유능한 스콧 페니 변호사라면 희망을 가져도 되겠다고 생각했지만 12시를 넘기며 자신의 생각이 틀렸다는 사실을 깨달았다. 스콧은 영웅이 될 수 있는 뇌를 가지고 있었고 아직 선한 마음도 가지고 있어 보였다. 하지만 지금 이 순간 스콧 역시 똑같다는 것을 알았다. 스콧 페니에게 걸 수 있는 희망은 더 이상 없었고 샤완다 존스에게도…… 법에도 더 이상 희망이 없었다.

생각이 여기까지 미치자 샘 뷰퍼드는 은퇴를 결심했다.

그럴 때가 된 것이다. 은퇴하면 정원을 가꾸는 일에만 몰두하리라 마음먹었다. 잡초들을 뽑아내고 흙을 경작해 당근과 호박 그리고 양배추와 토마토를 심을 거였다. 가능하다면 유기농으로 키울 작정이었다. 정원을 멋지게 가꾸는 일, 그건, 그가…… 그러니까 평생 동안 시간이 없어 하지 못한 일이었다. 그렇다. 이제 법의 망치를 내려놓고 곡괭이를 들 시간이 된 것이다.

그는 인터컴으로 비서를 불러 몇 가지 지시사항이 있다고 말했다. 첫 번째 지시는 미합중국 대 샤완다 존스의 재판 날짜를 연기한다는 것. 두 번째는, 스콧 페니를 다른 사람으로 대체한다는 것. 하지만 누구로 대체한단 말인가? 헤린? 그가 변론요지서를 훌륭하게 쓴 것은 분명하다. 하지만 피고인은 영웅을 필요로 했지 글쟁이를 필요로 한 것이 아니었다. 뷰퍼드는 자신이 여전히 사무엘 뷰퍼드 변호사로 남아 있었더라면 하는 생각에 잠겼다. 자신이 그녀의 사건을 맡아 그녀의 영웅이 되어 줄 수 있을 터였다. 하지만 그는 지금 판사 사무엘 뷰퍼드였고 곧 은퇴할 재판장이었다. 세 번째는 자신의 판사직 사직서를 받아 적으라는 것. 뷰퍼드의 지시가 끝나자 언제나 그랬듯 몇 초 만에 문이 열렸다. 뷰퍼드의 비서인 헬렌은 언제나 그의 지시에 부지런했다. 이번에도 부지런한 헬렌일 것이라 생각하며 뷰퍼드가 고개를 돌렸지만 문 쪽에는 스콧 페니가 반바지 차림으로 땀에 흠뻑 젖은 채 숨을 헐떡이고 있었다.

"판사님, 그녀의 변호를 맡을 준비가 되었습니다."

샘 뷰퍼드는 순간 의자에서 일어나 자기 눈앞의 이 젊은 변호사를 와락 끌어안을 뻔했지만 그것은 법조윤리의 규칙을 어기는 일일 수 있기 때문에 감정을 가라앉혔다.

"아주 좋아, 이제 그녀의 목숨이 자네 손에 달렸네. 이 책임을 잘 다룰 수 있는 사람이 되길 바라네."

"네, 알겠습니다. 그리고 판사님, 전 제 어머니를 자랑스럽게 만들 겁니다."

스콧 페니가 말을 마치고 문밖으로 나갔다. 밖에는 헬렌이 뷰퍼드의 사직서를 받아 적을 노트를 손에 들고 서 있었다.

"준비되었습니다, 판사님?"

"자리로 돌아가게, 헬렌. 난 재판을 해야 해." 헬렌은 영문을 모르는 채로 돌아섰다. 헬렌을 돌려보낸 뷰퍼드가 다시 다급히 헬렌을 불러세웠다. "아, 헬렌 기다려 보게." 그녀가 돌아섰다. "밥 해리스에게 전화 연결시켜 주게."

"밥 해리스요?"

"이민국 국장 말일세." 뷰퍼드가 의자에 기대어 미소 지으면서 말했다. "우리 어머니께서 항상 일러 주셨지. 선행을 베풀면 그것이 다른 선행으로 되돌아오는 법."

23

토요일엔 다운타운에 서커스단이 왔다.

어린 아이들부터 노인에 이르기까지 남녀노소 모두가 몰려들었고, 특히 이 날에는 좀처럼 다운타운에는 잘 나타나지 않는 하이랜드 파크 주민들도 차를 끌고 이곳으로 모여들었다. 발렛 주차가 되지 않아 길가에 차를 세우고 뜨거운 날씨에 몇 미터나 걸어야 했지만 그들은 오로지 이곳에서만 개최되는 무언가를 보기 위해 불편을 감수했다.

바자회가 열린 것이다.

하지만 이 바자회에서는 중고 토스터기나 헤어진 소파, 헌옷이나 장난감, 유모차, 자동차 시트 그리고 골프 클럽 같은 물건들은 팔지 않았다. 대신 프란체스코 몰론의 호두나무로 만든 사이드보드*나, 베번 퍼넬의 마호가니 책장, 가이 샤독의 피칸 장식장, 랄프 로렌의 가죽의자 그리고 브런스윅의 당구대 같은 것들을 팔았다. 이곳에 진열된 소파와 테이블, 램프를 비롯한 가구용품 세트, 그리고 동양적인 양탄자와 다방면에 걸친 가구들에는 공통적인 특징이 있었다. 하나는 예전 이 집에 살던 부인이 이 물건들을 매우 아꼈다는 점이고, 다른 하나는 모두 하나같이 엄청나게 고가품이라는 점이다. 한쪽에는 여자들을 위한 브랜드 옷과 신발 그리고 액세서리들이 있었다. 리키 프리맨과 루카루카 드레스, 루이비통과 보테가 베네타 가방, 디올과 도나 카란, 마크 제이콥스 그리고 이런 곳에 빠지지 않는 지미 추 신발과 앤 폰테인 셔츠, 에르메스 실크 스카프가 있었고 자카디 파리 아동복이 있었다. 얼핏 봐도 50만 달러어치는 되어 보이는 비싼 개인물품들이 팔리고 있었다. 하이랜드 파크 사람들이 모여들자 주변에서 '쓰레기 백인'들과 소수 인종들이 '쓰레기통을 뒤진다'고 농담을 던졌지만 그들은 아랑곳하지 않았다. 물건을 싸게 사고 싶은 욕구는 어떠한 인종이나 색깔, 신념, 국적, 정치적 소속이나 사회경제적인 지위와 무관한 인간의 본능이었기 때문이다.

스콧 가족은 직접 물품을 팔기 위해 바자회에 참가했다. 차

* 식탁에 내어 갈 음식을 놓아두는 보조 탁자.

네 대 정도 주차할 수 있는 뒷마당에 자리를 잡고 바자회 물품을 평대에 올려 두었다. 스콧과 파슈매는 보러 오는 사람들마다 수표나 신용카드는 받지 않는다고 연신 설명했다.

일주일 전 저녁식사 자리에서 부우가 스콧에게 남은 물건들을 모두 어떻게 할 것인지 물었다. 이사를 앞두고 정리한 물건들은 작은 집을 다섯 채 채우고도 남을 만큼 많았다. 고민하는 스콧과 달리 파슈매가 눈을 반짝였다. "바자회를 열어 보세요, 페니 아저씨." 댈러스 남부 지역 바자회에 몇 번 가 본 경험으로 자신 있어 했던 파슈매는 부우와 함께 물건을 팔았고, 스콧은 차고 입구에 임시로 만들어 놓은 카운터에서 계산을 해 주었다.

"200달러." 둥근 챙 모자를 쓴 중년 부인이 다가와 자신을 제이콥스라고 소개하며 가격을 제시했다.

"자, 제이콥스 부인." 파슈매가 말했다. "페니 아주머니는 2,000달러 주고 이 소파를 샀어요, 200달러에 사시겠다고요? 700달러에 내놓았지만……." 말을 흐리고 주위를 살피던 파슈매가 목소리를 낮췄다. "페니 아저씨에게 말 안 하신다면 600달러에 드릴 게요."

"그렇게 하지."

부인이 말을 마치자마자 파슈매가 가격표에 '품절'과 '제이콥스'라고 적고는 600달러로 가격을 바꾸었다. 그리고 스콧을 향해 가리켰다.

"저 아저씨에게 지불하세요."

부인이 스콧 쪽으로 향했다.

"여기, 유색인 꼬마 아가씨!"

부인이 막 자리를 뜨자 한 노파가 파슈매를 부르며 손을 흔들었다. 노파는 가죽의자를 가리켰다.

"이거 랄프 로렌이니?"

"아주머니, 전 유색인이 아니고 흑인이에요. 뭐, 최대 4분의 1 흑인이긴 하지만요. 엄마의 아빠도 백인이었고 우리 아빠도 백인이었어요. 그러니깐 전 4분의 3 백인, 4분의 1 흑인인 거죠." 파슈매가 노파를 향해 미소 지었다. "우리가 먼 친척이어도 놀라운 일이 아닐걸요? 그리고 아주머니, 그건 의자지 랄프 로렌이 아니에요."

"랄프 로렌이잖아."

파슈매는 어깨를 으쓱했다. "뭐, 그렇다면 그렇고요."

"650달러라고 쓰여 있는데 난 100달러짜리 지폐밖에 없어. 거스름돈 있니?"

"아니요, 없어요."

"이거 사고 싶은데!"

"저 남자도 사고 싶다고 했는데요."

노파가 돌아보았다. "누구?"

"저기 파란색 반바지 입고 배 나온 대머리 아저씨 보이시죠? 줄무늬 셔츠 입은 뚱뚱한 여자와 이야기하는 사람이요. 그 아저씨가 아내랑 같이 와서 보겠다고 했어요."

사실 파슈매는 그 남자와 이야기해 본 적이 없었다.

"저 남자한테 팔지 마!"

"아주머니, 바자회의 첫 번째 규칙은요, 현금이 우선이에요."

노파가 주저하는 듯하더니 대머리 남자와 가죽의자를 번갈아 보다 입을 열었다. 파슈매가 예상한 그대로였다. "700달러 줄게."

파슈매가 귀에 꽂아 둔 사인펜을 빼들어 가격표에 썼다. "미즈……."

"스미스. 'y'와 'e'가 들어간 스미스. S−M−Y−T−H−E."

"저 아저씨께 지불하세요."

"이 근처 사는데, 택배로 부쳐 줄 수 있니?"

"아니요, 그치만 루이스 아저씨가 들어다 줄 순 있어요."

파슈매의 말을 들은 루이스가 들키지 않으려고 몸을 돌렸지만 파슈매가 발견하고 손을 흔들었다. 키 200여 센티미터에 몸무게는 150킬로그램이 족히 나가는 이 흑인 남자가 마치 몸을 감출 수 있기라도 한 것처럼 인파에 뒤섞여 비스듬히 비켜 서 있었다. 루이스가 가까이 다가오자 파슈매가 말했다. "아저씨, 이 멋진 아주머니께서 의자를 집에 가지고 가야 한대요."

의자가 꽤 컸지만 루이스는 몸을 조금 숙인 채 팔을 벌려

별 힘을 들이지 않고 의자를 거뜬히 들어올렸다. 마치 시장바구니를 들 듯 가뿐히 들고는 스콧 쪽으로 걸어갔다.

노파가 말했다. "팁 줘야 하니?"

"아니요, 아주머니." 파슈매가 말했다. "그냥 화나게만 만들지 않으면 돼요."

y와 e가 들어가는 스미스 부인은 의자를 들고 가는 루이스의 넓은 등을 바라보고는 인상을 찌푸리며 말했다. "팁 줘야 할 것 같아. 20달러, 아니 50달러."

파슈매가 고개를 저었다. "백인들은 빈민가에서 하루도 못 지낼 거야." 부우가 파슈매에게 걸어왔을 때 파슈매가 말했다. "엄마가 이거 진짜 좋아할 텐데."

"뭘 말이야?"

"여기 온 돈 많은 백인들."

"바자회 많이 가 봤어?"

"바자회는 우리의 백화점이야."

"괜찮은 물건이 많아?"

"그런 건 당연히 없지. 우리는 디자이너 옷은 바라지도 않아. 그저 옷에 피가 안 묻어 있고 가구에 아무도 토해 놓지 않았으면 그걸로 충분해."

그 순간 커다란 선글라스를 낀 여자가 한 가방을 집어 들고 걸어왔다. "이거 세일해서 샀던 거니?"

여자의 질문에 부우가 눈을 동그랗게 떴다. "아주머니, 우리 엄마는 세일 상품을 사서 들고 다니느니 차라리 죽는 게 더 낫다고 생각해요. 이건 루이비통 진품이에요. 750달러짜리인데 250달러에 파는 거예요. 엄마가 집밖에 들고 나간 적도 없어요."

"이거 살게."

"저 아저씨한테 돈 내면 되요."

옆에서 지켜보던 파슈매가 말했다. "너희 엄마한테 좋은 물건 엄청 많다."

부우가 고개를 끄덕였다. "엄마는, 돈으로 행복을 살 수 없다고 말하는 여자는 그저 어디에서 그걸 살지 모르는 것뿐이라고 항상 말했어. 그치만 엄마가 틀린 것 같아."

진열해 놓은 검정색 파티 드레스를 꺼내 들며 말했다. "1,000달러 주고 사서 클럽 파티 갈 때 딱 한 번 입었지." 부우는 다시 옷걸이에 드레스를 걸어 놓고 빨간색 하이힐을 집어 들었다. "300달러."

"신발 한 켤레에?"

"디올이거든."

"디…… 누구?"

"크리스찬 디올. 여자들은 이 신발에 미치지."

파슈매가 구두를 이리저리 살펴보았다. "이거 신고 우리 엄마는 일 가면 되겠다."

스콧은 레베카의 옷장 전체를 이곳에 옮겨 놓았다. 바지와 셔츠, 드레스 몇 백 벌과 신발 그리고 속옷이 종류별, 색상별로 구비되어 있었다. 그는 단 한 번도 그녀의 옷장을 들여다본 적이 없었기 때문에 옷이 얼마나 많은지 알지 못했다. 몇 백 벌의 옷을 보자니 문득 이 옷들을 모두 합치면 가격이 얼마나 나갈지 궁금해졌다. 아내의 옷을 팔고 돈을 받으면서 스콧은 슬그머니 미소 지었다.

파슈매가 파란색 술이 달린 미니스커트를 들어올렸다.

부우가 말했다. "그건 캐틀 바론스 무도회장 복장이었어."

"이거 입으면 엄마랑 키키가 해리 하인스에서 일할 때랑 똑같겠다."

이번에는 치마를 내려놓고 빨간색 잠옷을 들어올렸다.

"니만 마커스." 부우가 말했다. "130달러였지."

"페니 아저씨한테 이거 나에게 팔라고 할까? 나 7달러 있는데."

"빨간색 실크 잠옷을 원해?"

"엄마 드리게. 그 죄수복 입고 자지 않아도 되잖아."

"아하." 부우가 잠시 생각하더니 말했다. "아빠는 엄마가 이 옷들을 얼마에 샀는지 몰라—사실 아빠가 알면 기절할 거야—가격은 우리한테 맡겨 놨으니까 내가 이걸 7달러로 매길게. 아빠한테 지불해."

"작은 흑인 애가 당신한테 돈을 지불하라라더군요."

"맞습니다."

스콧이 눈을 들어 보니 페니 번바움이 서 있었다.

"오, 어…… 안녕하세요, 페니. 마음에 드는 게 있나요?"

"전 여기 처음 왔을 때부터 이미 제 마음에 드는 걸 찾았는걸요." 페니가 미소를 지으면서 빨간색 입술을 핥았다. "안으로 들어가서 제가 찾을 수 있는지 보실래요?"

"글쎄요, 어…… 페니, 전 지금 여기서 계산대 지켜야 하는데."

"돈은 필요 없어요. 전 공짜로 주는걸요."

페니는 몸을 숙였다. 그러자 셔츠 사이가 벌어졌고 그을린 가슴이 드러났다. 스콧은 그녀의 향수냄새를 들이마시며 그날 화장실에서 있었던 일을 떠올렸다. 페니의 살결이 몸에 닿았던 감촉과 그녀와 자신의 손이 서로를 탐닉했던 기억, 그리고 그녀의 입이…… 하지만 그는 재빨리 부우를 떠올렸다. 만약 자신이 무너진다면 부우는 아빠에게마저 실망할 것이었다.

페니가 말했다. "매일 가 봤는데 집에 안 계시더라고요. 제가 뭘 또 할 수 있는지 궁금하지 않으세요?"

사실 스콧은 집에 있었다. 하지만 앞마당에 서 있는 사람이 누구인지 발견하고는 그녀가 떠날 때까지 숨어 있었다.

"아, 예, 전 당신이 정말이지 재능 많은 여자라고 생각하고…… 그리고…… 어…….”

“콘로우 하고 있는 저 애가 당신에게 지불하라고 하더군
요.”

그때 마침 한 나이 많은 부인이 옷을 한가득 들고 스콧에게
로 다가왔다. *휴우 살았다.* 페니는 표정을 감추고 카운터에 300
달러를 놓아둔 채 가방 두 개를 들고 떠나갔다. 꽉 끼는 반바지
에 살짝 보이는 엉덩이 골이 너무나도 유혹적으로 좌우로 움직
이고 있었다.

한편 바비는 옆에서 지켜보고만 있었다. 스콧이 파는 물건
중 아무것도 살 수 있는 여력이 없었다. 그렇다고 댈러스 동부
의 벼룩시장에서 산 물건들로 채운 작은 집에 여기 있는 가구들
이 어울리는 것도 아니었다. 게다가 부우와 파슈매를 도와 물건
을 팔 수도 없었다. 돈 많은 자식들이 가격을 깎으려 들면 한 대
쳐 버릴 수도 있기 때문이었다. 어쩌면 스콧이 변호사 선임비용
대신 당구대를 공짜로 줄지도 모른다는 희망으로 옆에 있는 매
력남이 당구대를 사지 않길 바라면서 연신 당구를 치며 그냥 자
리만 지키고 있었다. 만약 당구대를 받는다면 거실 겸 주방에
비치할 생각이었다.

“당신 아내는 밖에서 쇼핑 중인가요?” 바비가 매력남에게
물었다.

“네.” 대답을 마친 남자가 큐대를 집어 들고는 말했다. “한

게임 하실래요?"

바비가 어깨를 으쓱했다. "좋죠."

바비는 스트립 센터 사무실 옆의 멕시칸 바에서 두세 시간 씩 당구를 치곤했다. 종종 그보다 더 오래 치기도 했다. 사실은 거의 붙어 지냈다. 단골 의뢰인들은 사복형사들에게 체포되는 비상 상황이 생기면 곧바로 멕시칸 바로 전화했다.

바비는 치던 공을 정리하고는 20달러짜리 지폐를 꺼내들 었다.

"20달러? 아님 너무 많나요?"

"너무 많냐고요?" 매력남은 잠시 움찔했지만 이내 20달러 를 바비의 20달러 지폐 위에 올려놓고는 초구를 쳤다. 공이 단 한 개도 떨어지지 않았다.

이어서 바비가 큐대에 초크를 묻혔다. 초구를 시작으로 연 속 공 여덟 개를 양쪽 포켓에 집어넣으며 가뿐하게 이겼다. 바 비가 돈을 집으려 손을 뻗자 매력남이 말했다. "더블 어때요?"

바비는 대답 대신 미소를 지어 보였다. 이 매력남은 멕시코 바에서 당구로 돈을 벌어 본 적이 없을 것이다. 매력남의 아내 가 찾으러 왔을 때에는 바비가 140달러를 딴 이후였다. 최근 변 호사 일을 해서 번 것보다 더 많은 액수였다.

부우가 낯익은 얼굴을 보고 말했다. "저쪽에 서 있는 여자 보여? 금발머리?"

파슈매는 부우가 가리키는 곳을 따라 보았다. "엄청 짧은 반바지 입고 하이힐 신은 여자? 엄청 마른 여자 말이야?"

"완전 막대사탕이야."

"막대사탕? 캔디 같다는 뜻이야?"

"아니, 저 여자 머리가 몸보다 더 큰 거 보여?"

파슈매는 부우의 말을 따라 그 여자를 위에서 아래로 훑어보았다. "진짜 막대사탕 같이 생겼네. 저 백인 여자 뼈에 살 좀 붙여야 할 거 같아."

"엄마가 말해 줬는데 저 여자는 먹고선 다시 토해 낸대."

"아파서 그래?"

"아니! 일부러 그러는 거야, 살찌지 않게."

"부우, 거짓말이지?"

"아니야! 예전에 엄마가 기숙사에 있을 때 친구였대. 저 사람은 돈이랑 결혼했다고 엄마가 그랬어."

파슈매가 인상을 찌푸렸다. "돈이랑 어떻게 결혼해?"

"저 여자처럼 생기면 나이 많은 부자 남편이 생겨."

"아, 우리 엄마처럼…… 좀 더 길게 유지되기만 한다면."

"서른세 살밖에 안 됐는데 가슴이랑 지방흡입 수술을 했대. 몸 전체에서 진짜인 건 뇌밖에 없대. 뇌 이식수술이 없어서 그렇대." 부우가 어깨를 으쓱했다. "엄마가 그랬어."

"저 사람이 그 나이 많은 남편인가?"

'막대사탕' 같은 여자가 1,000달러짜리 2인용 안락의자에 앉아 있는 백발의 남자에게 다가갔다. 백발 남자의 곁에 앉자 그는 그녀의 마른 허벅지를 쓸어내렸다.

"저 사람이야. 엄마가 저 남자는 억만장자래."

"저 여자의 할아버지 같아."

"엄마는 저 사람만큼 나이 많은 사람한테는 더블로 받는대. 저 막대사탕을 위해서 돈을 엄청 썼을 것 같아."

레베카가 입은 모습을 한 번도 본 적이 없는 옷들과 자신이 한 번도 앉아 본 적 없는 가구, 한 번도 밟아 보지 못한 양탄자의 개수를 세는 것은 이제 스콧에게 의미가 없었다. 그보다 돈을 벌어들이는 게 중요했다. 그간 7,500평방피트^{약 700제곱미터} 규모의 집을 가득 채웠던 물건들에 새삼 놀라면서도 직접 돈을 손에 쥐자 어느새 스콧도 내심 즐기게 되었다.

"당신의 딸이 여기서 지불하라고 하더군요."

중년의 흑인 여성이 스콧에게 걸어왔다.

"안녕하세요, 스콧 페니입니다."

"전 딜로리스 허드슨이에요. 며칠 전에 이 동네로 이사 왔죠." 그녀가 미소 지었다. "역사상 최초의 하이랜드 파크의 흑인 주민이죠."

"아, 네. 신문에서 봤어요. 환영해요. 전 이곳에 오래 있지 않을 테지만 말이에요."

흑인 여성이 그에게 불쌍한 눈빛을 보냈다. "당신에 관한 신문 기사도 읽었어요."

"네, 뭐 신문에 나와 있는 거 다 믿으세요."

"그건 아니라고 생각해요. 언제 이사 가세요?"

"목요일에 계약 마치고 금요일 날 이사 가요. 재판 끝나자마자 이사 가기로 했어요."

"그렇군요. 타이밍이 잘 안 맞고, 지내야 할 곳이 필요하다면 잠시 저희 집에 와서 계셔도 돼요. 아마 아이들도 요 근래 집밥을 제대로 먹지 못했을 테니까. 당신 아내가 집을……."

그녀가 말을 하다 아차 싶었는지 당혹스러워했다. 하지만 스콧은 미소 지으며 말했다. "제 아내는 있을 때도 요리한 적이 없었어요."

"아, 저는 요리하는 걸 좋아해요. 음식 가져다드릴게요."

"고마워요, 덜로리스."

"아니에요. 제가 더 고마워요, 스콧. 당신이 하는 일을 응원하고 있어요. 그거 아세요? 저는 이곳으로 이사 온 게 잘한 일인지 걱정하고 있었어요. 하이랜드 파크의 로자 파크스^{Rosa Parks}는 커녕 이곳에서 환영받을 수 있을지부터 걱정했어요."

"잘하신 거예요, 덜로리스. 대체로 다 반겨 줄 거예요, 특히 젊은 사람들은요. 나이 드신 몇몇 분들은 좀 힘들겠지만, 제 경험상 그들과 친하게 지내서 좋은 건 없어요."

덜로리스는 돈을 지불하고 다시 고맙다고 말했다.

뒤이어 온 손님은 젊은 여성이었다. 부우는 여자를 위해 꽃무늬 원피스를 집어 들었다.

"루카, 이탈리아인 디자이너 들어본 적 있어요?"

"당연하지, 누가 그 사람을 모르겠니?"

젊은 여자는 부우에게서 원피스를 건네받아 자신의 몸에 대어 보았다. 완벽하게 맞았다.

"저희 엄마에게 어울린 것만큼 예뻐요."

"그거 알고 있니? 난 너희 엄마와 같은 기숙사에 있었어. 뭐 6년 전 일이긴 하지만, 너희 엄만 모든 여자아이들의 우상이었지. 미스 SMU가 부자 변호사가 된 미식축구 선수랑 결혼하다니. 마치 신데렐라 같잖아."

부우가 고개를 끄덕였다. "그 신데렐라가 골프선수 때문에 가족을 버리고 도망치는 부분은 제가 읽지 말았어야 했겠죠."

바비가 당구를 치기 위해 자세를 잡고 있을 때 누군가가 당구대 반대편으로 다가왔다. 시선에 들어와 거슬리는 그를 향해 비키라고 말하려 일어선 순간 바비는 그의 눈을 마주하곤 멈칫했다.

"바비 씨, 안녕하세요."

― 그리고 큐대로 한 대 칠 뻔했다.

"케런, 여기서 뭐하는 거예요?"

"그만뒀어요."

"뭘요?"

"포드 스티븐스요."

"거짓…… 거짓말하는 거죠? 왜요?"

"그들이 제게 주입했던 사고방식이 싫었어요."

"변호사처럼 생각하는 거 말이에요?"

"네."

"잘했네요, 그럼 이제 뭐 할 건가요?"

"당신과 스콧을 도우려고요."

바자회가 열린 하이랜드 파크 심장부의 베벌리 가 4000번지에 어둠이 내리자 바자회에는 아무것도 남지 않게 되었다. 단한 켤레의 신발도, 드레스도, 램프도, 당구대도 남지 않았다. 9시간도 채 되지 않아 스콧은 11년 동안 모은 모든 소유물, 존재감, 열정, 직업 그리고 그의 아내를 증명했던 모든 것들을 팔아치웠다.

아이들은 부엌 반대편 바닥에서 벌어들인 수입을 세어 보느라 정신이 없었다. 루이스는 옆에서 팁으로 받은 '운반비 600달러'를 셌다. 그리고 스콧, 바비, 케런 더글러스는 식탁이 있던자리에 앉아 바닥에서 덜로리스 허드슨이 가져다준 후라이드 치킨을 먹었다. 식탁과 의자는 1500달러에 팔리고 없었다.

"케런," 스콧이 말했다. "내가 말했던 '변호사가 되는 법'에대해선 잊어 줘. 내가 틀렸어."

"당신은 좋은 변호사예요, 스콧 씨. 당신이 떠난 후에도 모든 사람이 그렇게 말했어요."

"난 떠난 게 아니라 해고당했어."

"뭐, 그렇다면 그 후로도요."

"아니야, 케런. 난 부패한 변호사였어. 내 의뢰인들을 속이고 법을 속이고 나 자신 또한 속였어. 이기기 위해선 모든 짓을 다 했어. 법을 미식축구처럼 가지고 놀았어. 법은 미식축구가 아닌데 말이야."

"케런이 우릴 돕고 싶대." 바비가 말했다.

"왜?"

케런이 말했다. "당신 도움이 필요하기 때문이죠. 그리고 전 바비를 좋아해요."

스콧이 들고 있던 닭다리를 떨어뜨렸다.

부우가 소리 질렀다. "6만 7,450달러예요!"

24

미국 법률제도에서 배심원을 선정하는 과정을 일컫는 'Voir dire'는 '진실을 말하다'라는 뜻의 법적 용어이기도 하다. 아마도 형사재판에서 이기는 것에만 관심 있는 다른 사람들과는 다르게 배심원만이 오직 진실에 대해 관심을 가지기 때문에 그런 용어가 붙은 것으로 보인다.

연방법원의 배심원이 되려면 18세 이상의 시민권을 가진 시민이어야 하며 영어를 읽고 쓰고 이해하며 말하는 데 능숙해야 한다. 육체적으로나 정신적으로나 건강하여야 하고 중죄로 유죄판결을 받은 적이 없어야 하며 중죄로 기소 중이어서도 안된다. 이러한 자격요건을 충족하는 사람 열두 명을 찾는 건 비교적 쉽다. 그러나 누군가의 목숨을 결정해야 하는 사람 열두 명을 찾기란 어려운 일이다.

　바로 이 때문에 Voir dire 과정이 필요하다. 재판장과 변호사들은 '공정'하고 '불편부당'한 평결이 이루어지는 데 장애가 되는 편견과 선입견, 그리고 성향을 알아내기 위해 배심원 후보들에게 질문한다. 적어도 이론상으로는 그렇다. 하지만 현실에서는 대체로 모든 배심원이 평결에 지대한 영향을 미치는 편견과 선입견, 그리고 성향을 가지고 법정에 들어선다 ― 이것이 검사와 변호인 양측이 정확하게 원하는 배심원 유형이다. Voir dire의 진정한 목표는 당신이 원하는 방향의 편견과 선입견, 성향을 가진 열두 명의 배심원을 찾는 것이었다.

　법정에서의 재판은 진실과 정의 그리고 그것의 미국식 구현이 아니다. 오직 승리에 관한 것이다. 검사는 고위직 선출을 앞두거나 임명받을 때 주요 범죄자들을 감옥에 넣었다는 이력을 내세우려 유죄평결을 원했고, 형사 변호인은 인지도 높은 범죄 사건을 맡아 무죄평결을 이끌어 내면 부와 명성이 뒤따랐기 때문에 무죄평결을 원했다. 따라서 검사도, 형사 변호인도 진실이나 정의에는 관심이 없었다. 배심원들로 하여금 믿게 할 수 있는 것이면 무엇이든 그것은 진실이 됐고, 정의는 그들이 승리할 때만 존재했다.

　무더위가 기승을 부렸던 지난 여름날, 이곳 댈러스 연방법원에서 스콧 페니는 자신의 의뢰인이 클락 맥콜의 머리에 구경 22밀리미터 총을 대고 방아쇠를 당겼다고 확신했다. 다만 그것이 정당방위였으리라고 생각했다. 하지만 지금 스콧은 자신의 의뢰인이 무죄인 것을 믿었다. 이제 이곳에 온 예비 배심원들을 살펴 자신의 생각에 동의할 만한 배심원 열두 명을 가려내야 했다. 무죄평결을 받지 못한다면 적어도 사형은 면하게 해야 했다.

뷰퍼드 재판장은 예비 배심원들이 법적 자격요건을 갖추고 있는지를 물어봤고 그중 한 남성을 배제했다. 그 남성은 예전에 기소된 적이 있거나 현재 기소되어 있는 중죄사건이 없는지에 대한 물음에 "아직 아무것도 증명되지 않았어요!"라고 대답했다.

다음은 레이 번스의 차례였다. 레이 번스는 피고인이 사형을 당할 수도 있다는 점을 아는 상태에서도 피고인을 유죄로 인정할 수 있는지 물었다. 이에 윤리적 관점에서 반대한다고 답변한 예비 배심원 일곱 명 또한 배제되었다.

이제 남은 스물아홉 명의 예비 배심원들이 피고인의 변호인이 그들에게 질문할 것을 기다리며 스콧 페니와 로버트 헤린을 쳐다보고 있었다. 그동안 Voir dire을 할 때면 으레 스콧 옆에는 멕시칸 바를 즐기는 거리의 변호사가 아니라 배심원 선정에 고도로 훈련받은 고비용 심리학자들이 함께해 왔다. 배심원 선정에 특화된 전문가들은 비용으로 1,000만 달러까지 받기 때문에 모의재판은 물론 그룹별로 모아 탁월한 심리 프로파일을 만들기 위해 재판 전 사전 투표까지 해 본다. 그들은 예비 배심원들의 직업, 연봉, 종교, 취미, 정치적 지지성향 등을 모두 조사하며 예비 배심원들의 복장과 몸짓, 그리고 예비심문에서 나오는 답변까지 모조리 연구한다. 또 변호인에게는 법원에 올 때 어떤 차를 몰고 와야 하는지도 코치하고(주차장에서 배심원과 마주칠 수 있으므로 메르세데스 벤츠는 집에 두고 올 것) 재판에는 어떤 옷을 입고 와야 하는지(롤렉스 시계나 아르마니 양복은 불가) 그리고 배심원들 앞에서는 어떻게 행동해야 하는지를 알려 주었다(스스로를 '인간화'시킬 것, 이 지침은 배심원들 앞에서 보통 사람처럼 행동하는 것을 의미하는데, 변호사에게 이 일은 옷을 보통으로 입는 것보다 더 어려운 과제였다). 그들은 변호사에게 예비 배심원들 한 명 한 명을 향해 엄지손가락을 들어올리거나 내려 보인다.

변호사라면 첫 번째 배심재판을 앞두고 배심원을 선정하는 과정에서 이미 그 사건의 승패를 짐작하게 된다. 돈만 충분하다면 승소할 수 있는 배심원을 고를 수 있다. 하지만 전문가를 고용할 돈이 없는 스콧이나 샤완다 옆에는 오직 바비뿐이었다.

자기 앞에 있는 예비 배심원들을 찬찬히 살펴보던 스콧이 마침내 입을 열었다. "저도 이 사건을 앞두고 몹시 떨립니다. 살인혐의가 있는 사람을 변호한 적이 한 번도 없거든요. 여러분도 떨리시죠?"

그들은 고개를 끄덕였다.

"음, 질문을 많이 하는 것보단 그냥 잠시 대화를 나누고 싶네요. 여러분, 여기에 왜 왔는지는 잠시 잊어버리세요. 배심원이 될 수도 있다는 생각도 잠시 접어 두세요. 물론 저희가 변호사인 것도요. 신문에서 보신 분도 있겠지만, 제 예전 로펌은 제가 변호사였던 사실도 잊으려고 노력하고 있죠."

예비 배심원단석에서 몇몇이 킥킥 웃는 소리가 났다. 불현듯 스콧에게 좋은 생각이 떠올랐다.

"고속도로 한가운데에 죽어 있는 방울뱀과 고속도로 한가운데에 죽어 있는 변호사의 다른 점은 무엇일까요?"

한 여성 배심원이 말했다. "방울뱀 앞에는 스키드 마크가 있는 거요."

배심원들이 웃었다.

"뉴저지에는 유독물질 폐기시설이 유치되고, 캘리포니아에는 온갖 변호사들이 몰린 이유가 뭐죠?"

이번엔 한 남성 배심원이 말했다. "뉴저지에 우선권이 인정되었기 때문이죠."

예비 배심원단석의 웃음소리가 더 커졌다.

"변호사와 정자의 공통점을 아시는 분?"

한 남성 배심원이 말했다. "둘 다 인간이 될 확률이 백만분의 일이죠."

시끌벅적한 웃음소리가 터져 나왔다.

대답을 한 배심원이 물었다. "변호사가 거짓말하고 있다는 건 어떻게 알 수 있죠?"

한 중년 여성이 말했다. "입을 씰룩거리면 거짓말을 하고 있는 거죠."

다른 배심원이 말했다. "변호사는 허가받은 거짓말쟁이예요."

또 다른 배심원이 말했다. "이민국 요원과 변호사가 물에 빠졌는데 단 한 사람만 구할 수 있다면 신문을 읽으시겠어요, 아니면 점심식사를 하러 가시겠어요?"

장내가 순식간에 소란스러워졌고 스콧이 이를 제지했다.

"전 로스쿨을 나왔어요, 여기서 농담할 수 있는 사람은 저라고요."

웃음소리는 점차 사그라졌지만 그들 얼굴에는 여전히 웃음기가 남아 있었다.

"여러분은 변호사를 좋아하지 않나요?"

스물아홉 명이 저마다 고개를 끄덕였다.

"변호사를 싫어하나요?"

이번에도 모든 배심원이 고개를 끄덕였다.

"왜죠?"

한 중년 남성이 말했다. "변호사들은 논쟁에서 이기는 것과 진실의 차이를 모르기 때문이죠."

나이 든 여성이 말했다. "변호사들은 영리한 게 스마트한 것과 똑같다고 생각해요."

한 젊은 남성이 말했다. "변호사들은 탐욕스러워요."

바비가 말했다. "맞아요, 그리고 그들은……."

"바비!"

473

바비가 말하자 스콧이 바비의 이름을 크게 외쳤다. 그리고 배심원들을 향해 돌아서서 말했다. "이 사람이 변호사예요!"

배심원들 사이에서 다시 웃음이 터져 나왔다.

배심원의 반응이 뜨거운 듯 보이자 레이 번스가 벌떡 일어났다. "존경하는 재판장님, 페니 씨의 극장식 코미디쇼가 끝났다면, 이제 우리는……."

"앉으세요, 번스 씨." 재판장이 말했다.

레이 번스가 떨떠름한 듯 자리에 도로 앉았다. 스콧이 아까 전과는 달리 사뭇 진지한 표정으로 예비 배심원들을 바라보았다.

"알겠습니다. 여러분이 변호사들을 싫어한다는 것까진 이해했어요. 괜찮아요, 그럴 만한 이유는 충분히 있어요. 하지만 반대로 제 의뢰인은 그토록 미움을 받을 이유가 없습니다. 저는 변호사이기 때문에 여러분이 절 싫어할 수 있어요. 하지만 변호사인 저를 싫어한다고 해서 제 의뢰인까지 싫어하진 말아 주세요. 그녀의 목숨이 여러분의 손에 달려 있어요. 공정한 기회를 주세요. 거기에는 모두 동의하실 수 있나요?"

스콧의 목소리에는 무게가 실려 있었다. 호소력 짙은 스콧의 목소리가 좌중을 압도했고 예비 배심원들의 얼굴에는 일순간 웃음기가 사라졌다. 배심원 모두가 고개를 끄덕였다.

"알겠습니다. 이제 여러분께 몇 가지 질문을 해야 하는 데요, 첫 번째로 여러분 중에서 예전에 Vior dire에 참여해 본 적

474

있는 분이 있을까요?"

코를 뚫은 한 젊은 남성이 손을 들고 물었다. "4가 있을 때를 말하는 것인가요?"

"뭐가 '4'라는 거죠?"

"네 명의 사람들 말이에요. 'menege a trois plus one'같이요."*

뒤에 있던 뷰퍼드 재판장이 피곤한 듯 말했다. "당신은 배제되었습니다."

남자는 자리에서 일어나 멋쩍은 듯 어깨를 으쓱하고는 법정 밖으로 나갔다.

스콧이 말했다. "이 사건에 대해 모르는 분 계신가요?"

아무도 손을 들지 않았다.

"알겠습니다. 제 의뢰인은 성매매여성이고 헤로인 중독자예요. 다 알고 계신가요?"

그들은 고개를 끄덕였다.

"다시 한번 부탁드리겠습니다. 미리 예단하지 말아 주세요. 추정도 하지 말아 주세요. 어떤 사람의 인생이 어떠할지는 그들의 삶을 살아 보기 전까지는 모르는 거예요. 존스 씨는 몸이 좋지 않아서 이 자리에 참석하지 못했습니다. 지금 금단현상으로 고통

---

* 'menege a trois'란 결혼한 부부가 그들 중 한 명의 애인과 동시에 함께하는 성적 행위를 말하는데, 'Voir dire'가 '진실을 말하다'는 뜻도 있어서 '진실게임'으로 생각하고 답을 한 것으로 보인다.

스러워하고 있거든요. 여러분 중에 담배 피우는 분 계신가요?"

배심원 여덟 명이 손 들었다.

"담배를 끊어야 한다고 생각해 보세요."

그들은 고개를 끄덕였다.

"여러분 중에 성매매여성을 고용한 적이 있으십니까?"

아무도 손을 들지 않았지만 한 남자가 두리번거렸다.

"네?"

"매춘부를 고용한 적은 없지만 그와 섹스를 한 적은 있는데요."

재판장이 말했다. "당신은 배제되었습니다."

스콧이 배심원들이 작성한 설문지를 훑어보다 그중 고등학교 미식축구 감독이 작성한 설문지에 눈길이 가서 유심히 살폈다. 감독들은 대체로 패스 방해의 뜻을 알고 있기 때문에 자신들이 보통 사람들보다 더 똑똑하다고 믿는 편이었다. 하지만 그것과 별개로 미식축구 감독에게는 또 다른 성향이 있었기 때문에 스콧은 배심원으로 온 감독의 설문 내용을 유심히 살피며 그에게 질문했다. "감독님, 텍사스 주가 발굴한 최고의 러닝백 선수는 누구인가요?"

스콧이 질문을 마치기가 무섭게 감독은 크게 고민하지 않고 되물었다. "백인이요, 흑인이요?"

재판장이 말했다. "당신은 배제되었습니다."

감독이 나가고, 이어서 스콧은 나이가 지긋해 보이는 또 다른 배심원에게 시선을 고정했다. 햇볕에 그을린 얼굴로 보아 바깥에서 일하는 사람인 것 같았다.

"저기, 11번의 '학교 다닐 때 어디까지 가 보았느냐'는 질문에 '12마일^{약 19킬로미터}'이라고 답변하셨는데요."

"네, 맞아요. 전 시골에서 살아서 그 정도는 가야 했거든요."

"어, 제 질문의 뜻은 최고 학점이 어떻게 되는지 묻는 거였는데요."

순간 남자의 얼굴이 발갛게 달아올랐다. 부끄러운 듯 보였다. "아, 이런. 죄송합니다. B를 맞은 적이 있긴 한데."

재판장이 말했다. "당신은 배제되었습니다."

배제되는 사람이 늘어날수록 스콧의 얼굴에 수심이 깊어졌다. 걱정스러운 표정으로 다음 배심원 후보인 여자를 바라보았다. 여자는 커다란 가방을 움켜쥐고 있었다.

"아주머니?" 그녀는 스콧을 올려다보았다. "배심원으로서 과업을 수행할 때 방해가 될 만한 점이 있나요?"

"오프라 윈프리 쇼가 시작하기 전에 집에 갈 수 있나요?"

재판장이 말했다. "당신은 배제되었습니다."

집으로 돌아가는 차 안에서 바비가 헛웃음을 지으며 말했다. "'오프라 쇼가 시작하기 전에 집에 갈 수 있나요?' 그거 진짜 대박이었어."

예비 배심원 스물여덟 명 가운데 스콧은 일곱 명을, 레이번스는 아홉 명을 배제했다. 샤완다 존스가 살 것인지 죽을 것인지는 이제 최종 결정된 배심원 열두 명의 손에 달렸다. 이들은 월요일날 진행될 재판에 참석할 예정이었다. 남성 일곱 명, 여성 다섯 명으로 구성되었는데, 백인이 여섯 명, 흑인이 네 명, 멕시코계인이 두 명이었다. 이들은 각각 교사와 간호사, 목수, 치과의사, 자동차 판매원, 가정주부, 기계공, 교수, 도급업자, 바텐더 그리고 잡화점 직원 등으로, 종사하는 직종이 저마다 다양했다.

스콧이 바비에게 물었다. "케런을 믿어?"

"그럼, 왜?"

"댄 포드가 보낸 건 아닐까 해서."

"스파이처럼?"

"그래, 우리의 변호 전략을 알아내려고 말이야."

"변호 전략이라니? 기도하는 거 말하는 거야?" 바비가 미소 지었다. "걱정 마, 스콧. 스파이 아니야."

"어떻게 알아?"

"몇 주 전에 수영장에서 내가 아마도 다시는 섹스를 못 할 것 같다고 말했던 거 기억 나?"

"그래."

"아니었어."

"그럼……?"

478

"그래, 돈 때문에 나와 섹스하는 여자는 없을 거야. 날 믿어, 진짜야."

돈은 강간을 없던 일로 만들 수 없다. 육체적인 고통은 사라졌지만 정신적 고통은 한나 스텔레의 곁을 평생 맴돌 것이다.

갤버스턴의 오후는 아름다웠다. 햇볕이 따뜻하게 내리쬐고 있었지만 아직 차가운 바닷바람이 그녀의 피부에 스쳤다. 한나는 5미터 높이의 방파제를 따라 걸었다. 왼편의 가로수길 너머에는 레스토랑과 바, 선물가게 그리고 리조트와 호텔들이 줄 지어 있었다. 오른편에는 모래사장 해변, 그리고 그 너머에는 멕시코만이 있었다. 멕시코만의 갈색 바닷물이 해안가로 밀려들어오면서 포말이 일었다. 하얗게 부푼 포말은 발을 담그고 노는 아이들의 발치에서 사라졌다. 아이들의 부모는 형형색색의 파라솔 아래 앉아 아이들을 지켜보았다. 모래성을 쌓고 조개를 줍는 아이들, 그리고 서핑을 하려 파도를 살피는 어른들. 이 모든 풍경이 한나의 시야에 들어왔다.

한나는 방파제를 따라 걷는 것을 좋아했다.

함께 걷던 주치의는 한나에게 말했다. 우리 주변의 삶이 계속해서 돌아가는 것처럼, 한나의 삶 역시 계속해서 흘러가는 것이라고. 그걸 아는 것이 그녀에게 도움이 될 거라고 했다. 하지만 한나는 별로 귀 기울여 듣지 않았다. 그저 아이들에게 시선을 고정할 뿐이었다. 주치의는 한나의 시선 끝에 머무른 아이들을 바라보았다. 언젠가 아이를 가질 수 있을 거라고 말했지만 한나는 고개를 저었다. 다시는 섹스를 할 수 없을 것 같았다. 클락 맥콜이 그녀의 삶을 파괴했던 것이다.

이제 맥콜의 삶은 끝났다.

그녀는 클락이 죽었다는 소식을 듣고 기뻐하지 않으려고 노력했다. 하지만 내면의 깊숙한 곳 어딘가에선 그가 고통스럽 길 바랐다. 이제 한나는 기소된 샤완다의 유일한 희망이었다. 언젠가 스콧이 한나에게 찾아와 말했다. 한나가 샤완다의 희망 이라고. 돌아오는 일요일, 댈러스행 출국을 앞두고 한나의 마음 이 복잡미묘했다. 댈러스를 떠난 이래 처음으로 가는 것이었다.

잘할 수 있을까?

그 법정, 그 자리에서 맥콜 상원의원을 마주하고 세상을 향 해 클락이 벌인 짓을 말할 수 있을까? *그가 제게 키스하고…… 만졌어요…… 전 싫다고 했어요…… 그는 좋다고 했죠…… 그가 절 치고 때렸어요…… 한 번, 두 번, 세 번, 때릴 때마다 강도가 심해졌어요…… 사나운 눈으로 절 쳐다보며, 마치 미 친 것 같았고, 강했고…… 그가 절 강제로 눕혀 짓눌렀고, 제 속옷을 벗겨 내리고…… 제 다리를 벌리고…… 전 그를 밀어 내려고 싸웠어요…… 하지만 너무 강했어요…… 그가 제 안 으로 들어왔고…… 그 고통이란…… 그때의 고통은…….*

그 고통은 절대 사라지지 않을 것이었다.

무용을 전공한 한나는 장학금을 받고 SMU에 진학했다. 춤

추는 것을 좋아한 그녀는 그날 밤 이후로 춤추기를 그만두었다. 그 강간 사건이 한나의 삶을 송두리 채 뒤바꿔 놓았다. 도저히 그날 밤의 일을 극복하고 삶을 계속해서 이어 나갈 수 없었다. 그런 그녀에게 주치의는 재판에서 증언을 해야 장래를 헤쳐 나갈 수 있다고 한나에게 용기를 북돋아 주었다. 그때 갑자기 어떤 남자가 나타나 그들과 부딪힐 뻔했다. 한나가 고개를 숙이며 말했다.

"죄송합니다."

"안녕, 한나."

부딪힐 뻔한 그 남자가 한나에게 인사를 건넸다.

한나는 자기 앞의 덩치 큰 대머리의 남자를 보고 울기 시작했다.

비어 있는 자리는 페니 번바움 옆 자리밖에 없었다.

집으로 돌아온 스콧과 바비는 루이스와 아이들과 함께 점심을 먹고 다시 부동산 회사로 이동했다. 그들은 마침내 매매 체결을 앞두고 있었다. 부동산 회사에 도착해 제타를 건물 앞에 세워 두고 들어간 이들에게 직원이 다가와 자리를 안내했다. 바로 이곳 회의실에서 제프리 번바움과 그의 아내에게 집을 명도해 줄 것이었다.

회의실에 들어서자 페니가 웃으며 비어 있는 옆자리를 툭툭 쳤다.

스콧이 제프리 옆에 앉은 중개인 조이에게 인사했다. 테이블에는 매매에 필요한 서류들이 쌓여 있었다. 제프리는 마치 보석상이 새로 들어온 다이아몬드를 보듯 서류더미를 바라보았다. 스콧이 페니 옆에 앉은 후 의자를 탁자 쪽으로 당겨 앉자 페니는 기다렸다는 듯이 스콧의 무릎에 손을 올렸다.

"가구 크기 측정하러 가야 돼요, 스콧." 페니가 말했다.

페니는 몸에 밀착되는 원피스를 입었다. 봉긋한 가슴과 얇은 허리가 돋보였다. 무릎 위에 손을 올려 두던 페니가 이내 스콧의 허벅지를 쓰다듬었다. 손이 점점 스콧의 남근 쪽으로 향했다. 스콧이 있는 힘껏 페니의 팔목을 잡아 자기 몸에서 손을 떼어놓고 그녀의 무릎 위로 되돌려 놓았다. 뾰로통한 얼굴로 입술을 내밀던 페니는 금세 다시 스콧의 허벅지로 손을 가져다 댔다. 스콧의 당황한 기색에도 아랑곳 않고 여유롭게 웃어 보였다.

조이는 먼저 스콧에게 서류를 건넸다. 그리고 매매 종결서에 적힌 금액 내용을 모두에게 읽어 주었다.

"매도인이 제시한 340만 달러 중 대출 정산금 280만 달러, 미지급 이자 2만 4,890달러, 에스크로 비용을 위한 부동산 회사 비용 등 1만 9,000달러를 공제하면,"

"250달러?" 제프리가 말했다.

조이가 말했다. "표준 가격이에요."

"하지만 에스크로는 없잖아요."

"비용은 지불해야 해요."

"하지만……."

"250달러는 제가 낼게요, 제프리." 스콧이 말했다.

340만 달러짜리 계약에서 250달러 가지고 다툴 기분이 아니었다. 250달러를 내도 50만 달러를 받으면 새로 얻은 작은 집의 세금을 낼 수 있었고 401K 계좌에 남은 돈과 바자회에서 번 6만 7,000달러를 합치면 새로운 삶을 시작하기에 충분했다.

머릿속으로 비용계획을 세우는 중에도 페니의 손이 가만있질 않았다. 스콧이 페니의 손을 뿌리치고 작게 얘기했다. "그만 해요."

맞은편에 앉은 제프리와 조이는 이 사실을 모른 채 매수인 관련 서류를 검토하고 있었다. 은행권과 관련된 융자 서류도 있어 검토할 서류가 꽤 많았다. 검토하느라 바쁜 제프리를 보며 스콧은 3년 전 이 집을 구매하며 마찬가지로 대출 서류들에 서명하기 바빴던 지난날을 떠올렸다. 그러나 회상에 깊이 잠길 새도 없이 스콧의 귓가로 페니가 속삭였다. "저 오늘 속옷 안 입고 왔어요."

페니는 귓속말을 남기곤 능청스럽게 스콧에게서 다시 떨어졌다. 둘의 눈이 마주쳤다. 스콧을 그윽하게 바라보던 페니가 스콧의 시선을 아래로 유도하며 자신의 시선을 아래로 내렸다. 그러고는 다리를 살짝 벌리고 치마 끝단을 약간 올렸다. 페니의 그을린 다리가 조금씩 드러났다. 페니는 스콧의 시선을 즐기면서 점점 더 치마를 올렸다. 마침내 골반 바로 아래 지점까지 살결이 드러났고 스콧은 숨을 삼켰다. 정신이 아득해졌다.

스콧은 피가 아래쪽으로 쏠리는 것을 느꼈다. 호흡을 가다듬고 매매 서류에 서둘러 서명했다. 결산 서류들, 선서 진술서, 비거주자 증명서, 세금 분배 동의서, 그리고 이 드림 하우스를 제프리 번바움과 페니 번바움에게 명도한다는 권리증서에 서명해 나갔다. 빠르게 서명하던 스콧은 권리증서 앞에서 잠시 주춤했다. 'A. 스콧 페니'라고 적는 스콧의 손이 떨렸지만 이내 서명을 마치고 맞은편 제프리에게 넘겨주었다. 이것으로 그의 드림 하우스는 사라졌다. 마치 자신의 남성성을 넘겨준 기분이 들었다.

상실감에 젖을 무렵, 페니가 다시 한번 남근을 힘주어 잡아 스콧은 화들짝 놀랐다. 하지만 놀라면서도 어딘가 마음 한 구석이 놓였다. 아직 자신의 남성성까지 넘겨준 것은 아니라는 어떤 위안 때문이었을 터였다. 집을 넘겨준 것 때문인지 아니면 페니가 쉴 새 없이 계속 자신의 것을 만지기 때문인지 스콧의 얼굴이 달아올랐다. 최대한 여기서 빨리 빠져나가야 한다는 생각에 스콧은 서둘러 마지막 계약서에 서명을 하고 제프리에게 넘겼다. 마지막 계약서는 이사 날짜에 맞추기 위해 제프리에게서 열흘간 집을 빌린다는 계약서였다. 계약서를 받아들고 잠시 훑어보던 제프리가 미간을 한껏 찌푸리고 스콧을 쳐다보았다. 그리고 서류와 스콧을 몇 차례 번갈아 보더니 이내 언성을 높였다.

"대체 이게 뭐하는 짓이에요?"

제프리가 따져 묻자 스콧은 그대로 얼어붙었다. 페니도 순간 손을 멈췄다.

"어, 무슨 말이에요, 제프리?"

제프리는 계약서를 들어올렸다. "10일? 7일이라고 했잖아요."

제프리의 말에 순간 얼어붙어 있던 스콧의 얼굴이 풀렸다. 페니가 다시 손을 움직였다.

"제프리, 오늘 결산했어요."

"더 빨리 나갈 순 없어요? 우린 이사 갈 준비가 되었어요."

"안 돼요, 제프리. 읽어 보셨겠지만 전 월요일에 살인사건 재판을 앞두고 있어요. 그게 당신이 제 집으로 며칠 빨리 들어오는 것보다 더 중요할 일 같은데요."

"스콧, 이건 이제 당신 집이 아니에요."

제프리는 자기 아내가 다른 남자의 페니스를 만지고 있다는 사실을 전혀 알아채지 못한 채 의기양양해하며 한껏 으스댔다.

그날 밤 기도를 마친 후 파슈매가 스콧에게 물었다. "그러면 이 열두 명의 사람들이 엄마가 어떻게 될지를 결정하는 거예요?"

"그래, 그렇단다."

"페니 아저씨, 이 사람들 믿으세요?"

"글쎄…… 사실 믿을 수 있는 사람들인지 아닌지 알 만큼 잘 알지도 못해. 그들이 공정하게 임하면 좋으련만."

파슈매가 말했다. "그들을 위해 기도할래요."

"배심원들?"

파슈매가 고개를 끄덕였다. "엄마는 언제나 다른 사람들이 옳은 일을 할 수 있게 기도해 주라고 했어요. 엄마가 아저씨를 위해 기도하라고 한 것처럼요."

25

일요일 아침, 눈을 뜨자마자 스콧은 불현듯 두려움에 휩싸였다. 24시간 후에 시작될 재판 때문일 터였다. 스콧은 스스로에게 끊임없이 물었다. 샤완다를 구할 만큼 과연 나는 좋은 변호사였던가? 누군가의 도움이 절실히 필요했다. 지난 11년 동안 도움이 필요할 때마다 댄 포드에게 갔던 스콧은 이제 아버지 버치 페니를 떠올렸다. "아들, 도움이 필요하면 네 무릎을 쳐."

자리에서 일어나 바지만 갈아입고 아이들이 있는 3층으로 뛰어올라 갔다. 아이들이 침대에 있었다. 파슈매가 부우의 콘로우를 고쳐 주고 있었다.

"옷 입어 얘들아, 교회 가자."

부우의 입이 떡하니 벌어졌다.

루이스가 댈러스 동부에 있는 작은 교회로 안내했다. 파슈매가 말했다. "왜 아저씨 가족은 한 번도 교회에 안 가는지 궁금했었어요. 엄마랑 저는 매주 일요일에 가거든요. 전 백인들은 그냥 교회에 안 가는 줄 알았어요."

"가고 싶다고 왜 말 안했니?" 스콧이 물었다.

"무례하잖아요, 페니 아저씨."

부모님이 살아계실 때에는 매주 교회에 나갔다. 하지만 아버지가 돌아가신 이후 스콧은 종교와 점점 멀어졌다. 마음이 식어 갔다. '왜 하나님은 아버지 같은 좋은 사람을 데려가셨을까?' 그래도 어머니가 돌아가시기 전까지는 어머니와 함께 교회에 나갔다. 마지막으로 교회에 나간 건 어머니의 장례식 때였다.

설교자는 빅 찰리보다 모자라도 한참 모자랐다.

얼마 전 스타디움에서 만났던 빅 찰리의 말이 맴돌았다. "하나님이 네게 선물을 준다는 건 네가 특별하다는 뜻이 아니야. 네가 그런 축복을 받은 것이라는 의미지."

스콧은 그제야 어머니가 하셨던 말을 이해했다. 어머니는 종종 스콧에게, 선물로 받은 건 미식축구 실력뿐만이 아니라고 말해 주었다. 그는 신이 자신의 삶 전체에 걸쳐 이 순간으로, 이 재판으로 그리고 샤완다 존스에게로 인도해 왔다는 사실을 비로소 깨달았다. 재판장이 옳았다. 그녀는 영웅이 필요했고 스콧이 필요했다. 그 또한 샤완다가 필요했다. 이 사실을 깨닫자 도리어 이제는 영웅이 될 자질과 면모가 과연 자기 안에 있는가 싶어 혼란스러웠다.

스콧이 자기 옆에 앉아 있는 두 아이를 넌지시 바라보았다. 어린 스콧이 아버지 버치 페니를 올려다보았을 때처럼, 부우와 파슈매 역시 스콧을 올려다보았다. 아버지의 말을 다시 떠올리던 스콧은 자리에서 일어나 앞으로 나갔다.

그리고 무릎을 꿇었다. 신께 간절히 구했다.

우중충한 사무실 한편에서는 바비 헤린이 변론서를 작성하고 있었다. 집주인이 일요일엔 에어컨을 켜 주지 않는 탓에 문을 활짝 열어 놓은 채로 더운 것도 잊고 변론서 작성에 집중했다. 그렇게 한참을 몰두하던 바비는 들이마신 숨 끝에 싸구려 향수냄새를 맡고 고개를 들었다. 대머리에다 건장하고 목이 두꺼운 백인 남자가 문 앞에 서 있었다. 델로이 룬드였다.

클락의 과거를 밝히기 위해 고용했던 사설탐정 카알에 따르면 그는 과도한 폭력을 일삼아 원성이 자자했던 DEA에 몸담은 이력이 있다고 했다. 카알은 더 깊게 캐내는 중이라곤 했지만 아직 그에게서 회신이 오지는 않았다.

동요한 모습을 들키지 않으려 최대한 상체를 꼿꼿이 세웠지만 델로이가 코트 안주머니에 손을 넣자 움찔 놀랐다.

"델로이, 허튼 짓 할 생각 마! 내가 소리치면 주우 찬이 달려올 거야—주우 찬은 가라테 명수라고!"

델로이가 웃었다. "그 사람 도넛 잘 만들더군. 하지만 일요일엔 아니야. 헤린, 자네 혼자야."

다행히 델로이가 코트 속에서 총을 꺼내진 않았다. 대신 봉투를 꺼냈다. 안도의 한숨도 잠시 델로이가 책상 위에 던진 봉투를 집어 들어 조심스레 열어 보았다. 봉투 안에는 로버트 헤린 변호사 앞으로 발행된 10만 달러 수표가 들어 있었다. 순간 바비의 머릿속으로 수많은 감정이 교차했다. 처음으로 법률전문가란 자신의 지위에 대해 자부심이 생기는 듯도 싶었다. 드디어 뇌물을 받을 만큼 중요한 인물이 된 것이다. 바비는 수표를 살폈다.

"케이맨 아일랜드 은행에서 발행한 수표네. 델로이, 귀엽군. 맥콜이 보냈다는 것을 알 수 없도록 말이야."

"우린 그렇게 안 해."

"그건 모르는 일이지."

"자, 헤린. 우리가 원하는 건 이거야. 그 천둥벌거숭이 클락 때문에 맥 맥콜이 백악관에서 멀어질 순 없어. 죽었든지 살아 있든지 말이야. 그러니까 자네가 결정할 수 있는 건 둘 중 하나야. 돈을 받고 사라지거나, 체포되거나."

"뭐 때문에 체포된다는 거야?"

"마약 거래."

"마약은 가지고 있지 않은데?"

"네가 가지고 있지 않은 건 중요하지 않아. 내가 일을 처리하고 나면 마약이 나오겠지. DEA에 있는 내 친구들한테 알리면 넌 끝이야."

"DEA에서의 네 경력으로? 잘 안 될걸. 그럼 난 네 놈이 마약을 우리집에 숨겼다고 말하면 되지, 검사결과가 나오면 그들은 널 체포할 거야. 뭐야, 설마 내가 사라지면 스콧이 샤완다를 변호할 수 없을 거라고 생각하는 거야? 스콧은 내가 없어도 아무 문제없어."

"저번에 그걸 증명하긴 했지, 안 그래?" 델로이가 웃으며 말했다. "번스가 말하더군. 당신이 스콧의 유일한 양심이라고."

바비가 수표를 도로 집어넣고 델로이를 향해 봉투를 던졌다. "꺼져."

"큰 실수하는 거야, 지금."

"실수를 한두 번 해 봤어야 말이지. 재판에서 봐, 델로이."

"미안하지만 그렇게는 안 되겠는데."

"아니, 넌 무조건 와야 해." 소환장을 집어 든 바비가 증인란에 델로이 룬드를 적고는 그를 향해 힘껏 던졌다. "받아라, 이 자식아."

말을 마치자마자 바비의 정신이 번쩍 들었다. 분에 못 이겨 한 행동이 델로이의 성질을 제대로 건드렸다는 걸 뒤늦게 눈치챈 것이다. 델로이가 몸을 숙여 바닥에 널브러진 소환장을 주웠다. 그러고는 다시 몸을 일으켜 세워 바비를 응시했다. 표정이

싹 바뀌어 있었다. 이내 바비에게 성큼 다가가 멱살을 잡고 손쉽게 그를 들어올렸다. 델로이가 바비의 얼굴에 자기 얼굴을 가까이 대고는 말했다. "이 쥐통만한 놈이……."

"이 보시게!"

델로이가 한 대 치려고 손을 뻗는 순간 현관문 쪽에서 누군가 그들을 향해 외쳤다. 카르로스 에르난데스였다. 티셔츠부터 가죽바지, 구두까지 모두 검정색으로 맞춰 입고 양 손목에 2인치짜리 은색 팔찌를 찬 것이 꽤 강렬한 인상을 풍겼다. 키 183센티미터에 몸무게 86킬로그램으로 체격도 좋은 편이었는데 몸에 딱 맞게 옷을 입어 근육질의 몸이 드러났다. 머리는 한껏 힘을 준 올백 상태였다.

"내 변호사에게서 그 더러운 손 떼!"

바비를 한껏 노려보던 델로이가 웃으며 바비를 놓아주었다. 그리고 돌아서는 듯하더니 다시 바비를 향해 말했다.

"아, 맞다. 당신에게 스타 같이 나타난 그 증인은 벌써 수표를 받았다네? 아마도 갤버스턴 베이에서 물고기 미끼로 있는 것보단 여행 가는 게 더 좋았나 봐."

델로이는 험상궂은 표정을 하고 서 있는 카르로스를 지나 문을 나가면서 크게 웃어댔다. 그가 나가자마자 카르로스도 크게 웃으며 말했다.

"헤린 씨, 저 잘했죠?"

"그래, 고맙네, 카르로스."

카르로스가 20달러 지폐를 내보였다. "어머니가 전해 달래요."

"엄마 보러 갈 수 있어요?" 파슈매가 물었다.

차에서 먼저 내려 뒷자석 문을 열어 주던 스콧이 말했다. "그럼."

일요일 아침, 거리가 한산해 댈러스 동부의 다운타운에 있는 연방건물까지 가는 데에는 얼마 걸리지 않았다. 루이스는 차 안에 남았다. 서둘러 건물 안으로 들어가 엘리베이터에 탄 스콧과 아이들은 5층에서 내려 직원의 안내를 받고 빈 방으로 들어가 샤완다가 오기를 기다렸다. 얼마 안 있어 멀리서 발소리가 들려왔고 샤완다가 문을 열었다. 방에 들어서자마자 샤완다는 파슈매와 부우를 부둥켜안았다. 그런 샤완다를 스콧이 안았다.

그녀를 놔 주면서 스콧은 그녀의 어깨를 잡고 말했다. "샤완다, 재판에서 일어날 일에 대해서는 걱정하지 말아요. 한나 스텔레가 증언하러 올 거예요. 만에 하나 진다고 해도 모든 방법을 총동원해서 연방대법원에 상고할 거예요."

샤완다는 미소 지었다. 이전보다 한층 차분했다. "전 무섭지 않아요, 페니 씨. 저 같은 사람은 어떤 판결을 받을지 불 보듯 뻔할 만큼 안 좋은 곳에 오래 몸 담았던 건 맞지만, 무엇보다 당신이 제 변호사이기 때문에라도 전 두렵지 않아요."

한 시간 후 그들이 집에 도착했을 땐 바비의 차가 도로에 주차되어 있었다. 바비는 뒷편 계단에 앉아 담배를 피우고 있었다. 스콧을 본 바비가 말했다. "한나 스텔레가 없어졌어. 맥콜이 돈을 쥐어 줬거나, 아님 델로이를 피해 도망간 거 같아. 어쨌든 증언은 못 하게 됐어. 우린 끝났어."

26

스콧은 연방법원에서 몇 미터 떨어진 곳에 폭스바겐 제타를 세웠다. 그늘이 있는 자리를 찾을 수 없어 차 안의 온도가 계기판을 녹일 만큼 올라가지 않도록 창문만 조금 열어 놓았다. 아이들이 차에서 내렸다. 파슈매는 검정색 땡땡이 무늬가 있는 하얀색 원피스를 입고 창이 넓은 하얀색 모자를 썼다. 부우는 하늘색 원피스를 입고 마찬가지로 그에 어울리는 모자를 썼다. 콘로우만 빼면 남부 출신의 어여쁜 아가씨들 같았다. 아이들이 입은 옷은 레베카가 예전에 부우를 위해 니만 마커스에서 제일 값비싼 것만 골라 샀던 옷들이었다.

스콧의 이마에는 벌써부터 땀이 맺혔다. 안경을 벗고 뒷주머니에서 손수건을 꺼내 땀을 닦은 뒤 다시 안경을 썼다. 더워서 벗어 두었던 자켓을 걸치고 서류가방을 챙겨 든 뒤 차문을 잠갔다. 종일 주차를 위해 10달러를 지불하고 목적지를 향해 걸었다. 경기 전에 늘 그랬듯 긴장하여 온몸에 힘이 바짝 들어가 있었다. 마주할 상대가 더 크고 강하고 비열한 자이면 더더욱 그러했다. 스콧은 앞서 걸어가는 아이들을 보았다. 부우가 자신이 끔찍이도 아끼는 사랑스러운 딸이라면 파슈매는 둘째 딸 같았다. 아이들은 마치 살인사건을 다루는 법정이 아닌 동물원에 가는 것처럼 들떠 재잘재잘 이야기하며 웃었다. 코머스 거리에 다다르기 전까지는 그랬다.

아이들은 이내 얼어붙었다. 수백 명의 사람들이 연방법원 입구에 운집해 있었다. 수십여 개의 방송사에서 나온 차량들이 도로에 줄지어 있었고 위성방송 수신 안테나와 촬영기자들이 이 엄청난 소식을 전하기 위해 준비 중이었다. 한편에선 경찰들이 질서를 유지하고 있었다. 뷰퍼드가 예상했던 언론사들이었다.

"아빠, 이 사람들은 뭘 기다리고 있는 거예요?" 부우가 물었다.

"날 기다리고 있는 거야."

스콧은 아이들을 자기 쪽으로 가까이 끌어당겨 보호하면서 앞으로 천천히 나아갔다. 대기하고 있던 촬영기자와 기자들이 그들을 발견하고는 마치 22번 선수가 경기 시작 때 다운필드*

* 공격 측이 달려가는 방향.

로 달려나가듯이 앞으로 튀어나왔다. 스콧은 그런 그들을 바라보며 특종을 잡는 데 여념이 없어 보이는 기자들보다는 차라리입에 거품을 문 미식축구 선수들을 마주하는 편이 더 낫겠다고생각했다. 그들은 스콧의 얼굴에 마이크를 들이밀며 멀리서 외쳐 댔다.

"샤완다는 정당방위라고 주장할 건가요?"

"클락이 강간한 다른 여자들이 증언하기로 되어 있나요?"

"상원의원을 증언대에 올릴 건가요?"

그 모든 질문공세에 스콧은 "드릴 말씀 없습니다."라고 답변하면서 앞으로 힘겹게 나아갔다. 하지만 그들은 아랑곳 않고이번에는 파슈매의 얼굴 앞에 마이크를 들이밀고는 소리쳤다.

"엄마가 클락을 살해했다고 생각하니?"

"만약 유죄평결이 나온다면 어디서 살 거지?"

"아직도 엄마를 사랑해?"

머리끝까지 화가 치밀어 오른 스콧이 마이크와 카메라를밀쳐 냈다.

"가만히 내버려둬요!"

파슈매는 가던 길을 멈췄다. 고개를 갸우뚱하며 마지막 질문을 한 기자를 이상하다는 듯이 바라보았다. "당연히 저희 엄마 사랑하죠."

파슈매의 대답에 기자들이 일제히 조용해졌다. 작은 흑인 소녀가 언론을 부끄럽게 만들어 항복시켰다. 떼로 모여 있던 군중이 양옆으로 비켜 서 스콧과 작은 소녀들이 법원으로 갈 수 있도록 길을 터 주었다.

뷰퍼드의 법정에 들어섰을 때 그들을 맞이한 건 다름 아닌 델로이 룬드였다. 그는 한 자리를 차지하고 앉아 신문의 스포츠 면을 읽고 있었다. 스콧과 델로이는 지난번 광장에서 마주친 이후로 처음 대면하는 거였다. 하지만 델로이는 스콧을 무심히 한 번 쳐다보고는 아무런 표정도, 말도 없이 다시 신문을 보는 데 집중했다. 소환장에 따르면 델로이는 증언대에 서기 전까지 법정 밖에서 대기해야 했다.

스콧도 델로이에게서 눈을 거두고 자리로 향했다. 아이들이 앉을 자리는 첫 번째 줄이었다. 아이들을 의자에 앉히려는 찰나 뒷줄에 앉은 이들과 눈이 마주쳤다. 맥 맥콜과 그의 아내 진 맥콜이었다. 맥 맥콜이 오른쪽 팔을 움찔거렸다. 여느 정치인처럼 사람을 보면 인사치레로 악수하는 게 습관이 된 맥이 스콧을 보고 손을 먼저 내밀려고 했던 것이다. 맥은 재빨리 손을 뒤로 뺐다. 맥의 유치한 생각이 훤히 보여 스콧 역시 맥을 오래 쳐다보고 싶지 않았다. 시선을 돌려 그의 아내 진 맥콜을 보았다. 진은 스콧의 눈을 똑바로 쳐다보았다. 마치 무언의 메시지를 전하듯 눈썹을 치켜들었다. 그러고 나서 다리를 바꿔 꼬아 스콧의 시선을 자신의 짧은 치마로 유도했다. 시선은 딴 데 두고 있었지만 손은 자신의 무릎 위에 가지런히 놓고 있었다. 스콧이 눈길을 떼고 아이들 쪽으로 다시 고개를 돌리자 이번에는 댄 포드가 시야에 들어왔다. 한때 자신이 속했던 그룹의 대표이자 멘토, 그리고 아버지와 같던 그였다. 침울한 표정을 한 채 진 맥콜 옆에 앉아 있었다. 댄은 스콧의 눈을 피해 아래로 시선을 거두며 고개를 내저었다.

스콧은 아이들을 배심원석에서 잘 보이는 곳에 앉혔다. 배심원들이 피고인의 딸을 보며 '*어떻게 저렇게 사랑받는 엄마와 냉혹한 살인자가 같은 사람일 수 있을까*'라고 생각하게 만들고 싶었다.

"아, 그거 괜찮은 발상인데."

뒤에서 레이 번스의 목소리가 들렸다. 레이 쪽으로 고개를 돌렸지만 레이는 스콧의 눈도 마주하지 않고 그저 고개를 저으면서 검사석으로 돌아갔다. 바비와 케런은 벌써 피고인석에 앉아 있었다.

"클락 맥콜이 무릎으로 급소를 강타당해 고통스러워하며 방바닥에 쓰러지자 피고인 샤완다 존스가 그에게 다가가 머리채를 잡고 들어올려 자신의 22구경 권총을 그의 이마에 대고 방아쇠를 당겨 즉사시켰습니다. 그러고 나서 맥콜의 돈과 차를 훔쳐 달아났습니다. 샤완다 존스는 연방공직자인 클락 맥콜을 죽이는 강도살인죄를 범했습니다. 증거들이 이를 말해 줄 것입니다. 그

리고 이것이 제가 여러분들께 유죄평결과 사형을 선고하도록 요
청하는 이유입니다."

레이 번스는 자신이 꽤 괜찮은 모두^{冒頭}진술을 했다고 생각
했다. 진술을 마치고 검사석으로 돌아가면서 스콧에게 윙크를
했다. 자신의 진술을 유지할 수 있고 배심원에게 정확하게 그것
을 입증해 보일 것이라는 확신에 찬 눈짓이었다.

"페니 씨." 뷰퍼드 재판장이 스콧을 불렀다.

스콧이 일어나 댈러스에서 한 번도 보지 못했던 재판인 양
멍청히 바라보고 있는 방청객들을 둘러보았다. 뒤편에는 마치
나이 많은 남자들이 골프장에 가듯 매일같이 법원에 오는 사람
들이 있었고 그 뒤로는 좌석확보를 위해 새벽부터 대기하고 있
던 사람들이 몇 줄에 걸쳐 앉아 있었다. 그 뒤에는 기자와 법정
화가들이 앉아 취재하거나 초상화를 그리고 있었다. 그 외에도
교육 중인 듯 재판에 참관한 변호사와 주법원 판사들이 있었다.
그리고 시선의 끝에 맥콜 부부가 걸렸다. 맥콜은 스콧의 두개골
에 구멍이 나는 걸 상상했고, 진은 그냥 쳐다보았다. 댄 포드는
여전히 고개를 내저었다.

그들 앞에는 부우와 파슈매가 얌전하고 참한 하이랜드 파
크의 여자아이들처럼 무릎을 붙인 채 두 손을 무릎에 가지런히
얹고 앉아 있었다. 스콧과 눈을 마주친 부우가 웃으며 엄지손가
락을 추켜올렸다. 스콧은 부우의 자신감을 좀 받았으면 좋겠다

고 생각했다. 객석을 모두 둘러본 스콧이 마침내 연단으로 걸어가 배심원들을 향해 섰다. 그는 검사가 제출하는 증거에 대해 이의를 제기하지 않고 그 결론에만 반박하려 했다.

"샤완다 존스는 성매매여성이며 헤로인 중독자입니다. 오늘 아침 이 자리에 참석하지 못한 이유는 몸이 좋지 않아서입니다. 금단현상으로 괴로워하고 있기 때문이죠. 뷰퍼드 재판장님은 그녀의 부재가 여러분의 판결에 영향을 미치지 않도록 여러분에게 그녀의 병명을 알리는 걸 허락하셨습니다. 기억하시겠지만 배심원선정 때 저는 여러분께 단 한 가지만 부탁했습니다. 그리고 그것은 샤완다에게 공정한 기회를 주라고 한 것이었습니다."

오래전에는 피고인이 흑인이면 남부의 법정에서 공정하게 대우받지 못했다. 아무것도 모르는 사람을 데려와 피고인이 누구인지 묻는다면 곧장 그 자리에 있는 흑인을 피고인으로 지목할 것이었다. 배심원들은 당연히 백인일 터였다. 하지만 세월이 지났고 법 또한 바뀌었다. 스콧은 지금 이곳 배심원석에 앉아 있는 흑인과 멕시코계인들 그리고 백인과 여성 — 교사와 기계공, 간호사, 바텐더를 비롯한 여러 사람들 — 의 눈을 바라보면서 이들이 과연 공정하게 판단할 수 있을지 생각했다.

"그녀의 목숨이 여러분 손에 달려 있어요. 잘 들어 주세요. 여러분이 그녀라면 어떨지를 생각해 주세요. 공정한 결정 부탁드립니다."

스콧의 발언이 끝나고 댈러스 경찰인 에디 카스티유가 나왔다. 그는 증인석에 앉기 전 사람들을 향해 선서했다. "모든 사실을 남김없이 말하며, 오직 진실만 말하도록 하나님 도와주소서." 카스티유는 멕시코계인으로 20대 중반 정도로 보였다. 잘 보이려고 노력하는 젊은 경찰이었으며 여전히 자신이 댈러스를 바꿀 수 있다고 믿는 당찬 인물이었다. 그는 검사 측 첫 번째 증인이었다. 레이 번스가 그에게 질문했다.

"카스티유 경찰관님, 댈러스 경찰서에서 임무가 무엇이죠?"

"순찰 경관입니다."

"6월 6일 일요일 저녁에 해리 하인스 부근에서 순찰을 돌고 계셨던 게 사실입니까?"

"네, 맞습니다."

"그리고 순찰 중에 버려진 벤츠를 찾았고요."

"네, 그렇습니다."

"배심원들에게 그 다음 어떻게 했는지 알려 주시죠."

"도로 옆에 차가 세워져 있는 걸 보고 그 차 옆으로 차를 몰고 갔어요. 해리 하인스에선 스트립바가 있는 곳이 아니면 그런 차는 볼 수 없으니까요. 가 보니 차 안에 사람이 없어서 번호판을 조회했어요. 회신은 받았지만 아직 도난신고는 들어오지 않은 상태였고, 맥 맥콜의 이름으로 등록되어 있었어요."

"상원의원 맥 맥콜을 말씀하시는 겁니까?"

"네, 보고는 그렇게 받았지만 전 당시 그가 누군지 몰랐어요."

그의 말에 법정 안에는 작은 웃음이 터졌다. 맥도 함께 웃으며 어깨를 으쓱했다.

"그 다음엔 뭘 하셨죠?"

"차량의 주소지가 하이랜드 파크로 되어 있었어요. 같이 있던 경사가 하이랜드 파크 경찰서에 연락해 주소지로 등록된 집에 가도 되는지 승인을 받는 게 좋겠다고 말했어요."

"그 뒤로 당신은 이 사건에 더 이상 관여하지 않은 건가요?"

"네, 차 압류할 때 견인차가 올 때까지 기다린 것을 빼면요."

"그때가 몇 시였습니까?"

"오후 1시 정도였어요."

"고맙습니다, 카스티유 경관님. 더 이상의 추가 질문은 없습니다."

뷰퍼드 재판장이 스콧에게로 시선을 돌렸고 스콧은 "저 또한 질문이 없습니다, 존경하는 재판장님"이라고 말했다.

"엄마, 괜찮아요?"

점심시간이 되어 밖에 나가지 않고 피고인과 함께 먹기로 결정한 변호팀은 작은 회의실에 모여 아이들이 아침에 만든 햄 치즈 샌드위치를 먹고 있었다. 샌드위치를 먹던 샤완다가 몸을 떨었고, 스콧이 벗어 둔 자켓을 집어 들어 샤완다의 어깨에 감싸 주었다. 몸의 떨림이 멈추지 않았다.

"괜찮아, 아가."

"엄마, 왜 약 먹으면 안 돼요?"

"모르겠어."

"엄마, 배심원들이 자꾸 절 쳐다봐요."

"그건 파슈매가 너무 예쁘기 때문이야."

샤완다는 파슈매를 안심시키고 스콧에게 물었다. "재판은 어떻게 되어 가고 있나요, 페니 씨?"

"오전엔 별다른 점은 없었어요, 샤완다."

"엄마, 그 번스 아저씨는 정말 재수 없는 사람이에요. 배심원들 앞에 서서 거짓말했어요. 엄마가 그 맥콜 아저씨를 죽였을 거라고요. 진짜로 그렇다고 믿는 것 같았어요."

"정말 그렇게 믿고 있을 거야, 아가."

점심시간이 끝나고 재판이 재개되었다. 레이 번스, 그 재수 없는 작자는 두 번째 증인으로 하이랜드 파크 경찰서의 롤런드 제임스 경사를 세웠다. 제임스 경사는 여느 중년의 경찰관이 그렇듯 유명해지기를 포기하고 연금받을 날이 올 때까지만 무사안 일로 근무하고 있는 사람이었다. 그는 6월 6일 일요일 오후에 근무하던 중 댈러스 경찰서에서 맥콜의 벤츠에 대한 연락을 받고 출발해 맥콜 저택에 오후 1시 30분경 도착했다고 증언했다.

"제임스 경사님."

레이 번스가 물었다. "맥콜의 집에 도착했을 때 뭔가 이상한 점은 없었습니까?"

"아니요, 정문이 열려 있는 것 말고는 없었습니다."

"그 다음엔 뭘 했죠?"

"초인종을 몇 번이나 눌러도 대답이 없길래 문을 열어 봤더니 잠겨 있었어요. 그래서 뒤쪽으로 가 보니 뒷문이 열려 있어 그리로 들어갔지요. 누가 있는지 불렀지만 아무런 대답도 없었어요."

"그 다음엔 어떻게 하셨습니까?"

"1층부터 수색하기 시작했죠. 아무도 없었고 아무것도 건드려진 흔적이 없어서 2층으로 올라가 집의 서쪽부터 둘러보았습니다. 그리고 시체를 동쪽 끝에서 찾았고요."

"누구의 시체인지 설명해 주실 수 있습니까?"

"백인 남성이었고, 머리에 총을 맞고 쓰러져 있었습니다. 흰색 카펫이 피로 물들여져 있었어요."

"클락 맥콜의 시체였습니까?"

"네."

"클락 맥콜을 예전에 만난 적이 있었기 때문에 알 수 있었던 것이죠?"

"네."

"활력 징후*를 확인해 보셨나요?"

"아니요."

"왜죠?"

"몸 상태로 봐서 피해자가 죽은 것이 확실했고, 이미 사망한 지 꽤 된 것처럼 보였습니다. 그리고 사건현장을 훼손하고 싶지 않았습니다."

"그건 경찰관 교육에서 배운 것과 일치하는 것입니까?"

"어, 그건 아닙니다. O. J 심슨 재판의 결과에 따른 것입니다. 로스앤젤레스 경찰이 사건현장 훼손죄로 체포됐었죠. 전 그렇게 되고 싶지 않았습니다."

"그래서 뭘 하셨습니까?"

"방을 나와 본서에 전화했고 서장님과 통화했어요. 그가 FBI를 불렀고요."

"감사합니다, 제임스 경사님. 더 이상의 추가 질문은 없습니다."

스콧이 자리에서 일어나 연단으로 향했다.

"제임스 경사님, 서장님이 어째서 FBI를 부른 거죠?"

"관할권이 FBI에 있을 것이라고 믿었기 때문이죠."

"살인사건 때문에요?"

---

* 대상자의 상태를 확인하기 위해 체온, 호흡, 맥박 등의 측정값을 말함.

"피해자가 연방공무원이기 때문이죠."

"당신은 그 사실을 그 상황에, 당신이 피해자의 방에 있었을 때 알고 있었나요?"

"그건…… 아닙니다. 서장님께서는 알고 있었겠죠."

"하지만 피해자가 누군지는 알고 있었던 거군요."

"네, 맞습니다."

"클락 맥콜을 어떻게 알고 있었죠?"

"그게, 클락 맥콜은…… 음…… 저희와 연관된 적이 있었기 때문이죠."

"전과를 의미하는 건가요?"

"예, 맞습니다."

"당신은 하이랜드 파크 경찰서에서 근무한 지 얼마나 되었나요?"

"올해 12월이면 23년 째 됩니다."

"그러면 직접 클락 맥콜을 체포한 적이 있나요?"

"예, 그렇습니다."

"몇 번이나요?"

"세 번으로 기억합니다."

"무엇 때문이었죠?"

"질서위반 때문이었습니다……."

"뭘 하고 있었나요?"

"그가 고등학생일 때 공공장소에서 음주를 했습니다."

"그게 다인가요?"

"마약도 하고요."

"그게 다인가요?"

"한번은 SMU 분수 앞에 나체로 서 있었습니다."

"성범죄로 체포된 적이 있었나요?"

"제가 아는 바로는 없습니다."

"클락 맥콜이 성범죄 혐의로 고소된 적이 있었습니까?"

"제가 아는 바로는 없습니다."

"정리하자면 서장은 피해자가 상원의원 맥콜의 아들인 점 때문에 FBI를 불렀던 건가요?"

"네, 맞습니다. 그리고 하이랜드 파크에서 살인사건을 다룬 적이 한 번도 없었기 때문이기도 하죠."

다음 검찰 측 증인은 사건현장에 처음 나타난 FBI 요원 폴 오언이었다. 그는 전직 군인이었던 50대 남성으로, 한눈에 보기에도 태도나 헤어스타일 등이 군인 같았다.

"오언 요원." 레이 번스가 물었다. "맥콜의 집에 도착했을 때가 몇 시경이었습니까?"

"2시 30분 정도였습니다."

"도착해서 무엇을 했죠?"

"집에는 폴리스 라인이 쳐져 있었어요. 집 안으로 들어가 사건현장인 2층으로 올라갔습니다. 그리고 쓰러져 있는 피해자를 살펴보았고 사건현장에 대해 서류를 작성했습니다. 그 다음엔 증거 감식팀을 불렀습니다. 그들은 오후 3시쯤에 도착했습니다."

"이 사건을 담당하셨나요?"

"네, 그렇습니다."

"사건현장을 조사하셨나요?"

"네, 증거를 수집했습니다."

"어떤 증거를 수집했나요?"

"카펫에서 혈흔을 채취하고 피해자 주변으로 머리카락과 지문을 확보했습니다. 현장에 있던 옷가지 몇 벌과 소지품, 침대 시트, 술잔, 22구경 권총과 바닥에 꽂혀 있던 총알 그리고 사체를 수집했습니다."

"그렇다면 그 증거들로 무엇을 했나요?"

"사체는 댈러스 카운티의 검시관에게로 보냈습니다. 그 다음 나머지 증거들은 분석을 위해 버지니아주 콴티코에 있는 FBI 연구소로 보냈습니다."

"다른 곳에도 혈흔이 있는지 루미놀 반응검사*는 해 봤나요?"

"네, 그렇습니다."

"다른 곳에서 발견된 혈흔이 있었나요?"

* 사건현장에서 혈액의 흔적을 발견하기 위해 혈액과 반응하여 파란색 형광을 나타내는 물질인 루미놀을 사용하는 검사를 말함.

"아니요."

"그렇다면 피해자는 발견된 장소에서 사망한 것이군요."

"네, 시체가 옮겨진 흔적은 없었습니다."

"지문확인은 바로 했나요?"

"네, 그건 댈러스에서 했습니다."

"일치하는 정보가 있었나요?"

"네, 술잔 두 개 중 한 개와 권총에서 나온 지문이 피고인의 것과 일치했습니다."

"샤완다 존스 씨 말씀이십니까?"

"네, 그렇습니다."

"그 다음에는 무엇을 했나요?"

"샤완다 존스 씨의 체포영장을 받았습니다."

"당신이 체포한 것입니까?"

"아닙니다, 에드워즈 요원을 보냈습니다."

"당신은 무엇을 했습니까?"

"피해자와 가장 가까운 친족에게 연락했습니다."

"상원의원 맥콜 말입니까?"

"네, 상원의원께 아들이 집 안에서 살해당했다는 사실을 알려 주었죠."

"상원의원 맥콜은 어떻게 대답했습니까?"

"어떻게 살해당했는지를 물었습니다."

"그래서 대답했습니까?"

"네."

"알겠습니다. 사건현장으로 돌아가서, 사건현장의 사진촬영은 했나요?"

"네."

레이 번스가 스콧에게 다가가 배심원들에게 보여 줄 사진 네 장을 건넸다. 사건현장 사진은 배심원에게 선입견을 줄 우려 때문에 공판 전 준비절차에서 뜨거운 논쟁의 대상이었다. 번스는 사진 스물네 장을 모두 보여 주고 싶었지만 재판장은 그중 사건현장이 제일 잘 담긴 네 장을 가려냈다. 스콧이 먼저 사진을 확인하고 옆에 있던 케런에게 건넸다. 케런은 사진을 보자마자 깜짝 놀란 듯 숨을 들이마셨다. 스콧은 케런이 공판 전에 사진을 보지 못했다는 사실을 잊고 있었다. 순간 아이들이 생각난 스콧은 뒤돌아 아이들을 보고선 눈을 아래로 내리라고 손짓했다. 현장사진이 증거로 제출될 것을 미리 알고 있던 터라 이미 법원으로 오는 길에 사진을 보여 주는 시간이 되면 아래를 보고 있으라고 아이들에게 일러두었다.

"오언 요원, 모니터를 보고 프로젝터로 배심원들에게 보여지고 있는 사진이 사건현장에서 찍힌 것이 맞는지 확인해 주시겠습니까?"

오언 요원은 증인석에서 몸을 돌려 모니터를 보았다. 스콧은 배심원석에서 눈을 떼지 않았다.

"네, 제가 처음 사건현장에 도착해 침실 문에서 찍은 현장사진입니다. 침대가 방문 앞에 있고 오른쪽에는 화장실이, 그 왼쪽에 시체가 있습니다. 이 사진에서는 피해자의 다리만 보입니다."

"사건현장을 그대로 정확하게 재현한 것이 맞습니까?"

"네, 맞습니다."

다음 사진이 올라왔다.

"오언 요원, 이 사진을 확인해 주시겠습니까?"

"이건 침대를 가까이에서 찍은 사진입니다. 침대가…… 어, 최근까지 사용되었다는 걸 말해 주고 있습니다."

"그리고 이것은 당신이 본 것과 정확하게 일치합니까?"

"네."

"그리고 이 사진도 맞습니까?"

"화장실입니다. 네, 일치합니다."

"그리고 마지막으로 이 사진도 맞습니까?"

다음 사진이 나오는 순간 법정 안에는 저마다 탄성이 터져 나왔다. 배심원석에 있던 가정주부 두 명은 눈을 돌렸고 바텐더는 얼굴을 찡그렸으며 자동차 판매원은 숨죽여 그것을 응시했다. 레이 번스는 가장 충격적인 사진을 올려 보냈다. 그것은 클락 맥콜의 시체를 가까이서 촬영한 사진이었는데 그의 동공은 열려 있었고, 이마에는 총알이 뚫고 지나간 흔적이 남아 있었으며 머리에는 피가 흥건했다.

"이 사진은 피해자의 시체를 가까이서 촬영한 사진입니다. 피해자는 전라 상태였고 머리말고는 다른 상처가 없었습니다.

그의 오른쪽 눈은 눈에 띌 정도로 부어 있고 얼굴에는 할퀸 흔적들이 있으며 왼쪽 이마에 총을 맞은 흔적이 있습니다.”

스콧이 아이들 쪽을 보았다. 아이들은 스콧이 알려 준대로 눈을 아래로 내리고 있었지만 파슈매의 모자가 살짝 올라가 있었다. 몰래 보려고 하고 있었다. 스콧이 파슈매를 제지하려 손짓했지만 파슈매와 눈을 마주쳤을 때는 이미 늦은 것을 직감했다. 사진을 보고야 만 것이다.

레이는 그 끔찍한 사진이 배심원들의 뇌리에 보다 오래 남도록 한참을 띄운 후에야 사진을 내리며 말했다. “추가 질문은 없습니다.”

그 이후 30분 동안 바비는 배심원들이 사건현장 장면만을 머릿속에 간직한 채로 법정을 나서지 않도록 클락 맥콜의 혈액에서 알콜과 코카인 성분이 검출된 것을 증명하는 독성학 리포트를 제시하며 오언 요원에게 반대신문을 했다. 증인신문을 끝으로 뷰퍼드 재판장은 그날의 재판기일을 마무리했다. 스콧, 바비, 케런 그리고 아이들은 집으로 돌아갔다. 상원의원 맥 맥콜은 법정 입구에서 기자회견을 가졌다. 맥은 한나 스텔레가 증언한다고 해서 자신의 입장이 뒤바뀌는 일은 없으리라는 자신감을 내보였다. 기자회견 말미에 맥은 격앙된 목소리로 말했다. “클락은 모든 아버지가 꿈꾸는 그런 아들이었습니다.”

“자, 스콧, 우울해하지 마.” 바비가 중국음식을 입에 가득

담고 말했다. "살인사건 재판의 첫 기일은 항상 안 좋아."

"난 검찰 측 증언 때문에 우울한 게 아니야, 바비. 난 우리의 변호에 대해 걱정하고 있는 거지. 우리에겐 아무것도 없어!"

그들은 주방 바닥에 앉아 있었고 아이들은 다른 곳에 앉아 있었다.

"카알이 계속 조사 중이야."

"그는 도대체 어디 있는 거야?"

"델 리오."

"거기서 뭐하는 거야?"

바비가 어깨를 으쓱했다. "카알에게는 모든 결정권을 주되 질문을 하면 안 돼. 그래도 항상 뭔가를 찾아내거든."

"빨리 찾아내야 될 텐데. 바비, 잘되고 있는 것 같지가 않아."

바비가 갈비를 입 안에 넣고 뼈를 뱉어 내더니 말했다. "젠장, 스콧. 오늘 일은 걱정하지 마. 내일은 더 힘들 테니까."

스콧이 방에 들어왔을 땐 부우와 파슈매는 벌써 잘 준비를 마친 상태였다.

기도를 한 후에 파슈매가 말했다. "하루는 우리 아파트 밖에서 어떤 아저씨가 총에 맞았어요. 경찰들이 왔을 때 엄마랑 같이 밖에 나갔었는데 죽은 아저씨 위에 하얀 천이 씌워져 있었어요. 항상 어떤 모습일까 궁금했는데 이젠 알겠어요."

"파슈매, 보지 않기로 약속했잖니."

"죄송해요, 페니 아저씨. 하지만 봐야 했어요. 엄마가 그 아저씨를 죽였다고 사람들이 말하는데 꼭 봐야 했어요. 그렇지만 엄마가 죽인 게 아니에요. 저희 엄말 믿죠? 그렇죠, 페니 아저씨?"

스콧은 파슈매의 커다란 갈색 눈을 들여다보았다. 그리고 거짓말을 했다. "당연하지."

27

다음 날 아침 스콧과 아이들은 방해받지 않고 연방건물 안으로 들어갔다. 달려들거나 소리쳐 질문하는 기자들은 없었지만 촬영기자는 무례가 되지 않을 정도의 거리를 두고 샤완다 존스의 변호사와 그의 딸들을 따라가며 그들이 어떤 옷을 입었는지 촬영했다. 이번에도 아이들은 머리부터 발끝까지 색상을 맞춰 여름 정장을 입었다. 부우는 예전에 레베카가 차려 입으라고 몇 번이나 잔소리했을 때만 해도 단호하게 거부했지만 이번에는 꼼꼼하게 차려 입기로 했다. 파슈매의 엄마를 위해서라도 잘 보여야 한다는 것을 알았기 때문이었다.

법정에 들어서자 어제와 똑같이 텔로이 룬드가 신문을 보고 있었다. 오늘 일자의 신문이 아니었다면 마치 어제부터 그곳에 계속 있었던 사람 같았다. 그를 지나쳐 어제 앉았던 자리로 향했다. 걸을 때마다 다른 사람들의 시선이 따라왔다. 그 모습이란 마치 신부를 보려고 고개를 내미는 하객 같았다. 자리에 다다라 스콧이 아이들을 앉혔다. 그리고 맥콜 부부와 댄 포드와 시선을 짧게 교환했다. 그의 예전 대표 변호사는 후배의 마지막 패배를 보고 싶은 것이 분명했다.

바비의 말이 옳았다. 재판 둘째 날이 첫째 날보다 훨씬 더 힘들었다. 검사 측 첫 번째 증인은 샤완다를 체포한 앤디 에드워즈 FBI 요원이었다. 마흔의 그는 모든 방면에서 전문적이었다. 레이 번스의 직접신문에 따라 증언했다. 그는 일요일인 6월 6일 오후 6시경에 샤완다 존스를 댈러스 남부에 있는 그녀의 아파트에서 발견했다고 말했다. 그녀에게 미란다 고지를 하고 수색영장이 발부되어 요원들과 함께 아파트를 수색했는데, 그곳에서 헤로인과 옷가지들, 100달러짜리 지폐 열 장과 금발 가발을 압수했다고 증언했다.

연방구치소로 데려가 자술서를 작성하게 했는데, 그녀가 쓴 자술서 내용에 따르면, 피해자와 6월 5일 토요일 밤에 같이 있었고, 하이랜드 파크에서 섹스를 한 후 싸움이 벌어져 피해자를 때리고 그의 차 키와 그가 약속했던 1000달러를 가지고 뛰쳐나왔으며 자동차를 몰고 가다 해리 하인스 가로수길에 버려두었다는 내용이었다고 증언했다.

레이 번스가 연단에서 내려와 자리로 돌아갈 때 파슈매와 눈이 마주쳤다. 파슈매는 얼굴을 잔뜩 찌푸리며 그를 향해 혀를 내밀었다. 레이는 고개를 내저었지만 치과의사와 교사 배심원은 그런 파슈매를 보며 웃었다. 피고인 측의 최고 강점은 이 아이들이었다.

스콧이 일어나 반대신문을 시작했다.

"에드워즈 요원, 당신이 그녀의 아파트에 도착했을 때 존스 씨는 무엇을 하고 있었나요?"

"딸과 놀고 있었습니다."

스콧은 첫 번째 줄에 앉아 있는 파슈매를 가리켰다.

"그녀의 딸이 맞습니까?"

에드워즈 요원이 파슈매를 보며 말했다. "네, 맞습니다."

"존스 씨가 도망치려고 했었나요?"

"아니요."

"어떤 방법으로든지 저항하는 태도를 보였나요?"

"아니요."

"살인자와 같은 처신을 내보였나요?"

레이 번스가 자리에서 벌떡 일어났다. "이의 있습니다, 이건 추측에 불과한 내용입니다."

스콧이 재판장을 바라보았다. "존경하는 재판장님, 에드워즈 요원은 숙련된 FBI 요원으로서……." 재판장을 바라보던 시선을 거둬 다시 증인을 응시했다. "몇 명의 살인자를 체포해 보았나요?"

"수십 명이요."

다시 재판장에게 말했다. "수십 명의 살인범을 체포해 본 자입니다. 살인자의 행동을 아는 사람입니다."

"기각합니다."

"에드워즈 요원, 샤완다 존스를 체포했을 때 살인자가 보이는 전형적 태도를 보였나요?"

"아니요."

"클락 맥콜의 살해혐의로 체포한다고 말했나요?"

"네."

"그녀는 뭐라고 말했나요?"

"누구요?"

"존스 씨가 말입니다."

"아니, 그녀가 그렇게 '누구요?'라고 말했습니다. 클락 맥콜의 이름을 댔더니 그녀가 '누구요?'라고 말했어요."

"클락 맥콜이 누군지 몰랐다고요?"

"그런 것 같더군요."

"그리고 존스 씨가 자술서를 직접 작성했나요?"

"아니요, 속기사가 듣고 작성했습니다. 존스 씨가 읽고 제가 그녀에게 읽어 주고 그리고 그녀가 서명했죠."

"진술서를 보면 그녀가 클락 맥콜을 살해했다고 자백하지 않았던 것을 알 수 있습니다. 물어보셨습니까?"

"네, 물어봤죠. 하지만 부인하더군요."

레이 번스는 FBI의 증거 분석가인 웬들 리를 불렀다. 리 요원은 사건 현장의 증거물을 분석한 결과를 들고 나왔다. 그는 체계적이었다. 마치 분기별 리포트를 발표하는 회계사 같았다. 번스는 증거물을 확보해 기록한 다음 섞이지 않게 증거기록을 철저히 보관하는 FBI의 증거기록 방법을 확인시켜 준 뒤 더 구체적으로 파고들었다.

"리 요원, 사건 현장의 카펫에서 발견된 혈흔이 클락 맥콜의 피가 맞습니까?"

"네, DNA 검사에서 확인했습니다."

"머리카락은 누구의 것이었습니까?"

"클락 맥콜의 것이었습니다. 그것도 DNA 검사에서 확인했습니다."

"그렇다면 어느 부분의 머리카락이었습니까?"

"그의 두피부분에서 나왔습니다." 리 요원이 자신의 오른쪽 눈 위쪽의 두피에 손을 얹었다. "이 부분입니다. 뿌리째 뽑혀 나왔습니다."

"옷들에 대해 말해 주시죠."

"저희는 파란색 폴로 셔츠와 청바지 그리고 운동화를 분석했습니다. 옷에는 아무것도 없었습니다."

"이불에서는요?"

"이불에서 정액은 발견되지 않았습니다. 다만 시체에서는 사정한 증거가 분명한 콘돔을 빼내긴 했습니다."

"이불에서 다른 것이 발견되었습니까?"

"네, 클락 맥콜의 것으로 확인된 머리칼과 인공의 금발 머리칼이 발견되었습니다."

"그리고 그 머리칼을 일치시켜 보셨습니까?"

"네, 피고인의 집에서 압수된 금발 가발과 일치시켜 보았습니다."

레이 번스가 플라스틱으로 된 증거물 가방을 열어 금발 가발을 꺼내 마치 죽은 스컹크처럼 들어올렸다.

"증거물 15번인 이 가발이 맞습니까?"

"네."

"지문에 대해 말해 주시죠."

"술잔과 화장실, 총과 차에서 지문이 채취되었습니다. 모든 지문은 클락 맥콜이나 샤완다 존스의 지문과 일치했습니다. 살해도구에 묻은 지문은 샤완다 존스의 지문 하고만 일치했습니다."

"다른 확인되지 않은 지문은 있었습니까?"

"없었습니다."

"알겠습니다, 이제 방바닥에서 발견된 살해도구 22구경 권총에 대해 말해 주시죠. 탄도 검사는 했나요?"

"네, 사건 현장에서 발견된 22구경 권총에서 발사된 것이 맞습니다."

"그렇다면 클락 맥콜을 관통한 총알은 샤완다 존스의 총에서 발사된 것이군요."

"그렇습니다."

"더 이상 질문은 없습니다."

스콧이 연단으로 걸어갔다. "리 요원, 피고인의 옷은 그녀의 집을 수색하다가 압수한 것인가요?"

"네, 그렇습니다."

"클락 맥콜의 피가 피고인의 옷에서 발견되었나요?"

"아니요."

"목표물에 대고 총을 쐈다면 피고인의 옷에서 피해자의 혈흔이 발견되어야 하지 않나요?"

"옷을 벗고 쐈다면 묻지 않을 수도 있죠."

그 다음에는 댈러스 카운티의 검시관인 빅터 어비나 의사가 나왔다. 그는 사인이 '머리의 총상'인 점과 추정 사망시간이 '6월 5일 오후 10시 30분경'인 점 그리고 뇌를 관통한 총알의 각도와 경로에 대해 증언했다. 하지만 스콧은 이에 대해 더 이상 반대신문하지 않았다. 그 시간만큼 증거물이 배심원들 앞에 더 노출되고 이것이 도리어 의뢰인에게 해가 될 수 있다고 생각해서였다.

점심시간이 되어 그들은 다시 작은 방에 모였다. 오늘의 메뉴는 파슈매 존스가 준비한 계란 샐러드 샌드위치와 파슈매가 좋아하는 바닐라 콜라였다. 호일로 감싸 냉장고에 보관해 신선한 샌드위치를 먹으며 오전에 나온 증언들에 대해 나눴다. 스콧이 샤완다를 위해 증언들을 요약, 정리해 주었다. 파슈매가 말했다. "엄마, 번스 아저씨한테 '메롱' 했어요."

"파슈매, 그건 나쁜 짓이야."

"그 아저씨도 나빠요. 엄마에 대해 말하는 걸 들었어야 돼요. 엄마 귀가 타 버릴걸요."

"샤완다," 스콧이 물었다. "어때요? 증언할 수 있겠어요?"

"언제요?"

"내일요."

오후 시간의 첫 번째 증인으로 선 사람은 FBI 내 포렌식 전문가인 헨리 후 박사였다. 그는 어비나 의사가 증언한 총알의 각도와 경로에 동의하며 살인 범행에 관한 전문가 의견을 제시했다. 그의 설명에는 포렌식 증거를 토대로 한 그래픽 전시물이 사용되었다. 그래픽 전시물은 누워 있을 때와 무릎을 꿇고 있을 때 그리고 이 둘의 중간 자세를 한 사람에게 총을 갖다 대는 사람의 형상을 나타내 배심원들의 이해를 도왔다. 사람 형상의 둘레에는 치수가 적혀 있었고 각각의 자세마다 높이와 각도가 어느 정도 되는지 표시되어 있었으며 총에서부터 머리를 관통해 바닥으로 떨어지기까지의 총알의 궤적이 진한 선으로 표시되어 있었다. 그가 자세하게 설명하면 설명할수록 더욱 고통스러운 직접신문 시간이 길게 이어졌다. 후 박사는 금속 지시봉으로 전

시물을 가리키며 말했다.

"피해자는 총을 맞았을 때 무릎을 꿇고 있었습니다. 여기에 나타난 것처럼 피해자의 머리를 관통한 총알의 경로가 총알이 바닥에 박힌 부분과 일치해야 하기 때문에 저희는 이렇게 추정했습니다. 피해자의 키는 180센티미터입니다. 만약 피해자가 살해당했을 때 서 있었다면, 머리를 관통했던 총알의 각도인 28도가 나오기 위해서는 범인이 총을 머리 위로 들어올려 밑으로 내려쏴야 합니다. 이 자세는 범인이 비정상적으로 키가 크지 않은 이상 매우 하기 힘든 동작입니다." 후 요원은 설명을 마치고 직접 동작을 시범으로 보여 주었다.

"이와 달리, 만약 피해자가 무릎을 꿇고 있었다면 바닥에서부터 총을 맞은 이마의 높이가 127센티미터가 됩니다. 이 경우도 여전히 조금 높습니다. 하지만 무릎을 꿇는 것과 누워 있는 것의 중간 자세, 즉 일어나려고 하는 자세였다면 바닥에서부터 이마의 높이는 약 100센티미터가 됩니다. 이 높이라면 평균 키의 사람도 그 각도로 쏘는 게 가능합니다. 몇 인치 정도의 오류가 있기는 하겠지만, 아마도 피해자는 이런 자세였을 것입니다." 후 요원은 다시 한번 시범을 보였다. "이렇게 되면 머리를 관통해 지나간 총알의 이동경로와 바닥에 박힌 총알의 위치가 일치합니다."

배심원들은 그의 논리에 동의하며 고개를 끄덕였다.

"그리고 저희는 피해자의 머리칼이 뿌리째 뽑혔다는 것을 알 수 있었는데요, 머리칼이 뿌리째 뽑히려면 힘이 엄청나야 합니다. 이 사실로 미뤄 보면, 범인은 방바닥에 쓰러져 있는 피해자의 머리칼을 잡고 바닥에서부터 약 100센티미터 정도 들어올려 총구를 피해자의 왼쪽 눈 위의 이마에 대고 쐈을 것이라는 결론이 나옵니다. 총이 발사되면서 그 발사된 힘에 피해자가 바닥으로 세게 내쳐졌을 것이고 그 지점은 시체가 발견된 장소와도 일치합니다. 뽑힌 머리칼이 발견된 장소와도 일치하고요."

클락 맥콜은 강간범이었지만 참혹한 죽음을 맞이했다. 후박사가 증언을 마쳤을 때 배심원석은 고요했다. 암울한 표정들이었다. 맨 앞줄에 앉아 있는 작은 흑인 여자아이에게 동정심은 갔지만 결국 사실을 직시해야 했다. 그 사실이란, 여자아이의 엄마가 클락 맥콜의 살인자라는 것이었다. 레이 번스가 일어나 말했다. "존경하는 재판장님, 검찰 측 증인신문을 마치겠습니다." 말을 마치고 비져나오는 웃음을 참는 듯 입술을 앙다물었다. 입꼬리가 올라갔다.

스콧은 레이 번스가 돌아서면서 상원의원 맥콜과 시선을 주고받고 상원의원이 레이에게 고개를 끄덕이는 모습을 포착했다. 기소자에게 대단히 만족한 눈치였다. 그는 분명히 레이 번스에게 이 일을 절대로 잊지 않겠다고 말했을 것이다. 특히 정부 고위 공무원직의 임명을 앞두고 동의를 얻어야 할 때가 온다면 말이다.

댄 포드가 스콧의 눈을 살폈다. 스콧의 전 직장 대표 변호사인 그가 스콧을 향해 무언의 질문을 던졌다. *살인자를 위해서 네 장래를 버렸는가?*

뷰퍼드 재판장은 그날의 재판을 중단 선언했다. 샤완다 존스의 항변은 다음 날 아침 9시에 시작될 터였다. 이제 스콧이 해야 할 일은 방어할 방법을 찾는 것뿐이었다.

주방바닥에서의 저녁식사는 마치 장례식장 분위기였다.

"후 박사가 말한 것 중에 틀린 건 하나도 없어." 바비가 말했다. "샤완다의 유죄를 증명 못 하는 것만 빼곤 말이야. 샤완다가 그날 밤 그와 함께 있었고, 그와 싸웠다는 것 그리고 그녀의 총이 살해도구였다는 점이 문제이지. 그 때문에 어떤 합리적인 사람이라도 그녀가 범인이라고 생각할 수밖에 없을 거야. 정당방위라는 걸 뒷받침해 줄 하나 스텔레가 없으면 배심원들에게 정당방위이니 그녀를 무죄로 석방시켜 달라고 요구할 수도 없어. 근데 이마저도 샤완다가 클락을 쐈다고 자백하지 않는 한 이런 요구를 할 수 없다는 거야."

"그렇다면 이제 남은 게 뭐지?"

"배심원들의 질문에 답을 해야 해, 스콧. 그들이 알고 싶어 하는 거 말이야. 그렇다면 도대체 누가 죽인 것인가? 샤완다가 하지 않았다면, 누가? 그녀가 나간 뒤에 그 집에 누가 들어갔었나? 클락이 몸을 일으켜 옷을 갈아입기도 전에 방에 들어와 샤완다의 총을 집어 들어 클락의 머리에 대고 쏜 그 사람이 누구

냔 말이야."

스콧이 고개를 저었다. "카알한테서 뭐 들은 거 없어?"

"뭔가를 찾으면 연락할 거야."

"우리를 구할 시간이 열두 시간 남았다는 것만 전해 줘. 우리한테 이제 남은 거라곤 샤완다뿐이야. 그들한테는 증거가 있지만 우리에겐 그녀의 말뿐이라고."

파슈매가 말했다. "엄마가 증언할 거예요?"

"그래, 아가. 꼭 해야 해."

"뭘 입고 가요?"

"그건 생각 안 해 봤네."

"바자회에서 엄마 물건 남겨 둔 거 있어요." 부우가 말했다. "파슈매 아줌마가 나왔을 때를 위해서요."

스콧이 케런에게 부탁했다. "애들 옷 고르는 데 좀 도와줄 수 있어?"

"그럼요."

"예쁘게라도 입고 가면 좋겠지."

그들은 아무 말 없이 테이크아웃해 온 멕시코 음식을 먹었다. 스콧은 아이들이 먹는 모습을 멍하니 바라보았다. 파슈매는 엄마가 사형에 처하기 일보 직전인 이 순간을 어떻게 감당하고 있는지, 그리고 사형이 집행되고 나면 엄마 없는 삶을 또 어떻게 감당하며 살지, 감상에 젖어 그저 바라볼 뿐이었다. 그때 스콧의 눈에 부우가 든 포크가 눈에 들어왔다. 부우는 포크를 왼손에 쥐고 있었다.

"부우, 이쪽으로 와 보렴."

자리에서 일어난 부우가 스콧 앞으로 다가왔다. 스콧이 음식에 싸여 있던 호일을 L자로 접었다. 그리고 바닥에 내려놓았다.

"들어올려 봐."

부우가 인상을 찌푸렸다. "이게 뭐예요, 총이에요?"

"그래."

부우는 어깨를 으쓱하고선 바닥에 놓인 호일 총을 왼손으로 들어올렸다.

"이제 내 머리카락을 잡아 봐."

스콧이 시키는 대로 부우는 그에게 다가가 오른손으로 그의 왼쪽 눈 위의 머리칼을 잡았다.

"그리고 이제 내 이마에 총을 쏠 듯이 총을 대 봐."

부우는 호일 총구를 스콧의 오른쪽 눈 위의 이마에 대었다.

바비가 말했다. "클락은 왼쪽 눈 위의 이마에 총을 맞았어."

"오른손잡이 살인자에게서 말이야."

부우가 왼손으로 포크를 쥐고 있는 것을 보자 샤완다를 처음 만났을 때가 떠올랐다. 샤완다는 펜을 왼손으로 쥐고 있었다.

"파슈매, 너희 엄마도 왼손잡이지, 그렇지?"

"네, 페니 아저씨, 맞아요."

28

"피고인 측 변호인은 FBI 요원 헨리 후를 증인으로 신청합니다."

레이 번스는 의자에서 벌떡 일어났다.

"존경하는 재판장님, 페니 씨는 어제 후 요원의 반대신문을 하지 않겠다고 했습니다. 이제 와서 그를 피고인 측 증인으로 부르다니요?"

재판장은 스콧을 바라보았다. "페니 씨?"

"존경하는 재판장님, 제가 뭘 하고 있는지 정확하게 알고 있습니다."

"진행하세요."

그동안 스콧은 자신의 의뢰인이 클락 맥콜을 살해했다고

굳게 믿고 있었기에 포렌식 전문가에게 살인자가 오른손잡이인지 왼손잡이인지 하는 기본적인 사실도 물어보지 않았다. 의뢰인이 거짓말을 하고 있다고 확신했다. 그녀가 진실을 말하고 있을 수도 있다는 점을 생각지도 못한 것이다. 미국 대 샤완다 존스 재판에서 피고인을 대리하는 변호인으로 지명되고 나서야 처음으로 자신의 의뢰인이 무죄라는 것을 알게 되었다. 샤완다 존스는 클락 맥콜을 살해하지 않았던 것이다.

하지만 그렇다면 누가 살해했단 말인가?

후 요원이 증언대에 올라왔다. 어제 한 선서가 아직도 유효하다는 걸 기억하라는 재판장의 말이 울려퍼졌다. 스콧이 나와 질문했다. "후 요원님, 어제 당신의 증언은 우리가 사태를 이해하는 데 꽤 도움이 되었습니다. 칭찬으로서 말하는 겁니다."

"감사합니다."

"괜찮으시다면 클락 맥콜이 살해되었을 당시의 자세라고 했던 그 동작을 배심원을 위해 재연해 줄 수 있나요?"

"그럼요."

"제 공동 변호인인 헤린 씨가 도와주실 겁니다. 바비, 바닥에 무릎을 꿇어 주세요."

바비가 스콧 앞으로 걸어와 무릎을 꿇었다.

"자, 후 요원님, 어제 증언에 따르면 클락은 여기 헤린 씨가 취한 것처럼 총을 맞았을 때 누운 것과 무릎을 꿇고 있는 것의 중간 자세를 취하고 있었다고 했는데, 맞습니까?"

"네, 맞습니다."

"그리고 살인자는 지금 저처럼 클락을 마주 보고 있었고요."

"네."

"그리고 살인자는 이렇게, 오른쪽 윗 머리채를 잡았고요."

스콧은 왼손을 뻗어 바비의 윗 머리채를 잡아당겼다.

"네."

"그리고 클락의 왼쪽 눈 위의 이마에 총구를 겨눴고요."

오른손으로 총 모양을 만들어 바비의 이마에 댔다.

"이런 식으로 총을 쏜 거군요."

"네, 제가 생각하는 살해방법은 그렇습니다."

"저도 동의합니다. 그러나 그렇다고 하기에는 살인자에 관한 결정적인 단서가 부족하지 않나요?"

후 요원이 얼굴을 찡그렸다. "네? 뭐라고요?"

"살인자는 오른손잡이였습니다."

후 요원은 알겠다는 표정을 지었다. "그렇습니다. 살인자는 오른손잡이였을 가능성이 크죠."

"살인자는 클락의 머리카락을 왼손으로 움켜잡고 오른손으로 총을 잡은 것이 맞습니까?"

"네, 맞습니다."

"또 다른 사실이 한 가지 있습니다. 후 요원님, 검시관의 증언에 따르면 클락의 오른쪽 눈에 마치 주먹으로 맞은 듯한 타박상이 있었다고 합니다."

"네, 있었습니다."

"포렌식 전문가로서, 클락의 눈을 가격한 사람은 왼손잡이인 가능성이 큽니까, 오른손잡이인 가능성이 큽니까?"

"왼손잡이입니다."

"그렇다면 클락 맥콜을 때린 사람은 왼손잡이이지만 그를 총으로 쏜 사람은 오른손잡이라는 말씀이십니까?"

"네, 그게 맞을 겁니다."

스콧은 에드워즈 FBI 요원을 증언대로 다시 불렀다.

"에드워즈 요원님, 당신은 피고인을 체포했다고 증언하셨죠?"

"네, 맞습니다."

"그리고 당신이 그녀의 진술서를 작성하셨고요."

"네, 맞습니다."

"그녀가 뭐라고 말했는지 받아 적으셨나요?"

"네."

"그러고 난 다음 그녀가 읽고 나서 서명을 했고요."

"네."

"그녀는 어떤 손으로 서명을 했나요?"

에드워즈 요원은 잠시 생각하고선 말했다. "왼손으로요."

———

배심원들은 아직 피고인을 직접 보지는 못했다. 신문과 텔레비전에서 종종 샤완다의 상반신 사진을 본 것이 전부였다. 그들에게는 피고인이 살해 혐의에 대해 부인하는 모습을 직접 보고 들을 필요가 있었기에 수정헌법 제5조*의 권리를 포기하고 샤완다를 증언대에 세우는 건 불가피했다. 이 점을 염두에 두어 스콧은 두 가지 일을 진행해 왔다. 재판장에게 샤완다가 메타돈 치료를 받게 해 달라고 설득했고, 지금 이 순간까지 법정에 나오지 않을 수 있도록 했다.

이제 모든 시선이 ─ 재판장, 배심원, 검사, 방청객들까지 ─ 법정의 측면 출입문으로 향했다. 모두가 샤완다 존스가 도착하기만을 기다렸다. 샤완다가 옷 갈아입는 걸 도와주기 위해 먼저 나갔던 부우와 파슈매 그리고 케런은 여자 경호원에게 수색을 받았다. 수색을 마친 후에야 샤완다 방에 들어갈 수 있었다. 옷을 갈아입히고 나와 법정에 다시 들어온 부우는 스콧을 향해 엄지손가락을 추켜올렸다.

마침내 문이 열렸고 법정 안은 술렁였다.

법정에 들어선 여인은 그날 아침 스콧이 보았던 헤로인 중독자가 아니었다. 젊고 아름다웠다. 스콧은 그녀가 스물네 살밖에 되지 않았다는 사실을 잊고 있었다. 헤로인이 그녀를 더 늙어 보이게 만들었기 때문이었다. 하지만 오늘, 그녀는 젊음을

---

* 자신에게 불리한 증언거부권을 규정한 조항.

다시 되찾은 듯 보였다. 레베카의 짙은 남색 정장을 입고 레베카의 하이힐을 신었다. 화장품 역시 레베카의 것이었다. 머리도 빗질을 하여 단정했다. 샤완다의 눈동자가 초롱초롱 빛났다. 그녀는 스콧을 보고는 슬쩍 미소 지었다. 마치 좋은 시절의 할리베리 같았다.

배심원들은 론이 샤완다를 피고인석으로 데리고 가 자리에 앉힐 때까지 눈길을 떼지 않았다. 샤완다가 우아하게 앉았고 론은 의자를 다시 집어넣어 주었다. 샤완다는 고개를 돌려 배심원 한 명 한 명을 바라보았다. 배심원 역시 그녀를 바라보았다. 배심원들은 샤완다의 첫인상을 좋게 여겼다. 스콧이 맥콜 부부를 보았다. 맥의 표정은 굳어 있었고 진은 이쪽을 부러운 듯 쳐다보고 있었다. 댄 포드는 새롭게 전개될 절차진행을 앞두고 흥미로운 듯 보였다.

스콧이 일어나 말했다. "변호인은 샤완다 존스를 증인으로 신청합니다."

증언대에 선 샤완다가 선서를 했다. 스콧은 연단에 서서 피고인 샤완다를 바라보았다.

"존스 씨." 스콧이 물었다. "당신은 왼손잡이입니까?"

"네, 맞습니다."

"클락 맥콜을 살해했나요?"

"아니요, 페니 씨. 전 살인을 하지 않았습니다."

"알겠습니다. 존스 씨, 당신의 인생에 대해 말해 보죠. 출생

지는 어디입니까?"

"빈민가요."

"댈러스 남부의 빈민가 말이죠, 지금 살고 있는 곳과 같은 곳인가요?"

"네."

"어머니의 이름은 어떻게 되죠?"

"도레나요."

"아버지의 이름은요?"

"제가 모른다는 거 알고 계시잖아요."

"당신 부모님은 결혼한 사이가 아니었다는 말인가요?"

"아니요, 저희 아빠는 백인이고 엄마는 아버지의 직원이었어요. 아빠의 사무실을 청소했었죠."

"그렇다면 불법적으로 태어났단 말씀이신가요?"

"아니요, 병원에서 태어났어요. 파크랜드에 있는 병원요."

"알겠습니다. 그렇다면 당신의 아버지를 한 번도 만난 적이 없단 말씀이시네요, 맞나요?"

"네, 맞습니다."

"그 빈민가에서 성장했군요."

"네."

"열세 살 때 어머니가 돌아가셨고요."

"그런 것 같아요."

"어떻게 돌아가셨나요?"

"의사가 없었어요."

"그게 아니라 제 뜻은 무슨 암이나 지병이 있었나요?"

"아니요, 저희 엄마는 의사가 없어서 돌아가셨어요. 쓰러졌는데 구급차를 불러도 아무도 오지 않았어요."

"그럼 혼자 컸군요."

"그렇죠."

"그래서 나쁜 쪽으로 빠졌고요."

"빈민가에 있는 사람들은요, 페니 씨, 할 일이 없다 보니깐 나쁜 일을 하는 것뿐이에요."

"그래서 당신도 나쁜 일을 했군요."

"에디가 저를 나쁜 짓하도록 만들었어요."

"에디가 당신 딸의 아버지인가요?"

"네, 빈민가에서 마약을 팔던 백인이었죠. 열네 살 때 제게 접근해 저를 좋아한다고 했어요. 제게 마약을 줘서 절 만지게 놔뒀어요."

"에디가 헤로인을 주었나요?"

"네."

"그래서 열여섯 살 때 중독자가 되었고요."

"네."

"그 무렵 성매매를 시작했나요?"

"네."

"왜죠?"

그녀는 시선을 바닥으로 떨궜다. "남자들은 제 다리 사이에서 그들이 평생 못 찾던, 인생에서 빠진 무언가를 찾을 수 있다고 생각해요. 하지만 아니에요." 고개를 들고 말을 이었다. "남자들이 제게 원하는 유일한 거예요."

"존스 씨, 딸이 있나요?"

"왜요, 페니 씨 알고 계시잖아요, 당신과 함께 살고 있잖아요."

배심원석의 교사와 가정주부가 미소를 지었다. 스콧이 자기 뒤에 앉은 파슈매를 보고 일어나라고 손짓했다. 파슈매는 세상에서 가장 순진한 얼굴을 하고서 일어났다.

"당신 딸이 맞습니까?"

"네, 제 아가예요."

파슈매가 배심원들을 향해 돌아보며 우아하게 무릎을 굽혀 인사했다. 배심원 모두가 미소를 지었다. 파슈매는 센스가 있었다.

클락 맥콜이 살해된 그날 밤에 대한 증언을 본격적으로 하기 전에 점심시간을 가졌다. 샤완다는 아이들과 함께 바닥에 앉지 않고 스콧과 바비 그리고 케런과 함께 테이블에 앉아 니만 마커스 정장에 참치를 흘리지 않으려 조심하며 먹었다.

"엄마, 내일 입을 옷 준비해 놨어요, 엄청 예뻐요!" 파슈매가 말했다.

"페니 씨, 저 어땠어요?"

"잘했어요, 샤완다. 하지만 오후가 더 힘들 거예요."

"저를 믿어 줄까요?"

스콧은 사실 그렇지 않을 거라고 생각했지만 샤완다에게는 말할 수 없었다.

"존스 씨." 스콧이 물었다. "6월 5일 토요일로 돌아가 보죠. 헤로인을 했나요?"

"살아 있었던 걸 보면 했던 게 분명해요."

"매일 하나요?"

"하루에 두세 번 정도 하죠."

"그렇다면 그날 밤 일하러 가기 전에도 헤로인을 했단 말씀이신가요?"

"네, 그게 더 쉽게 해 주거든요."

"뭐가 더 쉽단 말인가요?"

"섹스요."

"알겠습니다. 그때 다른 성매매여성인 키키가 도착해서 해리 하인스 가로수길로 갔던 건가요?"

"네, 저희가 자주 가는 곳이죠."

"그리고 남자들이 오기까지 기다리나요?"

"오래 기다려 본 적은 없어요."

"그리고 클락 맥콜이 왔나요?"

"네, 하지만 전 누군지 몰랐어요. 그저 검정색 메르세데스에 타고 있는 백인 남자일 뿐이었죠."

"하룻밤을 같이 있어 주면 1,000달러를 준다고 하던가요?"

"네."

"아, 그렇다면 클락 전에, 다른 손님을 위해 일했었나요?"

"아니요, 전 누군가를 위해 일하는 게 아니에요. 전 제가 직접 일을 만들죠."

"아니요, 제 말은 그날 밤 다른 사람과도 돈을 받고 섹스를 한 적이 있었냐는 거예요."

"경찰에게 오럴을 해 주긴 했지만 그는 돈을 내지 않아요."

"경찰과 오럴을 했단 말인가요?"

"네, 페니 씨. 그렇게 해야 저희를 귀찮게 하지 않아요. 저랑 키키가 돌아가면서 하죠. 공짜로 말이에요."

"알겠습니다. 그럼 클락 맥콜로 돌아가 보죠. 그의 차에 타고 난 다음 그가 하이랜드 파크에 있는 자기 맨션으로 데리고 갔나요?"

"네."

"그 다음에는 집 안으로 들어갔나요?"

"네."

"그의 방으로 들어갔고요."

"네."

"그 다음에 무슨 일이 있었는지 배심원들에게 말해 주시죠."

샤완다가 배심원 쪽으로 돌아보았다. 그러고는 그날 밤 무슨 일이 있었는지 아무런 죄책감도, 부끄러움도 없이 담담하게 말하기 시작했다. 클락과 섹스를 하고, 그에게 사정하기 전 콘돔을 사용하라고 한 것부터 당시의 상황을 사실 그대로 읊어 나갔다 — "에이즈는 피해야 해요, 파슈매를 돌봐야 하니까요." — 그러다 어느 순간 갑자기 클락이 폭력적으로 돌변했고 자신을 때리면서 검둥이라고 말해 자신도 클락을 할퀴고 얼굴을 쳤으며 국부를 걷어찼다고 말했다. 클락이 바닥으로 굴러 떨어진 틈에 샤완다는 1,000달러와 클락의 차 키를 챙겨 그곳을 빠져나왔고 해리 하인스에 도착해 차를 버렸다.

"그렇다면 당신이 마지막으로 클락 맥콜을 봤을 때는 그가 살아 있었다는 말씀이시죠."

"네, 맞습니다. 마치 뚜껑 열린 의붓자식처럼 욕설을 퍼부으면서 말이죠."

"그다음 당신과 키키는 뭘 했나요?"

"집에 가서 잤죠."

"그다음 날 아침, 일요일에는 뭘 했나요?"

"일어나서 파슈매에게 아침밥을 주고 교회에 갔어요."

"교회에 갔다고요?"

스콧이 되묻자 샤완다는 영문을 모르겠다는 듯이 말했다. "페니 씨, 죄 짓는 사람들이 없으면 교회가 필요 없죠."

샤완다의 말에 배심원석에서 웃음이 터졌다.

540

"그렇다면 FBI가 당신을 체포하러 왔을 땐 뭘 하고 있었나요?"

"현관에 앉아서 파수매를 보고 있었죠."

"당신을 체포하는 이유를 알고 있었나요?"

"그들이 말하기를 어떤 남자를 죽인 이유라던데, 전 아무도 죽이지 않았다고 했지만 그들은 절 믿지 않았어요."

"존경하는 재판장님, 더 이상 추가 질문은 없습니다."

레이 번스의 반대신문 차례가 되었다. 밖으로 나오는 그의 걸음이 매우 빨랐다. 하마터면 스콧을 넘어뜨릴 뻔했다.

"존스 씨, 당신은 성매매여성이 맞나요?"

"네, 그렇습니다."

"헤로인 중독자이기도 하고요."

"네, 맞습니다."

"클락 맥콜이 살해된 그날 밤 그와 함께 있었고요."

"경찰이 그렇게 말했지만 그가 언제 죽은지는 몰라요."

"섹스를 하기 위해 당신을 데려간 게 맞습니까?"

"네."

"하룻밤을 같이 보내는 데 1,000달러를 준다고 했고요."

"네."

"그의 차 메르세데스 벤츠에 탄 게 맞습니까?"

"네."

"그 차로 그의 집에 갔나요?"

"네."

"그리고 2층으로 가서 그가 당신에게 술을 권했나요?"

"네."

"그가 당신 옷을 벗기고 당신은 그의 옷을 벗기고 섹스를 했단 말이죠, 그렇죠?"

"네."

"그다음 당신이 그의 눈을 주먹으로 쳤나요?"

"절 때리고 검둥이라고 했기 때문이죠."

"그리고 당신이 그의 국부를 발로 찼고요."

"아니요, 전 그의 자라고 있는 것*을 찬 게 아니고 그의 불알을 찼어요."

"알겠습니다. 그의 불알을 발로 찼단 말이죠."

"그가 쫓아올까 봐 그랬어요."

"그리고 당신이 가지고 있던 총으로 그를 쐈죠?"

"아니요, 전 아무도 쏘지 않았어요."

"당신의 총이 살해도구였다는 거 알고 있습니까?"

"당신이 그렇게 말하는 것말고는 전 아무것도 몰라요."

레이 번스가 22구경 권총을 꺼내 들었다.

"당신 총이 맞습니까?"

---

* 레이 번스는 '성기'의 뜻인 'groin'을 말했지만 샤완다는 '키가 크다'라는 뜻의 'growing'이라고 들었음.

"네."

"총은 왜 가지고 다니는 거죠?"

"빈민가에서는 누군가가 집에 쳐들어왔을 때 경찰이 올 때까지 기다리다가는 죽어요."

"당신이 클락 맥콜을 쐈죠?"

"아니요, 전 아무도 쏘지 않았어요."

"그리고 당신이 1,000달러를 훔쳤고요."

"아뇨, 제가 번 돈이에요."

"그의 차는 훔쳤죠?"

"아뇨, 전 제가 사는 곳으로 돌아가기 위해서 잠시 빌린 것뿐이에요."

"범죄현장에서 도망치기 위해서인가요?"

"그가 쫓아와 절 다시 때리기 전에 도망가려고요."

"그러고 나서 집에 들어가서는 아무 일도 없었던 것처럼 당신 딸아이에게 대했나요?"

"아무 일도 없었어요."

"존스 씨, 정말로 배심원들이 당신의 말을 믿을 거라고 생각해요?"

샤완다가 배심원들을 바라보았다. 그리고 부드러운 목소리로 말했다. "아니요, 믿을 거라고 생각하지 않아요."

아이들을 재우러 가는 길에 스콧이 텔레비전 앞에서 멈춰 섰다. 뉴스에서는 재판에서 있었던 일들을 다루고 있었다. 법정 화가가 그린 샤완다의 초상화가 화면에 나오자 기자는 그날 피고인은 아름다웠으며 증언대에서도 발언을 잘했고 배심원들 또한 그녀의 말에 주의를 기울였다고 그날의 상황을 전했다. 더불어 재판이 끝날 무렵에는 살인자가 오른손잡이일 가능성이 큰 방면 피고인은 왼손잡이여서 사건이 미궁에 빠졌다고도 덧붙였다. "샤완다 존스가 클락 맥콜을 살해한 게 아니라면," 기자는 브리핑 끝에 질문을 던졌다. "도대체 누가 그를 살해한 것일까요?"

아이들을 재우면서 침대에 기대고 있던 스콧에게 파슈매가 조용히 말했다. "페니 아저씨, 엄마가 손님들 하고 뭘 하는지 이제 알게 되었어요."

"그래?"

파슈매가 고개를 끄덕였다. "엄마의 비밀스러운 부분을 만지게 내버려두고 엄마의 그 부분에 그들의 비밀스러운 부분을 넣게 해 주는 거예요. 그게 섹스죠, 그렇죠, 페니 아저씨?"

"그래, 맞아."

"왜요, 페니 아저씨? 엄마는 항상 남자아이들이 제 비밀스러운 부분을 절대로 만지게 하지 말라고 말했는데, 왜 엄마는 남자들이 엄마를 만지게 하는 거예요?"

"파슈매, 네가 말했듯이 엄마는 널 사랑하지만 엄마는 엄마

544

를 사랑하지 않아서야."

"엄마는 슬픈 삶을 살았어요. 그쵸, 페니 아저씨?"

"그래."

"이제 엄마가 왜 항상 슬펐는지 알겠어요. 엄마의 비밀스러운 부분을 사랑하는 거 빼고는 엄마 자체를 사랑한 사람이 없었어요."

"그래, 없었어."

"그치만 오늘 엄마는 굉장히 예뻤어요, 그렇죠?"

"응, 많이 예뻤단다."

"결혼할 만큼 많이요?"

부우가 일어나 앉았다. "아빠, 저희는 같이 살고 싶어요. 아빠랑 샤완다 아줌마랑요. 그건 정말 멋진 해피엔딩이 아닌가요?"

침대에 기대고 있던 스콧이 몸을 일으켜 부우를 바라보았다. 부우 앞에서는 그동안 진실을 얼버무려 왔다. 하지만 살인사건 재판 3일 만에 아이들은 어느덧 진실과 마주할 수 있게 되었다.

"얘들아, 해피엔딩은 동화 속에서는 일어나지만 현실에서는 아니란다."

29

샤완다는 레베카의 갈색 정장을 입은 그다음 날도 여전히 아름다웠다. 스콧이 그녀 옆에 앉았다. 모든 시선이 스콧에게 집중되었지만 스콧의 시선만은 샤완다를 향해 있었다. 샤완다는 그에게 진실을 말했다. 하지만 모든 변호인이 그렇듯 법정에서 진실이 우세한 적은 드물다는 걸 스콧은 이미 알고 있었다. 바비가 옳았다. 배심원들이 샤완다의 운명을 결정할 때, 오직 한 가지 질문을 할 것이었다. "샤완다 존스가 클라 맥콜을 살해한 것이 아니라면 누가 그를 살해한 것인가?" 그들에게는 답이 필요했다. 하지만 스콧에게도 답은 없었다. 아무런 실마리조차 가지고 있지 않았다.

스콧은 미끼를 던지기로 했다. 민사소송에서 증인신문을 하면서 아무런 해결의 실마리를 찾을 수 없을 때에 흔히 쓰이는 수법으로, 최대한 질문을 많이 해서 증인이 실수로 말할 수 있도록 유도하는 것이었다. 성공한 적은 없었지만 일단 그물을 쳤다.

"맥 맥콜을 증인으로 신청합니다."

레이 번스가 의자에서 벌떡 일어나면서 말했다. "이의 있습니다. 상원의원 맥콜은 증인 목록에 없습니다."

"맞는 말입니다, 페니 씨." 재판장이 물었다. "목록에 없는 사람을 증인으로 부를 만한 이유라도 있습니까?"

"네, 번스 씨가 제 의뢰인을 사형시키려고 하고 있죠. 전 그걸 막으려는 거고요."

뷰퍼드의 입가가 올라갔다. "좋습니다. 이의를 기각합니다."

상원의원 맥콜이 방청석에서 천천히 일어나 옷매무새를 바로 고쳤다. 그러고는 스콧에게는 시선도 주지 않은 채 그를 지나쳐 증인석으로 향했다. 선서를 하고 증인석에 앉는 모양새가 꼭 초상화의 모델 같았다.

"맥콜 의원님, 당신의 아들은 마약 남용을 한 전과가 있죠?"

"예전에 약물남용으로 문제가 있었지만 이겨 냈습니다."

"강간과 관련된 문제도 알고 있습니까?"

"죄송하지만 무슨 질문인지 모르겠군요."

"한나 스텔레라는 사람을 알고 계십니까??"

"아니요, 모릅니다."

"한나 스텔레라는 이름을 들어본 적도 없습니까?"

"아니요, 없습니다."

"한나 스텔레라는 사람에게 돈을 준 적이 있나요?"

"없습니다."

"한나 스텔레가 일 년 전 클락에게 폭행당하고 강간당한 일로 고소장을 작성한 것을 아십니까?"

"아니요, 금시초문입니다. 고소장 사본이라도 가지고 계신가요?"

"맥콜 의원님, 한나 스텔레에게 강간 고소를 취하하고 댈러스에서 사라지라고 50만 달러를 준 적이 있나요?"

맥콜은 스콧을 응시했다. 눈을 깜빡이지도 않고 대답했다. 거짓말은 정치인이 변호사보다 더 잘하는 유일한 무기였다.

"당연히 없습니다."

"다른 여섯 명의 여자들에게도 강간 고소를 취하하도록 돈을 줬나요?"

"페니 씨, 그 여자들 이름이라도 있습니까? 전국적으로 방영되는 TV에서 허위진술을 하더니, 그 근거 없는 주장을 뒷받침해 줄 증거도 없지 않습니까?"

스콧이 댄 포드를 바라보았다. 예전의 아버지 같던 그 존재는 지금 미합중국 상원의원이 위증하고 있는 것을 모른 체하며 그 자리에 앉아 있었다. 댄 포드는 직접 돈을 준 당사자이기 때문에 그 여자들의 이름을 모두 알고 있었다. 하지만 스콧도 알고 있듯 의뢰인의 특권이란 강물에 납을 침출시키는 일부터 연방법원에서 위증을 하는 일에 이르기까지 모든 잘못된 행동에 대해 변호인이 눈감아 주는 것이었기 때문에 댄 포드는 조용히 있었다. 스콧은 맥콜 쪽으로 고개를 돌렸다.

"의원님, 질문에 답하세요."

"아니요, 전 다른 여자들에게 돈을 준 적이 없습니다."

"클락은 워싱턴에 아파트가 있었나요?"

"네, 있습니다."

"연방 에너지 규제 위원회 업무를 하면서 워싱턴에 있을 때 그곳에 거주했나요?"

"네."

"월요일인 6월 7일, 워싱턴에서 당신의 선거 캠페인이 시작될 때 클락이 그곳에 갈 것을 알고 있었나요?"

"네, 오겠다고 했었죠."

"클락이 6월 5일 댈러스에 온 것도 알고 있었나요?"

"아니요, FBI의 연락을 받기 전까진 몰랐습니다."

"그가 댈러스에 있다는 걸 알고 놀랐나요?"

"아니요, 죽었다는 사실에 놀랐죠."

"클락이 댈러스에 자주 왔었나요?"

"네, 클락은 워싱턴을 좋아하지 않았어요."

"당신에게 알리지 않고 댈러스에 충동적으로 오곤 했나

요?"

"네, 클락은…… 충동적이었어요."

"그렇다면 댈러스에 오면 당신의 하이랜드 파크 집에서 지냈나요?"

"네."

"델로이 룬드라는 사람을 알고 있습니까?"

"네."

"당신을 위해 일하나요?"

"네."

"무슨 일을 하죠?"

"제 보디가드입니다."

"그게 다인가요? 보호하는 것뿐인가요?"

"가끔 제 허리가 안 좋아 짐을 대신 들어 줍니다."

"당신을 위해서 증인들을 매수하기도 하나요?"

"아니요, 그렇지 않습니다."

"한나 스텔레를 돈으로 매수하였나요?"

"아니요, 그런 적 없습니다."

"제 공동변호인 바비 헤린을 매수하기 위해 그를 보냈나요?"

"아니요, 전 헤린 씨가 누구인지도 모릅니다. 알려 주시겠어요?"

바비는 문자 메시지를 받고 법정을 나가 있는 상태여서 피고인석에 없었다.

레이 번스가 일어났다. "존경하는 재판장님, 페니 씨가 텍사스의 상원의원을 모독하는 것으로 이 시간을 보낼 건가요, 아니면 이 살인사건에 연관된 질문을 할 건가요?"

"번스 씨, 이의 있습니까?"

"이의 있습니다. 사건과 전혀 무관한 질문을 하고 있습니다."

"기각하겠습니다." 재판장은 스콧을 바라보았다. "페니 씨, 상원의원의 증언을 이 사건과 결부시키시죠."

스콧은 *나 역시 그렇게 할 수 있다면 좋을 텐데* 하고 생각했다. 그 순간 법정 문이 열리고 바비가 들어왔다. 바비가 스콧에게 휴정을 요구하라는 몸짓을 했다. 스콧은 재판장에게 15분 휴식시간을 요청했다.

스콧과 바비가 법정을 나서자 카알 킨케이드가 커다란 노란색 서류봉투를 들고 벽에 기대어 서서 그들을 맞았다. 카알은 골프셔츠 위에 체크무늬 운동복을 입고 있었다. 키가 커서 흐느적거리듯 움직였다. 스콧을 보자 스콧에게 봉투를 넘겨주었다. 스콧은 봉투 안의 물건을 확인했다. 그러고는 카알을 다시 쳐다보았다.

"이게 뭘 의미하는지는 아시죠?" 스콧이 물었다.

"알 것 같아요." 카알이 말했다. "그가 지저분하다는 거예요."

"이걸 모두 어떻게……?"

카알이 웃으면서 말했다. "우리 영업기밀에 대해서는 얘기하지 맙시다. 나도 당신네들이 판사들을 어떻게 매수하는지 말하지 않을게요."

재판이 다시 시작되었다. 스콧은 맥콜 상원의원이 아들의 살인사건에 연루되어 있다는 사실을 발견했다. 바로 보디가드를 통해서였다.

"존경하는 재판장님, 델로이 룬드를 증인으로 신청합니다."

"맥콜 상원의원에게는 더 이상 질문이 없습니까?"

"네, 없습니다."

"알겠습니다."

재판장이 정리廷吏를 향해 고개를 끄덕이자 정리가 밖으로 나가고 곧이어 델로이 룬드가 들어왔다. 델로이는 자신이 마치 연방수사관이라도 되는 듯이 당당한 풍채로 기세 좋게 걸어 들어왔다. 그는 덩치가 컸고 성깔이 있어 보였다. 경찰관 시절에는 사람들의 말문을 꽤나 막았을 것 같다. 증인석에 다다라 선서를 하고 비스듬히 기대어 앉아 다리를 꼬는 것이 마치 이곳의 최고위급 간부인 듯했다. 스콧은 그런 델로이의 태도가 배심원들에게 어떤 영향을 끼치는지 살폈다. 배심원들은 그가 말하기도 전에 이미 그를 흘겨보았다. 이 법정 안에서 적어도 열세 명은 델로이 룬드를 증오했다.

"룬드 씨, 다시 만나게 되었네요."

스콧은 먼저 델로이의 자라온 배경부터 시작했다. 그는 51세로, 빅토리아 텍사스 주에서 태어나고 자랐으며 텍사스 A&I 대학을 졸업했고 휴스턴에서 3년 동안 경찰관으로 지냈다. 그후 남쪽 텍사스에서 마약과의 전쟁을 하며 DEA에서 20년 동안일했다. 이혼 경력이 있고 자녀는 없으며 6년 전 맥콜 상원의원 밑에서 일하기 시작하며 은퇴했다.

"룬드 씨, 용의자에게 죄를 뒤집어씌운 적이 있습니까?"

"아니요."

"용의자의 집이나 차에 마약을 숨겨 놓은 적이 있습니까?"

"아니요."

"용의자를 폭행한 적은요?"

"없습니다."

하지만 그의 눈은 전부 다 사실이라고 말하고 있었다. 멕시코계 사람들과 흑인 배심원들은 그의 눈에서 진실을 보았다.

"사람을 살해한 적이 있습니까?"

"네."

"몇 명이나요?"

"확실한 건 9명입니다."

"더 많았을 수도 있다는 건가요?"

"멕시코계 마약 카르텔과 싸우다 보면 헤아리는 걸 잊곤하죠."

"그렇다면 누군가의 얼굴을 가까이서 마주보며 죽인 적이 있나요?"

"네."

"언제, 어디서인가요?"

"1994년도 러레이도에서였습니다."

"그에 따른 결과는 무엇이었습니까?"

"전 DEA요원이었고 그는 마약 밀매자였어요. 제게 저항하면서 총을 들어 보였어요. 제가 먼저 쐈죠."

배심원들은 델로이 룬드가 사람을 함부로 살해할 수도 있는 위인이라는 걸 알게 되었다. "그 다음엔 어땠나요?"

"좋았죠, 그는 죽었고 전 살아 있었으니까요."

"룬드 씨, 당신이 누군가를 가까이서 죽인 게 그때가 처음이 아니죠?"

델로이가 눈을 가늘게 떴다. "델리오에 대해 이야기하는 건가요?"

"네."

"전 혐의에서 벗어났어요."

"대배심원에게 불기소되는 것과 혐의에서 풀려나는 것은 같은 게 아니에요, 룬드 씨. 그저 기소할 수 있는 증거가 불충분했을 따름인 거죠."

레이 번스가 일어났다. "이의 있습니다. 사건과 무관한 질문을 하고 있습니다. 존경하는 재판장님, 룬드 씨는 여기에 재판을 받으러 온 것이 아닙니다.”

스콧이 말했다. “재판을 받아야 할 것 같은데요.”

“기각하겠습니다.” 재판장이 말했다.

스콧은 증인을 다시 바라보았다. “룬드 씨 1998년 3월 13일 텍사스 주 델리오에서 무슨 일이 있었는지 알려 주시죠.”

“마약 거래자들과의 충돌과정에서 용의자를 총으로 쐈습니다.”

“당신은 열여섯 살 소년을 쐈어요.”

“더 나이가 많아 보였습니다.”

스콧은 카알에게서 건네받은 봉투에서 서류를 빼내 연단에 올려놓았다. 델로이 룬드의 배경을 살피던 카알은 델로이가 불필요한 폭력 사용으로 문책을 당한 일이 있었다는 사실을 확인하고 더 깊이 조사해 보기로 했다. 그렇게 털다 보니 더 많은 먼지가 드러난 것이다.

“룬드 씨, DEA 내부의 사건 기록에서…….”

“그건 기밀정보인데 어떻게 알아냈죠?”

“죄송합니다, 그건 변호사의 비밀유지의무와 변호사−의뢰인 간 특권 때문에 밝힐 수 없습니다. 룬드 씨, 제가 말했다시피, DEA 내부 기록에 의하면 그날 밤 당신은 델리오 시내의 술집 밖에서 멕시코인 남녀 일행 열두 명이 마약거래 하는 걸 보고 그들에게 다가갔다고 적혀 있습니다. 적어도 이건 당신이 그렇게 진술한 것이죠. 증인들은 당신이 그 당시 술에 취해 있었

고 일행 중 한 여성에게 단도직입적으로 잠자리를 함께하자고
했다고 증언했습니다.

"거짓말입니다."

"어떤 상황에서든지 끝나고 나면 논란이 뒤따르죠. 어쨌든
당신은 무기가 없는 열여섯 살 소년을 총으로 살해했습니다."

"그가 총을 꺼내려고 했어요."

"그 사건현장에서는 총이 발견되지 않았다고 했습니다."

"그의 친구들이 도망갈 때 가지고 갔어요."

"그 소년이 당신에게 험한 소리를 했나요? 그렇게 대치가
시작된 건가요?"

"용의자가 제 지시에 따르는 걸 거부했어요. 제 앞에서 알
짱거렸고 어떻게 할 수 없는 상황까지 갔죠."

"어쩔 수 없는 상황이었다고요?"

"네, 해결하기 어려웠어요."

"룬드 씨, 유독 당신에게만 그런 일이 자주 일어나는 것 같
군요. 당신에 관한 기록을 살펴보면 생명을 위협할 만한 치명적
인 총격행위를 아홉 번 저질렀고 그 외에도 총기사용을 무분별
하게 했으며 불필요한 폭력을 행사한 적이 열두 번 있어 문책을
당했다고 나와 있더군요. 그뿐만 아니라 프리랜서로 혼자 일한
것 때문에 내부에서 진상조사를 받은 일도 모자라 본부의 승인
없이 소탕작전을 개시한 것까지…… DEA에서 일하는 동안 사
고뭉치였군요, 델로이 씨."

델로이는 전부 부인하며 고개를 가로저었다. "페니 씨, 민간인다운 생각만 하시는군요. 마약과의 전쟁은 골프클럽에서 하는 카드게임이 아닙니다. 멕시코인 마약 카르텔들은 폭력적이고 무자비한 녀석들이에요. 그들은 후아레스에서 수백 명의 여자들을 살해했고 그중 몇몇은 젊은 미국계 여자아이들이었어요. 누에보 라레도에서는 관광객 수십 명을 납치하고 살해한 데 이어 리오그란데에 시체를 유기했어요. 또 국경 경호원들을 살해하고 그들을 나무라는 천주교 신부들을 살해했고요. 그들은 멕시코 전국의 경찰들을 마음대로 조종할 수 있고 그들 뜻대로 움직여 주지 않으면 죽여 버려요. 근데 그런 사람들을 댈러스에 돌아다니게 내버려 두라고요? 저 같은 사람은 말이에요, 페니 씨, 저희는 그들을 잡아서 격리하기 위해 조치를 취하는 거예요."

"그건 사실일지 몰라도요, 룬드 씨, DEA에서 당신보다 높은 자리에 있던 사람들은 당신의 행동을 마음에 들지 않아 했었죠, 그렇죠?"

"그들은 국경을 넘지 못하는 사무직원들이었어요."

"델리오 사건 이후로 DEA에서 강제퇴직 되었나요?"

"네, 그들은 성과를 얻는 것보다 자기 진급을 더 중요하게 생각하는 작자들이에요. 하지만 전 성과를 냈어요."

"한나 스텔레의 경우에도 성과를 얻었죠, 맞나요?"

"무슨 말을 하시는지 모르겠군요."

"룬드 씨, 한나 스텔레가 이 재판에 오지 못하게 매수했나요?"

"아니요."

"그녀를 물고기 떡밥으로 만들어 버리겠다고 협박했나요?"

"전 낚시를 좋아하지 않습니다."

"질문에 답하세요."

"아니요, 전 아무도 협박하지 않았습니다."

"한나 스텔레가 누군지 알고 있습니까?"

"아니요."

"제 공동 변호인인 로버트 헤린이 이 사건에 관여하지 못하도록 그를 매수하려 했나요?"

"아니요."

"그에게 십만 달러를 준 적이 없다고요?"

"그렇습니다."

"클락 맥콜을 알고 계셨나요?"

"네."

"그에 대해 어떻게 생각하셨나요?"

"솔직히요?"

"왜요, 저흰 법정에 있잖아요."

"그는 쪼그마한 얼간이……." 델로이는 하던 말을 멈추고 스콧의 눈길을 지나쳐 맥콜 상원의원을 바라보았다.

"쪼그만 얼간이요? 클락을 그렇게 불렀나요? 예전에 그에 대해 이야기할 때 그렇게 얘기했었나요?"

델로이가 다시 스콧을 바라보며 말했다. "그는 아주 착한 아이였어요.”

“여자들을 폭행하고 강간하기 좋아하는 착한 아이요?”

“그런 사실에 대해서 전 아무것도 모릅니다.”

“6월 5일 밤에 어디 계셨나요?”

“D.C에 있었습니다.”

“워싱턴 D.C에 말입니까?”

“네.”

“확실한가요?”

“네.”

스콧은 봉투에서 또 다른 서류 한 장을 꺼내들었다. “룬드 씨, 여기엔 클라 맥콜의 이름으로 되어 있는, 6월 5일 아침 8시 23분 워싱턴발 댈러스행 1607 아메리칸 항공편의 1등석 표가 있습니다.”

“그래서요?”

이어서 다음 서류를 꺼내들었다. “이것은 같은 날 아침 8시 30분 워싱턴에서 댈러스로 가는 1815 US항공편의 또 다른 1등석 표입니다. 여기엔 당신 이름이 적혀 있더군요.”

델로이는 눈 하나 깜짝하지 않았다. “어떤 실수가 있었나 보군요.”

“어딘가 또 다른 델로이 룬드가 돌아다니고 있다고 생각하시는 건가요?”

“전 모르죠.”

"클락의 비행기는 6월 4일 오후 4시 37분에 예약되었습니다. 당신의 항공권은 28분 후에 예약되었고요. 클락의 뒷조사를 하기 위해 누군가를 그의 사무실에 보냈었죠, 그렇죠?"

"아닙니다."

"당신의 운전면허증을 봐도 괜찮을까요?"

"네?"

"운전면허증이요. 보여 주시겠습니까?"

델로이의 검은 눈이 아주 미세하게 떨렸다. 주춤하는 듯하더니 오른쪽 뒷주머니에서 지갑을 꺼내 스콧에게 마지못해 보여 주었다."

"존경하는 재판장님, 증인에게 가까이 다가가도 괜찮겠습니까?"

뷰퍼드 재판장은 고개를 끄덕였다. 스콧은 델로이에게 다가가 면허증을 건네받고 다시 연단으로 돌아와 또 다른 서류와 면허증을 살폈다.

"룬드 씨, 당신의 비행기 표가 아닌 것이 확실하나요?"

"네."

"6월 5일 댈러스에 있지 않았던 게 확실한가요?"

"네."

델로이의 대답이 끝나기 무섭게 스콧이 서류를 들어 보였다. "그렇다면 여기에 있는 댈러스공항 보험회사의 6월 5일자 렌터카 계약서는 어떻게 설명할 건가요? 여기에 당신의 서명과 운전면허번호가 적혀 있는데요."

델로이는 꼬았던 다리를 폈다. 시선을 바닥으로 떨어뜨렸다. 표정은 변하지 않았지만 턱 근육에 경련이 일었고 입술이 씰룩거렸다. 이마에는 땀방울이 맺히기 시작했다. 그는 거짓말하고 있었다. 법정 안의 모든 사람이 그가 거짓말하고 있다는 걸 알아차렸고, 그 역시 사람들이 알아차렸다는 것을 인지했다. 그리고 위증죄로 구속되기 일보 직전이라는 사실도 알고 있었다. 하지만 멕시코의 마약왕들 앞에서도 대담했던 그이기에 배짱을 두둑이 하고 스콧의 눈을 똑바로 쳐다보며 말했다. "그게 사실 지금 그 얘기하니깐 기억이 나네요. 그날 댈러스에 있었어요, 까먹었습니다."

"까먹었다고요?"

"네, 까먹었었어요."

"알겠습니다, 일단 그렇다고 하죠. 그럼 당신은 6월 5일 토요일, 오전 11시에 댈러스에 도착해서 일요일 오후 4시 30분에 1815 US항공편을 타고 돌아갔단 말씀이시죠?"

"맞는 것 같군요."

"그렇다면 30시간밖에 있지 않을 거면서 굳이 댈러스에 온 이유가 무엇이죠?"

델로이가 미소 지었다. "매춘부 한 명 데리고 놀고 싶어서요." — 샤완다를 향해 손짓하며 — "저기 있는 금발머리 같은 애 데리고 놀려고요."

"룬드 씨, 손수건을 가지고 다니시나요?"

"네, 알레르기가 있어서요."

"한 번 봐도 될까요?"

델로이가 주머니에서 손수건을 꺼내 스콧에게 보였다.

"가지셔도 좋아요."

스콧이 펜과 메모지를 가지러 피고인석으로 걸어갔다. 스콧을 따라가던 델로이의 시선이 피고인석에 앉은 샤완다를 보고는 얼어붙었다. 자세히 보니 그녀의 머리색은 금발이 아니라 갈색이었기 때문이다. 스콧은 검찰 측 테이블을 슬쩍 곁눈질했다. 델로이는 방금 전 샤완다를 향해 "금발머리"라고 불렀다. 델로이가 그날 밤 그곳에 있던 사실이 확실해지는 순간이었다.

델로이 룬드가 클락 맥콜을 살해한 것이다.

스콧의 아드레날린이 힘차게 뿜어져 나오기 시작했다. 머리가 빠르게 굴러갔다. 살인자는 바로 눈앞의 몇 미터도 채 떨어져 있지 않은 증인석에 앉아 있었지만 스콧에게는 이 남자를 범죄와 엮을 수 있는 증거가 아무것도 없었다. 델로이 룬드는 경험이 많은 법집행관이어서 범죄현장에서 유죄를 입증할 수 있는 어떠한 증거도 남기지 않았다. 스콧의 유일한 희망은 델로이가 그 자리에서 자백하게 하는 것뿐이었다. 그곳에서 모든 사람 앞에 자신이 클락 맥콜을 살해했다고 본인 입으로 진실을 말하는 방법밖엔 없었다. 페리 메이슨의 순간(페리 메이슨은 E. S. 가드너의 추리소설에 등장하는 주인공 변호사의 이름에서 유래한 용어로, 미국의 재판절차에서 법정의 모든 사람이 모르고 있던 증거나 정보가 예상치 못한 방법으로 그리고 극적으로 발견되어 재판결과를 반전시키는 경우를 일컬음: 역자 주)이 왔다. 모든 변호사가 꿈꾸는 순간, 텔레비전과 영화에서만 일어나는 그런 순간이 온 것이다.

스콧이 증인석으로 돌아가 메모지와 펜을 델로이 앞에 놓아두었다.

"룬드 씨, 서명 한번 해 주시겠습니까?"

델로이는 어깨를 으쓱하며 오른손으로 펜을 집어 들어 서명했다.

"오른손잡이시군요, 룬드 씨."

"네, 그런데요?"

"FBI의 포렌식 전문가가 클락 맥콜을 죽인 사람은 오른손잡이일 거라고 증언했었죠. 당신은 오른손잡이이고 살인범도 오른손잡이입니다. 사건은 6월 5일 댈러스에서 일어났고 당신도 6월 5일 댈러스에 있었죠."

"이곳에 있는 사람들 90퍼센트가 오른손잡이에요. 그리고 6월 5일에 댈러스에 있었던 사람들도 한두 명이 아닐 텐데요."

"하지만 그 사람들은 클락 맥콜을 살해할 이유가 없어요, 그렇지 않나요?"

"그건 물어봐야 알겠죠."

"그럼 지금 묻습니다. 당신은 클락 맥콜을 살해했나요?"

재판장이 증인을 면밀히 살펴보고 있을 때 레이 번스가 이의를 제기하려 일어났다. "존경하는 재판장님⋯⋯."

"번스 씨 앉으세요." 재판장은 시선은 델로이에게 고정한 채로 레이에게 말했다. 레이가 앉았다. "룬드 씨, 질문에 답하세요."

델로이가 말했다. "천만에요, 전 클락을 살해하지 않았어요. 제가 뭣 때문에 그가 죽었으면 좋겠다고 생각하겠어요? 전 그의 아버지를 위해 일하는 사람이라고요."

"그의 아버지는 대통령이 되고 싶어 하죠."

"그래서요?"

"그런데 그의 아들이 코카인을 사용하고 성매매에 연루되어 있으며 여성들을 강간했을 가능성도 있다는 사실이 알려진다면 상원의원 맥콜이 백악관으로 갈 가능성은 여기 피고인이 백악관으로 갈 가능성과 같아지겠죠. 그렇지 않나요?"

델로이가 코웃음을 쳤다. "잠깐만, 개소리 집어치워."

재판장이 말했다. "룬드 씨 입조심하세요."

델로이가 말했다. "젠장, 만약 망나니 같은 아들을 둔 게 살해동기였다면 워싱턴 D.C에 있는 정치인들은 모두 그들의 자식을 살해하고도 남았을 거예요. 강간에 대해선 잘 모르겠지만, 술과 마약에 절어 아버지가 숨기고 싶어 하는 짓을 일삼는 정치인의 자녀가 클락뿐인 줄 아세요? 그런 사람들은 세상에 널리고 널렸어요. 아버지의 삶이 은쟁반에 담겨 왔지만 거기에 똥이나 눠서 망쳐 버리는 그런 돈 많은 아이들은 즐비하다고요."

"룬드 씨, 6월 5일 왜 하필 댈러스에서 여자를 사려고 했죠?"

델로이가 어깨를 으쓱했다. "세상에서 제일 아름다운 여자들이 댈러스에 있기 때문이죠."

"그게 사실일지는 몰라도 당신은 워싱턴에서 상원의원 맥콜을 위해 일을 하는 사람이에요. 굳이 다른 곳으로 가지 않고도 이 지역에서 원하는 성매매여성을 찾을 수 있었을 거예요. 불과 이틀 후에는 대통령 선거 캠페인이 시작되는데 더더욱 그렇게 했었어야죠. 하지만 당신은 D.C에 남아 있는 대신 클락이 댈러스에 온 날과 같은 날인 6월 5일 댈러스에 왔습니다. 룬드 씨, 클락을 살해하려고 작정하고 댈러스에 온 건가요?" 델로이가 한숨을 쉬었다. "말했다시피, 전 클락을 살해하지 않았어요."

"그렇다면 왜 하필 상원의원 맥콜의 중요한 날 이틀 전에 워싱턴을 떠나 댈러스로 온 건가요? 왜 워싱턴에 남아 상원의원을 보호하지 않고 댈러스에 비행기까지 타고 와서 성매매를 하려 했던 건가요?"

델로이에게 재차 질문하던 스콧의 눈이 순간 커졌다.

"그렇군요, 그것이군요."

"뭐가요?"

"이렇게 간단한 것이었군요."

"무슨 소릴 하는 거예요?"

"클락을 살해하러 이곳에 온 게 아니었어요. 당신은 상원의원 맥콜을 보호하기 위해 왔어요."

"도대체 무슨 소릴 하시는 건지 모르겠군요."

"룬드 씨, 클락이 댈러스에 왔을 때 주로 어떤 일이 일어났나요?"

"대답하기를 포기하겠어요. 저도 되묻고 싶군요, 어떤 일이 있었나요?"

"그는 사고를 쳤어요. 사고를 치려고 집에 돌아왔죠. 사실 클락은 댈러스에서만 사고를 칠 만큼 똑똑했어요. 왜냐하면 여기서는 아버지가 어떤 일이든 돈으로 해결할 수 있었으니까요. 맥콜의 돈이라면 댈러스에서 어떤 것이든 살 수 있죠 — 일곱 명의 강간 피해자조차 말이죠."

"말씀드렸다시피 전 그 일에 대해선 아무것도 모릅니다."

"그리고 상원의원 맥콜에게 있어 대통령 선거를 앞두고 절대 있어서는 안 되는 일이 클락이 체포되는 거였어요. 게다가 당신이 말한 것처럼 흔한 술이나 마약 때문이 아니라 강간혐의로 체포되는 것 — 그건 그렇게 흔한 게 아니죠, 그렇죠? 더군다나 대통령 선거에 출마한 후보의 아들이라면 더더욱 그렇죠. 언론은 벌떼처럼 몰려들 것이고 다른 여성들을 찾아낼 가능성도 있었어요. 상원의원은 자신의 정치적 생명이 끝나지 않도록 클락의 과거를 숨기기 위해 수백만 달러를 사용했어요. 그렇게 해서 이제 대통령직이 손에 잡힐 듯했고 여론조사에서도 선두로 달리고 있었어요. 그의 꿈이 이뤄지기 일보직전이었죠…… 근데, 그가 백악관을 손에 넣기도 전에 잃게 만들 수 있는 유일한 덫이 뭔지 아세요? 바로 강간범 아들이에요. 그게 상원의원 맥콜의 꿈을 앗아가는 거죠, 그렇지 않나요?"

스콧은 방청석에 앉아 있는 상원의원을 가리켰다.

"상원의원 맥콜은 그의 중요한 발표를 하루 앞둔 날에 클락이 댈러스에 온다는 사실을 알았어요. 그래서 클락을 미행해 사고치지 않도록 하라고 당신을 불렀을 게 확실해요."

스콧은 봉투에서 또 다른 서류 한 장을 꺼냈다.

"클락은 아버지의 선거 캠페인이 시작되는 날에 맞춰 돌아오기 위해 6월 6일 오후 2시 21분에 워싱턴으로 돌아오는 항공편을 예약했어요. 맥콜은 클락이 만일 토요일 하룻밤을 지내기 위해 굳이 항공편으로 댈러스에 가는 것이라면 그것이 무엇을 의미하는지 잘 알고 있었을 거예요. 악마의 속삭임에 클락이 넘어갔다는 것이죠. 그는 술과 마약을 하고, 매춘부를 사기 위해 댈러스 집으로 돌아왔어요. 그리고 상원의원은 클락의 어두운 면이 나타날 때마다 그런 일을 벌인다는 것을 알고 있었고 그것을 막아야 했죠. 일요일 아침 신문에서 아들이 또 여자를 폭행하고 강간한 죄로 체포되었다는 사실을 접하고 싶지 않았던 겁니다. 그래서 그런 일이 일어나지 않도록 당신을 댈러스로 보낸 거죠. 당신의 임무는 클락을 보살펴 주고 그의 보호자가 되어 주고 언론에 나오지 않도록, 사고를 치지 않도록 하는 것이었어요. 당신은 맥콜 상원의원을 그의 아들로부터 지켜 내기 위해 댈러스로 왔어요."

스콧을 바라보던 델로이가 다시 맥콜 쪽으로 시선을 돌렸다. 스콧 역시 델로이의 시선을 따라 맥콜을 쳐다보았다. 일순간 가슴이 철렁했다. 상원의원의 눈과 표정에서 자신이 완전히 잘못 짚었다는 걸 알아차렸다. 다시 델로이를 바라보며 물었다.

"상원의원이 보낸 게 아니군요, 그렇죠? 당신이 직접 벌인 일이네요. 당신은 그의 동의 없이 이 일을 진행했어요. 왜죠? 왜 상원의원에게 말하지 않았나요? 그가 이 연결고리와 무관한 게 좋겠다고 생각했나요? 아니면 중요한 날을 앞둔 맥콜을 괴롭히고 싶지 않은 거였나요?" 재차 묻던 스콧은 고개를 저었다. "어쨌든 당신은 6월 5일 토요일, 클락이 아버지 일에 방해가 되는 걸 막으려 댈러스에 온 건가요, 룬드 씨?"

"아닙니다."

"댈러스에 와서 자동차를 렌트하고 그날 밤 클락의 뒤를 밟았죠, 그렇죠?"

"아닙니다."

"매춘부들이 많이 있는 해리 하인스로 따라간 게 아니라고요?"

"아닙니다."

"그리고 그곳에서 클락이 지나가다 각각 빨간색 가발과 금발 가발을 쓴 흑인 여자 두 명에게 차를 가까이 대는 걸 보았죠?"

"아닙니다."

"금발을 쓴 여자가 클락의 차에 탔고요, 그렇지 않나요?"

"모릅니다."

"그 여자가 피고인이었죠, 그렇죠?"

"모릅니다."

"그렇다면 왜 방금 피고인을 '금발머리'라고 불렀나요?"

"그건……."

"피고인의 머리색은 금발이 아닙니다, 룬드 씨, 갈색이죠. 피고인은 그날 밤 이후로 금발 가발을 쓰지 않았어요. 감옥에 있었어요, 룬드 씨."

스콧은 검찰 측 테이블로 걸어가 증거 가방에서 금발가발을 꺼내 와 샤완다에게 건네주었다.

"존경하는 재판장님, 피고인이 가발을 써 봐도 괜찮습니까?"

"그렇게 하세요."

샤완다가 가발을 썼다. 스콧은 연단으로 돌아와 샤완다를 가리켰다.

"룬드씨, 당신은 저 가발을 쓴 피고인을 그날 밤에 봤습니다. 그게 당신이 피고인을 '금발머리'라고 부를 수 있는 유일한 가능성이에요. 당신은 피고인이 클락의 차에 타는 걸 봤고 하이랜드 파크의 맥콜 별장에 들어가는 것까지 따라갔어요. 그리고 그 집에서 조금 떨어진 곳에 차를 세웠죠. 당신은 클락의 상대가 흑인 매춘부여서 크게 사고를 치지는 않을 거라고 생각했던 거예요. 아, 좀 때릴 수도 있겠지만 그녀가 뭘 어떻게 하겠어요? 경찰을 부르지도 못할 것이고, SMU 학생도 아니었고 그저 매춘부일 뿐이라고 생각했겠죠. 그래서 클락이 재미 볼 동안 당신은 밖에서 기다렸어요.

하지만 피고인이 클락의 메르세데스를 타고 밖으로 나가는 걸 보고는 집 안으로 뛰어 들어가 클락의 방으로 들어갔어요. 그곳에서 당신은 클락이 벌거벗은 채 급소를 붙잡고 방바닥에 뒹굴고 있는 걸 발견했겠죠. 그러곤 당신은…… 당신은 그를 보고 웃어 댔겠죠. 흑인 매춘부의 무릎으로 불알을 까인 부잣집 도련님이라니, 꽤나 웃겼겠죠. 그래서 클락을 보며 비웃었을 거예요. 쪼그마한 얼간이라고 불러 주었나요?"

"전 거기에 없었습니다."

"클락이 불쾌하게 여겼죠, 그렇죠? 당신 같은 사람이 클락 맥콜을 무시하다니. 당신은 그저 피고용인이고 그런 자가 자신을 무시하는 건 용납할 수 없었을 거예요. 그래서 그가 당신에게 욕을 퍼붓기 시작했을 거예요. 당신이 맥콜보다 한 40킬로그램은 더 나가나요? 하지만 술과 코카인이 그를 용감하기 만들었고, 매춘부에게 얻어맞아 화도 잔뜩 나 있었기 때문에 그는 피고인에게 욕한 것처럼 당신에게도 거침없이 욕을 했을 거예요. 그리고 나서…… 또 뭐라고 했나요? 당신이 그를 죽이고 싶어 할 정도로 한 말이 뭐죠?"

스콧은 손가락을 튕기면서 델로이를 가리켰다.

"당신을 해고하겠다고 협박했군요. 아버지한테 일러바쳐 해고시키겠다고 했겠죠. 할 수 있을지 없을지는 모르지만 그럴 가능성이 있다는 것 자체를 받아들일 수 없었겠죠. 만약 해고당한다면 당신은 어떻게 될까요? DEA로 돌아가야 할까요? 당신의 그런 이력으로는 절대 못 돌아가죠. 상상해 보니 꽤나 암울했겠죠, 그렇죠, 룬드 씨? 해고당하면 얻을 수 있는 최상의 일이 마트 경호원일까요? 국경에서 멕시코 마약 장사꾼들을 잡아 가두던 전직 DEA요원이 주차장에서 좀도둑들이나 쫓아다니게 된다니, 그게 맥콜 상원의원이 없는 당신의 인생일 거예요, 그렇죠? 바로 그게 당신을 화나게 한 게 아닌가요? 벌거벗은 채 바닥에 누워 있는 쪼그만 돈 많은 아이가 당신의 미래에 대해 협박하고 있다니, 그 쪼그만 얼간이가 말이에요!

룬드 씨, 또다시 통제할 수 없게 되어 버린 건가요? 델리오의 그 멕시코인 소년처럼 클락이 당신을 열받게 했겠죠. 화가 끓어 넘쳐 올랐겠죠. 클락 맥콜을 살해하고 싶어 어쩔 줄 몰랐나요? 그래서 바닥에 있는 총을 보고 손수건을 꺼내 총에 감고선 당신의 그 오른손으로 총을 집어 들고 왼손으로는 쪼그만 얼간이의 머리칼을 잡았겠군요. 그리고 클락의 왼쪽 눈 위의 이마에 총구를 대고 방아쇠를 당겼겠죠. 델리오에서 소년을 죽였을 때처럼 클락 맥콜을 살해했군요. 그렇지 않나요, 룬드 씨?"

델로이의 시선이 또 한 번 맥콜 상원의원에게로 향했다. 스콧은 델로이와 상원의원이 오랫동안 서로를 응시하는 걸 지켜보았다. 델로이에게서 한참을 눈을 떼지 못하던 맥콜이 고개를 떨어뜨렸다. 자신의 보디가드가 아들을 죽였다는 걸 눈치 챘기 때문인지 아니면 백악관의 꿈이 무너졌다는 걸 직감했기 때문인지는 몰라도 그의 얼굴이 한순간 축 쳐지고 폭삭 늙었다. 스콧은 다시 델로이에게로 고개를 돌렸다.

"피고인에게 모든 죄를 덮어씌울 수 있다고 생각했겠죠. 그녀의 총이었고 지문도 묻어 있었을 테니까요. 하지만 당신은 한 가지 중요한 사실을 몰랐어요. 그녀가 왼손잡이라는 사실이죠. 그날 밤 그렇게 당신이 흥분해서 클락 맥콜을 살해했죠? 그렇죠? 룬드 씨?"

몰아붙이던 스콧은 잠시 멈췄다. 배심원 열두 명이 일제히 마치 정면에서 불어오는 바람에 맞서기라도 하듯 몸을 앞으로 한껏 내밀고 있었다. 뷰퍼드 재판장은 아예 의자를 돌려 앉아 증인에게 집중했다. 레이 번스는 그가 욕심내던 워싱턴 미션이 방금 전 물거품이 된 듯한 얼굴을 했다. 바비와 케런 그리고 샤완다는 피고인석 탁자 위에 거의 올라갈 것처럼 몸을 일으켜 세웠다. 댄 포드는 마치 기도하는 듯이 의자 받침대에 팔꿈치를 대고 손을 모았다. 부우와 파슈매는 미인선발대회의 결승 진출자처럼 서로 손을 맞잡았다. 법정 안의 모든 사람이 델로이 룬드가 클락 맥콜을 살해한 사실을 자백하기만 기다렸다. 스콧은 델로이에게 조금 더 자극을 주기 위해 델로이에게 가까이 다가

가기로 결심했다.

피고인석 테이블에 놓인 사건현장의 사진을 들고 증인에게 가까이 다가가도 괜찮은지 재판장에게 물었고 재판장이 고개를 끄덕였다. 스콧은 증인석으로 다가가 이제는 고개를 숙이고 있는 델로이의 무릎에 사진을 떨어뜨렸다. 그러고는 델로이의 얼굴에 자신의 얼굴을 가까이 했다.

"델로이, 자백해요! 클락을 살해한 걸 알고 있어요! 클락을 살해한 걸 배심원도, 상원의원조차도 알고 있어요!"

델로이의 얼굴이 붉게 달아올랐고 땀으로 범벅되었다. 호흡이 가빠졌고 혈압이 오르는 듯 머리의 핏대가 섰다. 고개를 숙여 민머리의 핏대가 더욱 선명하게 돋보였다. 무릎에 놓인 사진을 손에 쥔 델로이는 손아귀 힘으로 힘껏 사진을 구겼다. 마치 클락 맥콜에 대한 기억을 짜내 버리려는 듯 싶었다. 스콧은 이제 그가 폭발하리라고 생각했다. 델로이는 이제 곧 화를 주체 못 하고 소리칠 것이었다. *그래 내가 클락을 죽였다! 그래, 내가 그 쪼그마한 얼간이를 죽였어!*

하지만 델로이가 다시 고개를 들었을 땐 눈에 한껏 독기가 서려 있었다. 그가 말했다. "그럼 증명해 봐."

"이것으로 변호인 측 신문을 마칩니다. 존경하는 재판장님."

레이 번스는 워싱턴 진출을 살려 내기 위해 FBI 요원 헨리 후를 다시 불러 왼손잡이도 오른손으로 살해도구를 사용할 수 있다는 증언을 마지못해 하도록 만들었다. 레이가 자리에 앉았을 때 스콧이 일어나서 제일 가까이 있는 서류를 집어 들었다

"존경하는 재판장님, 증인에게 가까이 다가가도 괜찮겠습니까?"

"네, 페니 씨."

스콧은 피고인석을 돌아 증인석으로 가는 도중 장애물에 발이 걸려 넘어지는 척 하면서 증인석 옆으로 서류를 떨어뜨렸다. 배심원석과도 가까운 거리였다. 스콧이 몸을 바로 세우자 후 요원은 늘 그렇듯이 매너 좋게 자리에서 일어나 서류를 주웠다. 후 요원이 서류를 주워 스콧에게 건넨 손은 오른손이었다.

스콧이 말했다. "후 요원님, 오른손잡이인가요?"

순간 후 요원은 자신이 무언의 증언을 해 보였다는 걸 알아챘다. 떨어진 서류를 보고 오른쪽 팔을 뻗은 건 지극히 자연스럽고 반사적인 일이었기에 그곳에 있는 오른손잡이라면 누구나, 클락 맥콜의 살인자라도 똑같이 그렇게 했으리라는 증명이 된 셈이다. 그가 살짝 미소 지어 보이며 말했다.

"네, 맞습니다."

"더 이상의 추가질문은 없습니다."

케런과 바비는 부엌에서 파스타를 만들었고 아이들은 욕조에서 목욕을 하고 있었으며 정신적, 육체적으로 몹시 피로했던

574

스콧은 바닥에 축 늘어져 있었다. 바비는 냉장고에서 맥주 두 캔을 꺼내 스콧에게 다가가 한 개를 내밀었다.

"내일 어떤 결과가 나오더라도 스콧, 넌 샤완다를 위해 옳은 일을 한 거야."

"고마워, 바비. 그리고 난 맥 맥콜이나 댄 포드에게 복수하기 위해서가 아니라 샤완다를 위해 했다는 것만 알아 줘."

"알려 줘서 고마워, 스콧. 나도 그걸 알 필요가 있어."

"알아. 그리고 고마워, 바비."

"뭐가?"

"함께해 줘서. 비용도 없이 열심히 해 줘서."

바비가 맥주를 마시다 말고 얼어붙었다. "나 돈 못 받는 거야?"

기도를 마친 후에 파수매가 눈을 뜨고 말했다. "페니 아저씨, 전 맥콜 아저씨가 대통령이 되지 않았으면 좋겠어요."

"나도 그래."

"그리고 델로이 아저씨 말이에요. 나쁜 사람이죠. 그렇죠, 페니 아저씨?"

부우가 말했다. "그가 클락을 죽인 사람이에요?"

"나쁜 사람이고, 그래, 그가 죽였어."

"감옥에 가는 거예요?"

"모르겠어." 스콧이 일어났다. "잘 자, 내일도 중요하니깐.

최후변론하고 평결이 나올지도 몰라."

"내일 엄마가 나올 수도 있어요?"

"나올 수도 있고 못 나올 수도 있어."

파슈매가 잠시 생각하더니 말했다. "고맙습니다, 페니 아저씨."

"뭐가 고맙니?"

"저희 엄마를 위해서 이렇게 해 준 거 말이에요."

스콧이 안경을 벗고선 눈물을 닦았다. "파슈매, 너희 엄마와 네 덕분에 내 인생은 훨씬 나아졌단다."

30

A. 스콧 페니, ESQ.는 열두 명의 배심원들 앞에 서서 말했다. "저의 유년시절, 어머니께서는 제가 잠들기 전에 어머니가 좋아하던 『앵무새 죽이기』를 읽어 주시곤 했죠. 읽어 보거나 영화를 본 분들도 있을 텐데요. 『앵무새 죽이기』는 어린 소녀와 그의 아버지인 아티커스 핀치라는 변호사에 대한 내용입니다. 아티커스 핀치는 명예로운 남자였고 명예로운 변호사였습니다. 이야기의 배경인 1930년도에도 흔치 않은 일이었습니다.

"매일 밤 어머니는 제게 말씀하셨습니다. '스콧, 아티커스처럼 되어라. 변호사가 되어야 해. 옳은 일을 해야 해'라고 말입니다. 그래서 제 이름까지 '아티커스 스콧 페니'라고 지어 주셨죠. 저희 어머니는 돌아가셨고 전 변호사가 되었지만 전 아티커스 핀치의 반도 따라가지 못했습니다. 그만큼 전 좋은 일을 하지 못했기 때문입니다. 돈은 많이 벌었지만 저희 어머니를 자랑스럽게 하지는 못했습니다. 하지만 그건 또 다른 이야기입니다. 아니, 어쩌면 이건 같은 이야기일지도 모릅니다. 왜냐하면 이 이야기는, 이 법정에서 진행되고 있는 이야기는 여러분의 어머니를 자랑스럽게 하는 것에 관한 것이기 때문입니다.

"책에서 아티커스는 톰 로빈슨이라는 흑인 남자를 변호하기로 지명되었습니다. 톰은 백인 소녀를 폭행하고 강간한 혐의로 체포되었죠. 아티커스는 배심원들에게 소녀의 오른쪽 뺨에 멍이 든 것을 근거로 왼손잡이의 남자에게 폭행을 당한 것이라고 주장했습니다. 이에 반해 톰은 몇 년 전 사고로 왼손을 쓸 수 없는 상태였죠. 아티커스는 톰의 범행이 아니라는 것을 증명해 보이면서 소녀의 아버지가 왼손잡이이고, 자주 술에 취해 폭력적으로 변한다는 사실도 말했습니다. 법정의 모든 사람이 톰의 범행이 아니라 바로 그녀의 아버지가 범인인 것을 알게 되었습니다. 하지만 전부 백인 남성으로 구성된 배심원 열두 명은 톰 로빈슨이 단지 흑인이라는 이유만으로 그에게 유죄평결을 내렸습니다.

"자, 이 이야기는 1930년도 남부 앨라배마 주에서 실제로 일어난 이야기입니다. 지금과는 다른 시대였고 다른 세상이었던, 법을 결정하는 색깔이 흑과 백이었을 시절의 이야기입니다. 하지만 우리의 이야기는 그로부터 70년이 지난 텍사스 주 댈러스에서 일어났습니다. 세상은 그때와는 완전히 다릅니다. 많은 것이 변했습니다 ― 그러나 모든 것이 변한 건 아니며 모든 곳이 변한 것도 아니고, 충분히 변한 것도 아닙니다. 하지만 우리의 법정에서는 분명 바뀐 것들이 있습니다. 재판장이 바뀌었고, 배심원들도 바뀌었습니다. 법을 결정하는 색깔 또한 바뀌었습니다. 그 색은 더 이상 흑과 백이 아닙니다. 제가 있던 곳의 대표 변호사는 제게 오늘날 법을 결정하는 색깔은 녹색이라고 말했습니다. 지폐 색깔이죠. 그가 말했습니다. 오늘날 법을 지배하는 건 돈이라고. 돈이 모든 것을 결정한다고. 그의 말이 맞습니다. 변호사들은 돈을 벌기 위해 법을 사용하고, 정치인들은 돈에 관심이 많아 법을 팝니다. 그리고 사람들은 돈을 위해 서로에게 소송을 제기합니다. 법이 있는 곳에는 모든 것이 돈에 관한 것입니다. 하지만 단 한 군데는 예외입니다. 여러분이 앉아 있는 그곳, 배심원석을 제외하고 말입니다. 여러분은 그 자리에 돈 때문에 있는 것이 아니라 진실을 위해 있는 것이기 때문입니다.

"이 이야기의 진실은 무엇입니까? 첫 번째 진실은 클락 맥콜이 오른손잡이에게 살해당했고 그를 살해한 사람은 클락을 들어올릴 만큼 힘이 셌으며 클락의 머리에 총구를 겨누고 방아쇠를 당기면서도 그의 눈을 똑바로 쳐다볼 만큼 사악한 사람이었다는 것입니다. 게다가 유죄를 입증할 만한 증거를 남기지 않은 것으로 보아 살인을 저지른 게 이번이 처음이 아닌 사람일 겁니다. 진실은 델로이 룬드가 클락 맥콜을 살해했다는 사실입니다.

"두 번째 진실은 델로이 룬드가 클락을 따라 댈러스에 왔고 해리 하인스까지 뒤를 밟았으며, 피고인이 금발 가발을 쓰고 클락의 차에 타는 것을 보고서는 하이랜드 파크까지 뒤쫓아갔다는 것입니다. 그는 얼마 후 피고인이 클락의 메르세데스를 훔쳐 달아나는 것을 보고 집 안으로 들어갔습니다. 그때 방 안에서 벌거벗은 채로 급소를 맞아 고통스러워하는 클락을 발견했을 겁니다. 그런 클락을 보고 비웃자 열받은 클락이 델로이에게 욕설을 퍼부었고 델로이는 홧김에 클락을 살해했습니다. 정신을 차렸을 땐 상황은 이미 돌이킬 수 없는 지경이었겠지요.

"마지막으로 세 번째 진실은 샤완다 존스가 무죄라는 것입니다. 클락 맥콜은 오른손잡이에게 살해되었고 샤완다 존스는 왼손잡이입니다. 그녀는 클락 맥콜을 살해하지 않았습니다.

"이것이 진실입니다. 증거가 말해 주고 있습니다. 우리는 피고인이 무죄라는 것을 증명했고 이 재판에서 제기된 '누가 클락 맥콜을 살해했는가?'라는 물음에 답을 했습니다. 이제 이 이야기에는 오직 한 부분만 남아 있습니다. 이제 여러분이 그걸 쓰셔야 합니다. 바로 이야기의 결말이 필요합니다. 이야기의 결말을 어떻게 맺으시겠습니까? 『앵무새 죽이기』처럼 무고한 피고인이 단지 흑인이라는 이유만으로 유죄평결을 내리시겠습니까? 아니면 법의 색깔이 흑도, 백도, 녹색도 아니라는 새로운 결말, 피고인이 가난하고 흑인이어도 진실과 정의가 지배하는 새로운 결말을 쓰실 건가요?"

스콧은 말을 멈추고 재판장을 바라보았다. 한참을 바라보던 스콧은 다시 배심원 쪽으로 고개를 돌려 말을 이어갔다. "신사숙녀 여러분, 뷰퍼드 재판장님이 피고인을 변호하라고 지명하시기 전까지, 저는 법이라는 게임에서 스스로를 승자라고 생각했습니다. 그리고 그게 제가 법을 바라보던 관점이었습니다. 마치 게임처럼 말이죠. 사건이 들어오면 이기고 싶었습니다. 다른 변호사들을 제치고 승리하고 싶었습니다. 진실도, 정의도 제겐 중요하지 않았습니다. 그러나 제가 틀렸습니다. 법은 게임이 아닙니다. 승리에 관한 것도 아니며 돈에 관한 것도 아닙니다. 법은 진실과 정의에 관한 것…… 그리고 삶에 관한 것입니다. 오늘, 법은 피고인의 삶에 관한 것입니다."

"이 사건은 제가 변호사로서 예전에는 단 한 번도 가질 수 없었던 기회를 제게 주었습니다. 그건 저희 어머니를 자랑스럽게 해 드리는 것입니다. 전 꼭 그렇게 하고 싶습니다. 바로 오늘, 저희 어머니께서 저를 자랑스러워하셨으면 좋겠습니다." 말을 잠시 멈추던 스콧이 다시 말을 이어 나갔다. "그리고 여러분의 어머니께서도 여러분을 자랑스러워하셨으면 좋겠습니다."

재판장은 11시 45분에 배심원 설시(說示)를 했다. 배심원들은 각자 점심식사를 하고 깊게 생각하며 논의하기 위해 배심원실로 돌아갔으며 뷰퍼드 재판장은 그의 방으로, 샤완다는 갇혔던 곳으로, 스콧과 바비 그리고 케런과 아이들은 베벌리 가의 집으로 돌아갔다.

스콧은 변호사 생활을 하면서 돈이 전부였던 민사소송 사건에서 수십 번도 넘게 배심원들의 평결을 기다려 보았다. 배심원들의 평결을 기다릴 때 머릿속으로는 보수를 계산하고 있었다. 패소하면 시간 단위로 비용을 받았고 승소할 경우에는 똑같은 보수에 성공사례금까지 추가로 받았다. 의뢰인들은 지거나 이기겠지만 변호사들은 언제나 승리했다.

이번 사건은 달랐다.

이 사건은 돈이 문제가 아니었다. 샤완다의 목숨이 달린 문제였다. 배심원 열두 명이 샤완다가 죽느냐 사느냐를 결정했다. 그녀가 남은 삶을 감옥에서 보내야 하는지, 아니면 풀려나 자유로워질 수 있는지, 파슈매 곁에 엄마가 있을 것인지, 아니면 엄마에 대한 기억만 남을 것인지가 그들의 결정에 달려 있었다.

법원 서기가 1시 30분에 다시 사람들을 불렀다. 배심원들이 평결을 결정했다.

"존스 씨," 뷰퍼드 재판장이 말했다. "일어나 주시죠."

샤완다 존스와 세 명의 변호사가 일어나 배심원들을 향해 섰다. 배심원들의 눈가에는 흑인과 멕시칸, 백인 할 것 없이 눈물이 맺혀 있었다. 샤완다의 눈에도 눈물이 맺혔다. 스콧은 샤완다가 옆에서 온몸을 심히 떠는 것을 느꼈고 그녀를 감싸 안아 주었다.

배심원의 장이 집행관에게 평결의 결과를 건네주었고 집행관은 다시 재판장에게 건네주었다. 뷰퍼드 재판장은 평결의 결과를 읽고 난 후 피고인을 바라보았다.

"*미합중국 대 샤완다 존스 사건*에서 배심원들은 피고인을 무죄로 평결합니다."

스콧이 샤완다를 잡지 않았다면 그녀는 바닥에 그대로 주저앉았을 것이다. 샤완다는 스콧의 품에 얼굴을 묻고 그를 껴안았다. 스콧 역시 그녀를 꼭 안아 주었고 그녀와 함께 눈물을 흘렸다. 법정 안의 사람들이 소리치며 환호와 박수갈채를 보내는 동안 부우와 파슈매는 그들에게 달려왔다. 배심원들 또한 서로를 껴안았고 기자들이 스콧과 샤완다를 에워쌌다. 레이 번스는 검사석에 앉아 고개를 가로저었고 바비와 케런은 마치 신혼부부처럼 입을 맞췄다. 맥콜 상원의원은 군중을 뚫고 법정 밖으로 나가 버렸고 댄 포드는 자리에 앉아 상황이 반전된 것에 대해 어쩔 줄 모르는 듯 고개를 내저을 뿐이었다. 샤완다는 스콧에게 귓속말로 속삭였다. "아티커스, 아주 지당한 이름이네요."

스콧이 재판장석 쪽으로 몸을 돌려 뷰퍼드 재판장을 바라보았다. 재판장은 스콧에게 고개를 끄덕였고 스콧 또한 재판장에게 고개를 끄덕였다.

샤완다 존스는 자유가 되었다. 법정을 나서자 수많은 기자와 카메라가 스콧 무리를 둘러쌌다. 겨우겨우 인파를 뚫고 법원 밖으로 빠져나왔을 땐 댄 포드가 그들을 기다리고 있었다. 스콧은 샤완다와 아이들을 먼저 보내고 댄 포드에게 다가갔다. 댄이 먼저 스콧에게 손을 내밀었고 스콧도 그 손을 잡아 서로 악수했다.

"스콧, 내 아들, 자네는 아주 훌륭한 변호사일세."

"댄, 전 이제 당신의 아들이 아닙니다."

"그렇지…… 글쎄, 스콧, 이제 맥은 백악관에 갈 수 없을 테니 자네가 돌아오는 게 어떤가? 자네 예전 사무실을 그대로 쓰면 될 테고 디브렐과 은행 대출 건도 잘 처리해 주겠네. 그렇게 하면 저택도 다시 살 수 있고 페라리도 돌려받을 수 있지 않겠나…… 예전의 삶으로 돌아갈 수 있다네. 연봉은 충분히 올려줄 테니 말이야. 100만 달러 연봉은 어떤가? 서른여섯의 변호사치곤 괜찮지 않은가? 어떤가?"

그런 적이 있었고 그러했던 장소도 있었다. 그리고 그러했던 변호사도 있었다.

하지만 이제 더 이상 그런 것들은 없다.

"댄, 전 더 이상 포드 스티븐스와 맞지 않아요."

스콧이 댄 포드에게서 돌아섰을 때 또 다른 낯익은 얼굴이 스콧을 반겼다. 해리 한킨이었다.

"해리! 어떻게 잘 지내?"

4년간 컨트리클럽 회원으로 있을 때에는 토요일 아침마다 해리와 골프를 치곤 했다. 그리고 거의 매번 100달러씩을 땄다. 해리는 골프자세가 이상해 힘들어했다. 악수를 하고 나서 스콧이 해리에게 물었다.

"재판 때문에 왔어?"

해리 한킨은 댈러스에서 최고의 이혼 전문 변호사였다. 그는 컨트리클럽의 회원을 변호하지 않겠다는 서면약정서를 작성한 후에야 회원으로 인정받을 수 있었다.

"어…… 그게…… 저기…… 아니야." 해리는 광이 나는 자신의 신발을 내려다보다 다시 고개를 들었다.

해리는 머쓱해하며 서류뭉치를 내밀었다. 스콧은 서류를 받아들곤 훈련된 눈으로 이혼 청구서라고 적힌 문구를 찾아냈다.

"개인적으로 하고 싶은 일이었지. 스콧, 내가 해명할게."

"이혼 소송을 제기했다고?"

해리가 고개를 끄덕였다. "트레이가 날 고용했어. 나한테 비용을 지불하는 거지. 시합에서 이겨서 우승상금으로 변호사를 선임할 수 있었어."

스콧은 하마터면 웃음을 터뜨릴 뻔했다.

"우리 골프 같이 친 게 몇 번이야? 한 백 번? 근데 넌 내 아내랑 도망 간 남자한테서 돈을 받아?"

"거절할 수 없었어, 스콧. 내 폼을 교정해 줬거든."

스콧은 참던 웃음을 터트렸다. "자네 골프자세 고쳐 주는 거 정말 중요해, 그렇지?"

"너도 예전엔 그렇게 생각했잖아." 해리가 손을 들었다. "스콧, 미안, 어쩔 수 없었어."

"행복하대?"

해리가 자신 없는 듯 어깨를 으쓱했다. "나도 전에 그런 여자랑 결혼한 적이 있었어. 근데 그런 여자랑은 아무것도 예상할 수가 없어."

"부우 달래?"

"뭐?"

스콧이 청구서를 들어올려 보였다. "부우의 양육권 말이야."

해리는 천천히 고개를 저었다. "아니, 골프장은 어린 여자 아이가 있을 곳이 아니래. 그리고 자기보단 자네에게 부우가 더 필요할 거라고 하더라."

스콧은 몸을 돌렸다. 자리를 떠나려고 했지만 해리가 스콧을 다시 불러 세웠다. "스콧, 그의 돈은 받겠지만 자네 딸은 절대로 데려가지 않을 거야."

두 변호사는 서로를 마주봤다. 스콧은 몇 년 전 해리 한킨이 이혼으로 아이들을 빼앗긴 걸 떠올렸다.

서둘러 발걸음을 옮겨 몇 미터 앞서 가던 이들을 따라잡았다. 루이스가 그의 낡은 차에 기대어 서 있었고 샤완다는 팔을 펼치고 고개를 하늘로 젖힌 채 빙글빙글 돌고 있었다. 젊고 아름다운 샤완다의 얼굴이 햇빛에 반사되어 광채가 났다. 파슈매와 부우는 그런 샤완다를 지켜보며 행복하게 웃고 있었다. 스콧은 눈앞의 광경에 미소 지었다. 아티커스 스콧 페니의 법조 경력을 통틀어 최고의 순간이었다.

부우가 말했다. "아빠, 파슈매 엄마가 우리 이사하는 거 돕고 싶대요."

"부우, 석 달 만에 겨우 자유를 찾은 날 샤완다가 우리 이사하는 거 따윈 돕고 싶어 하지는 않을 것 같은데."

샤완다가 말했다. "아니에요, 페니 씨. 내일 파슈매와 함께 올 게요. 루이스가 데려다 줄 거예요."

루이스가 스콧에게 다가왔고 그들은 악수했다.

"당신은 좋은 사람이에요, 스콧."

"아이들을 지켜줘서 고마워요. 그리고 또 다른 모든 것도 정말 고마워요." 그리고 샤완다에게 말했다. "재활 치료도 받아 봐요. 비용은 제가 지불해 드릴게요."

"돈 없다면서요?"

"집을 팔았어요. 그리고 바비와 절 위해 일해 줬으면 해요. 로펌을 시작할 거거든요. 파슈매와 당신이 빈민가에서 나왔으면 좋겠어요."

"제 변호인이 돼 줘서 고마워요, 페니 씨. 그리고 절 위해 이 모든 걸 해 주신 것도요."

샤완다가 미소 지으며 스콧의 볼을 어루만졌다. 마치 스콧의 얼굴을 외우려는 듯이 그를 뚫어지게 응시했다. 스콧이 샤완다와의 눈높이를 위해 몸을 숙여 주었다. 샤완다가 그의 뺨에 입을 맞췄다.

"페니 씨, 절대로 잊지 않을 게요."

그 또한 그녀를 잊지 않을 것이다. 콘수엘라와 그녀가 만든 엔칠라다가 집에서 그를 반겨 주었다. 그날 아침 구티에레즈 씨가 전화해서 이민국에서 '갑자기' 취업 허가증을 내주었다고 알려 주었고 그녀는 방금 전 국경에서 버스를 타고 왔다. 스콧과 샤완다는 어떻게 된 일인지 알 수 없었지만 이젠 아무래도 상관없었다. 샤완다가 아는 단 한 가지 사실은, 이제 페니와 부우가 그녀의 가족이고, 늘 함께 살 수 있다는 것이었다. 그날 밤 부우를 침대에 눕히고 '잘 자'라고 인사하며 뽀뽀를 해 주었을 때 부우가 스콧을 향해 미소 지으며 말했다. "봐요, 아빠. 현실에서도 행복한 결말이 일어나잖아요."

에필로그

아이들은 기쁨에 찬 환호성을 질렀다.

4개월 후 크리스마스 아침 스콧은 잠옷을 입고 SMU 근처의 작은 집의 소파에 앉아서 아이들이 선물을 뜯어보는 것을 바라보며 미소 짓고 있었다.

그들의 삶은 돌이킬 수 없을 정도로 달라졌다.

이번 크리스마스에는 스콧 곁에 아내가 없었고 부우에게는 엄마가 없었다. 레베카는 떠났고 다시 돌아오지 않았다. 몇 주에 한 번은 여전히 부우가 침대에서 조용히 우는 것을 스콧이 발견했다. 그리고 이혼 절차가 마무리되었을 때 그도 울었다. 하지만 그들은 다시 좋아지고 있었다. 부우는 스콧에게 학교 선생님이 아빠를 굉장히 좋아한다고 말했다. 부우의 학교 선생님인 도우슨은 부우를 데려다 주면서 몇 번 본 적이 있어 좋은 인상으로 남기는 했다. 하지만 이제 스콧은 부우가 중매쟁이 노릇을 하더라도 다시는 결혼하지 않을 것이다.

이제 부우에게는 파슈매가 있고 파슈매에게는 부우가 있었다. 그들은 4학년으로 나란히 하이랜드 파크 초등학교에 재학 중이다. 파슈매는 그곳의 유일한 흑인학생이었으며 부우는 백인 여학생들 가운데 유일하게 콘로우 스타일로 머리를 땋고 다녔다. 그들은 자매처럼 친했고 입양서류가 통과되면 정말 자매가 될 것이었다.

스콧에겐 바비가 있었고 바비에겐 케런이, 콘수엘라에겐 에스테반이 있었다. 콘수엘라와 에스테반은 미국시민이 될 아이를 가졌다. 한 달 전 댈러스 다운타운에 있는 샌투아리오 데 과달루페 성당에서 전통 멕시코식으로 결혼식을 올렸고 그때 스콧이 콘수엘라의 아버지를 대신해 그녀 곁에 있어 주었으며, 부우가 들러리를 섰다.

스콧은 빅 찰리와 다시 가까워졌다. 빅 찰리는 스콧과 만날 때마다 자녀들을 데려와 부우와 파슈매와 함께 어울리도록 했다. 예전처럼 잘 지냈지만 그들은 더 이상 미식축구에 대해서는 이야기하지 않았다. 대신 자신의 자녀들을 이 시대에 어떤 사람으로 키울 것인지를 나눴다. 스콧 페니와 빅 찰리는 이제 아버지가 되는 것으로 족했다. 이후 스콧은 주 변호사협회 회장 선거에서 휴스턴에 있는 대형 로펌회사의 변호사에게 패배했다.

얼마 뒤 바비와 케런과 함께 하이랜드 파크의 남쪽에 위치한 낡은 빅토리안식 건물 2층을 사무실로 수리하여 개업했다. 페니 헤린 더글러스 로펌은 톰 디브렐의 호텔을 짓기 위해 시로부터 주거지 수용을 요구당한 30명의 사람들을 변호했다. 그리고 댈러스 남부의 빈민가 주민들을 대리하여 시의 연방 공정주택거래에 관한 법률 위반에 맞서 집단소송을 준비했다. 루이스는 집집마다 방문해 주민들의 서명을 받는 데 앞장섰다. 연방 사법시스템에서 갑자기 높아진 스콧의 명예가 연방정부와 루이스의 문제를 해결해 주었다. 바비는 여전히 댈러스 동부에 있는 그의 사무실에서 멕시코인들을 변호했다. 카르로스 에르난데스의 기소는 검사의 위법행위로 기각되었다. 그는 이제 법률보조인이 되기 위해 연수를 받는 중이었고 멕시코계 의뢰인들을 위해 통역사 일을 병행했다. 스콧은 청바지를 입고 사무실에 출근했고 일주일에 한 번은 아이들이 다니는 학교에 가 아이들과 점심을 함께 먹었다. 그리고 YMCA에서 바비와 존 워커와 함께 농구를 했다.

스콧의 사무실은 남향이었고 시내가 잘 내려다보였다. 스콧의 자리에서는 디브렐 타워를 볼 수 있었다. 케런의 전 비서는 포드 스티븐스가 이번 해 최고 수익을 올렸다고 전했다. 댄 포드는 최고의 자리에 올랐고 그의 삶은 완벽했다. 하지만 공공기물 파손자들은 계속해서 댄 포드의 메르세데스 벤츠 바퀴에 펑크를 냈다. 시드 그린버그는 여전히 스콧의 예전 사무실에서 일했고 스콧이 몰던 페라리를 몰았으며 스콧의 예전 의뢰인들을 위해 공격적이고 창의적인 변호를 했다.

이상하게도 스콧은 프랭크 터너가 금발머리 비서를 위해 톰 디브렐에게 성희롱으로 1,000만 달러 손해배상 소송을 제기했을 때에도, 해리 한킨이 톰의 네 번째 아내를 대신해 그에게 이혼을 요구하고 외도혐의로 부부 공동재산을 요구, 5,000만 달러를 제시했을 때에도, 그리고 환경보호 단체가 디브렐 부동산과 토머스 J. 디브렐에게 납에 오염된 트리니티강 옆의 50에이커^{약 20만 제곱미터} 토지에 대한 복구비용으로 5,000만 달러를 요구하며 연방법정에 소송을 제기했을 때에도, 아무런 만족감을 느낄 수 없었다.

얼마 뒤 델로이 룬드가 클락 맥콜의 살해혐의와 샤완다 존스의 재판에서 사법방해죄로 체포되었을 때에야 스콧은 비로소 안도했다. 한나 스텔레가 증언하기로 동의했다. 맥 맥콜은 대통령 후보에서 물러났지만 상원의원의 원내총무로 선출되었다. 하지만 얼마 있지 않아 전립선암을 판정받았다. 레이 번스는 러벅에서 연방 검사보로 근무했고, 미합중국 지방법원 판사 사무엘 뷰퍼드는 여전히 댈러스의 판사직을 유지했다.

재판 직후 스콧은 샤완다와 파슈매를 빈민가에서 나오게 했고 하이랜드 파크에 전세 집을 얻어 주었다. 그리고 샤완다의 마약 재활치료를 위해 비용을 대주었다. 그녀는 정말 열심히 싸웠다. 할 수 있는 모든 것을 했지만 끝내 그녀의 몸을 지배하고 있는 헤로인을 이겨 낼 수는 없었다. 재판이 끝나고 2개월 후 샤완다 존스는 오른쪽 팔에 헤로인을 투입하고 잠에 빠진 후 다시는 깨어나지 못했다. 파슈매는 엄마를 매우 그리워하면서도 이제 엄마가 약이 없이도 행복할 수 있는 좋은 곳으로 갔다고 말했다. 파슈매는 스콧과 함께 매주 일요일마다 교회에 갈 때면 엄마를 위해 기도했다.

스콧은 아이들을 위해 새로운 책을 읽어 주기 시작했다. 바로 『*앵무새 죽이기*』였다. 아이들은 등장인물 가운데 부우 래들리를 무척이나 좋아했다.

옮긴이의 말

모든 학문분야가 그렇듯이 법학도 그 전문용어를 구사하는 고유한 언어게임을 한다. 법학의 언어게임은 그 학문의 대상인 실정법 자체의 체계와 자기완결성에서 비롯한 고유한 논리 때문에 외부로부터의 접근이 다른 학문분야와 비교할 때 상대적으로 어렵다. 법학이 학제적 연구에 친하지 않은 것도 이 때문이다. 경제학, 뇌과학, 심리학, 심지어 철학도 그 논의의 내용과 연구 성과를 대중과 널리 공유하지만 유독 법학만은 그 전문용어의 압축코드를 일반교양 차원으로 풀어내지 못할 정도로 고도로 전 문화되어 있다. 법학적 언어게임의 폐쇄성은 고등학교를 졸업하고 대학을 진학하는 신입생에게 자신 있게 선물해 줄 수 있는 변변한 법학교양서 하나를 서점에서 발견하기 어렵게 만들고 있다. 물론 80년대 민주화 운동과 그 열망 탓인지는 몰라도 헌법학에서는 그래도 일반대중을 겨냥한 교양 수준의 책이 몇 권 출간되어 있긴 하다. 형법학에도 그런 류의 책을 하나 쓰고 싶은 소망을 나는 오래전부터 가지고 있었다. 출판사의 담당 편집자와 '법을 읽는 12가지 코드'라는 제목까지 붙여 가며 집필을 시작하다가 내공 부족을 핑계로 미루고 미루다가 이제는 까마득한 옛이야기가 되었다. 물론 아직 완전히 포기한 것은 아니다.

2007년 여름 해외에서 연구년을 보내던 중에 모두들 물 건너간 듯 여겼던 로스쿨법이 어느 날 갑자기 국회를 통과했다는 소식을 들었다. 당시 영어공부 삼아 읽고 있었던 대중소설『The Colour of Law』를 한국에 소개하면 좋겠다는 마음이 들었다. 얼기설기 얽힌 이해관계를 조정하느라 기형적으로 탄생한 로스쿨제도가 가져오게 될 사법체계의 지형변화를 일반 독자들에게 간접적으로나마 알리는 동시에 로스쿨 지망생이나 재학생들에게도 쉽게 전달 가능한 메시지가 이 책에 들어 있기 때문이었다. 그렇게 시작한 번역작업이 이제야 그 완결을 눈앞에 두게 되었다.

이 소설은 원제 그대로 '법의 색깔'에 관한 이야기이다. 지금도 미국의 하급심 형사법정을 가보면 크게 달라진 것이 아님을 분명히 느낄 수 있겠지만, 70년 이전까지만 해도 미국에서 특히 미국의 남부에서 법은 노골적으로 사람의 피부색에 따라 적용상의 차등을 두고 있었다. 그 이후 전 세계의 법체계 속에 자리 잡기 시작한 인권사상 때문에 법에 채색된 피부색이 적어도 표면상으로 희석되었지만, 법의 색깔은 다시 돈의 색깔로 물들여지기 시작하였다. 하지만 법적 결정이 돈에 의해 좌지우지 되는 미국의 법 현실을 변호사의 시각을 통해 그려 내고 있는 이 소설의 이야기는 미국에 국한된 이야기만은 아니다.

　오늘날 한국사회에서도 법은 어떤 의미로든 그리고 어떤 식으로든 돈과 결부되어 있다. 출발시점부터 어느 법학교수에 의해 '돈스쿨'로 명명된 적이 있었던 한국의 로스쿨제도는 과거 법과대학에의 진학을 위한 1순위의 동기였던 '사회정의'라는 가치를 표면상의 동기목록에서 조차도 더 이상 등장하지 못하게 되었다. 로스쿨 졸업생들은 물론이고 신입생조차도 대형로펌의 고액연봉은 0순위의 동기로서 더 이상 속내에 감춰야 할 이유도 아니다. 최고급 승용차에 고가의 주택에 살면서 상류사회를 꿈꾸는 『The Colour of Law』의 주인공 변호사 스콧의 사고와 행동은 한국사회의 통상적인 변호사의 그것과 정확하게 일치한다. 법의 색깔과 돈의 색깔이 일치하지 않는 사회가 있을까?

　그러나 『The Colour of Law』의 이야기 속으로 깊숙이 들어가 보면 이 소설은 법의 색깔에 관한 이야기가 아니라 법적용에 관여하는 사람들에 관한 이야기이고 종국적으로는 사람의 변화에 관한 이야기이다. 미국의 법정드라마에서 흔히 등장하는 변호사에 대한 풍자와 부정적 이미지, 그리고 그를 기초로 한 이 책의 줄거리에 관한 개인적 감상을 스케치하고 더 나아가 우

리의 주인공 스콧의 인간됨의 변화에 관한 이야기를 교훈조로
읊어 가는 일은 번역자가 할 소임은 아닌 것 같다. 이 모든 장광
설을 뒤로 하고 이 책을 읽어 나감에 있어 관전 포인트 몇 가지
를 제시하는 것으로 나의 역할을 대신하고자 한다.

- 우리나라 변호사법 제1조가 변호사를 기본적 인권의 옹호
  자이자 사회정의의 실현주체로 적고 있지만, 현실 속의
  변호사는 여전히 악마의 옹호자(devil's advocate)가 될 수
  밖에 없는 이유는 무엇일까?
- 대형 로펌의 파트너 변호사(스콧)도 형사사건의 국선변호
  인으로 지명받을 수 있도록 만들어 변호사를 돈 많은 의
  뢰인의 지킴이로서의 역할에 그치지 않게 할 수 있는 소
  설속의 미국식 형사변호제도의 장단점은 무엇인가?
- 형사재판에서의 재판장(뷰퍼드 판사)의 소송지휘를 보면 검
  사와 피고인은 대립 당사자일 뿐이고 재판관은 스포츠 시
  합의 심판처럼 선수들의 반칙만 감시할 뿐인 소극적 역할
  에 그치는 미국식 당사자주의 구조가 능사인가?
- 형사재판에서의 법적 결정을 정치권력과 경제권력으로부
  터 독립될 수 있을 가능성은 현실적으로 없는가?
- 형사재판이 운동경기와 같이 능력 있는 자가 이기는 구조
  가 아니라 진실과 정의가 이기게 하는 구조로 바꾸기 위
  해 형사변호인만이라도 예외 없이 모두 국선변호인으로

하면 어떨까?

– 당신이 만약 변호사라면 당신이 맡은 사건에서 진실과 정
  의의 편에 서게 된다면, 당신이 누리고 있는 명예와 부를
  모두 잃어버릴 수도 있게 될 경우 당신은 어떤 선택을 할
  것인가?

법률서적 관련 국내 최고의 출판사인 박영사가 소설, 그것
도 번역소설을 출간하기로 모험적 결정을 내릴 수 있게 산파 역
할을 해 준 조성호 이사님의 용단과, 그리고 초벌원고를 꼼꼼하
게 살피고 정성스럽게 윤문하여 직역위주의 번역이 가지고 있는
한계를 보충해 주고 문어체의 어색함을 보완해 준 편집부 박송
이 대리님의 수고에 감사드린다. 이들이 없었더라면 내 노트북
속의 번역 파일의 원고는 지금도 여전히 빛을 보지 못한 채 어
딘가에 처박혀 있을지 모른다.

2020년 10월
옮긴이

599

법의 이름으로 The Colour of Law

초판 발행   2020년 11월 10일
초판 2쇄 발행   2021년 5월 10일

지은이   Mark Gimenez
옮긴이   김성돈
펴낸이   안종만 · 안상준

편 집   박송이
기획/마케팅   조성호
표지디자인   이미연
제 작   고철민 · 조영환

펴낸곳   (주) 박영사
               서울특별시 금천구 가산디지털2로 53, 210호
               (가산동, 한라시그마밸리)
               등록 1959.3.11. 제300-1959-1호(倫)
전 화   02)733-6771
f a x   02)736-4818
e-mail   pys@pybook.co.kr
homepage   www.pybook.co.kr
ISBN   979-11-303-0686-5   03840

정 가   17,800원